Ullstein Abenteuer

George MacDonald Fraser

Flashman – Die Piraten von Borneo

Abenteuerroman

Ullstein Abenteuer

Ullstein Abenteuer
Lektorat: Hans-Joachim Neumann
Ullstein Buch Nr. 21016
im Verlag Ullstein GmbH,
Frankfurt/M – Berlin
Titel der englischen Originalausgabe:
Flashman's Lady
Übersetzung:
Wolfgang Proll

Deutsche Erstausgabe

Umschlaggestaltung:
Hansbernd Lindemann
unter Verwendung einer Zeichnung
von John Rose

Printed in Germany 1986
Gesamtherstellung:
Presse-Druck Augsburg

ISBN 3548 21016 3

November 1986

CIP-Kurztitelaufnahme der Deutschen Bibliothek
Fraser, George MacDonald:
Flashman – die Piraten von Borneo: Abenteuerroman/
George MacDonald Fraser. [Übers. aus d. Engl.:
Helmut Degner]. – Frankfurt am Main ; Berlin :
Ullstein, 1986.
(Ullstein-Buch : Nr. 21016 : Ullstein-Abenteuer)
Einheitssacht.: Flashman's lady ‹dt.›
ISBN 3-548-21016-3
NE: GT

Vorbemerkung

Seit die Memoiren Flashmans, des berüchtigten Raufboldes der Schule von Rugby und viktorianischen Kriegshelden, vor zehn Jahren ans Tageslicht kamen und die einzelnen Pakete mit Manuskripten geöffnet, redigiert und der Öffentlichkeit vorgelegt wurden, hat sich eine Frage erhoben, die viele Leser verwirrt. Die bis dato erschienenen fünf Bände umfassen in chronologischer Reihenfolge die Zeitspanne von 1839, als Flashman von der Schule relegiert wird, bis 1858, als er den Aufstand in Indien übersteht. In diesen fünf Bänden werden jedoch nicht alle dazwischenliegenden Jahre behandelt. So findet sich eine Lücke zwischen seiner ersten Begegnung mit Bismarck und Lola Montez (1842–1843) und seiner Verwicklung in die Schleswig-Holstein-Frage (1848). Und eine weitere zwischen 1849, als er zuletzt im Hafen von New Orleans in Begleitung des wohlbekannten Oxford-Lehrers und Sklavenhändlers Captain Dr. phil. Spring gesehen wird, und 1854, als ihn die Pflicht auf die Krim ruft. Es ergibt sich die Frage, was in den »fehlenden« Jahren geschah.

Das sechste Paket der »Flashman-Papers« liefert die Antwort auf einen Teil dieser Frage, denn es befaßt sich mit den erstaunlichen Erlebnissen des Autors in der Zeit von 1842 bis 1845. Aus dem Manuskript geht hervor, daß ein zufällig im Sportteil einer Zeitung gelesener Artikel ihn dazu veranlaßte, seine gewohnte chronologische Schilderung der Ereignisse zu unterbrechen und diese Lücke in der Beschreibung früherer Jahre zu schließen. Der noch vorhandene große Stapel von Manuskripten läßt vermuten, daß seine Erinnerungen an die Rebellion von Taiping, den amerikanischen Bürgerkrieg und an die Aufstände der Sioux und Zulu folgen werden. (In der Tat hat mir ein Offizier der US-Marineinfanterie mitgeteilt, daß das Archiv seiner Einheit eindeutige Bildbeweise für Flashmans Beteiligung am Boxeraufstand des Jahres 1900 enthält, so daß noch nicht abzusehen ist, wo die Geschichte endet.)

Der vorliegende Abschnitt ist wohl in dreifacher Hinsicht historisch bedeutungsvoll: Als authentische Darstellung der frühviktorianischen Sportszene (in der Flashman sich als bemerkenswerter, wenn auch unrühmlicher Mitspieler hervortut) ist er sicherlich einmalig. Andererseits liefert er auch einen Augenzeugenbericht von jenem unglaublichen, in Vergessenheit geratenen Privatkrieg, in dem eine Handvoll verwegener Gentleman-Abenteurer die Grenzen des britischen Weltreichs nach Osten verschob. Und letztlich wirft er ein neues Licht auf die Charaktere zweier bedeutender Gestalten jener Zeit – eines legendären Mitbegründers des Empire und einer afrikanischen Königin, die zu ihrem Nachteil mit Nero und Caligula verglichen worden ist.

Ein Punkt am Rande, der für die Leser der früheren Memoiren Flashmans, von Interesse sein könnte: Es sind Anzeichen dafür vorhanden, daß dieses Manuskript – wie auch schon ein vorheriger Band – vermutlich kurz nach Flashmans Tod im Jahre 1915 von seiner Schwägerin, Grizel de Rothschild, überarbeitet worden ist. Sie hat seine Blasphemien gemildert, ansonsten jedoch die Ausdrucksweise des alten Soldaten nicht verfälscht. Hier und da hat sie den Bericht um Auszüge aus dem Tagebuch ihrer Schwester Elspeth, Flashmans Frau, sowie um ihre eigenen bissigen Randbemerkungen bereichert. Angesichts dieser hervorragenden Bearbeitung habe ich mich darauf beschränkt, Fußnoten und erläuternde Anmerkungen beizusteuern und mich davon zu überzeugen, daß Flashmans Darstellung historischer Ereignisse den Tatsachen entspricht, soweit diese nachprüfbar sind.

G. M. F.

Und noch eine Vorbemerkung

Lesern, die nicht mit einem Cricket-Schlagholz ins Bett zu gehen pflegen, sei vor der Lektüre der ersten Kapitel, die von mir als Übersetzer beigesteuerte Anmerkung über Cricketregeln am Ende des Buches empfohlen, die – so hoffe ich – dazu beiträgt, Flashmans Leistungen in diesem doch in Deutschland nur wenig verbreiteten Spiel zu würdigen.

Der Übersetzer

Es ist also wieder die Rede davon, die Regel über das Bein vor dem Tor zu ändern. Ich weiß nicht, warum man sich die Mühe macht, denn es wird nie etwas Richtiges dabei herauskommen, solange man nicht auf die alte Regel zurückgreift, in der es hieß, wer sein Bein absichtlich vor den Ball stellt, um zu verhindern, daß er die Torstäbe trifft, ist aus dem Spiel und kann verd--- froh sein, daß er es hinter sich hat. Das war recht einfach, sollte man denken, aber nein; diese Hornochsen im Marylebone-Club müssen sich alle paar Jahre erneut die Köpfe darüber zerbrechen und tagelang über Wurflinien, Aufschlagpunkte und weiß Gott welchen Blödsinn sonst noch faseln. Zu guter Letzt streichen sie ein Wort und fügen ein anderes ein, und die ganze Sache ist genauso unverständlich wie zuvor. Ein Haufen alter Klatschweiber.

Schuld an allem sind diese Beinschützer, die die Schlagmänner heutzutage tragen. Als ich Cricket spielte, hatten wir nur unsere Hosen, um unsere kostbaren Schienbeine zu schützen, und wenn man dumm genug war, mit seinem Knöchel einem von Alfie Mynns flachen Würfen in den Weg zu kommen, nun, dann spielte es keine Rolle, ob man vor dem Tor stand oder im Mannschaftsgebäude auf dem Klo saß – dann war man reif für ein Gipsbein, da gab es kein Vertun. Aber heute latschen die Spieler über die Schlagmallinie wie Bauernlümmel mit Wickelgamaschen, und dieser Hammel Grace blökt wie ein verprügelter Chorknabe, wenn ein schneller Ball auch nur in seine Nähe kommt. Den hätte ich gerne mal nach einem trockenen Sommer auf dem alten Spielfeld von Lord's gesehen, bei steinhartem Boden, wenn Mynn von der einen Seite seine Bälle mit Effet schmetterte und ich auf der anderen losstürmte – da hätte ihn niemand »Champion« genannt, das kann ich Ihnen sagen; der alte Schw---hund hätte nach zwei Durchgängen einen schneeweißen Bart gehabt. Und das gleiche gilt auch für diesen fetten schwarzen Geldsack und das Bürschchen Fry.

Sie merken wohl schon, daß ich selber Werfer war, kein Schlagmann, und wenn ich behaupte, ein verd--- guter dazu, nun, die Spielprotokolle von damals geben mir recht. Sieben Wickets bei zweiunddreißig Läufen gegen die Gentleman of Kent, fünf Wickets bei zwölf Läufen gegen die englische Elf, und eine stattliche Anzahl von Läufen als letzter Schlagmann obendrein. Nicht, daß ich mir etwas auf meine Künste als Schlagmann einbildete; wie ich schon sagte, konnte das in früheren Zeiten, als die Spielfelder uneben und holprig waren, eine gefährliche Sache sein, wenn man es mit schnellen Werfern zu tun hatte, und im Vertrauen gesagt: Ich achtete darauf, nie einem wirklich gefährlichen Werfer gegenüberzutreten, ohne mir unter den Flanellhosen Wollschals um die Beine zu wickeln und mein bestes Stück mit einer alten Suppenschüssel aus Blech zu schützen. Sport ist ja schön und gut, aber er darf einen nicht zum männlichsten aller Spiele unfähig machen. Nein, ich ging lieber als achter oder neunter auf den Platz, wenn die langsameren Werfer ihre Tricks mit steil geworfenen oder angeschnittenen Bällen versuchten, die ich gefahrlos abschlagen konnte. Und wenn dann die andere Mannschaft an der Reihe war – her mit dem Ball, dreißig Schritte Anlauf, und Sie hätten mal sehen sollen, wie ich sie tanzen ließ.

Wie Sie vielleicht gemerkt haben, entsprach die Einstellung des guten Flashy zu unserem beliebten Rasenspiel nicht ganz der eines apfelbäckigen und mannhaften Schulbuchhelden, der selbstlos für die Ehre seiner Mannschaft und aus Liebe zu ihrem wackeren Kapitän spielt, sich am fröhlichen Wettstreit mit Schlagholz und Ball ergötzt und sein unbekümmertes Gelächter über den grünen Rasen erschallen läßt. Nein, ganz so war es nicht. Persönlicher Ruhm, leicht erzielte Wickets, wo immer sie zu holen waren, und zum Teufel mit der Ehre der Mannschaft, das war mein Stil. Dazu durch Wetten ein paar Pfund nebenbei einstreichen und anschließend ausgiebig Jagd auf die Röcke der sportbegeisterten Damen machen, die uns tapfere Recken bei der Canterbury Week über ihre Sonnenschirme hinweg beäugten. Das ist der Geist, mit dem man Spiele gewinnt, glauben Sie mir, und wenn Sie schon dabei sind, denken Sie doch mal über unsere kürzliche katastrophale Niederlage gegen die Australier nach.[1]

Natürlich spreche ich als jemand, der Cricket in der guten alten Zeit gelernt hat, als junger Fuchs in Rugby, der sich an der Schule seinen Weg nach oben erkämpfen und versuchen mußte, mit heiler Haut diesem höllischen Dschungel zu entkommen. Man hatte die Wahl, als körperliches oder seelisches Wrack daraus hervorzugehen, und ich bin froh, sagen zu können, daß mir diese Wahl nie schwergefallen ist. Das hat mich zu dem Mann gemacht, der ich heute bin – oder einmal war, denn viel ist nicht von mir übrig. Als kleiner Junge habe ich mich mit Heuchelei und Bestechung durchgeschlagen, als Erwachsener mit Ellbogen und Fäusten, und ich verstehe einfach nicht, wieso ich noch nicht im House of Lords sitze. Doch das nur nebenbei. Entscheidend ist, daß ich in Rugby nur zwei Dinge wirklich gut gelernt habe: Überleben und Cricket. Denn schon im zarten Alter von elf Jahren erkannte ich, daß Bestechung, Schmeichelei und Betrug zwar ersteres sicherstellen mögen, doch daß sie nicht ausreichen, um Ansehen und Beliebtheit zu erlangen. Und das ist eine äußerst wichtige Sache. Dazu mußte man bei Spielen glänzen, und Cricket war das einzige, das für mich in Frage kam.

Nicht daß ich mich anfangs besonders dafür interessiert hätte, aber der andere beliebte Sport war Fußball, und der war ausgesprochen gefährlich. Ich mogelte mich dabei nur durch, indem ich bei Rangeleien um den Ball verspätet angehumpelt kam und schrie: »Feste drauf, Jungs! Aua, mein verd--- Bein!« Und indem ich die Kunst entwickelte, größere Männer beim Angriff um Haaresbreite zu verfehlen und mit heldenhaftem Keuchen und Stöhnen auf den Rasen zu sinken.[2] Cricket war im Vergleich dazu ruhig und friedlich und ohne Gefahr, Tritte vor das Schienbein zu bekommen – und ich erwies mich darin als ungewöhnlich gut.

Ich sage dies in aller Bescheidenheit. Wie Sie vielleicht wissen, habe ich noch drei andere hervorragende Begabungen – Reiten, Fremdsprachen und Hurerei –, doch die sind mir alle von Gott gegeben, und ich kann sie mir nicht als Verdienst anrechnen. Ein guter Cricketspieler zu werden, hat mich jedoch viel Mühe gekostet, verd--- viel Mühe. Das ist vermutlich der Grund, warum ich heute, im Rückblick auf die Errungenschaften und Trophäen eines ereignisreichen Lebens – die Orden, den Adelstitel, das angehäufte Geld, den militärischen Ruhm und die befriedigt ermatteten Weiber – im großen und ganzen nicht vieles sehe, worauf ich stolzer bin als auf jene fünf Wickets bei zwölf Läufen gegen die Asse unter Englands Schlagmännern oder jenes glorreiche Spiel anno Zweiundvierzig, drüben auf dem Cricketplatz von Lord's – aber darauf komme ich gleich, denn das ist der eigentliche Anfang dieser Geschichte.

Ich nehme an, wenn Fuller Pilch sein Schlagholz nur den Bruchteil einer Sekunde früher gesenkt hätte, wäre alles anders gekommen. Das Nest der Skrang-Piraten wäre nicht ausgeräuchert worden, die schwarze Königin von Madagaskar hätte einen Liebhaber weniger gehabt (obwohl ich zu behaupten wage, daß es bei diesem unersättlichen Luder nicht auf einen mehr oder weniger ankam), die Franzosen und Engländer hätten Tamatave nicht beschossen, und mir wären Entführung, Sklaverei, Todesgefahr und Folter an den unvorstellbarsten Orten erspart geblieben. Ja ja, der gute alte Fuller, Gott hab' ihn selig, ist für vieles verantwortlich. Doch ich möchte nicht vorgreifen – ich war dabei, Ihnen zu erzählen, wie ich in Rugby zu einem schnellen Werfer wurde, dann das zu wissen, ist eine wichtige Voraussetzung.

Es war in den dreißiger Jahren, daß Würfe aus dem Schultergelenk aufkamen, und Burschen wie Mynn holten dabei bis auf Schulterhöhe mit dem Arm aus. Nichts seither hat das Spiel so verändert, denn da erkannten wir, was schnelles Werfen bedeutet – und schnell war es. Man redet viel über Spofforth und Brown, aber keiner von ihnen hat soviel Staub aufgewirbelt wie diese alten Kämpen. Ich habe gesehen, wie Mynn den Ball fünf Eckmännern und drei Hintermännern zuwarf, und seine Pässe gingen an allen vorbei und schlugen erst unmittelbar vor dem Eingangstor von Lord's auf. Das ist das richtige für mich, dachte ich, und übernahm diesen neuen Wurfstil. Zunächst war es ein Riesenspaß, den Ball Angsthasen und Stümpern, die ihn nicht zurückschlagen konnten, um die Ohren sausen zu lassen. Doch bald merkte ich, daß dies gegen ernstzunehmende Schlagmänner nichts half – die schlugen den Ball flach zurück und jagten mich über den ganzen Platz. Also verbesserte ich meine Technik, bis ich mit meinen schnellsten Bällen bei vier von fünf Würfen eine Geldmünze treffen konnte. Und als ich heranwuchs, wurde ich noch schneller und war auf dem besten Weg, das As der Mannschaft zu werden – bis zu jenem denkwürdigen Nachmittag, an dem dieser puritanische Spinner Arnold Anstoß daran nahm, daß man mich sturzbesoffen nach Hause tragen mußte und mich von der Schule verwies. Zwei Wochen vor dem Spiel gegen Marylebone, man stelle sich nur vor! – Nun ja, sie verloren ohne mich, was beweist, daß Gottesfurcht und Abstinenz zwar zum ewigen Leben verhelfen mögen, daß sie aber nicht dazu ausreichen, den Marylebone-Cricket-Club zu schlagen.

Damit war jedoch für mich das Cricketspiel für einige Sommer vorbei, denn man steckte mich in die Armee und verfrachtete mich nach Afghanistan, wo ich angstschlotternd den Rückzug bei Kabul überstand und unverdienten, aber unsterblichen Ruhm bei der Belagerung von Djallalabad errang. Doch hier mag es genügen, wenn ich erwähne, daß ich während dieses gesamten gräßlichen Feldzugs je nach Erfordernis der Lage log und betrog, um mein

Leben rannte und um Gnade flehte, und mit vier Orden, dem Dank des Parlaments, einer Audienz bei unserer Königin und einem Händedruck des Herzogs von Wellington daraus hervorging. Es ist erstaunlich, was man aus einer verfahrenen Sache machen kann, wenn man seine Karten geschickt ausspielt und im richtigen Moment eine würdige Miene aufsetzt.

Jedenfalls kehrte ich im Spätsommer Zweiundvierzig als berühmter Held heim und wurde von der Öffentlichkeit und von Elspeth, meiner schönen, aber dämlichen Frau, mit stürmischer Begeisterung empfangen. Durch all die Feierlichkeiten und Feste zu meinen Ehren und die übertriebene Sauferei und Hurerei, mit der ich Versäumtes nachholte, blieb mir in den ersten Monaten nicht viel Zeit für harmlosere Zerstreuungen. Doch der Zufall wollte es, daß ich eines Nachmittags, stockschwenkend und den Hut unternehmungslustig ins Genick geschoben, die Regent Street hinunterschlenderte und Ausschau hielt, was ich mir zu Gemüte führen könnte, als ich mich plötzlich vor der Schänke »Zum Grünen Mann« wiederfand. Ich blieb einen Moment stehen – und dieses kurze Zögern war der Auslöser für das womöglich merkwürdigste Abenteuer meines Lebens.

Es ist jetzt lange her, doch in jenen Tagen war der »Grüne Mann« ein bekannter Treffpunkt für Cricketspieler, und der Anblick von Schlaghölzern, Torstäben und anderem Sportzubehör im Fenster brachte Erinnerungen zurück und weckte ein seltsames Verlangen in mir. Nein, nicht zu spielen, verstehen Sie mich nicht falsch, sondern nur wieder einmal die Atmosphäre zu schnuppern und den Gesprächen von Schlagmännern und Werfern zu lauschen, ihrer Fachsimpelei und ihrem Klatsch. Also ging ich hinein, bestellte einen Teller Kutteln und einen anständigen Humpen Bier, wechselte ein paar Worte mit den vergnügten Pfeifenrauchern in der Schankstube und kam bald durch das deftige Essen, das fröhliche Geschwätz und Gelächter und die saubere, herzliche Atmosphäre des Lokals so in Fahrt, daß ich wünschte, ich wäre zum Haymarket weitergegangen und hätte mir statt dessen eine Portion scharf gewürztes Weiberfleisch gegönnt. Doch dazu war vor dem Abendessen immer noch Zeit. Ich rief gerade nach dem Kellner, um zu zahlen, als ich einen Burschen bemerkte, der mich quer durch den Raum anstarrte. Unsere Blicke kreuzten sich, er schob seinen Stuhl zurück und kam zu mir herüber.

»Sagen Sie mal«, fragte er, »sind Sie nicht Flashman?« Er

klang fast argwöhnisch, als wolle er es nicht recht glauben. Ich war derlei inzwischen gewohnt, seit alle Welt den Helden von Djallalabad umschmeichelte und bewunderte, doch dieser Bursche hier sah nicht aus wie ein Speichellecker. Er war so groß wie ich, mit braunem Gesicht und eckigem Kinn, und hatte etwas Schneidiges an sich, als sei er versessen auf kalte Bäder und Zehn-Meilen-Märsche. Bestimmt ein guter Christ, dachte ich, einer von diesen Kerlen, die am Tag vor einem Match nicht rauchen.

Also sagte ich ziemlich kühl, ja, ich sei Flashman, und was ihn das angehe.

»Du hast dich kaum verändert«, sagte er grinsend. »Aber du wirst dich wohl nicht an mich erinnern, oder?«

»Gibt es einen guten Grund, warum ich es versuchen sollte?« fragte ich. »Heda, Kellner!«

»Nein, danke«, meinte dieser Kerl. »Ich habe mein Quantum für heute schon gehabt. Mehr trinke ich während der Saison grundsätzlich nicht.« Und er setzte sich in aller Gemütsruhe an meinen Tisch.

»Na, da bin ich aber froh«, sagte ich und erhob mich. »Sie werden verzeihen, aber –«

»Nun warte doch«, rief er lachend. »Ich bin doch Tom Brown. Brown – aus Rugby. Sag bloß nicht, du hast mich vergessen!«

Nun, das hatte ich in der Tat. Heute ist sein Name in mein Gedächtnis eingeprägt, und das ist so, seit Hughes in den fünfziger Jahren sein infernalisches Buch veröffentlicht hat, doch das lag damals noch in der Zukunft, und ich konnte mich ums Verrecken nicht an ihn erinnern. Mir lag auch nichts daran. Er hatte diesen männlichen Geruch nach Leben unter freiem Himmel an sich, den ich nicht ausstehen kann, und außerdem trug er eine Jacke aus Tweed (ich wette, er hatte sein Pferd damit abgerieben) und eine Sportmütze; ganz und gar nicht mein Stil.

»Du hast mich einmal wegen des Kaminfeuers im Gemeinschaftsraum zur Schnecke gemacht«, sagte er freundlich. Da erkannte ich ihn plötzlich und schätzte die Entfernung zur Tür ab. Das ist der Ärger mit diesen vorwitzigen kleinen Schnüfflern, die man in der Schule vertrimmt: Sie wachsen zu riesigen Burschen heran, die boxen können und immer in bester Form sind. Zu meinem Glück schien dieser hier ebenso christlich gesinnt wie muskelbepackt zu sein und Arnolds wahnwitzige Doktrin angenommen zu haben, daß man seine Feinde lieben soll. Denn als ich hastig murmelte, ich hoffe, er habe dadurch keinen bleibenden Schaden davongetragen, lachte er herzlich und klopfte mir auf die Schulter.

»Was soll's, das ist längst vergessen und vergeben«, rief er. »Jungs bleiben halt Jungs, nicht wahr? Übrigens, weißt du was? Ich habe fast das Gefühl, ich muß mich bei dir entschuldigen. Ja.« Er kratzte sich am Kopf und schaute mich dümmlich an. »Um die Wahrheit zu sagen«, ging dieses seltsame Gefasel weiter, »als wir jung waren, mochte ich dich nicht besonders, Flashman. Na ja, du hast uns Füchse ziemlich grob behandelt, weißt du? Ich nehme selbstverständlich an, daß das nur Gedankenlosigkeit war, aber na ja, wir hielten dich für einen ausgemachten Schuft und – und außerdem ... für einen Feigling.« Er rutschte unbehaglich auf seinem Stuhl hin und her, und ich fragte mich, ob er einen Furz lassen wollte. »Aber da hast du uns ganz schön an der Nase herumgeführt, nicht wahr?« sagte er und schaute mir wieder in die Augen. »Ich meine diese ganze Geschichte in Afghanistan ... die Art und Weise, wie du unsere Fahne verteidigt hast und so ... bei Gott«, und er hatte doch tatsächlich Tränen in den Augen, »das war einfach großartig ... und wenn man bedenkt, daß du ... also, ich habe nie in meinem Leben etwas Heldenhafteres gehört und ich wollte mich nur bei dir entschuldigen, alter Knabe, daß ich schlecht von dir gedacht habe – denn ich gebe zu, das habe ich damals – und ich möchte dich fragen, ob ich dir die Hand schütteln darf, wenn du gestattest.«

Er saß mit edler, aber leicht verschwommener Miene da, streckte seine große Pfote aus und triefte geradezu vor Tugend, während ich ihn verwundert anstarrte. Das Merkwürdige ist, daß sein treuer Busenfreund mir fast das gleiche sagte, als wir uns Jahre später als Gefangene in Rußland trafen. Er gestand mir, wie sehr er mich verabscheut hatte, aber daß mein heldenhaftes Verhalten alle alten Rechnungen beglichen habe und so weiter. Ich frage mich heute noch, ob sie das selber glaubten, ob sie der Form halber heuchelten oder ob sie sich tatsächlich schuldig fühlten, weil sie einstmals böse Gedanken gegen mich gehegt hatten. Ich weiß es beim besten Willen nicht, denn viktorianische Moralbegriffe sind mir Gott sei Dank zu hoch. Ich weiß nur, daß ich jeden weiter hassen würde, der mir einen üblen Streich gespielt hat, auch wenn er sich später als der Erzengel Gabriel erweisen sollte. Aber ich bin ja auch nur ein Schurke ohne Gefühl für Anstand. Jedenfalls war ich so erleichtert, diesen hünenhaften Burschen bereitzusehen, die Vergangenheit ruhen zu lassen, so daß ich all meinen Charme aufbot, ihm kräftig die Flosse schüttelte und darauf bestand, daß er einmal eine Ausnahme von seiner Regel machte und ein Glas mit mir trank.

»Also schön, danke«, sagte er, und als das Bier gekommen war und wir auf das Wohl der guten alten Schule von Rugby getrunken hatten (seinerseits zweifellos ehrlich gemeint), setzte er seinen Krug ab und meinte:

»Das ist noch etwas – eigentlich war das der erste Gedanke, der mir durch den Kopf schoß, als ich dich vorhin sah. Aber ich weiß nicht, wie du es aufnehmen wirst – ich meine, möglicherweise sind ja deine Wunden noch nicht ganz verheilt?«

Er zögerte. »Schieß los«, sagte ich und dachte, vielleicht will er dich mit seiner Schwester bekannt machen.

»Na ja, du hast wohl nichts davon gehört, aber während meines letzten Halbjahrs auf der Schule, als ich Mannschaftskapitän war, haben wir ein sagenhaftes Spiel gegen die Leute von Marylebone ausgetragen. Den ersten Durchgang haben wir verloren, aber nur um neun Läufe, und wenn nur ein weiterer Werfer zum Zug gekommen wäre, hätten wir sie geschlagen. Jedenfalls war der alte Aislabie – erinnerst du dich an ihn? – so begeistert von unserem Spiel, daß er mich gefragt hat, ob ich nicht aus früheren und heutigen Spielern aus Rugby eine Mannschaft für ein Match gegen Kent aufstellen möchte. Also, ein paar gute Leute habe ich schon – du kennst ja den jungen Brooke und Raggles –, und da fiel mir ein, daß du doch ein sagenhafter Werfer warst, deshalb ... was hältst du davon, für uns aufzutreten – natürlich nur, wenn du in Form bist?«

Ich war völlig verblüfft, und da ich meine Zunge nun mal nicht im Zaum halten kann, sagte ich: »Glaubt ihr etwa, ihr werdet ein größeres Publikum anziehen, wenn der Held von Afghanistan mitspielt?«

»Hä? Großer Gott, nein!« Er lief rot an und lachte dann. »Was bist du doch für ein Zyniker, Flashy! Weißt du was?« sagte er mit wissender Miene. »Ich glaube, ich beginne dich zu verstehen. Schon in der Schule hast du immer diese schlagfertigen und spitzen Bemerkungen gemacht, die den Leuten unter die Haut gingen – fast als hättest du es darauf angelegt, daß sie dich nicht mögen. Das ist ein Widerspruch – es paßt so gar nicht zu deiner wahren

Natur, stimmt's? O ja«, meinte er und lächelte weise, »das hat sich in Afghanistan deutlich gezeigt. Die deutschen Gelehrten beschäftigen sich sehr eingehend damit – mit der Widersprüchlichkeit der menschlichen Natur, der Neigung hervorragender Leute, sich selbst zu zerstören, und mit der heldischen Seele, die Angst vor ihrem eigenen Untergang hat und versucht, diesen zu beschleunigen. Interessant.« Er schüttelte feierlich sein feistes Haupt. »Ich gedenke, dieses Semester in Oxford Philosophie zu studieren, weißt du? Aber ich will nicht abschweifen. Wie ist es, alter Knabe?« Und er patschte mir verd--- plump-vertraulich aufs Knie. »Spielst du für uns als Werfer – auf dem Platz von Lord's?«

Ich war kurz davor, ihm zu sagen, er solle sein Angebot zusammen mit seinem hochtrabenden ausländischen Geschwätz in den größten Teich im Hydepark werfen, aber seine letzte Bemerkung hielt mich davon ab. Lord's – ich hatte niemals dort gespielt, doch welcher Cricketspieler auf Erden würde sich diese Chance entgehen lassen? Sie halten das vielleicht für eine Kleinigkeit im Vergleich zu den Spielen anderer Art, die ich in letzter Zeit getrieben hatte, aber ich gestehe, daß ich Herzklopfen bekam. Ich war damals noch jung und leicht zu beeindrucken und riß ihm fast die Hand ab, als ich einschlug. Er bedachte mich mit einem weiteren gewaltigen Schlag auf meine Schulter (diese kernigen jungen Sportler meiner Jugendzeit hatten eine gräßliche Art, einander zu begrabschen) und sagte, großartig, das sei also abgemacht.

»Du wirst sicher etwas trainieren wollen«, fuhr er fort und hielt mir prompt einen Vortrag darüber, wie er sich selbst mit Laufen, Turnübungen und Verzicht auf gutes Essen in Form hielt, genau wie er es auf der Schule getan hatte. Dann kam er auf alte Zeiten zu sprechen und erzählte mir, daß er im vergangenen Monat zu Arnolds Grab gepilgert sei, um dort zu weinen und zu beten (unser verehrter Mentor war Anfang des Jahres abgekratzt, meiner Meinung nach keinen Moment zu früh). Bis er damit zu Ende war, hatte ich mir in meiner Begeisterung über die Aussicht, auf dem Platz von Lord's zu spielen, den Bauch mit Starkbier vollgeschlagen, und als wir uns in der Regent Street voneinander verabschiedeten, konnte ich der Versuchung nicht widerstehen, seine verd--- Aufgeblasenheit zum Platzen zu bringen.

»Ich kann dir gar nicht sagen, wie froh ich bin, daß ich dich wiedergesehen habe, alter Knabe«, sagte er, als wir uns die Hände schüttelten. »Natürlich freue ich mich darüber, daß du für uns spielen willst, aber weißt du, das Beste an der Sache war, den neuen Flashman kennenzulernen, wenn du verstehst, was ich meine. Es ist merkwürdig«, er klemmte die Daumen in den Gürtel und blinzelte mich weise an wie eine Eule, die Wehen hat, »aber das erinnert mich daran, was der Doktor immer im Konfirmationsunterricht über die Wiedergeburt des Menschen gesagt hat. Es ist zwar dir passiert, aber ich profitiere davon, verstehst du? Jedenfalls habe ich das Gefühl, ein besserer Mensch zu sein als vor einer Stunde. Gott segne dich, alter Knabe«, sagte er, und ich entzog ihm rasch meine Hand, bevor er mich zu einem kurzen Gebet und zum Absingen von »Gib uns ein fröhliches Gemüt« auf die Knie ziehen konnte. Er fragte, in welche Richtung ich ginge.

»Ach, runter zum Haymarket«, sagte ich. »Ich denke, ich werde mich ein bißchen in Form bringen.«

»Großartig«, sagte er. »Nichts geht über einen schönen Spaziergang.«

»Nun ja . . . ich dachte eigentlich mehr an Reiten, weißt du?«

»Am Haymarket?« Er runzelte die Stirn. »In der Gegend sind doch keine Reitställe, oder?«

»Die besten in der ganzen Stadt«, sagte ich. »Mit ein paar englischen Stuten, aber hauptsächlich mit französischen Füllen. Im Reitzeug aus schwarzer und scharlachroter Seide. Ein herrliches Training, aber verd--- ermüdend. Möchtest du es nicht auch mal versuchen?«

Einen Moment lang war er ganz verwirrt, doch als ihm dann dämmerte, was ich meinte, wurd er abwechselnd rot und blaß, bis ich fürchtete, er würde in Ohnmacht fallen. »Mein Gott«, flüsterte er heiser. Ich tippte ihm ganz vertraulich mit dem Spazierstock gegen die Weste.

»Erinnerst du dich an Stumps Harrowell, den Schuhmacher in Rugby mit den ungeheuer dicken Waden?« Ich zwinkerte, während er mich fassungslos anstarrte. »Nun, da unten gibt es ein deutsches Weibsbild, das hat noch dickere Stampfer und wiegt etwa so viel wie du. Das würde dir bestimmt guttun.«

Er gab gurgelnde Laute von sich, während ich ihn höchst amüsiert betrachtete.

»Soviel zu dem neuen Flashman, hm?« sagte ich. »Wünschst du dir jetzt, du hättest mich nicht aufgefordert, mit deinen unschuldsvollen kleinen Freunden zu spielen? Nun, dazu ist es zu spät, lieber Tom; du hast mir die Hand darauf gegeben, oder?«

Er nahm sich zusammen und holte tief Luft. »Wenn du willst, kannst du spielen«, sagte er. »Ich war so dumm, dich zu fragen. Aber wenn du der Mann wärst, für den ich dich gehalten habe, würdest du –«

»– so nett sein, darauf zu verzichten und dich vor dem entweihendem Umgang mit mir zu verschonen? Nein, nein, mein Junge – ich werde dort sein; und genausogut in Form wie du. Aber ich wette, ich werde mehr Spaß beim Training haben.«

»Flashman«, rief er, als ich mich abwandte, »geh nicht in – in dieses Lokal, ich flehe dich an. Das bringt doch nichts ein –«

»Wie willst du das wissen?« sagte ich. »Wir sehen uns dann auf dem Spielfeld von Lord's.« Und ich überließ ihn der Pein, die ein Christ beim Anblick eines verstockten Sünders empfindet, der zur Hölle fährt. Das Schönste daran war, daß er vermutlich bei dem Gedanken an mein verwerfliches Treiben ähnliche fromme Qualen litt, als hätte er selber einen Galopp mit dieser deutschen Dirne eingelegt. Das nenne ich wahre Selbstlosigkeit. Aber für ihn wäre sie ohnehin zu schade gewesen.

Aber denken Sie nicht, daß ich mein Training leichtnahm, nur weil ich die Tagträume dieses heiligen Thomas hatte platzen lassen. Noch während die deutsche Dirne nach dem Ritt um Luft rang und nach Erfrischungen läutete, machte ich bereits Lockerungsübungen auf dem Bettvorleger und probte meinen alten Armschwung; um das Fangen zu üben, holte ich sogar ein paar von ihren Mitschwestern ins Zimmer, die mir Orangen zuwerfen mußten, und Sie haben nie etwas Lustigeres gesehen als diese angemalten Flittchen, die in ihren Korsetts herumhüpften und mit Obst warfen. Wir machten einen solchen Lärm, daß die anderen Kunden ihre Köpfe aus den Türen steckten, und das Ganze entwickelte sich zu einem improvisierten Spiel auf dem Flur zwischen Huren und Kundschaft (ich muß eines Tages die Regeln für Bordellcricket schriftlich festhalten, falls ich mich noch an sie erinnere; der Begriff »Manndeckung« nahm dabei eine Bedeutung an, die Sie meines Wissens in keinem Handbuch finden). Die Schlacht geriet natürlich außer Kontrolle, Möbel gingen zu Bruch, die Huren kreischten und flennten, und die Rausschmeißer der

Madame setzten mich vor die Tür, weil ich ihr verrufenes Haus noch mehr in Verruf bringen könnte, was mir nur schwer möglich schien.

Am nächsten Tag jedoch machte ich mich ernsthaft im Garten und mit einem Ball ans Werk. Zu meiner Freude schien ich nichts von meinen alten Fähigkeiten verloren zu haben. Das Bein, das ich mir in Afghanistan gebrochen hatte, schmerzte kein bißchen, und zur Krönung meines Trainings warf ich das Fenster des Frühstückszimmers ein, wo mein Schwiegervater gerade sein Mahl beendete. Anscheinend hatte er beim Porridge über den Rebecca-Aufstand[3] gelesen; und da er sein erbärmliches Leben damit verbracht hatte, seine Fabrikarbeiter zu schinden und auszubeuten und ein dementsprechend schlechtes Gewissen hatte, war sein erster Gedanke beim Klirren der Scherben, der hungernde Pöbel habe sich erhoben und komme, um ihm seine gerechte Strafe zu erteilen.

»Du verd--- Vandale!« schrie er und klaubte sich die Splitter aus dem Backenbart. »Dir ist es wohl gleich, wen du zum Krüppel machst oder umbringst? Das hätte mein Tod sein können! Hast du nichts Vernünftiges zu tun?!« Und er schimpfte weiter über übelgesinnte Nichtstuer, die ihre Zeit und sein Geld mit selbstsüchtigen Vergnügungen verplemperten, während ich Elspeth über ihr Kaffeegedeck hinweg einen Guten-Morgen-Kuß gab. Ich betrachtete ihr schimmerndes Blondhaar und ihre Pfirsichhaut und fragte mich, wieso ich am Abend zuvor meine Kraft an jene fette Schlampe verschwendet hatte, während zu Hause zwischen den Laken das hier auf mich wartete.

»In eine feine Familie hast du da eingeheiratet«, sagte ihr charmanter Vater. »Der Sohn treibt sich herum und verwüstet das Haus, während der Vater vom Schnaps betäubt oben im Bett liegt. Ist kein Toast mehr da?«

»Nun, es ist unser Haus und unser Schnaps«, sagte ich und bediente mich mit einer Portion Nieren. »Und auch unser Toast, wenn du es so nimmst.«

»Ach, was du nicht sagst«, meinte er und wirkte dabei mehr denn je wie ein boshafter Kobold. »Und wer bezahlt das alles? Weder du noch dein Tunichtgut von Vater. Jawohl. Und du, meine Liebe, kannst dein beleidigtes Naserümpfen für dich behalten«, fuhr er an Elspeth gerichtet fort. »Das muß einmal ganz klipp und klar gesagt werden. Es ist John Morrison, der die Rechnungen für deinen feinen Gatten, dieses Haus und den Unterhalt der Familie bezahlt, mit gutem, schwer verdientem schottischen Silber; vergiß das nicht.« Er knüllte seine Zeitung zusammen, die mit verschüttetem Kaffee getränkt war. »Pah! Mir ist das ganze Frühstück vergangen. ›Unser Haus‹ und ›unser Schnaps‹ sagst du? Viel Wind und nichts dahinter!« Wutschnaubend marschierte er hinaus, um einen Augenblick später wieder zurückzukommen. »Und da du angeblich diesen Haushalt führst, mein Fräulein, sorge gefälligst dafür, daß es von jetzt an Marmelade gibt und nicht dieses verd--- französische Mus! Kon-fi-tüüüre! Ha! Klebriger Mist!« Und er knallte die Tür hinter sich zu.

»O du meine Güte«, seufzte Elspeth. »Papa hat schlechte Laune. Wie dumm, daß du das Fenster zerbrochen hast, Schatz.«

»Papa ist ein elender Stänkerer«, sagte ich und verschlang die Nieren. »Aber jetzt, wo wir ihn los sind, gib mir einen richtigen Kuß.«

Wie Sie sehen, waren wir eine ungewöhnliche Familie. Ich hatte Elspeth zwei Jahre zuvor notgedrungen geheiratet, als ich das Pech hatte, in Schottland stationiert zu sein und dabei erwischt zu werden, wie ich sie im Gebüsch vernaschte. Ich hatte die Wahl zwischen dem Traualtar und einem Pistolenduell mit ihrem feuerfressenden Onkel. Als mein versoffener alter Herr dann mit seinen Eisenbahnaktien Bankrott gemacht hatte, war dem alten Morrison nichts anderes übriggeblieben, als um seiner lieben Tochter willen die Unterhaltskosten für den Flashmanschen Haushalt zu übernehmen.

Ein schöner Zustand, wie Sie zugeben werden, denn der alte Geizkragen gab mir oder meinem Vater keinen Penny in die Hand, sondern steckte das Geld Elspeth zu, auf die ich folglich angewiesen war, wenn ich Taschengeld brauchte. Nicht daß sie kleinlich gewesen wäre, nein, denn sie war nicht nur atemberaubend schön, sondern auch so hirnlos wie ein Staubwedel und in mich vernarrt – zumindest schien es so, obwohl mir allmählich Zweifel kamen. Sie hatte einen gesunden Appetit auf das Bauch-an-Bauch-Spiel, und in mir wuchs der Verdacht, daß sie während meiner Abwesenheit mit jedem Kerl ins Bett gestiegen war, der ihr über den Weg lief, und auch jetzt, wo ich wieder zu Hause war, ihre Gunst weiterhin großzügig verschenkte. Wie gesagt, ich war mir nicht sicher – aber was das angeht, bin ich es auch heute noch nicht, sechzig Jahre später. Das Dumme war und ist, daß ich sie auf meine Art von Herzen liebte und nicht nur aus Wollust begehrte – obwohl man sich keine bessere Bettgenossin wünschen konnte –, und so viel ich auch in der Stadt und anderswo herumstreuseln mochte, hat es nie eine andere Frau neben ihr gegeben, die mir etwas bedeutet hätte. Nicht einmal Lola Montez oder Lakshmibai oder Lili Langtry oder die Tochter Ko Dalis oder Herzogin Irma oder Die-Frau-die-Wolken-vertreibt oder Valentina oder . . . oder ach, nehmen Sie, welche Sie wollen, keine reichte an Elspeth heran.

Eins muß man sagen, sie war das fröhlichste Geschöpf auf Erden und rührend leicht zufriedenzustellen. Sie schwärmte für das Leben in London, das eine ungewohnte Abwechslung gegenüber dem Friedhof namens Paisley bot, auf dem sie großgeworden war. Mit ihrem Aussehen, meinen frisch errungenen Lorbeeren und (vor allem) den Moneten ihres Vaters wurden wir überall gut aufgenommen, und man übersah geflissentlich ihre Herkunft aus einer »Krämerfamilie« (so etwas wie einen nicht gesellschaftsfähigen Helden oder eine unstandesgemäße Erbin gibt es nicht). Elspeth fand das alles toll, denn sie war ein unglaublicher kleiner Snob, und als ich ihr erzählte, daß ich auf dem Platz von Lord's vor vornehmstem Publikum spielen würde, geriet sie in Verzükkung. Das war wieder einmal ein Vorwand, sich neue Hüte und Kleider zu kaufen, dachte sie, und sich für den Gesellschaftsklüngel herauszuputzen. Da sie Schottin war und keine Ahnung hatte, nahm sie an, Cricket sei ein Spiel für feine Leute. Natürlich wurde es von einer gewissen Schicht der eleganten Welt betrieben, doch war zu dieser Zeit nicht gerade die Crème de la crème – Landbarone, wohlhabender niederer Adel, sogenannter Pferdeadel, vielleicht ein oder zwei verrückte Bischöfe, aber alles recht rustikal. Das Spiel war nicht ganz so respektabel wie heute.

Ein Grund dafür ist, daß Cricket damals noch ein Wettspiel war, und die Einsätze konnten ganz schön hoch sein – ich habe erlebt, daß fünfzigtausend Pfund auf einen einzigen Durchgang gesetzt wurden, daneben wilde Wetten von einer bis zu tausend Guineas, wie viele Tore Marsden schaffen oder wie viele Bälle der Eckmann fangen würde, und ob Pilch fünfzig Läufe erreichen würde (was er vermutlich tat). Bei soviel Geld im Spiel können Sie sich denken, daß unterderhand einiges vor sich ging, neben dem die Ställe eines Gestüts in Hays City so sauber wie das Klo einer alten Jungfer gewirkt hätten, Siege und Niederlagen wurden ausgehandelt, Spieler bestochen und bedroht und Spielfelder präpariert (ich weiß von einer angesehenen Kreismannschaft, deren gesamte Elf geschlossen hinausschlich und im Dunkeln auf das Innenfeld p---te, damit ihre Bälle am nächsten Morgen besser sprangen; ich habe mir selber eine scheußliche Erkältung dabei geholt). Natürlich war Bestechung nicht allgemein verbreitet oder auch nur üblich, aber sie kam in jenen guten alten Tagen des Sports vor – und was immer Puristen auch sagen mögen, Cricket war damals lebendiger und packender als heute.

Selbst das äußere Bild war anders. Wenn ich meine Augen schließe, sehe ich Lord's vor mir, wie es damals war, und ich weiß, wenn die Erinnerungen an Kriege und Betten ihre frühere Farbigkeit verloren haben und zu nebeligem Grau verblaßt sind, so wird zumindest dieses Bild klar und leuchtend wie eh und je sein. Die Kutschen und Wagen, die sich auf der Straße vor dem Tor drängen, die elegante Menge, die an Jimmy Darks Haus vorbei unter den Bäumen hereinströmt, die Mädchen in ihren Sommerkleidern und Hüten, die unter ihren Sonnenschirmen wie bunte Schmetterlinge wirken und von ihren Kavalieren zu den Stühlen geleitet werden, die Männer mit Zylinderhüten und Gehröcken, andere mit gestreiften Jacken und Mützen, die feinen Herren steif und zugeknöpft, und die weniger feinen hemdsärmelig, mit Melonen auf den Köpfen, dicken Uhrketten vor den Bäuchen und Tabakspfeifen zwischen den Zähnen; die Buchmacher an ihren Ständen vor dem Klubhaus, die Wettquoten ausrufen, die geschniegelten Jünglinge mit prächtigen Backenbärten und reichverzierten Westen, die Tipgeber, Laufburschen und piekfeinen Taschendiebe, die durch das Gedränge wieseln, die Schankgehilfen und Kellner vom Pub in Lord's, die sich mit bier- und limonadebeladenen Tabletts durch die Menge wühlen und rufen: »Platz da, Leute! Platz da, Vorsicht!« Der alte John Gully, der ehemalige Faustkämpfer, der wie eine riesige Eiche breitbeinig dasteht und freundlich lächelnd mit Alfred Mynn plaudert, dessen rote Schärpe und Kreissäge aus Stroh wie ein Magnet die Blicke der jugendlichen Heldenverehrer anziehen, die sich in respektvoller Entfernung um diese Giganten der Sportwelt scharen; die Diener, die den Weg für einen alten zittrigen Herzog bahnen, der nickend und an seinen Zylinder tippend Arm in Arm mit seiner derzeitigen Mätresse daherkommt, sie angemalt und mit herausforderndem Blick, während die Damen sich mit raschelnden Röcken von ihr abwenden;

die Kegelbahn und der Bogenschießstand, auf denen reges Treiben herrscht und wo sich das dumpfe Klatschen der Pfeile mit dem Tschingderassa der Militärkapelle mischt, dem Geschnatter und Geschrei der Händler, dem Knarren der Kutschenräder und dem warmen, sommerlichen Summen, das über das Feld weht, von dem Stevie Slatters Jungen gerade die Schafe vertreiben und die spielenden Kinder verscheuchen; die Menge, die sich in Zehnerreihen an den Absperrungen drängt, um Pilch beim Schlagtraining zuzuschauen oder Felix, der behende wie sein tierischer Namensvetter seine langsamen Würfe übt, bei denen der Ball ewig in der Luft zu schweben scheint.

Oder ich sehe das Bild in der späten Abendsonne, die Spieler mit ihren weißen Zylinderhüten marschieren vom Feld, an den Seilen brandet ringsum der Applaus auf, und die jungen Bengel strömen herbei, um ihre Helden anzubeten, während die alten, ausgepufften Kenner vor dem Klubhaus in die Hände klatschen, »Gut gespielt!« rufen und ihre Bierkrüge schwenken; der Kapitän wirft den Ball einem Knirps mit großen, runden Augen zu, der ihn sein Leben lang wie eine Reliquie hüten wird, der Schiedsrichter klettert steifbeinig von seinem Hochsitz, und die Schatten über der idyllischen Szene werden länger, ein Urbild des sportlichen Merry Old England; die Unparteiischen sammeln die Torstäbe ein, die Vögel zwitschern in den hohen Bäumen, sanft breitet sich der Abend über den Platz, das Mannschaftsgebäude, die leeren Bänke und den Weidenholzstapel hinter der Schafkoppel, wo Flasby gerade im hohen Gras die Tochter des Gutsbesitzers beakkert. Jawohl, Cricket war damals noch Cricket.

Abgesehen von der letzten Szene, sie sich bei einer anderen Gelegenheit abspielte, war alles ganz genau so an jenem Nachmittag, als die Gentlemen of Rugby – darunter auch meine Wenigkeit – auszogen, um gegen die Elite von Kent zu spielen. Zunächst dachte ich, die Sache könnte ungemütlich werden, denn während die meisten meiner Mannschaftskollegen recht höflich waren – wie man es gegenüber dem Hektor von Afghanistan erwarten konnte –, war der gräßliche Brown entschieden kühl, und ebenso Brooke, der zu meiner Zeit Schulältester und Arnolds Augapfel gewesen war. Das sagt Ihnen alles, was Sie über ihn wissen müssen. Er war wohlgebaut und gutaussehend, ging zur Kirche, hatte keine unkeuschen Gedanken, war nett zu Tieren und alten Damen und dazu ein Leutnant der Marine. Ich habe keine Ahnung, was aus ihm geworden ist, doch ich hoffe, daß er mit der Schiffskasse und der Frau des Admirals durchgebrannt ist und ein Bordell in Walparaiso eröffnet hat. Er und Brown unterhielten sich im Mannschaftsgebäude mit leiser Stimme und blickten zu mir herüber; zweifellos frohlockten sie über mich reulosen Sünder.

Dann wurde es Zeit zu spielen. Brown gewann den Losentscheid, und wir wurden Schlagmannschaft, was bedeutet, daß ich die nächste Stunde neben Elspeths Stuhl verbrachte, auf meinen Einsatz wartete und versuchte, sie zum Schweigen zu bringen, wenn sie schwachsinnige Bemerkungen über das Spiel machte. Es dauerte eine ganze Weile, denn entweder ging Kent die Sache schonend an, um das Spiel nicht zu verderben, oder Brooke und Brown waren besser als erwartet, denn sie überstanden Mynns wirbelwindartigen Eröffnungsangriff, und als die anderen Feldspieler zum Zuge kamen, begannen sie, ganz schön Punkte zu sammeln. Eins muß ich Brown lassen, er konnte verfl--- gut mit dem Schlagholz umgehen, und Brooke war ein Draufgänger. Sie legten bis zum ersten Treffer dreißig Läufe vor, doch unsere anderen Schlagmänner waren lahm, so daß wir siebzig Läufe Vorsprung hatten, ehe die letzten an die Reihe kamen und ich Abschied von meiner Schönen nahm, die mich verd--- in Verlegenheit brachte, indem sie ihren Nachbarinnen versicherte, ich würde bestimmt Läufe holen, weil ich so stark und klug sei. Ich eilte zum Mannschaftsgebäude, schnappte mit vom Kellner einen Krug Ale, doch hatte kaum Zeit zu mehr, als den Schaum fortzublasen, da waren schon zwei weitere Schlagmänner ausgeschieden, und Brown rief: »Hinein mit dir, Flashman!«

Also griff ich mir neben dem Fahnenmast ein Schlagholz, schlängelte mich durch die Menge, die sich neugierig umdrehte, um den neuen Spieler zu betrachten, und lief auf den Rasen. Sie haben das sicher oft genug getan und erinnern sich an das Schweigen, wenn man zum Tor geht, das so weit entfernt scheint; vielleicht kommt vereinzelt Beifall oder der Zuruf: »Mach's gut, alter Junge!«, und nicht mehr als eine Handvoll Zuschauer lungern um die Absperrung herum, die Feldmannschaft sitzt auf dem Rasen oder liegt in der Sonne und würdigt einen kaum eines Blickes, wenn man auf das Spielfeld kommt. Das alles kannte ich recht gut, doch als ich über die Seile stieg, blickte ich zufällig auf – und war von Lord's zum ersten Mal überwältigt. Rings um das große, smaragdgrüne Feld, das glatt wie ein Billardtisch war, drängte sich diese riesige Menschenmenge am Rand des Platzes zehn Reihen tief, dahinter standen dicht aneinandergereiht die Kutschen Rad an Rad, voll vornehmer Damen und Herren. Und diese ganze Menschenmasse schwieg erwartungsvoll, während die Sonne sich in den glitzernden Augen von Tausenden Operngläsern und Feldstechern spiegelte, die mich anfunkelten – es machte einen ver--- nervös, diesen leeren Platz zu überqueren, meine Blase schien plötzlich zum Bersten voll, und ich wäre am liebsten in das freundliche, warme Gedränge hinter mir zurückgelaufen.

Sie finden es vielleicht merkwürdig, daß ich ausgerechnet in diesem Moment von Nervosität und Angst gepackt wurde; schließlich hat sich meine angeborene Feigheit durch einige wirklich erwähnenswerte, schreckliche Erlebnisse abgeschliffen – Zulukrieger, Kosakenreiter und berittene Sioux haben auf verschiedene Weise alles darangesetzt, meinen Kreislauf und mein Nervensystem durcheinanderzubringen. Doch dabei standen andere mit mir zusammen im Rampenlicht, und außerdem ist das eine andere Art von Angst. Die kleineren Nervenbelastungen können gerade deshalb so ver--- beängstigend sein, weil man weiß, daß man sie überleben wird.

Es dauerte kaum länger als eine Sekunde, daß ich zögerte, schwer schluckte und weiterlief, und dann geschah etwas höchst Erstaunliches. Ein Raunen lief durch die Menschenreihen, schwoll an und explodierte pötzlich zum ohrenbetäubendsten Beifallsgeschrei, das Sie je gehört haben. Man spürte es wie eine Bebenwelle den Boden erschüttern. Die Damen standen auf, winkten mit ihren Taschentüchern und Sonnenschirmen, die Männer brüllten »Hurra!«, schwenkten ihre Hüte und sprangen in den Kutschen auf, und inmitten von allem begann die Kapelle »Rule, Britannia« zu schmettern. Ich begriff, daß sie nicht dem neuen Spieler zujubelten, sondern den Helden von Djallalabad begrüßten, und die Überraschung warf mich fast um. Doch ich glaube, ich spielte meine Rolle ganz gut. Ich lüftete meinen weißen Zylinder, grüßte nach rechts und links, während die Musik und das Geschrei weiterdröhnten, und beeilte mich, zum Tor zu gelangen, wie sich das für einen bescheidenen Helden gehört. Und dort stand der kleine, schlanke Felix mit Backenbart und Schülermütze, lächelte scheu und streckte mir seine Hand entgegen. Felix, der größte Gentleman unter den Schlagmännern dieser Welt, führte mich zum Tor und – man höre und staune – forderte die Mannschaft aus Kent zu einem dreifachen Hurra auf. Dann trat Stille ein, und mein Schlagholz dröhnte ungewöhnlich laut, als ich es auf die Markierung sausen ließ. Die Feldspieler duckten sich, und ich dachte, o Gott, jetzt wird's ernst, ich weiß, ich bin gezwungen, alles auf eine Karte zu setzen, um gut abzuschneiden, dazu noch nach einer solchen Begrüßung, und während mir das Herz in die Hose rutschte, blickte ich über das Spielfeld zu Alfred Mynn.

An guten Tagen war er nur ein riesiger Kerl, etwas über einsachtzig groß und fast zwei Zentner schwer, mit einem Gesicht wie gebratener Speck, der mit einer doppelten Portion von schwarzem Backenbart garniert ist. Aber jetzt sah er wie Goliath aus, und falls Sie meinen, ein Mann könne einen nicht aus fünfundzwanzig Meter Entfernung überragen, dann haben Sie den jungen Alfie noch nicht gesehen. Er lächelte, warf spielerisch den Ball in die Luft, der in seiner massigen Faust kaum größer als eine Kirsche wirkte, und scharrte mit einem Fuß über den Rasen. Der alte Aislabie ließ mich Aufstellung nehmen, stammelte »Los!«, ich packte mein Schlagholz, und Mynn machte sechs schnelle Schritte und schwang seinen Arm.

Ich sah den Ball in seiner Hand auf Schulterhöhe, dann zischte etwas an meinem rechten Knie vorbei, ich machte Anstalten, mein Schlagholz zu heben – und der Fänger spielte den Ball Felix zu, der rechts von mir stand. Ich schluckte entsetzt, denn ich schwöre, ich hatte das verd--- Ding überhaupt nicht kommen sehen, und jemand aus der Menge schrie: »Gut vorbeigelassen, Sir!« Etwas über einen Meter vor mir ging ein kleines Staubwölkchen nieder; da schlägt er also auf, dachte ich, o Himmel, laß ihn nicht mich treffen! Felix, der knapp drei Meter entfernt vor mir hockte, rückte ein kleines Stück näher und richtete seine Augen fest auf meine Füße; Mynn hatte wieder den Ball, machte erneut sechs kleine Schritte, und ich machte mit fest geschlossenen Augen einen Satz nach vorne, um mein Schlagholz an der Stelle aufzusetzen, wo beim letzten Mal der Staub aufgestiegen war. Ich stemmte es fest auf den Boden, doch das Schlagholz schnellte hoch, als hätte es ein Hammerschlag getroffen, meine Handgelenke waren wie betäubt, und als ich meine Augen öffnete, sah ich den Ball nach links hinter dem Tor davonfliegen. Brooke schrie »Nun komm schon!«, und der Himmel weiß, daß ich wollte, aber meine Beine gehorchten mir nicht, und Brooke mußte kopfschüttelnd umkehren.

Das kann so nicht weitergehen, dachte ich, denn wenn ich hierbleibe, werde ich noch für den Rest meines Lebens zum Krüppel. Als Mynn sich wieder umwandte, ergriff mich Panik, gemischt mit Haß und Wut; er marschierte mit großen Schritten auf das Laufmal zu und holte weit mit dem Arm aus; ich verließ mit einem riesigen, verzweifelten Sprung meinen Platz und schwang mein Schlagholz, als ginge es um mein Leben. Es gab einen gräßlichen Knall, und in einem Anflug freudiger Erregung begriff ich, daß ich wohl den Ball mit vollem Schwung tief unten mit der Außenkante erwischt hatte; das verd--- Ding mußte mittlerweile in Wiltshire sein, fünf Läufe waren uns sicher, und ich war drauf und dran, über das Innenfeld loszustürmen, als ich sah, daß Brooke an seinem Platz stehenblieb, und daß Felix, der mir als Feldspieler dicht auf die Pelle gerückt war, den Ball spielerisch in seiner linken Hand springen ließ, den Kopf schüttelte und mich anlächelte.

Wie er ihn gefangen hatte, wissen nur er und der Teufel; es war so, als hätte er eine Pistolenkugel an der Mündung abgefangen. Aber ihm war kein Haar gekrümmt, und mir blieb keine andere Wahl, als zum Mannschaftsgebäude zurückzutrotten, während die Menge voller Mitgefühl aufstöhnte. Ich winkte ihr mit meinem Schlagholz zu und tippte an meinen Zylinder – letzten Endes war ich ja Werfer, und zumindest hatte ich mein Glück versucht. Und ich hatte drei Bällen von Alfred Mynn standgehalten.

Wir beendeten unseren Durchgang mit einundneunzig Läufen, Flash durch Felix' Fangkünste »aus«, null Läufe. Das wurde allgemein als sehr passables Ergebnis angesehen, obwohl Kent sicher war, es leicht zu übertreffen, und da jede Mannschaft nur einen Durchgang hatte, wäre die Sache damit gelaufen. Trotz meines mageren Erfolgs – hätte ich doch bloß nach dem zweiten Ball einen Lauf versucht! – wurde ich rings um das Klubhaus freundlich empfangen, denn mittlerweile hatte sich herumgesprochen, wer ich war, und mehrere Herren kamen, um mir die Hand zu schütteln, während die Damen meine stramme Gestalt beäugten und hinter ihren Sonnenschirmen miteinander herumalberten; Elspeth strahlte über die gute Figur, die ich in ihren Augen abgegeben hatte, doch sie empörte sich, daß ich ausgeschieden war, wo doch niemand meine Torstäbe umgeworfen hatte – denn war das nicht das eigentliche Ziel des Spiels? Ich erklärte, daß ich ausgeschieden sei, weil Felix den Ball gefangen hatte, und sie meinte, das sei äußerst unfair, und dieser kleine Mann mit der Mütze müsse ein ganz gemeiner Kerl sein, woraufhin die Herren in der Runde schallend lachten und mit ihr schäkerten, nach einem Punsch mit Soda für die Damen riefen und schworen, sie müsse dem Komitee beitreten, um die Regeln abzuändern.

Ich begnügte mich mit einem Glas Bier, bevor wir als Feldmannschaft loszogen, denn ich wollte zum Werfen in Form sein. Aber Brown ließ mich verd--- noch mal im Außenfeld herumlungern – zweifellos, um mich daran zu erinnern, daß ich ein Hurenbock und deshalb nicht geeignet sei, einen Versuch zu übernehmen.

Ich machte mir nichts daraus, sondern schlenderte ganz lässig herum, plauderte mit dem Stadtvolk an den Absperrungen und zuckte vielsagend die Schultern, wenn Felix oder sein Partner einen guten Schlag anbrachten, was sie bei jedem zweiten Ball taten. Sie jagten unsere Jungs ganz schön über das gesamte Spielfeld und hatten innerhalb einer Stunde gut fünfzig Läufe aufgeholt; ich äußerte gegenüber den Zuschauern, was wir brauchten, sei ein bißchen Pfeffer, und ließ meinen Arm spielen. Sie jubelten und begannen zu rufen »Flashy vor, Flashy vor! Hussa, hoch Afghanistan!« und so weiter, was ausgesprochen wohltuend war.

Die Damen in den Kutschen in der Nähe meines Beobachtungspostens hatten mir gebührende Aufmerksamkeit gewidmet, und ich war in der Tat so beschäftigt damit gewesen, herumzustolzieren und ihnen zuzublinzeln, daß ich einen Weitwurf verpaßt hatte, woraufhin Brown mich ziemlich scharf anfuhr, ich solle aufpassen. Jetzt begannen eine oder zwei der temperamentvolleren Damen das Stadtvolk nachzuahmen, was sie weiter anstachelte, so daß die Rufe »Flashy vor, Flashy vor!« bald in rauhem Baß und piepsigem Sopran rund um das ganze Spielfeld erschallten. Schließlich konnte Brown es nicht länger aushalten und winkte mich heran, die Menge jubelte wie sonst etwas, und Felix lächelte still und nahm neu Aufstellung.

Im großen und ganzen behandelte er meine ersten vier Würfe mit Respekt, denn er machte nur elf Läufe daraus, was besser war, als ich verdiente. Zwar schleuderte ich meine Bälle natürlich mit ungeheurer Kraft, doch den ersten mit vollem Elan an seinen Kopf und die nächsten drei aus reiner Nervosität entsetzlich kurz. Der Menge gefiel das, und – der T---l soll ihn holen – Felix auch; an den ersten kam er nicht heran, aber aus dem zweiten holte er vier Läufe, schnitt den dritten auf Zehenspitzen an und fegte den vierten direkt unter seiner Nase weg bis in die Kutschen neben dem Klubhaus.

Die Menge lachte und spendete Beifall, während Brown sich verärgert auf die Lippe biß und Brooke mich mißbilligend und angewidert betrachtete. Aber sie konnten mich nicht nach nur einem Versuch aus dem Spiel nehmen; ich sah, daß Felix etwas zu seinem Partner sagte, und der andere lachte – und als ich zu meinem Beobachtungsposten zurückging, schlich sich ein Gedanke in meinen Kopf. Ich schaute furchtbar finster drein und schlug empört die Hände zusammen, woraufhin die Zuschauer lauter denn je schrien. »Gib ihnen afghanischen Pfeffer!« rief einer, und »Her mit den Geschützen!« johlte ein anderer; ich schüttelte meine Faust und schob meinen Hut ins Genick, und sie jubelten und lachten erneut.

Sie gaben ein Riesengeschrei von sich, als Brown mich zu meinem zweiten Versuch aufrief, und setzten sich alle hin, um den Spaß besser genießen zu können. Das könnt ihr haben, Leute, dachte ich, als ich zum Wurfmal stürmte, wobei die Menge jeden Schritt mitzählte. Mein erster Ball schlug etwa in der Hälfte des Innenfeldes auf, flog hoch über den Kopf des Schlagmannes, und sie schafften drei Läufe, weil er zu weit geworfen war. Dadurch stand Felix mir wieder gegenüber, und ich ging zurück und verschloß meine Ohren vor dem Geschrei und Browns gemurmelten Vorwürfen. Ich drehte mich um, und an der Art, wie Felix seine Schultern hob, konnte ich sehen, daß er sich darauf vorbereitete, meinen Ball hoch oben abzuschlagen; ich fixierte meinen Blick auf einen Punkt, der genau auf einer Linie mit seinem rechten Torstab lag – er war Linkshänder, wodurch das Tor für einen scharf geworfenen Ball weit wie ein Scheunentor offenstand –, und nahm mir beim Anlauf fest vor, den schönsten und schnellsten Wurf meines Lebens zu liefern.

Und das tat ich auch. Nun, ich habe Ihnen ja gesagt, daß ich ein guter Werfer war, doch das war der beste Ball, den ich je geworfen habe, was soviel heißt, daß er unspielbar war. Den ersten hatte ich absichtlich zu kurz aufkommen lassen, nur um zu bestätigen, was jeder vom ersten Versuch her vermutete – daß ich wild drauflos-warf, mit nicht mehr Sinn und Verstand als ein blindes Huhn. Aber der zweite war aus voller Überlegung heraus auf jenen Punkt gezielt, mit einer Spur weniger Kraft, als ich aufbringen konnte, um seine Bahn stabil zu halten, und von dem Moment an, wo er meine Hand verließ, war Felix verloren. Zugegeben, ich hatte Glück, denn die Stelle muß kahl gewesen sein; es war ein flach geworfener Ball, der an seinen Zehen vorbeischlitterte, während er erwartete, ihn um die Ohren zu bekommen, und ehe er ihn abwehren konnte, flog sein Torstab holterdiepolter davon.

Das Gebrüll, das sich erhob, war markerschütternd. Felix schlich kopfschüttelnd an mir vorbei und warf mir einen merkwürdigen Blick zu, während die Kameraden mir auf die Schulter klopften und selbst Brooke sich dazu herabließ, zu rufen: »Gut geworfen!« Ich nahm es sehr gelassen hin, doch insgeheim dachte ich an Felix – ausgerechnet Felix! –, und ich hätte diesen Treffer nicht gegen einen Adelstitel getauscht. Dann wurde ich auf den Boden der Tatsachen zurückgebracht, denn die Menge jubelte dem Spieler zu, der neu aufs Feld kam, und als ich den Ball aufhob und mich umdrehte, sah ich die große, eckige Gestalt mit den lang herabhängenden Armen und dem Schlagholz mit kurzem Griff vor mir.

Als junger Grünschnabel hatte ich Fuller Pilch in Norwich gesehen, wo er Marsden aus Yorkshire bei den englischen Landesmeisterschaften besiegte. Sofern ich überhaupt jemals als Junge einen Helden verehrte, war es Pilch, der beste Berufsspieler seiner Zeit. Einige Leute behaupten, er sei der beste aller Zeiten, doch ich glaube, dieser neue Junge namens Rhodes könnte genauso gut werden. Na gut, Flash, dachte ich, du hast nichts zu verlieren, also zeig's ihm.

Nun, was ich mit Felix gemacht hatte, war überlegtes Werfen, aber was jetzt kam, war Glück und nichts anderes. Ich kann es mir heute noch nicht erklären, aber so war es und so geschah es. Ich tat mein Bestes, um meinen großartigen Wurf zu wiederholen, nur diesmal noch schneller, und infolgedessen war er ein Stück zu kurz; ich weiß nicht, ob Pilch durch die Geschwindigkeit überrascht wurde oder durch die Tatsache, daß der Ball höher sprang, als er es rechtmäßig gedurft hätte, aber er langte einen Moment zu spät zu, und das war sein großer Fehler. Er setzte sein Schlagholz nicht rechtzeitig auf, der Ball rutschte weit oben an der Schmalseite ab, und ich stürzte mich Hals über Kopf auf das Innenfeld, ruderte mit Armen und Beinen und grabschte nach dem Ball, den ich mit dem Mund hätte auffangen können. Ich hätte die Sache auch beinahe verpatzt, doch er blieb zwischen Daumen und Zeigefinger hängen, und als nächstes bekam ich mit, daß man mir auf den Rücken klopfte und das Stadtvolk lauthals brüllte, während Pilch sich verärgert abwandte und sein Schlagholz hinschmiß. »Elende Steine!« rief er. »Hat Dark denn keinen Besen?« Und soviel ich weiß, könnte er sogar recht gehabt haben.

Wie Sie sich vorstellen können, war mir mittlerweile alles egal. Felix – und Pilch. Es gab nichts anderes mehr auf der Welt, so dachte ich zumindest in jenem Augenblick; was konnte diesen glorreichen Doppelsieg übertreffen? Deine Enkel werden das nie glauben, dachte ich, vorausgesetzt du hast mal welche – Schockschwerenot! Ich werde jede einzelne Sportzeitung kaufen, die im nächsten Monat erscheint, und das Schlafzimmer des alten Morrison damit tapezieren. Und doch sollte das Allerbeste erst jetzt kommen.

Mynn schritt zur Torlinie; ich sehe ihn heute noch vor mir, und dabei kommt mir ein Vers in den Sinn, den Macaulay in eben diesem Jahr geschrieben hat:

»Der Ruf erschallt ›Ein Stern geht auf!‹
und seht, wie in des Volkes Mitten
ein Weg sich bahnt für Lunas Lauf,
die naht mit würdevollen Schritten.«

Das war aufs Haar genau Alfred der Große, würdevoll und prächtig, mit seiner breiten scharlachroten Schärpe, sein Schlagholz wie ein Spielzeugpaddel in der Hand; er grinste mich im Vorbeigehen breit an, nahm Aufstellung, warf einen gemächlichen Blick in die Runde, schob seinen Strohhut ins Genick und nickte dem Schiedsrichter zu, dem alten Aislabie, der vor Aufregung zitterte, als er rief: »Los!«

Nun, ich hatte nicht die geringste Hoffnung, meine gezeigte Leistung noch zu überbieten, dessen können Sie sicher sein, aber ich war entschlossen, auch bei diesem Wurf mein Bestes zu geben, und erst als ich mich umdrehte, kam ich darauf – der alte Aislabie ist ein ehemaliger Rugby-Schüler und hat diese Veranstaltung aus Stolz auf seine alte Schule organisiert; er ist ehrlich bis auf die Knochen, das sicher, aber wie alle Enthusiasten wird er das sehen, was er sehen will – oder nicht? Und Mynn ist so verfl--- groß, daß man gar nicht anders kann, als ihn irgendwo zu treffen, wenn man es darauf anlegt und so schnell wirft, wie man kann. Das alles nahm Gestalt an, während ich Anlauf auf das Wurfmal nahm. Ich hatte Felix mit Geschick erwischt, Pilch mit Glück, und ich würde Mynn mit einer Gaunerei zur Strecke bringen oder bei dem Versuch untergehen. Ich stürmte auf die Linie zu und ließ einen absoluten Mordswurf los, in der Weite genau richtig, aber einen guten Fuß weit neben den rechten Torstab. Der Ball sprang hoch, Mynn trat rasch auf die andere Seite, um ihn vorbeizulassen, er schnellte gegen seinen Knöchel, und in dem Moment hüpfte ich vor Aislabies Nase herum, um ihm die Sicht zu nehmen, drehte mich im Springen um und schrie, so laut ich konnte: »Wie war das da, Sir?«

Nun, ein Werfer, der dazu noch ein Gentleman der alten Rugby-Schule ist, legt keine Beschwerde ein, wenn er nicht von seiner Sache überzeugt ist; dieser stachelbeeräugige alte Trottel Aislabie hatte durch meine Luftsprünge zwischen ihm und dem Schauplatz des Verbrechens nicht das geringste gesehen, aber er kam zu dem Schluß, daß an der Sache etwas sein müsse, so wie ich es von ihm erwartet hatte, und bis er seinen wäßrigen Blick auf ihn gerichtet hatte, stand Mynn, der zur Seite getreten war, dick und breit vor den Torstäben. Aislabie wäre ein Übermensch gewesen, wenn er der Versuchung hätte widerstehen können, das Wort zu sagen, das außer Alfie jeder auf dem Spielfeld hören wollte. »Aus!« rief er. »Ja, einwandfrei aus! Aus!«

Danach war die Hölle los; die Zuschauer spielten verrückt, und meine Mannschaftskameraden packten mich einfach und rollten sich mit mir auf dem Boden; der Beifall war ohrenbetäubend, und selbst Brown schüttelte mir kräftig die Hand, schlug mir auf die Schulter und schrie: »Das war ein Wurf! Gut gemacht, Flashy!« (Sie sehen die Moral: man kann es mit jeder Hure in London treiben, wenn einem der Sinn danach steht; das ist unwesentlich, solange man gut Cricket spielt.) Mynn kam vorbei, schüttelte seinen Kopf und hob die Augenbraue in Aislabies Richtung – er wußte, die Entscheidung war oberfaul. Doch er war ein solcher Sportnarr, daß er dann etwas tat, was in den allgemeinen Sprachgebrauch übergegangen ist: er nahm seine Kreissäge ab, reichte sie mir mit einer Verbeugung und sagte: »Dieser Trick ist allemal einen neuen Hut wert, junger Mann.«

(Ich will verfl--- sein, wenn ich weiß, welchen Trick[4] er meinte, und es ist mir auch ziemlich gleich; ich weiß nur, daß die Regel über das Bein vor dem Tor einfach großartig ist, und daß man bloß die Finger davon lassen sollte.)

Anschließend blieb natürlich nur noch eins zu tun. Ich sagte Brown, daß ich mir bei dieser Anstrengung den Arm verstaucht hätte – womöglich kam auch der Rheumatismus wieder durch, den ich mir in Afghanistan zugezogen hatte ... elendes Pech ... wo ich doch gerade die richtige Weite in den Griff bekam ... zu dumm ... ausgesprochen ärgerlich ... aber als Fänger wird es noch klappen ... Ich hatte nicht vor, das Risiko einzugehen, daß die anderen Leute aus Kent mich zur Schnecke machten, um keinen Preis. Begleitet von den Ovationen der Menge, die ich bescheiden entgegennahm, indem ich an Mynns Hut tippte, ging ich weit ins Außenfeld zurück und sonnte mich bis zum Ende des Spiels, das wir um vier Wickets verloren, in meinem Ruhm. (Wenn doch nur dieser prachtvolle Flashman hätte weiterspielen können, was? Kent wäre im Handumdrehen am Boden zerstört gewesen. Man sagt, er hat noch eine Kugel in seinem rechten Arm – nein, das war es nicht, es war eine Speerspitze – sage Ihnen, ich habe es in der Zeitung gelesen, usw., usw.)

Hinterher gab es im Klubhaus Bier für alle und dazu Glückwünsche jeder Art. Felix schüttelte mir noch einmal die Hand und verbeugte sich auf seine schüchterne Art, und Mynn fragte, ob ich im nächsten Jahr zu Haus sein würde, denn falls die Armee keine Verwendung für mich haben sollte, könnte er mich in der Gelegenheitsmannschaft brauchen, die er für die große Cricketwoche in Canterbury aufstellen wollte. Das war in höchstem Grade schmeichelhaft, doch ich bin mir nicht sicher, ob nicht der ehrlichste Tribut, der mir gezollt wurde, Fuller Pilchs zusammengezogene Augenbrauen und finsterer Blick waren, als er mit seinem Bierkrug auf einer Bank saß und mich volle zwei Minuten lang von oben bis unten ansah, ohne ein Wort zu sagen.

Selbst der klapprige alte Herzog kam an, um mir zu gratulieren und zu sagen, daß mein Stil ihn eindeutig an seinen eigenen erinnere. »Habe ich nicht sogar eine Bemerkung darüber gemacht, meine Liebe?« meinte er zu seiner aufgedonnerten Begleiterin, die mit ihrem Sonnenschirm herumspielte und ein Gähnen unterdrückte, während sie mir ihr hübsches Profil zuwandte und mich aus dem Augenwinkel taxierte. »Habe ich nicht geäußert, daß Mr. Flashmans Flachschuß genauso war wie der, mit dem ich 1806 in Maidstone Beauclerk besiegt habe? Der Ball war auf seinen rechten Torstab gezielt, Sir, erwischte ihn, als er einen Schritt rückwärts machte, verstehen Sie, kam nur kurz auf, änderte seine Richtung und schoß auf den mittleren Torstab; er warf sein ganzes Tor um – ha! ha!«

Ich mußte den alten Trottel festhalten, damit er nicht bei der Demonstration seines Wurfs nach vorne kippte, und seine Paradiesjungfrau, die mir dabei zu Hilfe kam, nützte die Gelegenheit, um ihren molligen Arm am mir zu reiben. »Wir werden doch sicher das Vergnügen haben, Sie nächsten Sommer in Canterbury zu sehen, Mr. Flashman?« murmelte sie, und als sie ihn abschleppte, rief der alte Hanswurst, jawohl, jawohl, das sei eine großartige Idee; ich nahm mir vor, sie dann zu besuchen, da sie ihn vermutlich im Laufe des Winters unter die Erde gebracht haben würde.

Erst als ich mich im Badehaus abgetrocknet hatte und nach draußen ging, um mir einen Branntweinpunsch zu holen, fiel mir auf, daß ich Elspeth seit Ende des Spiels nicht mehr gesehen hatte. Das war merkwürdig, da sie sich kaum eine Gelegenheit entgehen lassen würde, den Abglanz meines Ruhm zutiefst zu genießen. Ich zog mich an und schaute mich um; keine Spur von ihr in der Menge, die sich allmählich lichtete, weder vor dem Mannschaftsgebäude noch an den Teetischen der Damen oder in unserer Kutsche; auch der Kutscher hatte sie nicht gesehen. Vor dem Pub herrschte ein ziemliches Gedränge, doch dort würde sie kaum sein. Da zupfte mich jemand am Ärmel, und als ich mich umdrehte, sah ich ein großes Individuum mit bierseligem Gesicht und schwarzen Knopfaugen neben mir.

»Mr. Flashman, mit Verlaub, Sir«, sagte er und tippte dabei mit dem Stock an seinen flachen Hut. »Sie werden verzeihen, aber ich bin so frei – Tighe ist mein Name, Daedalus Tighe, allseits wohlbekannt, Agent und Buchführer der eleganten Welt«, und er schob mir mit seinen Schweißfingern eine Karte zu. »Ich möchte die Gelegenheit ergreifen, mein werter Herr und Sportsfreund, Ihnen Glück und alles Gute zu wünschen, und –«

»Besten Dank«, sagte ich, »aber ich möchte keine Wetten abschließen.«

»Aber, aber, mein Verehrtester!« entgegnete er mit strahlendem Gesicht. »Nichts liegt mir ferner!« Und er forderte seinen fadenscheinig-eleganten Verein von Kumpanen auf, seine Worte zu bezeugen. »Ich war nur so dreist, werter Herr, weil ich Sie einladen möchte, an meinem Glück teilzuhaben, sintemalen Sie so beträchtlich zu selbigem beigetragen haben – zunächst einmal, indem Sie sich etwas von diesem französischen Schampus hier verintusieren. Manche Leute sagen zwar Hundep---e dazu, doch das Zeug wird in den besten Etablissemangs von den vornehmsten Pinkeln geschlürft, wie – wie von Ihrer eigenen werten Person, zum Beispiel, Sir. Vincent«, sagte er, »schenk ein Glas für diesen Kavalier ein –«

»Ein andermal«, sagte ich und drehte ihm den Rücken zu, doch der Flegel besaß die Frechheit, mich am Arm zu packen.

»Warten Sie, Sir!« rief er. »Einen Momang, das war ja nur das freundliche Vorgeplänkel. Es ist mir quasi ein Bedürfnis, Ihrer geschätzten Person die –«

»Gehen Sie zum T---l!« fauchte ich. Er stank nach Branntwein.

»– Summe von fuffzig munteren Mäusen zu verehren, als Unterpfand meiner tiefen Dankbarkeit und Verehrung. Vincent!«

Und da geht doch dieses Stinktier neben ihm hin und hält mir mit der einen Hand ein Glas Champagner und mit der anderen ein Bündel Geldscheine entgegen. Ich blieb verblüfft stehen und starrte ihn an.

»Was zum Himmeldonnerwetter ...?«

»Ein bescheidenes Zeichen meiner Wertschätzung«, sagte Tighe. Er schwankte leicht und schielte mich an, doch trotz seiner Schnapsfahne, der übertrieben elegant geschnittenen Jacke, der Uhrkette vor seiner blümchengemusterten Seidenweste und der knallbunten Blume an seinem Revers – wirklich allen Kennzeichen eines vulgären Lebemannes – waren die kleinen Augen in seinem feisten Gesicht so hart wie Kohlen. »Sie haben es für mich gewonnen, mein werter Herr – und zum T---l, es ist noch jede Menge davon übrig. Das hat er doch, oder nicht?« Seine Bundesgenossen, die sich um ihn drängten, kicherten und hoben ihre Gläser. »Im Schweiße Ihres – Verzeihung, Sir – mit transpiritierendem Angesicht – und diesem starken rechten Arm, der Felix, Pilch und obendrein noch Alfred Mynn mit drei Würfen abserviert hat, Sir. Schauen Sie her.« Und er schnipste mit dem Finger nach Vincent, der sein Glas fallen ließ, um hastig eine lederne Tasche aufzureißen, die er am Gürtel trug – sie war mit Banknoten und Münzen vollgestopft.

»Das haben Sie mir eingebracht, Sir. Doch, das haben Sie. Als Sie Fuller Pilch erledigt hatten – war der Ball nicht schön gefangen? –, sage ich zu dem dicken Bob Napper, der sich für den König der Schlauberger hält – ›Napper‹, sage ich, ›da haben wir einen Spieler mit Köpfchen, jawohl. Was zahlst du mir, wenn er Mynn mit dem ersten Wurf schafft?‹ ›Quatsch‹, sagt er. ›Drei hintereinander? – Niemals! Tausend zu eins, und du kannst mir jetzt schon das Geld geben.‹ Ein großzügiges Angebot, Sir, das müssen Sie zugeben.« Der alte Gauner blinzelte mir zu und tippte sich an die Nase. »Also drücke ich ihm mein Pfund in die Hand – und hier sind Nappers tausend, bar auf den Tisch des Hauses, das muß ich ihm lassen – und fuffzig davon gehören Ihnen, werter Herr, mit Dank und besten Empfehlungen von Hwgb. Daedalus Tighe, Agent und Buchführer der eleganten Welt, der hiermit« – er hob sein Glas und rülpste leicht schwankend – »Verzeihung, Euer Ehren, diese verd--- Pickles – der hiermit auf das Wohl des derzeitig schlagkräftigsten rechten Arms im noblen Cricketsport trinkt! Hipp-hipp-hipp, hurra!«

Ich konnte mir nicht helfen, aber ich fand diesen Grobian und seine Gaunerbande irgendwie amüsant – Buchmacher und Bauernfänger auf Sauftour, die zu weit fortgeschritten waren, um sich noch ihrer Unverschämtheit bewußt zu sein.

»Vielen Dank, daß Sie an mich gedacht haben, Mr. Tighe«, sagte ich, denn es schadet nichts, höflich zu einem Buchmacher zu sein. »Trinken Sie davon ein Glas auf mein Wohl.« Ich schob ihn energisch zur Seite, woraufhin er ins Stolpern kam und sich mit einem satten Plumps in eine Schaumpfütze von billigem Champagner setzte, während seine Kumpane johlten und herantorkelten, um ihm zu helfen. Ich hätte die fünfzig Pfund zwar gut gebrauchen können, aber man kann sich nicht in Gesellschaft von Proleten dieses Schlages sehen lassen, geschweige denn von ihnen Geld annehmen. Ich ging weiter, und ihre Rufe »Alles Gute, Sir!« und »Flashy soll leben!« folgten mir. Ich lächelte noch, als ich meine Suche nach Elspeth wiederaufnahm, doch als ich in den Bogenschießstand einbog, um dort nach ihr Ausschau zu halten, verschwand das Lächeln von meinen Lippen wie weggewischt – denn in der langen Gasse zwischen den Hecken standen nur zwei Leute: ein Mann von großer Gestalt – und Elspeth in seinen Armen.

Wie angewurzelt blieb ich schweigend stehen – aus drei Gründen. Erstens war ich verblüfft. Zweitens war er, nach dem zu urteilen, was ich von ihm sehen konnte – und das war ein wuchtiges Schulterpaar unter elegant zugeschnittenem Wollstoff (da waren keine Kosten gescheut worden) –, ein schwerer, kräftiger Kerl; und drittens schoß mir rasch durch den Kopf, daß Elspeth nicht nur meine Frau, sondern auch meine Einkommensquelle war. Genug Stoff zum Nachdenken, wie Sie sehen, doch bevor ich auch nur einen Moment Zeit dazu hatte, drehten sie beide ihre Köpfe, und ich sah, daß Elspeth im Begriff war, einen Pfeil in einen Bogen für Damen einzulegen und diesen zu spannen. Sie kicherte dabei und stellte sich auf äußerst reizvolle Weise ungeschickt an, während ihr Begleiter, der dicht hinter ihr stand, ihr die Hand führte. Was natürlich erforderlich machte, daß er seine Arme um sie legte, und ihr Kopf gegen seine Schulter zu liegen kam.

Alles ganz unschuldig – wer wüßte das besser als ich, der ich viele solche Situationen für eine feurige und innige Umarmung ausgenutzt habe?

»Nanu, Harry«, rief sie. »Wo warst du denn die ganze Zeit? Schau mal, Don Solomon bringt mir das Bogenschießen bei – und ich stelle mich dabei sooo tolpatschig an!« Das stellte sie unter Beweis, indem sie mit dem Pfeil herumfuchtelte, ihren Arm mit dem Bogen wild hin und her schwenkte und einen Schuß in die Hecke abgab, wobei sie vor entzücktem Entsetzen aufschrie. »Ach, es ist hoffnungslos mit mir, Don Solomon, wenn Sie nicht meine Hände halten!«

»Es ist ganz meine Schuld, liebe Mrs. Flashman«, meinte er nachsichtig. Es gelang ihm, einen Arm um sie gelegt zu halten, während er sich in meine Richtung verbeugte. »Aber hier kommt Mars, der sicherlich ein viel besserer Lehrmeister für Diana ist, als ich es je sein könnte.« Er lächelte und lüftete seinen Hut. »Zu Diensten, Mr. Flashman.«

Ich nickte ziemlich kühl und schaute ihn von oben herab an, was nicht ganz einfach war, da er ebenso groß und doppelt so breit war wie ich. Wohlbeleibt, könnte man sagen, wenn nicht sogar fett, mit einem feisten Lächeln im Gesicht, bei dem die leuchtendweißen Zähne in seinem dunkelbraunen Gesicht aufblitzten. Mit Sicherheit ein Welscher, vielleicht sogar Orientale, denn sein Haar und Backenbart waren blauschwarz und gekraust, und als er auf mich zukam, bewegte er sich trotz seiner Leibesfülle mit affektierter, südländischer Grazie. Ein nobler Herr dazu, dem eleganten Schnitt seiner Kluft nach zu schließen; eine Diamantnadel an seinem Halstuch, mehrere Ringe an seinen großen, braunen Händen und – potztausend! – sogar ein winziger Goldring an seinem Ohr. Zweifellos ein halber Nigger, und mit allen Allüren eines reichen Niggers obendrein.

»Oh, Harry, wir haben sooo viel Spaß gehabt!« rief Elspeth, und mein Herz machte einen kleinen Sprung, als ich sie so anschaute. Die goldenen Ringellöckchen unter ihrer albernen Haube, das makellose Weiß und Rosa ihrer Haut, ihre reine und so unschuldsvolle Schönheit – alles an ihr strahlte, als sie mit übersprudelndem Lachen die Hand nach mir ausstreckte. »Don Solomon hat mir gezeigt, wie man kegelt und schießt – wenn auch noch so schlecht! – und hat mich unterhalten, denn das Spiel wurde sooo stumpfsinnig, als du nicht mehr auf dem Feld warst und diese Langweiler aus Kent herumhüpften, und –«

»Was?« fragte ich erstaunt. »Soll das heißen, du hast mich nicht werfen gesehen?«

»Nein, Harry, wieso? Wir haben uns doch an den Schaubuden amüsiert, am Eisstand und beim Ringwerfen ...« Sie plapperte weiter, während der schmierige Kerl seine Augenbrauen hob und uns abwechselnd anlächelte.

»Oweh«, sagte er. »Ich fürchte, ich habe Sie von Ihren Pflichten fortgelockt, liebe Mrs. Flashman. Verzeichen Sie mir«, fuhr er an mich gewandt fort, »ich habe mich noch nicht vorgestellt. Don Solomon Haslam, zu Ihren Diensten.« Er verbeugte sich und wedelte mit seinem Taschentuch. »Mr. Speedicut, der wohl ein Freund von Ihnen ist, hat mich Ihrer charmanten Gattin vorgestellt, und da habe ich mir erlaubt, einen ... kleinen Spaziergang vorzuschlagen. Wenn ich gewußt hätte, daß Sie noch spielen würden ... aber sagen Sie nur ... hatten Sie Erfolg?«

»Ach, gar nicht so schlecht«, sagte ich und kochte innerlich vor Wut, daß Elspeth mit diesem öligen Verehrer herumgeschwirrt war, während ich Wunder vollbrachte. »Felix, Pilch und Mynn, in drei Würfen – wenn man das Erfolg nennen kann. Und jetzt, meine Liebe, falls Mr. Solomon uns entschuldigt –«

Zu meiner Verblüffung lachte er schallend. »Das würde ich wohl einen Erfolg nennen!« rief er. »Das wäre gewiß zu schön, um wahr zu sein! Ich hätte mich schon mit einem von ihnen zufriedengegeben!«

»Mag sein, aber ich nicht«, sagte ich und schaute ihn finster an. »Ich habe Felix mit einem Wurf, Pilch mit einem Fang und Mynn mit einem Bein vor dem Tor erwischt – was vermutlich einem Ausländer nicht viel sagt –«

»Grundgütiger Himmel!« rief er. »Das meinen Sie doch nicht ernst! Sie wollen uns wohl auf den Arm nehmen?«

»Also, hören Sie mal, wer immer Sie auch sind –«

»Aber – aber – o Herr des Himmels!« Er stotterte richtiggehend, und plötzlich ergriff er meine Hand und begann, sie mit strahlendem Gesicht zu schütteln. »Mein teurer Freund, ich kann es kaum glauben! Alle drei? Wenn ich daran denke, daß ich das verpaßt habe!« Er schüttelte seinen Kopf und lachte erneut laut auf. »Oh, welch ein Dilemma! Wie kann ich bedauern, eine Stunde mit der hübschesten Frau von London verbracht zu haben? Aber, ach, Mrs. Flashman, was haben Sie mich gekostet! So etwas hat es ja noch nie gegeben! Und zu bedenken, daß wir das alles versäumt haben! Nun ja, nun ja, ich habe für meine Empfänglichkeit gegenüber weiblicher Schönheit teuer bezahlt, das ist gewiß! Gut gemacht, mein teurer Freund, gut gemacht! Aber das verdient, gefeiert zu werden!«

Ich war darüber ziemlich bestürzt, während Elspeth bezaubernd verwirrt dreinschaute. Doch das half uns nichts, denn er schleppte uns irgendwohin, wo es etwas zu trinken gab, und verlangte von mir eine genaue Beschreibung, Schritt für Schritt, wie ich diese glorreichen Drei besiegt hatte. Ich habe noch nie einen Mann so aufgeregt gesehen, und ich muß gestehen, daß wir uns dabei näherkamen; er klopfte mir auf die Schulter und klatschte sich vor Vergnügen aufs Knie, als ich meinen Bericht beendet hatte.

»Also, ich bin sprachlos! Mrs. Flashman, Ihr Mann ist nicht nur ein Held – er ist ein Wunderknabe!« Elspeth strahlte bei diesen Worten und drückte meine Hand, so daß mein Zorn endgültig verflog. »Felix, Pilch und Mynn! Sagenhaft! Ich habe immer geglaubt, auf meine bescheidene Weise etwas von Cricket zu verstehen – ich habe nämlich in Eton gespielt, müssen Sie wissen. Leider ist es nie zu einem Match gegen Rugby gekommen, doch ich nehme an, das war ohnehin ein oder zwei Jahre vor Ihrer Zeit, alter Freund. Aber das übertrifft wirklich alles!«

Die Situation war recht amüsant, nicht zuletzt wegen des Effekts, den sie auf Elspeth machte. Da stand dieser fein herausgeputzte ausländische Bock, der mit ihr herumpoussiert hatte – verfl--- kleine Kokotte, die sie nun mal war –, und jetzt galt seine ganze Aufmerksamkeit nur meinem Cricketspiel. Sie schwankte zwischen Begeisterung über mich und Schmollen, daß sie übergangen wurde, doch als wir uns von dem Kerl verabschiedeten, mit übertriebenen Komplimenten und Beteuerungen seinerseits, daß wir uns bald wiedersehen müßten, und schierer Höflichkeit meinerseits, gewann er ihr Herz, indem er ihr die Hand abschmatzte, als hätte er sie am liebsten aufgefressen. Ich machte mir inzwischen nichts mehr daraus; für ein Halbblut schien er kein übler Bursche zu sein, und wenn er Eton besucht hatte, war er vermutlich ein halbwegs respektabler Mann – und er hatte offensichtlich Geld wie Heu. Außerdem schwärmten ohnehin alle Männer für Elspeth.

So endete dieser große Tag, den ich wegen seiner Glanzpunkte nie vergessen werde: Felix, Pilch und Mynn, und jenes dreifache, ohrenbetäubende Geschrei der Menge, als ich sie nacheinander zur Strecke brachte. Es war ein Tag, der, wie Sie sehen werden, auch den Keim großer Ereignisse in sich barg, und die erste winzige Frucht erwartete uns bereits, als wir nach Mayfair zurückkamen. Es war ein Päckchen, das meine Anschrift trug und an der Tür abgegeben worden war. Es enthielt fünfzig Pfund in Banknoten und einen Zettel, auf dem in schlechter Druckschrift stand: »Mit den besten Empfehlungen von D. Thighe, Hwgb.« Eine bodenlose Unverschämtheit; dieser elende Buchmacher, oder was immer er auch war, besaß doch die Frechheit, mir Bargeld zu schicken, als sei ich irgendein zweitrangiger Profi, den man bar bezahlen muß.

Ich hätte ihn für seine Anmaßung mit Fußtritten in den Hintern nach Whitechapel und zurück gejagt oder ihn mit dem Rohrstock verbleut, wenn er mir untergekommen wäre. Da er das aber nicht tat, steckte ich die Geldscheine ein und verbrannte sein Schreiben; das ist die einzige Möglichkeit, diese Emporkömmlinge auf ihren Platz zu verweisen.

(Auszug aus dem Tagebuch der Mrs. H. Flashman, undatiert, 1842.)

... sicherlich war es sehr verständlich, daß H. den anderen Damen auf dem Platz von Lord's einige Aufmerksamkeit schenkte, denn sie zeigten ihm ihre Bewunderung nur allzuoffen. Und kann ich es Euch verübeln, ihr Schwestern, die Ihr weniger vom Glück begünstigt seid? Er wirkte so groß, so selbstbewußt und stattlich, ganz wie der prächtige Löwe Albions, der er ist, daß ich mich vor Liebe und Stolz einer Ohnmacht nahe fühlte . . . allein der Gedanke, daß dieser hinreißende Mann, den alle beneiden und bewundern, mein Ehemann ist!! Er ist vollkommen, und ich liebe ihn mehr, als ich sagen kann.

Trotzdem wünschte ich mir, er wäre ein bißchen weniger aufmerksam zu den Damen neben uns gewesen, die ihm zulächelten und winkten, als er auf dem Spielfeld stand, und von denen einige sogar die unserem schwachen Geschlecht auferlegte Zurückhaltung so weit vergaßen, daß sie ihm zuriefen! Natürlich fällt es ihm schwer, sich gleichgültig zu geben, wenn er so bewundert wird – ich weiß, er hat ein derart unbefangenes und zuvorkommendes Wesen, daß er sich verpflichtet fühlt, ihre Schmeicheleien zu erwidern, um nicht den Eindruck zu erwecken, es mangele ihm an jener ungezwungenen Höflichkeit, die sich für einen Gentleman schickt. Er ist liebenswürdig und taktvoll, selbst gegenüber Leuten, die so *déclassé* sind wie jene unausstehliche Mrs. Leo Lade, die Begleiterin des Herzogs, die H. so offen und schamlos anhimmelte, daß es einiges Aufsehen erregte und ich mich für sie schämte – obwohl sie sicherlich keinen Ruf mehr zu verlieren hat!!! Aber H., mit seiner jungenhaft-naiven Redlichkeit, kann an niemandem Falschheit entdecken – nicht einmal an einem solch verworfenen Weib, wie sie es sicherlich ist, denn man munkelt . . . doch ich will Deine sauberen Seiten, liebes Tagebuch, nicht mit etwas so Schmutzigem wie Mrs. Leo besudeln.

Die Erwähnung ihres Namens erinnert mich immer wieder daran, daß ich die Pflicht habe, meinen geliebten Mann zu beschützen – denn er ist noch ein richtiger Kindskopf, voller Naivität und Übermut. Heute wirkte er zum Beispiel ganz verärgert und gereizt über die Aufmerksamkeit, die mir Don S. H. zuteil werden ließ, der völlig *sans reproche* und ein äußerst distinguierter Mann ist. Er bezieht, wie es heißt, aus Besitzungen und Kapitalanlagen im hinteren Ostindien ein Einkommen von über fünfzigtausend Pfund im Jahr, steht auf gutem Fuß mit den Spitzen der Gesellschaft und ist sogar von Ihrer Majestät empfangen worden. Er ist ganz und gar Engländer, obwohl seine Mutter wohl eine spanische Donna war, hat ein überaus einnehmendes Wesen und ausgezeichnete Manieren und ist obendrein ein sehr netter Mensch. Ich gestehe, es hat mir großes Vergnügen bereitet, zu sehen, wie sehr ich ihn fesselte, doch es war ganz harmlos und normal, denn ich habe festgestellt, daß Gentlemen seiner Hautfarbe in ihrer Verehrung für das schöne Geschlecht noch glühender sind als jene von rein europäischer Abstammung. Ich fürchte, der arme H. war darüber nicht sehr erfreut, doch ich konnte mich des Gedankens nicht erwehren, es könne ihm nichts schaden, darauf hingewiesen zu werden, daß sich beide Geschlechter harmlosen Schwärmereien hinzugeben pflegen, und wenn er sich von Leuten wie dieser Mrs. L. L. bewundern läßt, kann er nichts gegen die natürliche Hochachtung des Don mir gegenüber einwenden. Außerdem läßt das sich wirklich nicht miteinander vergleichen, denn Don S. H.'s Huldigungen sind äußerst diskret und geschmackvoll; er ist amüsant, besitzt Anstand und wirkt anziehend, ohne aufdringlich zu sein. Wir werden den Umgang mit ihm in diesem Winter bestimmt weiter pflegen, doch nicht so sehr, daß mein geliebter Held allzu eifersüchtig wird, das verspreche ich – er ist ja sooo feinfühlig . . .

(Ende des Auszugs – G. de R.)

Es vergingen acht Monate, bevor ich an Cricket auch nur wieder einen Gedanken verschwendete, doch ich muß zugeben, selbst wenn von Oktober bis März strahlendes Sommerwetter geherrscht hätte, wäre ich zu beschäftigt gewesen. Man kann nicht eine äußerst leidenschaftliche Affäre mit Lola Montez unterhalten, in deren Verlauf man mit Otto von Bismarck in Konflikt gerät – was ich in jenem Herbst tat – und dabei noch Zeit für Sport erübrigen. Außerdem war dies die Saison, in der mein Ruhm durch meinen Besuch im Buckingham Palace wegen des Ordens für Kabul auf seinem Zenith war; folglich war ich überall gefragt, und meine liebe Elspeth, die darauf erpicht war, sich im Rampenlicht zu zeigen, sorgte dafür, daß ich nicht einen Moment zur Ruhe kam – Bälle, Gesellschaften und Empfänge, und nicht eine einzige Minute Zeit, einmal richtig über die Stränge zu schlagen. Es war natürlich großartig, der Held der Stunde zu sein, aber verfl--- anstrengend.

Doch im Hinblick auf meine Geschichte tat sich recht wenig, abgesehen davon, daß der beliebte und beleibte Don Solomon Haslam in diesem Winter eine immer stärkere Rolle in unserem Leben spielte. Er war fraglos ein merkwürdiger Kauz. Niemand, nicht einmal seine ehemaligen Schulkameraden aus Eton, schien viel über ihn zu wissen, außer daß er eine Art Krösus mit Verbindungen zur Leadenhall Street war, doch die Londoner Gesellschaft nahm ihn mit offenen Armen auf, denn sein Geld und sein Auftreten machten alles wett. Dabei schien er sich bestens auszukennen, wo immer er auch verkehrte – in den Botschaften, den eleganten Salons, der Sportwelt und selbst bei politischen Abendveranstaltungen; er stand sich gut mit Paddington und Stanley am einen Ende der Skala und mit solchen Halunken wie Deaf Jim Burke oder Brougham am anderen. Er konnte den einen Abend mit Aberdeen[5] dinieren und am nächsten in den Rosherville Gardens oder den Cider Cellars, und er hatte die stille Begabung, über alles und jedes als erster informiert zu sein: wenn man wissen wollte, was hinter den Zollaufständen oder der Geschichte über dem Baumwollsamt von Peel steckte, fragte man Solomon; er hatte den neuesten Witz über Alice Lowe oder die Nelsonsäule parat, konnte einem im voraus von dem neuen Rennpokal für Ascot berichten, und in seinem Salon wurden schon zwei Monate, bevor die Oper in London zu sehen war, Arien aus »Die Zigeunerin« gespielt.[6] Er war nicht etwa ein Klatschmaul oder Zuträger; er hatte nur immer die passende Antwort bereit, welche Richtung das Gespräch auch nehmen mochte.

Er hätte hassenswert sein müssen, doch merkwürdigerweise war er das nicht, denn er drängte sich nicht auf und war auch kein Angeber. Die Bewirtung in seinem Haus an der Brook Street war verschwenderisch. Er gab dort einmal ein chinesisches Fest, das angeblich zwanzigtausend Pfund gekostet hatte und wochenlang Stadtgespräch war. Seine äußere Erscheinung war, was die Damen »romantisch« nannten – ich habe Ihnen schon von dem Ohrring erzählt, und das sagt genug –, doch trotz alledem gelang es ihm, bescheiden und natürlich zu wirken. Er konnte charmant sein, das muß ich ihm lassen, denn er hatte das echte Talent zur Schmeichelei, das darin liegt, sich an allem und jedem interessiert zu zeigen – und selbstverständlich schwamm er in Geld.

Ich selbst machte mir nicht viel aus ihm; er gab sich besondere Mühe, freundlich zu mir zu sein, und als ich mich erst mit dem Gedanken getröstet hatte, daß seine Schwärmerei für Elspeth vermutlich nicht von Dauer sein würde, fand ich ihn erträglich. Sie war bereit, mit allem zu flirten, was Hosen trug – und mehr als nur zu flirten, argwöhnte ich, doch es gab da ein paar geile Rittmeister, die ich weitaus stärker im Verdacht hatte als den Don. Zum Beispiel diesen Sch---kerl Watney und den lüsternen Snob Ranelagh, und ich nehme an, der junge Conyngham war auch auf sie scharf. Aber Solomon war nicht als Lustmolch verschrien; anscheinend hielt er sich nicht einmal eine Geliebte und richtete auch in der Gegend der Windmill Street kein Unheil an – zumindest nicht in den Läden, die ich des öfteren aufsuchte. Noch etwas war merkwürdig: Er rührte keinen Alkohol an, gleich in welcher Form.

Das Merkwürdigste war jedoch die Art, wie mein Schwiegervater Gefallen an ihm fand. In diesem Winter kam der alte Morrison von Zeit zu Zeit aus seinem Bau in Paisley nach Süden gezogen, um uns zu belästigen und über unsere Geldausgaben zu nörgeln. Während einer dieser Besuche war Solomon bei uns zum Abendessen eingeladen. Morrison warf einen Blick auf den eleganten Schnitt seiner Jacke und seinen Backenbart, rümpfte die Nase und murmelte vor sich hin: »Noch so ein parfümierter Gockel mit mehr Geld als Verstand.« Doch bevor dieses Abendessen vorüber war, fraß er Solomon aus der Hand.

Der alte Morrison hatte eine seiner üblichen freundlichen Tiraden über die Lage der Nation vom Stapel gelassen, so daß es als ersten Gang Hühnersuppe mit Lauch, Heilbutt in Austernsauce und einen Vortrag über die Einkommensteuer gab, danach Pastete mit Hühnerklein, Lammkoteletts und die Bergbaugesetze, gefolgt von einem zweiten Gang, bestehend aus Wildbret in Burgunder, Kalbsfrikassee und der Arbeiterbewegung der Chartisten als Beilage, mit geeisten Weintrauben, Blaubeerkuchen und Irland zum Dessert. Dann zogen sich die Damen zurück (Elspeth und Judy, die Geliebte meines Vaters, für die Elspeth – Gott weiß warum – eine große Schwäche hatte), und zum Portwein genossen wir den Bergarbeiterstreik und den allgemeinen Ruin des Landes.

Lauter gute Sachen, und mein alter Herr schlief in seinem Sessel ein, während Morrison sich über die Vermessenheit dieser schurkischen Bergarbeiter ausließ, die etwas dagegen hatten, ihre nackten Kinder läppische fünfzehn Stunden am Tag Loren durch die Flöze schieben zu lassen.

»Das liegt an dieser gottverfl--- Königlichen Untersuchungskommission«, rief er. »Die stiftet Unheil – jawohl, und das wird um sich greifen, denken Sie an meine Worte. Wenn Kinder unter zehn Jahren nicht mehr unter Tage arbeiten dürfen, wie lange wird es dann dauern, bis man ihre Beschäftigung in Fabriken verbietet, können Sie mir das sagen? Dieser verd--- Klugsch--- Ashley! ›Gebt ihnen eine Erziehung‹, sagt er, der Idiot! Ich würde sie schon erziehen, und ob! Und dann ist da dieses Arbeiterschutzgesetz, das kommt als nächstes.«

»Die Vorlage kann erst in zwei Jahren verabschiedet werden«, sagte Solomon gelassen, und Morrison schaute ihn finster an.

»Woher wissen Sie das?«

»Das liegt doch auf der Hand. Wir haben jetzt das Bergarbeitergesetz, und mehr kann das Land im Moment nicht verkraften. Aber die kürzere Arbeitszeit wird kommen – vermutlich innerhalb von zwei Jahren, mit Sicherheit innerhalb von dreien. Dafür wird der Bericht von Mr. Horne sorgen.«

Seine gelassene Sicherheit beeindruckte Morrison, der nicht gewohnt war, daß ihm jemand widersprach; doch die Erwähnung dieses Namens brachte ihn erneut in Fahrt – ich bekam mit, daß dieser gute Mann die Absicht hatte, einen Report über Kinderarbeit zu veröffentlichen, der unweigerlich zum allgemeinen Bankrott so verdienstvoller Unternehmer wie meinem Schwiegervater führen würde, zu Freibier und bezahltem Urlaub für die armen

Schlucker, einem Arbeiteraufstand und der Invasion durch die Franzosen.

»Vielleicht wird es nicht ganz so schlimm«, lächelte Solomon, »aber dieser Bericht wird einen Sturm auslösen, das ist sicher. Ich kenn ihn zum Teil.«

»Sie haben ihn gesehen?« rief Morrison. »Aber er kommt doch nicht vor Neujahr heraus!« Er stierte eine Weile vor sich hin. »Sie sind gut informiert, Sir.» Er nahm einen vorsichtigen Schluck Portwein. »Sagt er . . . war da . . . ich meine, haben Sie vielleicht zufällig gesehen, ob Paisley darin erwähnt wird?«

Solomon sagte, er sei sich nicht sicher, aber es ständen einige schockierende Dinge in dem Bericht – über Kinder, die von Aufsehern gefesselt, erbarmungslos ausgepeitscht und nackt durch die Straßen getrieben würden, wenn sie zu spät kommen; in einer Fabrik seien ihnen sogar die Ohren angenagelt worden, weil sie schlecht gearbeitet hatten.[7]

»Das ist eine Lüge!« brüllte Morrison und warf sein Glas um. »Eine verd--- Lüge! In unserer Fabrik ist noch nie einem Kind ein Haar gekrümmt worden! Mein Gott – um sieben wird gebetet, dann gibt es einen Becher Milch und etwas zum Abendessen – und das aus meiner eigenen Tasche! Sogar dann und wann eine Elle Tuch, als Geschenk, und ich drehe fast durch, weil sie so viel klauen.«

Solomon beschwichtigte ihn, indem er sagte, er sei sicher, daß Morrisons Fabrik das Paradies auf Erden sei, doch er fügte mit ernster Miene hinzu, daß er in Anbetracht des Horne-Reports und der allgemein flauen Wirtschaftslage auf einige Jahre hinaus keine großen Gewinnchancen für Industrielle erwarte. Geldanlage in Übersee, das sei das richtige; im Fernen Osten könnten Männer, die etwas vom Geschäft verstanden (so wie er), mehrere Millionen im Jahr machen, und obwohl Morrison die Nase rümpfte und von Werbegeschwätz sprach, konnte man ihm ansehen, daß er interessiert war. Er begann, Fragen zu stellen und zu argumentieren, und Solomon hatte auf alles eine passende Antwort bereit; ich fand das todlangweilig und ließ sie weiter schwadronieren, während mein alter Herr am Kopfende des Tisches schnarchte und leise rülpste – die vernünftigsten Äußerungen, die ich den ganzen Abend gehört hatte. Aber später war von dem alten Morrison zu vernehmen, daß dieser junge Solomon Grips im Kopf habe, ganz recht, ein Bursche mit Verstand – nicht wie einige andere, die nur herumbummelten, ihre Zeit mit Trinken vertaten und auf Kosten anderer Leute lebten, usw.

Der Erfolg des Ganzen war, daß Don Solomon Haslam uns häufiger besuchte denn je und seine Zeit zwischen Elspeth und ihrem Vater aufteilte, und das war, wenn man es so nimmt, kein übler Tausch. Er redete unentwegt mit Morrison über den Fernosthandel und drängte ihn, darauf einzusteigen. Er schlug sogar vor, der alte Sch---kerl solle selbst einmal hinfahren, um sich ein Bild zu machen, was ich bedingungslos unterstützt hätte. Ich fragte mich, ob Solomon vielleicht ein piekfeiner Schwindler war, der versuchte, den alten Gauner um ein paar tausend Pfund übers Ohr zu hauen; falls ja, hatte er einige Aussicht auf Erfolg. Jedenfalls kamen sie bestens miteinander aus, als hätten sie sich gesucht und gefunden. Und da Morrison zu dieser Zeit gerade sein Unternehmen vergrößerte und Haslam gute Verbindungen in der City hatte, nehme ich an, daß mein werter Verwandter die neue Bekanntschaft nützlich fand.

So vergingen Winter und Frühling, und dann, im Juni, bekam ich zwei Briefe. Der eine kam von meinem Onkel Bindley bei den Horse Guards, der mir mitteilte, daß Verhandlungen im Gange seien, mir ein Leutnantspatent bei der berittenen Leibgarde zu beschaffen; er wies wohlweislich darauf hin, daß ich diese große Ehre meinen Heldentaten in Afghanistan verdankte und nicht meinem gesellschaftlichen Ansehen, das seiner Meinung nach unbedeutend war – er gehörte zur Paget-Seite unserer Familie, wissen Sie, und gefiel sich darin, uns gewöhnliche Flashmans zu verachten, was beweist, daß er mehr Verstand als Benehmen hatte. Ich war von dieser Neuigkeit sehr angetan und beinahe ebenso erfreut über den zweiten Brief, der von Alfred Mynn stammte und mich an seine Einladung erinnerte, in seiner Gelegenheitsmannschaft in Canterbury mitzuspielen. Ich hatte auf dem alten Cricketplatz von Beehive ein paar Spiele für die Montpeliers ausgetragen und war in Form, daher willigte ich sofort ein. Doch ging es mir dabei nicht nur um das Cricketspiel: Ich war zu diesem Zeitpunkt aus drei triftigen Gründen bestrebt, die Stadt zu verlassen. Erstens hatte ich gerade für Lola Montez' Untergang auf der Londoner Bühne gesorgt, und es bestand Grund zu der Annahme, daß dieses verrückte Frauenzimmer mir mit einer Pistole auflauerte – sie war zu allem imstande, wissen Sie, einschließlich Mord; zweitens behauptete eine Artistin, mit der ich eine Nummer ohne Netz und doppelten Boden geschoben hatte, sie sei trächtig, und verlangte mit Tränen und Drohungen eine Entschädigung; und drittens erinnerte ich mich daran, daß Mrs. Lade, die kleine Gespielin des Herzogs, während der Cricketwoche in Canterbury sein würde.

Sie sehen also, ein Tapetenwechsel war genau das, was der alte Flashy brauchte; wenn ich geahnt hätte, wie dieser Wechsel aussehen würde, hätte ich die Artistin bezahlt, Mrs. Lade zum Henker gewünscht und der Montez gestattet, einmal im Laufen auf mich zu schießen, und mich dabei glücklich geschätzt. Aber Gott sei Dank können wir nicht in die Zukunft sehen.

Ich hatte die Absicht gehabt, alleine nach Canterbury zu fahren, doch etwa eine Woche zuvor erwähnte ich zufällig in Elspeths Gegenwart meinen geplanten Besuch gegenüber Haslam, und er sagte sofort, großartig, das sei genau das richtige; er sei selber auf Cricket scharf wie Senf und werde für die Woche dort ein Haus mieten, wir müßten seine Gäste sein, er könnte noch ein paar Leute dazu einladen, und wir würden aus dem Ganzen ein großes Fest machen. So war er nun mal, Unkosten waren Nebensache für ihn und er schaffte es im Nu, daß Elspeth bei der Aussicht auf Picknicks, Tanzveranstaltungen und Vergnügungen aller Art vor Freude in die Hände klatschte.

»Oh, Don, wie entzückend!« rief sie. »Das wird bestimmt sehr lustig, und Canterbury ist ja sooo exklusiv. Ich glaube – ja, da ist ein Regiment stationiert – aber was soll ich nur anziehen? Außerhalb Londons trägt man einen ganz anderen Modestil, wissen Sie, zumal wenn wir des öfteren unseren Lunch *al fresco* nehmen, und einige der Abendgesellschaften finden bestimmt auch im Freien statt – ach, aber was ist mit dem armen, lieben Papa?«

Ich hätte hinzufügen sollen, daß ein weiterer Grund, London zu verlassen, für mich darin lag, daß ich dem alten Morrison entkommen wollte, der noch immer unser Haus unsicher machte. Er war tatsächlich im Mai erkrankt, wenn auch leider nicht tödlich. Er behauptete, es sei Überarbeitung, doch ich wußte, es lag an dem Ausschußbericht über Kinderarbeit, der – wie Don Solomon vorausgesagt hatte – bei seiner Veröffentlichung einen ungeheuren Wirbel verursachte, weil er bewies, daß unsere Fabriken eher noch schlimmer waren als die sibirischen Salzminen. Namen waren nicht genannt worden, doch im Unterhaus wurden Fragen gestellt, und Morrison hatte furchtbare Angst, daß er jeden Augenblick als der hundsgemeine Sklaventreiber entlarvt werden könnte, der er war. Also hatte sich der miese Schuft mit einem Anfall nervöser Schuldgefühle mehr oder weniger ins Bett verkrochen und verbrachte seine Zeit damit, die Ausschußmitglieder zu verfl---en, die Dienerschaft anzufahren und Kerzendochte zu putzen, um Geld zu sparen.

Natürlich sagte Haslam, er müsse mit uns kommen, die Luftveränderung würde ihm guttun; ich selbst fand, was das alte Ekel brauchte, war nicht andere Luft, sondern daß er gar keine Luft mehr bekam. Aber ich konnte nichts daran ändern, und da mein erstes Spiel für Mynns Mannschaft am Montagnachmittag stattfinden sollte, wurde vereinbart, daß die ganze Bagage am Tag zuvor dorthin reisen würde. Es gelang mir, diesem Martyrium zu entgehen, indem ich vorgab, ich hätte etwas zu erledigen – in Wirklichkeit hatte der junge Conyngham ein Zimmer im Gasthof zur Elster bestellt, um am Montagmorgen einer Hinrichtung beizuwohnen, doch davon verriet ich Elspeth nichts. Don Solomon eskortierte die ganze Gesellschaft zum Bahnhof an den Sonderzug, den er gemietet hatte, Elspeth mit genug Koffern und Hutschachteln, um eine neue Kolonie zu gründen, der alte Morrison in dicke Decken eingewickelt und mit ständigem Gemecker über die Sünde, am heiligen Sonntag mit der Eisenbahn zu fahren, während Judy, das Herzblatt meines Vaters, das ganze Spiel mit ihrem schiefen kleinen Lächeln verfolgte.

Sie und ich sprachen in letzter Zeit kein Wort mehr miteinander. Ich hatte sie mir vor langer Zeit – einmal! – vorgenommen, als mein alter Herr uns den Rücken zugedreht hatte, aber dann hatte sie der Sache ein Ende bereitet und einen schönen, handfesten Krach angezettelt, in dessen Verlauf ich ihr ein blaues Auge verpaßt hatte. Seither verkehrten wir meinem Herrn Vater zuliebe auf höflich-herablassendem Fuß, doch da er kürzlich wieder in die Säuferheilanstalt verfrachtet worden war, um sich die Schnapsgeister aus dem Gehirn treiben zu lassen, verwandte Judy ihre Zeit darauf, Elspeths Gesellschafterin zu spielen. O ja, wir waren ein konventioneller kleiner Haushalt, das ganz sicher. Sie war ein hübsches, erfahrenes Ding, und ich kniff ihr aus reiner Bosheit in den Schenkel, als ich ihr in die Kutsche half. Ich erntete einen eiskalten Blick für meine Mühe, winkte ihnen zum Abschied und versprach, sie am nächsten Tag um die Mittagszeit in Canterbury zu treffen.

Ich weiß nicht mehr, wer an diesem Montag gehängt wurde, und es spielt auch keine Rolle, doch es war das einzige Mal, daß ich gesehen habe, wie jemand in Newgate abgemurkst wurde, und hinterher hatte ich eine Begegnung, die zu meiner Geschichte gehört. Als ich am Sonntagabend den Gasthof zur Elster erreichte, waren Conyngham und seine Kumpanen nicht da. Sie waren zur Gefängniskapelle hinübergegangen, um den Verurteilten an seinem letzten Gottesdienst teilnehmen zu sehen; anscheinend hatte ich nicht viel versäumt, denn als sie zurückkamen, beklagten sie sich, es sei sterbenslangweilig gewesen – nur der Kaplan, der eintönig Gebete herleierte, während der Mörder in einem finsteren Verschlag saß und sich mit dem Gefängniswärter unterhielt.

»Sie haben ihn nicht einmal auf seinem Sarg sitzen lassen«, rief Conyngham. »Ich dachte, der Sarg sei immer in der Kirche dabei – verd---, Beresford, du hast doch gesagt, das sei so!«

»Trotzdem sieht man nicht alle Tage, wie ein Kerl an seinem eigenen Totengottesdienst teilnimmt«, sagte ein anderer. »Wünschst du dir nicht, du würdest bei deinem eigenen noch so lebendig aussehen, Connors?«

Danach ließen sich alle zum Kartenspiel nieder, mit einem kalten Büfett und einem Trinkgelage, das den ganzen Abend andauerte, und natürlich wurden auch Mädchen herangeschafft – Schlampen aus Snow Hill, die ich nicht mit der Kneifzange angefaßt hätte. Amüsiert sah ich, daß Conyngham und die anderen jungen Burschen vor Aufregung merkwürdig erhitzt waren – sie waren beim Saufen und Huren ganz fiebrig, und das alles, weil sie zusehen würden, wie man einen Kerl um die Ecke brachte. Mir machte das nichts aus, denn ich hatte auf meinen Fahrten Hinrichtungen durch den Strang, mit dem Schwert, am Kreuz und weiß Gott was sonst noch miterlebt; mir ging es darum, einmal einen englischen Verbrecher vor englischem Publikum baumeln zu sehen, daher setzte ich mich in der Zwischenzeit mit Speedicut zum Écarté und beschummelte ihn so geschickt, daß ich ihm noch vor Mitternacht die Taschen geleert hatte.

Bis dahin war der Großteil der Corona halb besoffen oder eingenickt. Doch sie schliefen nicht lange, denn in den frühen Morgenstunden kamen die Zimmerleute, und ihr Hämmern, als sie draußen auf der Straße den Galgen errichteten, weckte alle auf. Da fiel Conyngham ein, daß er einen Einlaßschein des Grafschaftsrichters hatte, und wir trabten alle zum Gefängnis hinüber, um einen Blick auf den Kerl in der Todeszelle zu werfen. Ich weiß noch, wie diese versoffenen Radaubrüder auf einmal still wurden, als wir erst in Newgate Yard mit den feuchten, dunklen Wänden waren, die von beiden Seiten näherzurücken schienen, und unsere Schritte hohl durch die steinernen Gänge hallten; sie wagten kaum zu atmen und flüsterten, während der Gefängniswärter furchterregend grinste und seine Augen rollte, um Conyngham etwas für sein Geld zu bieten.

Ich nehme an, die jungen Burschen kamen trotzdem nicht auf ihre Kosten, denn alles, was sie letztlich zu Gesicht bekamen, war ein Mann, der fest schlafend auf einer Bank aus Stein lag, neben der ein Aufpasser auf seiner Matratze ruhte; einer oder zwei aus unserer Meute, die inzwischen ihren Schneid wiedergefunden hatten, sollten ihn aufwecken – sie erwarteten wohl, er würde rasen und beten, vermute ich; Conyngham, der wilder als die meisten anderen war, zerbrach eine Flasche an den Gitterstäben und brüllte den Kerl an, er solle sich rühren, doch der drehte sich nur auf die andere Seite. Schließlich erschien ein kleiner Mann mit schwarzem Mantel und Zylinderhut, der wie ein Gerichtsdiener aussah, wutentbrannt auf der Bildfläche, um uns hinauswerfen zu lassen.

»Parasitäres Gesindel!« rief er mit hochrotem Gesicht und stampfte mit dem Fuß auf. »Habt ihr denn keinen Funken Anstand im Leib? Mein Gott, und solche Leute sollen einmal die Führer der Nation werden! Dreimal verfl--- sollt ihr sein! Geht alle zum T---l!« Er war außer sich vor Zorn und schwor, der Gefängniswärter werde seine Stelle verlieren. Er setzte wahrhaftig Conyngham mit eigener Hand an die Luft, aber unser ungestümer Freund ließ sich nicht ins Bockshorn jagen; als er damit fertig war, ihm Fluch um Fluch heimzuzahlen, nahm er torkelnd Anlauf auf das Galgengerüst, das inzwischen mit schwarzen Balken, Absperrungen und allem errichtet worden war, und es gelang ihm auf der Falltür herumzutanzen, bis die entsetzten Arbeiter ihn auf die Straße warfen.

Seine Freunde hoben ihn johlend und lachend auf und schafften ihn in den Gasthof zur Elster zurück; die Menge, die sich bereits in der sommerlich warmen Morgendämmerung versammelte, grinste und gaffte, als wir vorbeikamen, doch es gab auch einige schiefe Blicke, und ein paar Leute riefen: »Schämt euch!« Die ersten Aalpastetenverkäufer riefen ihre Waren in den Straßen aus, und die Händler mit winzigen Galgenmodellen und Stücken des Stricks von der letzten Hinrichtung (die am gleichen Morgen aus den Vorräten eines Krämers zurechtgeschnitten worden waren, dessen können Sie sicher sein) saßen beim Frühstück im Goldenen Lamm und dem Schankraum des Gasthofs und warteten darauf, daß der eigentliche Andrang einsetzte; Taschendiebe und Straßenmädchen der untersten Sorte strömten zusammen, und einige Familien hatten schon an den Fenstern Platz genommen und machten aus diesem Anlaß ein Picknick; Fuhrleute stellten ihre Fahrzeuge an den Hauswänden ab und boten Aussichtsplätze zu Sixpence pro Person an; die Lagerhausarbeiter und Lastenträger, die ihrem Geschäft nachgehen mußten, schimpften auf die Leute ein, die sie bei ihrer Arbeit behinderten; die Polizisten schlenderten zu zweit auf und ab, scheuchten Bettler und Betrunkene fort und behielten die leichter zu erkennenden Diebe und Ganoven im Blick. Ein grobschlächtig wirkender Mann im Kirchengewand schaute mit lebhaftem Interesse zu, wie Conyngham ins Gasthaus und die Treppe hinauf befördert wurde; er nickte mir höflich zu.

»Bisher ist es noch recht ruhig«, sagte er, und ich bemerkte, daß er den rechten Arm merkwürdig angewinkelt hielt und daß seine Hand verkrümmt und wächsern war. »Darf ich fragen, Sir, ob ich mich Ihrer Gesellschaft anschließen könnte?« Er nannte mir seinen Namen, doch ich will tot umfallen, wenn ich mich an ihn erinnere.

Ich hatte nichts dagegen, also kam er mit nach oben, in die Trümmerwüste unseres Vorderzimmers, wo gerade die Überreste des Freß- und Saufgelages der vergangenen Nacht abgeräumt, das Frühstück aufgetragen und die Hürchen von den Kellnern unter schrillem Protest an die Luft gesetzt wurden; unser Verein sah zum großen Teil recht abgeschlafft aus und machte sich nicht viel aus den Koteletts und Kalbsnieren.

»Für die meisten ist es wohl das erste Mal?« fragte mein neuer Bekannter. »Interessant, Sir, äußerst interessant.« Auf meine Einladung hin bediente er sich mit kaltem Braten, und wir unterhielten uns beim Essen an einem der Fenster, während die Menge zu unseren Füßen anzuwachsen begann, bis die ganze Straße zu beiden Seiten des Galgens gedrängt voll war, so weit das Auge reichte; eine große, brodelnde Volksmasse, mit den Polizisten als Wachen an den Absperrungen und kaum Platz genug für die

Taschendiebe, ihr Gewerbe auszuüben. Sterbliche aller Arten Londons waren vertreten; der gesamte Abschaum der Unterwelt rieb sich Schulter an Schulter mit Handelsherren und Geschäftsleuten aus der City; Verkäuferinnen und Ladenschwengel; Familienväter mit Kindern auf ihren Schultern. Betteljungen hasteten herum und zupften die Leute am Ärmel; an einer Hauswand stand die Kutsche eines Lords, und die Menge grölte, als ihr korpulenter Insasse von seinem Kutscher aufs Dach gehievt wurde; an jedem Fenster drängten sich für zwei Pfund pro Person die Zuschauer; auf den Dächern standen Sitzreihen mit Stühlen zu vermieten, und selbst an den Regenrinnen und den Wandarmen der Straßenlampen hingen Leute. Ein zerlumpter kleiner Knirps schwang sich wie ein Affe an der Hauswand des Gasthofs hinauf; er klammerte sich mit schmutzigen, nackten Fingern und Zehen an das Fenstersims und starrte mit großen Augen auf unsere Teller; mein Begleiter reichte ihm ein Kotelett hin, das im Handumdrehen in dem häßlichen, kauenden Gesicht verschwand.

Unter unserem Fenster rief jemand einen Gruß, und ich sah einen stämmigen Mann mit flacher Nase zu uns hochschauen; mein Freund mit dem verwachsenen Arm schrie ihm etwas zu, doch der Lärm, das Gejohle und Gelächter der Menge waren zu laut für eine Unterhaltung. Schließlich gab mein Begleiter auf und sagte zu mir: »Ich dachte mir, daß er hier sein würde. Ein großartiger Schriftsteller, Sie werden es noch erleben; er stellt uns jetzt schon alle in den Schatten. Haben Sie im letzten Sommer Miss Tickletoby verfolgt?« Woraus ich später entnahm, daß dieser Vogel unter unserem Fenster an jenem Tag Mr. William Makepiece Thackeray war. Doch näher habe ich ihn nie kennengelernt.

»Es ist ein erhebender Gedanke«, fuhr mein Begleiter fort, »daß es uns nie an Gläubigen mangeln würde, wenn Hinrichtungen in Kirchen durchgeführt würden – vermutlich kämen so ziemlich die gleichen Leute wie jetzt auch, meinen Sie nicht? Aha – jetzt geht es los!«

Während er noch sprach, begann eine Glocke zu läuten, und der Pöbel zählte wie aus einem Mund die Schläge lauthals mit: »Eins, zwei, drei . . .« bis zum achten Schlag, bei dem ein donnerndes Hurra ertönte, das zwischen den Gebäuden widerhallte und dann zu plötzlichem Schweigen erstarb, nur unterbrochen vom schrillen Wehgeschrei eines Kindes. Mein Begleiter wisperte mir zu:

»Der Totenglocke Schlag ich zähle –
Der Herr erbarm' sich seiner Seele.«

Als das Schwatzen der Menge wieder lauter wurde, schauten wir über das wogende Menschenmeer hinweg zum Galgen, und dort kamen die Polizisten aus dem Armsünderpförtchen des Gefängnisses geeilt und führten den gefesselten Gefangenen die Stufen hinauf und auf die Plattform. Der Todeskandidat schien im Halbschlaf zu sein (»Betäubt«, sagte mein Begleiter, »das werden die Leute nicht mögen«). Das taten sie auch nicht, sondern begannen zu trampeln, zu spotten und zu schreien und übertönten das Gebet des Geistlichen, während der Henker die Schlinge knüpfte, dem Verurteilten eine Kapuze über den Kopf zog und sich bereit hielt, die Klappe zu öffnen. Jetzt war kein Mucks mehr zu hören, bis ein Betrunkener rief »Auf deine Gesundheit, Jimmy!« und die Leute wieder grölend und lachend die Gestalt mit der weißen Kapuze unter dem Galgen erwartungsvoll anstarrten.

»Beobachten Sie nicht ihn«, flüsterte mein Freund. »Schauen Sie Ihre Begleiter an.«

Ich spähte zum Nebenfenster hinüber: Alle Gesichter waren starr, alle Münder offen, regungslos, einige grinsten, manche blaß vor Angst und ein paar fast geistesabwesend vor Erregung. »Beobachten Sie sie weiter«, sagte er, und genau in diesem Moment erklang das Poltern und Rasseln der Klappe, ein ungeheurer Schrei der Menge, und alle Gesichter am Nebenfenster leuchteten vor freudiger Begierde auf – Speedicut grinste triumphierend, Beresford seufzte und leckte sich die Lippen, und Spottswoods breites Gesicht war in grimmiger Befriedigung erstarrt, während sein käufliches Liebchen sich kichernd an seinen Arm klammerte und vorgab, ihr Gesicht zu verbergen.

»Interessant, wie?« sagte der Mann mit dem verwachsenen Arm.[9] Er setzte seinen Hut auf, rückte ihn fest und nickte freundlich. »Ich bin Ihnen zu Dank verpflichtet, Sir«, und fort war er. Die Gestalt in der weißen Kapuze jenseits der Straße drehte sich unter der Falltür langsam um sich selbst, ein Polizist auf der Plattform hielt den Strick, und direkt zu meinen Füßen begann die Menge, sich am Rande aufzulösen und in die Schänken zu strömen. Hinten in einer Ecke des Zimmers stand Conyngham und erbrach sich.

Ich ging nach unten und blieb wartend stehen, bis die Menge

sich verlief, doch die meisten Leute harrten noch geduldig aus und hofften, einen Blick auf den Gehängten zu erwischen, den sie wegen des Gedränges vor ihnen nicht sehen konnten. Ich fragte mich gerade, wie weit ich würde laufen müssen, um eine Droschke zu ergattern, als ein Mann vor mir auftauchte und ich fast augenblicklich das rote Gesicht mit den Knopfaugen und die protzige Weste von Mr. Daedalus Tighe erkannte.

»Tja, Sir«, rief er, »da wären wir wieder! Ich habe gehört, Sie gehen nach Canterbury – nun, Sie werden den Leuten Besseres bieten als das hier, da bin ich sicher!« und er deutete mit dem Kopf auf den Galgen. »Haben Sie je etwas Dürftigeres gesehen, Mr. Flashman? Nicht wert, daß man hinschaut, keinen Blick wert, Sir. Nicht ein einziges Wort von ihm – keine Rede, keine Reue, nicht einmal ein Kampf, sapperlot! In meiner Jugendzeit hätte man zu so was nicht Hinrichtung gesagt. Man sollte meinen«, sagte er und klemmte die Daumen in seine Weste, »daß ein junger Spund wie der da, der keine nennenswerte Erziehung genossen und es nie zu etwas gebracht hat – bis heute – man sollte meinen, Sir, daß er am einzigen großen Tag seines Lebens Dankbarkeit zeigen würde, anstatt sich mit irgendwelchem Zeug betäuben zu lassen. Wo bleibt da der Ehrgeiz, Sir, wenn man zuläßt, daß man so abgemurkst wird wie der da? Dabei hätte er doch das Interesse all dieser Leute hier anerkennen und darauf eingehen können.« Tighe strahlte mich mit schiefgelegtem Kopf an. »Bodenlos, Mr. Flashman; kein Schneid. Also Sie, Sir – Sie würden Ihr Bestes geben, wenn Sie das Pech hätten, an seiner Stelle zu sein – was Gott verhüten möge! – und ich wohl auch, oder? Wir würden den Leuten zeigen, was sie sehen wollen, wie gute Engländer mit Sportsgeist.«

»Da wir gerade von Sport sprechen«, fuhr er fort, »– ich hoffe sehr, Sie sind für Canterbury in bester Form. Ich verlasse mich da auf Sie, Sir, jawohl, ich verlasse mich da auf Sie.«

Etwas an seinem Tonfall verursachte mir ein leichtes Prickeln im Nacken. Ich hatte ihn kühl angestarrt, aber jetzt wurde mein Blick hart.

»Ich weiß nicht, was Sie meinen, guter Mann«, sagte ich, »und es ist mir auch gleich. Sie können von mir aus –«

»Nein, nein, nein, mein werter junger Herr«, unterbrach er und strahlte mich röter denn je an. »Sie haben mich völlig mißverstanden. Ich will damit andeuten, Sir, daß ich interessiert – sogar äußerst interessiert – am Erfolg von Mr. Mynns Gelegenheitself bin, von der ich erwarte, daß sie zu Ihrer Zufriedenheit und meinem Gewinn beiträgt, indem sie weit in Führung geht.« Er kniff spitzbübisch ein Auge zu. »Sie erinnern sich sicher, Sir, daß ich letztes Jahr meine Dankbarkeit für Ihre beachtliche Leistung auf dem Spielfeld von Lord's zum Ausdruck gebracht habe, indem ich Ihnen ein kleines Geschenk zum Zeichen meiner Bewunderung zukommen ließ –«

»Verd--- und zugenäht, ich habe nie etwas von Ihnen bekommen«, sagte ich – vielleicht eine Spur zu schnell.

»Was sagen Sie da, Sir? Kruzitürken! – aber das überrascht mich, Sir, also wirklich! Dabei habe ich ganz besonderen Wert darauf gelegt, es Ihnen zukommen zu lassen – und Sie haben es nie erhalten?! Na, so was!« Die kleinen schwarzen Augen waren hart wie Murmeln. »Nun frage ich mich bloß, ob dieser Schlingel Vincent es in seine eigene Tasche gesteckt hat, anstatt es bei Ihnen abzugeben?? Menschliche Niedertracht, Mr. Flashman, Sir, kennt keine Grenzen. Trotzdem Sir, wir sollten uns nicht beklagen.« Er lachte herzlich. »Wo das herkam, ist noch mehr zu holen. Und ich kann Ihnen sagen, Sir, wenn Sie heute nachmittag gegen die Irregulars den Durchgang als Schlagmann unbesiegt überstehen – nun, ich wette, Sie können bis dreihundert zählen, oder?«

Ich starrte ihn sprachlos an, öffnete meinen Mund – und schloß ihn wieder. Er musterte mich wohlwollend, zwinkerte mir noch einmal zu und schaute sich um.

»Entsetzliches Gedränge, Sir, einfach empörend. Warum verjagt die Polizei denn nicht diese verd--- Langfinger und Taschendiebe. Ein Gentleman wie Sie ist ja hier nicht sicher; die stehlen Ihnen die Zähne aus dem Mund, Sir, wenn Sie nicht scharf aufpassen. Skandalös, Sir; was Sie brauchen, ist eine Droschke, jawohl, die brauchen Sie jetzt.«

Er nickte kurz mit dem Kopf, ein stämmiger Bursche ganz in der Nähe stieß einen gellenden Pfiff aus, und ehe man sich's versah, schob sich eine Mietkutsche durch das Gewühl, deren Fahrer allen Leuten, die nicht schnell genug auswichen, hart mit Flüchen zusetzte. Der stämmige Helfershelfer sprang zum Kopf des Pferdes, ein anderer hielt die Tür auf, und Mr. Tighe, den Hut in der Hand, half mir beim Einsteigen und grinste breiter denn je.

»Und viel Glück heute nachmittag, Sir«, rief er. »Ich wette, Sie besiegen die Irregulars im Nullkommanichts, und« – er zwinkerte erneut – »ich hoffe wirklich, daß Sie als Schlagmann am Ball bleiben, Mr. Flashman. Nach Charing Cross, Kutscher!« Die Droschke fuhr an, mit einem sehr nachdenklichen Fahrgast, dessen können Sie sicher sein.

Auch auf dem ganzen Weg nach Canterbury dachte ich über den bemerkenswerten Mr. Tighe nach und kam zu dem Schluß, daß es seine Sache sei, wenn er verrückt genug war, Geld zu vergeuden. Welche Wettquoten konnte er sich erhoffen, daß ich mein Wicket verlieren würde, denn schließlich trat ich erst gegen Ende des Spiels in Aktion und könnte ohne weiteres den Durchgang überstehen?[10] Wer würde mehr als dreihundert Pfund darauf setzen? Nun, das war seine Sorge, nicht meine – aber ich würde ihn scharf im Auge behalten müssen, um nicht von Leuten seines Schlages kompromittiert zu werden. Wenigstens erwartete er nicht von mir, daß ich das Spiel absichtlich verlor, sondern ganz im Gegenteil; er versuchte, mich durch Bestechung dahin zu bringen, daß ich gut spielte. Hm.

Der Endeffekt des Ganzen war, daß ich für Mynns Elf recht gut warf, und als ich als Schlagmann ans Tor ging, klebte ich an meiner Markierung wie angeleimt – sehr zur Enttäuschung der Zuschauer, die erwartet hatten, daß ich mich abschinden würde. Ich kam als Drittletzter aufs Spielfeld, daher brauchte ich nicht lange durchzuhalten, und als Mynn selber am anderen Tor stand und für Läufe sorgte, verhielt ich mich absolut korrekt. Wir gewannen mit zwei Wickets, Flashy hatte zwar keine Läufe geholt, war aber nicht ›aus‹ – und am nächsten Morgen, nach dem Frühstück, wurde ein unauffälliges, an mich adressiertes Päckchen abgegeben, das dreihundert Pfund in Banknoten enthielt.

Um ein Haar hätte ich es wieder verschlossen und dem Diener aufgetragen, es dem Boten zurückzugeben, der es gebracht hatte – aber ich tat es nicht. Eine gefährliche Sache – aber dreihundert Pfund sind dreihundert Pfund – und sie waren ein Geschenk, oder nicht? Ich konnte immer noch leugnen, sie jemals zu Gesicht bekommen zu haben. Gott ja, war ich damals noch ein Unschuldslamm, trotz all meiner Kriegserfahrung!

Dies spielte sich natürlich in dem Haus ab, das Haslam außerhalb von Canterbury gemietet hatte, sehr nobel, Kieswege, schöne Rasenflächen, Büsche und Bäume, überall Gasbeleuchtung, nett eingerichtete Räume, vorzügliches Essen und Trinken, immer griffbereite, uniformierte Diener – alles bestens. Etwa ein Dutzend Logiergäste wohnten dort, denn es war ein großes, weitläufiges Gebäude, und Haslam hatte für jeden Komfort gesorgt. An diesem ersten Montagabend gab er ein pompöses Fest, bei dem auch Mynn und Felix zugegen waren, und die Gespräche drehten sich natürlich ausschließlich um Cricket. Doch es waren auch Damen in reicher Zahl anwesend, darunter Mrs. Leo Lade, die mich über den Tisch hinweg unter einem Wust von Ringellöckchen anschmachtete und ein derart dekolletiertes Kleid trug, daß ihre Euter fast in der Suppe hingen. Das wird ein Versuch diese Woche, bei dem du nicht Jungfrau bleibst, dachte ich und warf Elspeth, die strahlend neben Don Solomon am Kopfende des Tisches saß, mein liebevollstes Lächeln zu.

Kurz darauf war jedoch ihr Lächeln wie weggewischt, denn Don Solomon gab zu verstehen, daß diese Woche sein letztes Vergnügen in England sei; er reise Ende des Monats ab, um seine Besitztümer im Fernen Osten zu besuchen und habe keine Ahnung, wann er zurückkehren würde. Es könne Jahre dauern, sagte er, worüber rings um den Tisch echte Trauer herrschte, denn die Anwesenden wußten, auf welcher Seite ihr Brot gebuttert war. Ohne den freigebigen Don Solomon würde den Gesellschaftshyänen ein luxuriöses Haus weniger zur Verfügung stehen, wo sie sich vollfressen und -saufen konnten. Elspeth war völlig am Boden zerstört.

»Aber lieber Don Solomon, was sollen wir nur ohne Sie tun? Ach, Sie scherzen nur – Ihre langweiligen Güter kommen sicher glänzend ohne Sie aus, denn ich bin überzeugt, Sie beschäftigen nur die tüchtigsten Leute, die sich darum kümmern können.« Sie zog einen hübschen Schmollmund. »Sie werden doch nicht so grausam zu Ihren Freunden sein – Mrs. Lade, wir lassen ihn einfach nicht fort, oder?«

Solomon lachte und tätschelte ihre Hand. »Meine liebe Diana«, sagte er – Diana war sein Spitzname für sie, seit er damals versucht hatte, ihr das Bogenschießen beizubringen – »Sie können sicher sein, daß nichts als bittere Notwendigkeit mich einer so entzückenden Gesellschaft wie der Ihren entreißen könnte – und der Harrys oder eines jeden von Ihnen. Aber ein Mann muß seine Pflicht erfüllen, und meine Pflicht ruft mich nach Übersee. Also –« Er schüttelte seinen Kopf und verzog sein glattes, hübsches Gesicht zu einem wehmütigen Lächeln. »Der Abschiedsschmerz wird groß werden – doch am tiefsten schmerzt dabei, daß ich Sie beide« – und er schaute von Elspeth zu mir und wieder zurück –

»mehr vermissen werde als alles andere, denn Sie waren zu mir wie Bruder und Schwester.« Und hol's der T---l, die großen, dunklen Augen des Burschen schimmerten tatsächlich feucht; alle übrigen Tischgenossen brachten murmelnd ihr Mitgefühl zum Ausdruck, bis auf den alten Morrison, der auf seinem Mandelpudding herumkaute und dabei – dem Geräusch nach zu urteilen – auf Gräten stieß.

Da war Elspeth so überwältigt, daß sie zu flennen begann, und ihr Busen wackelte so wild, daß der alte Herzog, der auf der anderen Seite neben Solomon saß, seine falschen Zähne in sein Weinglas hustete und vom Butler wieder auf Vordermann gebracht werden mußte. Solomon wirkte ausnahmsweise einmal leicht verlegen; er zuckte die Schultern und warf mir einen Blick zu, der fast flehend war. »Tut mir leid, alter Freund«, sagte er, »aber ich meine das ernst.« Ich verstand das nicht; er mochte traurig sein, weil Elspeth ihm fehlen würde – welcher Mann wäre das nicht? Aber war ich denn so freundlich zu ihm gewesen? – Na ja, ich hatte ihn recht höflich behandelt, und ich war ihr Ehemann; vielleicht hatte auch mein charmantes Wesen, das schon Tom Hughes erwähnt, bei diesem gefühlsbetonten Südländer seine Wirkung gezeigt. Jedenfalls schienen mir ein paar Worte des Dankes angebracht.

»Nun, Don«, sagte ich, »es wird uns allen leid tun, Sie zu verlieren, und das ist eine Tatsache. Sie sind ein verd--- wackerer Bursche – das heißt, ich meine, Sie sind einer von den Besten und könnten nicht besser sein, wenn . . . wenn Sie Engländer wären.« Ich wollte mit meiner Lobhudelei nicht zu dick auftragen, verstehen Sie, doch die Tischrunde murmelte »Hört, hört!« und Mynn klopfte auf den Tisch, um mir beizupflichten. »Also«, sagte ich, »trinken wir auf sein Wohl!« Und das taten alle, während Solomon mich verbindlich anlächelte und sich leicht verbeugte.

»Ich weiß genau«, sagte er, »welch großes Kompliment das ist. Ich danke Ihnen – Ihnen allen, und besonders Ihnen, mein lieber Harry. Ich wünschte nur –« An dieser Stelle unterbrach er sich und schüttelte den Kopf. »Aber nein, das wäre zuviel verlangt.«

»Oh, verlangen Sie alles, was Sie wollen, Don!« rief Elspeth. »Sie wissen doch, wir könnten Ihnen nichts verwehren!«

Er sagte nein, nein, es sei nur eine alberne Idee von ihm gewesen, und daraufhin setzte sie ihm natürlich zu, um herauszubekommen, worum es ging. Also sagte er, nachdem er eine Weile mit seinem Weinglas gespielt hatte: »Nun ja, ich nehme an, Sie werden es für einen sehr dummen Einfall halten – aber was ich vorschlagen wollte, meine liebe Diana, Ihnen selbst, aber auch Harry und Ihrem Vater, den ich zu meinen weisesten Freunden zähle« – und er neigte seinen Kopf in Richtung des alten Morrison, der gerade Mrs. Lade versicherte, daß er keine Mandelspeise wolle, sondern noch eine Portion von diesem Mehlpudding da – »ich wollte sagen, da ich abreisen muß – warum kommen Sie drei nicht mit?« Und er lächelte uns reihum scheu an.

Ich starrte den Burschen an, um zu sehen, ob er Spaß machte; Elspeth, ganz blondes Erstaunen, schaute erst mich und dann Solomon mit offenem Mund an.

»Mitkommen?«

»Schließlich ist es ja nur bis zum anderen Ende der Welt«, sagte er schelmisch. »Nein, nein, ich meine es ganz ernst; so schlimm ist es doch gar nicht. Sie kennen mich gut genug, um zu wissen, daß ich nichts vorschlagen würde, was Sie nicht begeistern könnte. Wir würden mit meinem Zweimast-Dampfschiff reisen – es ist so gut ausgestattet wie eine königliche Yacht, wissen Sie. – und herrliche Ferien verbringen. Wir könnten an Land gehen, wo immer wir wollen – Lissabon, Cadiz, Kapstadt, Bombay, Madras – gerade wie es uns in den Sinn kommt. Ach, das wäre ganz großartig!« Er beugte sich lächelnd zu Elspeth hinüber. »Denken Sie nur, was wir alles zu sehen bekämen! Welche Freude würde es mir bereiten, Diana, Ihnen das Wunder Afrika zu zeigen, wie man es bei Tagesanbruch vom Achterdeck sieht – Farben, die man sich gar nicht vorstellen kann! – die Gestade des Indischen Ozeans und – ja, den Korallenstrand! Ach, glauben Sie mir, wenn Sie noch nie vor Singapur geankert oder die tropischen Küsten Sumatras, Javas und Borneos oder das prächtige Chinesische Meer gesehen haben, wo immer Morgen ist – ach, meine Liebe, dann haben Sie noch nichts von der Welt gesehen!«

Das war natürlich Unsinn; der Hintere Orient stinkt. Das war schon immer so. Aber Elspeth stierte ihn verzückt an und wandte sich dann aufgeregt an mich. »Oh, Harry – sollen wir?«

»Kommt gar nicht in Frage«, sagte ich. »Das ist ja am A--- der Welt.«

»In der heutigen Zeit?« rief Solomon. »Also, mit Dampfantrieb kann man jetzt Singapur in – ach, allerhöchstens drei Monaten erreichen. Dazu, sagen wir mal, drei Monate als meine Gäste, während wir meine Güter besuchen – Sie würden erfahren, Diana, was es heißt, im Hinteren Orient eine Königin zu sein, das kann ich Ihnen versichern – und drei Monate für die Rückreise. Nächste Ostern wären Sie wieder zu Hause.«

»Oh, Harry!« Elspeth quietschte vor Freude. »Oh, Harry, können wir? Oh, bitte, Harry!« Die Herren um den Tisch nickten beifällig, und die Damen tuschelten neidvoll; von dem alten Herzog war zu vernehmen, das sei ein Abenteuer, verd--- noch mal, und wenn er jünger wäre, Schockschwerenot! – er würde die Chance sofort ergreifen!

Nun, mich würden sie nicht wieder nach Osten verfrachten, einmal hatte mir genügt. Außerdem hatte ich nicht die Absicht, mir von einem dahergelaufenen reichen Angeber, der einen Narren an meiner Frau gefressen hatte, eine Reise spendieren zu lassen. Und es gab noch einen weiteren Grund, der es mir ermöglichte, meine Ablehnung höflich zu verbrämen.

»Das geht nicht, meine Liebe«, sagte ich. »Es tut mir leid, aber ich bin Soldat und muß meinen Lebensunterhalt verdienen. Die Pflicht und die Leibgarde rufen mich. Ich bin untröstlich, dich um eine bestimmt sehr schöne Reise zu bringen« – ich gebe zu, es versetzte mir einen Stich, dieses hübsche kindliche Gesicht immer länger werden zu sehen – »aber wie du siehst, kann ich nicht mitkommen. Ich fürchte, Don, wir werden Ihr freundliches Angebot ablehnen müssen.«

Er zuckte gelassen die Achseln. »Damit wäre die Sache also erledigt. Schade, aber« – er lächelte Elspeth tröstend zu, die sehr deprimiert wirkte – »vielleicht klappt es ein andermal. Es sei denn, Ihr Vater läßt sich dazu überreden, uns während Harrys erzwungener Abwesenheit zu begleiten?«

Das war so locker dahergesagt, daß es mir den Atem verschlug, aber als ich es erst verdaut hatte, mußte ich mir eine wütende Antwort verkneifen. Du Sch---kerl, dachte ich, so läuft also der Hase! Warten, bis der alte Flashy sich selbst aus dem Rennen manövriert hat und dann mit Unschuldsmiene einen hinterlistigen Vorschlag machen, um meine Frau in die Ferne zu entführen, wo du sie dir in aller Gemütsruhe vorknöpfen kannst! Die Sache war so klar wie Kloßbrühe; all mein schlummernder Argwohn gegenüber diesem aalglatten Faß voll Niggerfett war mit einem Schlag wieder erwacht, aber ich hielt den Mund, während Elspeth mir über den Tisch hinweg einen Blick zuwarf, und – wohl ihr! – es war ein zweifelnder Blick.

»Aber . . . aber ohne Harry würde es mir keinen Spaß machen«, sagte sie, und wenn ich das Mädchen je geliebt habe, so war es in diesem Augenblick. »Ich . . . ich weiß nicht – was sagt denn Papa dazu?«

Papa, der noch immer seinen Pudding zu schaufeln schien, als wolle er einen Tunnel graben, hatte alles mitgekommen, da können Sie sicher sein, aber er verhielt sich ruhig, während Solomon ihm seinen Vorschlag erläuterte. »Sie erinnern sich, Sir, wir haben von der Möglichkeit gesprochen, daß Sie mich in den Fernen Osten begleiten könnten, um sich selbst davon zu überzeugen, welche günstigen Gelegenheiten sich dort für eine Geschäftserweiterung bieten«, fügte er hinzu, doch der alte Morrison fuhr ihm in seiner charmanten Art über den Mund.

»Sie haben davon gesprochen, nicht ich«, sagte er und verschlang sein Dessert. »Ich habe hier mehr als genug zu tun, ohne mich in meinem Alter in China herumzutreiben.« Er fuhrwerkte mit seinem Löffel herum. »Abgesehen davon sollten Mann und Frau zusammenbleiben – es war schon schlimm genug, als Harry damals in Indien war und meiner armen Kleinen fast das Herz brach.« Er machte ein Geräusch, das die anderen für ein gerührtes Schniefen hielten – ich selbst glaube, daß ihm ein Löffel Mandelpudding zwischen die Zähne geraten war. »Nein, nein, es muß schon ein triftiger Grund vorliegen, bevor ich mich aus England fortlocken lasse.«

Und er bekam ihn – ich bin mir bis heute nicht sicher, ob Solomon das ausgeheckt hatte, doch ich wette, so war es. Denn am nächsten Morgen wurde der alte Hund wieder krank – ich weiß nicht, ob eine Überdosis Mandelpudding zu einem Nervenzusammenbruch führen kann, doch am Nachmittag lag er stöhnend im Bett, schüttelte sich wie im Fieber, und Solomon bestand darauf, seinen eigenen Medikus aus der Stadt rufen zu lassen, einen trist wirkenden, mausgrauen Vogel mit einem ellenlangen Titel und salbungsvoll-feierlichem Gehabe, das in Mayfair bestimmt fünftausend Pfund im Jahr wert war. Mit würdevollem Ernst betrachtete er den Leidenden, der unter seinen Decken zusammengerollt lag wie eine Ratte in ihrem Loch, mit kleinen, rund glänzenden Augen in seinem verschrumpelten Gesicht und mit ängstlich zitternder Nase.

»Überanstrengt«, sagte der Quacksalber, als er seine Untersuchung beendet und der Melodie von Morrisons Gewimmer gelauscht hatte. »Das Nervensystem ist einfach erschöpft, das ist alles. Nicht die geringste Spur von organischen Verschleißerscheinungen; innerlich, mein werter Herr, sind Sie so gesund wie ich – wie ich hoffe zu sein, ha ha!« Er strahlte wie ein Honigkuchenpferd. »Wenn die Maschine auch keiner Reparatur bedarf, so braucht sie doch eine Ruhepause – eine lange Ruhepause.«

»Ist es ernst, Doktor?« fragte Morrison mit zitternder Stimme. Innerlich mochte er eins A in Schuß sein, doch sein Äußeres erinnerte an James I. auf dem Sterbebett.

»Mit Sicherheit nicht – wenn Sie es nicht dazu kommen lassen, daß es ernst wird«, sagte der Verbandskünstler. Er schüttelte seinen Kopf in mißbilligender Bewunderung. »Ihr Wirtschaftskapitäne – ihr opfert euch, ohne einen Gedanken an eure persönliche Gesundheit zu verschwenden, indem ihr euch für die Familie, das Vaterland und die gesamte Menschheit abrackert. Aber, mein werter Herr, so geht das nicht, müssen Sie wissen. Sie vergessen, daß es eine Grenze gibt – und Sie haben sie erreicht.«

»Können Sie mir nicht einen Wisch für ein Pülverchen geben?« krächzte der Wirtschaftskapitän, und nachdem man ihm diese Worte übersetzt hatte, schüttelte der Medikus seinen Kopf.

»Ich kann Ihnen ein Rezept ausstellen«, sagte er, »aber keine Arznei könnte so wirkungsvoll sein wie – na ja, ein paar Monate an den italienischen Seen oder an der französischen Küste. Wärme, Sonnenschein und Ruhe – absolute Ruhe in angenehmer Gesellschaft – das ist mein Rezept für Sie, Sir. Ich übernehme keine Verantwortung für die Folgen, wenn Sie meinen Rat nicht annehmen.«

Nun, da hatten wir's. Ich ahnte sofort, was jetzt folgen würde – daß Solomon daran erinnerte, er habe erst gestern genau solch einen Urlaub vorgeschlagen, daß der Quacksalber lebhaft zustimmte, eine bequeme Seereise sei genau das Richtige, und daß Morrisons Widerstand schließlich angesichts der Bitten Elspeths und der ernsten Ermahnungen des Pillendrehers schwinden würde. Man hätte Noten zu dem Ganzen schreiben und das verd--- Lied singen können. Dann schauten sie mich alle an, und ich sagte nein.

Es folgten schmerzliche, private Szenen zwischen Elspeth und mir. Ich sagte, wenn der alte Morrison mit Don Solomon abdampfen wolle, sei mir das mehr als recht. Sie antwortete, es sei undenkbar, daß der liebe Papa auf Reisen gehe und sie nicht mitfahre, um sich um ihn zu kümmern; es sei einfach ihre Pflicht, Don Solomons großzügiges Angebot anzunehmen und den alten Bock zu begleiten. Falls ich darauf bestehen sollte, zu Hause bei der Armee zu bleiben, würde sie natürlich ohne mich untröstlich sein – aber warum, ach warum nur? – konnte ich nicht trotzdem mitkommen? Was gehe die Armee sie an, wir hätten Geld genug und so fort. Ich sagte noch einmal nein und fügte hinzu, es sei eine verd--- Unverschämtheit von Solomon, auch nur vorzuschlagen, sie solle ohne mich reisen, woraufhin sie in Tränen ausbrach und sagte, ich sei abscheulich eifersüchtig. Nicht nur auf sie, sondern auf Don Solomons Lebensart, Gewandtheit und Geld, nur weil ich nichts davon besäße, und ich gönne ihr aus purer Bosheit nicht das kleinste Vergnügen, denn mit dem lieben Papa als Anstandswauwau könne unmöglich etwas Unschickliches daran sein, und ich versuche ja nur, den alten Knacker früh ins Grab zu bringen. So oder ähnlich waren ihre Worte.

Ich ließ sie jammern, und als Solomon später selbst versuchte, mich zu überreden, blieb ich bei der Masche, daß mein Dienst beim Militär mir die Reise nicht gestatte, und daß ich es nicht ertragen könne, von Elspeth getrennt zu sein. Er seufzte, aber er sagte, er verstehe mich nur zu gut. An meiner Stelle, sagte er mit entwaffnender Offenheit, würde er das gleiche tun. Ich fragte mich einen Moment lang, ob ich ihm unrecht getan hatte, denn ich weiß, ich neige dazu, alle Leute nach mir selbst zu beurteilen, und obwohl ich gewöhnlich nicht ganz falsch damit liege, gibt es doch hier und da anständige und selbstlose Leute. Ich habe schon welche gesehen.

Der alte Morrison sagte übrigens kein einziges Wort; er hätte mich natürlich zwingen können, doch da er der echteste presbyterianische Heuchler war, der je ein Waisenkind ausgebeutet hat, vertrat er die Ansicht, daß eine Frau sich den Anordnungen ihres Mannes fügen sollte, und mischte sich nicht zwischen Elspeth und mir ein. Also sagte ich weiterhin nein, und Elspeth schmollte, bis die Zeit kam, ihr nächstes neues Häubchen aufzusetzen.

So vergingen mehrere Tage. Ich spielte Cricket für Mynns Mannschaft, warf ein paar Torstäbe mit meinen Schmetterbällen um, schaffte als Schlagmann ein paar Läufe (nicht viele, aber in einem Durchgang waren es achtzehn, was mir nicht schlecht gefiel) und besiegte Pilch noch einmal, indem ich seinen Ball mit einer Hand ganz tief unten abfing, als er versuchte, ihn ganz scharf rechts an Mynn vorbei zu werfen, und ich mußte mich lang hinwerfen, um ihn zu gekommen. Pilch schwor, der Ball habe vorher den Boden berührt, aber das stimmt nicht. Sie können sicher sein, daß ich es Ihnen sagen würde, wenn es so gewesen wäre. In der Zwischenzeit genoß Elspeth in vollen Zügen die Bewunderung der Leute und das fröhliche Treiben, spielte Solomon den perfekten Gastgeber und Begleiter, saß der alte Morrison brummig auf der Terrasse, studierte Bibelsprüche und Aktienkurse, und ging Judy mit Elspeth spazieren, schaute gehässig drein und sagte nichts.

Am Freitag kamen die Dinge dann ins Rollen, und wie es so oft bei einer Katastrophe der Fall ist, lief zunächst alles prächtig. Die ganze Woche über hatte ich versucht, ein Stelldichein mit der aufreizenden Mrs. Leo Lade zu verabreden, doch da ich selbst sehr beschäftigt war, und der alte Herzog sie eifersüchtig im Auge behielt, hatte ich kein Glück gehabt. Es war nur eine Frage des Ortes und der Zeit, denn sie war ebenso bereit wie ich; am Montagabend nach dem Essen, als wir durch den Garten schlenderten, wäre ich ihr fast auf den Leib gerückt, aber ich hatte sie gerade erst in die Büsche gezogen – sie keuchte schon und biß mir fast das Ohr ab – als dieses verd--- Weibsbild Judy uns rufen kam, um Elspeth im Salon das Lied vom Eschenhain singen zu hören; ausgerechnet Judy, die wissend lächelte und meinte, wir sollten uns nur ja nicht das Beste von allem entgehen lassen.

Am Freitagmorgen jedoch zog Elspeth mit Solomon los, um eine Gemäldegalerie zu besuchen, Judy war mit ein paar anderen Gästen zusammen auf einem Einkaufsbummel, und bis auf den alten Morrison auf der Terrasse war das Haus leer, als Mrs. Lade angerückt kam, um uns mitzuteilen, daß der Herzog mit einem Gichtanfall im Bett liege. Um den Schein zu wahren, plauderten wir mit Morrison, der darüber wütend wurde, gingen dann betont lässig getrennter Wege und trafen uns im Salon wieder, wo wir erst einmal Dampf abließen und uns hektisch befummelten. Wir waren beide nicht neu im Geschäft, daher hatte ich ihre Brüste mit einer Hand hervorgeholt und mit der anderen meine Hosen heruntergelassen, während ich noch die Tür mit dem Fuß zutrat, und sie entkleidete sich weiter, während wir den ganzen Weg bis zur Couch im Bocksprung zurücklegten, was ihrerseits ein gesundes Training bewies. Donner und Doria, sie war eine gewichtige Person, aber gelenkig wie ein Aal, trotz all ihrer stattlichen Pfunde; mir fällt auf Anhieb keine Partnerin ein, die im Verlauf eines einzigen Galopps so viele verschiedene Reitstellungen durchexerzieren konnte, außer vielleicht Elspeth selbst, wenn sie einen getrunken hatte.

Es war ein anregender Ritt; ich wollte gerade zum Endspurt ansetzen und dachte, ein andermal mehr davon wäre nicht schlecht, als ich ein Geräusch hörte, das mit plötzlich so heftig anspornte, daß es unbegreiflich ist, wieso die Couch nicht zusammenbrach. Rasche Schritte näherten sich der Tür des Salons. Ich machte Inventur – die Hose war unten, ein Schuh verschwunden, das Fenster oder jedes andere geeignete Versteck meilenweit entfernt, Mrs. Lade kniete auf der Couch, ich spähte von hinten durch die Federn auf ihrem Kopfputz (den auszuziehen sie vergessen hatte; ich weiß noch, daß ich das für ein beachtliches Kompliment hielt), und der Türknauf drehte sich. Gefangen, ausweglos, keine Chance zur Flucht – da war nichts zu machen, außer mein Gesicht an ihrem Nacken zu verbergen und darauf zu vertrauen, daß die Seite von mir, die sichtbar war, von niemandem erkannt werden würde. Denn wer immer auch hereinkommen mochte, er würde sich nicht lange aufhalten – nicht im Jahre 1843 – es sei denn, es war der Herzog, doch diese Schritte paßten nicht zu einem Gichtkranken.

Die Tür öffnete sich, die Schritte machten Halt – und dann trat ein, was eine Romanschreiberin eine unheilschwangere Pause nennen würde, die – wie mir schien – etwa drei Stunden dauerte und nur von Mrs. Lades ekstatischem Gestöhn unterbrochen wurde; wie ich diesem entnahm, war sie sich nicht bewußt, daß wir beobachtet wurden. Ich linste verstohlen durch ihre Federn in den Spiegel über dem Kamin – und bekam fast Krämpfe, denn in der Türöffnung stand Solomon, die Hand auf dem Knauf, und betrachtete angelegentlich die Szene.

Er zuckte nicht einmal mit der Wimper; als dann irgendwo hinter ihm andere Schritte erklangen, trat er zurück, und als die Tür sich schloß, hörte ich ihn sagen: »Nein, hier ist niemand; versuchen wir es doch mal im Gewächshaus.« Hergelaufen oder nicht, er war ein verd--- rücksichtsvoller Gastgeber, dieser Kerl.

Die Tür hatte sich noch nicht geschlossen, als ich schon versuchte, mich zu befreien, doch ohne Erfolg, denn Mrs. Lade langte sofort mit beiden Händen nach hinten, rammte mir ihre Krallen in den Hintern und warf ihren Kopf zurück neben meinen. »Nein,

nein, nein, noch nicht!« ächzte sie und kaute auf meinem Ohr herum. »Geh nicht fort!«

»Die Tür«, erklärte ich. »Ich muß die Tür abschließen. Es könnte uns jemand sehen.«

»Verlaß mich nicht!« rief sie, und ich bezweifle, daß sie überhaupt wußte, wo sie war, denn sie rollte ihre Augen, und ich kam einfach nicht los. Wohlgemerkt, ich wollte auch nicht recht; ich war hin und her gerissen, wenn Sie so wollen.

»Der Schlüssel«, stammelte ich und stieß weiter auf sie ein. »Nur einen Augenblick, ich bin sofort zurück.«

»Nimm mich mit!« stöhnte sie. Das tat ich auch, der Himmel weiß wie, indem ich mit all diesem Fleisch am Hals loshüpfte. Glücklicherweise kam alles zu einem guten Abschluß, gerade als mir die Beine versagten, und wir brachen erschöpft an der Türschwelle zusammen; es gelang mir sogar noch, den Schlüssel umzudrehen.

Ich kann nicht sagen, ob sie sich ebenso schnell anziehen konnte, wie sie sich entkleidet hatte, denn sie lehnte noch schwankend und schwer atmend mit geknicktem Gefieder an der Wandtäfelung, als ich mein letztes Kleidungsstück überstreifte und am Efeu hinunterkletterte. Das war fieberhafte Arbeit gewesen, und je eher ich irgendwo anders auftauchte und mir ein Alibi verschaffte, um so besser. Ein flotter Spaziergang war genau, was ich jetzt brauchte – immerhin hatte ich am Nachmittag ein Match zu bestreiten und wollte in Form sein.

(Auszug aus dem Tagebuch der Mrs. H. Flashman, Juni 1843)

> ... ich habe mich noch nie so schuldig gefühlt – und doch, was hätte ich tun können? Mein Herz warnte mich, als Don S. unseren Besuch in der Galerie vorzeitig abbrach – es waren dort ein paar hervorragende Aquarelle zu sehen, die ich gerne ausführlicher betrachtet hätte – um so früh nach Hause zurückzukehren. Woher diese Vorahnung kam, kann ich nicht erklären, aber ach! – sie war berechtigt, und ich bin das verworfenste Geschöpf auf der Welt!!! Das Haus war völlig verlassen, bis auf Papa, der auf der Terrasse schlief, und etwas

an Don S.'s Art – es kann der glühende Ausdruck in seinen Augen gewesen sein – ließ mich darauf bestehen, daß wir sofort nach meinem lieben H. suchen sollten. Ach, hätten wir ihn doch nur gefunden! Wir suchten überall, aber niemand war zu sehen, und als wir zum Gewächshaus kamen, erfüllte mich Don S. mit Bestürzung und Scham, indem er sich auf die direkteste Weise erklärte – denn die Atmosphäre mit den Pflanzen dort ist so bedrückend, und meine Aufregung war so groß, daß ich mich einer Ohnmacht nahe fühlte und gezwungen war, Halt und Erleichterung zu suchen, indem ich mich auf seinen Arm stützte und den Kopf an seine Schulter lehnte. (Sehr glaubhaft!!! – G. de R.) Stellen Sie sich meine Bedrängnis in diesem Moment äußerster Schwäche vor, als er die Situation ausnutzte, um seine Lippen auf meine zu pressen!! Ich war so vor den Kopf gestoßen, daß es einen Augenblick dauerte, bevor ich die Kraft fand, mich seiner zu erwehren, und nur mit Mühe entkam ich schließlich seiner Umarmung. Er bedachte mich mit den leidenschaftlichsten Ausdrücken, nannte mich seine liebe Diana und seine goldene Nymphe (was mir selbst in diesem Moment der Verwirrung ein äußerst poetischer Einfall zu sein schien), und die Wirkung schwächte mich derart, daß ich nicht widerstehen konnte, als er mich erneut an seine Brust drückte und mich mit noch größerem Ungestüm als zuvor küßte. Zum Glück hörten wir einen der Gärtner näherkommen, und ich konnte mich rechtzeitig entfernen, obwohl ich völlig durcheinander im Kopf war.

Man kann sich meine Scham und Zerknirschung vorstellen, und wenn irgend etwas sie noch hätte steigern können, war es der überraschende Anblick meines herzallerliebsten H., der sich vor seinem Spiel am Nachmittag im Garten Bewegung verschaffte, wie er erklärte. Sein gerötetes, männliches Gesicht zu sehen und zu wissen, daß er einer so gesunden und harmlosen Beschäftigung nachgegangen war, während ich hilflos in den Armen eines anderen gelegen hatte – wenn auch sehr gegen meinen Willen –, war wie ein Messerstich in meinem Herzen. Um die Sache noch schlimmer zu machen, nannte er mich sein prächtiges altes Mädchen und erkundigte sich interessiert nach der Gemäldegalerie; ich fast zu Tränen gerührt, und als wir zusammen zur Terrasse gingen, wo wir Mrs. L. L. vorfanden, kam ich nicht umhin, zu bemerken, daß H. ihr nicht mehr als bloße Höflichkeit zollte (in der Tat hatte sie wenig an sich, das irgendeinen Mann hätte reizen können, denn sie sah recht mitgenommen aus), doch zu mir voller Freundlichkeit und Aufmerksamkeit war, wie der beste aller Ehemänner, der er nun einmal ist.

Aber was soll ich von Don S.'s Benehmen halten? Ich muß versuchen, ihn nicht allzu hart zu verurteilen, denn er besitzt ein derart heißes Temperament und neigt dazu, es in jeder Weise hitzig kundzutun, daß es nicht verwunderlich ist, wenn er für die Reize einer Frau empfänglich ist, die er attraktiv findet. Mir kann man es doch sicher nicht verübeln, wenn Mutter Natur mir wohlgesinnt war und mich mit einer Figur und einem Gesicht bedacht hat, die das stärkere Geschlecht – ohne mein Verschulden – ansprechend findet? Ich tröste mich mit dem Gedanken, daß eine Frau, die das Glück hat, von der Natur gut ausgestattet zu sein, es ertragen muß, wenn sie bewundert wird, und daß sie sich selbst wenig vorzuwerfen hat, solange sie nicht zu Vertraulichkeiten ermuntert, sondern sich sittsam zurückhaltend beträgt . . .

(Einbildung und Humbug! Ende des Auszugs – G. de R.)

Zweifellos ist ein guter Galopp vor der Arbeit das beste Training, das man haben kann, denn ich habe nie in meinem Leben so oft und so gut geworfen wie an jenem Nachmittag für Mynns Gelegenheitsmannschaft gegen die englische Nationalelf: fünf Wicktes bei zwölf Läufen in elf Versuchen, dabei Lillywhite mit dem Bein vor dem Tor erwischt und Marsden sauber zwischen die Torstäbe getroffen. Mit kalten Bädern und Hanteln hätte ich das nie geschafft. Sie sehen also, was unsere Leute bei dem derzeitigen Freundschaftsspiel brauchen, ist eine begeisterte Sportanhängerin wie Mrs. Leo Lade, die sich um sie kümmert; dann hätten wir die Australier bald soweit, daß sie um Gnade betteln.

Als wir hinterher im großen Zelt bei der dichtgedrängten Schikkeria Tee tranken, wobei Elspeth an meinem Arm hing und Mynn Schampus in dem Pokal herumreichte, den wir gewonnen hatten, war die einzige kleine Wolke an meinem Horizont die Frage, ob Solomon mich am Vormittag im Salon erkannt hatte, und falls ja, ob er seinen Mund halten würde. Ich machte mir nicht allzuviel Sorgen, denn alles, was er zu sehen bekommen hatte, waren mein strammer Rücken und Hintern, die sich hoben und senkten, und Mrs. Lades entrücktes Gesicht, das sich im Spiegel reflektierte – es kümmerte mich nicht die Bohne, was er über sie erzählte, und selbst wenn er mich als den anderen Teil des Pärchens erkannte hatte, war nicht anzunehmen, daß er es ausposaunen würde; so etwas tat man damals nicht. Und es war auch nicht die Spur eines verständnisinnigen Zwinkerns in seinen Augen, als er herüberkam und mir freudestrahlend gratulierte, mein Glas auffüllte und Elspeth zurief, daß ihr Mann der wildeste Werfer im ganzen Land sei und selbst in die Nationalmannschaft gehöre, jawohl! Ein paar der Anwesenden riefen: »Hört, hört«, und Solomon wiegte bewundernd sein Haupt – dieser raffinierte, heuchlerische Schuft.

»Wissen Sie«, sagte er und wandte sich an die Leute in seiner nächsten Umgebung, unter denen viele Gäste seines Hauses, aber auch Mynn, Felix und Ponsonby-Fane waren, »es sollte mich nicht wundern, wenn Harry der derzeit schnellste Mann in England wäre. Ich sage nicht der beste, aus Hochachtung vor unserem berühmten Gast« – und er verbeugte sich graziös vor Mynn –, »aber sicher der schnellste; was sagen Sie, Mr. Felix?«

Felix blinzelte und wurde rot, wie er es immer tat, wenn er alleine angesprochen wurde, und sagte, er sei nicht sicher; wenn er am Tor stehe, fügte er mit feierlichem Ernst hinzu, denke er nicht über

Stundenkilometer nach, aber jeder Schlagmann, der Mynn am einen Ende und mir am anderen gegenüberstehe, hätte seinen Enkeln etwas zu erzählen. Alle lachten, und Solomon rief, diese Leute könnten sich wirklich glücklich schätzen; wie gerne würden doch Cricketanfänger wie er die Chance ergreifen, einmal ein paar Versuche mit uns zu wagen. Zwar würden sie uns nicht lange standhalten, das sicher nicht, aber das sei die Ehre wert.

»Ich nehme kaum an«, fuhr er fort und befingerte seinen Ohrring, während er mich schalkhaft ansah, »daß sie es in Erwägung ziehen würden, mit mir auf ein einzelnes Tor zu spielen, oder?«

Vom Schampus und meinen fünf Wickets beschwingt, lachte ich und sagte, ich sei mit Freuden dazu bereit, doch er soll sich lieber bei Lloyd's versichern oder ein Ritterrüstung besorgen. »Aber glauben Sie denn, daß Sie eine Chance haben?« fragte ich, und er zuckte die Schultern und sagte nein, eigentlich nicht; er wisse, daß er vielleicht keine gute Figur dabei abgeben werde, doch er sei Sportsmann genug, es zu versuchen. »Letzten Endes«, meinte er keck, »sind Sie als Schlagmann nicht gerade Fuller Pilch, wissen Sie?«

Es gibt Momente – und gerade die bleiben einem gewöhnlich im Gedächtnis haften –, wo leichtfertiger, lockerer Spaß plötzlich tödlich ernst wird. Ich sehe diesen Moment noch heute vor mir; das große Zelt mit seinem Gedränge von weißgekleideten Herren, die Damen in ihren hellen Sommerkleidern, den muffigen Geruch von Gras und Leinwand, das Geräusch der Zeltöffnung, die im warmen Wind flappte, das Geklapper von Tellern und Gläsern, das Schwatzen und höfliche Lachen; Elspeht, die mich über ihre Erdbeeren mit Sahne hinweg anlächelte, Mynns großes, rotes Gesicht, das feucht schimmerte, und Solomon mir gegenüber – groß, breit und grinsend, in seiner flaschengrünen Jacke, die Smaragdnadel in seinem Halstuch, das braun glänzende Gesicht mit den lächelnden, dunklen Augen, die sorgfältig gestutzten schwarzen Locken, dem gepflegten Backenbart und die große, fein manikürte Hand, die den Stiel seines Glases drehte.

»Nur zum Spaß«, sagte er. »Gönnen Sie mir doch etwas, womit ich prahlen kann – spielen wir auf dem Rasen bei meinem Haus. Kommen Sie, Harry« – und er stieß mir in die Rippen – »oder trauen Sie sich etwa nicht?«, worüber die Leute vor Lachen gluckſten und meinten, er sei schon ein komischer Vogel.

Zu diesem Zeitpunkt wußte ich nicht, daß die Sache wichtig

war, obwohl mich etwas warnte, daß ein Schwindel dahinterstekken könnte, doch da der Champagner seine Wirkung tat und Elspeth vor Ungeduld maulte, fand ich nichts Böses dabei.

»Also gut«, sagte ich. »Es sind Ihre Rippen, Sie müssen es wissen. Wie viele Leute in jeder Mannschaft?«

»Ach, nur wir beide«, sagte er. »Keine Feldspieler: Bälle, die im Innenfeld aufschlagen, zählen natürlich, aber daneben oder zu weit geworfene nicht. Ich bin nicht dafür gebaut herumzuhetzen.« Und er klopfte sich lächelnd auf seinen Bauch. »Zwei Durchgänge für jeden, einverstanden? Das verdoppelt meine Chance, einen oder zwei Läufe machen zu können.«

»Was ist mit den Einsätzen?« fragte Mynn lachend und blinzelte mir zu. »Ein solches Spiel kann man doch nicht um Sixpence machen.«

»Was immer Sie wollen«, sagte Solomon bereitwillig. »Mir ist alles recht – ein Fünfer, ein Fünfhunderter oder ein Tausender – es spielt keine Rolle, da ich ohnehin nicht gewinnen werde.«

Bei dieser Art von Sprüchen greift normalerweise jeder vernünftige Mann nach seinem Hut und stürzt zur nächsten Tür; sonst findet man sich eine Stunde später dabei wieder, wie man Schuldscheine unterschreibt und versucht, sich einen falschen Namen auszudenken. Aber das hier war anders – schließlich war ich erste Klasse und an ihn dachte man nicht einmal; niemand hatte ihn überhaupt jemals spielen sehen. Er konnte sich nichts gegen meine schnellen Würfe erhoffen – und eines war sicher: mein Geld brauchte er nicht.

»Nun halten Sie mal die Luft an«, sagte ich. »Wir sind nicht alle Millionäre, wissen Sie? Mit einem halben Leutnantssold kann man keine großen Sprünge machen –«

Elspeth, verd--- noch mal, griff doch tatsächlich nach ihrem Handtäschchen und flüsterte, ich müsse einfach soviel aufbringen, wie Don Solomon einsetze, und während ich versuchte, sie zum Schweigen zu bringen, sagte Solomon: »Nichts da – ich wette tausend auf mich; schließlich kommt der Vorschlag von mir, und ich muß bereit sein, auch die Folgen zu tragen. Harry kann einsetzen, was er will – was sagen Sie dazu, alter Freund?«

Nun, jedermann wußte, daß er stinkreich war und leichtsinnig dazu, daher war es mir gleich, wenn er tausend Pfund für das Privileg verlieren wollte, von mir zur Schnecke gemacht zu werden. Doch fiel mir nichts ein, was ich als Wetteinsatz gegen sein Geld hätte anbieten können, und das sagte ich auch.

»Sagen wir doch einfach ... ein Glas Bier«, meinte er, und schnippste dann mit den Fingern. »Wissen Sie was? – Ich werde bestimmen, was Ihr Einsatz sein soll, und ich verspreche Ihnen, falls sie verlieren und berappen müssen, wird es etwas sein, das Sie keinen Pfennig kostet.«

»Was soll das sein?«, fragte ich sofort argwöhnisch.

»Schlagen Sie ein?« rief er.

»Sagen Sie erst, was mein Einsatz ist«, antwortete ich.

»Na gut, Sie können ohnehin jetzt keinen Rückzieher mehr machen«, sagte er und strahlte triumphierend. »Es ist folgendes: ein Tausender von mir, wenn Sie gewinnen. Und falls ich gewinne – was zugegebenermaßen nicht sehr wahrscheinlich ist« – er legte eine Pause ein, um alle in Spannung zu halten –, »falls ich gewinne, werden Sie Elspeth und ihrem Vater erlauben, mit mir auf die Reise zu gehen.« Er strahlte ringsum in die Runde. »Was könnte fairer sein als das, möchte ich gerne wissen?«

Die kaltschnäuzige Frechheit, die darin lag, verschlug mir den Atem. Da stand dieser fette Emporkömmling mit seinen Niggerallüren, der in aller Öffentlichkeit sein Interesse an meiner Frau bekundet und vorgeschlagen hatte, sie auf eine Spritztour mitzunehmen, während ich mit meinen Hörnern zu Hause saß, der korrekt und höflich abgewiesen worden war, und kam mit der gleichen Masche wieder an, nur daß er jetzt versuchte, das Ganze als fröhliches, unbeschwertes Spiel hinzustellen. Ich kochte vor Wut – hatte er das mit Elspeth zusammen ausgeheckt? Aber ein Blick zeigte mir, daß sie ebenso erstaunt war wie ich. Doch andere Leute lächelten, und ich sah zwei Damen hinter ihren Sonnenschirmen flüstern; Mrs. Lade schaute amüsiert zu.

»Nun sieh einer an, Don«, sagte ich betont ungezwungen. »Sie lassen wohl nicht so leicht locker?«

»Ach, kommen Sie, Harry«, rief er. »Welche Chance habe ich denn schon? Das Ganze ist reiner Unsinn, denn Sie können sicher sein, zu gewinnen. Gewinnt er nicht ohnehin immer, Mrs. Lade?« Er schaute zu ihr hinüber, dann zu mir und zu Elspeth, ohne eine Miene zu verziehen – verfl--- Kiste, hatte er also doch meinen wippenden Hintern im Salon erkannt und wollte damit sagen »Nimm meine Wette an, gib mir diese Chance, oder ich verrate alles«? Ich wußte es nicht – aber das war jetzt gehupft wie gesprungen, denn ich begriff, daß ich auf ihn eingehen mußte, um meinen Ruf zu wahren. Was denn – Flashy, der heldenhafte Sportler, kneift vor einem läppischen Anfänger und gibt damit groß und breit zu verstehen, daß er wegen dieses dicken Schwadroneurs eifersüchtig auf seine Frau ist? Nein – ich mußte gute Miene zum bösen Spiel machen. Er hatte mich – im wahrsten Sinne des Wortes – mit heruntergelassenen Hosen erwischt, wie der alte Herzog sagen würde, weiß Gott.

Aber was erhofft er sich eigentlich? Einen Zufallstreffer? Crikket zu zweit auf ein einzelnes Tor zu spielen ist eine riskante Sache, aber selbst dabei konnte er nicht erwarten, mich zu schlagen. Andererseits war er so erpicht darauf, seinen Kopf durchzusetzen – wie das verzogene, arrogante Bürschchen, das er trotz all seines höflichen Gehabes war –, daß er jede Chance ergreifen würde, so gering sie auch sein mochte. Er hatte nichts zu verlieren – abgesehen von eintausend Pfund, doch das war für ihn so gut wie nichts. Also, gut denn – ich würde den Schuft nicht nur schlagen, sondern ihn für dieses Privileg auch blechen lassen.

»Na schön, abgemacht«, sagte ich munter. »Aber da Sie meinen Einsatz bestimmt haben, werde ich Ihren festsetzen. Wenn Sie verlieren, kostet Sie das zweitausend – nicht nur eintausend. In Ordnung?«

Natürlich mußte er sich einverstanden erklären. Er lachte und sagte, ich hätte ein so gutes Geschäft dabei herausgeschlagen, daß ich ihm auch den Gleichstand zugestehen müsse – was bedeutete, daß ich meinen Einsatz verlieren würde, falls wir die gleiche Punktzahl erreichen sollten. Ich mußte gewinnen, um zu kassieren – aber das war belanglos, da ich ihn bestimmt glatt an die Wand spielen würde. Nur um ganz sicher zu gehen, fragte ich Felix auf der Stelle, ob er den Schiedsrichter machen würde; ich wollte nicht, daß einer von Solomons Handlangern ihm den Sieg zuschanzte.

Also war das Spiel beschlossene Sache, und Elspeth besaß den Anstand, nicht zu sagen, daß sie hoffte, ich würde verlieren; sie vertraute mir sogar später an, daß sie fand, Don Solomon sei ein bißchen zu raffiniert und nicht ganz *comme il faut* gewesen, ihr Einverständnis als selbstverständlich vorauszusetzen.

»Du weißt doch Harry, daß ich ihn nie gegen deinen Willen mit Papa begleiten würde. Aber wenn du seine Wette aus freien Stükken annimmst, ist das etwas anderes – und, ach! Es wäre so ein Spaß, Indien zu sehen und ... all diese wunderbaren Länder!

Aber du mußt natürlich so gut spielen, wie du nur kannst, und darfst nicht meinetwegen verlieren –«

»Mach dir keine Sorgen, altes Mädchen«, sagte ich und bestieg sie. »Das werde ich auch nicht.«

Das war vor dem Abendessen. Zur Schlafenszeit war ich nicht mehr so sicher.

Ich machte eine Runde über das Grundstück, während die anderen schon im Bett lagen, und ich war gerade in Höhe des Gartentors vorbeigeschlendert, als jemand aus der Dunkelheit »Pssst!« rief, und zu meinem Erstaunen sah ich zwei oder drei finstere Gestalten auf dem Fahrweg herumschleichen. Eine davon kam näher, und ich hätte fast meine Zigarre verschluckt, als ich die untersetzte Gestalt von Hochwohlgeboren Daedalus Tighe erkannte.

»Was zum T---l machen Sie denn hier?« fragte ich. Ich hatte den Gauner bei einem oder zwei der Spiele gesehen, doch ich war ihm natürlich aus dem Weg gegangen. Er tippte an seinen Hut, schaute sich suchend in der Dunkelheit um und fragte, ob er kurz mit mir reden könne, wenn er sich die Freiheit nehmen dürfe. Ich sagte ihm, er solle sich zur Hölle scheren.

»Ach, nicht doch, Sir!« sagte er. »Das können Sie doch nicht wollen – Sie nicht. Gehen sie nicht fort, Mr. Flashman; ich verspreche, Sie nicht lange aufzuhalten – na ja, ich nehme an, die Damen und Herren warten im Salon, und Sie möchten schnell zu ihnen zurück. Aber ich habe gehört, daß Sie morgen ein Einzelspiel austragen, gegen diesen feinen Sportsmann, Mr. Solomon Haslam – das ist ein sehr angesehener Bursche, ganz piekfein –«

»Was wissen Sie über sein spielerisches Können?« fragte ich, und Mr. Tighe lachte leise, doch mit deutlicher Bierfahne.

»Nun, Sir, wie es heißt, spielt er ein bißchen, aber – Gott bewahre – gegen jemanden wie Sie kommt er nicht an. Na ja, in der Stadt könnte ich fünfzig zu eins gegen ihn bekommen, aber niemand geht darauf ein; vielleicht sogar hundert –«

»Ich danke Ihnen«, sagte ich und wollte mich gerade abwenden, als er meinte: »Wohlgemerkt, Sir, es könnte sich jemand finden, der Geld auf ihn setzt, nur auf die Chance hin, daß er gewinnt – was natürlich gegen einen meisterhaften Spieler wie Sie unmöglich ist. Andererseits verlieren manchmal auch erstklassige Leute – und falls Sie verlieren sollten, na ja, jemand, der tausend auf Haslam gesetzt hätte – gut verteilt natürlich –, würde dabei fünfzigtausend einstreichen, nicht wahr? Ich denke«, fügte er hinzu, »meine Rechnung stimmt in etwa.«

Mir wäre fast die Zigarre im Hals steckengeblieben. Die in seinen Worten versteckt enthaltene, unerhörte Frechheit war umwerfend – denn es bestand nicht der geringste Zweifel, was der Schurke vorschlagen wollte. (Und das, ohne auch nur anzudeuten, welchen Anteil er mir anzubieten gedachte; verfl--- Unverschämtheit.) Ich war schon lange nicht mehr so beleidigt worden, und in meiner Empörung wünschte ich ihm die Pest an den Hals.

»Ich würde an Ihrer Stelle nicht so laut werden, Sir«, sagte er. »Sie wollen doch sicher nicht, daß man Sie mit jemandem wie mir reden hört. Oder sollen die Leute erfahren, daß Sie in der Vergangenheit schon Geld von mir bekommen haben, für erwiesene Dienste –«

»Sie elender Lügner!« schrie ich. »Ich habe nie einen Penny von Ihrem verd--- Geld zu Gesicht bekommen!«

»Na so was, nun denk mal einer an«, sagte er. »Glauben Sie, daß Vincent es wieder eingesteckt hat? Aber ich kann mir nicht vorstellen, wie er das geschafft haben sollte. Zumal mein Brief an Sie – mit dem Geld darin – in Gegenwart von zwei zuverlässigen, mit mir befreundeten Zeugen geschrieben und versiegelt worden ist, die beschwören würden, daß dieser bei Ihnen abgeliefert wurde. Und Sie haben ihn nicht erhalten, sagen Sie? Nun, dieser Vincent muß schlauer sein, als ich dachte; ich muß ihm wohl die Hammelbeine langziehen, um ihn eines Besseren zu belehren. Doch das ist nebensächlich; das Entscheidende ist« – und er stieß mir einen Finger in die Rippen – »falls meine Zeugen beschwören sollten, was sie wissen, könnten einige Leute glauben, Sie hätten von einem Buchmacher Bargeld angenommen – dafür, daß Sie gewonnen hatten, das schon, aber es gäbe einen häßlichen Skandal. Einen sehr häßlichen sogar.«

»Der T---l soll Sie holen!« Ich platzte fast vor Wut. »Wenn Sie glauben, Sie können mich einschüchtern –«

Er hob seine Hände in gespieltem Entsetzen. »So etwas würde ich nie glauben, Mr. Flashman! Ich weiß, Sie sind tapfer und stark wie ein Löwe, Sir – schließlich haben Sie ja nicht einmal Angst, nachts alleine durch die Straßen von London zu gehen, und dabei kommen Sie doch an einige recht merkwürdige Orte, soviel ich weiß. Orte, an denen auch früher schon junge Leute hilflos aufgefunden wurden – von Straßenräubern überfallen und halb totgeschlagen. Sehen Sie, einem jungen Freund von mir ist das passiert – na ja, ein so guter Freund war er auch wieder nicht, weil er mich reinlegen wollte. Ein Krüppel für den Rest seines Lebens, muß ich zu meinem Bedauern sagen. Und die Kerle, die das getan haben, hat man auch nie erwischt. In der letzten Zeit ist die Polizei erschreckend nachlässig –«

»Sie Schurke! Also, am liebsten würde ich –«

»Nein, das werden Sie nicht tun, Mr. Flashman. Es wäre für Sie nicht sehr ratsam, etwas Vorschnelles zu unternehmen. Und wo liegt überhaupt die Notwendigkeit dazu?« Ich konnte mir das schmierige Lächeln vorstellen, doch alles, was ich sehen konnte, war Schatten. »Mr. Haslam braucht nur morgen zu gewinnen – und ich werde dafür sorgen, daß Sie sofort um fünftausend reicher sind, mein werter Herr. Meine Zeugen werden vergessen . . . was sie wissen, und ich darf wohl behaupten, daß kein Straßenräuber oder Totschläger Ihnen jemals über den Weg läuft.« Er machte eine Pause und tippte dann wieder an seinen Hut. »Ich will Sie jetzt nicht länger aufhalten, Sir – die Damen werden sicher schon ungeduldig. Ich wünsche Ihnen einen recht schönen Abend – und es tut mir furchtbar leid, daß Sie morgen vormittag nicht gewinnen werden. Aber denken Sie daran, wie Mr. Haslam triumphieren wird, hä? Das wird eine Überraschung für ihn sein!«

Und damit verschwand er in der Dunkelheit; ich hörte sein bierseliges Lachen, als er und seine Schläger die Straße hinuntergingen.

Als ich meine Empörung überwunden hatte, war mein erster Gedanke, daß Haslam hinter der Sache steckte, aber bei näherer Überlegung sah ich ein, daß er nicht so dumm sein würde. Nur junge Idioten wie ich ließen sich mit Leuten wie Daedalus Tighe ein. Gott, was war ich doch für ein blinder Trottel gewesen, sein schmutziges Geld jemals anzurühren. Er konnte einen Skandal heraufbeschwören, daran bestand kein Zweifel. Und ich hielt es auch nicht für fraglich, daß er imstande war, seine Schläger auf mich anzusetzen, um mir in einer dunklen Nacht aufzulauern. Was zum T---l sollte ich tun? Wenn ich Haslam nicht gewinnen ließ – nein, lieber würde ich tot umfallen, als das zu dulden. Ihn mit Elspeth rund um die Welt huren lassen, während ich in meinem Blechpanzer in St. James verrottete? Nicht auszudenken. Aber wenn ich ihn besiegte, würde Tighe mich mit Sicherheit verpfeifen und seine Schlägerkolonne mich eines schönen Nachts in einer dunklen Gasse zu Brei schlagen ...

Sie werden verstehen, daß ich nicht gerade guter Laune ins Bett ging und auch nicht viel schlief.

Aber wenn es kommt, kommt es dicke. Am nächsten Morgen rang ich noch mit meinem Dilemma, als mich ein weiterer Schlag traf, diesmal von der hämisch grinsenden Judy ausgeteilt, dem Flittchen meines alten Herrn. Ich hatte draußen auf dem Kiesweg gestanden und Solomons Gärtnern zugeschaut, die auf dem großen Rasen das Spielfeld für unser Match walzten, und machte mich dann auf eine unruhige Wanderung rund ums Haus. Judy saß in einer Laube und las ein Journal. Sie blickte nicht einmal auf, als ich vorbeiging, ohne sie zu beachten, und dann ertönte ihre Stimme kühl hinter mir: »Suchst du nach Mrs. Leo Lade?«

Das war schon kein guter Anfang. Ich blieb stehen und drehte mich zu ihr um. Sie blätterte eine Seite um und fuhr fort: »An deiner Stelle würde ich das nicht tun. Ich nehme an, sie ist heute morgen nicht zu sprechen.«

»Was zum T---l habe ich mit ihr zu schaffen?« fragte ich.

»Ich glaube, das möchte der Herzog auch gerne wissen«, sagte Miß Judy und lächelte durchtrieben in ihr Journal. »Hat er sich noch nicht bei dir danach erkundigt? Nun ja, alles zu gegebener Zeit, das kommt sicher noch.« Und sie las kaltlächelnd weiter, während mein Herz wie ein Hammer schlug.

»Worauf willst du damit hinaus, verd---?« fragte ich, und als sie nicht antwortete, verlor ich die Geduld und schlug ihr die Zeitung aus der Hand.

»Aha, so kenne ich dich besser!« sagte sie und schaute mich vor höhnischem Vergnügen feixend an. »Willst du mich auch schlagen? Das solltest du lieber lassen – es sind Leute in Rufweite, und es wäre doch nicht gut, wenn sie sehen, wie der Held von Kabul eine Dame angreift, oder?«

»Wieso ‚Dame'?« sagte ich. »Hure ist das richtige Wort.«

»So hat der Herzog auch Mrs. Lade genannt, wie man mir gesagt hat«, meinte sie, stand graziös auf, nahm ihren Sonnenschirm und öffnete ihn. »Heißt das, du hast noch nichts davon gehört? Aber das wirst du noch, und zwar recht bald.«

»Ich werde jetzt sofort davon hören!« sagte ich und packte sie am Arm. »Bei Gott, wenn du oder irgendwer sonst Klatsch über mich verbreitet, wirst du dafür geradestehen! Ich habe nichts mit Mrs. Lade oder dem Herzog zu schaffen, hörst du?«

»Nein?« Sie sah mich von oben bis unten mit ihrem hinterhältigen Lächeln an und riß plötzlich ihren Arm los. »Dann muß Mrs. Lade eine Lügnerin sein – was ich ihr durchaus zutraue.«

»Was soll das heißen? Sag mir sofort, was los ist, oder –«

»Oh, das Vergnügen werde ich mir nicht entgehen lassen«, meinte sie. »Aber ich sehe dich gerne erst ein bißchen zappeln und lamentieren. Also gut. Ein kleines Vögelchen aus dem Hotel des Herzogs hat mir gesungen, daß der Herzog und Mrs. Lade letzte Nacht heftig gestritten haben, wie sie es wohl häufig tun – seine Gicht, du weißt ja. Es waren laute Stimmen zu hören – zuerst seine, und dann ihre, und es fielen alle Arten von Ausdrücken – ich bin sicher, du weißt, wie sich so etwas entwickelt. Nur eine kleine häusliche Szene, aber ich fürchte, Mrs. Lade ist eine dumme Person, denn als das Gespräch auf die . . . Fähigkeiten seiner Gnaden kam – ich kann mir nicht vorstellen, wieso –, war sie so unklug, deinen Namen zu erwähnen und unschmeichelhafte Vergleiche anzustellen.« Miß Judy lächelte süßlich und befummelte affektiert ihre kastanienbraunen Löckchen. »Sie muß außergewöhnlich leicht zufriedenzustellen sein, denke ich. Um nicht zu sagen verrückt, daß sie ihren Gönner so verspottet. Wie dem auch sei, seine Gnaden waren so gütig, eifersüchtig zu werden . . .«

»Das ist eine verd--- Lüge! Ich bin dem Luder nie zu nahe gekommen!«

»Ach ja? Nun, bestimmt verwechselt sie dich mit jemand anderem. Vermutlich fällt es ihr schwer, den Überblick zu behalten. Jedenfalls hat seine Gnaden ihr wohl geglaubt; eifersüchtige Liebhaber nehmen gewöhnlich das Schlimmste an. Natürlich ist zu erwarten, daß er ihr verzeiht, aber seine Verzeihung dürfte dich kaum einschließen, da bin ich sicher, und – «

»Halt dein Lügenmaul!« schrie ich. »Das stimmt alles nicht – wenn diese Schlampe Lügen über mich erzählt oder wenn du diesen hinterhältigen Klatsch über mich erfindest, um mich in Mißkredit zu bringen, dann werde ich euch beide dahin bringen, daß ihr wünscht, ihr wäret nicht geboren – «

»Du zitierst schon wieder den Herzog. Ein hitzköpfiger alter Herr, wie es scheint. Er sprach davon – so laut er konnte, wie ein Hotelgast behauptet –, einen Preisboxer auf dich anzusetzen. Er ist anscheinend Geldgeber für zwei Leute namens Caunt und Great Gun – aber von solchen Dingen verstehe ich nichts . . .«

»Hat Elspeth diesen üblen Klatsch schon gehört?« fragte ich.

»Wenn ich annehmen könnte, daß sie es glaubt, würde ich es ihr selbst erzählen«, sagte das heimtückische Miststück. »Je eher sie erfährt, welchen Windhund sie geheiratet hat, um so besser. Aber sie ist dumm genug, dich anzubeten – jedenfalls meistens. Ob sie dich noch so attraktiv findet, wenn die Faustkämpfer des Herzogs mit dir fertig sind, ist eine andere Frage.« Sie seufzte befriedigt und machte den Pfad hinauf kehrt. »Du meine Güte, Harry, du zitterst ja – dabei brauchst du doch eine ruhige Hand für dein Match mit Don Solomon. Alle warten so gespannt darauf . . .«

Sie ließ mich, wie Sie sich vorstellen können, ganz schön wütend und voll Besorgnis zurück. Es war fast unbegreiflich, daß Mrs. Lade, diese dämlich Kuh, sich gegenüber ihrem Gönner des Techtelmechtels mit mir gebrüstet hatte, aber manche Frauen sind aus Dummheit zu allem fähig, vor allem, wenn sie in Rage kommen – und jetzt würde mir dieser trottelige, rachsüchtige alte Hurenbock von Herzog seine Schläger auf den Hals hetzen.[11] Dazu Tighes Drohungen vom Abend zuvor, das war mehr als genug. Begriff dieser selbstsüchtige alte Lustmolch denn nicht, daß sein Pferdchen von Zeit zu Zeit einen jungen Hengst brauchte, um in Form zu bleiben? Aber da stand ich nun, während von allen Seiten Wolken aufzogen, und war immer noch unentschlossen, was ich in dem Match mit Solomon machen sollte – und in diesem Moment kreuzte Mynn auf, um mich zu der großen Begegnung auf das Spielfeld zu schleppen. Mir war nicht im geringsten nach Cricket zumute.

Unsere Gesellschaft und eine beträchtliche Anzahl von ausgesuchtem ortsansässigem Honoratiorenpack waren bereits dabei, es sich auf Stühlen und Liegen bequem zu machen, die auf dem Kiesweg vor dem Haus standen – der Herzog und Mrs. Lade waren Gott sei Dank nicht da; vermutlich bewarfen sie sich noch im Hotel mit Möbelstücken. Aber Elspeth bildete den Mittelpunkt des Interesses, mit Judy neben sich, die aussah, als hätte sie gerade den letzten Rest Sahne genascht. Tratschsüchtige Schlampe – ich knirschte mit den Zähnen und schwor, ich würde es ihr noch heimzahlen.

An den anderen Seiten des Rasens stand das gewöhnliche Volk, denn Solomon hatte aus diesem Anlaß jedermann Zutritt zu seinem Grundstück gewährt und ein großes Zelt aufbauen lassen, in dem Freibier und Erfrischungen an die Durstigen ausgeteilt wurden, Nun ja, wenn der verd--- Angeber wollte, daß alle Welt sah, wie er verlor, war das seine Sache. Aber du lieber Gott – würde ich ihn denn schlagen? Und was sollte ich, um meine Verwirrung noch zu steigern, bei einer Gruppe von geschniegelten Burschen unter den Bäumen anderes sehen als die scharlachrote Weste und das ebenso rote Gesicht von Daedalus Tighe, der zweifellos gekommen war, um seinen großen Coup mit eigenen Augen zu verfolgen. Er hatte ein paar vielversprechend aussehende harte Burschen bei sich, die alle eifrig dem Bier zusprachen und schallend lachten.

»Ist Ihnen das Frühstück nicht bekommen, Flashy?« fragte Mynn. »Sie sehen ein bißchen blaß aus – aber da ist ja schon Ihr Gegner. Kommen Sie mit.«

Solomon stand bereits auf dem Rasen, in Cordsamthosen und Halbschuhen, mit einem Strohhut auf seinem schwarzen Haar. Er lächelte mir zu und schüttelte mir die Hand, während die feinen Pinkel höflich applaudierten und das gewöhnliche Volk johlte und mit den Biergläsern klapperte. Ich streifte meine Jacke ab und zog mir Halbschuhe an, und dann warf der kleine Felix ein Schlagholz in die Luft. Ich rief: »Blatt«, und so war es auch. »Sehr gut«, sagte ich zu Solomon, »Sie fangen als Schlagmann an.«

»Großartig!« rief er mit breitem Grinsen. »Dann möge also der Bessere gewinnen!«

»Das wird er«, sagte ich und rief nach dem Ball, während Solomon – der Teufel hole seine Unverfrorenheit – zu Elspeth hinüberging und sich von ihr mit großem Getue Glück wünschen ließ; er besaß sogar die Frechheit, sie um ihr Taschentuch zu bitten, um es sich an den Gürtel zu binden – »denn ich muß die Farben meiner Dame tragen, wissen Sie«, rief er und machte einen Riesenspaß daraus.

Natürlich tat sie ihm den Gefallen, doch als sie meinen finsteren Blick sah, meinte sie aufgeregt, ich müsse selbstverständlich auch ihre Farben tragen, um zu zeigen, daß sie niemanden begünstige. Aber sie hatte kein zweites Taschentuch, daher sagte Judy, das freche Ding, sie leihe ihr eins, um es mir zu geben – und so hatte ich zu guter Letzt die Rotzfahne dieser hinterhältigen Schlampe am Gürtel, während sie dasaß und ironisch feixte.

Wir gingen zusammen aufs Spielfeld, und Felix ließ Solomon Aufstellung nehmen; er nahm sich Zeit dazu, klopfte den Boden um sein Schlagmal glatt und befühlte sachkundig den Rasen vor sich, während ich verärgert den Arm schwang. Der Boden war sumpfig und feucht, stellte ich fest, das war für mein Spiel nicht gerade günstig – bestimmt hatte Solomon das auch beabsichtigt. Das würde ihm nicht viel helfen.

»Los!« rief Felix, und rund um das Feld trat Stille ein. Alle warteten gespannt auf den ersten Wurf. Ich zog meinen Gürtel stramm, während diesmal Solomon wartete, und verpaßte ihm dann einen meiner härtesten Bälle – ich könnte schwören, Solomon wurde blaß, als der Ball an seinem Schienbein vorbeischoß und mit einem Hüpfer in den Büschen verschwand. Die Menge jubelte, und ich machte kehrt, um erneut zu werfen.

Er war kein schlechter Schlagmann. Er blockierte meinen nächsten Ball mit gesenktem Schlagholz, spielte mir den dritten direkt wieder zu und erntete großen Beifall, als er mit dem vierten zwei Läufe holte. Hallo, dachte ich, was ist denn das? Ich servierte ihm einen langsameren Ball, und er schlug ihn in die Bäume, so daß ich mich durch die schnatternde Menge wühlen mußte, um ihn zu erreichen, während er fünf Läufe machte; ich war wütend und außer Atem, als ich zur Wurflinie zurückkam, aber ich hielt mich im Zaum und lieferte ihm einen genau gezielten, knallharten Mordswurf. Er wich zurück, wehrte ihn nach links ab und schaffte einen Lauf. Die Menge johlte vor Vergnügen, und ich knirschte mit den Zähnen.

Ich begann einzusehen, was für eine vertrackte Sache Cricket auf eine Tor sein kann, wenn man keine guten Feldspieler hat und selber hinter jedem Ball herjagen muß. Man ist im Nu total erledigt, und das ist nichts für einen schnellen Werfer. Was noch schlimmer ist, keine Feldspieler bedeutete keinen Fänger hinter dem Tor, und dadurch holen schnelle Leute wie ich sonst die Hälfte ihrer Punkte. Ich mußte selber das Tor treffen oder den Ball fangen, um Solomon zu schaffen, und das sah auf diesem feuchten Rasen und mit Solomons kräftigen Abwehrschlägen nach einem verteufelt schweren Stück Arbeit aus. Ich machte eine langsame Runde, um wieder zu Atem zu kommen, und bedachte ihn dann mit vier meiner schnellsten Würfe; der erste ging haarscharf an seinen Torstäben vorbei, aber die anderen drei wehrte er wie ein Kampfhahn ab, voll mit der breiten Seite des Schlagholzes, und das brachte ihm weitere fünf Läufe ein. Die Menge applaudierte wie besessen, und er tippte lächelnd an seinen Hut. Na gut, dachte ich, das werden wir schnell ändern müssen.

Ich warf noch etwa zwanzigmal, und er machte noch seelenruhig acht Läufe, bevor ich bekam, was ich wollte, und das war ein ganz dicht am Tor abgewehrter Schuß etwas links von mir. Ich rutschte absichtlich aus, als ich den Ball holen lief, und ließ ihn vorbeirollen, woraufhin Solomon, der bis dahin ruhig dagestanden und gewartet hatte, aus dem Tor angaloppiert kam, um einen Lauf einzuheimsen. Jetzt habe ich dich, du Sch---kerl, dachte ich, und als ich mich aufrappelte, um ihm aus dem Weg zu gehen und den Ball zu verfolgen, versetzte ich ihm ganz aus Versehen mit meinem Absatz einen mörderischen Tritt vors Knie. Ich hörte ihn jaulen, aber da stürzte ich schon hinter dem Ball her, hob ihn auf und warf das Tor um. Dann schaute ich mich ganz gespannt um, wie um zu sehen, wo er steckte. Nun, ich wußte, wo er steckte – er lag zwei Meter vor seiner Torlinie auf seinem dicken Hintern, hielt sich das Knie und fluchte.

»Oh, so ein Pech, alter Freund!« rief ich. »Was ist denn passiert? Sind Sie ausgerutscht?«

»Aaaarrh!« sagte er, und ausnahmsweise lächelte er einmal nicht. »Sie haben mir vors Bein getreten, verd--- noch mal!«

»Was?« rief ich. »Oh, nicht doch! Guter Gott, habe ich das wirklich getan? Das tut mir entsetzlich leid. Ich bin selber ausgerutscht, wissen Sie. Oh, mein Gott!« sagte ich und schlug mir auf die Stirn. »Und ich habe Ihr Tor umgeworfen! Wenn ich gewußt hätte – sagen Sie, Felix, er ist deswegen doch nicht aus, oder? Ich meine, das wäre doch nicht fair?«

Felix sagte, Solomon sei aus, ganz ohne Frage; es sei nicht meine Schuld, daß ich ausgerutscht und Solomon über mich gestolpert war. Ich sagte nein, nein, das würde ich auf keinen Fall zulassen, ich könne das nicht ausnutzen, und er müsse mit seinem Durchgang weitermachen. Solomon war inzwischen aufgestanden, rieb sich das Knie und sagte, nein, er sei aus, daran sei nichts zu ändern; er hatte sein Grinsen wiedergefunden, wenn es auch ein bißchen schief war. So standen wir also da und stritten uns wie brave Christenmenschen, und ich selbst drängte ihn, von Gewissensbissen geplagt, weiterzuspielen, bis Felix der Sache ein Ende machte, indem er sagte, Solomon sei aus, und damit basta. (Es war auch höchste Zeit; einen Moment lang hatte ich befürchtet, ich würde ihn doch noch überzeugen.)

Also war ich als Schlagmann an der Reihe. Ich schüttelte meinen Kopf und sagte, was für eine elende Schande das Ganze sei;

Solomon meinte, es sei seine Ungeschicklichkeit gewesen, und ich solle mich nicht ärgern, und die Menge raunte voller Bewunderung über soviel Sportsgeist. »Tret ihm das nächste Mal zwischen die Beine!« brüllte eine Stimme von unter den Bäumen her, aber die besseren Leute taten so, als hätten sie nichts gehört. Ich nahm Aufstellung. Er hatte einundzwanzig Läufe geschafft; jetzt würden wir sehen, wie gut er als Werfer war.

Es war mitleiderregend. Als Schlagmann hatte er tadellos, wenn auch ein bißchen schwerfällig gewirkt und ein paar gute Schläge aus dem Handgelenk gezeigt, aber von dem Augenblick an, wo ich ihn den Ball bis in Augenhöhe heben und mit dem stieren Ausdruck einer schwangeren Ente auf dem Gesicht watschelnd Anlauf nehmen sah, wußte ich, daß er als Werfer ein Stümper war. Eigentlich erstaunlich, denn normalerweise war er ein Mann, der sich trotz seiner Leibesfülle schnell, sicher und graziös bewegte, doch als er zu werfen versuchte, sah er aus wie ein Brauereipferd auf dem Weg zum Abdecker. Er warf den Ball mit der feierlichen Konzentration einer Matrone bei einem Kokosnuß-Wettwerfen, und ich frohlockte insgeheim, sah den Ball aufkommen, zielte zuversichtlich – und traf den ersten Ball so ungeschickt, daß er direkt auf Solomon zuflog und ganz einfach aufzufangen war.

Die Zuschauer schrien vor Überraschung auf, und sie waren weiß Gott nicht die einzigen, die überrascht waren. Ich warf mein Schlagholz erbost hin und fluchte; Solomon starrte mich ungläubig an, halb erfreut, halb stirnrunzelnd. »Ich glaube, das haben Sie absichtlich gemacht«, rief er.

»Von wegen!« sagte ich wütend. Ich hatte den Ball bis in die nächste Grafschaft schlagen wollen – aber ist es nicht so, daß man eine Sache um so eher verpatzt, wenn sie zu einfach ist? Ich hätte mich wegen meiner Unachtsamkeit selber in den Hintern treten können – rein sportlich gesehen, Sie verstehen. Denn bei einundzwanzig Läufen Vorgabe konnte ich das Spiel jetzt leicht verlieren – die Frage war nur: wollte ich das? Da hinten unter den Bäumen war Tighes rote Weste zu sehen – andererseits war da Elspeth, die strahlend aussah, in ihre behandschuhten Hände klatschte und »Gut gespielt!« rief, während Solomon galant seinen Hut lüftete und ich versuchte, ein freundliches Gesicht zu machen. Aber zum Donnerwetter, es war er, den sie dabei anschaute – bestimmt sah sie sich selbst schon unter einem tropischen Mond lustwandeln, während der lästige alte Flashy in sicherer Entfernung zu Hause hockte. Nein, so nicht – zum T--- mit Tighe, seinen Drohungen und Erpressungsversuchen. Ich würde dieses Spiel gewinnen, und dann konnten sie mich alle mal.

Wir nahmen ein Sandwich und ein Gläschen zu uns, während die feinen Leute um uns herum plauderten, und der Medizinmann aus Canterbury rieb Solomons Knie mit Salbe ein. »Ein tolles Spiel, alter Freund!« rief der Don und hob sein Limonadenglas in meine Richtung. »Ich habe gleich noch ein paar von meinen schräg geworfenen Bällen für Sie parat!« Ich lachte und sagte, sie würden hoffentlich nicht so viel Effet haben wie der erste, denn der habe mich völlig ratlos gemacht, und er wirkte tatsächlich geschmeichelt, der verd--- Bauernlackel.

»Das ist ja sooo aufregend!« rief Elspeth. »Wer wird denn nun gewinnen? Ich glaube, ich könnte es nicht ertragen, wenn einer von beiden verliert – könntest du das, Judy?«

»Nein, wirklich nicht«, meinte Judy. »Ein Mordsspaß. Denk doch nur, meine Liebe – du kannst auf keinen Fall dabei verlieren, denn wenn der Don siegt, gewinnst du eine herrliche Reise; und falls Harry Erfolg hat, nun ja, dann hat er zweitausend Pfund, die er für dich ausgeben kann.«

»Oh, so kann ich das nicht sehen!« rief mein geliebtes Eheweib. »Was zählt, ist doch das Spiel. Darauf kommt es an.« Verd--- Spinnerin.

»Also los jetzt, Gentleman«, rief Felix und klatschte in die Hände. »Bisher haben wir mehr gegessen und getrunken als Cricket gespielt. Geben Sie mir Ihre Hand, Don.« Und er geleitete uns zum zweiten Durchgang auf das Spielfeld hinaus.

Aus dem ersten Durchgang als Werfer hatte ich meine Lehren gezogen und wußte jetzt genau, wo Solomons Stärken und Schwächen lagen. Er war schnell und sicher auf den Füßen, und sein Rückspiel war ausgezeichnet, aber ich hatte bemerkt, daß er bei Schlägen aus dem Lauf nicht so standfest war. Darum zielte ich ganz in seine Nähe, auf den äußeren Torstab. Der Rasen wurde an dieser Stelle durch die dauernde Beanspruchung schon ganz kahl, und ich hoffte, ihn mit einem aufspringenden Ball in den Unterleib zu treffen oder ihn zumindest zum Herumhüpfen zu zwingen. Doch er begegnete meinem Angriff ganz geschickt, spielte mit gesenktem Schlagholz und machte gelegentlich einen Lauf nebenbei. Aber ich ackerte weiter drauflos, gewöhnte ihn an diese Stelle, wo der Ball direkt vor seinen Füßen landete, und zielte dann einen

Wurf in die andere Richtung; Solomon verfehlte den Ball um dreißig Zentimeter, und sein hinterer Torstab kippte glatt um.

Er hatte in dieser Runde zehn Läufe geschafft, so daß ich zweiunddreißig holen mußte, um zu gewinnen – und obschon das gegen einen miserablen Werfer nicht viel ist, darf man sich doch keinen einzigen Fehler leisten. Obendrein war ich nicht gerade ein guter Schlagmann, aber mit etwas Vorsicht müßte ich es schaffen, Master Solomon heimzuleuchten – wenn ich wollte. Denn als ich Aufstellung nahm, konnte ich aus meinem Augenwinkel Tighes rote Weste sehen, und ich spürte, wie mir die Angst kalt den Rükken hinunterlief. Du lieber Himmel, wenn ich gewann und sein Einsatz im Eimer war, würde er sein Bestes tun, um mich gesellschaftlich und gesundheitlich zu ruinieren, das stand fest – und was von mir übrigblieb, würden die Schlägertypen des Herzogs unter sich teilen. Hatte irgendwer jemals in so einer verfl--- Klemme gesteckt – aber da rief Felix: »Los!«, und Solomon nahm schwerfällig Anlauf, um seinen Pferdeapfel zu schleudern.

Mit schlechten Würfen ist das eine merkwürdige Sache – sie können verflixt schwer zu spielen sein, besonders wenn man weiß, daß man nur ein Leben zu verlieren hat, und seinen gewohnten forschen Stil aufgeben muß. In einem gewöhnlichen Spiel hätte ich Solomons lausige Bälle über das ganze Gelände gedonnert, aber jetzt mußte ich mich vorsichtig zurückhalten, während seine simplen Steilwürfe kerzengerade und ohne jeden Effet weit vor der Linie aufschlugen. Ich war so nervös, daß ich ein paar davon nur mit der Kante erwischte, und wäre verloren gewesen, wenn auch nur eine alte Frau als Feldspieler vor mir gestanden hätte. Das ließ sein Spiel besser aussehen, als es war, und die Menge bejubelte jeden Ball, weil sie sah, daß Flashy wie festgenagelt an der Torlinie stand und sich abrackerte.

Doch ich kam über meine erste Krise hinweg, versuchte ein oder zwei kräftige Schläge und hatte die Genugtuung, ihn herumhetzen und schwitzen zu sehen, während ich ein paar einzelne Läufe machte. Das ist auch so eine Sache beim Cricket auf ein Tor: Selbst ein schwungvoller Schlag bringt einem unter Umständen nicht viel ein, denn um einen Lauf einzuheimsen, muß man bis zum gegenüberliegenden Tor und zurück rennen, wogegen die gleiche Arbeit bei einem normalen Spiel zwei Läufe einbringt. Dazu schien seine ganze Rennerei über das Außenfeld seinen Würfen keinen Abbruch zu tun, die genauso miserabel, aber auch genauso direkt waren wie eh und je. Doch ich machte weiter, schaffte es auf ein Dutzend, und als er voll auf mich zielte, holte ich weit aus und jagte den Ball hoch über das Haus hinweg. Ich holte acht Läufe, während er mit einem Schwarm johlender kleiner Jungen in seinem Kielwasser hinter dem Gebäude verschwand und die Damen vor Aufregung kreischend aufsprangen. Ich wetzte zwischen den Toren hin und her, wobei die Menge jeden Lauf laut mitzählte, und dachte schon, ich würde über seine Gesamtzahl hinauskommen, als er mit Dung und Brennesseln bedeckt wieder in Sicht kam und den Ball über die Torlinie warf, so daß ich aufhören mußte.

Da stand ich also mit zwanzig Läufen da, brauchte noch zwölf, um zu gewinnen, und wir schnauften beide wie die Walfische. Meine große Entscheidung duldete jetzt keinen längeren Aufschub mehr – sollte ich ihn besiegen und die von Tighe zu erwartenden Konsequenzen auf mich nehmen oder ihn gewinnen lassen, damit er ein Jahr Zeit hatte, um Elspeth auf seinem verd--- Schiff zu verführen? Der Gedanke daran, wie er neben ihr an der Heckreling sein schmieriges Gesäusel von sich geben würde, während sie sich an Mondlicht und Schmeicheleien berauschte, machte mich ganz verrückt, und ich donnerte seine nächste Vorlage gegen die Haustür und holte mir drei weitere Läufe. Als ich keuchend auf den nächsten Wurf wartete, sah ich unter den Bäumen Tighe, das Biest, der mich finster anstarrte, den Hut in die Stirn gezogen, die Daumen in die Weste geklemmt und seine Schlägertypen hinter sich. Ich schluckte, verfehlte den nächsten Ball und sah ihn um Haaresbreite an meinem Querstab vorbeizischen.

Was zum Henker sollte ich tun? Tighe sagte etwas über die Schulter zu einem seiner Halsabschneider – und ich hieb wild auf den nächsten Ball ein und jagte ihn weit über Solomons Kopf hinweg. Ich war gezwungen zu laufen, und das waren zwei weitere Punkte – noch sieben, um zu gewinnen. Solomon warf erneut, und ausnahmsweise gelang ihm ein flacher Ball; ich stocherte verzweifelt danach, erwischte ihn mit der Kante, und er hüpfte zum Spielfeldrand fort. Ein Lauf. Noch sechs, und die Zuschauer klatschten und lachten und feuerten uns an. Ich stützte mich auf mein Schlagholz, beobachtete Tighe aus dem Augenwinkel und stand namenlose Ängste aus – nein, sie waren nicht namenlos. Ich konnte die Gewißheit nicht ertragen, daß an die Öffentlichkeit kommen sollte, ich hätte Geld von einem Wettbetrüger genommen und mir obendrein von seinen Meuchelmördern in einer Nebenstraße von Haymarket das Gesicht zertrampeln lassen. Ich mußte verlieren – und wenn Solomon Elspeth im ganzen Orient herumschleifte, na gut, ich mußte es nicht mitansehen, weil ich nicht dabeisein würde.

Ich drehte mich um und schaute in ihre Richtung, und sie stand auf, hübsch wie immer, um mir zu winken und etwas Ermunterndes zuzurufen; ich betrachtete Solomon, sein schwarzes, schweißfeuchtes Haar und seine funkelnden Augen, als er Anlauf nahm – und ich schrie: »Nein, bei Gott!« und wehrte den Ball hart ab, genau durch ein Fenster im Erdgeschoß.

War das ein Jubel, als Solomon durch die Stuhlreihen der besseren Leute preschte, die Damen aufgeregt durcheinanderflatterten, um ihn vorbeizulassen, und die Herren vor Lachen fast platzten; er stürzte durch die Haustür, und als ich gerade meinen zweiten Lauf beendete, drehte ich mich um und sah diese ominöse Gestalt mit der roten Weste. Tighe und seine Kumpane waren die einzigen in der ganzen Versammlung, die still waren und schwiegen. Verfl--- Solomon – brauchte er denn den ganzen Tag, um den blöden Ball zu finden? Ich mußte laufen, und mein Mut verließ mich wieder; ich schleppte mich über das Spielfeld, und vom Haus her erklang großes Geschrei; Solomon tauchte zerzaust und triumphierend auf, als ich den dritten Lauf machte – nur noch drei, und der Sieg gehörte mir.

Aber das konnte ich nicht zulassen; ich wußte, ich durfte nicht gewinnen – schließlich war ich mir Elspeths Tugend ohnehin nicht allzu sicher; ein Solomon mehr oder weniger machte da nicht mehr viel Unterschied – lieber gehörnt als ein geächteter Krüppel. Ich hatte während der letzten halben Stunde bewußt gezögert, aber jetzt tat ich mein Menschenmöglichstes, um Solomon das Spiel zu überlassen. Ich holte aus und verfehlte den Ball, aber mein Tor blieb unversehrt; ich spielte ihm einen Ball zu, den er leicht auffangen konnte, aber er fiel ihm vor die Füße; ich schlug den Ball ins Seitenfeld, setzte zu einem Lauf an, den ich unmöglich schaffen konnte – und dieser Hornochse, der nichts weiter zu tun hatte, als mein Tor umzustoßen, um zu gewinnen, warf in seiner Aufregung weit daneben. Ich wankte zu meinem Tor zurück, und die Menge jubelte begeistert; Solomon 31, Flashy 30 – und selbst der kleine Felix hüpfte von einem Bein aufs andere, als er

Solomon das Zeichen zum Weiterwerfen gab.

Um das Spielfeld herum war nicht ein Mucks zu hören. Ich wartete an der Torlinie, während Solomon vornübergebeugt dastand, um wieder zu Atem zu kommen, und dann den Ball aufhob. Ich war jetzt in Gedanken fest entschlossen: ich würde einen direkt gezielten Ball abwarten und ihn verfehlen, um so auszuscheiden.

Sie werden es kaum glauben, aber seine nächsten drei Würfe waren so verquer wie das Gewissen eines Juden. Er war von der Rennerei völlig erledigt, mühte sich ab wie eine Kuh, die gemolken werden muß, und konnte überhaupt nicht mehr die Richtung halten. Ich ließ die Bälle vorbei, während die Menge vor Enttäuschung murrte, und als sein nächster Wurf so aussah, als würde er vollkommen danebengehen, mußte ich darauf eingehen, ob ich wollte oder nicht; ich sauste los, versuchte verzweifelt, ihm den Ball zuzuspielen, und murmelte vor mich hin: »Wenn du schon nicht werfen kannst, dann versuch doch um Himmels willen, den Ball zu fangen, damit ich aus bin, du dämlicher Arsch.« In meiner Panik stolperte ich, ruderte wild mit dem Schlagholz und – schlug den verd--- Ball meilenweit über seinen Kopf hoch in die Luft. Er drehte sich um und rannte los, um ihn aufzufangen, und mir blieb nichts anderes übrig, als zum anderen Tor zu laufen und zu Gott zu beten, daß er ihn schnappen würde. Der Ball war noch in der Luft, als ich das gegenüberliegende Tor erreichte, kehrtmachte und zurücklief, um zu sehen, was er machte. Er tänzelte mit ausgestreckten Armen und offenem Mund ziemlich genau unter dem Ball hin und her, während das ganze Publikum mit angehaltenem Atem lauerte – der Ball kam herunter, auf seine wartenden Hände zu, er grapschte danach, bekam ihn zu fassen, strauchelte, der Ball rutschte ab – und sprang zu meinem Entsetzen fort. Solomon hechtete verzweifelt hinterher, legte sich der Länge lang auf den Rasen, und der verd--- Ball rollte durch das Gras von ihm fort.

»Oh, du – du ungeschickter Sch---kerl!« brüllte ich, aber das ging im Tumult unter. Ich hatte mein Tor wieder erreicht und einen Lauf eingeheimst – aber da Solomon ausgestreckt auf dem Boden lag und der Ball zehn Meter von ihm entfernt, war ich gezwungen, den zweiten, gewinnbringenden Lauf zu wagen. »Lauf!« riefen die Leute, »lauf, Flashy!« Und dem armen, unglücklichen Flashy blieb nichts weiter übrig, als zu gehorchen – der Sieg war greifbar nahe, und die Hunderte von Augen, die mich beobachteten, durften nicht sehen, daß ich die Chance, ihn zu erringen, absichtlich vergab.

Ich lief also wieder los, simulierte vollen Einsatz und kam dabei kunstgerecht ins Stolpern, um Solomon eine Chance zu geben, den Ball zu erreichen und mich mit einem Wurf auf das Tor zu besiegen; ich ließ mich fallen, wälzte mich auf dem Rasen – und hol's der T---, der Idiot krabbelte noch immer dem fallengelassenen Ball hinterher. Ich konnte nicht ewig liegenbleiben, darum lief ich so langsam wie möglich weiter, als sei ich vollkommen erschöpft; aber selbst so erreichte ich die andere Torlinie, bevor er den Ball wieder an sich gebracht hatte, und jetzt war seine einzige Chance, das Ding über volle dreißig Meter zu werfen und mein Tor zu treffen, während ich dorthin zurückrannte. Ich wußte, daß er auf diese Entfernung nicht die geringste Aussicht auf Erfolg hatte; ich konnte nur noch dem Sieg entgegenstürmen – und meinem Ruin durch Tighes Hand. Die Menge tobte, als ich auf die Torlinie und das Verderben zusteuerte – noch drei Schritte, und ich hatte es geschafft. Da hob sich der Boden sanft vor mir, die Zuschauer und das Tor entschwanden aus meinem Blickfeld, der Lärm klang zu einem besänftigenden Murmeln ab, und ich schmiegte mich behaglich an den Rasen und dachte, das ist ja richtig gemütlich, so ins Gras zu beißen, das ist genau, was ich jetzt brauche: ein bißchen Ruhe und Frieden, um mich zu erholen – wie angenehm . . .

Ich starrte zum Himmel auf, vor dem Felix besorgt auf mich herabblickte, und hinter ihm sagte Mynn mit bulligem Gesicht: »Halten Sie ihm den Kopf hoch – sehen Sie zu, daß er Luft bekommt. Hier, etwas zu trinken.« Ein Glas klapperte gegen meine Zähne, und der vertraute Geschmack von Brandy brannte in meinem Mund. Am Hinterkopf spürte ich einen höllischen Schmerz, noch mehr besorgte Gesichter tauchten auf, und ich hörte zwischen vielen aufgeregten Stimmen Elspeth heraus, die von weitem mit schrillem Ton Fragen stellte.

»Was – was ist passiert?« fragte ich, als sie mir aufhalfen. Meine Beine waren wie Gelee, und Mynn mußte mich stützen.

»Es ist schon gut!« rief Felix. »Solomon hat versucht, Ihr Tor umzuwerfen, und der Ball hat Sie genau am Hinterkopf getroffen. Sie sind umgefallen wie ein nasser Sack.«

»Und dann hat er noch Ihr Tor umgeworfen – hinterher«, sagte Mynn. »Der T--- soll ihn holen.«

Ich zwinkerte und faßte mich an den Kopf; dort wuchs eine Beule, groß wie ein Fußball. Dann kam Solomon, schnaufend wie ein Blasebalg, drückte mir die Hand und rief: »Mein lieber Harry – sind Sie in Ordnung? Mein armer Freund – lassen Sie mich mal sehen!« Er sprudelte Entschuldigungen hervor, aber Mynn schaute ihn recht kühl an, wie ich bemerkte, während Felix nervös umherlief und die Menge zusammenströmte, um die Sensation zu begaffen.

»Wollen Sie damit sagen, ich sei aus?« fragte ich und versuchte, meine fünf Sinne zusammenzubekommen.

»Ich fürchte, ja!« rief Solomon. »Sehen Sie, ich war derart verwirrt, als ich den Ball warf, da habe ich gar nicht bemerkt, daß er Sie getroffen hatte ... ich sah Sie daliegen, und der Ball war frei ... und ja, in meiner Aufregung bin ich einfach hingelaufen und habe ihn mir geschnappt ... und dann habe ich Ihr Tor umgeworfen. Es tut mir leid«, sagte er noch einmal, »denn ich hätte das nie zu meinem Vorteil ausgenutzt ... wenn ich Zeit zum Überlegen gehabt hätte. Es ging alles so schnell, wissen Sie.« Er schaute sich zu den anderen um und lächelte anzüglich. »Na ja – es war genau wie bei unserem Unfall im ersten Durchgang, als Flashy mich besiegte.«

Darauf brach eine allgemeine Diskussion aus, und Elspeth stürzte sich auf mich, bedauerte laut meinen armen Kopf und rief nach Riechfläschchen und Hirschhornsalz. Ich beruhigte sie, während ich allmählich wieder zu Verstand kam, und hörte der Debatte zu. Mynn blieb hartnäckig bei der Behauptung, es sei nicht fair, einen Spieler zu besiegen, der halb betäubt ist, und Felix sagte, nun ja, nach den Regeln sei ich auf faire Weise aus, und außerdem sei Solomon im ersten Durchgang das gleiche passiert, was doch recht merkwürdig sei, wenn man es sich richtig überlegte – Mynn meinte, das sei etwas anderes, denn ich hätte nicht bemerkt, daß Solomon angeknackst war, und Felix sagte, na schön, das sei schon richtig, aber Solomon habe auch nicht bemerkt, daß ich angeknackst war, und Mynn murmelte, ach nein, wirklich nicht, und wenn das die Art und Weise sei, wie man in Eton Crikket spielt, dann halte er nicht viel davon ...

»Aber ... wer hat denn nun gewonnen?« fragte Elspeth.

»Niemand«, sagte Felix. »Es steht unentschieden. Flashy hat einen Lauf gemacht, der zum Gleichstand bei 31 Punkten führte, und ist dann ausgeschieden, ehe er den zweiten Lauf beenden konnte. Also stehen beide gleich.«

»Und falls Sie sich erinnern«, sagte Solomon – und obwohl sein Lächeln verbindlich wie immer war, konnte er den triumphierenden Glanz in seinen Augen nicht verbergen –, »haben Sie mir das Unentschieden zugestanden, was bedeutet« – er verbeugte sich vor Elspeth –, »daß ich das Vergnügen haben werde, Sie, meine liebe Diana, und Ihren Vater zu unserer Kreuzfahrt an Bord meines Schiffes willkommen zu heißen. Es tut mir wirklich leid, daß unser Spiel auf diese Weise geendet hat, lieber Freund, aber ich fühle mich berechtigt, meinen Einsatz zu fordern.«

O ja, das war er, und das wußte ich. Er hatte es mir in eigener Münze heimgezahlt, daß ich ihn im ersten Durchgang zu Fall gebracht hatte. Es war auch kein Trost, daß ich bei meinem schmutzigen Geschäft weitaus raffinierter zu Werk gegangen war als er – nicht, wenn ich mir Elspeth ansah, die aufgeregt herumhopste, in die Hände klatschte und jauchzte und gleichzeitig versuchte, mich zu bemitleiden.

»Es ist nicht fair«, flüsterte Mynn mir zu, »aber da kann man nichts machen. Zahlen Sie die Zeche und machen Sie ein freundliches Gesicht – das ist das verd--- Elend, wenn man als Engländer gegen Ausländer spielt; sie sind keine Gentlemen.« Ich glaube nicht, daß Solomon ihn hörte; er war zu beschäftigt, mir freudestrahlend den Arm um die Schultern zu legen und zu rufen, im Haus gebe es Champagner und Austern und mehr Bier für das Fußvolk. Er hatte also seine Wette gewonnen, ohne das Spiel zu gewinnen – na gut, wenigstens hatte ich nichts mehr zu befürchten, was Tighe anbelangte, denn . . . und dann traf mich die furchtbare Erkenntnis, genau in dem Moment, als ich aufblickte und am Rand der Menge die rote Weste mit dem aufgedunsenen, finsteren Gesicht darüber sah – er starrte mich verkniffen an und zerriß mit spitzen Fingern etwas, von dem ich annahm, daß es ein Wettschein war. Er nickte mir zweimal vielsagend zu, machte auf dem Absatz kehrt und stapfte davon.

Denn Tighe hatte seine Wette ebenfalls verloren. Er hatte darauf gesetzt, daß ich verlor und Solomon gewann – und wir hatten unentschieden gespielt. Mit all meinem unentschlossenen Hin und Her und großem Pech war es mir gelungen, auf allen Seiten denkbar schlecht abzuschneiden. Ich hatte Elspeth an Solomon und seine verd--- Kreuzfahrt verloren (denn ich konnte mich jetzt nicht mehr herausreden und davor drücken, zu zahlen), und ich hatte obendrein Tighe tausend Pfund gekostet. Er würde mich anprangern, weil ich Geld von ihm genommen hatte, und mir seine Schläger auf den Hals hetzen – o Gott, und dann war da noch der Herzog, der mir Rache geschworen hatte, weil ich seine Sumpfblüte bestäubt hatte. Was für ein elendes Schlamassel –

»Nanu, fühlen Sie sich nicht gut, alter Freund?« rief Solomon. »Sie sind wieder so blaß geworden. Hier, helfen Sie mir, ihn in den Schatten zu bringen – holen Sie etwas Eis für seinen Kopf –«

»Brandy«, krächzte ich. »Nein, nein, ich meine ... mir geht es ausgezeichnet; nur ein vorübergehender Schwächeanfall – die Beule, und dann meine alte Wunde, wissen Sie. Ich brauche nur einen Moment Ruhe ... um mich zu erholen ... meine Gedanken zu ordnen ...«

Und das waren entsetzliche Gedanken – wie zum T--- sollte ich aus dieser Patsche herauskommen? Und da sagen die Leute, Crikket sei ein harmloser Zeitvertreib.

(Auszug aus dem Tagebuch der Mrs. H. Flashman, Juni 1843)

Etwas ganz Phantastisches ist geschehen – der liebe Harry hat sich bereit erklärt, mit uns auf die Reise zu gehen!!! Ich kann gar nicht sagen, wie glücklich ich bin! Er hat sogar die Aussicht auf seine Berufung zur Leibgarde sausen lassen – und das alles meinetwegen! Alles kam so unerwartet (aber das sieht meinem geliebten Helden ähnlich), denn als das Spiel kaum beendet war und Don S. Anspruch auf seinen Preis erhoben hatte, sagte H. ganz ernst, daß er sich die Sache überlegt habe, und obwohl es ihm widerstrebe, die Beförderung abzulehnen, die man ihm angeboten hatte, könne er es nicht ertragen, von mir getrennt zu sein!! Ein solcher Beweis seiner Zuneigung rührte mich zu Tränen, und ich konnte mich nicht enthalten, ihn zu umarmen – ein Schauspiel, das, wie ich annehme, zu einigen Bemerkungen Anlaß gegeben hat, aber das ist mir gleich!

Natürlich war Don S. von ganzem Herzen einverstanden, daß H. mitkommen sollte, als er sich erst davon überzeugt hatte, daß mein Schatz fest dazu entschlossen war. Don S. ist ja so gut; er erinnerte H. daran, welch ungewöhnliche Ehre er ablehne, wenn er nicht zur Leibgarde ginge, und fragte, ob er absolut sicher sei, daß er mit uns kommen wolle, denn er könne es nicht zulassen, daß H. unseretwegen ein Opfer bringe, erklärte er. Aber mein Liebling rieb sich seinen armen Kopf und sagte in seiner freimütigen und direkten Art: »Nein, danke, ich komme mit, wenn Sie nichts dagegenhaben.« Dabei sah er ganz blaß, aber entschlossen aus. Ich war außer mir vor Freude und sehnte mich danach, mit ihm alleine zu sein, um meiner tiefen Dankbarkeit für seinen Entschluß und meiner unsterblichen Liebe besser Ausdruck verleihen zu können. Aber das ist mir – leider! – im Moment verwehrt, denn H. verkündete fast im gleichen Atemzug, daß seine Entscheidung seine sofortige Abreise in die Stadt erfordere, wo er viele Dinge zu erledigen habe, bevor wir losfahren könnten. Ich machte mich natürlich erbötig, ihn dorthin zu begleiten, aber es widerstrebt ihm so, meinen Urlaub hier zu unterbrechen, daß er davon nichts hören wollte – er ist der liebste aller Ehemänner! So rücksichtsvoll. Er erklärte, daß seine Geschäfte ihn viel in der Gegend herumbringen würden, und er nicht sagen könne, wo er an dem einen oder anderen Tag sein werde, aber er wolle sich in Dover mit uns treffen, von wo aus wir in den geheimnisvollen Orient in See stechen.

Er ist also abgereist und nicht einmal geblieben, um der Einladung unseres lieben Freundes, des Herzogs, zu folgen, ihn zu besuchen. Ich habe den Auftrag, auf alle Anfragen zu antworten, er sei in privaten Geschäften verreist. Denn es gibt natürlich immer Leute, die darauf begierig sind, meinen Liebling zu besuchen und zu umwerben, so berühmt ist er geworden – nicht nur Herzöge und ähnliches, sondern auch ganz gewöhnliche Sterbliche, die hoffen, ihm einmal die Hand schütteln zu können und, wie ich vermute, hinterher ihren Bekannten davon erzählen. In der Zwischenzeit, liebes Tagebuch, bin ich alleine – abgesehen natürlich von der Gesellschaft Don S.'s und Papas – mit meiner Vorfreude auf das große Abenteuer, das vor uns liegt, und warte auf das freudige Wiedersehen mit meinem geliebten Mann in Dover, das gewißlich nur ein Vorspiel zu unserer Märchenreise ins romantische Unbekannte sein wird . . .

(Ende des Auszugs – G. de R.)

Der Entschluß, an Solomons Kreuzfahrt teilzunehmen, war eine Sache, aber eine ganz andere war es, mit heiler Haut an Bord zu gelangen; ich mußte mich zehn Tage lang wie ein Verschwörer in London und Umgebung versteckt halten, fuhr beim Anblick meines eigenen Schattens zusammen und hielt ständig ein Auge offen nach den Schlägertypen des Herzogs – und Daedalus Tighes. Sie mögen denken, ich sei überängstlich, und die Gefahr könne gar so groß nicht gewesen sein, aber Sie wissen nicht, wozu Leute wie der Herzog in meiner Jugendzeit imstande waren; sie glaubten, noch im achtzehnten Jahrhundert zu leben, und dachten, wenn jemand sie beleidigte, könnten sie ihn von ihren brutalen Handlagern zu Klump schlagen lassen und sich dann darauf verlassen, daß ihr Titel ihnen die Folgen ersparen würde. Ich war selber nie ein Befürworter der Reformgesetze, aber es besteht kein Zweifel, daß dem Adel auf die Finger geklopft werden mußte.

Jedenfalls gehörte keine große Überlegung zu dem Entschluß, das Land für eine Weile zu verlassen. Es war ein furchtbarer Schlag, die Leibgarde aufgeben zu müssen, aber wenn Tighe böswilligen Klatsch über mich verbreitete, könnte mich das ohnehin dazu zwingen, meinen Abschied zu nehmen – man kann ein schwachsinniger Baron mit einer Hasenscharte sein, und trotzdem als Kommandant der Gardetruppen geeignet, aber wenn herauskommt, daß man für eine kleine Gefälligkeit Geld von einem Buchmacher angenommen hat, dann gnade einem Gott, so berühmt man auch als Soldat sein mag. Es blieb mir also nichts anderes übrig, als mich mucksmäuschenstill zu verhalten und zu verstecken, bis das Schiff ablegte, und den Horse Guards einen heimlichen Besuch abzustatten, um Onkel Bindley die unerfreuliche Nachricht zu überbringen. Vor ungläubigem Staunen liefen ihm kalte Schauder die volle Länge seines aristokratischen Rückgrats hinunter, als ich es ihm sagte.

»Soll ich dem entnehmen«, sagte er, »daß du eine Berufung zu den Gardetruppen ablehnst, die auf Lord Wellingtons Veranlassung hin speziell für dich besorgt wurde – kostenfrei, wie ich dich erinnern darf –, um mit deiner Frau, ihrem absonderlichen Vater und dieser Person aus der Threadneedle Street auf eine ‚Geschäftsreise' ins Ausland zu gehen?« Er schauderte. »Das grenzt ja fast an Klinkenputzerei.«

»Das hilft alles nichts«, sagte ich. »Im Moment kann ich nicht in England bleiben.«

»Ist dir klar, daß das der Ablehnung einer Auszeichnung durch die königliche Familie selbst gleichkommt? Daß du nie wieder auf einen ähnlichen Gnadenbeweis hoffen kannst? Ich weiß, daß du für die meisten Regeln von Takt und Anstand unempfänglich bist, aber sicher siehst selbst du ein –«

»Verd--- noch mal, Onkel!« rief ich. »Ich muß verduften!«

Er schielte an seiner langen Nase hinunter. »Das klingt ja geradezu verzweifelt. Gehe ich recht in der Annahme, daß es einen Skandal gibt, wenn du hierbleibst?«

»Ja«, gab ich widerwillig zu.

»Nun, das ist etwas ganz anderes«, polterte er. »Warum konntest du das nicht gleich sagen? Ich nehme an, es geht um irgendeine Frau.«

Das gab ich zu und deutete vorsichtig an, daß der Herzog von --- in die Angelegenheit verwickelt sei, obwohl es sich bei der ganzen Sache um ein Mißverständnis handele, und Onkel Bindley rümpfte erneut die Nase und meinte, er habe nie zuvor erlebt, daß das Oberhaus so wenig Klasse besitze. Er werde mit Wellington reden, sagte er, und da es dem Ruf der Familie abträglich sei, wenn es hieß, ich hätte alle Brücken hinter mir abgebrochen, werde er sehen, ob man meinem Besuch im Fernen Osten nicht irgendeinen offiziellen Anstrich geben könne. Das Ergebnis war, daß ich einen oder zwei Tage später in dem Zimmer über dem Pfandhaus, wo ich mich versteckt hatte, ein Schreiben mit der Aufforderung erhielt, mich unverzüglich nach Singapur zu begeben, um dortselbst die erste Lieferung von australischen Pferden zu begutachten und zu bestätigen, die im nächsten Frühjahr für die Truppen der Ostindischen Compagnie eintreffen sollten. Gut gemacht, alter Bindley; manchmal war er ganz brauchbar.

Jetzt ging es also nur noch darum, sich zum Monatsletzten nach Dover zu schleichen; ich richtete es so ein, daß ich nach Anbruch der Dunkelheit ankam, eilte mit meinem Koffer den belebten Kai entlang und hoffte, daß weder Tighe noch der Herzog ihre Schläger dort postiert hatten, um mich abzufangen (das hatten sie natürlich nicht, aber wenn ich so alt geworden bin, dann nur, weil ich immer das Schlimmste befürchtet habe und darauf gefaßt war). Ein Boot brachte mich zu Solomons Dampf-Brigg, und es gab ein großes Wiedersehen mit meinen Lieben – Elspeth bestürmte mich und wollte unbedingt wissen, wo ich gewesen sei, sie habe sich ja sooo beunruhigt, und der alte Morrison murmelte etwas über Diebe in der Nacht und knurrte: »Na, bist du also doch gekommen? Dem geliebten Weib am Rockzipfel, wie immer.« Solomon schien erfreut, mich zu sehen, doch ich ließ mich nicht täuschen – er verbarg nur sein Mißvergnügen darüber, daß er bei Elspeth keine freie Bahn haben würde. Das tröstete mich etwas darüber hinweg, daß ich diese Reise machen mußte; sie kam vielleicht in mancher Hinsicht verd--- ungelegen, und mir war nicht gerade wohl bei dem Gedanken, mich wieder nach Osten zu wagen, aber ich würde wenigstens ein Auge auf mein flatterhaftes Weib haben zu können. Wenn ich es mir richtig überlegte, war das eigentlich der Hauptgrund, warum ich mitfuhr, und zählte sogar mehr, als dem Herzog und Tighe zu entkommen; über den halben Ärmelkanal hinweg betrachtet, wirkten sie bei weitem nicht mehr so furchterregend, und ich fand mich damit ab, die Kreuzfahrt zu genießen; na ja, vielleicht wurde sie ja doch noch ganz amüsant.

Eins muß ich Solomon lassen: er hatte nicht gelogen, was den Luxus seiner Brigg, der SULU QUEEN, anging. Sie war das Allerneueste auf dem Gebiet der Schraubendampfer, von einem Schwungrad durch den Kiel angetrieben, mit zwei Masten zum Segeln und dem Schornstein so weit hinten, daß das ganze Vorderdeck, das für uns reserviert war, völlig frei von Qualm blieb, der das Heck mit Rußflocken bedeckte und eine große schwarze Wolke in unserem Kielwasser hinterließ. Unsere Kabinen waren achtern unter Deck, in sicherer Entfernung von Qualm und Gestank, und sie waren tipptopp; festgeschraubte Eichenmöbel, Perserteppiche, an den Wänden Paneele und Quarelle, ein Frisiertisch mit Spiegeln, über den Elspeth verzückt in die Hände klatschte, Vorhänge aus chinesischer Seide, ausgezeichnetes Kristall und ein wohlsortierter kleiner Getränkevorrat, Ventilatoren mit Uhrwerk und ein Doppelbett mit seidenen Laken, das jedem Bordell in New Orleans zur Ehre gereicht hätte. Nun, dachte ich, das ist besser, als auf einem Seelenverkäufer nach Ostindien zu schippen; hier kann man sich direkt wohl fühlen.

Der Rest der Ausstattung war entsprechend; die Kajüte, in der wir unser Abendessen einnahmen, hätte in bezug auf Essen, Getränke und Bedienung nicht besser sein können. Selbst der alte Morrison, der – wie ich dem Gespräch entnahm – schweren Herzens geseufzt hatte, seit er sich zum Mitkommen hatte bewegen lassen, vergaß seine letzten Bedenken, als man ihm die erste Mahlzeit auf See vorsetzte; er ließ sich sogar zu einem Lächeln hinreißen, was er – da wette ich – nicht mehr getan hatte, seit er das letzte Mal seinen Fabrikarbeitern die Löhne gekürzt hatte. Solomon war ein glänzender Gastgeber und tat alles für unsere Bequemlichkeit. Er trödelte sogar eine Woche an der Küste entlang, um uns seefest zu machen, und war voller Rücksicht gegenüber Elspeth. Als sie entdeckte, daß sie ihr Toilettenwasser vergessen hatte, ließ er ihre Zofe in Portsmouth mit dem Auftrag an Land setzen, es aus London zu holen und uns in Plymouth wieder zu treffen. Eine fürstliche Bewirtung, zweifellos, und ohne Rücksicht auf die Kosten.

Nur zwei Dinge verursachten mir inmitten dieser ganzen luxuriösen Idylle leichtes Unbehagen. Das eine war die Besatzung: Nicht ein einziges weißes Gesicht war darunter. Als man mir an jenem ersten Abend an Bord half, waren das zwei grinsende, gelbgesichtige Burschen in Matrosenjacken, aber ohne Schuhe; ich versuchte, sie auf Hindi anzusprechen, doch sie grinsten mich nur mit braunen Zähnen an und schüttelten die Köpfe. Solomon erklärte mir, sie seien Malayen; er hatte auch ein paar arabische Mischlinge an Bord, als Maschinisten und Heizer, aber keine Europäer außer dem Steuermann, einem ziemlich griesgrämigen Franzmann mit einem Anflug von Nigger im Haar, der seine Mahlzeiten in seiner Kabine einnahm, so daß wir ihn so gut wie nie zu Gesicht bekamen. Doch diese rein gelbe Mannschaft war mir nicht ganz geheuer, ich höre gern eine britische oder amerikanische Stimme auf Deck – das hat so etwas Beruhigendes. Andererseits war Solomon ein Fernost-Handelsmann und selber ein Halbblut, also war das vielleicht ganz normal. Er hatte sie auch gut im Griff, sie spurten und hielten sich von uns fern, bis auf die chinesischen Stewards, die aalglatt und leise und ganz erstklassig waren.

Die andere Sache war, daß die SULU QUEEN, obwohl wie ein schwimmender Palast ausgestattet, mit zehn Kanonen bestückt war, was in etwa so viel ist, wie ein Brigg gerade verkraften kann. Ich sagte, das erschiene mir sehr viel für eine Luxusyacht, aber Solomon lächelte und meinte: »Sie ist ein zu wertvolles Schiff, um sie den Gefahren der fernöstlichen Gewässer auszusetzen, wo selbst die britische und holländische Marine nur wenig Schutz gewähren können. Und sie trägt eine« – mit Verbeugung zu uns – »kostbare Fracht. Piraterie ist in dieser Inselwelt nicht unbekannt, und obwohl die Opfer gewöhnlich Schiffe mit wehrlosen Eingeborenen sind – nun ja, ich halte mehr davon, übervorsichtig zu sein.«

»Sie meinen – da ist es gefährlich?« stammelte Morrison.

»Nein«, sagte Solomon. »Nicht mit zehn Kanonen an Bord.«

Und um Morrisons Bedenken zu zerstreuen und vor Elspeth anzugeben, ließ er seine gesamte Besatzung von vierzig Mann uns zu Gefallen eine Übung an den Geschützen durchführen. Sie stellten sich ganz geschickt an, hasteten in ihren kurzen Hosen und Uniformjacken über das weißgescheuerte Deck, fuhren die Geschütze aus, präzise wie Gardisten, stopften auf das schrille Pfeifkommando des arabischen Bootsmanns hin die Rohre mit Übungsmunition und standen danach stocksteif an ihren Kanonen wie gelbe Götzen. Dann zeigten sie Übungen mit Entermessern und am Gewehr, bewegten sich wie am Schnürchen, und ich mußte zugeben, daß voll ausgebildete Truppen nicht besser auf Zack sein konnten; mit ihrer Schnelligkeit und Wendigkeit dazu, war die SULU QUEEN imstande, mit allem fertig zu werden – außer einem Kriegsschiff.

»Das ist im Grunde übertriebene Vorsicht«, sagte Solomon. »Meine Ländereien liegen an friedlichen Routen, hauptsächlich auf dem malayischen Festland, und ich achte darauf, mich nie irgendwohin zu wagen, wo ich in weniger freundliche Gefilde verschlagen werden könnte. Aber ich bin der Meinung, daß man auf alles gefaßt sein sollte.« Dann sprach er weiter über seine eisernen Wassertanks und Lagerräume mit wasserdicht versiegelten Vorräten – aber mir wäre trotzdem wohler gewesen, wenn ich ein paar weiße Gesichter mit braunen Backenbärten um uns herum gesehen hätte. Wir waren drei Weiße – und natürlich Solomon selbst –, und wir waren auf dem Weg in die Fremde.

Diese Gedanken verflüchtigten sich jedoch bald angesichts der interessanten Reise. Ich will Sie nicht mit Schilderungen langweilen, aber ich muß sagen, es war die angenehmste Seereise meines Lebens, und wir merkten gar nicht, wie die Wochen verflogen. Solomon hatte von drei Monaten bis Singapur gesprochen; in Wirklichkeit brauchten wir mehr als doppelt so lange, aber wir bereuten keine Minute davon. Den Sommer über kreuzten wir gemächlich die französische und spanische Küste entlang, besuchten kurz Brest, Lissabon und Vigo, wo wir von der einheimischen Schickeria aufs großzügigste bewirtet wurden – Solomon schien ein Talent dafür zu haben, leicht Bekanntschaft zu schließen – und fuhren dann die Küste Afrikas hinunter in wärmere Breitengrade. Zurückblickend darf ich sagen, ich habe diese Strecke so oft befahren, daß ich es nicht mehr zählen kann, auf allen Schiffen, vom Ostindienfahrer bis zum Sklaventransporter, aber das war keine gewöhnliche Reise – wir machten Picknick an den Stränden Marokkos und Ausflüge zu den Ruinen in der Wüste hinter Casablanca, ließen uns von verschleierten Treibern auf Kamelen befördern, gingen auf den Marktplätzen der Berber spazieren, sahen Feuertänzer vor den massiven Mauern alter Korsarenfestungen, schauten bei den Pferderennen wilder Stammeskrieger zu, tranken Kaffee mit weißbärtigen, beturbanten Würdenträgern und badeten sogar im warmen, blauen Wasser, das Meilen um Meilen leeren, silbernen Sandstrands umspülte, auf dem sich Palmen im Winde wiegten – und jeden Abend erwartete uns der Luxus der SULU QUEEN, mit schneeweißen Tischtüchern, funkelndem Silber und Kristall und den aufmerksamen chinesischen Stewards, die im kühlen Dämmerlicht der Kajüte jeden Wunsch beachteten. Nun, ich bin im Laufe meiner Wanderschaft tatsächlich einmal ein Kronprinz gewesen, aber so etwas wie diese Reise habe ich nie wieder erlebt.

»Es ist märchenhaft!« rief Elspeth unentwegt, und selbst der alte Morrison gab zu, es sei gar nicht so übel – der alte Sch---kerl wurde direkt umgänglich, und das mit Grund. Er wurde von Kopf bis Fuß bedient und hatte zwei schlitzäugige, muskulöse gelbe Teufel, die ihn an Land trugen und bei unseren Ausflügen auf einem Tragestuhl herumschleppten. »Das tut mir wohl«, sagte er. »Ich spüre, daß es hilft.« Elspeth seufzte nur verträumt und ließ sich im Schatten Luft zufächeln, während Solomon lächelte und den Steward aufforderte, mehr Eis in die Gläser zu geben – o ja, er hatte sogar einen patentierten Eiskeller irgendwo unten am Kiel des Schiffes untergebracht.

Weiter südlich, an den Urwald- und Wüstenküsten, mangelte es nicht an Zerstreuung – eine Fahrt im Beiboot des Schiffes einen Urwaldfluß hinauf, wo Elspeth die Augen weit aufriß, beim Anblick von Krokodilen köstlich erschauerte oder über die Possen der Affen lachte und erstaunt die Farbenpracht der Pflanzen- und Vogelwelt bewunderte. »Habe ich Ihnen nicht gesagt, wie herrlich es sein würde?« fragte Solomon, und Elspeth rief hingerissen: »Oh, das schon, das haben Sie – aber das hier übersteigt jede Vorstellungskraft!« Oder es waren fliegende Fische und Delphine zu sehen, und als wir erst das Kap umrundet hatten – wo wir eine Woche zubrachten, zum Abendessen an Land gingen und an einem Ball im Haus des Gouverneurs teilnahmen, der Elspeth überaus gefiel – kamen wir in das wirklich tiefblaue Wasser des Indischen Ozeans und zu weiteren Wunderdingen für meine unersättliche Verwandtschaft. Wir begannen die lange Überfahrt nach Indien bei strahlendem Wetter, und abends holte Solomon seine Gitarre hervor, sang in der Dämmerung südländische, traurige Lieder, während Elspeth auf einer Liege an der Reling döste und Morrison mich beim Ecarté beschummelte; wir spielten Whist oder faulenzten einfach zufrieden vor uns hin. Das war alles harmlos, wenn Sie so wollen, aber ich fand mich damit ab – und behielt Solomon im Auge.

Denn es bestand kein Zweifel daran, daß er sich im Verlauf der Reise veränderte. Er nahm sehr stark die Sonne an und war bald der braunste Mann an Bord, aber auch auf andere Weise wurde ich daran erinnert, daß er zumindest ein halber Südländer oder Eingeborener war; anstelle der üblichen Hemdsärmel und Hosen ging er dazu über, einen Sarong zu tragen, und sagte scherzhaft, das sei der passende Stil für die Tropen; als nächstes lief er barfuß, und als die Mannschaft einmal Haie angelte, legte Solomon mit Hand an, um das riesige, zappelnde Ungeheuer an Bord zu hieven – wenn Sie ihn so gesehen hätten, bis zur Taille entblößt, den bronzefarbenen Körper tropfnaß vor Schweiß, wie er schreiend an der Leine zerrte und seinen Leuten in schnatterndem Kauderwelsch Befehle zurief . . . nun, Sie hätten sich gefragt, ob das der gleiche Bursche war, der in Canterbury langsame Grundbälle geworfen oder beim Portwein über die Preise in der City gesprochen hatte.

Hinterher, als er an Deck kam, um sich hinzusetzen und ein eisgekühltes Sodawasser zu trinken, bemerkte ich, daß Elspeth unter trägen Liedern verstohlene Blicke auf seine prachtvollen Schultern warf, und ich sah das Glitzern in seinen dunklen Augen, als er sein feuchtes schwarzes Haar zurückstrich und sie anlächelte – wohlgemerkt, er war monatelang ein perfekter Freund der Familie gewesen, ohne sich auch nur einmal mit den Pfoten ungebührlich zu vergreifen – und ich dachte, hallo, er sieht in letzter Zeit verd--- schneidig und romantisch aus. Um die Sache noch schlimmer zu machen, hatte er angefangen, sich einen Kinnbart stehen zu lassen, eine Art Nigger-Spitzkrause; Elspeth sagte, das gebe ihm ganz das Aussehen eines Korsaren, daher nahm ich mir vor, sie in dieser Nacht zweimal zu kapern, um ihr die mädchenhaften Flausen zu vertreiben. Es ist eben nicht gut, wenn junge Frauen zuviel Byron lesen.

Am Tag unmittelbar danach kamen wir an Deck und sahen eine große, grüne Küstenlinie ein paar Meilen entfernt an Backbord; urwaldbedeckte Hänge jenseits des Strandes, dahinter Berge, und Elspeth fragte laut, wo wir wohl seien. Solomon lachte sonderbar, als er neben uns an die Reling trat.

»Das ist vielleicht das merkwürdigste Land auf der ganzen Welt«, sagte er. »Das merkwürdigste – und das wildeste und grausamste. Nur wenige Europäer kommen dorthin, aber ich habe es einmal besucht. Es ist sehr reich, wissen Sie«, fuhr er zu dem alten Morrison gewendet fort. »Gummi und Balsam, Zucker und Seide, Indigo und Gewürze – ich glaube, es gibt dort auch Kohle und Eisen. Ich hege die Hoffnung, den kleinen Handel auszuweiten, den ich dort begonnen habe. Aber die Leute sind wild und furchterregend; man muß auf Schritt und Tritt aufpassen – und sein Boot am Strand im Auge behalten.«

»Aber Don Solomon!« rief Elspeth. »Wir werden doch sicher nicht dort landen?«

»Ich schon«, sagte er. »Aber Sie nicht; die SULU QUEEN wird weit vor der Küste liegenbleiben – außerhalb jeder möglichen Gefahr.«

»Welcher Gefahr?« fragte ich. »Kannibalen in Kriegskanus?«

Er lachte. »Nicht ganz. Würden Sie es glauben, wenn ich Ihnen sage, daß die Hauptstadt dieses Landes fünfzigtausend Einwohner hat, von denen die Hälfte Sklaven sind? Daß es von einer monströsen schwarzen Königin regiert wird, die sich nach der neuesten Mode des achtzehnten Jahrhunderts kleidet und mit den Fingern von einem Tisch ißt, der mit goldenem und silbernem europäischen Eßbesteck überladen ist, mit Platzkarten an jedem Stuhl und Bildtapeten an der Wand, die Napoleons Siege zeigen – und die nach dem Abendessen hingeht, um sich anzuschauen, wie Räuber bei lebendigem Leibe verbrannt und Christen gekreuzigt werden? Daß ihre Leibwache fast nackt, aber mit Patronengürteln wie beim Militär hinter einer Musikkapelle herläuft, die ‚The British Grenadiers' spielt? Daß ihr Hauptvergnügen Folter und Mord ist – jawohl, ich habe eine rituelle Hinrichtung gesehen, bei der Hunderte von Leuten lebendig begraben, in der Mitte zersägt und von Felsen ge–«

»Nein, Don Solomon, nein!« kreischte Elspeth und hielt sich die Ohren zu, während der alte Morrison etwas über Rücksicht auf die Anwesenheit einer Dame murmelte – nun, der Don Solomon aus London hätte solche Grausamkeiten nie vor einer Dame zur Sprache gebracht, und falls doch, hätte er sich überschwenglich dafür entschuldigt. Aber hier lächelte er nur, zuckte die Schultern und ging dazu über, von Vögeln und wilden Tieren zu sprechen, die nirgendwo sonst bekannt seien, von großen, bunten Spinnen im Urwald, phantastischen Eidechsen und den seltsamen Gebräuchen der einheimischen Gerichte, die über Schuld oder Unschuld befanden, indem sie dem Angeklagten einen Gifttrank verabreichten und dann sahen, ob er ihn erbrach oder nicht; das ganze Land werde von solchen abergläubischen und verrückten Gesetzen beherrscht, sagte er, und wehe dem Außenstehenden, der versuchte, sie eines Besseren zu belehren.

»Das muß ein merkwürdiges Fleckchen Erde sein«, sagte ich. »Was sagten Sie, wie es heißt?«

»Madagaskar«, sagte er und sah mich an. »Sie sind an einigen schlimmen Orten gewesen, Harry – aber falls Sie jemals dort Schiffbruch erleiden sollten«, und er deutete mit dem Kopf auf den grünen Strand, »dann beten Sie, daß Sie noch eine Kugel für sich selbst übrig haben.« Er warf einen Blick über die Schulter, um zu sehen, ob Elspeth außer Hörweite war. »Das Schicksal eines jeden Fremden, der an diesen Strand verschlagen wird, ist zu grausam, um länger darüber nachzudenken; man sagt, die Königin habe nur zwei Verwendungen für fremde Männer – sie sich zunächst gefügig zu machen, falls Sie verstehen, was ich meine, und sie dann unter den gräßlichsten Foltern, die sie sich ausdenken kann, zu vernichten.«

»Eine verspielte kleine Dame, was?«

»Glauben Sie etwa, ich scherze? Mein lieber Freund, sie tötet jedes Jahr zwischen zwanzig- und dreißigtausend Menschen – sie beabsichtigt, alle Volksstämme außer dem ihren auszurotten, wissen Sie. Als sie vor ein paar Jahren den Thron bestieg, ließ sie fünfundzwanzigtausend Feinde zusammentreiben, alle in einem großen Pferch zum Niederknien zwingen, und auf ein Signal hin, witsch! – wurden sie alle gleichzeitig hingerichtet. Sie ließ natürlich ein paar tausend übrig, die dann in Ochsenhäute eingenäht und aufgehängt wurden, bis sie verwest waren – oder die zur Abwechslung einmal gekocht oder gebraten wurden. Das ist Madagaskar.«

»Na, so was«, sagte ich. »Ich glaube, ich fahre nächstes Jahr doch lieber nach Brighton. Und Sie wollen an Land gehen?«

»Für ein paar Stunden. Der Herrscher von Tamatave, an der Küste, ist ein ziemlich zivilisierter Wilder – so wie die ganze herrschende Klasse, einschließlich der Königin: Kleider aus der Bond Street, wie ich schon sagte, und ein Piano im Palast. Das ist übrigens ein seltsames Gebäude – groß wie eine Kathedrale, und über und über mit winzigen Silberglöckchen behängt. Weiß der Himmel, was darin vorgeht.«

»Haben Sie ihn einmal besichtigt?«

»Ich habe ihn gesehen – aber ich war nicht zum Tee eingeladen, wenn man so sagen kann. Doch ich habe mit Leuten gesprochen, die ihn von innen kennen, und die sogar Königin Ranavalona gesehen und es überlebt haben, um davon zu berichten. Unter ihnen auch ein paar Europäer.«

»Was machen die denn hier, um Himmels willen?«

»Die Europäer? Ach, die sind Sklaven.«

Damals hatte ich natürlich den Verdacht, daß er den Bogen überspannte, um die Besucher zu beeindrucken – aber das tat er nicht. Nein, jedes Wort, das er über Madagaskar sagte, war so wahr wie das Evangelium – und dabei nicht einmal ein Zehntel der ganzen Wahrheit. Ich weiß das, denn ich habe es selber herausgefunden.

Doch von See her sah das Land ganz friedlich aus. Tamatave war offenbar eine große Ortschaft aus gelben Holzhäusern, die in geordneten Reihen ein Stück vom Strand zurückstanden; in einiger Entfernung von der Stadt lag ein ziemlich großes Fort mit einem hohen Palisadenzaun, vor dem ein paar Soldaten ihre Übungen machten. Während Haslam an Land war, beobachtete ich sie durch das Fernglas – große Niggerburschen in weißen Röckchen, mit Lanzen und Schwertern, die sich geschickt und im Gleichschritt bewegten, was bei schwarzen Truppen recht ungewöhnlich ist. Aber sie waren keine echten Nigger, wie mir schien; als Haslam wieder zum Schiff gerudert wurde, tauchte als Eskorte ein Boot mit einem Burschen am Bug auf, der eine richtiggehende Imitation unserer Marineuniform trug: blauen Uniformrock, Epauletten, Tressen und Dreispitz. Er salutierte unentwegt und sah eher wie ein Mexikaner aus, mit seinem öligen, runden Gesicht, aber die Ruderer waren dunkelbraun und kraushaarig, mit geraden Nasen und fast edel geschnittenen Gesichtszügen.

Das war damals mein engster Kontakt mit Madagassen, und Sie werden mir noch zustimmen, daß das eng genug war. Solomon schien zufrieden mit den Geschäften, die er an Land getätigt hatte, und am nächsten Morgen waren wir weit draußen auf See, und Madagaskar lag vergessen hinter uns.

Nun, ich habe gesagt, ich würde Sie nicht mit unserer Reise langweilen, daher werde ich Ceylon und Madras nur erwähnen – mehr verdienen beide ohnehin nicht – und Sie direkt über den Golf von Bengalen hinweg entführen, an den infernalischen Andamanen vorbei, um die Hauptinsel der Nicobaren herum nach Süden, in die dampfende Meerenge von Malakka, wo zwischen dem Festland von Malaya und dem geheimnisvollen Dschungel von Sumatra mit seinen Menschenaffen die großen Quallen schwimmen, hinunter in das Meer, aus dem die Sonne kommt, und wo die Inseln in einer langen, funkelnden Kette vor einem liegen, die sich über Tausende Meilen vom Südchinesischen Meer bis nach Australien und zum hinteren Pazifik ans andere Ende der Welt erstreckt. Das ist der Osten – Insulinde. Und Sie können es einem Mann glauben, der die Welt gesehen hat: Kein Meer ist so blau, kein Land so grün und keine Sonne so hell, wie man es hinter Singapur findet. Was hatte Solomon gesagt? – »wo immer Morgen ist«. So war es tatsächlich, und in dem Teil meines Gedächtnisses, in dem ich meine schönsten Erinnerungen aufbewahre, wird es immer so bleiben.

Das ist die eine Seite. Ich wußte damals noch nicht, daß Singapur als die letzte Absprungstelle aus der Zivilisation in eine Welt galt, die ebenso erschreckend wie schön war, reich und wild und unvorstellbar grausam, mit unerforschten Ländern und Meeren, in die selbst die mächtige Königliche Marine nur selten Kriegsschiffe auf Erkundung schickte, und wo die Handvoll weißer Abenteurer, die sie bereisten, nur dank der Geschwindigkeit ihrer Schiffe überlebten und auf ihren Gewehren schliefen. Heute herrscht dort Ruhe, und der Arm des britischen und holländischen Gesetzes reicht von Batavia bis zu den Solomonen; die Küsten sind gezähmt, und die letzten Trophäen der Kopfjäger in den Langhäusern sind alt und verschrumpelt.[13] Es lebt kaum noch jemand, der sagen kann, er habe die Gongs zum Kampf läuten gehört, wenn die großen Seeräuberflotten von der Sulu-See herangesegelt kamen. Nun, ich habe sie gehört, nur allzu deutlich, und trotz allem Guten, das ich über die Inselwelt sagen kann, muß ich gestehen, daß ich in Madras das Schiff verlassen hätte, wenn mir auf dieser ersten Reise bekannt gewesen wäre, was ich später erfahren sollte.

Aber ich war glücklich und unwissend, und als wir an einem schönen Aprilmorgen des Jahres 1844 an den grünen Zuckerhutinseln vorbeiglitten und auf der Reede vor Singapur Anker warfen, kam mir alles recht gefahrlos vor. Die Bucht wimmelte von Schiffen, ein einziger Wald von Masten: riesige Ostindienfahrer unter britischer Flagge, große Klipper mit dem Sternenbanner und Hunderte von Kauffahrteischiffen aller Nationalitäten – Solomon wies mit dem Finger auf die gekreuzten blauen Anker Rußlands, die roten und goldenen Streifen Spaniens, das Blau und gelbe Kreuz Schwedens und sogar einen goldenen Löwen, von dem er sagte, das sei Venedig. Näher zum Land hin lagen die bauchigen Dschunken und langen Frachtkähne so dicht gedrängt, daß es aussah, als könne man auf ihnen die Bucht zu Fuß überqueren. Die halbnackten Mannschaften aus Malayen, Chinesen und allen Farben von hellgelb bis pechschwarz schrien mit ihrem schrillen Geschnatter auf uns ein, als Solomons Ruderer sich mit dem Beiboot zum Kai durchschlängelten. Dort war das reinste Tollhaus; ganz Asien schien sich auf dem Landungssteg versammelt und seine durchdringenden Gerüche und ohrenbetäubenden Geräusche mitgebracht zu haben.

Überall schwankten halbnackte Kulis mit Strohhüten oder schmutzigen Turbanen unter Ballen und Kisten – sie schwärmten über die Kais auf die Sampans, die den Fluß um die Lagerhäuser und Laufplanken blockierten, und zwischen ihnen drängten sich amerikanische Kapitäne mit kurzen Jacken und hohen Hüten, die ihre Zigarren nur aus dem Maul nahmen, um zu spucken oder zu fluchen; armenische Juden mit schwarzen Mänteln und langen Bärten schwatzten aufeinander ein; britische Matrosen in Drillichhosen und Segeltuchhemden; chinesische Kaufleute mit langen Schnurrbärten und runden Kappen in Sänften; britische Handelsleute von den Sunda-Inseln mit Pistolen an den Hüften; wettergegerbte Seeleute von den Klippern, die Lotsenmützen trugen und Flüche aus Liverpool und New York von sich gaben; Pflanzer mit Kalabreserhüten, die sich mit ihren dicken Rohrstökken unter den Niggern Geltung verschafften; eine Reihe von Gefangenen in Fußketten zog vorbei, bewacht von Soldaten in roten Röcken, die in barschem Ton den Schritt angaben – ich hörte Englisch, Holländisch, Deutsch, Spanisch und Hindi, und das alles in der ersten Minute; dazu noch sämtliche Dialekte Englands, Schottlands, Irlands und der amerikanischen Küsten. Weiß der Himmel, was die Eingeborenen sprachen, aber sie taten es mit voller Lautstärke, und nach der vergleichsweisen Stille, die wir gewohnt waren, genügte das, um einem den Kopf schwirren zu lassen. Der Gestank war ebenfalls entsetzlich.

Natürlich sind Häfen überall ziemlich gleich; wenn man erst einmal ein Stück vom Wasser entfernt war, auf der eleganten Seite der Stadt, die östlich entlang der Beach Road lag, war es angenehm, und dort hatte Solomon sein Haus, ein schönes, zweistöckiges Anwesen in einem weitläufigen Garten mit Blick auf das Meer. Wir wurden in kühlen, luftigen Räumen untergebracht, alle komplett ausgestattet, mit Ventilatoren und Sonnenblenden, mit Legionen von chinesischen Dienstboten, die für uns sorgten, mit literweise kalten Getränken, und nichts weiter zu tun, als uns von den Strapazen unserer Reise zu erholen, was wir denn auch die nächsten drei Wochen taten.

Dem alten Morrison gefiel das sehr; er hatte in solchem Maße geschlemmt, daß er erschreckend zugenommen hatte, und er wollte nichts weiter als sich hinlegen, rülpsen und in diesem heißen Klima seine Boshaftigkeit frischhalten. Elspeth hingegen mußte sofort auf und ans Werk; sie war fast schon fort, ehe sie sich richtig umgezogen hatte, ließ sich von Dienern in einer Sänfte tragen, um Antrittsbesuche bei den ‚Leuten der Gesellschaft' zu machen, wie sie es nannte, um herauszufinden, wer hier wer war, und Geld in den Geschäften und Basaren zu verplempern. Solomon gab ihr die richtigen Adressen an, stellte sie überall vor und erklärte dann bedauernd, daß er mehrere Wochen in seinem Handelshaus am Kai zu tun habe; danach, versicherte er uns, würden wir zu der Rundfahrt über seine Ländereien aufbrechen, die – wie ich annahm – irgendwo an der Ostküste der Halbinsel lagen.

Da saß ich also und wußte nicht, was ich mit mir anfangen sollte. Ich hatte mich noch nie so gelangweilt; eine Schiffsreise ist ja gut und schön, aber ich hatte die Nase voll von Solomon und seiner schwimmenden Villa mit ihrer tadellosen Einrichtung und dem ewigen Luxus, wo alles so verd--- genau geregelt und korrekt zuging, und die feinen Speisen und Weine kamen mir zu den

Ohren raus – ich war übersättigt mit Perfektion und hatte es leid, die häßliche Visage des alten Morrison zu sehen und Elspeths geistloses Geschwätz zu hören und nichts anderes zu tun zu haben, als mich vollzufressen oder zu schlafen. Seit sechs Monaten hatte ich nicht das kleinste pikante Abenteuer gehabt, und das ist für mich so, als hätte ich ein Leben lang gehungert. Nun, dachte ich, wenn Singapur, die Lasterhöhle des Orients, nicht in der Lage ist, meine dringenden Bedürfnisse zu befriedigen und mir in drei Wochen genug Ausschweifungen aller Art zu bieten, daß es für die lange Heimreise reicht, dann stimmt etwas nicht; nur schnell rasieren und ein frisches Hemd anziehen, dann stellen wir die Stadt auf den Kopf.

Ich schaute mich lange um, peilte die Lage und stürzte mich dann ins Gewühl. Das vornehme Viertel bestand aus acht Straßen, an denen lauter schöne Häuser standen, und einem großen, hochgelegenen Park unterhalb von Governor's Hill, wo sich abends die feine Gesellschaft traf – aber das war weiß Gott ein schweres Stück Arbeit. Im Laufe von zwei Stunden mußte man seinen Hut mindestens hundertmal vor irgendwelchen Leuten ziehen, und wenn man das überstanden hatte, erwartete einen das ausschweifende Vergnügen einer Spazierfahrt über die Beach Road, um die Schiffe anzusehen, oder eine Tanzveranstaltung im Gemeindesaal, wo unter Umständen sogar eine verheiratete Frau Polka mit einem tanzte, vorausgesetzt, ihr Ehemann und die eigene Frau waren dabei – unverheiratete Damen tanzten nicht, höchstens miteinander, diese frivolen kleinen Schäker.

Dann gab es die Dinnerparties im Dutranquoy's Hotel, mit anschließenden Diskussionen darüber, ob der Raffles Club nicht wiederbelebt werden sollte, und welche Fortschritte der Bau des neuen chinesischen Armenkrankenhauses machte, über die Zuckerpreise und den letzten Leitartikel der Free Press, und für die wagemutigeren Geister gab es eine Partie Billard im Hotel – ich spielte zweimal mit und kam mir ob meiner schändlichen Genußsucht ungeheuer verworfen vor. Elspeth ging natürlich unermüdlich ihren Vergnügungen nach und schleifte mich zu jeder Soiree, jedem Ball und jeder Feier mit, die sie ausfindig machen konnte, einschließlich der Wohltätigkeitsabende zugunsten des neuen Theaters und einem zweimaligen Kirchenbesuch an jedem Sonntag, und ein paarmal trafen wir sogar Colonel Butterworth, den Gouverneur – na schön, dachte ich, das ist also Singapur, aber ich will tot umfallen, wenn ich es hier lange aushalte.[14]

Einmal fragte ich einen jungen Mann, der mir kompetent erschien – man konnte sehen, daß er ein Wüstling war, denn er benutzte Pomade –, wo die weniger sittsamen Vergnügungen zu finden seien, vorausgesetzt, es gab welche, und er wurde ein bißchen rot, scharrte verlegen mit den Füßen und sagte: »Na ja, es gibt da die chinesischen Umzüge – aber ich nehme an, die meisten Leute hätten es nicht gern, wenn man sieht, daß sie dabei zuschauen. Sie finden im – ähm – Eingeborenenviertel statt, wissen Sie.«

»Um Himmels willen«, sagte ich. »Das ist ja schlimm. Aber vielleicht könnten wir sie uns trotzdem einen Moment anschauen. Wir brauchen ja nicht lange zu bleiben.«

Ihm lag nichts daran, aber ich setzte mich bei ihm durch, und wir eilten zur Uferstraße hinunter, während er murmelte, das sei aber gar nicht richtig, und was wohl Penelope sagen würde, wenn sie davon erfuhr, das sei nicht auszudenken. Er machte mich ganz fiebrig und aufgeregt, und ich zitterte vor freudiger Erwartung, als der Umzug in Sicht kam – zwanzig Chinesen, die auf Gongs hämmerten, Rauchwolken und Pfiffe ausstießen, und ein halbes Dutzend Bälger in Tatarenkostümen mit Sonnenschirmen, die alle einen Höllenlärm machten.

»Ist das alles?« fragte ich.

»Das ist alles«, sagte er. »Kommen Sie jetzt, sonst sieht uns noch jemand. Es ist – es schickt sich nicht, wissen Sie, mein lieber Flashman, sich bei diesen Belustigungen der Eingeborenen sehen zu lassen.«

»Ich bin erstaunt, daß die Behörden so was überhaupt erlauben«, sagte ich, und er meinte, die Free Press wettere ja auch lautstark dagegen, aber die Umzüge der Inder seien noch viel schlimmer, mit Burschen auf Stelzen und mit Fackeln, und er habe sogar Gerüchte gehört, auf der anderen Seite des Flusses gebe es Fakire, die über heiße Kohlen liefen.

Das brachte mich auf die richtige Spur. Ich hatte natürlich den Hafen mit seiner Vielzahl von Geschäftsgebäuden und Lagerhäusern gesehen, aber das Eingeborenenviertel, das dahinter am Westufer lag, hatte ziemlich schäbig und kaum der Erkundung wert gewirkt. Da ich mittlerweile fast verzweifelt war, wagte ich mich eines Abends hinüber, als Elspeth bei einem Weibertreff war, und es war, als beträte ich eine neue, lockende Welt.

Hinter den Hütten lag Chinatown, mit strahlend hell beleuchteten Straßen, Spielhöllen und Casinos an jeder Ecke, Schaubuden und Akrobaten – auch Inder, die über glühende Kohlen liefen, mein pomadisierter Freund hatte recht gehabt. An jeder Ecke wurde man von Zuhältern mir Versprechungen über ihre Schwester angesprochen, die natürlich ebenso sinnlich und begehrenswert war wie Königin Victoria (wieso unser gekröntes Staatsoberhaupt im letzten Jahrhundert lange Zeit für den gesamten Orient zum Maßstab für fleischliche Begehrlichkeit wurde, ist mir immer unbegreiflich geblieben, möglicherweise stellten sich die Leute vor, daß jeder waschechte Brite auf sie scharf sein müßte), und überall standen genug süße Dinger herum, um eine ganze Armee zu bedienen – Chinesinnen mit blassen Puppengesichtern in den Fenstern; graziöse, hochgewachsene Huren vom Cormandel rauschten hüftschwenkend vorbei und schielten lächelnd an ihren langen Nasen hinunter; kesse malaiische Dirnen kicherten und winkten aus den Türeingängen und boten ihre Brüste zur Begutachtung dar; ein wahrer Jahrmarkt der Eitelkeiten, aber das war natürlich nichts für mich. Die meisten von ihnen waren durch und durch syphilitisch, gerade genug für die betrunkenen Matrosen, die auf den Verandas herumlungerten, und denen es gleich war, ob sie Filzläuse bekamen – oder womöglich ein Messer in den Rücken. Ich mußte etwas Besseres finden als das. Ich zweifelte nicht daran, daß mir das gelingen würde, und zwar schnell, jetzt, da ich wußte, wo ich suchen mußte. Aber für den Anfang begnügte ich mich damit, herumzuschlendern und mich umzusehen, die Zuhälter und die etwas aufdringlicheren Huren abzuwimmeln, und dann über die Brücke zurückzuwandern.

Und wer sonst sollte mir dort genau über den Weg laufen als Solomon, der spät aus seinem Büro kam. Er blieb mit einem Ruck stehen, als er mich sah.

»Guter Gott«, sagte er, »Sie waren doch nicht etwa im Bazarviertel? Mein lieber Freund, wenn ich gewußt hätte, daß Sie es besichtigen wollten, hätte ich für eine Eskorte gesorgt – das ist nicht gerade der sicherste Ort auf Erden, wissen Sie. Auch nicht ganz Ihrem Stil entsprechend, hätte ich gedacht.«

Nun, er wußte es bestimmt besser, aber wenn er den Unschuldigen spielen wollte, hatte ich nichts dagegen. Ich sagte, es sei äußerst interessant gewesen, wie alle Eingeborenenstädte, und ich stünde doch heil und wohlbehalten vor ihm, oder nicht?

»Sicher«, sagte er, lachte und nahm mich beim Arm. »Ich habe nicht daran gedacht, daß Sie – na ja, seinerzeit einiges an Lokalkolorit gesehen haben. Aber Singapur ist voller Überraschungen, selbst für einen Mann mit Erfahrung. Ich nehme an, Sie haben schon von unseren Schwarzgesichtbanden gehört? Das sind Chinesen, wissen Sie, die nichts mit den *Tongs* oder *Hues* zu tun haben, den Geheimgesellschaften, die dort unten regieren – aber sie sind trotzdem mörderische Schurken. Sie kommen in letzter Zeit sogar auf die Ostseite des Flusses, wie ich gehört habe, um einzubrechen, Leute zu entführen und solche Sachen zu machen, und schwärzen dabei ihre Gesichter mit Ruß. Nun, ein unbewaffneter weißer Zivilist ohne Begleitung – das ist genau ihre Kragenweite. Wenn Sie noch einmal dort hingehen wollen, lassen Sie es mich wissen; es gibt ein paar wirklich ausgezeichnete Speiselokale am Nordrand des Eingeborenenviertels – die reichen Chinesen verkehren dort, und es ist viel eleganter. Der Tempel des Himmels ist wohl das beste – kein Nepp oder Betrug oder so etwas, und erstklassige Bedienung. Dazu ein Unterhaltungsprogramm, Eingeborenentänze und anderes in dieser Art, wissen Sie?«

Warum bloß, fragte ich mich, bot Solomon an, für mich den Zuhälter zu spielen – denn so kam es mir vor, was er tat. Um mich mit sündigen Vergnügungen beschäftigt zu halten, während er Elspeth den Hof machte – oder nur aus Freundlichkeit, um mich in die besten Bordelle der Stadt zu steuern? Ich grübelte darüber nach, während er weiterredete.

»Da wir gerade von reichen Chinesen sprechen – Sie und Elspeth haben noch keinen kennengelernt, nehme ich an? Also, das sind die interessantesten Leute in dieser Stadt überhaupt – Männer wie Whampoa und Tan Tock Seng. Ich muß mich einmal darum kümmern – ich fürchte, ich habe Sie alle in letzter Zeit sträflich vernachlässigt, aber wenn man drei Jahre fortgewesen ist, gibt es eine Menge zu tun, wie Sie sich denken können.« Er grinste verschlagen. »Geben Sie es zu – Sie haben unsere Lustbarkeiten in Singapur eine Spur langweilig gefunden, oder? Der alte Butterworth mir seinen endlosen Reden – und Logan und Dyce sind nicht gerade Hyde-Park-Stil, finden Sie nicht auch? Machen Sie sich nichts draus – ich werde dafür sorgen, daß Sie an einer von Whampoas Parties teilnehmen –, das wird Sie nicht langweilen, das verspreche ich Ihnen!«

Und das tat es auch nicht. Solomon hielt sein Wort, und zwei Tage darauf wurden Elspeth, der alte Morrison und ich mit einem vierrädrigen Palki zu Whampoas Anwesen hinausgefahren. Es war ein prachtvolles Gebäude, mehr ein Palast als ein Haus, der Garten strahlend hell mit Laternen beleuchtet, und Whampoa selbst stand an der Tür und verbeugte sich zeremoniell vor uns. Er war ein riesenhafter, fetter Chinese mit rasiertem Kopf und einem Zopf bis zu den Hacken, bekleidet mit einer schwarzen Seidenrobe, die mit glänzenden grünen und roten Blumen bestickt war – direkt aus Tausendundeiner Nacht, abgesehen von dem Halbliterglas Sherry in seiner Pranke; das begleitete ihn ständig, und es war nie leer.

»Willkommen in meiner schäbigen und unwürdigen Behausung«, sagte er und verbeugte sich so tief, wie sein Bauch es zuließ. »So sagen die Chinesen doch immer, oder nicht? Im Grunde finde ich, daß mein Haus einfach großartig und das allerschönste in Singapur ist – aber ich kann wahrheitsgemäß sagen, daß es nie einen schöneren Gast beherbergt hat.« Das galt Elspeth, die mit offenem Mund die Pracht der lackierten Wandverkleidungen, der schlanken Säulen mit goldenen Ranken, der Jadeornamente und seidenen Vorhänge begaffte, mit denen Whampoas Etablissement vollgestopft zu sein schien. »Sie werden beim Abendessen neben mir sitzen, schöne, goldhaarige Lady, und während Sie die Kostbarkeiten meines Hauses bestaunen, werde ich mich über Ihre exquisite Schönheit auslassen. Auf diese Weise ist uns beiden ein vergnüglicher Abend sicher, indem wir uns gegenseitig erzählen, was uns am meisten entzückt.«

Was er dann auch tat, sie ständig an seiner Seite hielt, fortwährend an seinem Sherry nippte, während wir ein chinesisches Festmahl in einem Speisezimmer zu uns nahmen, neben dem Versailles wie eine Bodenkammer gewirkt hätte. Das Essen war abscheulich, wie chinesischer Fraß das immer ist – allerdings waren einige der Suppen und die Walnußspeise gar nicht so übel –, aber die Bedienung bestand aus allerreizendsten kleinen Chinesinnen in engen Seidenkleidern, jedes in einer anderen Farbe. Selbst tausendjährige Eier mit Algensoße und faulem Fleisch als Beilage sind halb so schlimm, wenn sie von einem schlitzäugigen kleinen Wesen serviert werden, das einen mit Parfüm anhaucht und ganz hinreißend mit dem Popo wackelt, während es einem die Hand in seine Samtfinger nimmt und zeigt, wie man mit Eßstäbchen umgeht. Ich bekam den Dreh anfangs einfach nicht heraus; sie mußten es mir zu zweit zeigen, eine auf jeder Seite, und Elspeth meinte zu Whampoa, sie sei sicher, ich wäre mit Messer und Gabel besser bedient.

Außer uns dreien und Solomon waren noch eine ganze Reihe anderer Leute da – Balestier, der amerikanische Konsul, wie ich mich erinnere, ein fröhlicher Yankee vom Lande mit einem großen Repertoire guter Geschichten, und Catchick Moses,[15] ein wichtiger Mann unter den hier ansässigen Amerikanern und der anständigste Jude, den ich je kennengelernt habe. Er verstand sich auf Anhieb gut mit dem alten Morrison, und sie begannen eine Diskussion über Zinssätze. Als Whampoa sich daran beteiligte, sagte Balestier, er würde nicht eher Ruhe geben, bis er sich eine Geschichte ausgedacht hätte, die mit »Es waren einmal ein Chinese, ein Schotte und ein Jude« anfing, was große Heiterkeit verursachte. Es war die fröhlichste Party, an der ich bisher teilgenommen hatte, und es fehlte nicht an ausgezeichneten Getränken, aber nach einer Weile gebot Whampoa Einhalt, und es gab eine kleine Darbietung von chinesischen Liedern und Theaterstücken, pantomimischem Unsinn der übelsten Sorte, aber mit hübschen Kostümen und Masken, und dann traten zwei chinesische Tanzmädchen auf – reizende kleine Mäuschen, aber leider von Kopf bis Fuß bekleidet.

Danach führte Whampoa Elspeth und mich durch sein erstaunliches Haus – die Wände bestanden alle aus geschnitzten Elfenbein- und Ebenholzgittern, was bestimmt vert--- zugig, aber hübsch anzusehen war, und die Türen waren alle oval, mit Griffen aus Jade und goldenen Rahmen – ich schätze, der Laden hatte eine halbe Million gekostet. Als wir damit fertig waren, schenkte er mir ein mit Perlmutt eingelegtes Messer von der Form eines winzigen Krummsäbels – um zu zeigen, wie scharf es war, ließ er einen dünnen Fetzen Musselin auf die Klinge fallen, und es zerfiel in zwei Stücke, durch sein eigenes, minimales Gewicht durchgeschnitten. (Ich habe es seitdem noch nie geschliffen, und es ist so scharf wie eh und je, auch jetzt noch, nach sechzig Jahren.) Elspeth verehrte er ein Pferd aus Jade, dessen Zaumzeug und Steigbügel winzige Ketten aus Jade waren, alles aus einem massiven Stück geschnitzt – weiß der Himmel, was das Ding wert war.

Sie trollte sich, um es den anderen zu zeigen, rief nach Solomon, damit er es bewundere, und Whampoa sagte leise zu mir: »Kennen Sie Mr. Solomon Haslam schon lange?«

Ich sagte, seit etwa einem Jahr, aus London, und er nickte mit seinem großen kahlen Kopf und wandte mir sein buddhaähnliches Gesicht zu.

»Wie ich höre, will er Sie auf eine Rundfahrt zu seinen Plantagen mitnehmen. Das wird bestimmt interessant – ich muß ihn einmal fragen, wo die liegen. Ich würde sie gerne selber eines Tages mal besuchen.«

Ich sagte, ich hätte gedacht, sie lägen auf der Halbinsel, und er nickte bedeutungsvoll und schlürfte seinen Sherry.

»So wird es sein. Ich glaube, er ist ein Mann mit großem Scharfsinn und Unternehmungsgeist – er macht glänzende Geschäfte.« Elspeths Lachen klang aus dem Speisezimmer herüber, und Whampoas fettes, gelbes Gesicht verzog sich plötzlich zu einem Lächeln. »Wie glücklich Sie doch sind, Mr. Flashman. Ich verfüge auf meine bescheidene Weise – die nicht im mindesten bescheiden ist, Sie verstehen – über viel Geschmack für Schönheit, und besonders bei Frauen. Sie haben gesehen« – er schwenkte seine Hand mit den widerlich langen Nägeln –, »daß ich mich damit umgebe. Aber wenn ich Ihre Lady Elspeth sehe, verstehe ich, warum die Märchenerzähler ihren Göttern und Göttinnen immer helle Haut und goldenes Haar gegeben haben. Wenn ich vierzig Jahre jünger wäre, würde ich versuchen, sie Ihnen abspenstig zu machen« – er kippte noch etwas von seinem Amontillado –, »natürlich ohne Erfolg. Aber so viel Schönheit auf einmal – das ist gefährlich.«

Er schaute mich an, und ich weiß nicht warum, aber plötzlich spürte ich einen Angstschauer – nicht vor ihm, sondern vor dem, was er sagte. Doch ehe ich antworten konnte, kam Elspeth zurück, um sich noch einmal bewundernd über ihr Geschenk zu äußern und ihren Dank zum Ausdruck zu bringen, und er stand da und lächelte auf sie herab wie ein wohlwollender, sherrygetränkter heidnischer Gott.

»Danken Sie mir, mein schönes Kind, indem Sie meinen bescheidenen Palast wieder beehren, denn von jetzt an wird er ohne Ihre Gegenwart wirklich bescheiden sein«, sagte er. Dann gingen wir zu den anderen, und die Dankesbezeugungen und Komplimente flogen nur so hin und her, als wir uns in dem schimmernden Palast verabschiedeten, und alles war fröhlich und guter Dinge – aber ich stellte fest, daß ich fröstelte, als wir hinausgingen, und das war merkwürdig, denn die Nacht war warm und mild.

Ich konnte mir das nicht erklären, nach einem so lustigen

Abend, doch ich ging ernstlich verstört zu Bett. Zuerst schob ich es auf den widerlichen chinesischen Fraß, und irgend etwas verursachte mir tatsächlich einen ganz entsetzlichen Alptraum, in dem ich kreuz und quer durch Whampoas Haus Cricket auf ein Tor spielen mußte, und seine kleinen chinesischen Seidenpüppchen mir zeigten, wie ich das Schlagholz halten mußte – der Teil war ja noch in Ordnung, wie sich sich duftend an mich schmiegten, flüsterten und mir die Hand führten, aber die ganze Zeit war ich mir dunkler Schatten bewußt, die sich hinter den geschnitzten Wänden bewegten. Und als Daedalus Tighe mir den Ball zuwarf, war es eine chinesische Laterne, die ich abwehren mußte, und sie flog hoch in die Dunkelheit und zerbarst in tausend sprühende Funken. Dann kamen der alte Morrison und der Herzog in Sarings auf mich zugerannt und schrien, daß ich durch das ganze Haus rennen müßte, um einen einzigen Lauf mit Zinseszinsen einzuheimsen, und ich machte mich auf den Weg, stolperte an den Trennwänden entlang, wo namenlose Schrecken lauerten, versuchte Solomon einzuholen, der wie ein Schatten vor mir her flatterte und aus dem Dunklen rief, es bestehe keine Gefahr, weil er zehn Kanonen an Bord habe, und ich spürte, daß irgendwer oder irgendwas sich mir von hinten näherte, und Elspeths Stimme rief nach mir, schwächer und immer schwächer, und ich wußte, wenn ich mich umdrehte, würde ich etwas Entsetzliches sehen – und da lag ich, keuchte in mein Kissen, das Gesicht schweißbedeckt, und Elspeth schnarchte friedlich neben mir.

Das nahm mich ganz schön mit, kann ich Ihnen sagen, denn das letzte Mal, daß ich einen Alptraum gehabt hatte, war vor zwei Jahren in Gul Shahs Kerker gewesen, und das war keine beglückende Erinnerung. (Es ist übrigens eine merkwürdige Sache, daß ich meine schlimmsten Alpträume gewöhnlich im Gefängnis habe; ich erinnere mich da an ein paar besonders schöne, im Gefängnis von Fort Raim, am Aralsee, wo ich träumte, der alte Morrison und Rudi Starnberg seien dabei, mir den Hintern mit Stiefelwichse anzumalen, und im Fort von Gwalior, wo ich in Ketten Walzer tanzte, während Captain Charity Spring die Kapelle dirigierte, und der scheußlichste von allen war in einem mexikanischen Kittchen, während der Suarez-Geschichte, als ich träumte, ich sei dabei, die Kanonen von Balaclava zu laden, als Anführer einer Schwadron von Skeletten mit Baretten auf den Schädeln, die alle sangen »Ab et absque, coram de«, während direkt vor mir Lord Cardigan mit seiner Yacht segelte, zu mir hin schielte und Elspeth die Kleider vom Leib riß. Wohlgemerkt, ich hatte seit einer Woche von Chili und Bohnen gelebt.)

Jedenfalls schlief ich nach Whampoas Party nicht gut und war am nächsten Tag in trostloser Verfassung, woraufhin Elspeth und ich uns stritten, und sie weinte und schmollte, bis Solomon kam, um ein Picknick am anderen Ende der Halbinsel vorzuschlagen. Wir würden mit der SULU QUEEN hinsegeln, sagte er, und uns einen schönen Tag machen. Elspeth wurde sofort wieder fröhlich, und der alte Morrison war auch einverstanden, aber ich lehnte unter dem Vorwand ab, es gehe mir nicht gut. Ich wußte, was ich brauchte, um meine Stimmung zu heben, und das war nicht ein Essen unter freiem Himmel in den Mangrovensümpfen mit diesen dreien; sollten sie nur verschwinden, das würde mir Gelegenheit geben, Chinatown etwas näher in Augenschein zu nehmen und vielleicht das Menü eines dieser exklusiven Lokale zu versuchen, die Solomon erwähnt hatte; der Tempel des Himmels war der Name, der mir im Gedächtnis haften geblieben war. Vielleicht gab es dort sogar nette kleine Kellnerinnen, wie bei Whampoa, die einem beibrachten, wie man seine Eßstäbchen benutzt.

Als die drei also fort waren, Elspeth mit hoch erhobener Nase, weil ich nicht bereit war mitzukommen, trödelte ich bis zum Abend herum und pfiff mir dann ein Palki herbei. Meine Träger trabten durch die belebten Straßen, und gerade als die Dunkelheit anbrach, erreichten wir unseren Bestimmungsort in einem anscheinend recht freundlichen Wohnviertel landeinwärts von Chinatown, mit großen, halb hinter Bäumen versteckten Häusern, vor denen Papierlaternen hingen; alles sehr ruhig und verschwiegen.

Der Tempel des Himmels war ein großes Fachwerkhaus auf einem kleinen Hügel, vollkommen von Bäumen und Büschen umgeben, mit einer gewundenen Auffahrt zur Veranda an der Vorderseite, die voll gedämpftem Licht, leiser Musik und chinesischen Dienern war, die für das Wohlergehen der Gäste sorgten. Es gab einen großen, kühlen Speisesaal, wo ich ein exzellentes europäisches Mahl mit anderthalb Flaschen Champagner zu mir nahm, und ich war in großartiger Verfassung und zu jeder Schandtat bereit, als der indische Oberkellner zur mir trat, um sich zu erkundigen, ob alles in Ordnung sei, und ob der Gentleman noch anderweitige Wünsche habe. Ob ich Lust hätte, mir eine kleine Vorführung anzusehen oder eine Ausstellung chinesischer Kunstgegenstände, vielleicht auch ein Konzert anzuhören, falls mein Geschmack mehr musikalischer Natur sei, oder ...

»Ich will volles Programm, verd--- noch mal«, sagte ich, »denn vor morgen früh gehe ich nicht nach Hause, falls du verstehst, was ich meine. Ich war sechs Monate auf See, also laß die Puppen antanzen, Sambo, und zwar schnell.«

Er lächelte und verbeugte sich auf seine diskrete indische Art, klatschte in die Hände, und in den Alkoven, in dem ich saß, trat das prächtigste Geschöpf, das man sich denken kann. Sie war Chinesin, mit schwarzblauem, geflochtenem Haar über einem Gesicht, das in seiner Perfektion und Farbe wie eine Perle war, mit großen, geschlitzten Augen, und ihr Kleid aus hellroter Seide umhüllte knapp eine Figur, die englische Reisende gerne als »eine Idee zu üppig für den europäischen Geschmack« beschreiben, aber die mich, wäre ich ein Bildhauer, dazu bringen würde, Hammer und Meißel fallen zu lassen und mir das Modell zu schnappen. Ihre Arme, die sie bei einem reizenden Knicks ausbreitete, waren nackt, und ihr Lächeln zeigte makellose Zähne zwischen Lippen von der Farbe guten Portweins.

»Dies ist Madame Sabba«, sagte der Kellner. »Sie wird Sie führen, wenn Eure Exzellenz gestatten ...?«

»Ich gestatte es ausnahmsweise«, sagte ich. »Wo geht es hier nach oben?«

Ich dachte, es liefe alles im üblichen Stil, wissen Sie, aber Madame Sabba bedeutete mir, ihr zu folgen, ging durch einen Bogengang voraus, einen langen Korridor hinunter, und wandte den Kopf, um zu sehen, ob ich hinterherkam. Und das tat ich, schwer atmend und mit dem Blick auf ihre schlanke Taille und den wakkelnden Hintern gerichtet; an der Tür am Ende des Ganges holte ich sie ein und langte gerade voll mit der Hand zu, als ich merkte, daß wir auf einer Veranda standen. Sie entglitt meiner liebevollen Umarmung und deutete auf ein Palki, das am Fuß der Verandatreppe wartete.

»Was soll das?« fragte ich.

»Das Programm«, sagte sie, »findet ein kleines Stück von hier entfernt statt. Man wird uns dorthin bringen.«

»Das Programm«, sagte ich, »findet hier und jetzt statt.« Und ich schnappte sie mir knurrend und drückte sie fest an mich. Sapperlot, sie war schon ein scharfes Weibsstück; sie wand sich in meinen Armen und tat so, als wollte sich sich losreißen, während ich mich fest an sie schmiegte, ihren Duft einatmete und ihre Lippen und ihr Gesicht abknutschte.

»Aber ich soll Sie nur führen«, kicherte sie und drehte ihr Gesicht zur Seite. »Ich bringe Sie –«

»Ins nächste Bett, Schätzchen. Danach übernehme ich dann die Führung.«

»Sie – Sie mögen mich?« fragte sie und spielte die Schüchterne, während ich sie gierig begrapschte. »Also nein – das geht hier nicht. Wir müssen ein kleines Stück weiter fort. Aber ich glaube, wenn Sie sehen, was da geboten wird, werden Sie sich aus mir nichts mehr machen.« Und sie steckte ihre Zunge in meinen Mund und zerrte mich dann zu dem Palki hin. »Kommen Sie – man wird uns schnell hinbringen.«

»Wenn es mehr als zehn Meter weit ist, brauchen wir uns erst gar nicht auf den Weg zu machen«, sagte ich und tatschte weiter an ihr herum, während wir an Bord kletterten und die Vorhänge zuzogen. Ich war wirklich kurz vorm Überkochen und hatte die Absicht, es ihr sofort und auf der Stelle zu besorgen, aber zu meiner Enttäuschung war das Palki einer von diesen Zweisitzern, in denen man einander gegenübersitzt, und ich konnte nichts weiter tun, als sie von vorne zu befummeln, fluchend zu versuchen, ihr Kleid aufzuknöpfen, und die darunter verborgenen Köstlichkeiten zu drücken und zu kneten, während sie mich küßte und herzte und lachend sagte, ich solle nicht so ungeduldig sein. Die Palkiträger trabten los und schüttelten uns in einer Weise durch, die es mir unmöglich machte, ernsthaft ans Werk zu gehen. Wohin sie uns brachten, war mir gleich; ich war so von Champagner und Leidenschaft benebelt, daß mich nichts anderes interessierte als duftende Schönheit, die mich im Dunkeln neckte; endlich gelang es mir, eine Brust freizubekommen, und ich knabberte zärtlich daran herum, als das Palki stehenblieb, und Madame Sabba sich sanft von mir befreite.

»Einen Moment«, sagte sie, und ich konnte mir vorstellen, wie sie in der Dunkelheit ihr Kleid wieder in Ordnung brachte. »Warten Sie hier.« Ihre Finger streichelten zart meine Lippen, Dämmerlicht leuchtete kurz auf, als sie durch die Vorhänge des Palki glitt – und dann war Stille.

Ich wartete aufgeregt und voller Vorfreude, vielleicht eine halbe Minute, und steckte dann meinen Kopf hinaus. Einen Moment lang konnte ich im Halbdunkel nichts erkennen, doch dann sah ich, daß das Palki in einer schäbigen Straße zwischen dunklen und verschlossenen Gebäuden stand – aber von den Palkiträgern und Madame Sabba keine Spur. Nur einsame Finsternis, nirgendwo ein Licht, und kein Laut außer den leisen Geräuschen der Stadt weit in der Ferne.

Meine verblüffte Sprachlosigkeit dauerte vielleicht zwei Sekunden und wich dann einer ungeheuren Wut, mit der ich den Vorhang aufriß und fluchend ins Freie stolperte. Ich hatte kaum Zeit, ein erstes furchtsames Frösteln zu spüren, als ich schon die schwarzen Gestalten aus den Schatten am Ende der Straße auftauchen und leise auf mich zugleiten sah.

Ich bin nicht stolz auf das, was im nächsten Augenblick geschah. Natürlich war ich sehr jung und sorglos, und meine große Zeit sofortiger Flucht und schnellen Entkommens lag noch vor mir, doch selbst so war meine Reaktion – in Anbetracht meiner afghanischen Erfahrungen und meiner angeborenen Feigheit – unentschuldbar. In reiferen Jahren hätte ich nicht eine kostbare Sekunde mit sinnlosem Schimpfen vertan, sondern hätte – noch ehe diese finsteren Gestalten überhaupt auftauchten – sofort begriffen, daß Madame Sabbas Verschwinden tödliche Gefahr heraufbeschwor, und wäre über die nächstbeste Mauer auf und davon. Aber jetzt, in meinem jugendlichen Leichtsinn und meiner Unwissenheit, blieb ich doch tatsächlich verblüfft stehen und rief: »Wer zum T--- seid ihr, und was wollt ihr? Wo ist meine Nutte geblieben, verdammt noch mal?«

Und dann liefen sie auf leisen Sohlen auf mich zu, und ich erkannte blitzartig, daß ich in eine tödliche Falle gelockt worden war. Da endlich, als es schon fast zu spät war, konnte man Flashy in Höchstform sehen. Ein Schrei, drei große Schritte, und ich hechtete über den wackeligen Zaun zwischen zwei Häusern; einen Moment lang saß ich rittlings auf ihm und sah flüchtig vier schmächtige schwarze Gestalten mit beängstigender Geschwindigkeit näherkommen; etwas zischte an meinem Kopf vorbei, dann war ich unten und stürmte einen schmalen Weg entlang; hinter mir hörte ich, daß sie mir über den Zaun hinweg nachsetzten. Ich raste mit vollem Tempo weiter, schrie um Hilfe, so laut ich konnte, schoß um eine Ecke und rannte um mein Leben die nächste Straße hinunter.

Es war meine nackte Angst, die mich rettete, nichts sonst. Auch ein Held wäre nicht stehengeblieben, um zu kämpfen – nicht gegen eine solche Übermacht und an diesem Ort –, doch er hätte sich zumindest umgeschaut, um zu sehen, wie nahe die Verfolger waren, oder er hätte vielleicht sogar kurz angehalten, um zu überlegen, in welche Richtung er als nächstes laufen sollte. Aber das wäre tödlich gewesen, denn die Geschwindigkeit, mit der sie sich näherten, war furchterregend. Als ich um die Ecke bog, sah ich ganz kurz den Anführer – eine bedrohliche schwarze Gestalt, die sich wie ein Panther bewegte, mit etwas Glitzerndem in der Hand –, und in reiner Panik sauste ich weiter, von einer Straße in die andere, und brüllte ständig um Hilfe, doch bei jedem Schritt im Höchsttempo. Das ist etwas, das ihr jungen Kerle nie vergessen dürft: Wenn ihr fortlauft, dann rennt mit voller Geschwindigkeit, ohne einen Gedanken an etwas anderes zu verschwenden, ohne auch nur einen Augenblick zu hören oder zu sehen; laßt euch von der Angst treiben, denn sie ist der beste Freund, den ihr haben könnt.

Mir gab sie einen guten halben Kilometer lang einen Vorsprung vor dem Feld, durch verlassene Straßen und Gassen, über Zäune und Höfe und Gräben, und nicht eine Menschenseele zu sehen, bis ich um eine Ecke bog und eine schmale Gasse vor mir lag, die offenbar zu einer belebteren Straße führte, denn an ihrem Ende waren Laternen und Leute zu erkennen, und gegen den Nachthimmel hinter ihnen sah ich die Masten von Schiffen mit Positionslampen.

»Hilfe!« brüllte ich. »Mörder! Überfall! Schockschwerenot! Hilfe!«

Ich stürmte schreiend die Gasse hinunter, und jetzt, wie ein Idiot, warf ich einen Blick zurück – da war er, wie ein schwarzer Racheengel glitt er kaum zwanzig Meter hinter mir um die Ecke. Ich rannte weiter, aber durch das Umdrehen hatte ich die Orientierung verloren; plötzlich stand eine leere Handkarre in meinem Weg – von irgendeinem schlampigen Kuli mitten auf der Straße stehengelassen –, und bei dem Versuch, ihr auszuweichen, verfing ich mich mit dem Fuß und fiel hin. Ich war im Nu wieder auf den Beinen, aber mein Verfolger hatte den Abstand hinter mir halbiert. Vor mir rief jemand etwas, und als ich einen weiteren panischen Blick über meine Schulter warf, sah ich ihn mit einer Hand hinter seinem Kopf ausholen, etwas blinkte auf und schwirrte auf mich zu, ein furchtbarer Schmerz fuhr durch meine linke Schulter, und ich fiel kopfüber in einen Stapel leerer Kisten, während das als Wurfgeschoß benutzte Beil neben mir auf das Pflaster klapperte.

Jetzt hatte er mich; er sprang über die Handkarre wie ein Hürdenläufer, landete auf den Fußspitzen, und während ich vergeblich versuchte, zwischen den zertrümmerten Kisten in Deckung zu kriechen, nahm er eine zweite Axt von seinem Gürtel, wog es in seiner Hand und zielte wohlüberlegt. Hinter mir hörte ich Stiefel die Gasse entlangpoltern und eine Stimme rufen, aber sie kamen zu spät für mich – ich sehe noch immer diese schreckliche Gestalt im Laternenschein vor mir, die glitzernde schwarze Farbe wie eine Maske auf dem chinesischen Gesicht, das wie ein Totenschädel wirkte, den Arm, der nach hinten ausholte, um die Axt zu schwingen –

»Jingo!« rief eine Stimme, und bei diesem Wort zischte etwas über meinem Kopf durch die Luft, der Mann mit dem Beil schrie auf, sein Körper bäumte sich auf Zehenspitzen auf, und zu meiner Verwunderung sah ich deutlich, daß ein Gegenstand unter seinem hochgereckten Kinn herausragte, der wie eine kurze Stricknadel aussah. Seine Finger tasteten danach, dann schien sein ganzer Körper in sich zusammenzusinken, und er lag bewegungslos in der Gasse. Ohne mir der Nachahmung bewußt zu sein, tat ich das gleiche.

Falls ich vor Schmerz und Schreck ohnmächtig wurde, kann es nur für einen Moment gewesen sein, denn ich bekam mit, daß starke Hände mich aufhoben, und eine Stimme sagte in Englisch: »Ich muß schon sagen, er hat einen schönen Schnitt abbekommen. Hier, setz ihn gegen die Wand.« Und dann waren da andere Stimmen mit einem merkwürdigen Kauderwelsch. »Was ist mit dem Chinesen?« »Mausetot – Jingo hat ihn voll in die Kehle getroffen.« »Donnerwetter, saubere Arbeit – aber sieh mal, der zuckt ja noch!« »Na sag mal, das ist doch das Gift, das jetzt wirkt, obwohl er tot ist. Das ist einfach toll!« »Auf unseren kleinen Jingo ist Verlaß – schneidet ihm die Kehle durch und vergiftet ihn hinterher noch, um auf Nummer Sicher zu gehen, wie?«

Ich war zu benommen, um das alles zu verstehen, aber ein Wort aus ihrer verrückten Unterhaltung drang durch meine verwirrten Sinne zu mir durch.

»Gift!« keuchte ich. »Die Axt – vergiftet! Mein Gott, ich sterbe, holt einen Arzt – mein Arm ist schon abgestorben –«

Und dann öffnete ich meine Augen, und mir bot sich ein erstaunlicher Anblick. Vor mir hockte, nackt bis auf einen Lendenschurz, ein stämmiger Eingeborener mit häßlichem Gesicht, der einen langen Bambusspeer in der Hand hielt. Neben ihm stand ein arabisch aussehender Kerl in weißen Segeltuchhosen und scharlachroter Schärpe, mit einem grünen Tuch um den Kopf und einem rotgefärbten, wallenden Bart, der bis zu seinem Bauch reichte. Dann waren da noch ein paar andere fast nackte Eingeborene, zwei oder drei Männer, die offenbar Seeleute waren, mit Segeltuchhosen und Mützen, und rechts von mir kniete ein junger, hellhaariger Bursche in einem gestreiften Trikot. Die am buntesten zusammengewürfelte Versammlung, die ich je gesehen hatte. Aber als ich meinen Kopf drehte, um zu sehen, wer da so schmerzhaft an meiner Schulter herumdrückte, vergaß ich die anderen – das war der sehenswerteste von allen.

Es war ein Jungengesicht; das war der erste Eindruck, trotz der starken Falten in seinen gebräunten Zügen, den Spuren von Grau in seinem dunklen, krausen Haar und langen Backenbart, dem energischen Mund und Kinn und der halbverheilten Schwertwunde, die von seiner rechten Schläfe bis zur Wange reichte. Er war etwa vierzig Jahre alt, und das waren keine beschaulichen Jahre gewesen, aber die dunkelblauen Augen blickten so unschuldig wie die eines Zehnjährigen, und wenn er grinste, so wie jetzt, wurde man sofort an geklaute Äpfel und Reißzwecken auf dem Stuhl des Lehrers erinnert.

»Gift?« sagte er und zerriß meinen blutgetränkten Ärmel. »Aber keine Spur. Chinesische Axtkämpfer halten davon nicht viel, wissen Sie. Das ist etwas für unwissende Wilde wie unseren Jingo hier – sag dem Gentleman ‚Guten Tag‘, Jingo.« Und während mir der Wilde mit dem Speer mit furchterregendem Grinsen zunickte, hörte der andere Kerl auf, meine Schulter zu mißhandeln, langte zu der Leiche meines gefallenen Verfolgers hinüber und zog ihm das Stricknadelding aus dem Hals.

»Sehen Sie, da«, sagte er und hielt es vorsichtig fest, und ich sah, daß es ein dünner, etwa dreißig Zentimeter langer Pfeil war. »Das ist Jingos Spielzeug – es hat Ihnen das Leben gerettet, würde ich sagen, oder nicht, Jingo? Natürlich kann jeder Iban, der etwas auf sich hält, auf zwanzig Meter eine Münze treffen, aber Jingo schafft das auf fünfzig. *Radjun*-Gift an der Spitze – in der Regel für Menschen nicht tödlich, aber das braucht es ja auch nicht zu sein, wenn der Pfeil einem durch die Gurgel fährt, oder?« Er warf das entsetzliche Ding zur Seite, drückte wieder an meiner Wunde herum und summte leise vor sich hin.

> »Oh, say was you ever in Mobile Bay, A-screwin' cotton at a dollar a day, Sing ‚Johnny come down to Hilo'.«

Ich schrie vor Schmerz auf, und er schnalzte vorwurfsvoll mit der Zunge.

»Fluchen Sie nicht«, sagte er. »Das regt Sie nur auf, und Sie kommen nicht in den Himmel, wenn Sie sterben. Außerdem wird es durch Schimpfen auch nicht besser – es ist nur ein Kratzer, zwei Stiche, und Sie sind wieder auf dem Damm.«

»Es tut höllisch weh!« stöhnte ich. »Ich verliere eimerweise Blut!«

»Nein, das tun Sie auch nicht. Außerdem wird einem großen, beherzten Kerl wie Ihnen doch der Verlust von einem bißchen Blut nichts ausmachen. Seien Sie nicht so zimperlich. Hier, als ich das erwischte« – er berührte seine Narbe –, »da habe ich nicht einen Piep gesagt. Oder, Stuart?«

»Doch, das hast du«, sagte der blonde Bursche. »Du hast gebrüllt wie ein Stier und nach deiner Mutter geschrien.«

»Kein Wort davon ist wahr. Oder etwa doch, Paitingi?«

Der rotbärtige Araber spuckte aus. »Es macht dir geradezu Vergnügen, verletzt zu werden«, sagte er mit starkem schottischen Akzent. »Willst du den Mann die ganze Nacht hier herumliegen lassen?«

»Wir sollten Mackenzie ihn mal ansehen lassen, J. B.«, sagte der blonde Bursche. »Er sieht ziemlich groggy aus.«

»Das ist der Schock«, sagte mein helfender Engel, der mir, von meinem Stöhnen begleitet, sein Taschentuch um die Schulter band. »So – das wär's. Ja, laßt Mackenzie ihn zusammenflicken, dann kann er es morgen wieder mit zwanzig Männern mit Äxten aufnehmen, nicht wahr, mein Sohn?« Und der grinsende Irre zwinkerte mir zu und tätschelte mir den Kopf. »Warum war der hier übrigens hinter Ihnen her? Er ist einer von den Schwarzgesichtern; die gehen gewöhnlich im Rudel auf die Jagd.«

Unter Stöhnen erzählte ich ihm, wie mein Palki von vier von ihnen überfallen worden war – von Madame Sabba sagte ich nichts –, und er hörte auf zu grinsen und schaute mordlustig drein.

»Diese feigen, hinterhältigen Vagabunden!« schrie er. »Ich weiß nicht, was die Polizei sich dabei denkt – wenn ich mich darum kümmern könnte, würde ich in vierzehn Tagen mit den Schurken aufräumen, aber wie!« Und er sah so aus, als sei er glatt dazu imstande. »Es ist wirklich ganz schlimm. Aber Sie haben Glück gehabt, daß wir zufällig vorbeikamen. Meinen Sie, Sie können laufen? Komm her, Stuart, hilf ihm mal hoch. Also los jetzt«, rief der gefühllose Rohling, als sie mir auf die Beine halfen, »ich wette, Sie fühlen sich schon besser.«

Zu jeder anderen Zeit hätte ich ihm gehörig meine Meinung gesagt, denn wenn ich eins hasse, so sind es diese kumpelhaften, robusten Christen, die die Qualen anderer Leute auf die leichte Schulter nehmen, wenn diese selbst nichts weiter wollen als daliegen und wimmern. Aber ich war von den Schmerzen in meiner Schulter zu benommen, und außerdem hatte er mit seiner unglaublichen Bande von Matrosen und Wilden mir zweifellos das Leben gerettet, daher fühlte ich mich verpflichtet, meinen Dank auszudrücken, so gut ich konnte. J. B. lachte darüber und sagte, das sei doch Ehrensache, gratis und steuerfrei, und sie würden mich in einem Palki nach Hause bringen. Während also ein paar von ihnen losliefen, um eins zu suchen, lehnten er und die anderen mich gegen die Wand und standen dann herum und diskutierten, was sie mit dem toten Chinesen machen sollten.

Das war in gewisser Weise eine recht merkwürdige Unterhaltung. Jemand schlug vernünftigerweise vor, sie sollten ihn mitnehmen und der Polizei übergeben, aber Stuart, der blonde Bursche, meinte nein, sie sollten ihn liegenlassen und einen Brief an die Free Press schreiben, um sich über den Abfall auf den Straßen zu beschweren. Der Araber, der Paitingi Ali hieß, und dessen schottischen Akzent ich schier unglaublich fand, war dafür, ihm ein christliches – ausgerechnet! – Begräbnis zu geben, und der häßliche kleine Eingeborene, Jingo, schnatterte aufgeregt und stampfte mit den Füßen auf, weil er ihm offenbar den Kopf abschneiden und mit nach Hause nehmen wollte.

»Das kannst du nicht machen«, sagte Stuart. »Du kannst ihn nicht präparieren, bevor wir nach Kuching kommen, und bis dahin stinkt er längst.«

»Das lasse ich nicht zu«, sagte J. B., der offensichtlich der Anführer war. »Köpfe abzuschneiden ist eine bestialische Sitte, die ich entschieden ablehne. Obwohl«, fügte er hinzu, »Jingos Vorschlag aus seiner eigenen Sicht eine stärkere Berechtigung hat, ernsthaft in Betracht gezogen zu werden als eure – es ist sein Kopf, da er den Knaben getötet hat. Hallo, aber da ist ja Crimble mit dem Palki. Hinein mit Ihnen, alter Freund.«

Während ich ihnen so zuhörte, fragte ich mich, ob ich wegen meiner Wunde delirierte; entweder das, oder ich war an eine Bande von Irren geraten, doch ich war zu erschöpft, um mir etwas daraus zu machen. Ich ließ mich von ihnen in das Palki verfrachten und lag halb bewußtlos da, während sie debattierten, wo sie Makkenzie – der, wie ich ihren Worten zu entnehmen glaubte, ein Arzt war – um diese Zeit in der Nacht finden könnten. Niemand schien zu wissen, wo er sein könnte, doch dann fiel jemandem ein, daß er zu Whampoa gegangen war, um Schach zu spielen. Ich war gerade noch genug bei Sinnen, um mich an diesen Namen zu erinnern und zu krächzen, daß mir Whampoas Etablissement durchaus genehm sei – der Gedanke an seine entzückenden kleinen Chinesinnen war in diesem Moment ganz besonders tröstlich.

»Sie kennen also Whampoa?« fragte J. B. »Nun, dann ist die Sache geklärt. Geh du voraus, Stuart. Übrigens«, sagte er zu mir, als sie das Palki anhoben, »mein Name ist Brooke – James Brooke[16] –, bekannt als J. B. Und Sie sind Mr. – ?«

Ich sagte es ihm, und selbst in meinem geschwächten Zustand war es befriedigend zu sehen, daß sich seine blauen Augen vor Überraschung weiteten.

»Doch nicht der Bursche aus Afghanistan? Also, das nenne ich einen glücklichen Zufall! Ich möchte Sie nämlich schon seit zwei Jahren kennenlernen. Und zu denken, wenn wir nicht zufällig vorbeigekommen wären, daß Sie dann ...«

Mein Kopf brummte vor Schmerz und Müdigkeit, und ich hörte nichts mehr. Ich erinnere mich nur schwach an das Schwanken des Palkis und die Stimmen meiner Eskorte, die sangen:

»O say have you seen the plantation boss,
With his black-haired woman an his high-tail hoss,
Sing ›Johnny come down to Hilo‹,
Poor . . . old . . . man!«

Aber ich muß ohnmächtig geworden ein, denn das nächste, woran ich mich erinnere, ist der stechende Geruch von Salmiak unter meiner Nase, und als ich die Augen öffnete, war es blendend hell, und ich saß auf einem Stuhl in Whampoas Haus. Man hatte mir Jacke und Hemd ausgezogen, und ein untersetzter Bursche mit schwarzem Bart brachte mich mit einem kochend heißen Tuch, das er auf meine Wunde legte, zum Wimmern und Schreien – doch neben ihm stand tatsächlich eine von diesen mandeläugigen kleinen Schönheiten und hielt eine Schüssel mit dampfendem Wasser. Sie war der einzige erfreuliche Anblick in dem Raum, denn als ich die Augen gegen das von der Pracht aus Silber, Jade und Elfenbein zurückgeworfene Licht zusammenkniff, sah ich, daß der Kreis von Gesichtern, die mich beobachteten, feierlich und stumm und unbeweglich wie Statuen war.

In der Mitte stand Whampoa selbst, gelassen sie immer, in seiner prächtigen Robe aus schwarzer Seide; neben ihm Catchick Moses mit glänzendem, kahlem Schädel, das freundliche, jüdische Gesicht blaß vor Kummer; Brooke, der jetzt nicht mehr lächelte – sein Mund und sein Kinn waren hart wie Stein, und der blonde Stuart neben ihm bot ein Bild des Mitleids und Schreckens. Was starren sie dich bloß so an, fragte ich mich, denn so schlimm kann es doch wohl nicht um dich stehen? Dann sprach Whampoa, und ich verstand, denn was er sagte, ließ die Schrecken dieser Nacht und den Schmerz meiner Wunde bedeutungslos erscheinen. Er mußte es zweimal wiederholen, bis ich begriff, und dann konnte ich nur noch dasitzen und ihn entsetzt und ungläubig anstarren.

»Ihre schöne Frau, Lady Elspeth, ist fort. Solomon Haslam, dieser Schurke, hat sie geraubt. Die SULU QUEEN hat Singapur heute abend verlassen, und niemand weiß, wohin.«

(Auszug aus dem Tagebuch der Mrs. H. Flashman, Juli 1844)

Verloren! Verloren! Verloren! Ich war noch nie in meinem Leben so überrascht. Gerade noch sicher behütet und umsorgt von liebenden Freunden und Verwandten, beschirmt von einem treu ergebenen Ehemann und fürsorglichen Vater – und im nächsten Augenblick auf schändliche Weise geraubt von jemandem, den ich beinahe mehr geschätzt und verehrt hatte als jeden anderen Herrn meiner Bekanntschaft (natürlich abgesehen von H. und dem lieben Papa). Werde ich sie jemals wiedersehen? Welches grausame Schicksal erwartet mich? – Ach, ich kann es mir nur zu gut denken, denn ich haben die abscheuliche Begierde in seinen Augen gesehen, und es ist undenkbar, daß er mich zu einem anderen Zweck als diesem so brutal entführt hat! Ich bin so verwirrt vor Scham und Entsetzen, daß ich glaube, ich verliere noch den Verstand – und falls dies geschieht, muß ich mein trauriges Los aufzeichnen, solange ich noch einen klaren Gedanken fassen und mit zitternder Hand die Feder halten kann!

Ach, wehe mir, daß ich von meinem geliebten H. in Zwietracht und Hader geschieden bin – und das wegen einer belanglosen Nichtigkeit. Er hatte die Kaffeekanne an die Wand geworfen und einen Diener getreten, und das hatte dieser Lackel auch nicht anders verdient, denn sein Benehmen war nachlässig und plump vertraulich, und er wollte sich nicht die Fingernägel säubern, ehe er uns bei Tisch bediente. Aber ich, niederträchtig und halsstarrig wie ich war, machte meinem Liebsten Vorwürfe und ergriff Partei für den schlechten Diener, so daß wir uns schon beim Frühstück stritten und den größten Teil des Tages nur das Nötigste miteinander sprachen, mit Schmollen und spröder Schroffheit meinerseits und finsteren Blicken und Bemerkungen von seiten meines Lieblings – aber ich sehe jetzt ein, wie geduldig und nachsichtig er mit einem so launischen und widerborstigen Geschöpf wie mir war. Oh, welch unglückliche, nichtswürdige Frau ich bin, denn ich habe Don S., diese Schlange, aus beleidigtem Stolz auf den von ihm vorgeschlagenen Ausflug begleitet und dachte, meinen lieben, geduldigen, süßen Beschützer auf diese Art zu strafen – ach, ich bin es, die gestraft ist für ihr selbstsüchtiges und gehässiges Verhalten!

Bis zu unserem Picknick an Land ging alles gut, obschon ich fand, der Champagner sei schal und mache mich merkwürdig benommen, so daß ich an Bord des Schiffes gehen mußte, um mich hinzulegen. Ohne einen Gedanken an Gefahr schlief ich ein, und als ich erwachte, stellte ich fest, daß wir abgelegt hatten, und Don S. stand an Deck und befahl seinen Leuten volle Fahrt. »Wo ist Papa?« rief ich. »Und warum segeln wir von der Küste fort? Sehen Sie doch, Don

Solomon, die Sonne sinkt; wir müssen umkehren!« Sein Gesicht war trotz seiner Sonnenbräune bleich und sein Blick wild. Mit brutaler Offenheit, wenn auch in gemäßigtem Ton, sagte er mir, ich solle mich damit abfinden, daß ich meinen lieben Papa nie wiedersehen würde.

»Was soll das heißen, Don Solomon?« rief ich. »Wir sind bei Mrs. Alec Middleton zum Abendessen eingeladen!« Und da erklärte er mir mit einer Stimme, die ganz im Gegensatz zu seiner üblichen, beherrschten Redeweise vor Erregung zitterte, obwohl ich sehen konnte, daß er sich bemühte, seiner Emotion Herr zu werden, es gebe kein Zurück, denn er sei von einer unbezähmbaren Leidenschaft zu mir gepackt, und das schon seit dem Moment unseres ersten Zusammentreffens. »Der Würfel ist gefallen«, verkündete er. »Ich kann nicht ohne Sie leben, also muß ich Sie mir zu eigen machen, vor aller Welt und Ihrem Ehemann, obwohl das bedeutet, daß ich alle Brücken zur zivilisierten Welt abbrechen und Sie vor jeder Verfolgung sicher in mein eigenes, fernes Königreich entführen muß, wo Sie, das versichere ich Ihnen, wie eine Königin nicht nur über meinen Besitz, sondern auch über mein Herz herrschen werden.«

»Das ist Wahnsinn, Don Solomon«, rief ich. »Ich habe keine Kleider mit. Außerdem bin ich eine verheiratete Frau von gesellschaftlichem Rang.« Er meinte, das spiele keine Rolle, riß mich plötzlich so fest in seine Arme, daß es mir den Atem nahm, und schwor, daß ich ihn auch lieben müsse – das habe er an den ermutigenden Zeichen erkannt, die ich ihm gegeben hätte. Das war natürlich eine abscheuliche, seinem fiebernden Gehirn entsprungene Auslegung der harmlosen kleinen Scherze und Höflichkeiten, die eine Lady üblicherweise mit einem Gentleman austauscht.

Ich war ziemlich überwältigt von der bedrohlichen Lage, in der ich mich befand, doch nicht so sehr, daß ich meine Fähigkeit verloren hätte, gründlich nachzudenken. Denn nachdem ich ihn angefleht hatte, von seinem Wahnsinn abzulassen, der nur zu meiner Schande und seinem Ruin führen könne, und mich sogar so weit erniedrigt hatte, mich vergeblich seiner erdrückenden, brutalen und unnachgiebigen Umarmung zu erwehren, laut um Hilfe zu rufen und ihm vor das Schienbein zu treten, wurde ich ruhiger und gab vor, in Ohnmacht zu fallen. Ich rief mir ins Gedächtnis, daß es keine Notlage gibt, deren eine resolute Britin nicht Herr würde, vor allem wenn sie Schottin ist, und schöpfte Mut aus der Lektion, die uns Mr. Buchanan, Schulmeister an der Lehranstalt für Höhere Töchter in Renfrew – ach, teure Heimat, bin ich für ewig den Stätten der Kindheit entrissen? – eingeimpft hatte: daß es in Augenblicken der Gefahr von äußerster Wichtigkeit ist, die Situation genau einzuschätzen und dann rasch und entschlossen zur Tat zu schreiten.

Demgemäß sank ich schlaff in der grausamen – obwohl von ihm zweifellos liebevoll gemeinten – Umklammerung meines Entführers in mich zusammen, und als seine Achtsamkeit nachließ, riß ich mich los und lief zur Reling, um mich der Gnade der Wellen anheimzugeben und an Land zu schwimmen – denn ich bin eine gute Schwimmerin und besitze ein Rettungsschwimmerzeugnis der Westschottischen Gesellschaft für Körperertüchtigung, das ich als eine der ersten erhalten habe, als diese Institution im Jahre 1836 gegründet wurde und ich noch ein Kind war. (Es kann auch 1835 gewesen sein.) Außerdem war es nicht weit bis zum Ufer, doch bevor ich mich voller Gottvertrauen ins Meer stürzen konnte, wurde ich von einem der widerlichen und stinkenden eingeborenen Matrosen gepackt und trotz meiner heftigen Gegenwehr auf Don S.'s Befehl nach unten getragen, und bin in der Kajüte eingesperrt, wo ich diesen melancholischen Bericht schreibe.

Was soll ich tun? Oh, Harry, Harry, liebster Harry, komm und rette mich! Vergib mir mein gedankenloses und ungezogenes Benehmen und erlöse mich aus den Klauen dieser unmöglichen Person. Ich denke, er muß wohl wahnsinnig sein – und doch, diese Art von leidenschaftlicher Besessenheit ist nicht ungewöhnlich, glaube ich, und da ich nicht unempfänglich gegenüber den Aufmerksamkeiten bin, die mir andere Angehörige seines Geschlechts gezollt haben, indem sie meine Reize priesen, kann ich nicht behaupten, daß ich den Grund für sein entsetzliches und ungalantes Betragen nicht verstehe. Ich habe nur Angst, daß das Tier in ihm die Überhand über seine edleren Gefühle gewinnt, ehe mich Hilfe erreichen kann – denn selbst jetzt kann ich kaum glauben, daß er völlig ohne Sinn für Schicklichkeit ist, obwohl ich nicht sagen kann, wie lange diese Zurückhaltung andauern wird.

Darum komm schnell, schnell, mein einzig Geliebter, denn wie soll ich, schwach und wehrlos wie ich bin, ihm ohne Hilfe widerstehen? Ich bin entsetzt und verzweifelt. Es ist neun Uhr abends, und das Wetter ist weiterhin schön.

(Ende des Auszugs – das kommt davon, wenn man sich dreist und unbescheiden aufführt – G. de R.)

»Ich gebe mir selbst die Schuld«, sagte Whampoa und nippte an seinem Sherry. »Da betreibt man jahrelang mit einem Mann Geschäfte, und wenn sein Kredit gut und seine Ware fehlerfrei ist, klappert man mit dem Rechenbrett und verdrängt die Zweifel, die man spürt, wenn man in seine Augen sieht.« Er thronte gelassen wie ein Buddha hinter seinem großen Schreibtisch, neben sich eins seiner kleinen Püppchen, das die Flasche mit Amontillado hielt. »Ich wußte, daß er gefährlich war, aber es war mir gleich, selbst als ich vor zwei Abenden sah, wie er Ihre goldene Lady beäugte. Es hat mich gestört, doch ich bin ein fauler, selbstsüchtiger Dummkopf und habe nichts unternommen. Wenn Sie es mir sagen, Mr. Flashman, werde ich mein unwürdiges Haupt unter Ihrem verdienten Tadel beugen.«

Er nickte mir zu, während sein Glas aufgefüllt wurde, und Catchick Moses platzte heraus: »Nicht so dumm wie ich, weiß Gott, und dabei sagt man, ich sei ein Geschäftsmann! Ojeh! Habe ich nicht seit einer Woche beobachtet, wie er seine Vermögenswerte zu Bargeld machte und seine Lagerhäuser schloß, seine Warenbestände an mein Komitee verkaufte und seine Lastkähne versteigern ließ?« Er breitete seine Hände aus. »Wer hat sich was dabei gedacht? Er war ein Mann, der immer bar auf den Tisch des Hauses zahlte, was kümmerte es mich da, woher er kam oder daß niemand ihn von vor zehn Jahren kannte? Er handele mit Gewürzen und Seide, hieß es, mit Antimonerz und weiß der Himmel, womit sonst noch, und er besitze Plantagen oben an der Küste und hier und dort auf den Inseln – und jetzt kommen Sie, Whampoa, und erzählen uns, daß niemand diese Ländereien jemals gesehen hat?«

»Diese Information habe ich erst im Lauf der letzten paar Stunden erhalten«, sagte Whampoa ernst. »Es läuft auf folgendes hinaus: Er besitzt große Reichtümer, doch niemand weiß, woher sie stammen. Er ist Zwischenhändler in Singapur, aber in dem Gewerbe ist er nicht allein tätig. Sein Name war gut, weil er gute Geschäfte machte –«

»Und jetzt hat er uns reingelegt!« rief Catchick. »Und das hier, in Singapur! Direkt vor unserer Nase, in der angesehensten Niederlassung in Asien, raubt er eine bekannte englische Lady – was wird die Welt über uns sagen, heh? Wo bleibt unser Ruf, unser guter Name, möchte ich wissen? Er ist mit seiner verflixten Brigg abgedampft, der Himmel weiß, wohin! Piraten, so wird man uns nennen – Menschenräuber und Diebe! Ich sage Ihnen, Whampoa, das kann uns für fünf Jahre das Geschäft ruinieren –«

»In Gottes Namen, Mann!« rief Brooke. »Mrs. Flashman kann das für immer ruinieren!«

»Ojemine!« rief Catchick und schlug sich mit der Hand vor die Stirn. Dann kam er zu mir herübergetrabt, ließ seinen Kopf an meine Schulter sinken und bekniete mich. »Ach, mein armer Freund, verzeihen Sie mir!« jammerte er. »Mein armer Freund!«

Es war kurz vor Tagesanbruch, und wir unterhielten uns bereits seit zwei Stunden in dieser nutzbringenden Weise. Die anderen hatten das zumindest getan; ich hatte schweigend dagesessen, krank vor Schock und Schmerz, während Catchick Moses lebhaft daherredete und an seinem Backenbart zupfte, Whampoa sich mit grammatisch präzisen Ausdrücken selbst bezichtigte und eine halbe Gallone Manzanilla verdrückte, Balestier, der amerikanische Konsul, der herbeigerufen worden war, Solomon zum Hades und zurück verfl---, und zwei oder drei andere führende Bürger der Stadt ihre Köpfe schüttelten und von Zeit zu Zeit einen erstaunten Ausruf von sich gaben. Brooke hatte seine Leute ausgeschickt, um Neuigkeiten aufzugabeln, und hörte meist nur zu, und auch Whampoas Chinesen kamen einer nach dem anderen zurück, um Bericht zu erstatten; doch sie konnten dem, was wir bereits wußten, nur wenig Neues hinzufügen. Und was wir wußten, war verrückt und unglaublich genug.

Das meiste davon stammte von dem alten Morrison, der auf einer Insel in der Bucht ausgesetzt worden war, wo die Gesellschaft gepicknickt hatte. Er sei eingeschlafen, sagte er – ohne Zweifel mit einer Droge im Wein betäubt – und spät am Abend zu sich gekommen, als die SULU QUEEN schon in weiter Ferne am Horizont ostwärts davondampfte. Dies wurde vom Kapitän eines amerikanischen Klippers bestätigt, einem gewissen Waterman, der ihr begegnet war, als er in den Hafen einlief. Morrison war von ein paar eingeborenen Fischern aufgelesen und nach Einbruch der Dunkelheit am Kai abgesetzt worden, um seine Geschichte laut hinauszuposaunen, und jetzt war die ganze Stadt in Aufruhr. Whampoa hatte es übernommen, der Sache auf den Grund zu gehen – er hatte natürlich seine Fühler überall –, und Morrison ins Bett verfrachtet, wo der alte Bock jetzt in vollkommen niedergeschmettertem Zustand lag. Der Gouverneur war informiert worden, mit dem Ergebnis, daß man sich jetzt allenthalben an den Kopf faßte, Eide schwor, Fäuste schüttelte, und daß bestimmt in den Geschäften das Riechsalz ausverkauft war. Eine derartige Sensation hatte es seit dem Wohltätigkeitsbasar der presbyterianischen Kirche nicht mehr gegeben. Aber unternommen wurde natürlich nichts.

Zunächst hatten alle gemeint, es sei ein Irrtum, die SULU QUEEN sei zu einer Spritztour aufgebrochen. Aber als Catchick und Whampoa nach und nach die Einzelheiten zusammensetzten, reichte das als Erklärung nicht mehr aus. Es kam zutage, daß Solomon in aller Stille seine Habe in Singapur verkauft hatte, daß – alles in allem genommen – niemand auch nur das Geringste über ihn wußte, und daß alle Anzeichen dafür sprachen, daß er die Absicht gehabt hatte, für immer zu verschwinden und nicht einen Pfennig zurückzulassen. Daher die lauten gegenseitigen Beschuldigungen und die gedämpften Stimmen, wenn man sich daran erinnerte, daß ich anwesend war, und die wiederholte Frage, was jetzt geschehen sollte.

Nur Brooke schien davon eine Vorstellung zu haben, und die half nicht viel. »Verfolgung«, schrie er mit loderndem Blick. »Sie wird gerettet werden, zweifeln Sie nicht einen Moment daran.« Er schlug mir mit der Hand auf die unverletzte Schulter. »Ich stehe in dieser Sache zu Ihnen; das tun wir alle, und bei meiner Seele, ich werde nicht ruhen, bis Sie Ihre Frau wohlbehalten wiederhaben und dieser gottlose Schurke seine verdiente Strafe erhalten hat. Kurz und gut – wir werden sie finden, und wenn wir das Meer bis Australien und zurück absuchen müssen! Mein Wort darauf.«

Die anderen murmelten zustimmend, schauten entschlossen und voller Mitgefühl und kratzten sich verlegen. Da gab Whampoa seinem Mädchen ein Zeichen, ihm nachzuschenken, und sagte nachdenklich: »In der Tat unterstützen wir alle Eure Majestät in dieser Angelegenheit« – es sagt viel über meinen Zustand aus, daß ich keinen zweiten Gedanken an diese bemerkenswerte Form der Anrede für einen englischen Seemann in Matrosenjacke und Lotsenmütze verschwendete –, »aber es ist schwer erkennbar, wie eine Verfolgung zustande kommen soll, solange wir keine genauen Informationen haben, wohin sie gefahren sind.«

»Mein Gott, das ist wahr«, stöhnte Catchick Moses. »Sie können überall sein. Wie viele Millionen Seemeilen, wie viele Inseln, von denen die Hälfte unerforscht ist, gibt es dort überhaupt – zwei-, fünf- oder zehntausend? Weiß das eigentlich jemand? Und diese Inseln – sie wimmeln von Piraten, Kannibalen und Kopfjägern. Um Gottes willen, mein Freund, dieser Schuft kann sie überall hingebracht haben. Und es liegt kein Schiff im Hafen, das imstande wäre, eine Dampfbrigg zu verfolgen.«

»Das ist eine Aufgabe für die Königliche Marine«, sagte Balestier. »Auch unsere Jungs von der Navy werden diesen Schuft verfolgen, ihn ausfindig machen und –«

»Hach!« rief Catchick und reckte sich auf. »Was reden Sie da? Welche Königliche Marine? Welche Jungs von der Navy? Wo ist Belcher mit seinem Geschwader denn? – Zweitausend Meilen von hier, um die Seeräuber in der Gegend von Mindanao zu jagen! Und wo ist Ihr einziges amerikanisches Marineboot? Wissen Sie das, Balestier? Irgendwo zwischen Japan und Neuseeland – vielleicht! Wo ist Seymours WANDERER oder Hastings mit der HARLEQUIN –?«

»Die DIDO läuft in zwei oder drei Tagen aus Kalkutta ein«, sagte Balestier. »Keppel kennt sich in diesen Meeren ebensogut aus wie jeder andere auch –«

»Und wie gut ist das?« krächzte Catchick, wedelte mit den Händen und wanderte herum. »Bleiben Sie doch sachlich! Dort draußen ist *terra incognita* – wie wir alle wissen, wie jeder weiß! Und das Gebiet ist riesig! Wenn uns die gesamte Königliche Marine zur Verfügung stünde und die amerikanische und holländische von allen Meeren der Welt dazu, könnten sie bis zum Ende des Jahrhunderts suchen und hätten nicht einmal die Hälfte der Stellen entdeckt, an denen dieser Schurke sich verstecken kann – jawohl, er kann einfach überall sein. Wissen wir denn nicht, daß seine Brigg nötigenfalls um die ganze Welt fahren kann?«

»Das glaube ich nicht«, sagte Whampoa leise. »Ich habe Grund – ich fürchte, ich habe Grund – zu der Annahme, daß er nicht über Hinterindien hinausfahren wird.«

»Selbst dann – habe ich Ihnen nicht gesagt, daß es zwischen Cochinchina und Java zehn Millionen Verstecke gibt?«

»Und zehn Millionen Augen, denen eine Dampfbrigg nicht entgehen wird, und die uns benachrichtigen werden, wo immer sie vor Anker geht«, fauchte Brooke. »Sehen Sie her« – Er schlug auf die Karte, die er auf Whampoas Schreibtisch ausgerollt hatte. »Die SULU QUEEN wurde laut Bully Waterman zuletzt auf dem Weg nach Osten gesehen. Sehr schön – er wird nicht kehrtmachen, das steht fest. Sumatra nützt ihm nichts. Und ich glaube auch nicht, daß er nach Norden abdreht – das hieße entweder offenes Meer oder die malaiische Küste, wo wir bald von seiner Anwesenheit erfahren würden. Süden – vielleicht, aber wenn er durch die Straße von Karimata kommt, wird man uns das berichten. Darum wette ich meinen Kopf, daß er auf dem eingeschlagenen Kurs bleibt – und das bedeutet Borneo.«

»Ojeoje!« rief Catchick halb spöttisch, halb verzweifelt. »Und ist das denn gar nichts? Borneo – wo jeder Fluß ein Piratennest, jede Bucht ein bewaffnetes Lager ist?« Wo selbst Sie, J. B., sich nicht ohne ein bewaffnetes Expeditionskorps im Rücken weit ins Landesinnere wagen? Und wenn Sie es tun, wissen Sie, wohin Sie gehen – nicht wie jetzt, wo Sie unter Umständen ewig suchen müssen!«

»Ich weiß, wohin ich gehe . . .«, sagte Brooke. »Und wenn ich auch ewig suchen muß . . . nun, früher oder später werde ich ihn finden.«

Catchick warf einen verlegenen Blick in die Ecke, in der ich saß und meine Wunde pflegte, und ich sah, daß er Brooke am Ärmel zupfte und etwas murmelte, von dem ich nur die Worte verstand: ». . . bis dahin zu spät.« Daraufhin verstummten sie, Brooke studierte eifrig seine Karte, und Whampoa saß schweigend da und schlürfte seinen verd--- Sherry. Balestier und die anderen unterhielten sich mit leiser Stimme, und Catchick ließ sich in einen Sessel fallen, die Hände in den Taschen, ein Bild des Jammers.

Sie fragen sich vielleicht, woran ich dachte, während diese ganze fruchtlose Unterhaltung stattfand, und warum ich mich nicht daran beteiligte, wie es sich für einen seiner Frau beraubten, beunruhigten Ehemann gehört – mit wilden Schreien ohnmächtiger Wut und Trauer, Stoßgebeten gen Himmel, Racheschwüren und all dem anderen üblichen Vorgeplänkel zur Untätigkeit. Tatsache war, ich hatte genug eigene Sorgen – meine Schulter machte mir die Hölle heiß, und da ich mich noch nicht von den Schrecken erholt hatte, denen ich selber in dieser Nacht ausgesetzt gewesen war, hatte ich, nachdem der erste Schreck verdaut war, nicht mehr viel an Gefühlsregungen übrig, nicht einmal für Elspeth. Sie war fort – entführt von diesem Halbblut, diesem Abschaum der Menscheit, und was ich noch an Gefühl aufbringen konnte, galt hauptsächlich ihm. Dieser schleimige, hinterhältige, krumme Hund hatte das alles seit Monaten geplant – es war unglaublich, aber er mußte derart in sie vernarrt sein, daß er bereit war, sie zu rauben, sich selbst zum Verfemten und Ausgestoßenen zu machen und sich nur ihretwegen für alle Zeiten jenseits der Grenzen der Zivilisation zu begeben. Es ergab keinen Sinn – das ist keine Frau wert. Ich wußte jedenfalls, als ich so dasaß und versuchte, die ganze Sache zu begreifen, daß ich das nicht getan hätte, nicht für Elspeth und ein Pfund Tee – nicht einmal für Aphrodite in Person und zehntausend Pfund im Jahr. Aber ich war ja auch kein reicher, verwöhnter Ausländer. Und trotzdem, es war nicht zu glauben.

Verstehen Sie mich nicht falsch – ich liebte Elspeth sehr, das ganz sicher; in liebe sie heute noch, falls man danach gehen kann, daß ich gewohnt bin, sie um mich zu haben, und sie vermisse, wenn sie zu lange fort ist. Aber es gibt Grenzen, und deren wurde ich mir jetzt plötzlich bewußt. Einerseits war sie eine seltene Schönheit, das Beste, was mir je im Bett untergekommen war, und obendrein eine reiche Erbin, aber andererseits hatte ich sie nicht freiwillig geheiratet, wir hatten die meiste Zeit unseres Ehelebens voneinander getrennt verbracht, und ich konnte beim besten Willen jetzt keine rasende Angst um sie aufbringen. Schließlich war das Schlimmste, was ihr passieren konnte, daß dieser Schuft sie besteigen würde, falls er das nicht bereits hinter meinem Rücken getan hatte – und das war ja nichts Neues für sie, sie hatte gehabt, und es hatte ihr Spaß gemacht, und ich war sicher,ich war nicht ihr einziger Partner geblieben. Es wäre also kein schlimmeres Schicksal als der Tod für sie, wenn Solomon sie dumm und dämlich bumste; so wie ich das kleine Luder kannte, würde sie darüber begeistert sein.

Außerdem – nun, falls er ihrer nicht überdrüssig wurde (und in Anbetracht der Opfer, die er gebracht hatte, um sie zu bekommen, hatte er vermutlich die Absicht, sie zu behalten), war anzunehmen, daß er gut für sie sorgen würde; er war nicht gerade knapp bei Kasse und konnte ihr zweifellos in irgendeiner exotischen Ecke der Welt jeden Luxus bieten. Sie würde natürlich das Leben in England vermissen, aber auf lange Sicht gesehen, waren ihre Aussichten nicht unerträglich. Es wäre eine Abwechslung für sie.

Aber das war selbstverständlich nur eine Seite der Sache – ihre Seite, was beweist, zumal ich sie als erste erwähne, daß ich eigentlich gar nicht so egoistisch bin. Was mir vor Wut die Eingeweide zerriß, waren meine Schmach und mein verletzter Stolz. Meine Frau – die Angetraute des heldenhaften Flashy – geraubt von einem dunkelhäutigen, heimtückischen, wollüstigen Eton-Schüler, und was sollte ich dagegen tun, zum T---? Er setzte mir Hörner auf, bei Gott, wie er es ohne weiteres bereits zwanzigmal getan haben könnte – Donnerwetter, das war eine schöne Vorstellung! Wer sagte mir denn, daß sie nicht freiwillig mit ihm gegangen war? Aber nein, so dämlich und flatterhaft sie auch sein mochte, so dumm war sie doch nicht. Doch wie dem auch sei, ich wirkte verd--- lächerlich, und es war nichts daran zu ändern. O ja, man würde ihr und Solomon ohne Erfolg nachstellen müssen – aber wissen Sie, in diesen ersten Stunden war ich sicher, daß sie für immer fort war: Catchick hatte recht, wir hatten nicht die geringste Hoffnung, sie wiederzusehen. Und dann? Man würde der Form halber noch monate-, vielleicht jahrelang vergeblich nach ihr suchen müssen, eine verfl--- teure und riskante Sache, und zu guter Letzt würde ich nach Hause fahren und, wenn die Leute sich nach ihr erkundigten, sagen: »Meine Frau? Ach, die ist doch im Fernen Osten entführt worden, wußten Sie das nicht? Nein, ich habe nie herausgefunden, was aus ihr geworden ist.« Du meine Güte, das ganze Land würde sich über mich lustig machen – Flashy, der Mann, dessen Frau von diesem millionenschweren Mischling geklaut wurde ... »dazu noch ein enger Freund der Familie ... na ja, man sagt, sie sei geklaut worden, aber wer weiß? ... Vielleicht hatte sie einfach genug von dem alten Flash ... ihr war zur Abwechslung nach orientalischem Gewürz, haha.«

Ich knirschte mit den Zähnen und verfl--- den Tag, an dem sie mir zum erstenmal unter die Augen gekommen war, aber vor allem verspürte ich einen solchen Haß gegen Solomon, wie ich ihn nie gegenüber einem anderen Menschen gefühlt habe. Daß er das mir angetan hatte – es gab kein Schicksal, das für diese schmierige Ratte zu grausam gewesen wäre, nur waren die Chancen sehr gering, daß es ihn je ereilte, soweit ich das im Augenblick sehen konnte. Ich war hilflos, während dieser elende Sch---kerl mit meiner Frau abdampfte – ich konnte mir richtig vorstellen, wie er auf sie eindrang, während sie jungfräuliche Scham vortäuschte, und die ganze Welt lachte schallend über mich, und in meiner Wut und Verzweiflung muß ich einen erstickten Schrei ausgestoßen haben, denn Brooke wandte sich von seiner Karte ab, kam herüber, fiel neben meinem Stuhl auf die Knie, packte meinen Arm und rief:

»Sie armer Kerl! Wie Ihnen wohl zumute ist! Es muß schier unerträglich sein – zu denken, daß Ihre geliebte Frau in den Händen dieses Schurken ist! Ich kann Ihnen Ihren Schmerz nachfühlen«, fuhr er fort, »denn ich weiß, wie ich empfinden würde, wenn es um meine Mutter ginge. Wir müssen auf Gott und unsere eigenen Bemühungen vertrauen – und grämen Sie sich nicht, wir werden sie zurückerobern.«

Er hatte tatsächlich Tränen in den Augen und mußte sich abwenden, um seine Rührung zu verbergen. Ich hörte ihn etwas von »gefangener Maid« murmeln und »blauen Augen und goldenem Haar von hyazinthisch duftendem Glanz« oder irgendeinen derartigen Schwulst.[17] Nachdem er mir die Hand gedrückt hatte, ging er zu seiner Karte zurück und sagte, wenn der Schuft sie nach Borneo gebracht habe, würde er die ganze Insel auf den Kopf stellen.

»Eine unerforschte Insel von der Größe Europas«, sagte Catchick düster. »Und selbst dann ist das nur eine Vermutung. Wenn er nach Osten gefahren ist, kann es genausogut Celebes oder die Philippinen sein.«

»Er braucht Holz für sein Dampfschiff, nicht wahr?« sagte Brooke. »Dann wird er Borneo anlaufen – und das ist mein Spezialgebiet. Wenn er sich dort sehen läßt, werde ich es erfahren.«

»Aber Sie sind nicht in Borneo, mein Freund –«

»Doch das werde ich sein, eine Woche nachdem Keppel mit der DIDO hier angekommen ist. Sie kennen das Schiff – achtzehn Kanonen, zweihundert Matrosen. Und Keppel würde für ein gewagtes Unternehmen wie dieses zum Pol und zurücksegeln!« Er platzte geradezu vor Eifer. »Er und ich, wir haben mehr Verfolgungsjagden hinter uns, als Sie zählen können, Catchick. Wenn wir erst einmal die Fährte des Fuchses aufgenommen haben, kann er sich drehen und wenden, bis ihm schwindlig wird, aber wir werden ihn kriegen! Da kann er von mir aus nach China segeln –«

»Eine Nadel im Heuhaufen«, sagte Balestier, und Catchick und die anderen stimmten ein; ein paar unterstützten Brooke, und andere schüttelten die Köpfe. Während sie damit zuwege waren, kam einer von Whampoas Chinesen hereingeschlüpft und flüsterte seinem Herrn eine volle Minute lang ins Ohr; unser Gastgeber setzte sein Sherryglas ab und öffnete seine Schlitzaugen einen kleinen Spalt weiter, was für ihn gleichbedeutend war, als wäre er aufgesprungen, und rief: »Großer Scott!« Dann klopfte er auf den Tisch, und die anderen verstummten.

»Sie werden mir die Unterbrechung verzeihen«, sagte Whampoa, »aber ich habe eine Information erhalten, die – wie ich glaube – von größter Wichtigkeit für uns und für die Sicherheit der schönen Mrs. Flashman sein kann.« Er neigte seinen Kopf in meine Richtung. »Vor einer kleinen Weile habe ich die bescheidene Meinung zu äußern gewagt, daß ihr Entführer nicht über die hinterindischen Gewässer hinaus segeln würde; ich hatte anhand der spärlichen Informationen, über die ich verfügte, eine Theorie entwickelt; meine Agenten haben sie in den wenigen Stunden, die seit Bekanntwerden dieses bedauerlichen Verbrechens vergangen sind, überprüft und untermauert. Sie betraf die Identität dieses mysteriösen Don Solomon Haslam, der in Singapur als Kaufmann und Händler bekannt war – seit wann?«

»Zehn Jahre etwa«, sagte Catchick. »Er kam ungefähr 1835 als junger Mann hierher.«

Whampoa nickte bestätigend. »Genau; das stimmt mit meiner Erinnerung überein. Er hat hier ein Lagerhaus eingerichtet und seitdem unseren Hafen nur gelegentlich besucht. Seine meiste Zeit verbrachte er – wo? Das weiß keiner. Man nahm an, er sei auf Handelsreisen oder auf diesen Ländereien, von denen er andeutungsweise sprach. Dann, vor drei Jahren, kehrte er nach England zurück, wo er zur Schule gegangen war. Jetzt ist er mit Mr. und Mrs. Flashman und Mr. Morrison zurückgekommen.«

»Gut und schön«, rief Catchick. »Aber das wissen wir alles schon. Was soll das?«

»Wir wissen nichts über seine Herkunft, seine Geburt oder sein Vorleben«, sagte Whampoa. »Wir wissen, daß er ungeheuer reich ist, nie harte Getränke anrührt und – wie ich einem Gespräch mit Mr. Morrison entnommen habe – daß er auf seiner Brigg gewöhnlich einen Sarong trug und barfuß lief.« Er zuckte die Achseln. »Das sind Kleinigkeiten, doch worauf deuten sie hin? Daß er ein Halbblut ist, wissen wir; ich würde sagen, die Anzeichen lassen darauf schließen, daß er Moslem ist, obwohl es keine Beweise dafür gibt, daß er die Regeln dieses Glaubens beachtet. Also, ein reicher Moslem, der fließend Malaiisch spricht –«

»Von denen sind die Inseln voll«, rief Brooke. »Worauf wollen Sie hinaus?«

»– der in diesen Gewässern seit zehn Jahren bekannt ist, bis auf die letzten drei, die er in England verbracht hat. Und sein Name ist Solomon Haslam, dem er den spanischen Ehrentitel ‚Don' beigibt.«

Die anderen waren mucksmäuschenstill und hörten zu. Whampoa drehte ihnen sein ausdrucksloses, gelbes Gesicht zu, musterte sie abschätzend und klopfte an sein Glas, das von der Kleinen neben ihm wieder nachgefüllt wurde.

»Sagt Ihnen das nichts? Auch Ihnen nicht, Catchick? Mr. Balestier? Eure Majestät?« Dies galt Brooke, der den Kopf schüttelte. »Mir sagte es auch nichts«, fuhr Whampoa fort, »bis ich seinen Namen näher betrachtete und mir etwas in mein schlechtes Gedächtnis kam. Ein anderer Name. Eure Majestät kennen sicher die Namen der wichtigsten Piraten an der Küste Borneos von vor einigen Jahren – würden Sie uns ein paar davon nennen?«

»Piraten?« rief Brooke. »Sie wollen doch nicht sagen –«

»Ich bitte Sie darum«, sagte Whampoa.

»Na so was – also gut, wollen wir mal sehen«, meinte Brooke stirnrunzelnd. »Da haben wir Jaffir in Fort Lingar und Sharif Muller auf dem Skrang – den hätte ich letztes Jahr fast auf dem Rajang in die Enge getrieben –, dann ist da Pangeran Suva aus Brunei, Suleiman Usman aus Maludu – aber von dem hat man schon ziemlich lange nichts mehr gehört – und Sharif Sahib in Patusan, Ranu –«

Er unterbrach sich, denn Catchick Moses hatte einen seiner merkwürdigen hebräischen Ausrufe ausgestoßen und starrte Whampoa an, der selbstgefällig nickte.

»Sie haben es bemerkt, Catchick. So wie ich – ich frage mich nur, warum mir dieser Name nicht schon vor fünf Jahren aufgefallen ist.« Er sah Brooke an und nippte an seinem Sherry. »Suleiman Usman aus Maludu, aber von dem hat man schon ziemlich lange nichts mehr gehört«, wiederholte er. »Ich nehme an – nein, ich weiß, daß man seit genau drei Jahren nichts mehr von ihm gehört hat. Suleiman Usman – Solomon Haslam.« Er setzte sein Sherryglas ab.

Einen Moment lang herrschte verblüfftes Schweigen, dann platzte Balestier heraus: »Aber das kann doch nicht sein! Ein Küstenpirat – und da sagen Sie, er hat ein Geschäft gegründet, hier, mitten unter uns, als Kaufmann, und hat weiterhin nebenbei Piraterie getrieben? Das ist nicht nur ein starkes Stück – das ist einfach verrückt –«

»Gibt es einen besseren Deckmantel für Piraterie?« fragte Whampoa. »Eine bessere Möglichkeit, an Informationen zu kommen?«

»Aber verd---, dieser Haslam hat eine gute englische Schule besucht!« rief Brooke.

»Er hat das College von Eton absolviert«, sagte Whampoa mit ernster Miene. »Aber das alleine ist nicht unbedingt unvereinbar mit einer späteren Karriere als Verbrecher.«

»Aber überlegen Sie doch!« rief Catchick. »Wenn es so wäre, wie Sie sagen, welcher vernünftige Mensch würde einen Decknamen annehmen, der seinem eigenen Namen so ähnlich ist? Würde er sich nicht eher Smith oder Brown oder irgendwie nennen?«

»Nicht unbedingt«, sagte Whampoa. »Ich halte es für sicher, daß sein Vater oder wer immer auch für seine Erziehung in England gesorgt hat, ihn unter seinem echten Namen auf der Schule angemeldet hat, der sich gut im Englischen als Solomon Haslam wiedergeben läßt. Der Vorname ist eine genaue Übersetzung, und der Familienname ähnelt stark dem hiesigen Usman. Und es ist nicht undenkbar, daß ein reicher Radscha oder Sharif sein Kind auf eine englische Schule schickt – ungewöhnlich schon, aber in diesem Fall ist es geschehen. Und der Sohn ist in die Fußstapfen seines Vaters getreten und hat Piraterie betrieben, was, wie wir wissen, der Beruf der halben Bevölkerung dieser Inseln ist. Gleichzeitig hat er in England und Singapur Geschäftsbeziehungen angeknüpft – die er jetzt abzubrechen beschlossen hat.«

»Um die Frau eines anderen Mannes zu rauben und sie in sein Piratennest zu verschleppen?« höhnte Balestier. »Ach, das ist doch nicht zu glauben –«

»Es ist kaum unglaublicher als anzunehmen, daß Don Solomon Haslam eine englische Dame entführen würde, ohne ein Pirat zu sein«, sagte Whampoa.

»Ach, das ist doch bloße Vermutung!« rief Catchick. »Eine zufällige Namensähnlichkeit –«

»Und zeitliche Übereinstimmung«, ergänzte Whampoa. »Solomon Haslam kam vor drei Jahren nach England – und zur gleichen Zeit verschwand Suleiman Usman.«

Das brachte sie zum Schweigen, und dann sagte Brooke nachdenklich: »Es könnte wahr sein. Aber wenn es so ist, welchen Unterschied macht das schon –«

»Einen großen, denke ich. Denn wenn es stimmt, brauchen Sie das Ziel der SULU QUEEN nicht weiter als in Borneo zu suchen. Maludu liegt im Norden, jenseits des Papar-Flusses, in unerforschtem Gebiet. Er könnte sich dorthin zurückziehen oder Schutz bei seinen Verbündeten am Seribas oder Batang Lupar suchen.«

»Wenn er das tut, ist er erledigt!« rief Brooke aufgeregt. »Dort oder irgendwo zwischen Kuching und Kap Serikei kann ich ihn festnageln!«

Whampoa schluckte noch ein bißchen Sherry. »Vielleicht ist es doch nicht ganz so einfach. Suleiman Usman war ein mächtiger Mann; sein Fort in Maludu galt als uneinnehmbar, und im Bedarfsfall konnte er auf die großen Piratenflotten der Lanun und Balagnini und Maluku von Gillalao zurückgreifen. Ich weiß, Sie haben gegen viele Piraten gekämpft, Majestät, aber schwerlich gegen so viele wie diese.«

»Ich würde es in diesem Kampf mit allen Seeräubern zwischen Luzun und Sumatra aufnehmen«, sagte Brooke. »Und sie schlagen. Und zu guter Letzt Suleiman Usman am Fockmast der DIDO aufbaumeln.«

»Falls er der Mann ist, den Sie suchen«, meinte Catchick. »Whampoa kann sich auch irren.«

»Zweifellos begehe ich in meiner beschämenden Unwissenheit häufig Fehler«, sagte Whampoa. »Aber ich glaube, in diesem Fall nicht. Ich habe noch weitere Beweise. Ich nehme an, daß niemand unter uns jemals Suleiman Usman aus Maludu gesehen hat oder jemanden kennt, der ihn gesehen hat. Nein? Aber meine Agenten waren fleißig in dieser Nacht, und ich kann Ihnen jetzt eine kurze Beschreibung liefern. Ungefähr dreißig Jahre alt, über einsachtzig groß, untersetzt, glattes Gesicht. Ist das genug?«

Für einen Zuhörer war es jedenfalls genug. Wieso nicht – es war nicht unglaublicher als die ganzen anderen Ereignisse dieser schreckensvollen Nacht. Es schien sie sogar zu erklären, wie Whampoa darlegte.

»Ich nehme auch an«, sagte er, »daß wir nicht weiter nach einer Erklärung für den Angriff der Schwarzgesichter auf Mr. Flashman suchen müssen.« Alle drehten sich um und starrten mich an. »Sagen Sie mir, Sir – Sie haben vor dem Überfall in einem Restaurant zu Abend gegessen? Im Tempel des Himmels, wie ich gehört habe –«

»Mein Gott!« krächzte ich. »Haslam hatte es mir empfohlen!«

Whampoa zuckte die Schultern. »Man bringe den Ehemann beiseite, und der eifrigste Verfolger ist aus dem Weg geräumt. Für einen normalen Kaufmann aus Singapur könnte ein solcher Mordanschlag schwer zu organisieren sein. Aber für einen Piraten mit seinen Verbindungen zur Unterwelt ist das einfach.«

»Das feige Schwein!« rief Brooke. »Nun, seine Meuchelmörder haben Pech gehabt, nicht wahr? Der Verfolger ist zur Jagd bereit, nicht wahr, Flashman? Und wir beide werden dafür sorgen, daß dieser Schurke Haslam oder Usman den Tag bereut, an dem er es gewagt hat, seinen Blick auf eine Engländerin zu werfen. Wir werden ihn ausräuchern, und seine elende Bande dazu. O ja, lassen Sie mich nur machen!«

Ich gestehe, ich dachte nicht so weit voraus, und ich kannte James Brooke zu diesem Zeitpunkt nur als lächelnden Wahnsinnigen mit Lotsenmütze und merkwürdigem Geschmack in bezug auf die Auswahl seiner Freunde und Gefolgsleute. Wenn ich ihn richtig gekannt hätte, wäre ich in einem noch erregteren Zustand gewesen, als unser Gespräch endlich endete und ich von Whampoas Dienern und Dr. Mackenzie die Treppe hinauf in ein prächtiges Schlafgemach geleitet und mit verbundener Schulter und allem zwischen seidene Laken gesteckt wurde. Mir schwirrte so der Kopf, daß ich kaum wußte, wo ich war. Aber nachdem sie mich allein gelassen hatten und ich im Liegen zu den dünnen Sonnenstrahlen emporstarrte, die durch die Läden drangen – denn draußen war heller Tag –, brach plötzlich die entsetzliche Erkenntnis über mich herein, was da geschehen war. Elspeth war fort; sie war in den Klauen eines Niggerpiraten, der sie in eine Welt jenseits der europäischen Landkarten in Gefangenschaft führen konnte, wo sie seine Sklavin sein würde und wo wir nie hoffen konnten, sie zu finden – Elspeth, meine schöne, dämliche Elspeth mit ihrer sahnigen Haut, mit ihrem goldenen Haar, dümmlichem Lächeln und wundervollem Körper, war für immer für mich verloren.

Ich bin nicht sentimental, aber plötzlich spürte ich die Tränen über mein Gesicht laufen, und im Halbdunkel murmelte ich immer und immer wieder ihren Namen, alleine in meinem leeren Bett, wo sie hätte sein sollen, ganz weich und warm und zärtlich neben mir – und genau in diesem Moment kratzte etwas an meiner Tür, und als sie sich öffnete, stand Whampoa auf der Schwelle und verbeugte sich in voller Größe. Er trat näher an mein Bett, die Hände in die Ärmel seines Gewands gesteckt, und schaute auf mich herab. Er fragte, ob mir meine Schulter große Schmerzen bereite, und ich sagte, es sei ganz schlimm.

»Aber nicht schlimmer als Ihre quälenden Gedanken«, meinte er. »Und auch diese kann nichts erträglicher machen. Der Verlust, den Sie erlitten haben, ist so schmerzlich, daß er bei jedem Mann von Gefühl nur Mitleid erregen kann. Ich weiß, daß nichts den Platz der schönen goldenen Lady einnehmen kann und jeder Gedanke an sie entsetzliche Qualen bedeuten muß. Aber als einen kleinen, schwachen Trost für Ihren körperlichen und seelischen Schmerz biete ich Ihnen untertänigst das Beste an, was mein bescheidenes Etablissement zu bieten hat.« Er sagte etwas auf Chinesisch, und zu meiner Verblüffung glitten zwei seiner kleinen Chinesinnen durch die Tür, die eine in roter, die andere in grüner Seide. Sie stellten sich wie sinnliche Püppchen zu beiden Seiten des Bettes auf und begannen, ihre Kleider aufzuknöpfen.

»Dies sind Weiße Tigerin und Milch-und-Honig«, sagte Whampoa. »Ihnen die Dienste von nur einer anzubieten, wäre mir als beleidigender Vergleich mit dem Zauber Ihrer hinreißenden Lady erschienen, deshalb habe ich Ihnen zwei geschickt und erhoffe mir, daß Quantität ein banaler Ersatz für eine Qualität sein möge, der die beiden nie nahezukommen hoffen dürfen. So erschreckend unzulänglich sie auch sind, könnte ihre Anwesenheit doch Ihr Leid um ein winzig kleines bißchen lindern. Sie sind – nach unseren niedrigen Maßstäben – gewandt, doch sollte ihre Ungeschicklichkeit und unbestrittene Häßlichkeit Sie abstoßen, so schlagen Sie die beiden zur Strafe und Ihrem Ergötzen. Verzeihen Sie meine Vermessenheit, sie Ihnen anzubieten.«

Er zog sich mit einer Verbeugung zurück, und die Tür schloß sich hinter ihm im gleichen Moment, da die beiden Kleider mit leisem Rascheln zu Boden fielen und zweifaches mädchenhaftes Gekicher im Dämmerlicht ertönte.

Man darf das Gastgeschenk eines Orientalen nie ablehnen, wissen Sie. Das tut man nicht, sonst ist er beleidigt; man muß einfach so tun, als sei es genau das, was man sich gewünscht hat, ob es einem nun gefällt oder nicht.

Vier Tage lang war ich mit meiner klaffenden Schulterwunde in Whampoas Haus ans Bett gefesselt, um mich zu erholen, und ich habe nie im Leben eine so angenehm entkräftende Genesung erlebt. Hätte ich mehr Zeit gehabt, wäre es interessant gewesen zu sehen, ob meine Wunde heilte, bevor Whampoas besorgte junge Dämchen mich mit ihrer Fürsorge umbrachten; ich bin davon überzeugt, daß ich ungefähr zu dem Zeitpunkt verschieden wäre, wenn es soweit war, die Fäden zu ziehen. Doch wie die Dinge lagen, wurde mein ruinöser Genesungsaufenthalt abrupt durch die Ankunft und schnelle Abreise der H.M.S. DIDO unter dem Kommando eines gewissen Keppel von der Königlichen Marine unterbrochen; wohl oder übel mußte ich mit ihr in See stechen, und als ich durch den Blutverlust und anderes geschwächt an Bord stolperte, klammerte ich mich nicht so sehr an der Gangway fest, um mich zu stützen, sondern um zu verhindern, daß ich vom ersten leichten Windstoß fortgeweht wurde.

Sehen Sie, es wurde als selbstverständlich betrachtet, daß ich, als treu ergebener Ehemann und militärischer Held, danach lechzte, mich auf die Suche nach meiner verschwundenen Gemahlin und ihrem räuberischen Entführer zu machen – es war einer der Nachteile des Lebens an den Grenzen des Empire in diesen frühen Jahren, daß von einem erwartet wurde, Rache- und Rückeroberungsfeldzüge mit eventuell von seiten der Behörden gewährter Unterstützung selber in die Hand zu nehmen. Ganz und gar nicht mein Stil; wäre es nach dem alten Flashy gegangen, hätte er den Fall damit abgetan, beim nächsten Polizeirevier vorbeizuschauen, die Entführung seiner Frau anzuzeigen, Name und Adresse anzugeben und den Leuten alles Weitere zu überlassen. Dafür werden sie schließlich bezahlt, oder wofür berappe ich sonst sieben Pence Einkommensteuer pro Pfund?

Das sagte ich auch dem alten Morrison, weil ich dachte, diese Betrachtungsweise würde ihm gefallen, aber meine Mühe brachte mir nur Tränen und Beschimpfungen ein.

»Du bist schuld!« wimmerte er, denn zum Schreien war er viel zu erschöpft; seine hohlen Augen und bleichen Wangen sahen aus, als sei er kurz davor abzukratzen, aber er war noch immer voller Gehässigkeit mir gegenüber. »Wenn du bloß deine Pflichten als Ehemann erfüllt hättest, wäre das nie passiert. O Gott, mein armes, kleines Lämmchen! Mein kleines Mädchen! Und du – wo warst du? In irgendeiner verrufenen Kaschemme, um herumzuhuren, wie so oft, während –«

»Nichts dergleichen!« rief ich empört. »Ich war in einem chinesischen Restaurant.« Woraufhin er eine laute Wehklage anstimmte, seinen Kopf in den Bettdecken vergrub und seinem armen, kleinen Mädel nachjammerte.

»Du wirst sie zurückbringen!« krächzte er. »Du wirst sie retten

– du bist doch ein hochdekorierter Soldat, und sie ist die Frau deines Herzens, jawohl! Sag, bringst du sie zu ihrem armen, alten Vater zurück? Ja, das tust du – du bist doch ein anständiger Kerl, Harry – du wirst sie nicht im Stich lassen.« Und weiter ging es in diesem ekelhaften Ton, untersetzt mit Verwünschungen, daß er jemals einen Fuß außerhalb von Glasgow gesetzt hatte. Zweifellos war das Ganze sehr mitleiderregend, und wäre ich selber weniger verstört gewesen, und hätte ich das miese, kleine Schwein nicht so von Herzen verachtet, so hätte er mir vielleicht sogar leid getan. Doch ich zweifle daran.

Ich ließ ihn lamentieren, ging meine Schulter pflegen und dachte betrübt darüber nach, daß ja doch alles nichts half. Ich würde an erster Stelle stehen müssen, wenn die Verfolgung losging. Dieser Bursche Brooke, der – aus Gründen, die ich damals nicht verstehen konnte – die Planung der Expedition übernommen zu haben schien, hielt es offenbar für selbstverständlich, daß ich mitkommen würde, und als Keppel eintraf und sofort einverstanden war, die DIDO und ihre Besatzung zur Verfügung zu stellen, gab es kein Zurück mehr.

Brooke hatte es mit der Abreise sehr eilig, daher stampfte er mit dem Fuß auf und knirschte mit den Zähnen, als Keppel sagte, es werde mindestens drei Tage dauern, bis er in See stechen könnte; er mußte Fracht aus Kalkutta löschen und Vorräte und Ausrüstungsgegenstände für die Expedition an Bord nehmen. Er war ein trockener, vielversprechend aussehender Typ mit flammend rotem Haar und humorvollen Augen.[18] »Es wird wohl zu Kämpfen auf den Flüssen kommen, nehme ich an, mit Wendemanövern, Ausflügen in den Dschungel, Lauern im Hinterhalt und ähnlichem?« meinte er. »Jaja, wir wissen doch, was geschehen kann, wenn man sich unvorbereitet auf so eine Sache einläßt – erinnern Sie sich, wie Belcher letztes Jahr auf einer Sandbank den Boden aus der SAMARANG gerissen hat? Ich werde zunächst einmal den Ballast der DIDO neu verstauen lassen und zwei zusätzliche Beiboote an Bord nehmen müssen.«

»Darauf kann ich nicht warten!« rief Brooke. »Ich muß nach Kuching, um etwas Neues über diesen Schurken Suleiman zu erfahren und meine Leute und Schiffe zusammenzutrommeln. Wie ich gehört habe, ist die HARLEQUIN gesichtet worden; ich werde mit ihr vorausfahren – Hastings wird mich mitnehmen, wenn ich ihm erzähle, wie furchtbar dringend die Angelegenheit ist. Wir müssen diesen Schuft zur Strecke bringen und Mrs. Flashman befreien, ohne Zeit zu verlieren!«

»Sie sind also sicher, es ist Borneo?« fragte Keppel.

»Es muß Borneo sein!« rief Brooke. »Kein Schiff, das in den letzten zwei Tagen aus Süden kam, hat ihn gesichtet. Verlassen Sie sich drauf, er macht sich entweder nach Maludu oder zu den Flüssen aus dem Staub.«

Mir kam das alles spanisch vor, und es klang entsetzlich unternehmungslustig und waghalsig, aber alle beugten sich Brookes Urteil, und am nächsten Tag reiste er mit der HARLEQUIN ab. Wegen meiner Wunde sollte ich in Singapur warten, bis zwei Tage später die DIDO in See stach, aber notgedrungen mußte ich unten am Kai sein, als Brooke mit seiner bunt gemischten Truppe von der Besatzung der HARLEQUIN hinausgerudert wurde. Beim Abschied ergriff er meine Hand.

»Bis Sie Kuching erreichen, werden wir bereit sein, die Flagge zu hissen und die Geschütze in Stellung zu bringen!« rief er. »Sie werden sehen! Und lassen Sie den Kopf nicht hängen, alter Freund – wir werden Ihre teure Lady gesund und wohlbehalten zurückholen, ehe Sie es sich versehen. Machen Sie nur Ihren Arm wieder zum Kampf geschmeidig, dann werden wir beide diesen Hunden ein bißchen von Ihrem afghanischen Zunder geben. So was erledigen wir in Sarawak vor dem Frühstück, nicht wahr, Paitingi? He, Mackenzie?«

Ich schaute bei ihrer Abfahrt zu – Brooke am Heck, die Lotsenmütze in verwegenem Winkel schräg auf dem Kopf, lachte und klatschte sich vor Begeisterung auf die Knie; der riesige Paitingi neben ihm, die anderen Schwerverbrecher, Mackenzie mit seinem schwarzen Bart und Arztkoffer und der häßliche, kleine Jingo im Lendenschurz mit seinem Pusterohr-Speer im Arm, über das Boot verteilt. Das war also der buntgescheckte Haufen, den ich auf einer Fahrt begleiten sollte, die nach einem haarsträubenden Wahnsinnsunternehmen klang – eine erschreckende Aussicht, und zu meinen Befürchtungen gesellte sich noch der bittere Groll über das furchtbare Geschick, das sich wieder einmal anschickte, mich kopfüber ins dickste Gewühl zu stürzen. Verd--- sei Elspeth, diese hirnlose, flatterhafte, leichtfertige, ständig poussierende Schlampe, verd--- sei Solomon, dieser lüsterne Räuber, der nicht den Anstand besaß, sich mit den Frauen seiner eigenen Hautfarbe zufriedenzugeben, und verd--- sei dieser aufdringliche, blutdürstige Irre

Brooke – wer zum Teufel war er eigentlich, daß er sich unaufgefordert wichtig tat und mich in sein idiotisches Unterfangen hineinzog? Welches Recht hatte er dazu, und warum behandelten ihn alle, als sei er eine Mischung zwischen Gott und dem Herzog von Wellington?

Ich fand es an dem Abend heraus, als die DIDO in See stach, nachdem ich mich herzlichst verabschiedet hatte – wehklagend und schimpfend von Morrison, würdevoll und großherzig von dem gastfreundlichen Whampoa, und in der letzten Minute verzückt hingerissen von meinen lieben, kleinen Pflegerinnen, die mir beim Packen halfen. Ich kroch fast auf Händen und Knien an Bord, wie ich schon sagte, und Stuart half mir dabei, denn er war zurückgeblieben, um mir Gesellschaft zu leisten und etwas für Brooke zu erledigen. Als wir an der Heckreling der Korvette standen und beobachteten, wie die Inseln von Singapur im glühenden Abendrot versanken, ließ ich eine zufällige Bemerkung über seinen verrückten Befehlshaber fallen. Wie Sie ja wissen, hatte ich noch immer herzlich wenig Ahnung, wer dieser Mann war, und ich muß etwas Derartiges geäußert haben, denn Stuart fuhr herum und starrte mich an.

»Wer J. B. ist?« rief er. »Das meinen Sie doch nicht ernst! Sie wissen nicht, wer J. B. ist? Na, hören Sie mal! Er ist der Größte im Fernen Osten, das ist alles! Sie machen wohl Scherze – du meine Güte, wie lange sind Sie schon in Singapur?«

»Offenbar nicht lange genug. Ich weiß nur, daß er und Sie und Ihre . . . äh, Freunde . . . mich in jener Nacht mit großem Geschick gerettet haben und daß er seitdem freundlicherweise die Leitung des Unternehmens übernommen hat, um das gleiche für meine Frau zu tun.«

Er tat noch einmal deutlich sein Erstaunen kund und belehrte mich dann mit erschreckender Begeisterung.

»J. B. – Seine Königliche Hoheit James Brooke – ist der König von Sarawak, jawohl! Ich dachte, die ganze Welt hätte von dem Weißen Radscha gehört. Jedenfalls ist er in diesem Teil der Welt der größte Mann seit Raffles – sogar noch größer! Er ist das Gesetz, der Prophet, der Große Zampano, der *Tuan besar** – mit allem Klimbim! Er ist die Geißel aller Piraten und Räuber an der Küste Borneos – der beste Kämpfer auf See seit Admiral Nelson,

* Großer Gott

wenn Sie mich fragen –, er hat Sawarak gezähmt, das wildeste Rebellen- und Kopfjägernest diesseits von Papua, er ist sein Beschützer, sein Herrscher, und für die Eingeborenen ein Heiliger. Man betet ihn dort unten an – und was für die Leute noch wichtiger ist, er ist der treueste Freund, der gerechteste Richter und hochherzigste, weiseste Mann auf der ganzen weiten Welt! Das ist J. B.!«

»Ehrlich, ich bin froh, daß er zufällig vorbeikam«, sagte ich. »Ich wußte gar nicht, daß wir eine Kolonie in – Sarawak, sagten Sie? – haben.«

»Haben wir auch nicht. Das ist kein britisches Territorium. J. B. ist dem Namen nach Statthalter des Sultans von Brunei – aber es ist sein Königreich, nicht das Königin Victorias. Wie er dazu gekommen ist? Nun, er kam vor vier Jahren dort angesegelt, nachdem die Ostindische Kompagnie ihn dämlicherweise in Pension geschickt hatte, weil er seinen Urlaub überzogen hatte. Da hat er sich mit dem Geld, das sein alter Herr ihm hinterlassen hatte, diese Brigg gekauft, die ROYALIST, wissen Sie, und hat seinen eigenen Laden aufgemacht.« Er lachte und schüttelte seinen Kopf. »Gott, waren wir verrückt! Wir waren neunzehn Mann auf einem kleinen Schiff mit sechs Sechspfünder-Geschützen, und damit haben wir ein Königreich erobert! J. B. befreite die Eingeborenen aus der Sklaverei, vertrieb ihre Unterdrücker und gab ihnen eine richtige Regierung – und jetzt kämpft er ganz auf sich gestellt mit ein paar kleinen Schiffen, seinen treu ergebenen Eingeborenen und den Überlebenden von uns, um die Piraten von den Inseln zu verjagen und sie für anständige Leute sicher zu machen.«[19]

»Sehr löblich«, sagte ich. »Aber ist das nicht Aufgabe der Ostindischen Kompagnie – oder der Marine?«

»Du meine Güte, die wüßten nicht einmal, wie sie das anfangen sollten!« rief er. »Es gibt in diesem riesigen Seegebiet kaum ein britisches Geschwader – und die Piraten zählen über zehntausend Mann. Ich habe Flotten von fünfhundert Praus und Bankongs gesehen – das sind ihre Kriegsschiffe –, die zusammen die Küste entlangfuhren, hochbeladen mit Kämpfern und Kanonen, und hinter sich Hunderte von Kilometern brennender Trümmer an den Stränden zurückließen – ausradierte Städte, Tausende von Erschlagenen, Frauen wurden in die Sklaverei verschleppt und jedes friedliche Schiff geplündert und versenkt –, ich sage Ihnen, die spanische Armada war gar nichts dagegen! Wohin sie auch kommen, hinterlassen sie eine Spur von Zerstörung, Leid und

Greueltaten. Sie trotzen unserer und der holländischen Marine und halten die Inseln in Furcht und Schrecken – in Sulu haben sie einen Sklavenmarkt, auf dem täglich Hunderte menschliche Wesen verkauft und gekauft werden. Selbst die Könige und Radschas zahlen ihnen Tribut – falls sie nicht selber Piraten sind. Ja, und J. B. mag das nicht und will dem allem ein Ende machen.«

»Moment doch mal – was kann er denn ausrichten, wenn sogar die Marine machtlos ist?«

»Er ist eben J. B.«, sagte Stuart schlicht, mit diesem vor Stolz hingerissenen Ausdruck, den man auf dem Gesicht eines Kindes sieht, wenn sein Vater ein Spielzeug repariert. »Natürlich hilft ihm die Marine – im Februar, als er die Räuber von Sumatra in Murdu vernichtend schlug, hatten wir drei Schiffe der Marine dabei. Aber seine Stärke sind die treu ergebenen Eingeborenenvölker – einige von ihnen waren selber Piraten und Kopfjäger, wie die Dyaks, bis sie J. B. eines Besseren belehrte. Er flößt ihnen Mut ein, verschüchtert und umschmeichelt die Radschas, trägt Nachrichten über die Piraten zusammen und führt seine Feldzüge gegen ihre Forts und Häfen, wenn sie es am wenigsten erwarten, treibt sie in die Enge, verbrennt ihre Schiffe und läßt sie schwören, Frieden zu wahren, sonst... Das ist der Grund, warum alle in Singapur springen, wenn er pfeift – was meinen Sie, wie lange die sonst gebraucht hätten, um etwas wegen Ihrer Frau zu unternehmen? Monate, Jahre vielleicht! Aber J. B. sagt einfach ‚los!', und dann geht es los. Wenn ich heute morgen an der Beach Road nach Leuten gesucht hätte, um zu wetten, daß J. B. sie so gut wie neu zurückbringen und dieses Schwein Suleiman Usman vernichten wird – ich hätte keinen einzigen gefunden, der hundert zu eins dagegen gewettet hätte. Er schafft es, Sie werden schon sehen.«

»Aber warum?« fragte ich, ohne nachzudenken, und er runzelte die Stirn. »Ich meine«, fügte ich hinzu, »er kennt mich doch kaum, und meine Frau hat er nicht einmal gesehen. Aber wie er sich der Sache annimmt, könnte man denken, wir seien – nun ja, seine engsten Verwandten.

»Das ist nun mal seine Art, wissen Sie. Für einen Freund tut er alles. Und wenn eine Dame im Spiel ist, macht das natürlich die Angelegenheit um so dringender – für ihn. Er ist so etwas wie ein fahrender Ritter, dieser J. B., und außerdem mag er Sie.«

»Was? Er kennt mich doch gar nicht.«

»Und ob er Sie kennt! Ich erinnere mich, wie wir die Nachricht von Ihren großen Heldentaten in Kabul erhielten; J. B. redete tagelang von nichts anderem, las alle Zeitungen und bewunderte immer wieder lauthals Ihre Verteidigung von Piper's Fort. ‚Das ist der richtige Mann für mich!' sagte er andauernd. ‚Bei Jingo, was gäbe ich nicht darum, ihn hier zu haben! Wir beide alleine würden den letzten Piraten aus dem Chinesischen Meer verjagen!' Nun, jetzt hat er Sie – es sollte mich nicht wundern, wenn er Himmel und Hölle in Bewegung setzt, um Sie zu behalten.«

Sie können sich denken, wie mich das beeindruckte. Ich sah natürlich ein, daß J. B. genau der richtige Mann für die Aufgabe war, die vor uns lag – wenn überhaupt jemand Elspeth mehr oder weniger unbeschädigt zurückbringen konnte, so war es vermutlich er, denn er schien der gleiche Typ von tollkühnem und skrupellosem Abenteurer zu sein, dem ich in Afghanistan begegnet war – Draufgänger wie Georgie Broadfoot oder Sekundar Burnes. Der Ärger mit solchen Leuten ist, daß es verd--- gefährlich sein kann, sich an ihrer Seite aufzuhalten; es wäre großartig, wenn ich es so einrichten könnte, daß Brooke sich auf Rettungsfahrt begab, während ich mich im sicheren Hintergrund hielt und ermutigende Sprüche losließ – aber meine Wunde heilte leider Gottes sehr gut, und die Aussichten waren sehr beunruhigend.

Diese Frage beschäftigte mich noch vier Tage später, als die DIDO mit Schwung über ein Meer wie aus blauem Glas in die Mündung des Kuching-Flusses glitt und ich zum ersten Mal diese golden glänzenden, schaumumspülten Strände sah, das niedrige, grüne Mangrovengestrüpp, das die kleinen Inseln bis zum Ufer überzog, die palmenumsäumten Buchten, und zum Süden hin in dunstiger Ferne die Berge von Borneo.

»Ein Paradies!« rief Stuart aus und atmete tief die warme Luft ein. »Mir ist es sch---egal, wenn ich die Klippen von Dover nie wiedersehe. Sehen Sie doch nur – zweihunderttausend Quadratkilometer des schönsten Landes der Welt, bis auf diese kleine Ecke hier unerforscht. In Sawarak beginnt und endet jegliche Zivilisation. Gehen Sie einen Tagesmarsch in diese Richtung« – er deutete auf die Berge –, »und falls Sie noch leben, sind Sie unter Kopfjägern, die noch nie einen weißen Mann gesehen haben. Ist das nicht großartig?«

Ich konnte das nicht finden. Der Fluß, den wir langsam hinauffuhren, war ziemlich breit, und das Land grün und fruchtbar, aber es hatte dieses dunstige Aussehen, das förmlich nach Fieber roch, und die Luft war heiß und stickig. Wir kamen an mehreren Dörfern mit langen, primitiv mit Schilf gedeckten Häusern vorbei, die zum Teil auf Pfählen über dem Wasser gebaut waren; das Wasser selbst wimmelte von kleinen Kanus und Booten, die mit gedrungenen, häßlich grinsenden Männern wie Jingo bemannt waren; ich glaube, keiner von ihnen war größer als einen Meter fünfzig, aber sie wirkten hart wie Teakholz. Sie trugen einfache Lendenschurze, Ringe um die Knie und Tücher auf dem Kopf, und einige hatten schwarze und weiße Federn im Haar. Die Frauen waren hellhäutiger, aber nicht größer als die Männer und auf eine schamlose, stupsnasige Art entschieden gutaussehend; sie trugen ihr Haar lang über den Rücken fallend, gingen bis auf ein Röckchen nackt und wippten mit dem Hinterteil und den Eutern auf eine Art, die herzerfrischend anzusehen war. (Sie paaren sich übrigens wie die Wiesel, aber nur mit Männern von erwiesener Tapferkeit. In einem Land, wo das übliche Brautgeschenk ein menschlicher Kopf ist, folgt daraus, daß man blutrünstig sein muß, um auf seine Kosten zu kommen.)

»Seefahrende Dyaks«, sagte Stuart. »Das tapferste und fröhlichste Völkchen, das man sich vorstellen kann – sie kämpfen wie Tiger, sind grausam und kalt wie das Grab, aber loyal wie die Schweizer. Hören Sie, wie sie plappern – das ist die *Lingua franca* der Küste, teilweise Malaiisch, aber mit Portugiesisch, Französisch, Holländisch und Englisch darunter. *Amiga sua!«* rief er und winkte einem der Männer in den Booten zu – was, wie ich erfuhr, »mein Freund« bedeutet, um Ihnen eine Vorstellung zu vermitteln.

Sarawak mochte zwar, wie Stuart sagte, die zivilisierte Ecke von Borneo sein, aber als wir näher an Kuching herankamen, konnte man sehen, daß es sehr stark an ein bewaffnetes Lager erinnerte. Quer über den Fluß lag eine Sperre aus Baumstämmen, die geöffnet werden mußte, um die DIDO daran vorbeizubugsieren, und zu beiden Seiten des niedrigen, aber steilen Ufers sah man Geschützstellungen mit Kanonen, die durch das Schanzwerk lugten; Kanonen waren auch an Bord der drei merkwürdig aussehenden Schiffe zu sehen, die hinter der Sperre vor Anker lagen – sie hatten ein hohes Heck und Vorderdeck wie Galeeren, waren achtzehn oder zwanzig Meter lang, und ihre Ruder ragten ins Wasser wie die Beine eines monströsen Insekts.

»Zum Kampf gerüstete Praus«, rief Stuart. »Heiliger Bimbam,

da tut sich was – das sind Lundu-Schiffe! J. B. zieht mit aller Macht seine Truppen zusammen.«

Wir umfuhren eine Biegung und kamen in Sicht des eigentlichen Kuching; keine große Stadt, nur eine ausgedehnte Eingeborenensiedlung mit ein paar Holzhäusern auf höhergelegenem Gelände, aber der Fluß war gerammelt voll mit Schiffen und Booten aller Art – mindestens zwanzig Praus und Schaluppen, Barkassen, leichte Segelkutter, Kanus und sogar ein schmucker, kleiner Schaufelraddampfer. Das Gewühl und der Lärm waren ungeheuer, und als die DIDO mitten im Fluß Anker warf, wurde sie von Schwärmen kleiner Boote umzingelt. Von einem dieser Boote schwang sich die riesige Gestalt Paitingi Alis an Deck, um sich Keppel vorzustellen, und kam dann zu uns herüber.

»Na bitte«, sagte er mit diesem erstaunlichen Akzent, der bei seinen gelegentlichen fromm-moslemischen Ausrufen so sonderbar klang. »Er hat mal wieder recht gehabt. Gelobt sei der Alleinzige.«

»Was willst du damit sagen?« fragte Stuart.

»Gestern kam ein Boot mit Spähern von Budraddin. Eine Dampfbrigg – die keine andere als die SULU QUEEN sein kann – hat vor vier Tagen Batang Lupar angelaufen und ist den Fluß hinaufgefahren. Budraddin behält die Mündung im Auge, aber es ist nicht zu erwarten, daß sie wieder rauskommt, denn an der Küste geht das Gerücht, daß der große Suleiman Usman wieder da ist und nach Fort Linga gefahren ist, um sich mit Sharif Sahib zu treffen. Er ist also tatsächlich hier; wir brauchen nur noch hinzufahren und ihn uns zu schnappen.«

»Hussa!« brüllte Stuart, machte vor Freude einen Luftsprung und ergriff Paitingis Hand. »Der gute, alte J. B.! Er hat gesagt, es ist Borneo, und es ist Borneo!« Er drehte sich zu mir um. »Hören Sie das, Flashman? – Das bedeutet, daß wir wissen, wo Ihre Lady ist, und dieser schurkische Entführer auch! J. B. hat genau den richtigen Riecher gehabt – glauben Sie mir jetzt, daß er der größte Mann im Fernen Osten ist?«

»Können Sie mir sagen, wie er das macht?« knurrte Paitingi. »Wenn ich nicht wüßte, daß er ein guter Protestant ist, würde ich sagen, er ist mit dem Satan im Bunde. Kommen Sie mit – er ist oben im Haus und platzt vor Selbstzufriedenheit. Bismillah! Vielleicht wird er etwas erträglicher, wenn er es Ihnen persönlich gesagt hat.«

Aber als wir an Land gingen und zu Brookes Haus kamen – es hieß The Groove –, erwähnte der große Mann Paitingis bedeutsame Neuigkeit kaum. Später fand ich heraus, daß er dies aus Taktgefühl tat; er wollte mich nicht betrüben, indem er über Elspeths mißliche Lage sprach. Statt dessen ließ er uns, nachdem wir zu dem großen, schattigen Bungalow auf dem Hügel mit Ausblick auf den wimmelnden Fluß und die Landungsstege geführt worden waren, zu einem Glas Arrak-Punsch Platz nehmen und begann – ausgerechnet – über Rosen zu reden.

»Ich werde sie hier zum Wachsen bringen, koste es, was es wolle«, sagte er. »Stellen Sie sich den Hang zum Fluß hinunter mit Blüten bedeckt vor, und an warmen Abenden erfüllt ihr Duft die Veranda im Dämmerlicht. Mein Gott, wenn ich doch Äpfel aus Norfolk anbauen könnte, das wäre perfekt – große, rote Prachtstücke, wie sie in North Walsham am Straßenrand stehen! Dann könntest du dir deine Mangos und Papayas an den Hut stecken, Stuart. Was gäbe ich nicht für einen anständigen Apfel! Aber das mit den Rosen könnte mir eines Tages gelingen.« Er sprang auf. »Kommen Sie, sehen Sie sich meinen Garten an, Flashman – ich verspreche Ihnen, Sie werden keinen zweiten finden, der ihm gleicht – jedenfalls nicht in Borneo!«

Er führte mich also herum, deutete auf seinen Jasmin, seine Orchideen und den Rest, pries ihren Duft bei Nacht, hob plötzlich einen kleinen Spaten auf und machte sich über ein paar Unkräuter her. »Diese verd ... chinesischen Gärtner!« rief er. »Ich glaube, mit indianischen Rothäuten wäre ich besser bedient. Aber ich nehme an, es ist einfach zu viel verlangt«, rief er und schaufelte drauflos. »Man kann von einem Volk, das so schmutzig, häßlich und plump ist wie die Chinesen, nicht erwarten, daß es einen Sinn für Blumen hat. Wohlgemerkt, sie sind fleißig und guter Dinge, aber das ist nicht das gleiche.«

Er plauderte weiter, wies darauf hin, daß sein Haus umsichtigerweise auf Pfählen aus Palmen gebaut sei, um Ungeziefer und Feuchtigkeit abzuhalten, und erzählte mir, wie er darauf gekommen sei, es zu entwerfen. »Wir hatten einen höllischen Kampf gegen die Lundu-Kopfjäger von jenseits des Flusses ausgefochten und leckten unsere Wunden in einem schmutzigen kleinen Kampong in Erwartung eines neuen Angriffs – und da dachte ich so bei mir, was du jetzt brauchst, mein lieber J. B., ist ein bequemer Sessel, eine englische Zeitung und eine Vase mit Rosen auf dem

Tisch. Diese Vorstellung erschien mir so unsagbar schön, daß ich beschloß, mir ein Haus mit all diesen Dingen darin zu bauen, zu dem ich nach meinen Streifzügen durch Borneo jederzeit zurückkehren könnte.« Er deutete auf das Gebäude. »Und da steht es – mit allem Drum und Dran, bis auf die Rosen. Aber die bekomme ich irgendwann auch noch.«

Es war tatsächlich so; der große, zentrale Raum mit einer Öffnung zur vorderen Veranda, um den sich die Schlafzimmer gruppierten, glich einer Mischung aus englischem Salon und Offiziersmesse, nur daß die Möbel größtenteils aus Bambus gefertigt waren. Es waren Sessel vorhanden, sauber gestapelte, alte Ausgaben der Times und Post, Liegen, polierte Tische, ein Axminster-Teppich, Blumenvasen und an den Wänden alle Arten von Waffen und Bildern.

»Wenn ich einmal Kriege, Piraten, Fieber und Ong-ong-ongs vergessen will – das ist meine eigene Wortschöpfung für alles Malaiische, wissen Sie – dann setze ich mich einfach hin und lese nach, wie es letztes Jahr in Bath geregnet hat oder wie ein kleiner Gauner vom Schwurgericht in Exeter wegen Wilderei ins Gefängnis geworfen wurde«, sagte er. »Selbst die Kartoffelpreise in Lancashire genügen mir schon – oh, na so was . . . das wollte ich doch wegräumen . . .«

Ich war stehengeblieben, um mir die Miniatur einer tollen Blondine anzuschauen, die auf dem Tisch stand, und Brooke sprang auf, um danach zu greifen. Das Gesicht kam mir bekannt vor. »Nanu«, sagte ich. »Das ist doch bestimmt Angie Coutts?«

»Sie kennen sie?« rief er, wurde rot bis zum Hals und verlor ausnahmsweise einmal die Fassung. »Ich habe nie die Ehre gehabt, ihre Bekanntschaft zu machen«, fuhr er mit leiser, gepreßter Stimme fort. »Aber ich habe sie lange Zeit wegen ihrer aufgeklärten Ansichten und ihrem bedingungslosen Eintreten für die gerechte Sache bewundert.« Er betrachtete die Miniatur wie ein nachdenklicher Frosch. »Sagen Sie – ist sie wirklich so . . . so . . . na ja – äh – wie ihr Porträt vermuten läßt?«

»Sie ist überwältigend, wenn Sie das meinen«, sagte ich, denn wie jeder andere erwachsene Mann in London hatte auch ich die kleine Angie angehimmelt, wenn auch nicht ganz wegen ihrer aufgeklärten Ansichten – eher wegen der Tatsache, daß sie Titten wie Fußbälle und zwei Millionen auf der Bank hatte. Auf einer Party in der Stratton Street hatte ich beim Blinde-Kuh-Spielen einmal selber liebevoll an ihr herumgefummelt, aber sie hatte einfach geradeaus gestarrt und meinen Daumen fortgeschoben. Dumme, kleine Zimperliese.[20]

»Vielleicht könnten Sie mich ihr vorstellen, wenn ich eines Tages nach England zurückkehre«, sagte er gerührt und verstaute ihr Bild in einer Schublade. Sieh da, sieh da, dachte ich, wer hätte das gedacht; der verrückte Piratenkiller und Rosenfreund ist in Angie Coutts' Bild verknallt – ich wette, jedesmal wenn er es betrachtet, müssen die hiesigen Dyak-Mädchen sich schleunigst in Sicherheit bringen.

Ich muß wohl auf meine taktvolle Art an diesem Abend zu Stuart eine Bemerkung in dieser Richtung gemacht haben, zweifellos mit einem meiner üblichen anzüglichen Seitenblicke und Rippenstöße, aber er war so unbedarft, daß er nur seinen Kopf schüttelte und tief seutzte.

»Miss Burdett-Coutts?« meinte er. »Der arme, alte J. B.. Er hat mir von seiner tiefen Hochachtung vor ihr erzählt, obwohl er in solchen Dingen ein sehr zurückhaltender Mann ist. Ich könnte mir vorstellen, daß sie ein stattliches Paar abgeben würden, aber das geht natürlich nicht – selbst wenn er seinen ehrgeizigen Traum verwirklicht, sie einmal kennenzulernen.«

»Wieso nicht?« fragte ich. »Er ist ein verwegen aussehender Bursche, genau der Typ, für den ein romantisches, junges Ding wie Angie Feuer fangen könnte. Sie würden zusammenpassen wie die Faust aufs Auge.« Flashy als freundlicher Ehevermittler, wie Sie sehen.

»Unmöglich«, sagte Stuart, wurde dann rot im Gesicht und zögerte. »Wissen Sie – es ist schockierend – aber J. B. kann niemals heiraten. Das wäre ein Unding.«

Hallo, dachte ich, er wird doch nicht einer vom anderen Ufer sein? – Das hätte ich nie gedacht.

»Es wird natürlich nie darüber gesprochen«, meinte Stuart verlegen, »aber Sie können es ruhig wissen – falls Sie im Gespräch unwissenderweise eine Anspielung machen, könnte das . . . nun ja, verletzend sein. Es war in Burma, wissen Sie, als er in der Armee war. Er hat in der Schlacht eine Verwundung abbekommen, die ihn . . . außer Gefecht gesetzt hat. Es wurde verbreitet, daß es eine Kugel in der Lunge war . . . aber in Wirklichkeit . . . nun ja, die Lunge war es nicht.«

»Grundgütiger Gott, Sie wollen doch nicht sagen«, rief ich echt verblüfft, »daß man ihm den Schwengel abgeschossen hat?«

»Vergessen wir die Angelegenheit«, sagte er, aber ich kann Ihnen versichern, daß ich den ganzen Abend verstört herumlief. Der arme Weiße Radscha – ich meine, ich bin ja ein abgebrühter Bursche, doch es gibt Tragödien, die einem in der Seele weh tun. Da war er nun verrückt nach diesem köstlichen Prachtweib Angie Coutts, Despot in einem Land voll knackiger, dunkelhäutiger Bräute, die nur darauf warteten, daß er sein *Droit de Seigneur* ausübte, und stand mit abgebrochener Zündnadel da. Ich weiß nicht, was mich jemals tiefer bewegt hat. Andererseits würde Elspeth, falls J. B. sie als erster Retter erreichte, bei ihm in Sicherheit sein.[21]

Das war ein naheliegender Gedanke, denn an diesem gleichen Abend hielten wir nach dem Essen in Brookes Haus Kriegsrat ab, bei dem er seinen Angriffsplan verkündete. Das Essen selbst verlief auf seine Weise ebenso formell wie jedes andere, an dem ich teilgenommen habe – aber das war ganz typisch für ihn: als wir vorher auf der Veranda ein Gläschen zu uns nahmen, lachte er und machte Blödsinn, spielte mit Stuart, Crimble und sogar mit dem mürrischen Paitingi Bockspringen, wobei die Wette darum ging, daß er nacheinander mit einem Glas in der Hand über sie springen konnte, ohne einen Tropfen zu verschütten – aber als der Gong ertönte, wurden alle still und marschierten schweigend im Gänsemarsch in den großen Raum.

Ich sehe sie noch vor mir, Brooke am Kopfende des Tisches in seinem großen Lehnstuhl, mit steifem weißen Kragen und sorgfältig gebundenem schwarzem Halstuch, das gebräunte, aufgeweckte Gesicht ungewöhnlich ernst, und das einzig Unpassende an ihm seine unordentlichen schwarzen Löckchen – er brachte es nie fertig, sie glatt zu kämmen. Neben ihm saß Keppel in voller Aufmachung, mit Paradeuniform, Epauletten und seiner besten schwarzen Krawatte, und schaute feierlich und müde drein; Stuart und ich trugen die saubersten Segeltuchhosen, die wir hatten finden können; Charlie Wade, Keppels Leutnant; Paitingi Ali, sehr prunkvoll in einem Umhang aus dunklem Wollstoff mit goldenen Borten und einer breiten, knallroten Schärpe, und Crimble, der andere Leutnant Brookes, trug doch wahrhaftig einen Frack und bunte Weste. Hinter jedem Stuhl stand ein malaiischer Kellner, und drüben in der Ecke lauerte Jingo mit seinem häßlichen Gesicht, der keinen Ton sagte, aber dem nichts entging; sogar er hatte seinen Lendenschurz gegen einen silbernen Sarong getauscht und sein Haar und den Schaft seines *Sumpitan**, der griffbereit an der Wand lehnte, mit den Federn eines Nashornvogels geschmückt. Ich habe ihn nie ohne seine Waffe und den kleinen Bambusköcher mit den scheußlichen Pfeilen gesehen.

An die Mahlzeit erinnere ich mich nicht groß, außer daß das Essen gut und der Wein abscheulich war, und daß die Unterhaltung aus einem endlosen Vortrag Brookes bestand; wie die meisten aktiven Männer hatte er alle Anlagen zum ausgemachten Langeweiler.

»Es wird in Borneo nie Missionare geben, wenn ich es verhindern kann«, sagte er, wie ich mich erinnere, »denn davon gibt es nur zwei Sorten, schlechte und amerikanische. Die schlechten rammen den Eingeborenen das Christentum in den Hals und sagen ihnen, ihre eigenen Götter seien falsch – «

»Was sie ja auch sind«, meinte Keppel leise.

»Natürlich, aber ein Gentleman sagt ihnen das nicht«, erwiderte Brooke. »Die Yankees machen das richtig; sie verschreiben sich der Krankenpflege und Erziehung und reden nicht über Religion oder Politik. Und sie behandeln die Eingeborenen nicht als minderwertig – das ist der Fehler, den wir in Indien gemacht haben«, sagte er und deutete mit dem Finger auf mich, als hätte ich die englische Politik zu verantworten. »Wir haben ihnen ihre Minderwertigkeit bewußt gemacht, und das ist eine große Dummheit. Wenn man einen jüngeren oder schwächeren Bruder hat, sollte man ihn doch ermutigen zu glauben, daß er ebenso schnell laufen und weit springen kann wie man selbst, oder nicht? Er weiß zwar, daß er es nicht kann, aber das ist unwesentlich. Auf die gleiche Weise wissen die Eingeborenen, daß sie minderwertig sind, aber sie werden einen um so mehr lieben, wenn sie glauben, daß man sich dessen nicht bewußt ist.«

»Schön, Sie mögen recht haben«, sagte Charlie Wade. »Aber ich sehe beim besten Willen nicht, wie Sie erwarten können, daß sie auf diese Weise erwachsen werden oder überhaupt ein gewisses Selbstbewußtsein entwickeln.«

»Das kann man auch nicht«, sagte Brooke kühl. »Kein Asiat ist dazu geeignet, eine Regierung zu führen.«

»Und die Europäer sind das?« meinte Paitingi verächtlich schnaubend.

* Blasrohr

»Ja, aber nur, um Asiaten zu regieren«, sagte Brooke. »Ein Glas Wein für Sie, Flashman? Aber eins gestehe ich dir zu, Paitingi – man kann die Asiaten nur beherrschen, wenn man unter ihnen lebt. Man kann sie nicht von London, Paris oder Lissabon aus regieren – «

»Gut, aber wie ist das mit Dundee?« sagte Paitingi, strich sich über seinen roten Bart, und als das schallende Gelächter sich gelegt hatte, rief Brooke: »Na, hör mal, du alter Heide, du bist doch nie näher an Dundee gewesen als Port Said! Bedenken Sie«, sagte er zu mir, »daß Sie in Paitingi die höchste Blüte einer Mischung aus Ost und West vor sich haben – ein arabisch-malaiischer Vater und eine kaledonische Mutter. Ach, die Mischlinge haben ein schweres Los – er versucht seit fünfzig Jahren, schottische Landeskirche und Koran unter einen Hut zu bringen.«

»So unterschiedlich sind die gar nicht«, sagte Paitingi. »Und in jedem Fall sind sie dem anglikanischen Gebetbuch beide weit überlegen.«

Ich fand es interessant, die beiden übereinander herziehen zu sehen, wie es nur sehr enge Freunde tun. Brooke hatte offenbar riesigen Respekt vor Paitingi Ali, aber da das Gespräch jetzt auf Religion gekommen war, fing er wieder einen endlosen Vortrag darüber an, daß er kürzlich eine Abhandlung gegen den Artikel 90 der Oxforder Traktate – was immer das sein mochte – geschrieben habe, und das dauerte bis zum Ende der Mahlzeit. Dann brachte er mit angemessener Feierlichkeit einen Toast auf die Königin aus, den wir, wie bei der Marine üblich, im Sitzen erwiderten, und während wir anderen uns unterhielten und rauchten, nahm Brooke eine merkwürdige kleine Zeremonie vor, die meiner Ansicht besser als alles andere die Macht deutlich machte, die er über seine eingeborenen Untertanen ausübte.

Im Laufe des Essens war etwas äußerst Seltsames vorgegangen. Während die einzelnen Gänge und der Wein mit gebotenem Zeremoniell gebracht worden waren und wir zugelangt hatten, war mir aufgefallen, daß alle paar Minuten ein Malaie oder Dyak oder Mischling den Raum betrat, an Brookes Stuhl vorbeiging, kurz seine Hand berührte und sich dann neben Jingo an die Wand hockte. Niemand nahm Notiz von ihnen; sie schienen allen Klassen anzugehören, vom fast nackten Betteljungen bis zum gutgekleideten Malaien in goldenem Sarong und Mütze, aber sie waren alle bewaffnet – später erfuhr ich, daß es eine große Beleidigung war, sich in Gegenwart des Weißen Radscha ohne seinen Kris zu zeigen, das merkwürdige Messer mit geschwungener Klinge.

Jedenfalls, während wir anderen tratschten, drehte Brooke seinen Stuhl um, winkte die einzelnen Bittsteller zu sich heran und sprach leise mit ihnen auf Malaiisch. Einer nach dem anderen hockten sie sich neben ihn, brachten ihren Fall vor oder erzählten ihre Geschichte, während er sich vorbeugte, die Ellbogen auf die Knie stützte, aufmerksam zuhörte und nickte. Dann sprach er leise auf sie ein, sie berührten noch einmal seine Hand und gingen, als seien wir anderen überhaupt nicht vorhanden. Als ich Stuart später danach fragte, sagte er: »Ach, das ist halt J. B.'s Art, Sarawak zu regieren. Einfach, nicht wahr?«[22]

Als der letzte Eingeborene gegangen war, saß Brooke einen Moment lang gedankenverloren da und drehte sich dann unvermittelt zum Tisch um.

»Heute wird nicht gesungen«, sagte er. »An die Arbeit. Gib mir mal die Karte da, Crimble.« Wir scharten uns um ihn, die Lampen wurden hochgedreht, und ihr Schein fiel auf den Kreis von sonnengebräunten Gesichtern unter einer Wolke von Zigarrenrauch. Als Brooke auf den Tisch klopfte, spürte ich, daß meine Bauchmuskeln sich verkrampften.

»Wir wissen, was zu tun ist, Gentlemen«, rief er, »und ich bin sicher, die Aufgabe, die vor uns liegt, läßt das Herz eines jeden einzelnen von uns höher schlagen. Eine schöne und edle Dame, die geliebte Ehefrau eines der Anwesenden, befindet sich in den Händen eines elenden Piraten; sie muß gerettet und er vernichtet werden. Durch Gottes Gnade wissen wir, wo unsere Beute versteckt ist, keine hundert Kilometer von hier, wo wir sitzen, auf dem Batang Lupar, dem größten Piratennest dieser Inselwelt, abgesehen von Mindanao selbst. Sehen Sie sich das an«, – sein Finger zeigte auf die Karte – »da ist zunächst Sharif Jaffir und seine Flotte von Sklavenschiffen in Fort Linga; dahinter liegt das große Bollwerk von Sharif Sahib in Patusan; ein Stück weiter dann, in Undup, kommt die härteste Nuß von allen – die Festung der Skrang-Piraten unter Sharif Muller. Hat es je eine erlesenere Ansammlung von Schurken auf einem einzigen Fluß gegeben? Und dazu kommt jetzt noch dieser Erzschurke Suleiman Usman, der Mrs. Flashman auf heimtückische Weise entführt hat. Sie ist der Schlüssel zu seinem schändlichen Plan, Gentlemen, denn er weiß, daß wir sie nicht eine Stunde länger als unvermeidlich in seinen

Klauen lassen können.« Er gab mir einen mannhaften Klaps auf die Schulter; alle anderen wichen mit Bedacht meinem Blick aus. »Ihm ist klar, daß uns die Ritterlichkeit kein Zögern erlaubt. Sie kennen ihn ja, Flashman; wird sein intrigantes Hirn nicht zu diesem Schluß kommen?«

Ich zweifelte nicht daran und gab dies auch zu verstehen. »Außerdem hat er in der City ein Vermögen gemacht und spielt ver--- hinterhältig beim Cricket auf ein Tor«, fügte ich hinzu, und Brooke nickte mitfühlend.

»Er weiß, daß ich es nicht wagen werde, Zeit zu verlieren, selbst wenn das bedeutet, daß ich nur mit der unvollständigen Truppe, die mir hier zur Verfügung steht, Jagd auf ihn machen kann – fünfzig Praus und zweitausend Mann, von denen ich ein Drittel als Bewachung in Kuching zurücklassen muß. Usman weiß, daß ich selbst dann noch mindestens eine Woche für die Vorbereitungen brauche – eine Woche, in der er seine Praus und seine Wilden zusammentrommeln kann, die uns zahlenmäßig eins zu zehn überlegen sind, und in der er seine Hinterhalte entlang des Lupar legen kann. Er vertraut darauf, daß wir halb bewaffnet und schlecht vorbereitet in seine Fallen stolpern werden – «

»Hören Sie auf, bevor ich anfange mir zu wünschen, ich wäre auf der anderen Seite«, murmelte Wade, und Brooke lachte auf seine eitle Art und warf seine schwarzen Löckchen zurück.

»Kurz und gut, er will uns bis auf den letzten Mann ausradieren!« rief er. »Das ist sein abscheulicher Plan.« Er lächelte selbstgefällig in die Runde. »So denkt sich Suleiman Usman die Sache.«

Paitingi seufzte. »Aber natürlich irrt er sich, der arme Heide«, sagte er mit bitterem Sarkasmus. »Du wirst uns sagen, wieso.«

»Du kannst die Bank von England gegen einen feuchten Dreck wetten, daß er sich irrt!« rief Brooke, und sein Gesicht leuchtete vor Selbstgefälligkeit und Erregung. »Er erwartet uns in einer Woche – aber wir werden in zwei Tagen bei ihm sein! Er erwartet uns mit zwei Dritteln unserer Streitmacht – na gut, wir werden ihm unsere volle Stärke zeigen! Ich werde jeden Mann und jedes Geschütz aus Kuching abziehen und die Stadt ohne Verteidigung zurücklassen – ich setze alles auf eine Karte!« Er strahlte uns an und platzte fast vor Zuversicht. »Überraschung, Gentlemen – das ist die Devise! Ich werde diesen Schuft überrumpeln, bevor er seine teuflischen Netze ausgelegt hat! Was sagen Sie dazu?«

Ich weiß, was ich gesagt hätte, wenn ich in diesem Moment überhaupt etwas geäußert hätte. Ich hatte noch nie in meinem Leben so einen Irrsinn gehört, und nach ihren Blicken zu schließen, die anderen auch nicht. Paitingi schnaubte wütend.

»Du bist verrückt! Das geht nicht.«

»Ich weiß, alter Freund«, grinste Brooke. »Na und?«

»Du hast es doch selber gesagt! Zwischen Skrang Creek und dem Meer liegen hundertfünfzig Kilometer Fluß, von denen jeder Meter voller Piraten, Sklavenhändler, *Nata-hutan** und Tausenden von Kopfjägern ist, wo jeder Nebenfluß von bewaffneten Praus und Bankongs wimmelt, von den Forts gar nicht zu reden! Überraschung, sagst du? Beim Barte des Propheten, ich weiß, wer überrascht sein wird! Wir haben schon viele Kämpfe auf den Flüssen hinter uns, aber das hier –« Er wedelte mit seiner großen roten Hand. »Ohne eine voll ausgerüstete, starke Expedition – Mann, das ist tödlicher Wahnsinn.«

»Er hat recht, J. B.«, sagte Keppel. »Außerdem kann selbst die kleine Truppe, die wir haben, nicht in zwei Tagen bereit sein –«

»Doch, das kann sie. Sogar in einem Tag, wenn nötig.«

»Na schön, aber selbst dann – Sie könnten vielleicht Fort Linga überrumpeln und einnehmen, doch danach wird man flußaufwärts auf Sie vorbereitet sein.«

»Nicht bei der Schnelligkeit, mit der ich vorgehen werde!« rief Brooke. »Wir werden dem Boten mit der Katastrophenmeldung aus Linga auf den Fersen nach Patusan folgen! Wir werden alles vor uns hertreiben, den ganzen Weg bis zum Skrang, falls das erforderlich ist!«

»Aber Kuching?« protestierte Stuart. »Die Balagnini oder diese abscheulichen Lanun könnten es überfallen, während wir ihnen den Rücken zukehren.«

»Niemals!« Brooke jubelte geradezu. »Sie werden nicht wissen, daß es schutzlos ist! Und angenommen, sie wüßten es – nun, dann müßten wir eben wieder ganz von vorne anfangen. Du redest von der Übermacht gegen uns auf dem Lupar – war sie bei Seribas oder Murdu etwa geringer? Standen unsere Chancen besser, als du und ich mit sechs Kanonen und einer lecken Vergnügunsyacht ganz Sarawak eingenommen haben? Ich sage Ihnen, Gentlemen, ich kann diese Sache in zwei Wochen ein für alle Mal erledigen!

* »Waldteufel«, d. h. die Benutzer des *Sumpitan*

Glauben Sie mir nicht? Habe ich jemals versagt, und werde ich jetzt versagen, da ein armes, schwaches Geschöpf nach Rettung schreit, und ich, ein Brite, diesen Schrei höre? Wo ich doch über die tapferen Männer und die guten Schiffe verfüge, die es schaffen werden, diesen Hornissenschwarm zu zermalmen, bevor er sich zu seinem schändlichen Treiben ausbreiten kann? Ich sage Ihnen, alle Schiffe und alle Trppen der Königin werden nie wieder eine solche Chance haben, und ich beabsichtige, sie zu ergreifen!«[23]

Das hatte ich noch nie gesehen, obschon ich es seither öfter erlebt habe, als mir lieb ist – wie ein einzelner Mann, der völlig übergeschnappt und vor Selbstüberschätzung berauscht ist, vernünftig denkende Leute gegen ihr besseres Wissen mitreißt. Gordon, der Chinese, konnte das, und Jakub Beg, der Kirgise; auch J. E. B. Stuart und George Custer, dieser völlig Besessene. Sie und Brooke hätten einen Verein gründen können. Ich sehe ihn noch vor mir, aufrecht, mit zurückgeworfenem Kopf und flammendem Blick, wie der schlimmste Schmierenkomödiant, der im hintersten Kaff vor einer Menge von Bauerntrampeln die Rede Agincourts deklamiert. Ich glaube nicht, daß er sie überzeugte – Stuart und Crimble vielleicht, aber nicht Keppel und die anderen; ganz sicher nicht Paitingi. Aber sie konnten ihm oder der Kraft, die aus ihm sprach, nicht widerstehen. Er würde sich mit seiner Ansicht durchsetzen, und das wußten sie. Sie standen schweigend da; ich glaube, Keppel war peinlich berührt. Und dann sagte Paitingi: »Na schön. Ich nehme an, du willst mir das Kommando über die Späher übertragen?«

Damit war die Sache abgemacht, und Brooke beruhigte sich sofort. Sie begannen, ernsthaft Mittel und Wege zu diskutieren, während ich mich zurückhielt, über den Wahnsinn des ganzen Unternehmens nachdachte und mich fragte, wie ich mich aus der Sache herauswinden könnte. Sie gingen offensichtlich einer Katastrophe entgegen und zogen mich mit hinein, daran war nicht zu rütteln. Ich wälzte über ein Dutzend Pläne in meinem Kopf, vom vorgetäuschten Nervenzusammenbruch bis zum Davonlaufen; schließlich, als alle außer Brooke fortgeeilt waren, um mit den Vorbereitungen zu beginnen, die die ganze Nacht und den folgenden Tag in Anspruch nehmen würden, unternahm ich einen schwachen Versuch, ihn von seinem wahnwitzigen Vorhaben abzubringen. Vielleicht, so schlug ich schüchtern vor, wäre es möglich, ein Lösegeld für Elspeth zu zahlen; ich hatte in Erfahrung gebracht, daß solche Dinge bei fernöstlichen Piraten gang und gäbe waren, und der alte Morrison stank vor Geld, das er liebend gerne . . .

»Was?« schrie Brooke mit finsterem Blick. »Mit diesen Schurken verhandeln? Niemals! So etwas kommt für mich nicht in Frage – ach, jetzt verstehe ich, worum es Ihnen geht!« Er kam zu mir herüber und legte mir mitfühlend eine Hand auf den Arm. »Sie fürchten um die Sicherheit Ihrer geliebten Frau, wenn es zum Kampf kommt. Sie brauchen keine Angst zu haben, lieber Freund; es wird ihr kein Leid geschehen.«

Nun, es war mir zu hoch, wie er das garantieren konnte, aber dann erklärte er es mir, und ich gebe Ihnen mein Wort, daß er genau dieses sagte. Vorher ließ er mich auf meinem Stuhl Platz nehmen und goß mir ein Glas Arrak ein.

»Es ist sehr verständlich, Flashman, daß Sie diesem Piraten die finstersten Motive unterstellen . . . was Ihre Frau angeht. In der Tat könnten ihre Anmut und ihr persönlicher Charme, nach dem, was ich darüber gehört habe, ihn dazu anstacheln . . . äh, ich meine, sie könnten – nun ja, in einer nichtswürdigen Person niedere Instinkte wecken.« Er stockte leicht und nahm einen Schluck aus seinem Glas, weil er sich fragte, wie er – ohne mir unnötigen Kummer zu bereiten – die Möglichkeit zur Sprache bringen sollte, daß sie vergewohltätigt werden könnte. Schließlich platzte er heraus:

»Er wird es nicht tun! – Ich meine, das heißt – ich kann nicht glauben, daß sie in irgendeiner Weise . . . mißbraucht wird, falls Sie mich verstehen. Ich bin überzeugt, daß sie nur ein Unterpfand in einem Spiel ist, das er mit machiavellischer List gegen mich geplant hat, und daß er sie als Köder benutzt, um mich zu vernichten. Das«, sagte dieser aufgeblasene, selbstgefällige Traumtänzer, »ist sein wahres Ziel, denn er und seinesgleichen wissen, daß sie sich nicht sicher fühlen können, solange ich lebe. Sein Plan ist im Grunde nicht gegen Ihre Frau gerichtet, dessen bin ich sicher. Sie müssen nämlich wissen, daß er bereits verheiratet ist. O ja, ich habe in den letzten paar Tagen vieles in Erfahrung gebracht, und es stimmt – vor fünf Jahren hat er die Tochter des Sultans von Sulu zur Frau genommen, und obwohl Moslems natürlich nicht monogam sind«, fuhr er allen Ernstes fort, »besteht kein Grund zu der Annahme, daß ihre Verbindung nicht . . . nicht glücklich war.« Er wanderte einmal rund durch das Zimmer, während ich vor Verblüffung sprachlos den Mund aufriß. »Daher bin ich überzeugt, daß Ihre Frau absolut sicher vor . . . vor . . .«, er schwenkte sein Glas und verschüttete rundum Arrak, »vor irgendwelchen Angriffen dieser Art ist.«

Nun, das waren seine Worte, so wahr ich lebe. Ich traute meinen Ohren nicht. Einen Moment lang fragte ich mich, ob die Tatsache, daß man ihm seine Manneszier abgeschossen hatte, sein Denkvermögen beeinträchtigte; dann begriff ich, daß er in seiner unglaublich naiven Art diesen ganzen Mist verzapfte, um mich zu beruhigen. Möglicherweise dachte er, ich sei dermaßen von Sinnen, daß ich bereit wäre, alles zu glauben, sogar daß ein verheirateter Mann nie auf den Gedanken käme, eine andere Frau zu drangsalieren. Vielleicht glaubte er es sogar selber.

»Sie können sicher sein, sie wird Ihnen . . .«, er suchte nach einem passenden Wort und fand auch eins, ». . . unbefleckt zurückgegeben werden. Ich bin überzeugt, daß ihre Unversehrtheit sein wichtigstes Anliegen ist, denn er muß wissen, welch schreckliche Vergeltung ihn erwartet, wenn ihr irgendein Leid geschieht, sei es im Gefecht oder . . . in jeder anderen Weise. Und überhaupt«, sagte er, weil ihm offenbar dieser Gedanke gerade kam, »er mag zwar ein Pirat sein, aber er ist als englischer Gentleman erzogen worden. Ich kann nicht glauben, daß er völlig unempfänglich für jedes Ehrgefühl ist. Was immer auch aus ihm geworden ist – hier, lassen Sie mich Ihr Glas nachfüllen, alter Freund –, wir dürfen nicht vergessen, daß es eine Zeit gegeben hat, da er, nun ja . . . einer von uns war. Ich nehme an, dieser Gedanke bringt Ihnen Trost, oder?«

(Auszug aus dem Tagebuch der Mrs. H. Flashman, August 1844)

Ich habe alle Hoffnung fahren lassen und bin in meiner Gefangenschaft völlig verzweifelt, wie der Gefangene von Chillon, nur daß er in einem Kerker geschmachtet hat und ich auf einem Dampfschiff bin, was sicherlich tausendmal schlimmer ist, denn in einem Kerker sitzt man wenigstens still und ist sich nicht bewußt, daß man außer Reichweite aller lieben

Freunde verschleppt wird. Eine Woche bin ich jetzt hinter Schloß und Riegel – nein, es kommt mir wie ein Jahr vor!! Ich vergehe vor Gram über meine verlorene Liebe und kann nur voller Schrecken abwarten, welches Geschick mein herzloser Entführer für mich bereithält.

Meine Knie zittern bei diesem Gedanken, und mein Mut verläßt mich – wie beneidenswert erscheint doch dagegen das Los des Gefangenen von Chillon (siehe oben), denn auf seiner Gefangenschaft lastete keine solche Furcht, und er hatte wenigstens Mäuse, mit denen er spielen konnte, wenn sie ihre winzigen, krausen Näschen voll Mitgefühl in seine Hand legten. Ich mag zwar sicherlich keine Mäuse, aber ebensowenig mag ich den widerlichen Eingeborenen, der mir das Essen bringt, das ohnehin unerträglich ist, obwohl meine Kost seit einem oder zwei Tagen durch ein paar schmackhafte Früchte ergänzt wurde, denn wir sind, wie ich von meinem Bullauge aus sehen konnte, in Sichtweite von Land gekommen. Soll dieser fremd und feindlich aussehende tropische Strand Schauplatz meiner Gefangenschaft sein? Soll ich auf ostindischem Boden verkauft werden? Oh, lieber Vater – und freundlicher, edler, verständnisvoller H., ihr seid auf ewig für mich verloren!!

Doch selbst dieser Verlust ist kaum schlimmer als die Ungewißheit, die mein Gehirn zermartert. Seit dem ersten Schreckenstag meiner Entführung habe ich Don S. nicht mehr gesehen, was, wie ich zunächst annahm, daran liegen mochte, daß er mir vor Scham und Reue nicht in die Augen sehen konnte. Ich stellte mir vor, wie er ruhelos am Bug stand, von Gewissensbissen geplagt an seinen Fingernägeln knabberte und seine Matrosen nicht beachtete, die Anweisungen von ihm erwarteten, während das Schiff steuerlos weiter durch die Wogen pflügte. Oh, wie verdient wäre seine Pein! – Und doch ist es äußerst merkwürdig, daß er sich nach seinen leidenschaftlichen Beteuerungen sieben ganze Tage lang nicht bei mir, dem Gegenstand seiner Besessenheit, sehen läßt. Ich verstehe das nicht, denn ich glaube kaum, daß er irgendwelche Reue empfindet, und das Schiff kann doch nicht seine ganze Zeit beanspruchen! Warum kommt also der grausame Schurke nicht, um sich am Anblick seines hilflosen Opfers zu weiden und über seine jämmerliche Verfassung zu spotten, denn mein weißes Taftkleid war inzwischen ganz verschmutzt und in meiner engen Kabine war es so drückend warm, daß ich es notgedrungen abgelegt habe und jetzt diese Sarong genannten Eingeborenenkleider trage, die mir die unheimliche, kleine Chinesin besorgt hat, die mich bedient – ein bläßliches Geschöpf, das kein Wort Englisch spricht, aber gar nicht so ungeschickt ist wie einige andere, die ich gekannt habe. Ich habe einen Sarong aus roter Seide, der mir, glaube ich, am besten steht, und einen anderen in Blau mit Goldstikkerei; ganz hübsch, aber sie sind natürlich sehr schlicht und einfach und ganz und gar nicht in Europa zu tragen, außer als Negligé. Aber ich habe nichts Besseres, und da der Absatz meines linken Schuhs abgebrochen ist, mußte ich sie beide ausziehen, und ich habe keine richtigen Toilettenartikel, und mein Haar sieht einfach furchtbar aus. Don S. ist ein gemeiner Schuft und ein Ekel, mich erst brutal zu entführen und mich dann so herzlos in dieser mißlichen Lage zu vernachlässigen!

Nachmittags:

Er ist endlich gekommen, und ich bin verwirrt! Als ich gerade, so gut ich konnte, mein leicht unordentliches Äußeres wiederherstellen wollte, das eine Auswirkung meiner grausamen Gefangenschaft ist, und versuchte, wie mein Sarong (der rote) die elegantesten Falten wirft – denn es ist eine vortreffliche Regel, daß eine Dame in jeder Lage das Beste aus sich machen und danach trachten sollte, ein gepflegtes Erscheinungsbild zu bieten – als mir plötzlich seine Anwesenheit bewußt wurde. Meinen überraschten Protest beantwortete er mit einem schmeichelhaften Kompliment darüber, wie gut mir mein Sarong stehe, und mit einem Blick voll solch brennendem Verlangen, daß ich sogleich bedauerte, mein Taftkleid abgelegt zu haben, und fürchtete, mein Anblick im Eingeborenenkostüm könnte niedere Begierden in ihm erwecken. Meiner sofortigen und wiederholten Forderung, auf der Stelle nach Hause gebracht zu werden, und den Vorhaltungen wegen seines skandalösen Vertrauensbruchs und der Art, wie er mich vernachlässigte, begegnete er mit äußerster Gelassenheit und widerlich besorgten Erkundigungen nach meinem Wohlbefinden! Ich reagierte mit eisiger Verachtung. »Bringen Sie mich augenblicklich zu meiner Familie zurück und behalten Sie Ihre langweiligen Trostsprüche für sich!« Er nahm diese Abfuhr völlig ungerührt hin und sagte, ich solle mir diese Hoffnung für alle Zeiten aus dem Kopf schlagen.

»Was!« schrie ich. »Sie wollen mir sogar etwas Vernünftiges zum Anziehen verweigern, und ein paar ordentliche Toilettenartikel, und täglich saubere Bettwäsche, und eine abwechslungsreichere Kost anstelle des Schweinebratens, von dem ich mehr als genug habe, und daß meine Unterkunft richtig gelüftet und gründlich gesäubert wird?« »Nein, nein«, protestierte er. »Das sollen Sie haben, und alles, was Ihr Herz begehrt, aber was die Rückkehr zu Ihrer Familie angeht, das kommt nicht in Frage, denn der Würfel ist gefallen!« »Das werden wir ja sehen, mein Freundchen!« rief ich, um den Schrecken zu verbergen, den seine grimmige und unnachgiebige Art in meiner bebenden Brust hervorrief, und um ihm kühn die Stirn zu bieten, woraufhin er zu meinem Erstaunen auf die Knie fiel, meine Hand ergriff – aber mit allem Respekt – und in so bewegender und flehender Weise beteuerte, daß er mich anbete, und schwor, wenn ich seine Liebe erwiderte, würde er mich tatsächlich zur Königin machen und mir jeden kleinsten Wunsch sofort erfüllen, daß ich vor Rührung nicht aus und ein wußte. Als er sah, daß ich schwach wurde, redete er ernsthaft von dem Wohlwollen und der Freundschaft, die zwischen uns geherrscht hatten, worüber ich, voller Verachtung vor meiner eigenen Schwäche, zu Tränen gerührt war.

»Warum, ach warum, Don S., mußten Sie das alles durch dieses gedankenlose und ungehörige Verhalten zerstören, und das nach einer so schönen Kreuzfahrt?« rief ich. »Das ist äußerst unzuvorkommend von Ihnen!« »Ich konnte die Qual nicht ertragen, Sie in den Armen eines anderen zu sehen!« rief er. Ich fragte: »Nanu, wen meinen Sie denn, Don S.?« »Ihren Mann!« rief er. »Aber er wird nicht länger Ihr Mann sein!« Er sprang auf und meinte, mein Geist sei ebenso unvergleichlich wie meine Schönheit, die er mit Ausdrücken pries, die zu wiederholen ich mich nicht durchringen kann, obwohl ich zu behaupten wage, daß dieses Kompliment aufrichtig gemeint war. Dann fügte er hinzu, er werde mich gewinnen, koste es, was es wolle. Trotz meiner Gegenwehr und

Vorwürfe und meiner schwachen Rufe um Hilfe, von der ich wußte, daß sie nicht kommen würde, unterwarf er mich wiederholt einem derart stürmischen Angriff seiner Küsse auf meine Lippen, daß ich für fünf oder zehn Minuten dem barmherzigen Vergessen einer Ohnmacht anheimfiel, wonach er an Deck gerufen wurde und mich unter wiederholten Treueschwüren in einem Zustand der Verwirrung und Schwäche verließ.

Es gibt noch immer keine Anzeichen für eine Verfolgung durch H., auf die ich so unbändig gehofft hatte. Bin ich von allen, die mir lieb sind, vergessen? Besteht wirklich keine Hoffnung mehr? Bin ich dazu verdammt, für alle Zeit verschleppt zu werden, oder wird Don S. doch seine ungestüme Zuneigung zu mir – nein, einzig zu meinem äußeren Bild – bereuen, die ihn zu dieser unüberlegten Verrücktheit hingerissen hat? Ich bete, daß es so sein möge, und ich beklage – nein, ich verfluche diese Anmut von Gestalt und Zügen, auf die ich einst so stolz war. Ach, warum bin ich nicht häßlich, aber ungefährdet geboren wie meine liebste Schwester Agnes oder unsere Mary, die sogar noch weniger begünstigt ist, obwohl ihr Teint sicherlich gar nicht so schlimm ist, oder wie ....* Ach, ihr drei lieben Schwestern, ihr seid unwiderruflich entschwunden! Wenn ihr nur wüßtet und mich in meiner Not bedauern könntet! Wo ist H.? Don S. hat einen großen Blumenstrauß in meine Kabine geschickt – Dschungelblüten, hübsch, aber geschmacklos grell und bunt.

(Ende des Auszugs, der an unglaublicher Schamlosigkeit, Heuchelei und ungerechtfertigter Eitelkeit nicht zu übertreffen ist! G. de R.)

* An dieser Stelle sind im Manuskript zwei Zeilen dick durchgestrichen, zweifellos um eine wenig schmeichelhafte Erwähnung der dritten Schwester Lady Flashmans, Grizel de Rothschilds, auszumerzen, die das Tagebuch bearbeitet hat.

Am Abend des folgenden Tages fuhren wir mit der Flut den Kuching-River hinunter, ein großer Konvoi zusammengewürfelter Schiffe, die leise durch die geöffneten Sperren und zwischen dunkel in der Dämmerung daliegenden Ufern zum offenen Meer hinausglitten. Ich weiß nicht, wie Brooke das geschafft hatte – ich nehme an, Sie können in seinem und Keppels Tagebuch nachlesen, wie sie ihre Kriegsflotte von fast achtzig Schiffen zusammengestellt, bewaffnet, verproviantiert und mit der unglaublichsten Besatzung aus Piraten, Wilden und Irren versehen auf das Chinesische Meer haben auslaufen lassen wie zu einer Regatta; ich selbst erinnere mich nicht allzu deutlich daran, denn eine ganze Nacht und einen ganzen Tag lang hatte entlang des Kais von Kuching große Geschäftigkeit geherrscht, wozu ich als Neuling in diesem Fach keinen sehr nutzbringenden Beitrag geleistet hatte.

Doch ich habe meine üblichen unzusammenhängenden Erinnerungen daran. Ich sehe noch vor mir, wie die langen Praus mit ihren steilen Bordwänden und Wäldern von Rudern eine nach der anderen von schwitzenden, kreischenden malaiischen Steuermännern an die Anlegestelle bugsiert wurden, wo die eingeborenen Verbündeten des Radschas an Bord strömten – eine plappernde, halbnackte Horde von Dyaks, einige davon in Baströckchen oder Sarong, andere mit Lendenschurz und Beinringen, manche mit Turban, ein paar mit Federn im Haar, aber alle grinsend und häßlich wie die Sünde, beladen mit ihren abscheulichen *Sumpitan*-Rohren und Pfeilen, ihren Krummdolchen und Speeren, die einem angst und bange machen konnten.

Dann kamen die malaiischen Schwertträger und füllten die Sampans – große, flachgesichtige Burschen mit Musketen und den schrecklichen *Kampilan*-Hackmessern in ihren Gürteln; die britischen Teerjacken in ihren Blusen und Hosen aus Segeltuch und mit Strohhüten, unter denen ihre roten Gesichter grinsten und schwitzten, während sie die Pinasse der DIDO beluden und im Takt zu ihrer Arbeit »Whisky, Jonny« sangen; die schweigsamen chinesischen Kanoniere, deren Aufgabe es war, die kleinen Geschütze am Bug der Sampans und Langschiffe festzuzurren und die Pulverfässer und Lunten zu verstauen; die schlanken, olivhäutigen Linga-Piraten, die Paitingis Späherboote bemannten – erstaunliche Fahrzeuge, am ehesten noch vergleichbar den Rennbooten der Universitäten, nadelspitze, zerbrechliche Gefährte mit dreißig Rudern, die so schnell über das Wasser fegen konnten, wie in Mann läuft. Sie flitzten zwischen den anderen Schiffen herum – den langen, stattlichen Praus, der Pinasse der DIDO, den Kuttern, Barkassen und Einbäumen der langen Schaluppe JOLLY BACHELOR, die Brookes eigenes Flaggschiff war, und dem Glanzstück unserer Flotte, dem Ostindien-Raddampfer PHLEGETHON mit seinem riesigen Schaufelrad und dem rauchspuckenden Schornstein. Sie alle drängten sich auf dem Fluß in einem großen Gewirr von Rudern und Tauwerk, und über dem Ganzen ertönte ein ständiger Chor von Flüchen und Kommandos in einem halben Dutzend Sprachen; es wirkte wie der wildgewordene Betriebsausflug einer Binnenschifferei.

Die unterschiedlichen Waffen waren der Alptraum eines jeden Waffenmeisters; abgesehen von den bereits erwähnten gab es noch Pfeil und Bogen, jede erdenkliche Art von Schwertern, Äxten und Speeren, moderne Musketen mit gezogenem Lauf, große Sattelpistolen, Trommelrevolver, Zündnadelgewehre, mit phantasievollen Schnitzereien verzierte chinesische Steinschloßflinten, sechspfündige Schiffsgeschütze und Lafetten mit Congreve-Raketen, deren Abschußrohre auf die Vorderdecks und drei Praus montiert waren. Gott stehe dem bei, der dieser Sammlung in den Weg gerät, dachte ich, und dabei fiel mir ein besonders guter Vergleich an Land auf: ein britischer Marineoffizier im langen Waffenrock und mit wasserfestem Hut prüfte gerade die Stecher von zwei Mantons, und seine Matrosen wetzten an einem Schleifstein ihre Entermesser mit Griffen aus Messing, während keinen Meter von ihnen entfernt eine schnatternde Horde von Dyaks ihre *Langa*-Pfeile in einen blubbernden Kessel mit dem abscheulichen weißen *Radjun*-Gift tauchten.

»Laß mal sehen, wie du in dein Röhrchen pustest, Johnny«, rief einer von den Teerjacken, und sie schwenkten in zwanzig Meter Entfernung einen Champagnerkorken an einer Schnur als Ziel; eines der grinsenden, kleinen Ungeheuer legten einen Pfeil in seinen *Sumpitan*, setzte ihn an den Mund – und im Nu schnellte der Korken, durchbohrt von der langen Nadel, an der Schnur hoch. »Mein lieber Mann!« sagte der Matrose ehrfürchtig. »Ziel bloß nicht mit diesem verd--- Ding auf meinen Hintern, hörst du?« Die anderen jubelten dem Dyak zu und boten an, ihren Kanonier gegen ihn zu tauschen.

Sie sehen also, mit welcher Art von Armee James Brooke am Morgen des 5. August 1844 von Kuching aus in See stach, und wenn Sie, ähnlich wie ich, zweifelnd den Kopf über dieses kunterbunte Sammelsurium geschüttelt hätten, das sich da am Kai versammelte, dann hätten Sie vor ungläubigem Staunen den Atem angehalten, als wir bei Anbruch der Morgendämmerung lautlos und in disziplinierter Ordnung auf das Chinesische Meer hinausglitten. Ich werde den Anblick nie vergessen: das dunkelviolette Wasser, das sich im Morgenwind kräuselte; das wirre grüne Dikkicht der Mangrovenküste eine Taulänge entfernt zu unserer Rechten; die ersten blendenden Sonnenstrahlen, die das Meer vor unserem Bug in einen See aus geschmolzenem Silber verwandelten, durch den unsere Flotte ostwärts pflügte.

Als erstes kamen die Späherboote, je zehn in einer kilometerbreiten Linie nebeneinander, die, angetrieben von ihren fühlerartigen, dünnen Rudern über der Wasseroberfläche zu schweben schienen; dann die Praus in Zweierreihen, mit aufgezogenen Segeln und langen Rudern, die das Wasser peitschten, und mit den kleineren Sampans und Einbäumen im Schlepp; die Pinasse der DIDO und die JOLLY BACHELOR unter vollen Segeln, und als letzter, als Hüter der Herde, der Dampfer PHLEGETHON, der mit seinem großen Schaufelrad Gischt aufwühlte, und unter dessen Sonnensegel Brooke, der Beherrscher des Ganzen, einherstolzierte und dem bewundernden Flashy einen Vortrag hielt. Es war nicht so, daß ich seine Gesellschaft gesucht hätte, aber da ich nun mal mitkommen mußte, hielt ich es für das sicherste, mich auf dem größten zur Verfügung stehenden Schiff dicht an ihn zu halten; irgend etwas sagte mir, daß es nicht er sein würde, wenn jemand mit den Füßen voran nach Hause kommen sollte, und daß vermutlich die Verpflegung besser war. Also schwarwenzelte ich in bester Manier um ihn herum, und zum Dank dafür langweilte er mich erbärmlich.

»Das ist besser, als bei den Horse Guards die Steigbügelriemen zu inspizieren!« rief er gutgelaunt und deutete mit der Hand auf unsere Flotte, die über das sonnnenbeschienene Meer dahinfuhr. »Was kann ein Mann mehr begehren? – Ein solides Deck unter seinen Füßen, die Flagge über seinem Kopf, beherzte Kameraden neben sich, und einen erbitterten Kampf vor sich. Das ist Leben, mein Junge!« Mir kam es eher wie Tod vor, aber natürlich grinste ich und pflichtete ihm bei, es sei berauschend. »Und wir kämpfen für eine gute Sache«, fuhr er fort. »Übeltäter zu bestrafen, Sarawak zu verteidigen und natürlich Ihre Lady zu retten. Jaja, wenn wir mit dieser Sache fertig sind, wird die Küste sauberer und schöner sein.«

Ich fragte ihn, ob er die Absicht habe, sein ganzes Leben der Piratenjagd zu widmen, und er wurde furchtbar feierlich, starrte aufs Meer hinaus, und der Wind zerzauste sein Haar.

»Das könnte wohl eine Lebensaufgabe sein«, sagte er. »Sehen Sie, unsere Leute zu Hause verstehen nicht, daß ein Pirat hierzulande kein Krimineller in unserem Sinne ist; Piraterie ist auf diesen Inseln ein Beruf wie jeder andere und gehört zu ihrer Lebensart – wie Handel zu treiben für einen Engländer. Es geht also nicht darum, ein paar Schurken auszumerzen, sondern die Denkweise ganzer Nationen zu ändern und sie zu ehrbaren, friedlichen Beschäftigungen anzuhalten.« Er lachte und schüttelte seinen Kopf. »Das wird nicht einfach sein – wissen Sie, was einer von ihnen mir einmal gesagt hat? Und das war ein weitgereister, intelligenter Mann – er sagte: »Ich weiß, euer britisches System ist gut, *Tuan besar*; ich habe Singapur gesehen, eure Soldaten und Kaufleute und großen Schiffe. Aber ich bin dazu erzogen worden, zu plündern, und ich lache bei dem Gedanken, daß ich einen friedfertigen Stamm bis hin zu seinen Kochtöpfen gefilzt habe. »Also, was soll man mit einem solchen Kerl anfangen?«

»Ihn aufhängen«, sagte Wade, der mit dem kleinen Charlie Johnson, einem von Brookes Leuten,[24] an Deck saß und *Main Chatter** spielte. »Das war Makota, oder?«

»Ja, Makota«, sagte Brooke. »Und er war der beste von allen. Einer der tapfersten Freunde und Verbündeten, den ich je hatte – bis er abtrünnig wurde und sich den Sklavenjägern von Sadong anschloß. Jetzt liefert er Arbeiter und Konkubinen an die Prinzen von der Küste, die eigentlich unsere Verbündeten sein sollten, aber die insgeheim aus Angst und Profitgier Geschäfte mit den Piraten machen. Das sind die Dinge, die wir zu bekämpfen haben, ganz abgesehen von den Piraten selbst.«

»Warum tun Sie das?« fragte ich trotz allem, was Stuart mir gesagt hatte; ich wollte es aus seinem eigenen Mund hören, denn diese freibeuterischen Kreuzzügler sind mir immer suspekt, wissen Sie. »Ich meine, Sie haben doch Sarawak; hält Sie das nicht beschäftigt genug?«

* Malaiisches Schachspiel, eine interessante Variante, bei der der König, wenn ihm Schach geboten wird, wie ein Springer ziehen kann.

»Es ist meine Pflicht«, sagte er, so wie man sagt, es sei warm für die Jahreszeit. »Ich nehme an, es begann mit Sarawak, das mir zunächst wie ein Findelkind vorkam, und das ich voller Zögern und Bedenken in Schutz nahm. Aber es hat mir meine Mühe gedankt. Ich habe seine Einwohner und seinen Handel befreit, ihm Gesetze gegeben, Gewerbe und Einwanderung von Chinesen gefördert, nur sehr geringe Steuern erhoben und es vor den Piraten beschützt. Oh, ich könnte ein Vermögen in diesem Land machen, aber ich begnüge mich mit einem bißchen – man ist entweder ein Mann von Ehre oder ein Abenteurer, der auf Gewinn aus ist, und Gott verhüte, daß ich das jemals sein möge. Doch ich werde reich entlohnt«, sagte er sanft, »denn alles Gute, das ich tue, trägt zu meiner Zufriedenheit bei.«

Schade, daß man das nicht vertonen und als Hymne singen kann, dachte ich. Das hätte dem alten Arnold gefallen. Aber ich sagte bloß, es sei zweifellos ein gottesfürchtiges Werk, und daß es nicht anerkannt würde, sei eine Affenschande. Er habe mindestens einen Adelstitel verdient, würde ich sagen.

»Titel?« rief er lächelnd. »Die sind wie schöne Kleider, Kindertrompeten oder Schildkörtensuppe – alle von gleichem aber geringem Wert. Mein ganzes Streben gilt dem Wohle Borneos und seiner Bewohner – ich habe gezeigt, was hier getan werden kann, aber es ist Sache unserer Regierung daheim, zu entscheiden, welche Mittel, sofern überhaupt, sie mir zur Verfügung stellt, um mein Werk weiterzuführen und auszudehnen.« Seine Augen nahmen dieses Glitzern an, das man bei Predigern der Zeltmission und bei Rechnungsführern großer Firmen findet. »Ich habe hier nur die Oberfläche angekratzt, aber ich möchte das Innere dieses erstaunlichen Landes öffnen, es zum Wohl seiner Bewohner erschließen und ausbeuten, den Charakter der Eingeborenen verbessern und ihnen ihr Dasein erleichtern. Aber Sie kennen ja unsere Politiker und Ministerien – sie halten nichts von riskanten Unternehmungen im Ausland, und sie sind mir gegenüber ganz schön mißtrauisch, das kann ich Ihnen sagen.«

Er lachte erneut. »Sie verdächtigen mich, dies oder jenes zu meinem eigenen Besten im Sinn zu haben. Und was kann ich ihnen darauf entgegnen? – Sie kennen das Land nicht, und die einzigen Besuche, die man mir abstattet, sind kurz und offiziell. Nun, was kann ein Admiral schon in einer Woche in Erfahrung bringen? Wenn ich vernünftig wäre, würde ich eine aufgedonnerte

Werbeschrift aufsetzen, einen Verwaltungsrat gründen und öffentliche Versammlungen abhalten. ‚Borneo Ltd.' oder so, das würde sie interessieren, aber wie! Doch das wäre falsch, wissen Sie – und es würde die Regierung nur davon überzeugen, daß ich selber ein Freibeuter bin – ein Seewolf im Schafspelz. Nein, nein, das wäre nicht das richtige.« Er seufzte. »Und doch, wie stolz wäre ich, eines Tages Sarawak und ganz Borneo unter britischer Flagge zu sehen – zu seinem eigenen Wohl, nicht unserem. Vielleicht kommt es nie dazu – um so bedauerlicher – aber in der Zwischenzeit habe ich meine Pflicht gegenüber Sarawak und seinen Bewohnern zu erfüllen. Ich bin ihr einziger Beschützer, und falls ich mein Leben bei dieser Aufgabe lasse, nun ja, dann sterbe ich wenigstens ehrenvoll.«

Ich habe in meinem Leben ja so einiges an ungetrübter Selbstgefälligkeit erlebt und auch selber in dieser Richtung ganz schön was geleistet, wenn die Gelegenheit es erforderte, aber J. B. übertraf alles. Wohlgemerkt, ich glaube, daß er im Gegensatz zu Heuchlern wie Arnold wirklich von dem überzeugt war, was er sagte; zumindest war er verrückt genug, demgemäß zu leben, soweit ich das sehen konnte, und das stand im Einklang mit meiner Schlußfolgerung, daß er nicht ganz richtig im Kopf war. Und wenn man bedenkt, daß er Gladstones Zorn erregte[25] – nun, das spricht Bände zu seinen Gunsten, oder etwa nicht? Aber damals hielt ich ihn einfach für einen weiteren aufgeblasenen, verlogenen Phrasendrescher, dem Gebet und Gewinnstreben hingegeben, bis er plötzlich hinging und alles zunichte machte, indem er in Gelächter ausbrach und sagte:

»Wohlgemerkt, wenn es auch für eine gute Sache geschieht, so macht es doch ungeheuer Spaß! Ich glaube, daß es mir nicht halb so viel Vergnügen bereiten würde, Sarawak zu beschützen und zu fördern, wenn damit nicht der Kampf gegen diese seeräuberischen, vagabundierenden Kopfjäger verbunden wäre! Ich habe eben das Glück, Pflicht und Vergnügen miteinander verbinden zu können – vielleicht bin ich im Grunde nicht viel anders als Makota und das ganze übrige Gesindel. Sie streifen aus Spaß und Lust am Plündern herum, und ich aus Pflichtbewußtsein und Gerechtigkeitssinn. Ein gutes Argument, finden Sie nicht? Ich nehme an, Sie halten mich für verrückt« – er ahnte ja nicht, wie recht er hatte –, »aber manchmal glaube ich, daß Gauner wie Sharif Sahib, Suleiman Usman und die Balagnini-Seewölfe die besten Freunde sind, die ich habe. Vielleicht haben unsere radikalen Parlamentsabgeordneten recht, und ich bin im Grunde meines Herzens nur ein Pirat.«

»Nun, du siehst auch wie einer aus, J. B.«, sagte Wade und stand vom Spielbrett auf. »Schachmatt – ich habe gewonnen. Charlie.« Er kam zur Rehling und deutete lachend auf die Dyak und malaiischen Wilden, die sich auf dem Deck der Prau direkt vor uns drängten. »Die sehen nicht gerade nach einem Schulausflug aus, oder? Piraten, wenn Sie so wollen, Flashman.«

»Flashman hat noch keine echten Piraten gesehen«, meinte Brooke. »Er wird den Unterschied schon merken.«

Das tat ich denn auch, noch ehe der Tag zu Ende war. Wir kreuzten den ganzen Tag vor dem warmen Wind an der Küste, während die Sonne ihre Bahn zog und wie eine blutrote Rose hinter uns versank, und mit der kühleren Abendluft kamen wir endlich zu der weiten Mündung des Batang Lupar. Sie war mehrere Kilometer breit, und zwischen den kleinen, bewaldeten Inseln vor dem Westufer stöberten wir den Ankerplatz eines verwahrlosten Seefahrervölkchens mit arg ramponierten Sampans auf – *Orang laut,* wie die Malaien sie nannten, »See-Zigeuner«, Vagabunden der Küste, die ständig vor einem Schuldeneintreiber zum nächsten flohen und jede Arbeit annahmen, die sie finden konnten.

Paitingi brachte ihren Anführer, einen schmutzigen, durchnäßten Wilden, in einem der Langboote zur PHLEGETHON, und nachdem Brooke mit ihm gesprochen hatte, forderte er mich auf, ihm hinunter in Paitingis Boot zu folgen, um – wie er sagte – »den richtigen Riecher« für ein Späherboot zu bekommen, bevor wir auf den eigentlichen Fluß kamen. Das hörte sich nicht gut an, aber ich nahm hinter ihm im Bug Platz, wo die Bordwände zu beiden Seiten ganz eng waren und man vorsichtig auftreten mußte, um nicht den dünnen Rumpf glatt mit dem Fuß zu durchstoßen. Paitingi hockte sich hinter mich, und der Ausguck, ein Linga, stand breitbeinig über mir, einen Fuß auf jeder Bordwand.

»Das gefällt mir ganz und gar nicht«, sagte Brooke. »Diese *Bajoos* behaupten, daß zum Rajang hinauf Dörfer brennen, und das ist nicht normal, wo doch alle Missetäter auf dem Lupar versammelt sein sollten, um unseren Empfang vorzubereiten. Wir werden uns ein bißchen umsehen. Fahrt los!«

Das schlanke Boot schoß vorwärts wie ein Pfeil und zitterte bedenklich unter meinen Füßen, als die dreißig Ruderer uns geräuschlos vorantrieben. Wir schlängelten uns zwischen den kleinen Inseln hindurch, und Brooke spähte zum gegenüberliegenden Ufer hinüber, das in der einsetzenden Dämmerung versank. Hinter uns kam leichter Dunst auf, der unsere Flotte verbarg, und von See her näherte sich langsam und geisterhaft eine breite Nebelbank auf dem öligen Wasser. Es herrschte Totenstille, und die naßkalte Luft verursachte uns eine Gänsehaut; Brooke ließ das Tempo drosseln, und wir glitten in den Schutz eines überhängenden Mangrovengestrüpps, dessen Blattwerk gespenstisch vom Ufer herabhing. Ich sah Brooke nach allen Richtungen Ausschau halten, und dann erstarrte Paitingi hinter mir.

»Bismillah! J. B.!« flüsterte er. »Hörst du das?«

Brooke nickte, und ich spitzte die Ohren und starrte ängstlich über das offene Wasser auf die Nebelbank, die auf uns zukroch. Dann hörte ich etwas – zuerst dachte ich, es sei mein Herz, aber nach und nach entwickelte sich das Geräusch zu einem regelmäßigen, dumpfen Dröhnen, das schwach aus dem Nebel drang und allmählich lauter wurde. Es klang melodisch und furchterregend zugleich, ein metallisches Trommeln, das mir die Haare im Nakken aufrichtete. Paitingi flüsterte hinter mir: »Ein Kriegsgong. Bleiben Sie still und wagen Sie nicht einmal, laut zu atmen!«

Brooke gebot mit einer Geste Schweigen, und wir lagen versteckt unter dem Mangrovengestrüpp und warteten atemlos, während dieses höllische Dröhnen zum Donnergrollen anwuchs, und mir kam es so vor, als könnte ich dahinter etwas rauschen hören, als käme ein riesiger Vogel angeflogen; mein Mund war ausgetrocknet, und ich starrte auf die Nebelbank und erwartete, etwas Schreckliches auftauchen zu sehen – und dann war es plötzlich da. Wie ein Zug, der aus einem Tunnel angebraust kommt, schoß ein riesiges rotes Gebilde aus dem Nebel hervor. Ich konnte es nur kurz im Vorbeirauschen sehen, aber der Anblick dieses langen, leuchtend roten Rumpfes mit hoch aufragendem Bug und Heck ist in mein Gedächtnis eingebrannt; das Deck dicht gedrängt voll Männer – flache, gelbe Gesichter mit Tüchern um die Stirn und glattem Haar, das über ihre ärmellose Kittel herabhing; blinkende Schwerter und Speerspitzen, und eine schauerliche Kette von weißen, schaukelnden Kugeln, die wie eine grausige Girlande unterhalb des Decks vom Bug bis zum Heck hingen – Schädel, Hunderte von Schädeln; die großen Ruder, die das Waser aufwühlten; die tropfenden Fackeln auf dem Achterdeck; die langen, seidenen

Wimpel an den Aufbauten, die sich wie Schlangen in der nebligen Luft wanden; die Gestalt eines halbnackten Riesen, der auf einem ungeheuren Gong den Rudertakt schlug – und dann war alles so schnell vorbei, wie es gekommen war, und das Dröhnen verklang im Dunst flußaufwärts auf dem Batang Lupar.[26]

Mir brach der Schweiß aus, als wir warteten, während zwei weitere Praus, ähnlich der ersten, in ihrem Kielwasser auftauchten und verschwanden; dann blickte Brooke an mir vorbei zu Paitingi.

»Das ist unangenehm«, sagte er. »Die ersten beiden waren meiner Meinung nach Lanun; das dritte waren Maluku. Was meinst du?«

»Lagunenpiraten aus Mindanao«, sagte Paitingi. »Aber was zum T---l machen die hier?« Er spuckte ins Wasser. »Das ist das Ende unserer Expedition, J. B. – auf jedem dieser Höllenschiffe sind tausend Mann, mehr als wir alle zusammen, und –«

»– und sie kommen Usman zur Hilfe«, sagte Brooke. Er pfiff leise vor sich hin und kratzte seinen Kopf unter der Lotsenmütze. »Ich sage dir, Paitingi – er nimmt uns ernst, und hat er damit nicht recht?«

»Ja, also sollten wir ihm die gleiche Ehre erweisen. Wenn wir morgen früh nach Kuching zurückfahren, können wir uns wenigstens zur Verteidigung rüsten, denn beim Barte Gottes – wir werden gehörig was um die Ohren bekommen –«

»Nicht wir«, sagte Brooke. »Die anderen.« Seine Zähne leuchteten weiß in der zunehmenden Dunkelheit, und er zitterte vor Erregung. »Weißt du was, alter Heide? Ich finde, das ist genau, was wir wollten – jetzt weiß ich, was wir zu erwarten haben. Ich sehe jetzt alles klar vor mir – warte nur ab!«

»Na gut, wenn wir mit vollem Tempo nach Hause –«

»Nach Hause? Nichts da!« rief Brooke. »Wir greifen heute nacht an! Fahrt los!«

Einen Moment lang dachte ich, Paitingi würde das Boot zum Kentern bringen; er brach in einen Strom von ungläubigen und bestürzten Verwünschungen aus, und alttestamentarische Flüche in schottischer Fassung sowie die hundert Namen Allahs schwirrten um meinen Kopf; Brooke lachte nur, zappelnd vor Ungeduld, und Paitingi fluchte und schimpfte noch, als unter Boot wieder bei der PHLEGETHON angelangt war. Die Befehlshaber der anderen Schiffe wurden rasch zusammengerufen, und Brooke, der auf mich wirkte, als stehe er unter dem Einfluß einer stimulierenden

Droge, hielt im Licht einer einzelnen Sturmlaterne auf dem Deck Kriegsrat.

»Das ist der richtige Zeitpunkt – das weiß ich!« sagte er. »Diese drei Praus den mit Lagunenpiraten sind auf dem Weg nach Linga – sie haben den ganzen Tag an der Küste gemordet und gebrandschatzt, und sie werden heute nacht nicht weiterfahren. Wir werden sie in der Morgendämmerung in Linga vertäut vorfinden. Keppel – Sie nehmen die Praus mit den Raketen, setzen die Schiffe dieser Piraten an ihrem Ankerplatz in Brand, bringen die Matrosen an Land, um das Fort zu erstürmen, und sperren den Linga-River, damit von dort keiner mehr durchkommt. Sie werden, wenn ich mich nicht sehr irre, bei Jaffirs Leuten auf wenig Widerstand stoßen.«

»In der Zwischenzeit fahren wir anderen weiter flußaufwärts nach Patusan. Dort werden wir auf das eigentliche Räubernest stoßen; wir schlagen zu, sobald Keppel uns mit seinen Schiffen eingeholt hat –«

»Sie wollen niemanden in Linga zurücklassen?« fragte Keppel. »Angenommen, es kommen noch mehr Praus aus Mindanao?«

»Es kommen keine«, sagte Brooke zuversichtlich. »Und falls doch, kehren wir auf der Stelle um und treiben sie den ganzen Weg zurück nach Sulu!« Sein Lachen jagte mir kalte Schauer über den Rücken. »Wohlgemerkt, Keppel, ich will diese drei Praus total zerstört und ihre Besatzungen bis auf den letzten Mann getötet oder vertrieben haben! Jagen Sie sie in den Dschungel; falls sie Sklaven oder Gefangene an Bord haben, so bringen Sie sie mit: Paitingi, du übernimmst die Führung nach Linga mit einem Späherboot; solange der Fluß noch so breit ist, brauchen wir nicht mehr. Also, wie spät ist es?«

Es lag vielleicht an meiner militärischen Ausbildung oder meinen Erfahrungen in Afghanistan, wo niemand ohne die Genehmigung des Generalstabs auch nur austreten ging, aber dieses tollkühne Vorgehen auf Biegen oder Brechen erschreckte mich. Wir sollten im Dunkeln diesen drei furchtbaren Schiffen flußaufwärts nachsetzen, die ich im Nebel hatte vorbeirauschen sehen – ich erschauderte bei der Erinnerung an die üblen gelben Visagen und diese scheußliche Girlande aus Schädeln – und sowohl sie als auch jede andere Horde von Halsabschneidern angreifen, die vielleicht zufällig im Fort von Linga wartete. Brooke war verrückt, von seinen eigenen schuljungenhaften Begriffen von Ruhm und

Tod zu einem Rausch der Begeisterung angestachelt; warum zum T---l nahmen sich Keppel und die anderen vernünftigen Männer nicht seiner an oder warfen ihn über Bord, bevor er uns allesamt ins Verderben führte? Aber sie standen da, verglichen ihre Uhren, stellten kaum eine Frage und machten aus der Luft gegriffene Vorschläge, die einem die Haare zu Berge stehen ließen, ohne daß jemand auch nur andeutungsweise einen schriftlichen Befehl erwähnt hätte – und Brooke klopfte Keppel lachend auf die Schulter, als dieser in sein Langboot hinunterstieg.

»Und denke dran, Paitingi«, rief er fröhlich. »Mach dich nicht alleine auf die Socken. Sobald diese Praus in Flammen stehen, möchte ich deine häßliche Visage wieder in Richtung PHLEGETHON auftauchen sehen, hörst du? Paß auf ihn auf, Stuart – er ist ein armer alter Kerl, aber ich habe mich so an ihn gewöhnt!«

Das Späherboot verschwand in der Dunkelheit, und wir hörten die Ruder der Langboote knarren, als diese sich verteilten. Brooke rieb sich die Hände und zwinkerte mir zu. »Heute ist der Tag und die Stunde gekommen«, sagte er. »Charlie Johnson, bestell dem Maschinisten einen schönen Gruß von mir und sag ihm, er soll Dampf machen. Zum Frühstück wollen wir Fort Linga einnehmen!«

Damals klang das wie das Geschwätz eines Irren, aber wenn ich so zurückblicke, kommt es mir ganz normal vor – denn so war J. B. nun einmal, und er bekam, was er wollte. Er verbrachte die ganze Nacht im Ruderhaus der PHLEGETHON, brütete über Karten und trank Arrak aus Batavia, erteilte von Zeit zu Zeit Befehle an Johnson oder Crimble, und während wir immer weiter in die Dunkelheit vorstießen, kamen dann und wann die Späherboote aus der nebligen Finsternis angeschossen, legten längsseits an und glitten dann wieder mit Botschaften an die Flotte davon, die uns in breiter Reihe folgte; eins der Boote fuhr ständig zwischen der PHLEGETHON und den Praus mit den Raketen hin und her, die irgendwo vor uns waren. Wie sie ihre Ordnung einhielten, ist mir unbegreiflich, denn jedes Schiff hatte nur eine kleine Laterne, die schwach am Heck leuchtete, und ringsumher war dichter Nebel. In diesem feuchtklammen Dunst war von den Ufern zu beiden Seiten keine Spur zu sehen, und außer dem gleichmäßigen Stampfen der Maschinen der PHLEGETHON war kein Laut zu hören; die Nacht war kalt und drückend zugleich, und ich saß voll banger Erwartung in den Windschatten des Ruderhauses geschmiegt und tröstete mich, so gut ich konnte, mit dem Wissen, daß die PHLEGETHON an der morgendlichen Aktion unbeteiligt sein würde.

Doch sie hatte einen Tribünenplatz; als überraschend und blaß der Morgen dämmerte, knüppelten wir mit Volldampf den trägen Fluß hinauf, kaum einen halben Kilometer von dem urwaldbedeckten Ufer an Steuerbord entfernt, und vor uns war nur ein Späherboot, das an einer Flußbiegung herumtrödelte. Während wir es noch beobachteten, war aus der Ferne vor uns das Krachen von Musketen zu hören, und von dem Späherboot schoß ein blaues Licht in die dunstige Luft, das gegen den blaßgrauen Himmel kaum zu sehen war. »Keppel ist da!« schrie Brooke. »Volle Kraft voraus, Charlie!« Und seinen Worten folgte auf dem Fuß eine donnernde Explosion, die ein Zittern über das strudelnde Wasser zu senden schien.

Die PHLEGETHON hielt auf das Späherboot zu, und als wir die Biegung umrundeten, bot sich mir ein Anblick, den ich nie vergessen werde. Einen Kilometer entfernt auf dem rechten Ufer war eine große Lichtung mit einem Eingeborenendorf, das sich bis zum Rand des Wassers ausdehnte, und dahinter, auf einer kleinen Anhöhe am Rand des Waldes, ein palisadenumzäuntes Fort, über dessen Mauern ein grünes Banner wehte. Über dem Dorf stiegen Rauchfahnen von Feuerstellen auf, aber unten am Flußufer selbst erhob sich eine große, rußige Wolke über der leuchtendroten Kriegs-Prau, die ich als eine von jenen widererkannte, die wir am Abend zuvor gesehen hatten; an ihrer steilen Bordwand züngelten orangerote Flammen hoch. Dahinter lagen die beiden anderen Praus am Ufer vertäut und schaukelten sanft in der Strömung.

Keppels Praus lagen ihnen in einer Reihe zugewandt vor uns; sie schwebten wie Geisterschiffe auf dem Morgennebel, der Wirbel über der Wasseroberfläche bildete. Von Keppels eigenem Schiff wand sich weißer Rauch in die Luft, und die danebenliegende Prau schwankte und erzitterte, als auf ihrem Hauptdeck Feuer aufblitzte und die Congreves mit weißem Rauchschweif aus ihrer Flanke hervorschossen; man konnte die Raketen in der Luft hin und her pendeln sehen, ehe sie sich in die Seiten der auf Schußweite liegenden Piratenschiffe bohrten; orangerote Feuerbälle zerbarsten zu großen Rauchschwaden, in denen Trümmer, zerbrochene Ruder und Speere hoch in die Luft flogen, und dann rollte, Sekunden später, der Donner der Explosionen über das Wasser.

Menschliche Gestalten schwärmten wie Ameisen von den getroffenen Piratenschiffen, sprangen ins Wasser oder verteilten sich am Ufer; eine weitere Salve von Raketen strich über das rauchverhangene Wasser, und als der Qualm der Explosionen sich verzog, konnten wir sehen, daß alle drei Ziele lodernd brannten und das uns am nächsten liegende flammende Wrack bereits im seichten Wasser versank. Von jedem der Schiffe Keppels ruderte ein Langboot auf das Ufer zu, und selbst ohne Fernglas konnte ich die Segeltuchblusen und Strohhüte unserer Matrosen erkennen. Als die Boote an den lodernden Wracks vorbeizogen und das Ufer berührten, begannen Keppels Raketen höher zu schießen, auf das umzäunte Fort, doch auf diese Entfernung zielten sie zu ungenau, und die meisten schlugen irgendwo im dahinterliegenden Dschungel ein. Brooke reichte mir sein Fernglas.

»Das hat den Sultan von Sulu einen Penny oder zwei gekostet«, sagte er. »Er wird es sich zweimal überlegen, bevor er seine Schädelsammler wieder hierher schickt.«

Ich beobachtete durch das Fernglas die Landung unserer Seeleute: Da war Wades gedrungene Gestalt, der sie in schnellem Trab durch das Dorf zum Fort hinführte, und die Entermesser blinkten im Morgenlicht: Dahinter hievten die Bootsbesatzungen ihre Bordgeschütze an Land und hoben sie auf Räderschlitten, um sie zum Einsatz gegen das Fort nach vorne rollen zu können. Andere schleppten Bambusleitern, und von einem der Boote ging ein Trupp malaiischer Bogenschützen mit Feuerkesseln an Land. Mir begann zu dämmern, daß Brooke – oder sonst jemand – trotz seines Holterdiepolter-Stils sein Geschäft verstand; sie hatten alle die richtige Ausrüstung und bewegten sich präzise wie ein Uhrwerk. Keppels Praus mußten auf die Minute genau um die Flußbiegung und in Sichtweite des Dorfes gekommen sein, als es hell genug zum Schießen war; etwas später, und ihre Annäherung hätte bemerkt werden können, und die Piraten wären auf dem Quivive gewesen.

»Ich frage mich, ob Sharif Jaffir wohl schon wach ist?« Brooke stolzierte auf dem Deck herum und grinste wie ein Lausejunge. »Was wettest du, Charlie, daß er sich genau in diesem Augenblick aus dem Fort schleicht und im Dschungel verkriecht? Ich denke, wir werden das jetzt Keppel überlassen – volle Kraft voraus!«

Während wir zugeschaut hatten, war der Rest unserer Flotte an uns vorbeigekommen und drängte flußaufwärts; die Ruder gingen wie verrückt, und die quadratischen Segel der Praus waren gesetzt, um den leichten Wind von See einzufangen. Ein Langboot mit der untersetzten Gestalt Paitingis am Bug kam von Keppels Prau her auf uns zu; hinter ihm lag das Dorf halb verborgen im Rauch der Piratenschiffe, die bis zur Wasserlinie brannten, und die Raketen feuerten wieder, diesmal gegen die kleineren Praus, die weiter oben, in der Nähe der Mündung des Linga-Flusses beieinanderlagen. Ich beobachtete sie, bis meine Augen schmerzten, und gerade bevor die PHLEGETHON zwei Kilometer stromaufwärts um die nächste Windung des Flusses bog, brach auf den Schiffen um uns herum lauter Jubel aus. Ich schwenkte mein Fernglas und sah, daß die grüne Flagge auf dem Fort eingeholt und an ihrer Stelle der Union Jack aufgezogen wurde.

Nun, dachte ich, wenn das so einfach ist, brauchen wir uns keine grauen Haare wachsen zu lassen; mit einem bißchen Glück wirst du eine ruhige Reise haben, Flash, mein Junge – und genau in diesem Moment trat Brooke neben mich.

»Das ist Ihnen wohl zu harmlos?« fragte er. »Machen Sie sich keine Sorgen, Sie können bald selber auf sie eindreschen, wenn wir nach Patusan kommen! Sie werden sehen, das wird ein Riesenspaß!« Und um mich einzustimmen, nahm er mich mit nach unten und bot mir die Auswahl zwischen ein paar Jersey-Revolvern mit Läufen, die so lang wie mein Bein waren.[27] »Und dann brauchen Sie natürlich ein Entermesser«, sagte er. »Ohne das würden Sie sich nackt vorkommen.«

Er wußte ja nicht, daß ich mich in einer Ritterrüstung im Bauch eines Kriegsschiffes nackt fühlen konnte, das von einer erzürnten Proviantbootsfrau angegriffen wird. Aber man soll guten Willen zeigen, und so nahm ich seine Waffen mit finsterem Blick entgegen, versuchte zur Schau einen oder zwei Schnitte mit dem Entermesser, murmelte fachkundig etwas vor mich hin und betete zu Gott, daß ich nie Gelegenheit haben würde, es zu benutzen. Er nickte anerkennend und legte mir dann seine Hand auf die Schulter.

»Das ist der richtige Kampfgeist!« sagte er. »Doch eins muß ich Ihnen sagen, Flashman. Ich weiß, Sie haben das Gefühl, eine Menge heimzahlen zu müssen, und der Gedanke an dieses teure, süße Geschöpf – nun ja, ich kann Ihrem Gesicht ansehen, welche Wut Sie im Leib haben – und wohlgemerkt, ich mache Ihnen deswegen keinen Vorwurf. Aber wissen Sie was? Wenn ich in den

Kampf ziehe, versuche ich mich daran zu erinnern, daß unser Heiland Reue verspürte, als Er die Geldwechsler aus dem Tempel gejagt hatte, nicht wahr, weil Er so in Wut geraten war. Also bemühe ich mich, meinen Zorn zu unterdrücken und Gerechtigkeit mit Milde walten zu lassen – keine schlechte Mischung, was? Gott segne Sie, alter Freund.« Und damit verschwand er, zweifellos, um noch einmal verzückt die brennenden Praus zu betrachten.

Er verblüffte mich, aber das tun viele gute Christen, vermutlich weil ich selber ein so verd--- schlechter bin. Und da ich so gut wie gar kein Gewissen habe, steht es mir nicht zu, Leute zu verurteilen, die offenbar ein sehr dehnbares haben – nicht daß ich einen Pfifferling darum gab, wie viele Piraten er geröstet hatte, ehe er mir seine warnende Moralpredigt hielt. Wie sich herausstellte, waren es nicht viele – als Keppel uns einholte, berichtete er, daß das Fort ohne einen Schuß gefallen und Sharif Jaffir mit den meisten Lanun-Piraten im Schlepptau in den Dschungel entwischt war; die zurückgeblieben waren, hatten sich ergeben, als sie sahen, daß ihre Schiffe zerstört waren, und wie groß unsere Flotte war. Das war also alles bestens geregelt, und was Brooke am meisten gefiel, war, daß Keppel dreihundert Frauen mitgebracht hatte, die von den Lanun als Sklavinnen verschleppt worden waren; er besuchte sie auf Keppels Prau, tätschelte ihnen die Köpfe und versprach ihnen, sie würden bald wieder wohlbehalten zu Hause sein; ich hätte einigen von ihnen wärmeren Trost als das bieten können – diese Lanun-Piraten hatten einen guten Geschmack – aber das kam natürlich unter unserem schwanzlosen Führer überhaupt nicht in Frage.

Danach schaute er sich kurz die Piraten und Sklavenjäger an, die gefangengenommen worden waren, und befahl, zwei von ihnen auf der Stelle hinzurichten. Einer davon war der abtrünnige Makota, glaube ich; jedenfalls unterhielt sich Brooke fünf Minuten lang ernsthaft mit ihm, während der stämmige, kleine Schurke grinste und mit seinen nackten Füßen scharrte. Wie Stuart sagte, gestand er ein, daß er und sein Kumpan die gefangenen Frauen am Abend zuvor unbeschreiblichen Torturen ausgesetzt hatten – Keppels Truppe hatte im Dorf die schauerlichen Beweise dafür gefunden. Als Brooke ihm schließlich eröffnete, sein Leben sei verwirkt, nickte der widerliche Knabe fröhlich, berührte Brooks Hand und rief: »Salaam, Tuan besar!« Jingo, der daneben stand, warf ihm ein Moskitonetz und einen Strick über den Kopf, ein kurzer Ruck – und pfft! ging Makota in die ewigen Kopfjagdgründe ein.[28]

Daraufhin ließ der andere Verurteilte ein furchtbares Spektakel los, schrie »Kris, Kris!« und schielte nach dem Strick und dem Moskitonetz, als liege Backbord auf einmal rechts. Ich weiß nicht, was er dagegen einzuwenden hatte, erdrosselt zu werden, aber sie taten ihm den Gefallen und brachten ihn an Land, um das Schiff nicht schmutzig zu machen. Ich schaute von der Reling aus zu; er stand aufrecht da, ohne sein krötenähnliches Gesicht zu verziehen, während Jingo die Spitze seines Dolches vorsichtig am linken Schlüsselbein ansetzte und dann fest nach unten stieß. Der Bursche zuckte nicht einmal.

»Eine bedauerliche Angelegenheit«, sagte Brooke. »Aber es fällt mir schwer, angesichts solcher Greueltaten gelassen zu bleiben.«

Danach waren alle wieder guter Dinge, und wir machten uns nach Patusan auf, das etwa dreißig Kilometer weiter stromaufwärts lag. »Sie werden an der Stelle auf uns warten, wo der Fluß sich verengt«, sagte Keppel. »Zweihundert Praus, schätze ich, und die Dschungelkämpfer werden uns mit ihren Blasrohren von den Bäumen aus bepfeffern.«

»Das spielt keine Rolle«, sagte Brooke. »Es geht nur darum, die Sperren zu durchbrechen und dann Hand in Hand in einem Schwung zu entern. Es sind die Forts, auf die es ankommt – es sind fünf, und Sie können sicher sein, daß in jedem tausend Mann sind. Wir müssen sie mit Raketen und Kanonen ausräuchern und dann im gewohnten Stil stürmen. Das ist deine Sache, Charlie, wie immer«, sagte er zu Wade und fügte zu meinem Entsetzen hinzu: »Wir nehmen Flashman mit – um uns seine speziellen Talente zunutze zu machen, was?« Und er grinste mich an, als sei mein Geburtstag.

»Einfach Spitze!« rief Wade und kopfte mir auf den Rücken. »Wir werden Ihnen bestimmt einen schönen gemischten Kampf bieten, alter Freund. Besser als Afghanistan, darauf können sie sich verlassen. Ich wette, am Khyber-Paß haben Sie nicht oft gesehen, wie Praus gerammt werden oder wie freundliche Paythan Baumstämme auf einen fallen lassen! Aber zum T---l, wenn Sie laufen, schwimmen, über eine Bambuswand klettern und eine Waffe schwingen können, werden Sie bald den Dreh heraushaben. Es ist wie Trafalgar und Waterloo in einem, mit einer Wirtshausrauferei in der Silver Street als Zugabe!«

Bei dieser erfreulichen Aussicht jubelten sie alle, und Stuart sagte: »Wißt ihr noch, letztes Jahr in Seribas, als sie die Sperrbäume hinter uns fallen ließen? Himmel, war das eine Gaudi! Unsere Ibans mußten sie mit *Sumpitans* aus den Bäumen schießen!«

»Und Buster Anderson wurde ins Bein geschossen, als er an Bord dieses Schiffes klettern wollte – dem einen, das gerade sank«, rief Wade. »Buster mußte um sein Leben schwimmen, mit den Piraten auf der einen und den Krokodilen auf der anderen Seite – und als er mit Schlamm und Blut bedeckt ans Ufer kam, schrie er: ‚Hat jemand meinen Tabaksbeutel gesehen? Er trägt mein Monogramm!'«

Sie brüllten wieder vor Lachen und meinten, Buster sei ein selten komischer Vogel gewesen, und Wade erinnerte daran, wie er sich auf der Suche nach seinem Tabaksbeutel durch das dickste Kampfgetümmel gewühlt und wahre Wunder vollbracht hatte. »Das beste an der Sache war«, sagte er, »daß Buster gar nicht rauchte!«

Das amüsierte sie natürlich ungeheuer, und Keppel fragte, wo denn Buster jetzt sei.

»Wir haben ihn leider in Murdu verloren«, sagte Brooke. »Auf der gleichen Kaperfahrt, bei der ich das hier abbekommen habe« – er tippte auf seine Narbe – »und eine Kugel in den Bizeps. Ein Balagnini sprang ihn an, als er ihr Achtertau hinaufklettern wollte und seine Pistole versagte – er war der unvorstellbar nachlässigste Kerl mit seinen Feuerwaffen, wissen Sie – und der Balagnini hieb ihm mit seinem *Parang* den Kopf fast glatt ab. Üble Geschichte.«

Sie schüttelten die Köpfe und stimmten zu, es sei eine Affenschande, aber dann wurden sie wieder fröhlich, als jemand daran erinnerte, wie Jack Penty den Balagnini kurz darauf mit einem schönen Rückhandhieb erledigt hatte, und dann kamen sie auf ähnlich erfreuliche Erinnerungen an alte Freunde und Feinde zu sprechen, von denen die meisten offenbar unter den grausigsten Umständen gestorben waren. Genau die Art von Dingen, die ich gerne vor dem Frühstück höre – aber wissen Sie was? Hinterher erfuhr ich von Brooke, daß sie doch allen Ernstes versucht hatten mich damit aufzumuntern!

»Verzeihen Sie ihnen ihre Leichtfertigkeit«, sagte er. »Es war freundlich gemeint. Charlie Wade hat gesehen, daß Sie total niedergeschlagen sind und sich wegen ihrer Lady sorgen machen, und da hat er versucht, Sie mit seinem Geschwätz über vergangene Schlachten und kommende tapfere Taten abzulenken – nun ja, wenn ein alter Haudegen die Trompeten hört, denkt er an nichts anderes mehr, oder? Wenn Sie sich in Gedanken mit dem befassen, was auf uns zukommt – und ich weiß, daß Sie darauf versessen sind, dabei zu sein – werden Sie sich viel besser fühlen.« Er murmelte noch etwas darüber, daß mein Herz weich genug sei, um zu leiden, aber hart genug, um nicht zu brechen, und machte sich davon, um zu sehen, ob wir noch in die richtige Richtung fuhren.

Inzwischen war ich so weit, daß ich am liebsten ausgerissen wäre, aber das ist der Ärger, wenn man sich auf einem Schiff befindet – man kann nur im Kreis laufen. Natürlich war das Land nicht weit entfernt, wenn man es durch das Wasser, das zweifellos mit Krokodilen wohlbestückt war, hätte erreichen können und darauf vorbereitet war, durch einen unerforschten Dschungel voller Kopfjäger zu wandern. Und die Aussicht wurde im Laufe dieses vor Fieberhitze dampfenden Tages immer unangenehmer; der Fluß wand sich und wurde schmaler, bis nur noch wenige hundert Meter träge fließenden Wassers zu beiden Seiten unserer Schiffe lagen und eine dichte Wand von Dschungel uns umschloß. Jedesmal wenn im Unterholz ein Vogel schrie, bekam ich fast einen Anfall, und wir wurden von Moskitoschwärmen gepeinigt, deren unaufhörliches Summen sich unter das monotone Maschinengeräusch der PHLEGETHON und den rhythmischen Ruderschlag der Praus mischte.

Am schlimmsten von allem war der Gestank – je weiter wir vordrangen, um so enger ragte der Dschungel drohend um uns auf, und um so unerträglicher wurde die faulige, nach Moschus riechende, stickige Atmosphäre, die einen fast erdrückte und Alpträume von Leichen heraufbeschwor, die in modrigen Sümpfen verwesten – ich stellte fest, daß der Schweiß, in den ich gebadet war, eiskalt wurde, während ich diese feindselige grüne Mauer des Urwalds betrachtete, in dessen Schatten ich gräßliche Gesichter zu erkennen glaubte, und mir die Schrecken ausmalte, die wartend in seinen Tiefen lauerten.

Der Tag war schlimm, doch die Nacht war zehnmal schlimmer. Bei Anbruch der Dunkelheit waren wir noch ein paar Kilometer von Patusan entfernt, und mit der Dämmerung kam Nebel auf. Als wir in der Flußmitte vor Anker gingen, war nichts außer weißen, bleichen Geistererscheinungen zu sehen, die in der Finsternis kamen und gingen. Als die Maschinen stoppten, konnte man das Wasser träge vorbeiplätschern hören, trotz des teuflischen Chors von Geschrei und Gekreisch aus der Dunkelheit – ich war neu im Dschungel und hatte keine Vorstellung von dem beängstigenden Lärm, der ihn bei Nacht erfüllt. Ich blieb etwa zehn Minuten an Deck, und in dieser Zeit sah ich mindestens ein halbes Dutzend mit Schädeln beladene Praus voller Wilder aus den Schatten auftauchen und sich sogleich wieder in Schatten auflösen. Daraufhin kam ich zu dem Schluß, ich könnte ebensogut schlafen gehen, was ich auch tat, indem ich die Tiefen dieses vor Hitze kochenden Eisenkahns erkundete, ein Loch in der Wand des Maschinenraums entdeckte, in das ich mich kauerte, und mit dem Colt in meiner Faust dem Geflüster der Kopfjäger lauschte, die sich auf der anderen Seite der halbzolldicken Eisenplatte zu versammeln schienen.

Und dabei hatte ich kaum zehn Tage zuvor in jenem Restaurant in Singapur, das bestes Fleisch und Getränke im Überfluß bot, meine Weste aufgeknöpft und mit lüsternem Blick nach Madame Sabba geschielt! Jetzt blickte ich, dank Elspeths Zügellosigkeit, dem Tod oder Schlimmerem ins Auge – falls ich heil hier herauskam, dachte ich, werde ich mich von dem Miststück scheiden lassen, das steht fest. Ich war ein Narr, sie überhaupt zu heiraten – und während ich darüber nachgrübelte, muß ich eingedöst sein, denn ich sah sie plötzlich vor mir, auf dem sonnigen Feld am Fluß, das goldene Haar im Gras ausgebreitet, die Wangen rosig und erhitzt vom Feuer unserer ersten Begegnung, und sie lächelte mir zu. Dieser schöne weiße Körper – und dann kam wie ein schwarzer Schatten die Erinnerung an das grausame Los der gefangenen Frauen in Linga über mich – diese gleichen bestialischen Wilden hatten Elspeth in ihrer Gewalt. Gerade jetzt wurde sie vielleicht von einem schmierigen Banditen geschändet oder erlitt unsägliche Qualen ... Ich war hellwach und rang schweißgebadet auf dem kalten Eisen nach Luft.

»Sie werden dir nichts antun, altes Mädchen!« krächzte ich doch tatsächlich im Dunkeln. »Nein, niemals! Ich werde – ich werde ...!«

Ja, was würde ich tun? Wie ein furchtloser Tor gegen diese Dämonen in Menschengestalt, die ich auf dem Piratenschiff gesehen hatte, zu ihrer Rettung eilen? Das würde ich nicht wagen – das war eine Frage, die ich mir normalerweise überhaupt nicht gestellt hätte, denn der große Vorteil wahrer, waschechter Feigheit wie meiner ist, daß ich sie jederzeit ohne Bedauern oder Gewissensbisse als gegeben hinnehmen konnte; sie hatte sich bewährt, und mir war nie unbehaglich bei dem Gedanken an Hudson, den alten Iqbal oder einen anderen der ehrenwerten Toten gewesen, die mir als Sprungbrett in die Sicherheit gedient hatten. Aber Elspeth ... und in dem stinkenden Heizraum quälte mich die beängstigende Frage: angenommen, es ging um meine Haut oder ihre – würde ich mich dann verdrücken? Ich wußte es nicht, aber so, wie ich mich kannte, konnte ich es ahnen, und zum ersten Mal war die Alternative zu Tod und Leid ebenso schrecklich wie der Tod selbst. Ich fragte mich sogar, ob meiner Feigheit vielleicht Grenzen gesetzt waren, und das war ein so furchtbarer Gedanke, daß ich durch ihn und die vor mir liegenden Schrecken zum Gebet getrieben wurde – etwa nach dem Motto: Oh, lieber Gott, vergib mir alle schlimmen Sünden, die ich begangen habe, und die paar, die ich bestimmt begehen werde, wenn ich hier rauskomme – oder eher, achte nicht auf sie, Himmlischer Vater, sondern wende all Deine Gnade darauf, Elspeth und mich zu erretten; wenn es aber nur der eine oder der andere von uns sein kann, überlaß die Entscheidung um Himmels willen nicht mir. Und wie immer Deine Entscheidung auch ausfällt, laß mich nicht Verstümmelung oder Marter erleiden – falls sie dadurch gerettet wird, kannst Du mich ja plötzlich dahinraffen, so daß ich nichts davon merke – nein, warte mal, nimm lieber Brooke zu Dir, das ist noch besser – der Sch---kerl will es ja nicht anders; er wäre hocherfreut über eine Märtyrerkrone und würde Deiner Gesellschaft der Heiligen Ehre machen. Aber rette Elspeth und auch mich, denn ich habe ja nichts von ihrer Rettung, wenn ich tot bin ...

Das war alles unangebrachte Frömmigkeit, wenn Sie so wollen, denn Elspeth lag vermutlich an Bord der SULU QUEEN gemütlich in Solomons Bett und war verd--- viel weniger in Gefahr als ich, aber nichts wirkt sich so verheerend auf Logik und Vernunft aus wie die Angst vor einem gewaltsamen Tod. Ich nehme an, wenn Sokrates in jener Nacht auf dem Batang Lupar gewesen wäre, hätte er vielleicht meine Gedanken ordnen können – doch er hätte kaum groß Gelegenheit dazu gehabt; er hätte einen Colt in die Faust gedrückt bekommen und wäre mit dem Auftrag über Bord gestoßen worden, sich kräftig ins Zeug zu legen, nach einer blonden Maid in Not Ausschau zu halten, und mich zu rufen, wenn die

Luft rein war. Aber wie die Dinge lagen, hatte ich keinen Ratgeber außer mir selbst, und ich schlief ein.

(Auszug aus dem Tagebuch der Mrs. H. Flashman, August 18)

Eine äußerst unangenehme Nacht – drückende Hitze, und stark von Insekten geplagt. Der Lärm der Eingeborenen ist geradezu unerträglich. Warum schlagen sie nur ihre Gongs nach Anbruch der Dunkelheit? Zweifellos dient das einem religiösen Zweck. Ich kann einfach nicht schlafen, so groß sind die Hitze und die Luftfeuchtigkeit; ich schreibe selbst diese wenigen Zeilen mit Mühe; das Papier ist total feucht und schmiert ganz fürchterlich.

Don S. läßt sich nicht blicken, schon seit heute morgen, als ich kurz an Deck gelassen wurde, um Luft zu schnappen und mir Bewegung zu verschaffen. Ich vergaß fast meine bedauernswerte Lage bei dem reizvollen Anblick, der sich mir bot, und ich habe darüber grobe Notizen und ein paar bescheidene Skizzen gemacht. Die Farben der Waldblüten sind äußerst subtil, aber sie verblassen zu nichts vor den Eingeborenen selbst. Diese Vielzahl prächtiger und barbarisch wirkender Schiffe, geschmückt mit Wimpeln und Flaggen wie die Korsarenschiffe vergangener Zeiten, bemannt mit farbigen Matrosen, viele von abstoßendem Äußeren, aber andere recht ansprechend. Als ich am Bug stand, kam ein solches Schiff vorbei, angetrieben von den Rudern dunkelhäutiger Argonauten, und an seinem Heck stand – offenbar sein Gebieter – ein großer und äußerst anmutig gebauter junger Barbar, gekleidet in einen Sarong aus schimmerndem Gold, mit vielen Ornamenten auf seinen nackten Armen und Beinen – wirklich in sehr nobler Haltung und recht gutaussehend für einen Eingeborenen. Er neigte seinen Kopf vor mir und lächelte freundlich, sehr respektvoll, aber doch mit natürlicher Würde. Ganz und gar nicht gelb, sondern recht hellhäutig, so wie ich mir einen aztekischen Gott vorstelle. Wie ich auf meine diskrete Frage von Don S. erfuhr, ist sein Name Sheriff Saheeb, und aufgrund dieses Titels nehme ich an, daß er mindestens so etwas wie ein Friedensrichter ist.

Ich dachte, er würde an Bord unseres Schiffes kommen,

doch Don S. sprach mit ihm von der Gangway aus, was zugegebenermaßen eine Enttäuschung war, denn er schien – sofern man diesen Begriff auf einen Heiden anwenden kann – ein recht vornehmer Mann zu sein, und ich hätte gerne Zeit gehabt, ihn zu zeichnen und zu versuchen, ob ich nicht etwas von dem wilden Adel in seiner Haltung einfangen konnte.

Ich habe jedoch meine Zeit nicht nur mit müßigem Schauen vertan, sondern mich daran erinnert, was Lord Fitzroy Somerset mir beim Ball der Horse Guards gesagt hatte, und mit Bedacht alle feindlichen Streitkräfte und Waffen gezählt, die ich sah, und mir im einzelnen die Anzahl und die Verteilung der großen Geschütze und Schiffe und auch der Langboote notiert. Es scheint eine ungeheure Menge von diesen Leuten zu geben, an Land und auf dem Wasser, und das erfüllt mich mit Furcht – wie kann ich hoffen, befreit zu werden? – Doch ich werde meine Feder nicht damit oder mit anderen vergeblichen Klagen sinnlos abnutzen.

Ein belustigender Zwischenfall, den ich nicht aufzeichnen sollte, ich weiß – ich bin eine betrüblich pflichtvergessene Tochter: Unter den Tieren und Vögeln (mit allerschönstem Federkleid), die ich sah, war auch ein drolliger Affe auf einem der Eingeborenenboote, wo er, wie ich annehme, so etwas wie ein Maskottchen war – ein gar zu possierliches Kerlchen, denn er war unglaublich menschenähnlich, fast so groß wie ein kleiner Mann, und mit einem bemerkenswert üppigen Mantel aus rotem Fell bedeckt. Er hatte einen melancholischen, flehenden Ausdruck auf seinem Gesicht, das an einen sauertöpfischen alten Mann erinnerte, aber seine Augen funkelten so lustig, daß ich höchst amüsiert war, und als seine Besitzer mein Interesse bemerkten, ließen sie ihn die allerliebsten Possen treiben, denn er besaß die Gabe, alles perfekt nachzumachen, und er versuchte sogar, wie sie ein Feuer zu entfachen, indem er sich Zweige zusammensuchte, aber – der arme Kerl – sie brannten nicht von alleine, wie er es erwartet hatte! Er war völlig niedergeschlagen und verärgert, und als er sein Mißgefallen laut kundtat und wütend seine Zweige verstreute, fiel mir auf, daß er dem lieben Papa wie aus dem Gesicht geschnitten ähnelte, bis hin zu der Art und Weise, wie er die Augen verdrehte! Ich erwartete fast, ihn »Hol's der Teufel!« rufen zu hören. Welch absurde Vorstellung, in diesem Tier eine Ähnlichkeit mit einem Verwandten zu sehen – aber er sah tatsächlich genau wie Papa in einem seiner Wutanfälle aus! Aber das erweckte solch schmerzliche Erinnerungen in mir, daß ich nicht lange hinschauen konnte.

Um noch einmal auf meine Gefangenschaft und die bösen Ahnungen zurückzukommen, die ich entschieden von mir weise: Ich lebe noch, also hoffe ich – und ich lasse mich nicht unterkriegen!!! Don S. benimmt sich weiterhin aufmerksam, obwohl ich ihn nur wenig sehe; er hat mir gesagt, der Name meines Affen ist ‚Mann des Waldes'. Ich beschließe diesen Tag mit einem Gebet zu meinem gnädigen Vater im Himmel – ach, möge er meinen H. bald zu mir schicken!

(Ende des Auszugs – und einer höchst gehässigen Verunglimpfung eines guten ehrbaren Verwandten, der eine bessere Behandlung von einer undankbaren Tochter verdient hätte! – G. de R.)

Erst vor wenigen Jahren war ich wieder in Patusan, und es hat sich unglaublich verändert. Hinter der Flußbiegung liegt heute ein verschlafenes, gemütliches Dörfchen mit Bambushütten und Marktbuden, eingerahmt von hohen Urwaldbäumen, und döst in der Sonne; Hühner scharren im Dreck, die Frauen kochen, und es passiert nichts Weltbewegenderes, als daß ein Kind hinfällt und weint. Soviel ich auch herumging und es aus allen Blickwinkeln betrachtete, es deckte sich nicht mit meiner Erinnerung an trutzige Palisaden entlang des Ufers und fünf mächtige, hölzerne Forts am Rand der großen Lichtung – der Dschungel muß damals weiter zurück gelegen haben, und selbst der Fluß hat sich verändert. Er ist jetzt breit und träge, aber ich erinnere mich an ihn als schmal und reißend, und alles wirkte gedrängter und geschlossener; sogar der Himmel scheint heute weiter entfernt, und es herrscht tiefer Friede, wo einst ein Pandämonium von Rauch und Kanonendonner, splitterndem Holz und blutigem Wasser war.

Sie warteten auf uns, als wir in breiter Linie um die Flußbiegung schwenkten, die PHLEGETHON und die Praus mit den Raketen voran, während unsere Späherboote an den Uferböschungen lauerten und auf ihren Einsatz warteten. Obwohl heller Morgen war, konnte man das Wasser überhaupt nicht sehen; eine meterhohe Nebeldecke lag auf seiner Oberfläche und nahm nicht nur die Sicht, sondern erstickte auch jedes Geräusch, so daß selbst das Schaufelrad der PHLEGETHON nur ein gedämpftes Wummern von sich gab, wenn es auf dem Wasser aufschlug, und das Klatschen der Ruder war ein fortwährendes, dumpfes Mahlen, als wir durch den Dunst pflügten.

Fünfzig Meter voraus war gerade oberhalb der Nebeldecke ein riesiger Sperrbaum zu sehen, und dahinter bot sich ein Anblick, der einem das Blut in den Adern erstarren ließ – eine von Ufer zu Ufer reichende Kette von großen Kriegs-Praus mit Wimpeln an den Masten, tanzenden Schädelgirlanden, wimmelnd von bewaffneten Männern; als wir in Sicht kamen, erhob sich von ihren Decks ein entsetzliches Geschrei, die Kriegsgongs dröhnten, und diese Horde von Teufeln schüttelte die Fäuste und schwenkte ihre Waffen. Das Geschrei pflanzte sich auf den bemannten Palisadenzäunen am rechten Ufer und den hölzernen Forts dahinter fort – und dann begannen die Kanonen der Forts und die Bordgeschütze der Praus Rauch zu speien, und die Luft war voll heulender Geschosse, die über uns hinwegzischten, Wasserfontänen von der dunstigen Oberfläche aufsprühen ließen oder ihr Ziel fanden und sich in das Holz unserer Schiffe bohrten. Die Praus feuerten mit Raketen zurück, und im Nu bildete sich in der Luft ein Zickzackmuster von Kondenzstreifen, und die Schlachtlinie der Piraten erbebte unter dem Einschlag der Congreves; Explosionen zerfetzten ihre Decks, Flammen und Rauch stiegen auf, Männer sprangen von den Aufbauten, und dann schossen ihre Kanonen wieder zurück und verwandelten den schmalen Fluß in ein Inferno aus Lärm und Zerstörung.

»Späherboote los!« schrie Brooke von der Reling der PHLEGETHON, und vom Ufer jagte ein halbes Dutzend von Paitingis Booten los, schoß auf den Sperrbaum zu, und über dem Nebel waren nur die Ruderer zu sehen, so daß jede Mannschaft nur aus einer Reihe von Köpfen und Schultern zu bestehen schien, die diese flauschige Decke zerteilte. Direkt hinter der Sperre war das dunstige Wasser voll feindlicher Einbäume, deren Gewehrschützen wie wild auf unsere Langboote feuerten. Hier und da sah ich Köpfe verschwinden, wenn die Schüsse ihr Ziel trafen, doch unsere Boote drangen weiter vor, und jetzt rückten die Piraten näher an den Sperrbaum selbst heran, kletterten mit Schwertern und *Pa-*

rangs in den Händen auf die großen Stämme, um unseren Leuten dort jeden festen Halt zu verwehren. Über beide Seiten hinweg ging das Duell der schweren Geschütze mit seinem anhaltenden Höllenlärm von Explosionen und splitterndem Holz weiter, untermalt von Schreien verwundeter Männer und gebrüllten Kommandos.

Man konnte sich selber nicht denken hören, aber das sollte man in solchen Momenten ohnehin lieber nicht tun. Ich stand an Brookes Seite und bemühte mich nach Leibeskräften, seinen Körper zwischen mir und dem feindlichen Feuer zu halten, ohne dies allzu deutlich werden zu lassen. Er dirigierte jetzt vom Bug der PHLEGETHON aus das Feuer unserer Musketiere, die den Leuten auf den Späherbooten Deckung gaben, während diese verbissen kämpften, um die Piraten von dem Sperrbaum zu vertreiben, damit die großen Haltetaue gekappt und die Sperre durchbrochen werden konnten, um unsere Schiffe durchzulassen. Ich warf mich zwischen zweien unserer Gewehrschützen zu Boden, schrie irgendwelchen Unsinn, griff selber nach einer Waffe und lud sie mit großem Gehabe. Brooke blieb aufrecht stehen, ging von Mann zu Mann und wies auf Ziele hin.

»Der da, mit dem gelben Schal – schnell, jetzt! Erwischt! Der große Kerl mit dem Speer – der Malaie hinter Paitingi – jetzt da, der Fette am Heck des Einbaumes dort hinten! Knallt sie ab, Jungs! Sie weichen zurück – weiter, Stuart, ran mit den Äxten an die Taue! Kommen Sie, Flashman, jetzt legen wir los!«

Er schlug mir auf die Schulter – gerade als ich es mir hinter den Sandsäcken hübsch gemütlich gemacht hatte – und notgedrungen mußte ich hinter ihm her über die Bordwand der PHLEGETHON in die JOLLY BACHELOR klettern, die mit den Leuten von der DIDO besetzt neben uns auf dem Wasser tanzte. Als ich der Länge lang in die Schaluppe purzelte, hörte ich direkt über meinem Kopf einen Schuß an die Stahlwände der PHLEGETHON klatschen, dann richteten mich fremde Hände wieder auf, und ein bärtiger Seemann rief grinsend: »Auf geht's, Sir! Zweimal um den Leuchtturm für einen Penny!« Ich stürzte hinter Brooke her, stolperte über die unbekümmert fluchenden Männer, die auf dem Deck hockten, und holte ihn neben dem Bordgeschütz ein, wo er versuchte, sich über den Lärm Gehör zu verschaffen, und nach vorne deutete.

Wir steuerten unter einem Vorhang von Raketenrauch auf den

Sperrbaum zu; das Geschützfeuer vertrieb jetzt den Dunst, und man konnte das ölige Wasser sehen, das bereits mit Holztrümmern und hier und da einer träge dahintreibenden Leiche übersät war. Auf dem Sperrbaum war ein Handgemenge zwischen den Einbaumbesatzungen der Piraten und den Leuten von unseren Späherbooten im Gange, ein halsbrecherischer, heftiger Nahkampf mit blinkenden *Parangs* und Speerstößen, und die Musketen knatterten aus nächster Nähe über die Baumstämme hinweg. Ich sah Paitingi aufrecht auf dem Sperrbaum stehen und mit einem abgebrochenen Ruder um sich schlagen; Stuart hielt mit seinem Entermesser einen nackten Piraten in Schach, um zwei Chinesen den Rücken zu decken, die mit ihren Äxten auf die dicken Rattan-Taue einhieben, von denen der Sperrbaum zusammengehalten wurde. Während ich noch zuschaute, rissen die Taue, die Stämme kamen ins Rollen, und Freund wie Feind kippten kopfüber ins Wasser. Von der JOLLY BACHELOR kam ein großes Triumphgeheul, und wir hielten auf die Öffnung zu, in den Rauch hinein, während von unserem Bug ein blaues Leuchtsignal für die Praus aufstieg.

Die nächsten fünf Minuten waren hektisch, als wir rückwärts in die Lücke zwischen den zerbrochenen Enden des Sperrbaums steuerten; Brooke und die Mannschaft am Bordgeschütz schossen heftiges Sperrfeuer, und wir übrigen ballerten auf alles, was nach einer feindlichen Gestalt aussah, sowohl auf dem Sperrbaum selbst wie auch in den Einbäumen dahinter. Ich ging sparsam mit meinem Colt um, duckte mich tief an die Schanzverkleidung und hielt mich so gut wie möglich in der Menge der Seeleute geborgen. Einmal, als plötzlich ein Boot aus dem Rauch auftauchte, mit einem großen gelben Teufel in gestepptem Umhang und Helm am Bug, der eine Lanze mit Widerhaken schwenkte, nahm ich ihn in aller Ruhe aufs Korn und verfehlte ihn zweimal, aber mein dritter Schuß traf ihn sauber mittschiffs, als er gerade nach unserer Rehling hechten wollte, und er fiel ins Wasser.

»Bravo, Flashman!« schrie Brooke. »Hierher, kommen Sie zu mir!« Da hatten wir den Salat. Vor Panik rot im Gesicht, stolperte ich zu ihm hoch, während er sich über Bord beugte und half, Stuart aus dem Wasser zu ziehen – er war von dem zerbrochenen Sperrbaum herübergeschwommen, stand triefnaß an Deck und schnappte nach Luft, und von seinem linken Ärmel tropfte reichlich Blut.

»Alles halt!« brüllte Brooke. »Ruderer bereit! Sind alle Musketen geladen? Gut, Feuer einstellen! Wir warten auf die Praus!«

Hinter dem Gewirr von Wrackteilen und gekenterten Einbäumen, kämpfenden Schwimmern und treibenden Leichen waren die beiden Enden des Sperrbaumes jetzt gut fünfzig Meter voneinander entfernt und glitten langsam mit der Strömung an uns vorbei. Die Späherboote hatten ihr Werk getan, unsere Praus wurden herangerudert und bildeten rechts und links von uns eine Linie von je einem halben Dutzend Schiffen, während weiter hinten die Praus mit den Raketen noch immer auf die Schlachtlinie der Piraten einschossen, die etwa zwei Kabellängen vor uns lag. Drei oder vier ihrer Schiffe brannten lichterloh, und eine große schwarze Rauchwolke wälzte sich den Fluß hinunter auf uns zu, aber ihre Linie hielt noch stand, ihre Bordgeschütze feuerten unentwegt, peitschten das Wasser rund um unsere Praus auf und zerschmetterten ihre Aufbauten. Zwischen ihnen und uns waren ihre Einbäume im Rückzug und suchten eilig Schutz bei den größeren Schiffen. Brooke nickte zufrieden.

»So weit, so gut!« rief er, richtete sich hoch am Bug auf und schwenkte seinen Hut. »Also los, Jungs, legt euch in die Riemen! Zwei blaue Leuchtkugeln – signalisiert den Angriff! Alle Mann Handfeuerwaffen und Entermesser bereit – tally-ho!«

Die Blaujacken johlten und trampelten, und als die blauen Leuchtkugeln aufstiegen, breitete sich der Jubel auf unserer Seite aus, die Praus rückten in Reihe vor, die Bordgeschütze donnerten los, die Musketiere feuerten von den Oberdecks, und die Mannschaften drängten nach vorne an den Bug. Als unsere Schlachtreihe sich festigte, wuchs das Geschützfeuer zu einem neuen Crescendo an; wir duckten uns, als die Geschosse über uns hinwegpfiffen, und plötzlich gab es einen ungeheuren Krach, ein Chor von Schreien, ich war auf einmal blutüberströmt und starrte entsetzt auf zwei Beine und einen halben Körper, der vor mir auf dem Deck schwach zuckte, wo noch einen Moment zuvor ein Seemann das Bordgeschütz geladen hatte. Ich setzte mich vor Schreck glatt hin und patschte in dem wiederlichen Matsch herum, dann half Brooke mir wieder auf die Beine und erkundigte sich brüllend nach meinem Wohlbefinden, und ich schrie zurück, daß mir das Hühnerauge an meinem großen Zeh höllische Schmerzen bereite – weiß der Himmel, warum man solche Dinge sagt, aber er lachte schallend und schubste mich vorwärts an die Bugreling. Ich hockte mich zitternd auf den Boden, hilflos vor Angst und kurz davor, mich zu übergeben – aber wer hätte das zu diesem Zeitpunkt gemerkt?

Plötzlich verstummte das Geschützfeuer, und wenige Sekunden lang herrschte Stille, in der man das Wasser unter dem Vorschiff der JOLLY BACHELOR gluckern hörte, während sie voranglitt. Dann krachten wieder die Musketen, als unsere Scharfschützen auf den Praus das Feuer auf die feindliche Linie eröffneten und die Piraten Salve um Salve zurückgaben. Gott sei Dank lag die JOLLY BACHELOR jetzt zu tief und zu dicht vor ihnen, so daß sie uns mit Kanonen nichts anhaben konnten, aber als wir näher auf sie zukamen, kochte das Wasser zu beiden Seiten von ihren Gewehrkugeln, und hinter mir erklangen Schreie und Flüche getroffener Männer. Unsere ganze Armada, die Praus an den Flanken, die JOLLY BACHELOR in der Mitte, jagte über das Wasser auf die Schiffe der Piraten zu; sie waren kaum fünfzig Meter entfernt, und ich konnte nur voll Entsetzen das vorderste Schiff anstarren, genau vor uns, das über die Bordwand auskragende Oberdeck voll wilder, heulender Fratzen, drohend geschwungenem Stahl und rauchender Gewehrläufe – »Sie werden uns in Stücke schießen! Wir gehen unter – Jesus, meine Zuversicht!« wimmerte jemand, aber niemand hörte mich in dem fürchterlichen Lärm. Neben mir sprang ein Seemann schreiend auf und zerrte an einem *Sumpitan*-Pfeil in seinem Arm; als ich mit einem Hechtsprung hinter der Reling in Deckung ging, blieb ein zweiter keine Handbreit vor meinem Gesicht sirrend in einem Tau stecken; Brooke bückte sich grinsend, brach ihn ab, warf ihn achtlos fort und tat dann etwas Unglaubliches. Ich konnte es damals nicht fassen und kann es auch jetzt kaum, aber es ist eine Tatsache.

Er richtete sich zu voller Höhe am Bug auf, einen Fuß auf die Bordwand gestützt, schleuderte seinen Strohhut fort, verschränkte die Arme und starrte geradeaus, diesem kreischenden, fratzenhaften Tod entgegen, der Feuer, Stahl und Wolken von Giftpfeilen auf uns niedergehen ließ. Er lächelte seelenruhig und schien etwas zu sagen. »Kommen Sie runter, Sie verrückter Spinner!« schrie ich, aber er hörte es nicht einmal, und dann merkte ich, daß er nicht sprach – er sang! Über das Knattern der Musketen, das Zischen und Klatschen dieser grauenvollen Pfeile, das Geschrei und Getöse hinweg konnte man es hören:

»Come, cheer up, my lads,
Tis to glory we steer,
To add something new
To this wonderful year –«

Jetzt drehte er sich um, eine Hand an einer Strebe, um das Gleichgewicht zu halten, schlug mit der anderen Faust den Takt und rief uns mit strahlend lachendem Gesicht zu, wir sollten mitsingen – und von hinten grölte die Menge los:

»Kernige Eiche ist unser Schiff,
kernige Jungs sind die Crew,
Wir sind immer heiter,
weiter, Jungs, weiter,
wir kämpfen und siegen auf See immerzu.«

Die JOLLY BACHELOR erzitterte im Wasser, als wir an der Bordwand der Piraten-Prau entlangschrammten, und dann fielen kreischende, wild um sich schlagende Gestalten über uns her. Ich ließ mich bäuchlings auf das Deck fallen und streckte alle viere von mir, jemand trampelte mir auf den Kopf, und als ich wieder hochkam, starrte ich in ein verzerrtes, schreiendes Gelbgesicht; ich erhaschte einen kurzen Blick auf einen Ohrring aus Jade, der wie ein Halbmond geschnitzt war, und auf einen scharlachroten Turban, dann war er auch schon mit einem Entermesser bis zum Heft in seinen Bauch gerammt über Bord gefallen; ich schoß noch auf ihn, als er bereits fiel, rutschte in dem Blut auf Deck aus und landete in einem Speigatt. Voller Panik schaute ich mich um; das Deck war in hellem Aufruhr, doch das Getümmel löste sich zu Knäueln von Blaujacken auf, die jeweils einen zappelnden Piraten in ihre Mitte nahmen, ihn töteten und über Bord warfen; die Prau, die wir gerammt hatten, lag jetzt hinter uns, und Brooke schrie:

»Ruderer, weiter so! Legt euch ins Zeug! Dort liegt unser Ziel, Leute! Immer geradezu!«

Er deutete auf das rechte Ufer, wo der Palisadenzaun, vom Raketenfeuer getroffen, in schwelende Trümmer gesunken war; dahinter lag eins der Forts, dessen Umzäunung hellauf brannte, während Gestalten davonhuschten und wenige Tapfere versuchten, die Flammen zu löschen. Hinter uns war ein unglaubliches

Gemetzel im Gange; unsere Praus und die der Piraten waren in einen blutigen Nahkampf verstrickt, und durch die Lücken tauchten unsere Langboote im Fahrwasser der JOLLY BACHELOR auf, dicht besetzt mit malaiischen Schwertkämpfern.

Das Wasser war übersät mit rauchenden Wrackteilen und kämpfenden Schwimmern; Männer fielen von den Schiffen und wurden von unseren Booten aufgenommen, wenn sie Freunde waren, oder in der blutigen Strömung abgeschlachtet, wenn sie Piraten waren. Qualm von den brennenden Praus hing in einer großen Wolke über der höllischen Szenerie; mir kam der Spruch »ein Todesschatten um die Schiffe« in den Sinn – da zerrte mich jemand am Ärmel, und Brooke rief mir etwas zu und deutete voraus auf das näherkommende Ufer und die Bresche in dem glimmenden Palisadenzaun.

»Nehmen Sie dieses Fort dort ein!« schrie er. »Übernehmen Sie die Führung der Blaujacken! Stürmen Sie einfach drauflos, hören Sie, ohne Deckung und ohne Halt! Nur immer mit dem Entermesser dazwischen – achten Sie auf Frauen, Kinder und Gefangene! Machen Sie ihnen Beine, Flashman! Viel Glück!«

Ich erkundigte mich höflich, ob er vollkommen verrückt geworden sei, aber da war er schon zehn Meter weiter und stapfte durch das seichte Wasser, als unser Boot am Ufer auf Grund lief; er kletterte die Böschung hinauf und winkte die anderen Langboote zu sich heran, die auf sein Signal hin wendeten – und da stand ich nun, den Revolver in der zitternden Faust, und starrte entsetzt über den Bug auf die verkohlten Ruinen des Zauns und die gut hundert Meter hartgestampfte Erde dahinter, die bereits mit Opfern des Kanonenduells übersät waren, und wieder dahinter auf die brennende Außenwand des Forts. Der Himmel mochte wissen, wie viele erbitterte Feinde dort lauerten, bereit, uns mit Gewehrfeuer zu empfangen und dann aus nächster Nähe abzuknallen – falls wir jemals soweit kamen. Ich schaute auf die JOLLY BACHELOR zurück, auf das johlende Gedränge der Seeleute mit bärtigen Gesichtern, Strohhüten, weißen Kitteln, funkelnden Augen und gezückten Entermessern, die auf das entscheidende Wort warteten. Und dieses Wort, soviel stand fest, mußte von dem alten Flash kommen.

Nun, was immer man mir nachsagen mag, ich kenne meine Pflicht, und wenn ich eins in Afghanistan gelernt hatte, so war es die Kunst der Menschenführung. Im Handumdrehen hatte ich mir ein Entermesser geschnappt, riß es hoch über meinen Kopf und wandte mich an die tobende Mannschaft hinter mir. »Ho, ho, Leute!« brüllte ich. »Also auf denn! Wer ist als erster hinter mir in diesem Fort?« Ich sprang ans Ufer, schwang noch einmal mein Messer und schrie: »Mir nach!«

Sie stolperten aus dem Boot hinter mir her, schwenkten jubelschreiend ihre Waffen, und als ich stehenblieb und »Weiter! Weiter! Hoch Britannia!« rief, strömten sie das Ufer hinauf und zerstoben die glühende Asche des Palisadenzauns. Ich rannte natürlich mit ihnen vor und blieb nur stehen, um die Nachzügler mit markigem Geschrei zu ermutigen, bis schätzungsweise zwanzig Mann vor mir waren; dann setzte ich der Vorhut nach, nicht um von hinten die Führung zu übernehmen – nein, eigentlich mehr von der Mitte aus, wo der sicherste Platz ist, wenn man es nicht gerade mit zivilisierter Artillerie zu tun hat.

Heulend wie die Hunde stürmten wir über den freien Platz; im Laufen sah ich, daß Brooke an unserer rechten Flanke die malaiischen Schwertkämpfer gegen ein anderes Fort dirigierte; sie hatten diese schrecklichen *Kampilans* mit den Haarbüscheln am Heft gezogen, und hinter ihnen kam eine zweite Welle von den Booten, halbnackte Iban, die *Sumpitan*-Speere trugen und im Laufen »Dyak! Dyak!« kreischten. Aber keiner von ihnen kam an Geschwindigkeit und Ungestüm meinen Seebären gleich, die jetzt fast am brennenden Außenzaum des Forts waren; gerade als sie ihn erreichten, fiel das ganze Ding zu unserem großen Glück mit einem Riesenwirbel von Funken und Rauch nach innen um, und als die ersten Männer über die glühenden Trümmer hechteten, konnte ich sehen, wie weise es von mir war, den Angriff nicht selber anzuführen – dort stand in ungegliederter Doppelreihe ein Trupp Gewehrschützen der Piraten mit angelegten Waffen. Ihre Salve krachte los, riß einen oder zwei unserer vordersten Leute um, dann waren die übrigen mit geschwungenen Entermessern bei ihnen, und der alte Flash fand sich voll wohltönender Sprüche an der Stelle ein, wo unsere Leute am dichtesten standen.

Ich fand, ich könnte meine Kräfte am besten einsetzen, indem ich den Feind mit meinem Colt aufs Korn nahm, und das gab mir Gelegenheit, etwas mitanzuschauen, das zu sehen den längsten Weg lohnt, vorausgesetzt man findet einen sicheren Beobachtungsposten – die furchtbare Hieb-und-Stoß-Taktik, mit der britische Matrosen Schulter an Schulter in geschlossener Formation vorgehen. Ich bin überzeugt, die Marine lehrt das seit Blakes Zeiten so, und Mr. Gilbert, der nie im Traum ahnt, wie das ist, macht sich heutzutage darüber lustig, aber ich habe es gesehen – und ich weiß jetzt, warum wir jahrhundertelang die Weltmeere beherrscht haben. Unserer vordersten Linie von zwanzig Mann müssen an die hundert Piraten gegenübergestanden haben, aber die Seeleute griffen sie einfach in einem soliden Keil an, die Entermesser zum Rückhand-Schlag erhoben – Tritt und Hieb, dann Stoß, Tritt und Hieb, dann Stoß, Tritt-Hieb-Stoß, und die Kampflinie der Piraten zerschmolz zu einem am Boden liegenden Gewirr von aufgespaltenen Gesichtern und zerfetzten Schultern, durch das die Matrosen mit Gebrüll weiterpflügten. Die Piraten, die noch aufrecht standen, gaben Fersengeld und rannten Hals über Kopf zu den Toren des Forts, woraufhin unsere Leute ihnen nachsetzten und sie als feige Waschweiber beschimpften – ich kann Ihnen sagen, das machte mich ganz stolz, ein Brite zu sein.

Ich war mittlerweile ziemlich dicht an der vordersten Reihe, brüllte gelegentlich und versetzte jedem Verwundeten, der zufällig in die andere Richtung sah, einen saftigen Hieb. Die Verteidiger hatten offenbar gehofft, ihre Gewehrschützen würden uns vor dem Tor zum Stehen bringen, aber bevor sie sich's versahen, waren wir drinnen. Eine Gruppe von Piraten versuchte, ein großes Geschütz herumzuschwenken, um uns am Eingang zusammenzuschießen; einer von ihnen griff nach dem Luntenstock, aber ehe er ihn berühren konnte, hatte er ein halbes Dutzend Messer im Leib und fiel über die Kanone, während die anderen kehrt machten und flohen. Wir waren drin, und wir brauchten nur noch die letzten Piraten aus ihren Verstecken aufzustöbern, dann gehörte der Laden uns.

Das bereitete keine Schwierigkeiten, denn es waren keine Piraten mehr da – aus dem einfachen Grund, daß die heimtückischen Sch---kerle sich alle zur Hintertür hinausgeschlichen hatten und jetzt außen herumliefen, um uns am Tor von hinten anzugreifen. Das wußte ich natürlich zu diesem Zeitpunkt noch nicht, denn ich war zu beschäftigt damit, bewaffnete Trupps loszuschicken, um das Innere des Forts zu besetzen, das keinem anderen Fort glich, das ich jemals gesehen hatte. Es war Sharif Sahibs Bambuspalast und persönliches Hauptquartier, ein großes Labyrinth von Häusern, manche davon drei Stockwerke hoch, mit Außentreppen, Verbindungsgängen, Verandas und abgeschirmten Durchgängen überall. Wir hatten gerade angefangen, nach Beute zu suchen und zu plündern, und waren dabei auf die private Garderobe des Sharif gestoßen – eine erstaunliche Kollektion, die so unterschiedliche Stücke wie Turbane aus goldenem Tuch, juwelenbesetzte Diademe, Zylinderhüte und einen Morgenrock enthielt –, als vom Haupttor her die Hölle losbrach und eine allgemeine Bewegung dorthin einsetzte. Allgemein, doch nicht speziell – während die treuen Seebären auf der Suche nach mehr Blut davonwetzten, schlich ich mich flink aus Sharif Sahibs Garderobe in die entgegengesetzte Richtung. Ich wußte nicht, wohin sie führen würde, aber es war zumindest von der Schießerei fort – ich hatte für einen Tag genug Blut und Schrecken gesehen und flitzte schnell über eine Bambusbrücke in das Nebenhaus, das scheinbar verlassen war. Dort war ein langer Gang mit Türen auf einer Seite, und während ich noch zögerte, welche das sicherste Schlupfloch wäre, wurde eine davon aufgerissen, und heraus stürzte der größte Mann, den ich je im Leben gesehen habe.

Er war mindestens zwei Meter zehn groß und ebenso häßlich wie lang – ein feistes gelbes Mondgesicht auf massiven Schultern, mit einer quastengeschmückten Mütze auf dem Kopf, stieren Glubschaugen und einem großen Schwert, das er mit seinen plumpen Händen umklammert hielt. Er schrie bei meinem Anblick auf, lief mit merkwürdig watschelnden Schritten den Gang entlang, schwang dann sein Schwert über seinem Kopf nach hinten, kreischte wie eine Dampfsirene, verlor das Gleichgewicht und verschwand mit berstendem Krachen eine steile Treppe hinunter. Dem Geräusch nach mußte er zwei Stockwerke mit sich gerissen haben, doch ich wartete nicht länger auf mehr von seiner Sorte – ich machte einen Satz durch die nächste Tür, blieb wie angewurzelt stehen, und traute meinen Augen nicht. Ich war in einem großen Raum voller Frauen.

Ich schloß die Augen, öffnete sie wieder und fragte mich, ob ich träumte oder nach diesem anstrengenden Tag an Halluzinationen litt. Aber der Raum war noch da, wie eine Szene aus Burtons »Arabischen Nächten« – der illustrierten Ausgabe, die man nur auf dem Kontinent bekommt. Vorhänge, Teppiche, Sofas und Kissen aus Seide, eine Wolke von Parfüm, die zu mir herüberwogte – und ein rundes Dutzend Weiber, ein ansehnlich rundes Dutzend, wie ich bemerkte, und offensichtlich stolz darauf, denn sie alle zusammen trugen nicht genug Stoff am Leib, um auch nur einen Körper dezent zu bedecken. Ein paar Sarongs, seidene Fetzen, Armreifen, Satinhosen, ein Turban oder zwei, aber nicht die Bohne wert, wenn es darum ging, diese prachtvollen Gliedmaßen, geschwungenen Hüften, drallen Hinterteile und vollen Brüste zu verbergen. Ich konnte nur ungläubig gaffen und meinen Blick von den Körpern zu den Gesichtern wandern lassen – jeder Farbton war vertreten, von Kaffeebraun und Beige bis Honigfarben und Weiß, und alle waren schön. Rote, zitternd geöffnete Lippen und dunkle, vor Schreck geweitete Augen.

Einen Moment lang fragte ich mich, ob ich im Kampf getötet und in irgendein köstliches Paradies entführt worden sei; aber ob himmlisch oder irdisch, eine solche Chance konnte ich mir nicht entgehen lassen, und dieser Gedanke muß sich auf meinem Gesicht gespiegelt haben, denn mit einem Mal schrie die ganze bildschöne Versammlung wie aus einem Hals los und wandte sich zur Flucht – na ja, ich kann es ihnen nicht verdenken, denn Flashy blutbedeckt und voll Ruß an der Tür lauern zu sehen, in einer Hand den Revolver und ein blutiges Entermesser in der anderen, das ist nicht gerade, als käme der Pastor zum Tee. Sie rannten durcheinander, fielen über die Kissen, stießen zusammen, hasteten zu den anderen Türen im Raum, und es schien das Vernünftigste, sich die Nächstbeste zu schnappen, ein aufreizendes kleines Ding, dessen gesamte Bekleidung aus Tüllhosen und einer Halskette bestand; ob es nun meine Hand an ihrem Knöchel oder ihr vorderlastiger Busen war, was sie aus dem Gleichgewicht brachte, jedenfalls fiel sie durch einen Vorhang an einem Alkoven und schlitterte kreischend und zeternd kopfüber eine schmale Treppe hinunter, und Flashy immer feste hinter ihr her. Sie landete am Fuß der Treppe an einer Trennwand, ich packte sie hocherfreut – und in diesem Augenblick wurde ich durch ein Geräusch an meine wahre Lage erinnert, das mir alle fleischlichen Gelüste aus dem Sinn trieb: auf dem Weg direkt hinter der dünnen Hauswand krachte eine ohrenbetäubende Gewehrsalve, Stahl klirrte, eingeborene Stimmen – sicher von Piraten – stammelten, und in der Ferne ertönte der englisch gebrüllte Befehl, sofort in Deckung zu gehen.

Das schien mir eine großartige Idee zu sein. Ich drückte das zappelnde Frauenzimmer zu Boden, schwenkte meinen Revolver und gab ihr zu verstehen, sie solle ruhig sein. Sie lag zitternd in meinem Griff, und ihr Gesicht arbeitete vor Entsetzen – ein hübsches Gesicht, vermutlich chinesisch-indisch-malaiisch, mit großen Augen voller Tränen, kurzer Nase und vollen, kleinen Lippen – und sie war weiß Gott auch hübsch gebaut; mehr instinktiv als bewußt langte ich anerkennend zu, und sie erbebte unter meiner Hand, doch sie war vernünftig genug, den Mund zu halten.

Ich lauschte ängstlich; die Piraten bewegten sich hinter der dünnen Wand, dann feuerten sie plötzlich wieder drauflos, brüllten und fluchten oder schrien vor Schmerz auf, Füße trampelten und Schüsse peitschten schrecklich nahe – ich legte eine Hand auf ihren Mund und zog sie fest an mich, aus Angst, sie könnte schreien und einen dieser bestialischen Wilden dazu bringen, durch die baufällige Wand zu preschen und mich zu Filet zu verarbeiten. Wir lagen im muffigen Halbdunkel am Fuß der Treppe, während keine zwei Meter entfernt der Kampflärm vorübertobte. Als der Tumult sich einmal für Sekunden legte, hörte ich irgendwo über uns Winseln und Jammern – vermutlich die anderen jungen Damen der Höheren Töchterschulen von Patusan, die darauf warteten, vergewaltigt und ermordet zu werden. Ich zischte hysterisch in ihr Ohr: »Ruhe, Ruhe, um Gottes willen, Ruhe!« Zu meiner Verwunderung wimmerte sie unter Tränen zurück »Amiga sua, amiga sua!« und strich mit ihrer Hand über mein verschwitztes Gesicht. In ihren Augen lag ein entsetzt flehender Blick, und sie versuchte sogar zu lächeln – eine rührende kleine Grimasse. Dann stemmte sie sich hoch, um ihre zitternden Lippen an meine zu drücken, und stöhnte leise.

Nun, ich habe oft genug Frauen in Furcht und Schrecken gesehen, aber diese leidenschaftliche Erregung konnte ich mir nicht erklären – bis ich feststellte, daß mein Angstschlottern merkwürdig rhythmischer Natur war, daß ich eine bebende Brust in der einen Hand und einen prallen Schenkel in der anderen hielt, daß der untere Teil unserer Bekleidung irgendwie abhanden gekommen war, und daß meine Innereien aus einem anderen Gefühl als dem der Furcht zu zucken begannen. Ich war so verblüfft, daß ich fast aus dem Takt kam – ich hätte nie gedacht, daß ich eine Stute besteigen könnte, ohne zu merken, was ich tat, aber wir waren dabei, loszugaloppieren wie King Hal auf Hochzeitsreise, und das nach allem, was ich an diesem Tag durchgemacht hatte, und während um uns herum Kampf, Mord und plötzlicher Tod wüteten. Das zeigt doch, daß in einer Krisensituation die besseren Instinkte Oberhand gewinnen – manche Leute fallen auf die Knie und beten, andere preisen laut Königin und Vaterland, aber hier war jemand, wie ich mit Stolz sagen kann, der angesichts des Todes instinktiv drauflosbumste, bibbernd vor Angst und Lust, und der dabei sein Äußerstes gab, denn wenn einem klar ist, daß dies der letzte Ritt sein kann, macht man das Beste daraus. Und wissen Sie, es könnte durchaus wahr sein, daß vollkommene Liebe jede Furcht überwindet, wie Dr. Arnold zu sagen pflegte; jedenfalls bezweifle ich, daß ich als Deckhengst jemals besser in Form war, denn im letzten, ekstatischen Moment fiel meine Partnerin glatt in Ohnmacht, und gründlicher kann man es ihnen wohl nicht besorgen.

Draußen droschen sie noch immer mit aller Gewalt aufeinander ein, aber nach einer Weile schien sich das Geschehen zu verlagern, und als ich in der Ferne den unverkennbaren Klang eines britischen Jubelschreis hörte, hielt ich es für gefahrlos, mich wieder vorzuwagen. Meine Mitstreiterin war wieder zu sich gekommen und lag schlaff und schluchzend da, zu verängstigt, sich zu rühren. Ich mußte ihr mit meinem flachen Schwert einen Klaps auf den Hintern geben, um sie die Treppe hinaufzuscheuchen, dann spähte ich vorsichtig umher und machte mich auf.

Inzwischen war alles vorbei. Meine Blaujacken, die mich nicht vermißt zu haben schienen, hatten den Angriff der Piraten abgewehrt und waren dabei, das Fort von seinen Wertgegenständen zu räumen, bevor es in Brand gesteckt wurde, denn Brooke war entschlossen, die Piratennester restlos auszuräuchern. Ich sagte ihnen, daß ich während des Kampfes in einem der Gebäude Frauen schreien gehört hatte, und daß die armen Geschöpfe gesucht und mit aller Umsicht behandelt werden sollten, da war ich eisern, aber als sie nachsehen gingen, war offenbar das ganze Rudel in den Dschungel ausgebüchst. Nicht eine Menschenseele war noch im Lager, also ging ich auf die Suche nach Brooke, um Bericht zu erstatten.[29]

Außerhalb des Forts war es wie im Alptraum. Das offene Gelände zum Fluß hinunter war mit Leichen unserer Feinde übersät – die meisten davon ohne Kopf, denn die siegreichen Dyak hatten sich an ihr schauerliches Werk gemacht und Trophäen gesammelt, und der Fluß selber war ein einziges rauchendes Trümmerfeld. Die Praus der Piraten waren entweder im Kampf verbrannt worden oder flußaufwärts geflohen; weniger als ein Viertel von ihnen waren entkommen, ihre Mannschaften scharenweise getötet oder in den Dschungel gejagt worden, und eine große Anzahl von Verwundeten und Gefangenen war in einem der besetzten Forts zusammengepfercht. Alle fünf Forts waren eingenommen, und zwei davon standen bereits in Flammen; als die Nacht über Patusan hereinbrach, war es vom orangefarbenen Feuerschein der brennenden Gebäude noch taghell, und die Hitze war so stark, daß wir uns auf unsere Boote zurückziehen mußten. Aber die Arbeit ging die ganze Nacht weiter – Gefangene waren zu bewachen und zu beköstigen, unsere eigenen Verwundeten zu versorgen, die Beute aus den Forts zu taxieren und zu verschiffen, unsere Schiffe zu reparieren, die Vorräte aufzufüllen, frische Waffen und Munition auszugeben, die Toten zu zählen und das ganze heillose Durcheinander wieder irgendwie zu ordnen.

Ich habe die Nachwirkungen einer Schlacht zigmal erlebt, und es ist jedesmal die Hölle, aber trotz aller Widerwärtigkeiten und Erschöpfung gibt es immer einen erfreulichen Gedanken – ich bin noch da. Krank, wund und müde vielleicht, aber zumindest lebend und unverletzt und mit einem Platz zum Schlafen – und ich hatte obendrein einen scharfen, wenn auch etwas überraschenden Galopp eingelegt. Der einzige Haken an der Sache war, daß wir keine Spur von der SULU QUEEN gesehen hatten und folglich das ganze schmutzige Geschäft noch einmal würden durchstehen müssen, und das gefiel mir gar nicht.

Das sagte ich auch Brooke, in der schwachen Hoffnung, ich könnte ihn zum Aufgeben bewegen – natürlich machte ich dabei voll auf mannhaft ertragene Seelenqual, hin und her gerissen zwischen Liebe zu Elspeth und Sorge darüber, was ihre Rettung bereits gekostet hatte. »Es ist nicht recht«, sagte ich mit frömmlich verklemmtem Blick. »Ich kann von Ihnen und Ihren Leuten solch ein ... ein Opfer nicht verlangen. Weiß der Himmel, wie viele hochherzige Freunde noch ihr Leben verlieren werden ... nein, das geht nicht. Sie ist meine Frau, und ... na ja, das Ganze ist meine Sache, finden Sie nicht ...« Es war furchtbarer Blödsinn anzudeuten, ich würde die Angelegenheit in einer nicht näher bestimmten Art und Weise alleine in die Hand nehmen – wenn ich die Chance gehabt hätte, wäre ich augenblicklich nach Singapur gewetzt, hätte eine Belohnung ausgesetzt und fern von allem Übel die Hände in den Schoß gelegt. Woraus Sie ersehen können, daß ein vielbeschäftigter Tag bei den Piraten von Borneo völlig die hirnrissigen Gewissensbisse vertrieben hatte, die mich in der

Nacht zuvor zeitweilig im Heizraum überkommen hatten.

Aber natürlich war das reine Zeitverschwendung. Er ergriff nur mit Tränen in den Augen meine Hand und rief: »Glauben Sie wirklich, auch nur einer von uns würde Sie jetzt im Stich lassen? Wir werden Ihre Frau um jeden Preis zurückholen! Und außerdem«, fuhr er zähneknirschend fort, »sind da noch diese schurkischen Piraten zu zermalmen – wir haben, dank solchem Heldenmut wie Ihrem, die entscheidende Schlacht gewonnen, doch wir müssen ihnen den Gnadenstoß versetzen! Sie sehen also, ich müßte weiterkämpfen, selbst wenn Ihr geliebtes Weib nicht in ihren schmutzigen Fängen wäre.« Er packte mich an der Schulter. »Sie sind ein tapferer Mann, Flashman – und ich weiß, Sie würden alleine weitermachen, wenn Sie dazu gezwungen wären; aber Sie können auf J. B. zählen, bis zum Fegefeuer und darüber hinaus, und damit Schluß!« Das hatte ich befürchtet.

Wir hielten uns noch zwei Tage in Patusan auf, warteten auf Nachricht von Brookes Spähern und hielten uns in Windrichtung zu den Bestattungsfeuern der Dyak am Flußufer, bis wir erfuhren, daß die SULU QUEEN mit einer Streitmacht von feindlichen Praus zwanzig Meilen weiter flußaufwärts gesichtet worden war; aber als wir am Zehnten dort aufkreuzten, waren die Vögel zum Fort Sharif Mullers am Undup-River ausgeflogen, und so mußten wir, gepeinigt von brütender Hitze und Moskitos, uns zwei weitere Tage hinter ihnen herquälen, wobei der Fluß immer reißender und unser Tempo auf ein mühseliges Kriechen reduziert wurde. Wegen der starken Strömung und der Hindernisse, zu denen die Piraten noch Fallen aus Baumstämmen und versenkten Netzen aus Rattan hinzugefügt hatte, in denen sich unsere Ruder verhedderten, hatten wir die PHLEGETHON zurücklassen müssen; alle paar Minuten waren wir gezwungen, einen Halt einzulegen, um unseren Weg freizuschlagen und auf die Schlingpflanzen einzuhacken, und dann schleppten wir uns weiter, durchnäßt von Schweiß und öligem Wasser, rangen nach Luft, und während unsere Blicke ständig zu der olivgrünen Wand wanderten, die uns zu beiden Seiten umschloß, warteten wir auf das Zischen der *Sumpitan*-Pfeile, die immer wieder aus dem Dschungel geflogen kamen und einen Ruderer trafen oder gegen die Bordwand schlugen. Beith, Keppels Arzt, war andauernd die Flotte hinauf und hinunter unterwegs, um die gemeinen Dinger aus Armen oder Beinen zu entfernen und Wunden auszubrennen; glücklicherweise waren sie selten tödlich, doch ich schätze, wir hatten jede halbe Stunde ein Opfer zu beklagen.

Es wäre gar nicht so schlimm gewesen, wenn ich mich weiter hinter den Eisenwänden der PHLEGETHON hätte verkriechen können, aber ich war Paitingis Späherboot zugeteilt worden, das meist die Führung übernahm; nur bei Nacht ging ich mit Brooke an Bord der JOLLY BACHELOR zurück, und das war kein großer Trost – zum Schlaf am Fuß einer Leiter zusammengerollt, nachdem gegen einen nächtlichen Angriff Nägel auf das Deck gestreut worden waren, lag ich schwitzend, schmutzig und ungekämmt in der dräuenden Dunkelheit und lauschte dem kreischenden Lärm des Dschungels und dem gelegentlichen Dröhnen eines Kriegsgongs in der Ferne – dom, dom, dom, kam es aus dem nebligen Dunkel.

»Trommel du nur, Muller«, sagte Brooke. »Wir werden dir schon den Marsch dazu blasen, wart's nur ab! Wir werden noch unseren Spaß haben – äh, Flashy?«

Ich nehme an, aus seiner Sicht war das, was am dritten Tag auf dem Undop geschah, tatsächlich Spaß – eine Attacke im Morgengrauen auf Mullers Fort, eine große Bambusfestung mit Palisadenzaun auf einem steilen Hügel. Die Praus mit den Raketen zerdroschen es zusammen mit den Überresten der Piratenflotte, die dort vor Anker lag, und dann schwärmten die Männer von der DIDO und die Dyak an Land, wobei die letzteren vor dem Angriff an der Landestelle einen Kriegstanz vollführten, hüpfend ihre *Sumpitans* schüttelten und »Dyak! Dyak!« schrien. »Das ist nun mal ihre Art«, sagte Paitingi zu mir, als wir von seinem Boot aus zuschauten. »Sie schreien lieber als zu kämpfen« – was ich ziemlich hart fand. Der arme Charlie Wade wurde bei der Erstürmung des Forts getötet; ich hörte später, er sei erschossen worden, als er gerade ein malaiisches Kind auf dem Arm trug, das er in Sicherheit bringen wollte – was wieder mal zeigt, wozu christliche Nächstenliebe führt.

Ich nahm jedoch nur einmal Anteil an dem Kampf, als sich eine Prau der Piraten von ihrem Ankerplatz löste und mit wilden Ruderschlägen und donnerndem Gong flußaufwärts davonmachte. Paitingi tanzte auf und ab und brüllte auf schottisch und arabisch, daß er Mullers persönliche Standarte auf dem Schiff sehen könne, und so machten wir uns an die Verfolgung. Die Prau sank, vom Raketenfeuer in Brand geschossen, aber Muller, ein hartnäckiger großer Halunke in gestepptem Waffenrock und schwarzem Turban, rettete sich auf einen Sampan; wir holten ihn ein und schossen auf ihn, und mir wurde ganz blümerant bei dem Gedanken, ihn entern zu müssen, als der Kerl vernünftigerweise über Bord sprang und mit seiner Bande im Gefolge davonschwamm. Wir verloren ihn am Rand des Urwalds aus den Augen, und Paitingi raufte sich den Bart und fluchte, wie es nur ein Araber kann.

»Komm zurück und kämpfe, du Sohn einer malaiischen Hündin! Istagfurallah!« rief er und schüttelte seine Faust. »Beweisen Piraten so ihren Mut? Ja, lauf in den Dschungel, du Hafenlude aus Port Said, du! Bei den sieben Helden, ich werde deinen Kopf noch meinen Linga geben, du unbeschnittenes Rabenaas! Pah! Beim Barte des Propheten – er ist uns am Ende tatsächlich entwischt!«

Inzwischen war das Fort eingenommen,[30] und wir ließen es brennend zurück, ohne die Toten zu begraben, denn von einem Gefangenen hatten wir erfahren, daß unser wichtigstes Jagdwild, Suleiman Usman, mit der SULU QUEEN und einer Flotte von Praus – und vermutlich mitsamt meinem verschüttgegangenen Eheweib – auf dem Skrang-River Zuflucht gesucht hatte. Also hieß es, den Undup wieder hinunterzufahren, eine gute Portion schneller als wir heraufgekommen waren, zum Hauptfluß, wo die PHLEGETHON die Mündung bewachte.

»Jetzt kannst du nicht mehr viel weiter fliehen, mein lieber Usman«, sagte Brooke. »Der Skrang ist höchstens ein paar Meilen schiffbar; wenn er mit der SULU QUEEN ein Stück zu hoch fährt, setzt er sie auf Grund. Er ist gezwungen, sich dem Kampf zu stellen – na ja, er hat immer noch mehr Männer und Schiffe als wir, und während wir Muller gejagt haben, hatte er Zeit, sie auf Vordermann zu bringen. Er weiß bestimmt, daß wir ganz schön erschöpft und auch dezimiert sind.«

Und das war keine Lüge. Die Gesichter um den Tisch in der winzigen Kajüte der PHLEGETHON waren aufgedunsen und hohläugig vor Müdigkeit; Keppel, der schmucke Marineoffizier von vor einer Woche, sah mit seinen unrasierten Wangen und verfilzten Haaren wie eine Vogelscheuche aus, seine Uniformjacke war zerrissen und die Epauletten angesengt; Charlie Johnson, mit dem Arm in einer blutbefleckten Schlinge, döste ein und wachte auf wie eine Aufziehpuppe; selbst Stuart, normalerweise der lebhafteste von allen, saß völlig erledigt da, den Kopf in die Hände gestützt, seinen halb gereinigten Revolver vor sich auf dem Tisch.

(Ich sehe ihn noch heute vor mir, mit dem kleinen Ladestock aus Messing, der aus der Trommel ragte, und auf der Kimme saß eine dicke schwarze Motte und rieb sich die Fühler.) Nur Brooke war noch so ekelhaft munter und vergnügt wie eh und je, glattrasiert und hellwach, aber seine Augen sahen trotzdem aus wie durchwachsener Speck. Er schaute uns reihum an, und ich ahnte, was er dachte: Dieser Haufen hält nicht mehr lange durch.

»Wie dem auch sei«, sagte er und grinste verschmitzt. »So völlig erschöpft sind wir noch nicht, oder? Ich schätze, in jedem von uns hier steckt noch für drei Tage Kraft, und in mir für vier. Ich will euch was sagen . . .« Er stützte seine Ellbogen breit auf den Tisch. »Ich werde morgen abend ein Galadiner geben – natürlich kommen alle in voller Uniform – am Vorabend dessen, was unser letzter Kampf gegen diese Schurken sein wird – «

»Bismillah! Das würde ich gerne glauben«, meinte Paitingi.

»Nun, jedenfalls unser letzter auf dieser Expedition«, rief Brooke. »Das ist er notgedrungen – entweder vernichten wir sie oder sie machen uns fertig. Aber das wird nicht geschehen – nicht nach den Niederlagen, die wir ihnen bereits zugefügt haben. Ich habe unten ein Dutzend Flaschen Champagner, und die werden wir auf die Krönung unseres Erfolgs köpfen, eh?«

»Wäre es nicht besser, sie für hinterher aufzuheben?« sagte Keppel, aber da hob Stuart seinen Kopf und schüttelte ihn müde lächelnd.

»Dann sind wir vielleicht nicht mehr alle da. Auf diese Art bekommt jeder vorher etwas davon ab – das hast du doch an dem Abend gesagt, bevor wir auf der alten ROYALIST gegen die Lingas zogen, nicht wahr, J. B.? Erinnerst du dich – wir neunzehn Mann, damals, vor fünf Jahren? ›Nach dem Tod gibt's nichts zu Saufen!‹ Aber weiß Gott – von den neunzehn Mann sind nicht mehr viele übrig . . .«

»Doch dafür haben wir eine Menge neuer Freunde«, sagte Brooke schnell. »Und sie werden für ihr Abendessen singen, so wie wir es damals und seitdem immer wieder getan haben.« Er rüttelte Charlie Johnsons nickenden Kopf. »Wach auf, Charlie! Heute abend wird gesungen, wenn du morgen mitessen willst! Also los, oder ich stecke dir einen nassen Schwamm ins Kreuz! Sing, Bursche, sing!«

Johnson blinzelte und stammelte, aber Brooke legte los mit »Auf die Gesundheit des Königs und währenden Frieden«, schlug dabei auf den Tisch, und Charlie fiel krächzend an der Stelle ein

> »Solang wir atmen, laßt es laufen,
> denn nach dem Tod gibt's nichts zu saufen«

und sang alleine bis zum Ende weiter, rollte die Augen wie eine Eule, während Brooke auf dem Tisch den Takt hämmerte und rief: »Guter Junge, Charlie! Und jetzt alle zusammen!« Die anderen sahen verlegen drein, aber Brooke wandte sich zu Keppel um und bearbeitete ihn zu singen; Keppel wollte zuerst nicht und saß mit verstörtem und schüchternem Blick da, aber Brooke ließ nicht locker, und was blieb dem guten Mann da anderes übrig? Also sang er »Spanish Ladies« – er sang gut, muß ich sagen, mit dröhnendem Baß – und inzwischen waren selbst die Müdesten um den Tisch herum so weit, daß sie grinsten und in den Chor einstimmten, während Brooke ermunternd den Takt angab und uns wie ein Habicht musterte. Er selbst sang das Lied von der Arethusa und überredete sogar Paitingi, uns einen Psalm vorzutragen, worüber Charlie hysterisch kicherte; aber Keppel stimmte donnernd mit ein, und dann sah Brooke mich an und nickte stumm. Also gab ich »Trink, Brüderlein, trink« zum Besten, und sie trampelten und klatschten, daß die Kajüte bebte.

Es war ein beschämendes Schauspiel – so gezwungen und falsch, daß es widerlich war; dieser fröhliche Irre, der seinen Männern Mut machte, indem er sie singen ließ, obwohl das allen verhaßt war. Aber sie sangen, wie Sie sehen, und ich mit ihnen, und zu guter Letzt sprang Brooke auf und rief: »Na bitte, das war gar nicht so schlecht! Wir gründen eines Tages noch unseren eigenen Chor. Die Späherboote übernehmen morgen die Führung – genau um fünf Uhr früh – dann die Pinasse der DIDO, die beiden Kutter, die Gig, die JOLLY BACHELOR und danach die kleineren Boote. Abendessen pünktlich um sieben. Gute Nacht, Gentlemen!«

Und fort war er. Wir glotzen uns gegenseitig an, dann schüttelte Keppel lächelnd seinen Kopf und seufzte, und wir gingen auseinander und fühlten uns ganz schön veralbert, muß ich sagen. Ich fragte mich plötzlich, wieso diese Männer Brooke und seine Schuljungen-Mätzchen tolerierten, die ausgesprochen kläglich waren. Warum taten sie ihm den Gefallen? – denn etwas anderes war es nicht. Es war keine Furcht oder Liebe oder gar Respekt; ich nehme an, sie fühlten, es wäre irgendwie gemein, ihn zu enttäuschen, und so machten sie jede Verrücktheit mit, ob es nun darum ging, eine Prau der Piraten mit einer Jolle anzugreifen oder Shanties zu singen, anstatt ihre Wunden zu pflegen oder sich zu verkriechen, um in einen erschöpften Schlaf zu sinken. Ja, sie taten ihm jeden Gefallen – weiß der Himmel, warum. Wohlgemerkt, so verrückt und gefährlich er war, ich muß zugeben, daß es schwer war, ihm etwas abzuschlagen, was immer es sein mochte.

Doch mir gelang es, später am Abend, wenn auch zugegebenermaßen nicht offen ins Gesicht. Ich lag behaglich unter meiner Leiter auf der JOLLY BACHELOR, als die Piraten lautlos mit ihren Sampans aus dem Nebel auftauchten und versuchten, uns zu überrumpeln. Bevor wir uns versahen, waren sie an Deck und ermordeten unsere Wachen, und wäre das Deck nicht mit Nägeln bestreut gewesen, um ihnen in die nackten Füße zu pieken, hätte dies das Ende des Schiffes und aller Leute an Bord einschließlich mir bedeutet. Aber so kam es zu einem heftigen Kampf im Dunkeln, und Brooke schrie, alle sollten sich daran beteiligen – aber ich umklammerte meinen Revolver und verkroch mich tiefer in Deckung, bis das Getümmel abgeklungen war; dann sprang ich rasch auf, polterte mit finsterem Blick los und tat so, als sei ich die ganze Zeit dabeigewesen. Ich schuftete wie ein Hafenarbeiter, indem ich half, tote Piraten über Bord zu werfen, und dann blieben wir bis zum Tagesanbruch auf den Beinen, aber sie störten uns nicht noch einmal.

Am nächsten Tag begann es wie wild zu regnen, und wir begannen unsere Fahrt den Skrang hinauf durch eine dichte Wand von Wasser, die die Sicht fast auf Null reduzierte und den Fluß wie mit Schrotkugeln aufpeitschte. Den ganzen Tag arbeiteten wir uns langsam in die Düsternis vor, während der Fluß immer schmaler wurde, bis er kaum noch zweihundert Meter breit war, und sahen nicht einen einzigen Feind. Ich saß durchnäßt und auf dem Tiefpunkt des Elends angelangt in Paitingis Boot und schöpfte Wasser, bis mein ganzer Körper vor Schmerz aufschrie. Bei Anbruch der Dunkelheit fiel ich vor Müdigkeit um – und als wir endlich vor Anker gingen, verdammt noch mal, da mußten wir uns rasieren und waschen und für Brookes Einladung zum Essen auf der JOLLY BACHELOR saubere Klamotten heraussuchen. Rückblickend kann ich mir nicht erklären, warum ich mich darauf einließ – ich versuche auch nicht zu ergründen, was in den Köpfen der anderen vorging; sie zogen alle ihre besten Sachen an, obwohl sie triefnaß waren, und da konnte ich mich nicht unwillig zeigen, oder? Wir versammelten uns dampfend und tropfend in der Kabine der JOLLY BACHELOR, und dort war der Tisch mit Silber, Gläsern und allem zum Abendessen gedeckt, und Brooke in seinem blauen Schwalbenschwanz mit Messingknöpfen hieß uns willkommen, als sei er der Generalgouverneur persönlich, trank ein Glas Wein mit Keppel, wies uns unsere Plätze zu und runzelte die Stirn, weil die Schildkrötensuppe kalt war.

Ich kann nicht glauben, was hier vorgeht, dachte ich; das ist alles ein schrecklicher Alptraum – Stuart sitzt mir nicht in seinem schwarzen Zwirn gegenüber und hat die Krawatte zu einer phantasievollen Schleife gebunden, das ist kein echter Champagner, was ich da im Licht übelriechender Unschlittkerzen trinke, während sich alle in der winzigen Kabine um den Tisch drängen, und sie lauschen nicht atemlos, als ich ihnen erzähle, wie ich Mynn in Lord's mit dem Bein vor dem Tor erwischt habe. Es gibt in Wirklichkeit keine Piraten, und wir sind nicht meilenweit auf irgendeinem stinkenden Bach in Borneo und bringen einen Toast auf den König aus, während draußen der Donner grollt und der Regen am Kabinenfenster herunterrinnt, und Brooke Zigarren anschneidet und herumreicht, und der malaiische Steward den Portwein auf den Tisch stellt. Ich konnte mir selbst nicht begreiflich machen, daß um uns herum eine Flotte von Sampans und Späherbooten lag, beladen mit einem Sortiment von Dyaks, Blaujacken und anderen Wilden, und daß wir morgen noch einmal die ganzen Schrecken von Patusan erleben würden; es war alles zu wirr und konfus und unwirklich, und obwohl ich mir eine ganze Flasche warmen Champagner und einen halben Liter Portwein einverleibt haben muß, stand ich von diesem Tisch so nüchtern auf, wie ich mich hingesetzt hatte.

Am Morgen war jedoch alles wieder Wirklichkeit – am Morgen dieses letzten, entsetzlichen Tages auf dem Skrang. Das Wetter hatte sich wie durch ein Wunder kurz vor Tagesanbruch aufgeklärt, und der schmale Wasserlauf vor uns glänzte braun und ölig zwischen den olivgrünen Wänden des Dschungels im Sonnenlicht. Es war unerträglich heiß, und der Urwald war ausnahmsweise relativ still, doch in der gesamten Flotte herrschte eine Erregung, die man in der schwülen Luft fast Wellen schlagen spürte;

es war nicht nur, weil Brooke vorausgesagt hatte, dies würde der letzte Kampf sein – ich glaube, es war auch das Bewußtsein, daß die Expedition an unserer Erschöpfung scheitern würde, wenn wir nicht bald zu einem Endergebnis mit den Piraten kamen, die irgendwo vor uns lauerten, und daß uns nichts anderes übrigbliebe, als wieder flußabwärts kehrtzumachen. Das erzeugte bei den anderen eine Art wilder Verzweiflung: Stuart zitterte vor Ungeduld, als er neben mich in Paitingis Boot sprang, seine Pistole zog und sie in seinen Gürtel zurücksteckte und dann das gleiche immer wieder tat; sogar Paitingi, der am Bug stand, war gespannt wie die Saite einer Fiedel, fauchte die Linga an und zupfte an seinem roten Bart. Ich überlasse es Ihnen, sich meine eigene Verfassung vorzustellen.

Unser Heldenknabe war natürlich so putzmunter wie eh und je. Er stand hoch oben am Bug der JOLLY BACHELOR, als unser Boot ablegte, Strohhut auf dem Kopf, erteilte Befehle und riß Witze, daß einem schlecht werden konnte.

»Da vorne sind sie, alter Hunne«, rief er Paitingi zu. »Na gut, ich nehme an, du kannst sie nicht riechen, aber ich. Wir werden sie spätestens heute nachmittag einholen, vermutlich früher. Also halte scharf Ausschau und entferne dich nicht mehr als auf Schußweite vom zweiten Boot, hörst du?«

»Aye, aye«, sagte Paitingi. »Das gefällt mir nicht, J. B. Es ist zu ruhig. Angenommen, sie haben sich auf die Nebenflüßchen verzogen – verteilt und versteckt?«

»Die SULU QUEEN kann sich nicht verstecken«, rief Brooke. »Sie muß auf dem Hauptfluß bleiben, und der wird bald für sie zu seicht. Sie ist unser Ziel, vergiß das nicht – wenn du sie einnimmst, schneidest du der Schlange den Kopf ab. Hier, nimm eine Mango.« Er warf Paitingi die Frucht zu. »Kümmere dich nicht um die Nebenflüsse; sobald du diesen Dampfsegler siehst, hoch mit dem blauen Licht und halte die Stellung. Wir erledigen den Rest.«

Paitingi murmelte etwas über einen Hinterhalt auf dem engen Fluß, aber Brooke lachte und sagte ihm, er solle aufhören zu unken. »Erinnerst du dich an den ersten Kerl, gegen den du gekämpft hast?« rief er. »Nun, was ist dieses Piratenpack im Vergleich zu ihm? Los mit dir, alter Junge – und viel Glück!«

Er winkte, als wir davonschossen; die Ruder ließen uns zur Flußmitte und der ersten Biegung gleiten, während die anderen Boote in unserem Kielwasser eine Reihe bildeten, und die Pinasse der DIDO und die JOLLY BACHELOR die schwereren Schiffe dahinter anführten. Ich fragte Stuart, wen Brooke mit diesem ersten Kerl gemeint hatte, gegen den Paitingi gekämpft hatte, und er lachte.

»Das war Napoleon. Wußten Sie das nicht? Paitingi war bei der Schlacht an den Pyramiden in der türkischen Armee[31] – nicht wahr, Alterchen?«

»Jaja«, knurrte Paitingi. »Und ich habe für meine Mühe ganz schön die Hucke vollbekommen. Aber ich sage dir, Stuart, an dem Tag war mir wohler als heute.« Er zappelte am Bug herum und beugte sich über Bord, um flußaufwärts zu starren. »Irgendwas ist da nicht ganz geheuer. Das spüre ich. Horch mal!«

Wir spitzten unsere Ohren, aber durch das Klatschen der Ruder war außer dem Geschrei der Vögel im Urwald und dem Summen der Insektenschwärme nahe am Ufer nichts zu vernehmen. Der Fluß war leer, und der umliegende Dschungel auch, wie es sich anhörte.

»Ich höre nichts Ungewöhnliches«, meinte Stuart.

»Genau«, sagte Paitingi. »Keine Kriegsgongs, obwohl wir in der vergangenen Woche jeden Tag welche gehört haben. Was ist mit denen los?«

»Weiß nicht«, sagte Stuart. »Aber ist das nicht ein gutes Zeichen?«

»Frag mich heute abend«, antwortete Paitingi. »Ich hoffe, ich kann es dir dann sagen.«

Sein Unbehagen steckte mich an wie die Pest, denn ich wußte, daß er eine ebenso gute Nase hatte wie jeder andere alte Kämpe, der mir je über den Weg gelaufen war, und wenn so jemand anfängt nervös zu werden, sollte man aufpassen. Ich hatte noch lebhaft in Erinnerung, wie Sergeant Hudson in der öden Einsamkeit der Straße nach Djallalabad Ärger gewittert hatte – und bei Gott, er hatte entgegen allen Anzeichen recht damit gehabt. Und jetzt zeigte Paitingi die gleiche Macke, legte den Kopf schief, runzelte die Stirn, stand von Zeit zu Zeit auf, um das undurchdringliche Grün abzusuchen, warf einen Blick zum Himmel und zupfte an seinem Backenbart – es ging mir auf die Nerven, und Stuart auch, denn es war nicht die geringste Spur von Ärger zu sehen oder zu riechen, während wir langsam, Meile um Meile, den stillen Fluß im hellen Sonnenschein hinaufglitten, durch schillernde Windungen und über gerade Strecken, und immer war der Fluß braun und leer, soweit wir vor uns sehen konnten. Die Luft war reglos und still; das Geräusch eines Krokodils, das mit lautem Platschen von einer Sandbank ins Wasser schlüpfte, ließ uns auffahren und nach unseren Waffen greifen; dann kreischte am anderen Ufer ein Vogel, wir fuhren erneut herum, und uns brach in dieser dampfenden Einsamkeit der kalte Schweiß aus. Ich kenne keinen Ort, an dem man sich so nackt und ungeschützt fühlt wie auf einem verlassenen Dschungelfluß mit diesem riesigen, feindlichen, uralten Wald überall um einen herum. Genau wie bei Lord's, aber ohne Klubhaus, in das man sich flüchten kann.

Paitingi hielt ein paar Stunden durch, dann verlor er die Geduld. Er hatte sein Fernglas benutzt, um die Mündungen der kleinen, überwucherten Nebenflüßchen abzusuchen, an denen wir hin und wieder vorbeikamen, halbdunkle, stille Tunnels in die Wildnis; jetzt blickte er finster zum zweiten Boot zurück, das hundert Meter hinter uns lag, und rief den Ruderern einen kurzen Befehl zu, ihre Schlagzahl zu erhöhen. Das Boot schoß voran und erzitterte unter unseren Füßen; Stuart schaute besorgt auf den größer werdenden Abstand.

»J. B. hat gesagt, nicht mehr als eine Schußweite voraus«, meinte er, und Paitingi drehte sich zu ihm um.

»Wenn es nach J. B. geht, tappen wir mit unserer ganzen Flotte in die Falle! Und was hat er davon? Glaubst du, er weiß besser, wie man mit einem Späherboot umgeht als ich?«

»Aber wir sollen unser Tempo beibehalten, bis wir die SULU QUEEN entdecken –«

»Der T---l hole die SULU QUEEN! Sie liegt in irgendeinem dieser Nebenflüsse, was immer auch J. B. denken mag. Sie sind nicht vor uns, sage ich dir – sie sind zu beiden Seiten! Setzen Sie sich hin, verdammt!« fuhr er mich an. »Stuart, gib weiter – Backbordruder bereithalten, auf mein Signal hin zu wenden. Schlagzahl beibehalten! Wenn wir Glück haben, bringt ihm das eine halbe Meile freies Wasser ein, in dem er manövrieren kann! Weiter im Takt – und wartet auf mein Zeichen!«

Ich wurde daraus nicht schlau, aber es war offenbar eine bedrohliche Neuigkeit. Nach dem, was er sagte, waren wir bereits in einen Hinterhalt geraten; die Wälder saßen voll verborgener Feinde, die darauf lauerten, über uns herzufallen, und er eilte voraus, um die Falle zuschnappen zu lassen, bevor der Rest unserer Schiffe richtig darin war. Ich saß sprachlos vor Angst da und starrte auf die stumme Blätterwand, auf die Strudel, die um die näherkommende Biegung quirlten, und auf Paitingis Rücken, der sich über den Bug beugte. Der Fluß hatte sich auf der letzten Meile scharf verengt, auf knapp hundert Schritt Breite oder so; die Ufer waren so nahe, daß ich dachte, ich könnte durch die vordersten Bäume in die dunklen Schatten dahinter sehen – bewegte sich da etwas, war dort nicht etwas zu hören? Das Boot flog geradezu um die Biegung, und hinter uns war der Fluß auf mehrere hundert Meter leer, wir waren allein und weit voraus –

»Jetzt!« brüllte Paitingi, fiel auf die Knie und hielt sich an der Bordwand fest, und als die Ruderer auf der Backbordseite rückwärts paddelten, drehte sich das Boot schwankend auf der Stelle, sein Bug hob sich aus dem Wasser, so daß wir uns eisern festklammern mußten, um nicht hinausgeschleudert zu werden. Einen Moment lang hing es in einem beängstigenden Winkel in der Luft, das Wasser lag gut zwei Meter unter meinem linken Ellbogen, dann schlug es auf, als wollte es sich in den Grund bohren, neigte sich ins Wasser, das über die Seiten schwappte – und wir waren herum und fuhren flußabwärts. Paitingi schrie uns zu, um unser Leben das Boot zu lenzen.

Das Wasser stand knöcheltief, und ich schöpfte mit meinem Hut drauflos und kippte es über Bord; die Ruderer schnauften wie undichte Maschinen, und die Strömung half, uns mit furchterregendem Tempo voranzujagen – und dann stieß Paitingi einen Schrei aus, ich hob meinen Kopf und sah einen Anblick, der mich auf meinem Sitz erstarren ließ.

Hundert Meter flußabwärts vor uns bewegte sich etwas aus dem Dickicht am Ufer hervor – ein Floß voller Männer stakte auf die Mitte des Flusses hinaus. Im gleichen Augenblick kam vom anderen Ufer ein lautes Splittern und Krachen; der Wald schien auf den Fluß hinaus vorzurücken, und dann löste sich aus ihm ein riesiger Baum, eine Masse von grünem Blattgewirr, die schwerfällig umstürzte und mit einem mächtigen Platsch ein Drittel des Flusses backbord voraus blockierte. Aus dem Dschungel zu beiden Seiten kam plötzlich das donnernde Dröhnen von Kriegsgongs; hinter dem ersten Floß legte ein zweites ab; vor uns schossen von den Ufern Einbäume wie schwarze Finger hervor, jeder mit Wilden beladen – der Fluß, der einen Moment zuvor noch still und verlassen gewesen war, spie jetzt eine Meute von Piratenschiffen aus, hallte von Kriegsgeschrei wider, und ihre Boote, berstend voll

Waffen und kreischender, grausamer Gesichter, schnitten uns den Weg ab und schwärmten auf uns zu. An den Ufern seitlich von uns standen weitere Bogenschützen und Männer mit Blasrohren; ihre Pfeile kamen uns schwirrend entgegengesaust.

»Na bitte – da siehst du es!« brüllte Paitingi. »Wo bleibt jetzt dein schlauer J. B., Stuart? Die SULU QUEEN, sagt er! Na schön, er hat freies Wasser, in dem er zu Werk gehen kann – aber das verdankt er kaum sich selbst! Diese Ausgeburten der Hölle dachten, die ganze Flotte in eine Falle zu locken – und jetzt haben sie ein einziges, kleines Späherboot erwischt!« Er stand auf und lachte schallend und voller Hohn. »Halt auf die Lücke zu, Steuermann! Weiter, weiter! Gebt Feuer!«

Es gibt Augenblicke im Leben, die einfach nicht zu beschreiben sind – wenn ich trüber Stimmung bin, scheinen sie bei mir einmal pro Woche vorgekommen zu sein, und ich habe Schwierigkeiten, sie auseinanderzuhalten. Die letzten Minuten in Balaklava, der Moment, als die Waliser bei Little Hand Rock nachgaben und die Zulu über unsere Stellungen hereinbrachen, der Ausfall aus dem Tor von Piper's Fort, das Wettrennen auf Leben und Tod nach Reno's Buff, als die Sioux-Krieger unter den versprengten Resten von Custers Siebenter Armee aufräumten – ich habe bei all diesen Gelegenheiten meine Beine in die Hand genommen, weil ich wußte, daß ich sonst sterben würde, und habe bei dieser Aussicht verd--- viel Spektakel gemacht. Aber davonzulaufen war in Paitingis Boot unmöglich – und Kapitulation bedauerlicherweise ebenso. Ich musterte die flachen, bösartigen Gesichter hinter den funkelnden Lanzenspitzen und *Kampilans,* die auf uns eindrangen, und kam zu dem Schluß, daß sie keiner Diskussion zugänglich waren; da war nichts zu machen, als sitzenzubleiben und in Panik draufloszuballern – und dann schoß ein glühend heißer Schmerz durch meine linken Rippen, und als ich erschrocken nach unten schaute, sah ich einen *Sumpitan*-Pfeil in meiner Seite stecken. Er war gelb, mit einem kleinen schwarzen Wattebausch am Schaft, und ich zupfte wimmernd daran, bis Stuart zulangte und ihn zu meinem beträchtlichen Mißvergnügen herauszerrte. Ich schrie auf, wand mich und fiel über Bord.

Ich nehme an, das war es, was mich rettete, obwohl ich beim besten Willen nicht weiß, wie das geschah. Ich habe, bevor ich diese Zeilen schrieb, kurz Einblick in den offiziellen Bericht über die Aktion genommen, und verständlicherweise hatte der Historiker ähnliche Schwierigkeiten zu glauben, jemand könne unsere kleine Kahnpartie überlebt haben, denn er stellt schlicht und ergreifend fest, daß Paitingis Bootsbesatzung mit Mann und Maus ermordet wurde. Er erwähnt, daß sie zu weit vorausgefahren, in einen Hinterhalt geraten und durch Flöße und Praus von den anderen getrennt worden sei, und bis Brookes Flotte verspätet zur Rettung herangestürmt kam, seien Paitingi und seine Gefolgsleute alle tot gewesen – er liefert eine anschauliche Beschreibung von zwanzig Booten, die in einen blutigen Nahkampf verstrickt sind, von Tausenden von Piraten, die am Ufer schreien, von einem hellrot dahinströmenden Fluß, von enthaupteten Leichen, Wrackteilen und gekenterten Booten, die flußabwärts treiben – aber nicht ein Wort über den armen, alten Flashy, der sich halb ersoffen abkämpft, das Wasser mit seinem kostbaren Blut färbt und stammelt: »Wartet doch, ihr gefühllosen Schw---, ich gehe unter!« Ganz schön schmerzlich, so ignoriert zu werden, obwohl ich damals recht froh darüber war, als ich sah, welche Formen die Sache annahm.

Es ging, wie ich seither erfahren habe, um Haaresbreite, und Brookes ganze Flotte wäre ausgelöscht worden; wirklich, wenn Paitingi nicht vorgeprescht wäre, um als tapferer Idiot, der er nun mal war, sich und sein Boot zu opfern, hätten die Piraten die gesamte Expedition überfallen; aber so hatte Brooke Zeit, seine Schiffe in Stellung zu bringen und in geordneter Linie anzugreifen. Trotzdem hätte das Ganze entsetzlich ins Auge gehen können; Keppel gestand später, er sei »einen Moment unschlüssig gewesen, welche Schritte er ergreifen sollte«, als er die kämpfende Horde sah, die ihn erwartete – und es gab jemanden, der mit einem Loch im Bauch flußaufwärts Wasser trat und um Hilfe schrie, der seine Gefühle durchaus teilte. Ich betrachtete die Angelegenheit sozusagen von der anderen Seite, aber sie kam mir ebenso konfus und interessant vor, wie sie das Keppel tat. Ich hatte natürlich vollauf damit zu tun, mit einer Hand meinen verwundeten Leib zu halten und mich mit der anderen an ein Wrackteil zu klammern und zu versuchen, nicht von den Booten voll übelgesinnter Leute mit Schwertern aufgestöbert und eingeholt zu werden, aber als ich zum zehnten Mal hochkam, erlebte ich die letzten Sekunden von Paitingis Späherboot mit, das sich mitten in die Feinde bohrte und mit explodierendem Bordgeschütz eine blutige Bresche in die Besatzung eines Floßes schlug.

Dann fegte die Welle der Piraten über sie hinweg; ich sah kurz Stuart, der wie ein Nadelkissen mit *Sumpitan*-Pfeilen gespickt ins Wasser stürzte; einen Linga-Schwertkämpfer, der sich Platz schaffte, indem er sein *Kampilan* in einem schimmernden Kreis um seinen Kopf schwang; einen anderen, im Wasser, der wütend auf die Feinde über ihm einhieb; den Steuermann, auf Händen und Knien auf dem Floß, der von einem heulenden Schwarm Piraten buchstäblich in Stücke gehackt wurde; Paitingi, der seinen Turban verloren hatte und wie ein zornentbrannter rothaariger Riese »Allah-il-Allah« schrie und dabei mit seinen mächtigen Armen einen Piraten hoch in die Luft warf – dann war nur noch der Rumpf des Bootes kieloben im strudelnden, blutigen Wasser zu sehen, und die Piraten stoben mit ihren Booten davon, um sich dem fernen, unsichtbaren Feind flußabwärts zuzuwenden.

Mir blieb keine Zeit, mehr zu sehen. Das Wasser brauste in meinen Ohren, ich spürte, daß meine Kraft mich durch die offene Wunde an meiner Seite verließ und meine Finger ihren Halt an dem Wrack verloren; die Baumkronen und der Himmel drehten sich langsam über mir, und über die Wasseroberfläche raste etwas – ein Boot, ein Floß? – mit lautem Stimmengewirr auf mich zu. Luft und Wasser waren vom Hämmern der Kriegsgongs erfüllt, und dann bekam ich einen heftigen Schlag auf den Kopf, etwas schabte schmerzhaft über meinen Körper und drückte mich unter Wasser, ich bekam keine Luft mehr, meine Ohren dröhnten, meine Lungen platzten... kurz, wie der alte Wild Bill gesagt hätte: »Na ja, Jungs – ich ertrank!«[32]

Einen Moment lang dachte ich, ich sei wieder in Djallalabad und erwache gerade nach glücklich überstandener Schlacht. Unter mir war ein weiches Bett, Laken bis zum Kinn, und eine kühle Brise wehte; ich öffnete die Augen und sah, daß sie durch ein Bullauge in der Wand gegenüber kam. Aber das paßte nicht – in Afghanistan gab es keine Bullaugen. Ich versuchte angestrengt, mich zu erinnern, da trat eine Gestalt vor das Licht, eine große Gestalt in grünem Sarong und ärmellosem Umhang, die einen Kris im Gürtel trug und ihren Ohrring befingerte, als sie auf mich herabstarrte, und ihr breites, braunes Gesicht war hart wie Stein.

»Sie hätten sterben sollen«, sagte Don Solomon Haslam.

Das war natürlich genau, was ein zu sich kommender Invalide braucht, doch es brachte den Alptraum schlagartig zurück – das stinkende Wasser des Skrang, das überwältigte Späherboot, den Pfeil in meiner Seite, und ich spürte den dumpfen Schmerz in meinen Rippen und die Verbände. Aber wo zum T---l war ich? Auf der SULU QUEEN, soviel war sicher, aber selbst in diesem benommenen Moment des Erwachens merkte ich, daß sie sich langsam und gleichmäßig schwankend bewegte, es gab keine Dschungelgeräusche, und die Luft, die durch das Bullauge wehte, war salzig. Ich versuchte zu sprechen, und meine Stimme krächzte trocken.

»Was . . . was mache ich hier?«

»Überleben«, sagte er. »Jedenfalls im Moment.« Und dann beugte er zu meiner Verblüffung sein Gesicht ganz nahe zu meinem und knurrte: »Aber Sie könnten wohl nicht anständigerweise sterben, oder? Oh, nein, Sie doch nicht! Hunderte sind auf diesem Fluß umgekommen – aber Sie überleben! Paitingis gesamte Mannschaft – gute Männer – Linga, die bis zum Letzten gekämpft haben – Paitingi selber, der tausend andere wert war, alle dahin! Aber Sie nicht, Sie blubbern im Wasser, bis meine Leute Sie finden! Sie hätten Sie ertrinken lassen sollen. Ich hätte – ach was!« Er wandte sich wutschnaubend ab.

Nun, ich hatte nicht erwartet, daß er sich über meinen Anblick freuen würde, aber selbst in meinem verwirrten Zustand schien mir soviel Zorn leicht übertrieben. Delirierte ich etwa? – Aber nein, ich fühlte mich nicht schlecht, und als ich versuchte, mich in den Kissen aufzurichten, stellte ich fest, daß ich das ohne große Umstände konnte; man läßt sich nicht gerne im Liegen anschnauzen, das werden Sie verstehen. Hundert Fragen und Ängste schwirrten in meinem Kopf durcheinander, aber die erste war: »Wie lange bin ich schon hier?«

»Zwei Wochen.« Er beäugte mich feindselig. »Und falls Sie sich fragen, wo wir sind: die SULU QUEEN befindet sich zirka zehn Grad Süd, siebzig Ost, und fährt Richtung West-Südwest.« Dann meinte er verbittert: »Was zum T---l blieb mir anderes übrig, nachdem diese Idioten Sie aus dem Wasser gezogen hatten? Sollte ich Sie an Wundbrand sterben lassen – Sie behandeln, wie Sie es verdienten? Ha! Das war das einzige, was ich nicht tun konnte!«

Da ich durch meine lange Bewußtlosigkeit noch halb beduselt war, wurde ich daraus nicht schlau. Als ich ihn das letzte Mal gesehen hatte, waren wir mehr oder weniger Zechbrüder gewesen, aber seither hatte er mich zu ermorden versucht, meine Frau entführt und sich als der Erzpirat des Fernen Ostens entpuppt, was ein anderes Licht auf die Verhältnisse warf. Ich versuchte, meine wirren Gedanken zu ordnen, aber es gelang mir nicht. Jedenfalls war er offensichtlich in einer furchtbaren Stinkwut, weil er sich, weiß der Himmel warum, verpflichtet gefühlt hatte, mich nicht an Blasrohr-Pfeilgift eingehen zu lassen. Schwer zu sagen, was ich davon halten sollte, also sagte ich nichts.

»Sie können sich denken, warum Sie noch leben«, meinte er. »Es ist wegen ihr – deren Ehemann Sie waren.«

Im ersten Augenblick dachte ich entsetzt, er wolle damit sagen, daß sie tot sei; doch ich kam rasch zu dem Schluß, daß er meinte, er habe sie mir fortgenommen und die schmutzige Tat an ihr vollzogen – und allein bei der Vorstellung, daß meine kleine Elspeth von diesem abscheulichen Piratennigger, diesem Abschaum des Ostens mißbraucht worden war, lösten sich meine Verwirrung und meine Zurückhaltung in Wut auf.

»Sie verd--- Lügenmaul! Ich bin ihr Ehemann! Sie ist meine Frau! Sie haben sie entführt, Sie dreckiger Pirat, und –«

»Entführt? Gerettet, meinen Sie!« Seine Augen glühten. »Sie von einem Mann – nein, von einem Unhold befreit, der es nicht wert war, ihr die Füße zu küssen! Oh, nein, es ist keine Entführung, wenn man eine Perle einem Schwein wegnimmt, das sie mit seiner bloßen Berührung besudelt, das sie wie eine gewöhnliche Konkubine behandelt, das sie betrügt –«

»Das ist eine Lüge! Ich –«

»Habe ich Sie nicht mit eigenen Augen gesehen? Mit dieser

Schlampe haben Sie in meiner eigenen Bibliothek –«

»Im Salon –«

»– mit diesem Flittchen namens Lade! Ist Ihr Name nicht in London ein Inbegriff der Ausschweifung und des Lasters, bekannt für jede Art von Unzucht und Verderbtheit?«

»Nicht jede Art! Ich habe nie –«

»Ein Wüstling, ein Betrüger, ein Raufbold und Hurenbock – das ist, wovor ich diese süße, tapfere Frau gerettet habe. Ich habe sie aus der Hölle des Lebens mit Ihnen befreit –«

»Sie sind verrückt!« krächzte ich. »Sie hat nie gesagt, es sei die Hölle! Sie liebt mich, verd--- noch mal, so wie ich sie liebe –«

Seine Hand fuhr mir über das Gesicht und warf mich auf mein Kissen zurück, und ich war vernünftig genug, dort zu bleiben, denn er bot einen furchterregenden Anblick, zitterte vor Wut, und sein Mund zuckte.

»Was wissen Sie schon von Liebe?« schrie er. »Wenn ich dieses Wort noch einmal von Ihren Lippen höre, lasse ich Ihnen den Mund mit einem Skorpion darin zunähen!«

Nun, wenn er es so nahm, sah ich ein, daß es zwecklos war, mit ihm zu diskutieren. Ich lag schlotternd da, während er sich wieder bezähmte und etwas ruhiger fortfuhr: »Liebe ist nichts für Tiere wie Sie. Liebe ist, was ich – zum ersten Mal – an jenem Nachmittag auf dem Platz von Lord's empfunden habe, als ich sie sah. Da wußte ich, so sicher wie ich weiß, daß es nur einen Gott gibt, daß ich sie mein Leben lang verehren würde, ein Leben, das ohne sie der Tod wäre. Ja, da wußte ich, was Liebe ist.«

Er stieß einen tiefen Seufzer aus und zitterte. Mein Gott dachte ich, das ist ja ein Irrer – der meint das ernst. Eine Minute lang stand er schwer atmend da und redete dann weiter wie ein Dichter, der unter Opium steht.

»Sie hat mein Leben von diesem Augenblick an erfüllt; es gab nichts anderes mehr für mich. Doch es war eine reine Liebe – sie wäre mir heilig gewesen, hätte sie einen Ehemann gehabt, der ihrer wirklich würdig war. Aber als ich die Wahrheit sah – daß sie an einen Rüpel der niederträchtigsten Sorte gekettet war« – er warf mir einen vernichtenden Blick zu – »da fragte ich mich, warum mein Leben und ihres, das so unendlich viel kostbarer war, durch eine alberne Konvention ruiniert werden sollte, die mir im Grunde nichts bedeutete. Oh, ich war zwar ein Gentleman, nach englischer Art auf einer englischen Schule erzogen, aber ich war auch ein Prinz aus dem Hause Mangandanu, das vom Propheten selbst abstammt – und ich war Pirat, wie man das bei Ihnen im Westen bezeichnet. Warum sollte ich Ihre Sitten respektieren? Da ich ihr ein Leben bieten konnte, das über dem Dasein mit Ihnen so hoch stand wie die Sterne über dem Sumpf, warum sollte ich zögern? Ich konnte sie zur Königing machen, anstatt sie die Sklavin eines trunksüchtigen, zügellosen Maulhelden sein zu lassen, der sie nur unter vorgehaltener Pistole geheiratet hatte!«

»Das ist nicht fair! Sie war verd--- froh, daß sie mich bekam, und falls dieser blatternarbige, kleine Parasit Morrison etwas anderes behauptet – schlagen Sie mich nicht! Ich bin verwundet!«

»Nicht mit einem Wort, einer Geste hat sie sich beklagt! Ihre Loyalität, wie alles andere in ihr, ist perfekt – selbst gegenüber einem Wurm wie Ihnen! Aber ich wußte Bescheid, und ich war entschlossen, sie für eine Liebe zu retten, die ihrer würdig war. Also ging ich vorsichtig und geduldig ans Werk – zu unser beider Wohl. Es war eine Tortour, diese süße Unschuld zu hintergehen, doch ich wußte, daß sie mich mit der Zeit für diese List segnen würde. Ich war bereit, alles zu opfern – was bedeuteten mir schon Millionen? Ich, der halb aus dem Westen, halb aus dem Osten stammte, ich war bereit, mich um ihretwillen jenseits von Gesetz und Zivilisation zu begeben. Ich würde ihr einen Thron, ein Vermögen schenken – und wahre Liebe. Denn noch habe ich mein Königreich im Osten, und sie wird es mit mir teilen.«

Nun, du wirst mich nicht als Britischen Botschafter haben wollen, dachte ich, aber ich hielt taktvollerweise den Mund. Er wanderte mit herrischem Blick in der Kabine auf und ab, während er weiterquasselte.

»Also nahm ich sie mir und kämpfte um sie – trotz dieses heimtückischen Wahnsinnigen namens Brooke! Oh, der wird auch noch einmal zu oft nach Borneo kommen, mit seiner verlogenen Frömmigkeit und seinen leeren Versprechungen – der ist der schlimmste Pirat von uns allen! Zweifellos war es ein guter Vorwand für ihn, sie retten zu wollen, damit er wieder hierherkommen konnte, um uns auszuplündern und unsere Leute abzuschlachten –« Er steigerte sich jetzt in schäumende Wut und ruderte mit seinen Händen. »Was geht es ihn an, wie wir leben? Welches Recht hat er, uns und unsere Lebensweise zu bekriegen? Ich hätte seine Flotte auf dem Skrang mit Haut und Haar verputzt, wenn Paitingi nicht gewesen wäre! Aber so bin ich ihm auf den

Nebenflüssen entwischt und mit diesem einen Schiff hier den Fluß hinuntergekommen. Er glaubt wohl, er hat Suleiman Usman erledigt? Soll er doch nach Maluda kommen, wenn ich dorthin zurückkehre!«

Er wanderte noch ein bißchen herum und grübelte über Brooke nach, dann fiel er über mich her. »Doch er spielt keine Rolle – nicht jetzt! Aber Sie. Sie sind hier, und Sie sind unerwünscht.« Er machte eine Pause und betrachtete mich nachdenklich. »Ja, Sie hätten sterben sollen.«

Ich wünschte bei Gott, er hätte aufgehört, darauf herumzureiten, denn es war abzusehen, wozu das führen würde. Das war nicht mehr Don Solomon Haslam aus der Brook Street, davon war nichts zu merken – das hier war ein bestialischer Eingeborener, der mit schädelgeschmückten Schiffen auf Raubzug fuhr, und ich war ein störender Ehemann, und das sagte genug. Zudem hatte er eindeutig mehr Schrauben locker als ein versoffener Schankgeselle – all dieses Geschwafel über Verehrung für Elspeth, nicht ohne sie leben können, sie zur Königin machen – also wirklich! Es hätte lachhaft sein können, wenn es nicht wahr gewesen wäre; denn wenn ein Mann eine verheiratete Frau entführt und einen Krieg um sie anzettelt, ist das schließlich nicht nur eine vorübergehende Liebelei.

Aber eins war klar – seine Bemühungen um sie hatten nichts gefruchtet, sonst wäre ich schon längst mit einem Sack Kohlen an den Knöcheln über Bord gegangen. Warum zum T---l konnte er sie nicht in London vernascht und davon genug bekommen haben, damit uns das alles erspart geblieben wäre? Aber da saßen wir nun in der Patsche, und die Lage war so heikel, daß ich eine Gänsehaut bekam. Ich überlegte, holte tief Luft und versuchte, nicht schrill zu sprechen.

»Also gut, Don Solomon«, sagte ich. »Ich nehme zur Kenntnis, was Sie gesagt haben, und – eh – ich bin froh, daß wir diese kleine Aussprache hatten, wissen Sie, und daß Sie mir gesagt haben – hm – was Sie denken. Ja – das haben Sie sehr deutlich und offen klargemacht, und obschon ich nur bedauern kann, was Sie getan haben, wohlgemerkt – nun ja, ich verstehe Ihre Gefühle, wie das wohl jeder Mann mit Empfindungsvermögen tut – und das bin ich, wie ich hoffe – und ich sehe ein, daß Ihnen meine . . . nun ja, meine Frau sehr zugetan war – und ich weiß natürlich, wie das ist – ich meine, sie ist schon ein tolles Weib, da sind wir uns einig –

Himmel, ja«, schwatzte ich weiter, während er vor Verblüffung den Mund aufriß und glotzte. Ich konnte es ihm kaum verdenken.

»Aber Sie haben das völlig falsch verstanden, wissen Sie; wir sind ein glücklich liebendes Paar, Elspeth – Mrs. Flashman – und ich, da können Sie jeden fragen; nie ein böses Wort – überaus hingebungsvoll –«

»Und diese Hure Lade?« fauchte er. »Ist das Ihre Hingabe?«

»Aber, mein lieber Freund! Ein kleines Mißgeschick – eh – ich meine, daß ich überhaupt Notiz von ihr genommen habe – pure Eifersucht, meine Frau von Ihnen mit Aufmerksamkeiten umschmeichelt zu sehen – einem Mann von Ihrem Geschick, ich meine, mit so gepflegten Manieren, charmant, stinkreich – nein, nein, ich meine, ich fühlte mich ganz ausgeschlossen – und Mrs. Lade, nun ja . . . im Eifer des Gefechts – Sie wissen ja selber, wie man da mitgerissen werden kann –«

Es fehlte nicht viel, und er hätte mich auf dem Bett wegen des dummen Zeugs, das ich redete, übel zugerichtet – aber zuweilen hilft es, Unsinn mit aufrichtigem Tonfall vorzubringen, wenn man mit einem hoffnungslosen Fall festsitzt. Hier tat es das nicht; er setzte sich rittlings aufs Bett, packte mich an der Schulter und holte mit seiner großen Faust aus.

»Sie elender Lügner!« schrie er. »Glauben Sie, Sie können mich mit Ihrem scheinheiligen Geschwätz reinlegen?«

»Das will ich nicht!« brüllte ich. »Ich liebe Elspeth, und sie liebt mich, und das wissen Sie auch! Sie will Sie nicht!« Jetzt hatte ich es geschafft, das konnte ich sehen, also fuhr ich lautstark fort: »Das ist es, warum Sie wünschen, ich sei gestorben – weil Sie wissen, wenn Sie mir jetzt etwas antun, ist Ihre letzte Hoffnung dahin, meine Frau für sich zu gewinnen! Tun Sie das nicht – ich bin Invalide – meine Wunde!«

Seine Finger spannten sich um meine Schulter wie ein Schraubstock; plötzlich schleuderte er mich zurück und richtete sich mit einem häßlichen Lachen auf.

»So haben Sie sich das also gedacht! Nun, Sie mieses Ekel, Ihre Frau weiß nicht einmal, daß Sie hier sind. Ich könnte Sie über Bord werfen, und sie würde es nie erfahren. Ja, da werden Sie blaß –«

»Ich glaube Ihnen nicht! Wenn das stimmte, hätten Sie mich schon umgebracht – Sie haben es ja auch in Singapur versucht, verfl - - - nochmal, mit Ihren üblen schwarzen Gangstern!«

Er starrte mich an. »Ich habe keine Ahnung, wovon Sie reden.« Und er klang aufrichtig, verd--- nochmal. »Ich erwarte nicht, daß Sie das verstehen, Flashman, aber der Grund, warum Sie noch leben, ist, daß ich ein Ehrenmann bin. Wenn ich meine Königin zum Thron führe – und das werde ich – so wird das mit sauberen Händen geschehen, die nicht mit dem Blut eines Ehemannes besudelt sind – nicht einmal eines Ehemannes wie Ihnen.«

Das war beruhigend genug, um meine unmittelbaren Ängste zu vertreiben; ich erholte mich sogar weit genug für eine behutsame Stichelei.

»Reden kostet nicht viel, Solomon. Ehre, sagen Sie – aber Sie sind nicht darüber erhaben, eine Frau zu rauben und beim Cricket zu mogeln – oh ja, ein Tor umzuwerfen, wenn Sie den Gegner mit einem Foul ausgetrickst haben! Wenn Sie so ein Ehrenmann wären«, meinte ich spöttisch, »würden Sie Elspeth selber wählen lassen – aber das wagen Sie nicht, weil Sie wissen, daß sie sich ohne Zögern für mich entscheiden würde, mit all meinen Fehlern und Schwächen!«

Er stand stocksteif da, sah mich nur ausdruckslos an und fingerte wieder an seinem Ohrring herum. Dann, nach einer Weile, nickte er langsam.

»Ja«, sagte er leise. »Dazu wird es wohl kommen, oder? Sehr gut.«

Er riß die Tür auf, bellte einen Befehl und warf mir einen seltsamen Blick zu, während er wartete. Schritte erklangen – und ich spürte, daß mein Herz unbändig zu klopfen begann, als ich mich im Bett aufsetzte; weiß der Himmel warum, aber mir war plötzlich schwindlig – und dann stand sie an der Tür. Im ersten Moment dachte ich, es sei jemand anders – das hier war eine fernöstliche Nymphe in einem enganliegenden Sarong aus roter Seide, und ihre Haut war honiggold gebräunt, wo Elspeth doch einen Teint wie Milch hatte. Ihr blondes Haar war von der Sonne fast weiß gebleicht – und dann sah ich diese prächtigen blauen Augen, vor Erstaunen rund wie ihre Lippen, und ich hörte mich schluchzen: »Elspeth!«

Sie stieß einen leisen Schrei aus, schwankte in der Türöffnung und fuhr mit der Hand über ihre Augen – und dann rannte sie in meine Arme, rief »Harry, Harry!«, stürzte sich auf mich, ihren Mund an meinem, zog meinen Kopf mit hastigem Griff fest an sich, schluchzte hysterisch – und ich vergaß Solomon und die

Schmerzen meiner Wunde, Angst und Gefahr, als ich diese weiche Pracht an mich drückte und sie küßte und küßte, bis sie plötzlich schlaff wurde und in einer tiefen Ohnmacht aus meinen Armen auf den Boden glitt. Erst da, als ich mich aus dem Bett hochrappelte und meine verbundene Seite hielt, merkte ich, daß die Tür geschlossen und Solomon gegangen war.

Ich versuchte, sie aufs Bett zu ziehen, aber ich war durch meine Verletzung und das lange Liegen noch geschwächt, und es gelang mir nicht. Also mußte ich mich damit begnügen, sie zu betätscheln und zu begrapschen, bis sie die Augen wieder öffnete; dann fiel sie mir um den Hals, stammelte meinen Namen, und nachdem wir ein paar Minuten froh geplaudert und Neuigkeiten ausgetauscht hatten, kamen wir sozusagen zur eigentlichen Wiedervereinigung – und mittendrin, als ich mich gerade fragte, ob meine Wunde gleich wieder aufbrechen würde, befreite sie plötzlich ihren Mund von meinem und rief: »Harry – was bedeutet dir Mrs. Leo Lade?«

»Hä?« keuchte ich. »Wie bitte? Was meinst du? Wer ist das? Ich meine –«

»Du kennst sie sehr wohl! Die . . . ständige Begleiterin des Herzogs, die dir so besondere Aufmerksamkeit gezollt hat. Was ist zwischen euch?«

»Guter Gott! Und das in einem Moment wie diesem! Elspeth – was hat Mrs. Lade mit der Sache zu tun?«

»Das frage ich mich auch. Nein, hör auf – Don Solomon hat etwas von einer gewissen Beziehung gesagt . . . angedeutet. Ist das wahr?«

Es war nicht zu glauben – da saß sie nun auf einem Piratenschiff, war entführt und durch den halben Orient verschleppt worden, durch Krieg, Hinterhalt und Kopfjägergebiet, endlich wieder mit ihrem lange vermißten Ehemann vereint, und gerade als er dabei war, ihr unter erheblicher Gefährdung seiner Gesundheit seine unvergängliche Zuneigung zu beweisen, beschäftigte sich ihr kleines Spatzenhirn mit etwas völlig anderem. Nicht zu fassen – und höchst unschmeichelhaft. Aber ich war der Lage gewachsen.

»Solomon!« schrie ich. »Dieser falsche Hund! Hat er etwa versucht, deinen Verstand mit seinen Lügen über mich zu vergiften? Ich hätte es mir denken können! Nicht damit zufrieden, dich zu rauben, verleumdet mich der Schurke auch noch bei dir – siehst du das denn nicht? Er schreckt vor nichts zurück, um dich mir abspenstig zu machen.«

»Oh.« Sie blickte stirnrunzelnd zu mir auf – Gott, war sie schön, wenn auch bescheuert. »Du meinst, er – oh, wie kann er nur so gemein sein? Oh, Harry« – und sie begann zu weinen und am ganzen Leib in einer Art und Weise zu beben, die mich fast zum Überkochen brachte – »alles andere könnte ich ertragen – die Angst und die Schande und ... und alles, aber der Gedanke, du könntest mir untreu gewesen sein ... wie er angedeutet hat – ach, das hätte mir das Herz gebrochen! Sag mir, daß es nicht stimmt, mein Liebster!«

»Natürlich stimmt das nicht! Du lieber Gott, dieser aufgedonnerte Pudding Lade! Wie kannst du das nur denken? Ich verabscheue diese Frau – wie käme ich dazu, sie oder irgendeine andere auch nur anzuschauen, wo ich doch meine eigene, vollkommene, engelsgleiche Aphrodite habe –« Ich versuchte ein paar vorsichtige Stöße, als ich sah, daß das Mißtrauen aus ihrem Blick wich, aber da Angriff die beste Verteidigung ist, hielt ich plötzlich inne und blickte erzürnt drein. »Dieser miese Gauner Solomon! Der läßt sich zu jeder Schandtat herbei. Ach, Liebste, ich war in den letzten Wochen wie verrückt – der Gedanke an dich in seinen Klauen!« Ich schluckte schwer vor männlicher Seelenpein. »Sag mir ... ich meine ... hat er, dieser Schuft?«

Sie war dank meiner Behandlung ohnehin errötet, aber jetzt lief sie puterrot an und seufzte leise, und ihre unschuldigen Augen füllten sich mit Tränen.

»Oh, wie kannst du das fragen? Wäre ich jetzt noch am Leben, wenn ... wenn ... ach, Harry, ich kann es noch gar nicht glauben, daß du es bist, der mich sicher im Arm hält! Oh, mein Liebster!«

Nun, damit war die Sache geklärt (soweit das bei Elspeth jemals möglich ist; ich war noch nie in der Lage, in diesen kindlichen Augen zu lesen, also was soll's) und der Fall Mrs. Lade abgetan – wenigstens bis wir das anliegende Geschäft zu Ende geführt hatten und bei zunehmender Dunkelheit in der Kabine lagen und uns unterhielten. Natürlich kam Elspeths Geschichte in einem aufgeregten Schwall hervorgesprudelt, und ich hörte wegen meines geschwächten Zustands, unseres überraschenden Wiedersehens und der Besorgnis über unsere mißliche Lage voll wirrer Gedanken im Kopf zu. Und plötzlich, mitten in der Schilderung der Rationen, die man ihr während ihrer Gefangenschaft zu futtern gegeben hatte, fragte sie auf einmal: »Harry – bist du sicher, daß du nicht mit Mrs. Lade gevögelt hast?«

Ich war so verblüfft, daß sie es zweimal sagen mußte.

»He? Du lieber Himmel, Mädchen, was meinst du damit?«

»Hast du sie gerammelt?«

Ich weiß nicht, wie ich es geschafft habe, bei Verstand zu bleiben, obwohl ich sechzig Jahre mit dieser Frau gesprochen habe. Natürlich waren wir damals erst fünf Jahre verheiratet, und ich hatte noch nicht die Tiefen ihrer Überspanntheit ausgelotet. Ich konnte nur schlucken und hervorbringen: »Verd---, ich habe dir doch gesagt, daß ich nicht habe! Und wo um alles in der Welt hast du diese – es gehört sich nicht, solche Ausdrücke zu benutzen!«

»Wieso? Du benutzt sie doch auch – ich habe gehört, wie du bei Lady Chalmers mit Jack Speedicut gesprochen hast, und ihr habt beide über Lottie Cavendish gelästert und gemeint, was bloß ihr Mann an so einer verrückten Person finden könnte, und da hast du gesagt, du nimmst an, er findet sie gut zu rammeln. Ich glaube fast, das sollte ich nicht hören.«

»Ganz sicher nicht! Außerdem kann ich so etwas nicht gesagt haben – und überhaupt, eine Dame sollte solche . . . solche vulgären Worte nicht verstehen.«

»Die Damen, die gerammelt werden, müssen sie doch verstehen.«

»Das sind keine Damen!«

»Wieso nicht? Lottie Cavendish ist eine. Und ich auch, und du hast mich gerammelt – sehr oft sogar.« Sie seufzte und kuschelte sich an mich, Gott steh mir bei.

»Nun, ich habe nicht mit Mrs. Lade . . . so etwas getan, und damit Schluß.«

»Da bin ich aber froh«, sagte sie und schlief auf der Stelle ein.

Also, ich habe Ihnen das erzählt, teils weil es alles ist, woran ich mich von dem Gespräch bei unserem Wiedersehen erinnere, aber auch, um Ihnen deutlich zu machen, was für ein wirklich unmöglicher Wirrkopf Elspeth war – und noch ist. Da fehlt ihr einfach etwas; das war schon immer so, und es macht sie wahnsinnig unberechenbar. (Weiß der Himmel, mit welcher Idiotie sie auf ihrem Totenbett ankommt, aber ich wette was Sie wollen, daß es nichts mit dem Sterben zu tun hat.) Sie hatte einen Leidensweg hinter sich, der die meisten Frauen um ihren Verstand gebracht hätte – davon hatte sie allerdings von Anfang an nicht viel – aber jetzt, da sie wieder bei mir war, in Sicherheit, wie sie meinte, schien sie keine Ahnung zu haben, in welcher Gefahr wir uns beide befanden;

denn als Solomons Malaien sie an diesem ersten Abend in ihre eigene Unterkunft zurückbrachten, machte sie sich mehr Gedanken darüber, ob der Sonnenbrand, den sie sich geholt hatte, ihrem Teint schaden würde, als über das Schicksal, das Solomon für uns in petto haben mochte. Was kann man mit so einer Frau anfangen?

Wohlgemerkt, mir fiel ein Stein vom Herzen, sie wiedergesehen zu haben und zu wissen, daß sie keinen Schaden davongetragen hatte. Wenigstens hatte ihre Gefangenschaft sie nicht verändert, und wenn ich es mir recht überlege – wenn sie wie eine normale Frau über ihr Leid geklagt und geweint oder aus Angst über ihre Lage erstarrt und verschreckt dagesessen hätte, dann wäre sie nicht Elspeth gewesen, und das wäre irgendwie schlimmer als alles andere gewesen.

Die nächsten zwei Tage war ich in meiner Kabine eingesperrt und bekam keine Menschenseele zu Gesicht, abgesehen von dem chinesischen Steward, der mein Essen brachte, aber der stellte sich angesichts all meiner Bitten und Fragen taub. Ich hatte keine Ahnung, was sich tat oder wohin wir fuhren; ich wußte durch das, was Solomon mir gesagt hatte, daß wir im Indischen Ozean waren, und die Sonne bestätigte, daß wir ständig westwärts fuhren, aber das war alles. Was hatte Solomon vor? Das einzige, was allmählich zur Gewißheit wurde, war, daß er mich – Gott sei gelobt, getrommelt und gepriesen – voraussichtlich nicht umbringen würde, nicht jetzt, nachdem Elspeth mich gesehen hatte, denn das hätte jede Hoffnung zunichte gemacht, die er noch haben mochte, sie für sich zu gewinnen.

Aber das war der springende Punkt.

Sehen Sie, so irrsinnig er sich auch aufgeführt hatte, je länger ich darüber nachdachte, um so mehr glaubte ich ihm; der Affe war wirklich verrückt nach ihr, und das nicht nur, um sie zu kapern und für sich an Land zu ziehen, sondern mit allem romantischen Pipapo, wie bei Shelley oder einem von diesen Burschen. Erstaunlich – aber na ja, ich liebte sie schließlich selber, wenn auch nicht so, daß es mir den Appetit verschlug.

Doch Solomon hatte es bis zur Besessenheit erwischt, bis zu einem Punkt, an dem er gewillt war, sie zu entführen, für sie zu töten und der Zivilisation zu entsagen. Und er hatte geglaubt, daß er sie letzten Endes trotz seines Benehmens wie ein barbarischer Korsar bezirzen und mit der Zeit für sich gewinnen könnte. Aber dann hatte er gesehen, wie sie sich schluchzend in meine Arme warf, und ihm war klar geworden, daß das nicht ging. Das muß ein furchtbarer Schlag für ihn gewesen sein. Vermutlich grübelte er seither unentwegt über seine sinnlose Leidenschaft nach und kam zu der Erkenntnis, daß er sich für nichts und wieder nichts Verbannung und Galgen eingehandelt hatte. Aber was würde er jetzt tun? Wenn er uns nicht beide zu Hackfleisch machte (was mir unwahrscheinlich vorkam, obwohl er Pirat und ehemaliger Eton-Schüler war), schien er mir keine andere Wahl zu haben, als sich zu entschuldigen, uns freizulassen und gramgebeugt davonzusegeln, um der Fremdenlegion beizutreten, Mönch zu werden oder die amerikanische Staatsbürgerschaft zu erwerben. Immerhin hatte er so gut wie das Handtuch geworfen, indem er Elspeth und mich Stunden alleine miteinander verbringen ließ; das hätte er bestimmt nie getan, wenn er nicht alle Hoffnung auf sie aufgegeben hatte, oder?

Er hatte es jedoch nicht eilig, seine Großzügigkeit zu wiederholen. Am dritten Tag besuchte mich mit dem Steward ein kleiner chinesischer Arzt, aber er konnte kein Wort Englisch und machte sich mit unbewegter Miene daran, die *Sumpitan*-Wunde in meinem Bauch – die gut geheilt war und kaum schmerzte – zu untersuchen, während meine Bitte, Solomon zu sprechen, bei ihm auf taube Ohren stieß. Schließlich verlor ich die Geduld, ging zur Tür und brüllte um Gehör, doch daraufhin kamen zwei Typen von der malaiischen Mannschaft, mit schwellenden Muskeln und üblen Visagen, und gaben mir zu verstehen, wenn ich nicht meine Klappe hielte, würden sie es für mich tun. Also tat ich es selber, bis sie gegangen waren, bearbeitete dann die Tür mit meinen Stiefeln, schrie nach Elspeth und belegte Solomon mit allen Schimpfnamen, die mir einfielen – ich ließ meiner angeborenen Frechheit freien Lauf, wenn Sie so wollen, denn ich dachte, das sei nicht weiter gefährlich. Du meine Güte, war ich doch jung und unschuldig!

Die Antwort darauf war gleich Null, und da fuhr mir doch die Angst mit eisigem Finger den Rücken hinunter. Während der letzten beiden Tage, mit dem Verband um meinen Bauch, war es mir noch ganz normal vorgekommen, daß ich in der Kabine blieb, aber jetzt, nachdem der Arzt dagewesen und anscheinend mit mir zufrieden war, warum ließ man mich da nicht raus? Warum ließ man mich nicht Elspeth sehen? Warum ließ man nicht zu, daß ich mir Bewegung verschaffte? Es ergab keinen Sinn, mich hier eingesperrt zu halten, wenn Solomon die Absicht hatte, uns freizulassen – falls er diese Absicht hatte. Plötzlich wurde mir schlagartig klar, daß das eine reine Vermutung war, zu der mich wahrscheinlich mein glückliches Wiedersehen mit Elspeth veranlaßt hatte, das nach den Wochen voller Gefahr und Schrecken paradiesisch gewesen war. Angenommen, ich irrte mich?

Ich kenne niemanden, der schneller den Mut verliert als ich – wohlgemerkt, ich hatte Grund dazu –, und die folgenden Stunden sahen mich auf einem Tiefpunkt. Ich wußte nicht, was ich denken oder glauben sollte, meine Befürchtungen wuchsen ständig, und am nächsten Morgen war ich wieder ganz der alte, in meinem normalen Zustand jämmerlicher Heidenangst. Ich maß sogar der Tatsache finstere Bedeutung bei, daß die Kabine, in der ich mich befand, offenbar im vorderen Teil des Schiffes lag, mit den Maschinen zwischen mir und den zivilisierten Unterkünften, in denen sich Elspeth und Solomon wohl aufhielten. Himmelherrgott, vergewaltigte er sie jetzt, da er wußte, daß er sie nie verführen konnte? Schacherte er mit ihr um mein Leben und drohte, mich an die Haie zu verfüttern, wenn sie sich ihm nicht beugte? Gewiß war es so – das hätte ich an seiner Stelle auch getan –, und ich raufte mir die Haare bei dem Gedanken, daß sie sich ihm ebensogut wie auch nicht widersetzen könnte. Sie las andauernd Schundromane, in denen sich stolze Heroinnen zu voller Größe aufrichteten, auf die Tür deuteten und mit bebender Stimme riefen: »Mach, was du willst, du Bösewicht; mein Gemahl würde lieber sterben, als mich entehrt zu sehen!« Würde er das? – Gib doch nach, du dummes Luder, wenn das alles ist, was er will, murmelte ich zu meiner eigenen Überraschung; was bedeutet schon einmal mehr oder weniger? War ich nicht ein reizender Ehemann? Nun, warum nicht? Ehre ist ja schön und gut, aber Leben ist wichtiger. Außerdem würde ich dasselbe tun, um Elspeth zu retten, wenn ich von einer lüsternen Frau bedroht würde. Aber das tun die nie.

Mit derart erfreulichen Gedanken beschäftigt, verbrachte ich die folgenden Tage in quälender Ungewißheit; ich bin mir nicht sicher, wie viele es waren, aber ich schätze, etwa eine Woche. In dieser ganzen Zeit kam niemand in meine Nähe außer dem Steward mit einem malaiischen Schläger als Rückendeckung. Ich hockte allein in diesem winzigen Verschlag, Stunde um Stunde, Nacht um Nacht, schwankte zwischen kaltem Grausen und nackter Verzweiflung – und wußte nichts. Das war das Schlimmste daran; ich wußte nicht einmal, wovor ich mich fürchtete, und gegen Ende der Woche war ich zu allem bereit, wenn es nur meinem Elend ein Ende machte. Das ist ein gefährlicher Zustand, wie ich jetzt weiß, da ich alt und erfahren bin; damals war mir noch nicht klar, daß es immer noch schlimmer kommen kann.

Dann sah ich zufällig das amerikanische Schiff, als ich vor meinem Bullauge auf und ab wanderte. Es war vielleicht eine halbe Meile entfernt, ein schlanker Klipper mit dem Sternenbanner am Mast; die Morgensonne schien wie Silber auf seine Topsegel, die von den Reffs flatterten und gerade angeholt wurden. Nun bin ich zwar kein Seebär, aber dieses Bild hatte ich viele Male gesehen, wenn ein Schiff den Hafen verließ – Gott, waren wir etwa in der Nähe eines zivilisierten Hafens, in dem große Schiffe verkehrten? Ich rief Hallo, so laut ich konnte, aber natürlich waren sie zu weit fort, um mich zu hören, und dann suchte ich fieberhaft nach Streichhölzern, um ein Feuer zu legen – alles, um die Aufmerksamkeit dieses Yankees auf uns zu lenken und ihn zu meiner Rettung zu bewegen. Aber selbstverständlich fand ich keine; ich brach mir fast den Hals, als ich versuchte, aus dem Bullauge nach Land zu spähen, aber da war nichts als blaue Wogen, und der Yankee verschwand am östlichen Horizont.

Ich saß den ganzen Tag da, grämte mich und stellte mir Fragen, und dann, am Nachmittag, sah ich von meinem Bullauge aus kleine Eingeborenenschiffe und dahinter flaches, grünes Festland. Nach und nach kam ein Strand in Sicht, ein paar Hütten und Holzhäuser mit steilen Dächern. Keine Flaggen, und nichts als Nigger in Lendenschurzen – nein, dort, bei der Gruppe auf der kleinen Mole, war eine Uniform, unverkennbar eine Marinejacke, schwarz mit goldenen Tressen, und eine schiefsitzende Mütze. Doch dann rumpelten die dicken Trossen der SULU QUEEN, und wir ankerten eine gute Viertelmeile vor Land. Egal, das war nahe genug; ich fieberte vor Aufregung, als ich mir auszurechnen versuchte, wo wir sein könnten – wir waren auf dem südlichen Indischen Ozean in westlicher Richtung gefahren, und da lag ein kleiner Hafen, aber doch wichtig genug, um von einem amerikanischen Klipper angelaufen zu werden. Kapstadt konnte es nicht sein, nicht mit dieser Küstenlinie. Port Natal? – So weit im Westen waren wir sicher nicht. Ich versuchte, mir die Karte dieses riesigen Seegebiets östlich von Afrika in Erinnerung zu rufen – ja natürlich! Mauritius! Die Marinejacke, die Nigger, die arabisch anmutenden kleinen Schiffe, alles paßte. Und Mauritius war britisches Hoheitsgebiet.

Ich überlegte zitternd. Was zum T---l hatte Solomon im Sinn, daß er Mauritius anlief? Holz und Wasser! – Vermutlich hatte er beides nicht mehr bekommen können, seit er vom Skrang Reißaus genommen hatte. Und da ich fest eingesperrt war, und Elspeth sicher auch, was hatte er zu befürchten? Aber das war meine Chance – eine ähnliche würde es nie wieder geben. Diese Entfernung konnte ich leicht schwimmend zurücklegen . . . und in diesem Moment knarrte das Schloß an meiner Tür.

Es gibt Momente, in denen man es sich nicht leisten kann, einen Plan zu fassen. Ich sah zu, wie der Steward mein Tablett absetzte, und ohne eine bewußte Entscheidung zu treffen, drehte ich mich langsam zur Tür um, wo der malaiische Schläger lauerte, winkte ihn heran und deutete stirnrunzelnd in die hinterste Ecke der Kabine. Er trat einen Schritt vor, um nachzusehen, wohin ich zeigte – und im nächsten Augenblick befand sich sein Freudenspender, von meinem rechten Stiefel getrieben, auf halbem Weg in seinen Brustkorb, er flog schreiend durch die Kabine, und Flashy war draußen und rannte – wohin? Da war eine Leiter, doch ich duckte mich instinktiv an ihr vorbei und wetzte einen kurzen Gang entlang, während der chinesische Steward hinter mir herzeterte. Um die Ecke – und da war ein Stück offenes Deck, eine weit zur Sonne und zum Meer geöffnete Eisentür, vor der Malaien Taue aufrollten. Als ich durch die überraschten Matrosen pflügte und sie auseinandertrieb, sah ich kurz ein kleines Schiff zwischen mir und dem Strand, in der Ferne eine Mole und Palmen, und dann war ich auch schon wie ein geölter Blitz durch die Tür, setzte zu einem Riesensprung an, schlug mit lautem Klatschen auf dem Wasser auf, glitt an die Oberfläche und langte mit gesenktem Kopf aus, als gelte es das Leben, auf das ferne Land zu.

Ich schätze, ich brauchte etwa zehn Sekunden von meiner Kabine bis ins Wasser, und ebenso viele Minuten, bis ich an den Pfählen des Kais war. Ich war halb bewußtlos vor Anstrengung und mußte mich an das glitschige Holz klammern, während neugierige Nigger in kleinen Booten herankamen, um mich anzustarren und wie Elstern zu schnattern. Ich blickte zur SULU QUEEN zurück, und sie lag friedlich dort auf dem Wasser, mit ein paar kleineren Schiffen um sie herum. Ich sah zum Land hin – dort lag der

Strand, und dahinter eine ziemlich große Eingeborenensiedlung sowie ein hohes Gebäude mit Veranda und einem Fahnenmast, an dem eine verd--- sonderbare Flagge mit Streifen und einem Wappen hing – vielleicht von einer Schiffahrtslinie. Ich hantelte mich mühsam an den Pfählen entlang, bis ich eine Leiter fand, zog mich daran hoch und lag keuchend und naß auf dem hölzernen Kai. Ich merkte, daß sich eine kleine Menschenmenge um mich bildete – lauter Nigger in Lendenschurzen oder weißen Gewändern, von denen einige ihrer Nase und ihrem Kopfputz nach recht arabisch wirkten. Aber da drängte sich die Marineuniform zu mir durch, und die Menge wich zurück. Ich versuchte, mich aufzurichten, doch ich schaffte es nicht, und dann blieb die Marinehose neben mir stehen, und ihr Besitzer beugte sich zu mir herunter. Ich bemühte mich, mein Keuchen zu unterdrücken.

»Ich bin . . . britischer . . . Armeeoffizier . . .«, japste ich. »Von diesem . . . Piratenschiff . . . geflohen.« Ich hob meinen Kopf, und die Worte erstarben mir auf den Lippen.

Der Bursche, der sich zu mir beugte, trug volle Marineuniform, bis hin zur Mütze und den Epauletten, das schon – obwohl die grüne Schärpe merkwürdig aussah. Aber das war noch längst nicht alles. Das Gesicht unter der schiefsitzenden Mütze war pechschwarz.

Ich starrte ihn an, und er starrte zurück. Dann sagte er etwas in seiner Sprache, die ich nicht verstand; ich schüttelte meinen Kopf und wiederholte, ich sei Armeeoffizier. Wo war der Kommandant? Er zuckte die Achseln, zeigte grinsend seine gelblichen Zähne, sagte etwas, und die Menge kicherte.

»Verd--- und zugenäht!« rief ich und rappelte mich hoch. »Was zum T---l geht hier vor? Wo ist der Hafenmeister? Ich bin Captain Flashman, britischer Offizier, und –« Ich stupste ihm dabei mit dem Finger vor die Brust, und da schlug er zu meiner Verblüffung zornig meine Hand beiseite und fauchte mich in seinem heidnischen Kauderwelsch an – direkt ins Gesicht! Entgeistert über die Frechheit dieses Rüpels fuhr ich zurück – da entstand hinter mir Bewegung, und als ich mich umdrehte, sah ich ein kleines Boot am äußeren Ende der Mole auftauchen und ausgerechnet Solomon von seinem Bug an Land springen. Er schritt über die Planken auf uns zu, eine massige Gestalt in Sarong und Umhang, mit einem Gesicht wie sieben Tage Gewitter. Richtig, mein Herzchen, dachte ich, hier wirst du deine Ration in Empfang nehmen können, sobald diese Leute erfahren, daß du ein gemeiner Pirat bist, und ich streckte rasch meine Hand aus, um ihn bei meinem Nigger mit den Epauletten zu denunzieren. Doch bevor ich ein Wort herausbringen konnte, hatte Solomon mich an der Schulter gepackt und wirbelte mich zu ihm herum.

»Sie elender Dummkopf!« rief er. »Was haben Sie getan?«

Sie können sicher sein, daß ich es ihm sagte, leicht unzusammenhängend, aber mit lauter Stimme, um die Aufmerksamkeit des Niggers auf die Tatsache zu lenken, daß dies hier der berüchtigte Pirat und Räuber Suleiman Usman war, ihm gratis in die Hand geliefert, und würde es ihm etwas ausmachen, ihn zu verhaften, sein Schiff zu beschlagnahmen und mir und meiner Frau die Freiheit wiederzugeben?

»Und Sie können baumeln, bis die Krähen an Ihnen picken, Sie schändlicher Entführer!« informierte ich Solomon. »Sie sind erledigt!«

»Um Himmels willen, was glauben Sie denn, wo Sie sind?« Seine Stimme klang schrill.

»Mauritius, oder nicht?«

»Mauritius?« Er zog mich plötzlich zur Seite. »Sie Trottel, das hier ist Tamatave – Madagaskar!«

Nun, ich gebe zu, das überraschte mich. Es erklärte den Nigger in Uniform, nahm ich an, aber ich sah nicht ein, wieso das einen großen Unterschied machen sollte. Das sagte ich ihm auch gerade, als der Nigger zu uns trat und Solomon ziemlich barsch ansprach. Zu meinem Erstaunen zuckte der Don bedauernd die Achseln, als hätte er einen weißen Offizier vor sich, und antwortete ihm auf Französisch! Aber mehr noch als die Sprache war es sein unterwürfiger Tonfall, der mich befremdete.

»Ich bitte um Pardon, Exzellenz – ein höchst bedauerlicher Fehler. Dieser Mann gehört zu meiner Mannschaft – er hat ein bißchen getrunken, Sie verstehen – mit Ihrer Erlaubnis bringe ich ihn – «

»Quatsch!« röhrte ich. »Sie bringen mich nirgendwohin, Sie verlogener Ausländer!« Ich wandte mich an den Nigger. »Du sprichst Französisch, oder? Gut, ich auch, und ich gehöre genauso wenig zu seiner Mannschaft wie du. Er ist ein verd--- Pirat, der mich und meine Frau entführt hat – «

»Halten Sie den Mund, Sie Clown!« rief Solomon auf Englisch und schob mich beiseite. »Sie bringen uns um! Überlassen Sie ihn mir.« Und er begann wieder mit dem Schwarzen Französisch zu plappern, aber der andere brachte ihn mit einem Wink seiner Hand zum Schweigen.

»Ruhe!« sagte er, als sei er der Herzog persönlich. »Der Kommandant kommt!«

Und tatsächlich kam von der Landseite der Mole eine Reihe Soldaten anmarschiert, stämmige Schwarze in weißen Lendentüchern, mit Patronengurten und Musketen auf den Schultern. Und hinter ihnen, von Kulis in einer offenen Sänfte getragen, nahte eine unglaubliche Erscheinung. Es ist die lautere Wahrheit – er war so schwarz wie meine Stiefel, trug einen Turban auf dem Kopf, ein rot und gelb geblümtes Hemd und einen Kilt des 42sten Highlander-Regiments. Er hatte Sandalen an den Füßen, einen Säbel an der Hüfte, weiße Handschuhe und einen zusammengerollten Schirm in der Hand. Ich bin übergeschnappt, dachte ich; das kommt von der Anstrengung oder der Sonne. Das darf doch nicht wahr sein.

Solomon zischte hastig in mein Ohr: »Sagen Sie keinen Ton! Ihre einzige Chance ist, zu behaupten, Sie seien einer von meiner Mannschaft – «

»Sind Sie verrückt?« sagte ich. »Nach allem, was Sie getan haben, wollen Sie – «

»Bitte!« Und wenn mich meine Ohren nicht täuschten, bettelte er. »Sie verstehen falsch – ich will Ihnen nichts Böses – Sie werden beide freigelassen – in Mauritius, das kann ich gefahrlos machen – ich schwöre – «

»Sie schwören!! Bilden Sie sich ein, ich glaube Ihnen auch nur einen Augenblick?«

Und dann schnitt die Stimme des Schwarzen, der ein hartes Französisch sprach, seine Antwort ab.

»Sie.« Er deutete auf mich. »Sie sagen, Sie waren Gefangener auf diesem Schiff. Und Sie sind Engländer. Stimmt das?«

Ich sah den Kommandanten an, der sich in diesem albernen Karnevalskostüm aus seiner Sänfte beugte, seinen großen, ebenholzfarbenen Kopf schräg legte und mich mit blutunterlaufenen Augen betrachtete. Als ich zur Antwort auf die Frage des Offiziers nickte, nahm der Kommandant von einem seiner Lakaien eine geschälte Mango entgegen und begann, sie sich in den Mund zu stopfen, daß der Saft über seine behandschuhten Finger und den lächerlichen Kilt spritzte, wischte sich die Hand an seinem Hemd ab und sagte mit heiserem Krächzen in bedächtigem Französisch: »Und Ihre Frau ist, wie Sie sagen, ebenfalls Gefangene dieses Mannes?«

»Pardon, Exzellenz«, drängte sich Solomom vor. »Wie ich bereits zu erklären versucht habe, ist das Ganze ein großes Mißverständnis. Dieser Mann gehört zur Begleitung meines Schiffs und genießt folglich den Schutz meines Freibriefs und der Handelslizenz, die ich von Ihrer Majestät erhalten habe. Ich bitte Sie, mir zu gestatten – «

»Er bestreitet das«, krächzte der Kommandant. Er räusperte sich und spuckte gehaltvoll aus, wobei er einen Soldaten am Bein traf. »Er ist an Land geschwommen. Und er ist Engländer.« Er zuckte die Achseln. »Ein Schiffbrüchiger.«

»Oh, Gott«, murmelte Solomon und leckte sich die Lippen.

Der Kommandant drohte mit einem Finger von der Größe einer schwarzen Gurke und starrte Solomon an. »Er fällt eindeutig nicht unter den Schutz Ihres Geleitbriefs oder Ihrer Lizenz. Und seine Frau auch nicht. Diese Lizenz, Monsieur Suleiman, befreit Sie nicht von madegassischem Recht, wie Sie wissen sollten. Sie selber entgehen nur durch besonderen Gnadenbeweis dem *Fanompoana* – wie nennen Sie das... *Corvée*?« Er deutete auf mich. »In seinem Fall kann davon nicht die Rede sein.«

»Wovon zum T---l spricht der überhaupt?« fragte ich Solomon. »Wo ist der Britische Konsul? Ich habe jetzt genug von – «

»So etwas gibt es hier nicht, Sie Wahnsinnskandidat!« Solomon rang tatsächlich die Hände; auf einmal war er nur noch ein verängstigter dicker Mann. »Exzellenz, ich flehe Sie an, eine Ausnahme zu machen – dieser Mann ist kein Schiffbrüchiger – ich kann schwören, daß er das Herrschaftsgebiet Ihrer Majestät nicht verletzen wollte – «

»Das wird er auch nicht«, sagte der Kommandant und schnatterte kurz mit dem Offizier. »Er ist verloren.« – Eine Bemerkung, deren volle Bedeutung mir zu diesem Zeitpunkt entging. Die Kulis hoben die Sänfte an, und sie schwankte davon; der Offizier bellte einen Befehl, eine Reihe von Soldaten trottete an uns vorbei, und ihr Anführer rief einem der Leute auf dem Boot etwas zu, um ihn mit seinem Gefährt zum Kai zu beordern.

»Nein – warten Sie!« Solomons Gesicht war angstverzerrt. »Sie Idiot!« schrie er mich an, und dann fegte er hin und her, rief dem Kommandanten nach und rannte hinter den Soldaten her den Kai entlang. Der schwarze Offizier lachte, deutete auf mich und rief zweien seiner Leute einen kurzen Befehl zu. Erst als sie mich an den Armen packten und vom Kai zu ziehen begannen, kam ich wieder zu Sinnen; ich brüllte und zappelte, rief nach Solomon und stieß Drohungen aus, was ihnen passieren würde, wenn sie mit ihren dreckigen Pfoten einen Engländer anfaßten. ich schlug wild um mich, bis mich der Schaft einer Muskete halb bewußtlos auf die Planken schmetterte. Dann zerrten sie mich hoch, und einer von ihnen, dessen großes schwarzes Gesicht mich mit stinkendem Atem anblies, ließ Fesseln um meine Handgelenke zuschnappen; sie griffen sich die Kette und schleiften mich mit dem Kopf voran die Straße hinauf, während die anderen Schwarzen mich neugierig beäugten und die Kinder kreischend und lachend neben uns herliefen.

So wurde ich zum Gefangenen in Madagaskar.

Wie Sie wissen – oder vielmehr nicht wissen, aber bestimmt erraten haben, falls Sie intelligent sind – bin ich ein wahrheitsliebender Mensch, zumindest was diese Memoiren betrifft. Ich habe mein ganzes Leben lang so konsequent und erfolgreich gelogen, daß ich nicht mehr zu lügen brauche – wozu? Aber hin und wieder habe ich beim Schreiben das Gefühl, daß ich Sie – und mich auch – daran erinnern muß, daß alles, was ich Ihnen erzähle, unbeschönigte Tatsache ist. Sehen Sie, es sind Dinge darunter, die schwer zu glauben sind, und eines davon ist Madagaskar. Daher möchte ich nur sagen, falls Sie in irgendeiner Hinsicht bezweifeln, was jetzt kommt, oder denken, der alte Flashy flunkert, dann gehen Sie doch einfach in Ihre zuständige Bücherei und ziehen Sie die Memoiren meiner lieben, alten Freundin Ida Pfeiffer zu Rate, die mit den Stiefeln mit elastischen Einsätzen an der Seite, oder die Herren Ellis und Oliver, oder die Briefe meiner Mitgefangenen, J. Laborde aus Bombay und Jake Heppick, dem amerikanischen Seeamtsoffizier, oder den Missionar Hastie.[33] Dann werden Sie feststellen, daß die schier unglaublichen Dinge, die ich Ihnen über diese abscheuliche Insel erzähle, und die direkt aus »Gullivers Reisen« stammen könnten, die schlichte, nüchterne Wahrheit sind. So etwas kann man sich nicht ausdenken.

Nun möchte ich Sie nicht damit langweilen, den Schock und das Entsetzen zu beschreiben, die ich empfand, sowohl zu Beginn, als mir klar wurde, daß ich von Solomons Regen in eine unendlich schlimmere Traufe gekommen war, wie auch später, als weitere Ungeheuerlichkeiten auf mich zukamen. Ich will nur erzählen, was ich gesehen und erlebt habe, so offen und ehrlich ich kann.

Als man mich gefesselt und geschunden in ein muffiges Kellerloch in Tamatave warf, war mein erster Gedanke, daß dies ein schlechter Traum sein müsse, aus dem ich gleich erwachen würde. Dann kam mir Elspeth in den Sinn; demzufolge, was auf dem Kai geschehen war, schien man vorzuhaben, sie ebenfalls an Land zu zerren – welches Schicksal sie erwartete, darüber konnte ich nur Vermutungen anstellen. Sehen Sie, ich war völlig ratlos und wußte nicht mehr aus noch ein; sobald ich meinen üblichen kleinen Wutanfall und mein heimliches Geflenne hinter mir hatte, versuchte ich mich daran zu erinnern, was Solomon mir auf der Hinreise über Madagaskar erzählt hatte. Viel war es nicht gewesen, und das, woran ich mich erinnerte, war alles andere als tröstlich. Wild und unbeschreiblich grausam, hatte er gesagt... merkwürdige Gebräuche und Aberglauben... die Hälfte der Bevölkerung in Sklaverei... ein weibliches Monster als Königin, das europäische Sitten nachäffte und tausendfach rituelle Hinrichtungen durchführte... giftiger Haß auf alle Ausländer – nun, meine derzeitige Erfahrung bestätigte das zwar, aber konnte es denn wirklich so schlimm sein, wie Solomon es geschildert hatte? Ich hatte ihm nicht die Hälfte davon geglaubt, aber wenn ich an diesen schrecklichen Nigger-Kommandanten mit seinem karierten Schottenrock und dem Schirm dachte... na ja.

Zum Glück für meinen momentanen Seelenfrieden wußte ich eins der schlimmsten Dinge über Madagaskar noch nicht, nämlich, daß keine Hoffnung auf Rettung bestand, wenn man erst einmal im Land war. Selbst die primitivsten, von Eingeborenen regierten Länder waren in meiner Jugendzeit zumindest zugänglich, aber dieses nicht. Seine Hauptstadt Antananarivo, kurz ›Tana‹ genannt, hätte ebensogut auf dem Mond liegen können. Es gab keine Verbindung nach draußen, nicht einmal die üblichen Kontakte; keine Rede davon, daß Pam*, die Franzmänner oder die Yankees ein Kanonenboot schickten oder auch nur auf diplomati-

* gemeint ist Premierminister Palmerston

schem Weg Protest erhoben. Sehen Sie, es wußte ja so gut wie niemand etwas über Madagaskar. Abgesehen von ein paar Piraten aus alten Tagen, wie Kidd oder Avery, und einer Handvoll britischer und französischer Missionare – die schon bald wieder vertrieben oder massakriert worden waren – hatte kaum einer das Land groß besucht; höchstens gut bewaffnete und auf alles gefaßte Händler wie Solomon, und selbst die traten verd--- vorsichtig auf und wickelten ihre Geschäfte von ihren eigenen Schiffen aus vor der Küste ab. Wir hatten mit einem früheren madagassischen König einen Vertrag geschlossen und ihm unter der Bedingung, daß er den Sklavenhandel aufgab, Waffen geliefert, aber als 1828 Königin Ranavalona auf den Thron kam (indem sie ihre gesamte Verwandtschaft ermordete), hatte sie jeden Verkehr mit der Außenwelt abgebrochen, das Christentum verboten und alle Übergetretenen zum Tode verurteilt, hatte die Sklaverei wieder in großem Maßstab eingeführt und sich darangemacht, alle Volksstämme außer ihrem eigenen auszurotten. Sie war natürlich komplett wahnsinnig und führte sich auf wie Messalina und Attila der Hunne in einer Person, die aber beide nur einen Blick auf sie geworfen und sofort einen Protestbrief an die Times geschrieben hätten.

Um Ihnen eine Vorstellung davon zu vermitteln, welche Art von bluttriefendem Hexenkessel das Land war: Sie hatte bereits die Hälfte ihrer Untertanen abgeschlachtet, etwa eine Million oder so, und den Befehl erteilt, um die ganze Insel eine Mauer zu ziehen, um Fremde fernzuhalten (sie hätte nur dreitausend Meilen lang sein müssen); auf den Zugangsstraßen zu ihrer Hauptstadt sollten vier gigantische Scheren aufgestellt werden, um Invasoren den Weg abzuschneiden, und sie hatte die Herstellung von massiven Eisenplatten in Auftrag gegeben, von denen die Kanonenkugeln europäischer Schiffe abprallen und diese selbst versenken sollten. Hirnverbrannt, oder? Natürlich war mir das alles nicht bekannt, als ich dort landete; ich begann, es auf schmerzliche Weise zu erfahren, als man mich am nächsten Morgen aus dem Kittchen holte, und ich, in meiner Unschuld, noch immer protestierte und verlangte, meinen Anwalt zu sehen.

Mein französischsprechender Offizier war verschwunden, daher erntete ich auf meine inständigen Bitten nur Schläge und Tritte. Ich hatte seit Stunden nichts mehr gegessen oder getrunken, doch jetzt setzte man mir einen stinkenden Brei aus Fisch, Bohnen und Reis vor und dazu als Besteck einen Klapplöffel. Ich würgte alles mit Hilfe ihres widerwärtigen, braunen Reiswassers hinunter, und dann wurde ich, trotz meiner Einwände, zusammen mit einer Bande anderer Unglücklicher, die natürlich alle schwarz waren, durch die Stadt landeinwärts getrieben.

Tamatave ist kein besonders schöner Ort. Es besitzt ein Fort und ein paar hundert Holzhäuser, darunter einige recht große, mit den typisch madagassichen, steil aufragenden Dächern. Auf den ersten Blick wirkt es ganz harmlos, wie seine Bewohner; sie sind schwarz, aber keine Neger, würde ich sagen, vielleicht eine Spur von malaiisch oder polynesisch, gutgebaut, nicht schlecht aussehend, faul und dumm. Die Leute, die ich zuerst zu Gesicht bekam, waren Bauern, Sklaven und Provinzler der ärmeren Klassen; Männer und Frauen trugen beide einfache Lendentücher oder Sarongs, aber gelegentlich trafen wir einen der Bessergestellten, der sich in einer Sänfte herumtragen ließ – kein reicher oder adliger Madagasse würde auch nur hundert Meter zu Fuß gehen, und es gibt eine Unzahl Sklaven, Träger und Laufburschen, die sie durch die Gegend schleppen. Die Wohlhabenderen trugen *Lambas,* den römischen Togen ähnliche Gewänder, obwohl ihre Kleidung in Tana selbst manchmal von höchster fremdländischer Extravaganz war, wie die meines Kommandanten. Das ist das Ungewöhnliche an Madagaskar – es ist voll mißglückter Parodien europäischer Sitten, und dabei ist seine eigene Kultur und sein Brauchtum weiß Gott bizarr genug.

Zum Beispiel halten sie ihre Märkte in einiger Entfernung von ihren Städten und Dörfern ab, und niemand weiß, warum das so ist. Sie hassen Ziegen und Schweine und setzen Babys auf der Straße aus, um zu sehen, ob ihre Geburt »glücklich« war oder nicht.[34] Sie sind, glaube ich, die einzigen auf der ganzen Welt, die keine Art von organisierter Religion kennen – keine Priester, keine Tempel oder Schreine –, sondern einen Baum oder einen Stein verehren, wenn ihnen danach ist, oder persönliche Hausgötter, sogenannte *Sampy,* und Glücksbringer wie den bekannten *Rakelymalaza,* der aus drei schmutzigen, in Seide eingewickelten Holzstückchen besteht – ich habe es selber gesehen. Dabei sind sie über alle Maßen abergläubisch und gehen sogar so weit, von den Dingen, die sie am meisten schätzen, schlecht zu reden, um eifersüchtige böse Geister abzulenken. Und sie glauben, wenn ein Mann stirbt, müsse man seinen Mund im letzten Augenblick mit Essen vollstopfen – wohlgemerkt, das kann daran liegen, daß sie schier unglaubliche Vielfraße und Säufer sind. Aber wie bei vielen ihrer Gebräuche hat man auch dabei manchmal das Gefühl, daß sie nur unbedingt anders sein wollen als der Rest der Welt.

Mir fiel auf, daß die Soldaten, die unseren Gefangenentrupp begleiteten, ein anderer Menschenschlag waren als die übrigen – großen Burschen mit schmalen Köpfen, die zu einer Mischung aus französischen und englischen Kommandos im Gleichschritt marschierten. Sie waren brutal, trieben uns mit Schlägen an, wenn wir zurückblieben, und behandelten das einfache Volk wie Dreck. Ich erfuhr später, daß sie zum Stamm der Königin gehörten, den Hova, die einst die Parias der Insel gewesen waren, die sie jetzt aufgrund ihrer List und Grausamkeit beherrschten.

Ich habe in meinem Leben einige entsetzliche Reisen überstanden – von Kabul zum Khyber, von der Krim nach Vorderasien, um nur zwei zu nennen –, aber ich kann mich an nichts Schlimmeres erinnern als diesen Marsch von Tamatave nach Tana. Er war hundertvierzig Meilen lang, und wir brauchten dafür acht Tage, mit Blasen an den Füßen und scheuernden Ketten; zuerst trotteten wir über eine Wüstensteppe, dann über offene Felder, auf denen Bauern ihre Arbeit unterbrachen, um uns gleichgültig anzustarren, dann durch Dschungelgebiet, bis langsam die hohen, waldbedeckten Gebirge des Landesinnern näherkamen. Wir kamen an Dörfern und Gehöften mit Lehmmauern vorbei, doch bei Nacht ließen unsere Bewacher uns einfach hinlegen und schlafen, wo wir gerade waren; sie hatten keine Verpflegung mitgenommen, sondern nahmen sich von den Dorfbewohnern, was sie haben wollten, und wir Gefangenen bekamen die Reste. Wir waren vom Regen durchnäßt, von der Sonne schmerzhaft verbrannt, von Moskitos wundgestochen, von Schlägen und Hieben zermürbt – aber das allerschlimmste war, nichts zu wissen. Ich wußte nicht, wo ich war, wohin ich ging, was mit Elspeth geschehen war, oder auch nur, was um mich herum gesprochen wurde. Es blieb mir nichts übrig, als mich weiter wie ein Tier vorantreiben zu lassen, in Schmerz und Verzweiflung. Nach dem ersten Tag war ich nicht mehr fähig zu denken; es kam nur noch darauf an, zu überleben.

Um die Sache noch schlimmer zu machen, gab es keine Straßen – oh nein, die Madagassen wollen keine, aus Angst, sie könnten von Invasoren benutzt werden. Man beachte bitte die perverse Logik daran. Die einzige Ausnahme ist, wenn die Königin irgendwohin reist; in diesem Fall wird vor ihr her eine Straße gebaut, zwanzigtausend Sklaven rackern sich Meile um Meile mit Spitzhacken und Steinen ab, und mit dem königlichen Hofstaat folgt eine große Armee; ja, sie bauen jeden Abend eine Stadt, mit Mauern und allem, und lassen sie am nächsten Tag verlassen zurück.

Wir hatten das Privileg, so etwas zu sehen, als wir auf halbem Weg unserer Reise die Hochebene erreichten. Das erste, was ich bemerkte, waren Leichen, die überall entlang unserer Marschroute herumlagen, und Gruppen jammernder, erschöpfter Eingeborener. Das waren die Straßenbauer; da für ihre Verpflegung nicht gesorgt wurde, fielen sie einfach um und starben wie die Fliegen. Es handelte sich hier um den alljährlichen Jagdausflug der Königin, und dabei kamen innerhalb einer Woche zehntausend Sklaven um. Der Gestank war unbeschreiblich, besonders entlang der Straße selbst – die gemeinerweise quer zu unserer Marschroute verlief –, wo sie in Reihen lagen, Männer, Frauen und Kinder. Einige von ihnen richteten sich mühsam auf, wenn wir vorbeikamen, krochen auf uns zu und bettelten um Essen; die Hova traten sie einfach zur Seite.

Um diesen Schrecken noch weitere hinzuzufügen, kamen wir gelegentlich an Hinrichtungsstätten vorbei, wo Opfer gehängt, gekreuzigt oder auch nur festgebunden worden waren, um stückchenweise zu sterben. Eine Ungeheuerlichkeit werde ich nie vergessen – fünf taumelnde Skelette, die am Hals mit einem großen Eisenrad aneinandergeschmiedet waren. Man steckt sie mit dem Kopf hinein und läßt sie frei herumlaufen, bis sie verhungern oder sich gegenseitig das Genick brechen.

Die Prozession der Königin war lange vor uns auf dem holprigen, mit Steinen gepflasterten Band der Straße vorübergezogen, das schnurgerade durch Wälder und über Berge verlief. Wie ich später erfuhr, hatte sie zwölftausend Soldaten bei sich, und da die madagassische Armee kein Versorgungs- oder Nachschubsystem kennt, hatten sie einfach das Land kahlgefressen, und so starben zusätzlich zu den Sklaven auch noch Tausende Bauern vor Hunger.

Sie fragen sich vielleicht, warum die Leute das ertrugen. Nun, sie taten es nicht immer. Im Laufe der Jahre waren sie zu Tausenden geflohen, ganze Stämme und Dörfer, um dieser Tyrannei zu entgehen, und die Wälder waren voll von diesen Leuten, die sich als Räuber durchschlugen. Die Königin sandte regelmäßig Expeditionen gegen sie aus, ebenso wie gegen entlegene Volksstämme, die keine Hova waren; ich habe Schätzungen gehört, nach denen die Zahl der Morde an Flüchtlingen, Kriminellen und Leuten, die Ihrer Majestät einfach nicht genehm waren, sich jährlich auf zwanzig- bis dreißigtausend belief, und das glaube ich gerne. (Natürlich ist das alles viel besser als eine böse europäische Kolonialregierung – so wollen uns zumindest die Liberalen weismachen. Gott, was hätte ich darum gegeben, Gladstone und diesen Zuhälter Asquith damals auf dem Weg von Tamatave bei mir zu haben; da hätten sie alles gelernt, was sie über »aufgeklärte Regierungsform durch die angestammte Bevölkerung« wissen müßten. Aber jetzt ist es zu spät; jetzt bleibt nichts anderes übrig, als ein paar Dunkelmänner anzuheuern, die die Fenster des Reformklubs einwerfen – doch was geht mich das an?)

Ich hatte indessen nur wenig Mitleid übrig; mein eigener Fall war beklagenswert genug, als wir uns nach über einer Woche endlich Tana näherten. Mein Hemd und meine Hose hingen in Fetzen, meine Stiefel waren abgelaufen, ich hatte einen Bart und stank – aber merkwürdigerweise fing ich an, mich ein bißchen zu erholen, als ich auf dem absoluten Tiefpunkt angekommen war. Ich war nicht tot, und man machte nicht diesen weiten Weg mit mir, um mich zu töten – ich spürte sogar einen Anflug von unbekümmerter Sorglosigkeit, vermutlich aus Hunger. Ich trug meinen Kopf wieder höher, und meine Erinnerungen an das Ende des Marsches sind recht deutlich.

Wir kamen an einem großen See neben der Straße vorbei, und die Wachen ließen uns auf dem ganzen Weg daran entlang singen; später erfuhr ich, das sei, um den Geist einer Prinzessin zu beschwichtigen, die ein zügelloses Leben geführt hatte und in der Nähe begraben war – offenbar waren zügellose weibliche Angehörige des Königshauses eine besondere Stärke Madagaskars. Wir überquerten einen großen Fluß – den Mangaro – und kamen durch ein Gebiet mit dampfenden Geysiren, die aus kochenden Schlammlöchern sprudelten, bevor wir eine brettflache, grasbestandene Ebene erreichten und dahinter auf einem großen Hügel Antananarivo erblickten.

Es verschlug mir den Atem – natürlich wußte ich zu diesem Zeitpunkt noch nicht einmal, was da vor mir lag, aber es war jedenfalls nichts, was man in einem primitiven Niggerland erwarten würde. Da lag eine große Stadt mit Häusern, Mauern und Zinnen aus Holz, vielleicht zwei Meilen im Durchmesser und beherrscht von einem großen Hügel, auf dessen Spitze ein riesiges, vier Stockwerke hohes Schloß aus Holz stand, mit einem anderen Gebäude daneben, das aus Spiegeln gemacht zu sein schien, denn es schimmerte im Sonnenlicht hell wie ein Brennglas. Ich starrte darauf, bis ich fast blind wurde, aber ich konnte nicht erkennen, was es eigentlich darstellte – und inzwischen gab es andere Wunder in der Nähe zu bestaunen, denn als wir uns der Stadt über die Ebene näherten, in der einzelne Hütten standen und sich viele Dorfleute drängten, glaubte ich zu träumen – in der Ferne hörte ich eine Militärkapelle spielen, zwar entsetzlich schräg, aber die Melodie war zweifellos »The Young May Moon«! Und da kam doch tatsächlich ein Regiment in vollem Wichs dahermarschiert – rote Waffenröcke, Tschakos, geschulterte Gewehre mit aufgepflanzten Bajonetten, und jeder einzelne von ihnen war schwarz wie der Teufel. Ich stand da und riß den Mund vor Staunen auf; sie zogen vorbei, Brust raus und ganz schön zackig – und an ihrer Spitze, Gott steh mir bei, ein halbes Dutzend wie Araber oder Türken gekleidete Offiziere zu Pferd. Ich war mehr als verblüfft, und als zwei mit Samt ausgeschlagene Sänften auftauchten, in denen schwarze Frauen mit Empirekleidern und Federhüten saßen, warf ich ihnen nicht einmal einen zweiten kurzen Blick zu. Sie und der Rest der Menge bewegten sich an der Vorderseite der Stadt entlang, und das war auch der Weg, den unsere Wachen uns trieben, so daß wir die Stadtmauer umrundeten, bis wir zu einem großen natürlichen Amphitheater kamen, über dem ein hoher Felsen aufragte – sie nennen ihn Ambohipotsy, und es kann keinen abscheulicheren Ort auf Erden geben.

Es muß fast eine Viertelmillion Menschen gewesen sein, die sich an den Hängen um die Talmulde unter dem Felsen drängte – sicherlich mehr Leute, als ich je auf einem Haufen gesehen habe. Diese große schwarze Menschenmasse starrte zum Fuß der Felswand hinunter; unsere Wachen brachten uns dicht heran und deuteten grinsend dorthin, und als ich über dieses weite Menschenrund nach unten blickte, sah ich, daß dort auf einem freien Platz lange, schmale Löcher in die Erde gegraben waren, und in den Löchern standen Dutzende Menschen an Pfähle gebunden. Am Ende jedes Loches waren über lodernden Feuern große Kessel befestigt, und während wir noch hinschauten, dröhnte ein Gong, die riesige, schwatzende Menschenmenge verstummte, und eine Bande von schwarzen Bestien kippte ganz langsam und allmählich den ersten Kessel an, während die armen Teufel in ihren Löchern sich wanden und schrien; kochendes Wasser schwappte über den Rand des Kessels, zuerst in dünnem Strahl, dann in einem brühheißen Schwall, und ergoß sich mit einer furchtbar zischenden Dampfwolke, die einem die Sicht nahm, in das Loch. Als sie sich verzog, sah ich zu meinem Entsetzen, daß das Wasser das Loch nur hüfttief füllte – die Opfer wurden bei lebendigem Leib zentimeterweise verbrüht, während die Zuschauer jubelten und schrien, daß sich ihr Tumult und Lärm an den Wänden dieses schauerlichen Amphitheaters des Todes brach. Es waren sechs Löcher, die eins nach dem anderen gefüllt wurden.

Das war die Hauptvorstellung, verstehen Sie. Danach erschienen Gestalten auf der Spitze des Felsens, der hundert Meter hoch war, und die glücklicheren Verurteilten wurden hinuntergeworfen. Die Menge begleitete den Sturz jedes einzelnen zappelnden Körpers mit gellendem, anschwellendem Pfeifen und gab ein lautes Gebrüll von sich, wenn er unten auf dem Boden aufschlug. Sonderapplaus gab es, wenn einer in den Wasserlöchern landete, die noch immer dampften, und in denen die verrenkten Gestalten an ihren Pfählen hingen. Man warf die Verurteilten übrigens nicht einfach von dem Felsen – man hängte sie zuerst an Seilen auf, um der Menge einen guten Blick auf sie zu bieten, schnitt sie dann ab und ließ sie dann fallen.

Ich gebe dazu keinen eigenen Kommentar ab, denn während ich dieses widerwärtige Schauspiel betrachtete, glaubte ich, die Stimme meines kleines Freundes in Newgate zu hören – »Interessant, nicht wahr?« – und das johlende, sich weidende Publikum vor dem Gasthaus zur Elster zu sehen; sie waren ihren heidnischen Brüdern sehr ähnlich, finde ich. Und falls Sie mir indigniert vorhalten, Hängen sei etwas vollkommen anderes, als bei lebendigem Leib gekocht zu werden – oder gehäutet, verbrannt, ausgepeitscht, gesteinigt, zersägt, gepfählt oder lebendig begraben, was ich alles in Ambohipotsy gesehen habe –, so möchte ich nur bemerken, wenn ein solches Schauspiel in England geboten würde, gäbe es nur noch Stehplätze – jedenfalls für die ersten paar Vorstellungen.

Falls Ihnen jedoch die Schilderung derartiger Grausamkeiten Übelkeit bereitet,[35] so kann ich nur sagen, daß ich geschworen habe, die Wahrheit über alles zu erzählen, was ich gesehen habe, und daß das Unbehagen, das Sie vielleicht dabei empfinden, nichts im Vergleich zu der seelischen Not des armen, alten Flashy ist, als wir von dem Hinrichtungsplatz fortgebracht – ich schwöre, wir waren nur da, weil unsere Bewacher sich das nicht entgehen lassen wollten – und durch eins der großen Tore in die eigentliche Stadt Tana getrieben wurden. Ihr Name bedeutet übrigens »Stadt der Tausend«, und sie war aus der Nähe betrachtet ebenso beeindruckend wie aus der Ferne. Breite, saubere Straßen, von schmukken Holzhäusern gesäumt, die teilweise zwei oder drei Stockwerke hoch waren (laut Gesetz müssen alle Häuser aus Holz sein), und so ausgehungert und erschüttert ich auch war, ich konnte nicht anders, als den Flair von Reichtum zu bewundern, der die ganze Stadt umgab. Wohlgefüllte Auslagen, schattige Plätze, sauber gewandete Leute, die emsig ihren Geschäften nachgingen, kostbar geschnitzte und bemalte Sänften, die schwankend die besseren Leute durch die Straßen trugen, manche in halb europäischem Aufzug, andere in prächtigen Sarongs und *Lambas* aus bunter Seide. Das paßte alles nicht zusammen – auf der einen Seite die Schrecken, die ich gesehen hatte, und auf der anderen diese freundliche, saubere, geradezu zivilisiert wirkende Stadt, durch deren Mitte Captain Harry Flashman und Genossen getreten und gepeitscht wurden, ohne daß uns jemand mehr als einen flüchtigen Blick schenkte. Ach ja – und jedes Gebäude besaß einen echt europäischen Blitzableiter.

Man sperrte uns für die Nacht in ein luftiges, einigermaßen sauberes Lagerhaus, nahm uns die Fesseln ab und gab uns die erste anständige Mahlzeit seit einer Woche, einen würzigen Hammeleintopf, Brot und Käse, und dazu wieder ihre gräßliche Reisbrühe. Wir verschlangen alles wie die Wölfe – ein Dutzend wollköpfiger Nigger, die schmatzend über ihre Näpfe herfielen, und ein englischer Gentleman, der – glaube ich – auch nicht nach feinster Manier speiste. Aber wenn das auch meinem schmerzenden, schmutzigen Körper guttat, so half es doch nicht meinem seelischen Wohlbefinden – dieser Alptraum von Dasein schien schon ewig zu dauern, und er war verrückt, unglaublich und ohne jeden Sinn. Doch ich mußte durchhalten – schließlich hatte ich einmal Cricket gespielt und Felix besiegt; ich war in Rugby gewesen, bei den Horse Guards und im Buckingham-Palast; ich hatte eine Adresse in Mayfair; ich war zum Abendessen im White's Club gewesen – als Gast natürlich – und auf der Pall Mail spazierengegangen. Ich war nicht einfach irgendeine verlorene Seele in einer verdrehten schwarzen Welt, ich war Harry Flashman, ehemaliger Husar beim Elften Regiment, mit vier – wenn auch unverdienten – Orden und dem Dank des Parlaments. Ich mußte durchhalten – und bestimmt gab es in dieser Stadt, die ich gesehen hatte, eine zivilisierte Person mit Autorität, die Französisch oder Englisch sprach, der ich meinen Fall darlegen konnte, und durch die mir die Behandlung zuteil wurde, die mir als britischem Offizier und Staatsbürger zustand. Schließlich waren das hier keine echten Wilden – nicht mit Gebäuden und Straßen wie diesen; zweifellos ein bißchen zu phantasievoll in ihrer Art, Übeltäter zu beseitigen, und ihre Armenfürsorge war einen Sch---dreck wert, aber keine Gesellschaftsordnung ist perfekt.

Die Schwierigkeit war nur – wer? Als man uns am nächsten Morgen rausließ, nahmen sich zwei schwarze Aufseher unserer an, die nur Kauderwelsch sprachen; sie stießen uns eine enge Gasse entlang und auf einen belebten Platz hinaus, auf dem eine große Plattform stand, nach einer Seite hin abgesperrt und mit Wachen an den Ecken, um die Leute fernzuhalten. Das Ganze sah nach einer öffentlichen Versammlung aus; auf der Plattform standen zwei schwarze Amtsdiener, und vor ihr saßen zwei weitere an einem kleinen Tisch. Wir wurden ein paar Stufen hinauf auf die Plattform gestoßen und mußten uns in einer Reihe aufstellen; ich zwinkerte noch vom Sonnenlicht und fragte mich, was das alles bedeuten könnte, während ich über die Menge hin Ausschau hielt – größtenteils Schwarze in *Lambas* und weißen Gewändern, ein paar Gruppen von Offizieren in Operettenuniformen, und viele Sänften mit reichen Madagassen, die unter ihren gestreiften Sonnenschirmen saßen. Ich musterte neugierig die Gesichter der Offiziere; sie sprachen sicher Französisch, und ich war gerade im Begriff, laut Hallo zu rufen, um ihre Aufmerksamkeit auf mich zu lenken, als ein Gesicht weiter vorne in der Menge meinen Blick magnetisch anzog, und mein Herz schlug vor Aufregung schneller.

Dort stand ein großer, schlanker und doch breitschultriger Mann, der unter einer blauen Jacke aus feinem Wollstoff ein buntbesticktes Hemd und dazu ein seidenes Halstuch trug, das wie eine Krawatte gebunden war; er und sein Nachbar, ein wohlbeleibter Mischling mit prächtigem Sarong und schräger Mütze, schnupften gerade Tabak nach ortsüblicher Manier; der schlanke Mann nahm eine Prise aus der Dose des anderen auf seine Handfläche und leckte sie mit einem raschen Zungenschlag auf (das

Zeug schmeckt widerlich, kann ich Ihnen sagen). Er verzog das Gesicht und hob die Augen; sie trafen meinen Blick und starrten – hellblau, in einem braungebrannten Gesicht unter einer ergrauenden Haarmähne! Er war ein Weißer.

»Sie da!« brüllte ich. »Sie, Sir! Monsieur! Parlez-vouz Français? English? Latein? Sogar Griechisch, wenn's sein muß? Hören Sie – ich muß mit ihnen reden!«

Eine von den Wachen trat vor, um mich zurückzustoßen, aber zu meiner großen Erleichterung bahnte sich der schlanke Mann einen Weg durch die Menge, und auf ein Wort von ihm mit den Amtsdienern hin wurde ihm gestattet, sich der Plattform zu nähern. Er schaute stirnrunzelnd zu mir hoch, und ich kniete mich hin, um dichter an ihn heranzukommen.

»Français?« fragte er.

»Ich bin Engländer – Gefangener auf einem Schiff, das in Tamatave angelegt hat! In Gottes Namen, wie komme ich hier raus? Niemand hört mir zu – man schleift mich seit einer Woche quer durch das ganze verd... Land! Ich muß –«

»Ruhe bewahren«, sagte er, und beim Klang der englischen Worte hätte ich heulen können. »Lächeln, Monsieur. Lächeln Sie – wie heißt der Wort? – breit? Lachen Sie, wenn Sie können – aber sprechen Sie leise. Es ist zu Ihrem Besten. Also, wer sind Sie?«

Ich verstand das zwar nicht, aber ich zwang mich zu einem verzerrten Grinsen und sagte ihm, wer ich war, was sich ereignet hatte, und daß ich absolut nicht wisse, warum ich hierhergebracht worden war. Er hörte angestrengt zu, und sein lebhafter Blick wanderte über mein Gesicht; wenn sich meine Stimme hob – wozu sie neigte, wie Sie sich denken können – bedeutete er mir jedesmal, leise zu reden, und die ganze Zeit vermied er es deutlich, zu den Wachen hinzuschauen, doch er achtete auf sie. Als ich zum Ende kam, befingerte er seine Krawatte, nickte freundlich und lächelte, als hätte ich ihm gerade das Neueste aus dem Punch erzählt.

»Eh bien«, sagte er. »Jetzt hören Sie zu, und nicht unterbrechen. Wenn mein Englisch er ist nicht perfekt, benutze ich Französisch, aber lieber nicht, nein? Was ich auch sage, verraten Sie keine Erstaunung, verstehen Sie? Lächeln Sie doch bitte. Ich bin Jean Laborde, einst bei der Kavallerie des Kaisers. Ich bin seit dreizehn Jahren hier und bin Bürger dieses Landes. Kennen Sie Madagaskar nicht?«

Ich schüttelte meinen Kopf, und er legte seinen nach hinten und lachte leise, offenbar der Zuschauer wegen.

»Sie hassen ganz Europa, und besonders Engländer. Da Sie ohne Erlaubnis gelandet sind, behandelt man Sie als *Naufragé* – wie sagt man? – Schiffbrecher? Nach ihren Gesetzen müssen alle solche Personen zu Sklaven gemacht werden. Das hier ist eine Sklavenmarkt. Sie machen Sie zum Sklaven – für immer.«

Das lächelnde braune Gesicht mit den blauen Augen verschwamm vor meinem Blick; ich mußte mich am Rand der Plattform festhalten. Laborde sprach schnell weiter, und sein Lächeln war verloschen.

»Sagen Sie nichts. Warten Sie. Verzweifeln Sie nicht. Ich werde Nachforschung machen. Ich sehe Sie wieder. Warten Sie nur, und verzweifeln Sie nicht. Und jetzt, mon Ami, verzeihen Sie mir.«

Und unmittelbar nach seinen letzten Worten schrie er plötzlich etwas, das ich für Madagassisch hielt, und gestikulierte wütend. Köpfe fuhren herum, meine Wache bückte sich und packte mich an der Schulter, und Laborde schlug mir mit der flachen Hand voll ins Gesicht.

»Scélérat!« rief er. »Canaille!« Er machte zornig auf dem Absatz kehrt und drängte sich in die grinsende Menge zurück, während die Wache mir mit Fußtritten auf die Beine half und mich in die Reihe zurückstieß. Ich versuchte, nach Laborde zu rufen, aber meine Stimme war vor Entsetzen und meinen eigenen Tränen erstickt, und dann bestieg einer der Amtsdiener ein Podium, rief laut eine Ankündigung, das Geschwätz der Menge verstummte, die ersten Aneinandergeketten wurden nach vorne gestoßen, und das Bieten begann.

Wer nie selber auf dem Bock gestanden hat, kann unmöglich ermessen, wie schrecklich Sklaverei ist, was es bedeutet, in aller Öffentlichkeit vor eine Horde lüstern gaffender Nigger gezerrt zu werden und darauf zu warten, daß man an die Reihe kommt, während die Leidensgenossen einer nach dem anderen dem Meistbietenden zugeschlagen werden und man dasteht wie ein Stück Vieh im Stall, ohne Würde und menschlichen Stolz, ja sogar ohne jede Menschlichkeit. Es ist die Hölle. Und es ist noch schlimmer, wenn niemand einen kaufen will.

Ich konnte es nicht glauben – nicht einmal ein Eröffnungsgebot! Stellen Sie sich das vor: »– und hier haben wir Flashy, meine Herren, jung und in erstklassigem Zustand, keine Vorbesitzer, garantiert kerngesund, nicht auf den Kopf gefallen, bestens empfohlen von Vorgesetzten und Damen von Stand, schmuck anzusehen, wenn er rasiert ist, redet wie ein Buch und reitet wie der Leibhaftige! Wer bietet einhundert? Fünfzig? Zwanzig? Kommen Sie, kommen Sie, meine Herren! Das Haar auf seinem Kopf ist alleine schon mehr wert! Höre ich zehn? Oder fünf? Drei? Für einen so guten Fang, der noch jahrelang hält? Höre ich eins? Nicht einmal für einen Burschen, der Felix, Pilch und Mynn mit drei Würfen besiegt hat? Na schön, Ikey, stell ihn ins Regal zurück und sag dem Abdecker, er soll ihn abholen kommen.«

Es war geradezu erniedrigend, zumal für meine schwarzen Genossen kräftig geboten wurde. Wohlgemerkt, der Gedanke, von einem dieser ekelhaften Madagassen gekauft zu werden, war empörend, aber trotzdem – ich konnte nicht anders, ich war verärgert, als ich alleine wieder in das Lagerhaus verfrachtet wurde, und kam mir vor wie der Ladenhüter, den niemand wollte. Es wurde Nacht, bevor ich den Grund dafür herausfand – denn in der Nacht kam Laborde, vorbei an bestochenen Wachen und Aufsehern, mit Seife, einer Korbflasche Wasser, einem Rasiermesser und genug schlechten Neuigkeiten für den Rest meines Lebens.

»Das ist ganz einfach«, sagte er, nachdem er dem Posten eine Münze zugesteckt hatte und wir alleine eingeschlossen waren. Er sprach jetzt Französisch, wovor er sich in der Öffentlichkeit aus Angst vor Mithörern gescheut hatte. »Ich hatte keine Zeit, Ihnen das zu sagen. Die anderen wurden wegen ihrer Schulden oder eines Verbrechens als Sklaven verkauft. Sie, als Schiffbrüchiger, sind Eigentum der Krone; Ihre Zurschaustellung war eine reine Formsache, denn niemand würde wagen, ein Gebot zu machen.

Sie gehören der Königin – wie ich damals, als ich vor Jahren hier strandete.«

»Aber ... aber Sie sind doch kein Sklave! Können Sie nicht von hier entkommen?«

»Niemand kann entkommen«, sagte er schlicht, und jetzt erfuhr ich einen guten Teil dessen, was ich Ihnen bereits erzählt habe – von der monströsen Tyrannei Königin Ranavalonas, ihrem Fremdenhaß, der dazu geführt hatte, daß Madagaskar völlig von der Welt abgeschnitten war, von der diabolischen Praxis, alle Ausländer »verschüttgehen« zu lassen, wie sie das Versklaven nennen.

»Fünf Jahre habe ich dieser schrecklichen Frau gedient«, schloß Laborde. »Ich bin Ingenieur – Sie werden meine Blitzableiter auf den Häusern gesehen haben. Ich bin auch geschickt in der Herstellung von Waffen und ich gieße Kanonen für sie. Mein Lohn war Freiheit« – er lachte kurz – »aber nicht die Freiheit, das Land zu verlassen. Ich werde nie entkommen – und Sie auch nicht, wenn nicht –« Er brach ab und fuhr dann rasch fort: »Aber erfrischen Sie sich, mein Freund. Waschen und rasieren Sie sich, während Sie mir mehr über Ihr eigenes Unglück berichten. Wir haben wenig Zeit.« Er warf einen kurzen Blick zur Tür. »Die Wachen sind im Moment ungefährlich, aber Sicherheit währt in Madagaskar nicht lange.«

Also erzählte ich ihm meine ganze Geschichte, während ich mich wusch, im flackernden Licht seiner Laterne rasierte und den Schmutz von den Fetzen rieb, in die ich gekleidet war. Während ich sprach, betrachtete ich ihn näher – er war jünger, als ich gedacht hatte, etwa vierzig, und fast so groß wie ich, ein gutaussehender, anständiger Kerl, schnell und aktiv, aber offenbar entsetzlich nervös. Er fuhr bei jedem Geräusch draußen zusammen, und wenn er sprach, dann nur in gehetztem Flüsterton.

»Ich werde mich nach Ihrer Frau erkundigen«, sagte er, als ich geendet hatte. »Sie haben sie bestimmt an Land gebracht – sie lassen sich keine Chance entgehen, Ausländer zu versklaven. Von diesem Solomon habe ich schon gehört – er handelt mit Waffen und europäischen Waren im Austausch gegen madagassische Gewürze, Balsam und Gummiharz. Er wird geduldet, aber er hat sicher keine Macht, Ihre Frau zu beschützen. Ich werde herausfinden, wo sie ist, und dann – wir werden sehen. Es kann lange dauern, verstehen Sie; es ist gefährlich. Diese Leute sind so mißtrauisch – es ist sogar sehr riskant für mich, Sie zu besuchen.«

»Warum tun Sie es dann?« fragte ich, denn ich neige zum Argwohn gegenüber Geschenken, die für den Geber mit Gefahr verbunden sind, und schließlich kannte er mich ja kaum. Er murmelte etwas von Freundlichkeit gegenüber einem Miteuropäer und Kameradschaft unter Waffenbrüdern, doch ich ließ mich dadurch nicht täuschen. Freundlichkeit mochte eins der Motive sein, aber wenn ich mich nicht sehr irrte, gab es da noch andere, über die er nicht sprach. Doch das konnte warten.

»Was wird man mit mir machen?« fragte ich, und er betrachtete mich von oben bis unten und sah dann verlegen fort.

»Falls die Königin Gefallen an Ihnen findet, räumt sie Ihnen vielleicht eine Sonderstellung ein – wie sie es mit mir getan hat.« Er zögerte. »Aus diesem Grund helfe ich Ihnen, sich präsentabel herzurichten – Sie sind sehr groß und ... ansehnlich. Da Sie Soldat sind, und die Armee die große Passion der Königin ist, kann es sein, daß Sie bei deren Ausbildung Verwendung finden – Drill, Manöver und solche Sachen. Sie haben die Soldaten gesehen, also wissen Sie, daß sie nach europäischen Methoden ausgebildet sind – es gab hier vor vielen Jahren, als der alte Vertrag noch galt, sogar einen britischen Militärmusiker, aber heutzutage sind solche Glückstreffer rar. Ja ...« Er sah mich noch einmal merkwürdig von der Seite an. »Ihre Zukunft könnte gesichert sein – aber ich bitte Sie, seien Sie vorsichtig, wenn Ihnen Ihr Leben lieb ist. Sie ist verrückt, wissen Sie – falls sie sich auch nur im geringsten durch Sie beleidigt fühlt, egal in welcher Hinsicht, oder wenn sie einen Verdacht gegen Sie hat – selbst die Tatsache, daß ich, ein anderer Ausländer, mit Ihnen gesprochen habe, könnte ausreichen, deshalb habe ich Sie heute auch vor aller Öffentlichkeit geschlagen –«

Er wirkte durch und durch verängstigt, obwohl mir mein Instinkt sagte, daß er kein Mann war, der sich leicht einschüchtern ließ. »Wenn Sie ihr mißfallen, dann heißt das lebenslängliche Zwangsarbeit – vielleicht sogar die Löcher, die Sie gestern gesehen haben.« Er schüttelte seinen Kopf. »Ach, mein Freund, Sie haben noch nicht einmal angefangen zu begreifen – diese Dinge geschehen hier täglich. Rom unter Nero war nichts dagegen!«

»Aber um Gottes willen! Kann man denn nichts dagegen unternehmen? Warum schaffen die Leute sie sich nicht vom Hals? Haben Sie denn nie versucht zu entkommen?«

»Sie werden ja sehen«, meinte er. »Und bitte, stellen Sie sich nicht solche Fragen – denken Sie nicht einmal daran. Noch nicht.« Er schien kurz davor, mehr zu sagen, doch er ließ es sein. »Ich werde mit Prinz Rakoto über Sie sprechen. Er ist ihr Sohn, und ein ebensolcher Engel, wie seine Mutter ein Teufel ist. Er wird Ihnen helfen, wenn er kann – er ist noch jung, aber er ist entgegenkommend. Wenn er nur ... aber was soll's! Also, was kann ich Ihnen noch sagen? Die Königin spricht ein bißchen Französisch, ein paar ihrer Höflinge und Berater auch, denken Sie daran, wenn Sie mir hiernach wieder begegnen, wozu es bestimmt kommen wird. Wenn Sie etwas Vertrauliches zu sagen haben, sprechen Sie Englisch, aber nicht zu viel, sonst wird man Sie verdächtigen. Wenn Sie sich der Königin nähern, treten Sie immer mit dem rechten Fuß zuerst vor; reden Sie sie auf Französisch mit ›Gott‹ an – ›ma Dieu‹, Sie verstehen? Oder mit ›Großer Ruhm‹ oder ›Großer See, der alles Wasser spendet‹. Sie müssen ihr ein Geschenk machen, oder vielmehr zwei Geschenke – sie müssen immer paarweise übergeben werden. Sehen Sie, hier, das habe ich Ihnen mitgebracht.« Und er reichte mir zwei Silbermünzen – ausgerechnet mexikanische Dollars. »Falls Sie in ihrer Gegenwart zufällig einen geschnitzten Bärenzahn mit einem roten Band daran sehen – er kann auf einem Tisch oder sonstwo liegen – werfen Sie sich davor flach auf den Boden.«

Ich starrte ihn verwundert an, und er stampfte – typisch französisch – vor Ungeduld mit dem Fuß auf. »Sie müssen diese Dinge tun, das wird ihr gefallen! Dieser Bärenzahn ist *Rafantanaka*, ihr persönlicher Fetisch, und ebenso heilig wie sie selbst. Aber vor allem – was immer sie befiehlt, tun Sie es sofort, ohne einen Moment zu zögern. Zeigen Sie über etwas Erstaunen. Erwähnen Sie nie die Zahlen sechs und acht, oder Sie sind erledigt. Sagen Sie nie in Ihrem Leben, etwas sei so groß wie der Palast. Was sonst noch?« Er schlug sich an die Stirn. »Ach, es sind so viele Dinge! Aber glauben Sie mir, in diesem Irrenhaus sind sie wichtig. Sie können den Unterschied zwischen Leben und schrecklichem Tod bedeuten.«

»Mein Gott!« sagte ich und setzte mich mit schwachen Knien hin. Er klopfte mir auf die Schulter.

»Aber mein Freund! Ich erzähle Ihnen diese Dinge, um Sie vorzubereiten, damit Sie eine größere Chance haben zu ... zu überleben. Ich muß jetzt gehen. Versuchen Sie sich daran zu erinnern, was ich gesagt habe. Inzwischen werde ich über Ihre Frau herausfinden, was ich kann – aber erwähnen Sie um Himmels willen ihre Existenz vor keiner Menschenseele! Das wäre fatal für sie beide. Und ... geben Sie die Hoffnung nicht auf!« Er schaute mich an, und für einen Moment war die Angst aus seinem Gesicht gewichen; er war ein hart und energisch wirkender Mann, wenn er wollte.[36] »Falls ich Ihnen Angst gemacht habe – nun, dann nur, weil es viel zu befürchten gibt, und ich möchte Sie gewarnt haben, soweit das geht.« Er schlug mir leicht auf den Arm. »Bien. Dieu vous garde.«

Dann war er an der Tür und rief leise nach der Wache, doch als sie sich öffnete, kam er auf leisen Sohlen zurück und flüsterte: »Noch etwas – wenn Sie sich der Königin nähern, vergessen Sie nicht, ihr die Füße zu lecken, wie sich das für einen Sklaven gehört. Das wird zu Ihren Gunsten sprechen. Aber nicht, wenn sie mit rosa Puder bestäubt sind. Das ist Gift.« Er machte eine Pause. »Wenn ich es mir recht überlege, lecken Sie sie doch ab, auch wenn sie gepudert sind. Das ist sicherlich die schnellste Art zu sterben. A bientôt!«

Wundert es Sie, daß ich den Kopf hängen ließ? Das konnte doch alles nicht wahr sein – wo ich war, was ich gehört hatte, und was mich erwartete. Doch so war es, und ich wußte es, und darum ließ ich mich schluchzend auf die Knie sinken und betete wie ein besoffener Methodist, nur auf die geringe Chance hin, daß es doch einen Gott gab, denn wenn Der mir nicht helfen konnte, dann konnte es niemand. Danach fühlte ich mich noch viel schlimmer; vermutlich hatte Arnold recht, und unaufrichtige Gebete sind nichts als Blasphemie. Also fluchte ich statt dessen gründlich, doch das half auch nichts. Auf welche Weise ich auch versuchte, mich zu erleichtern, ich sah meiner Begegnung mit dem hiesigen Herrscherhaus noch immer nicht mit Freuden entgegen.

Wenigstens ließ man mich nicht lange schmoren. Im Morgengrauen holten sie mich ab, eine Reihe von Soldaten unter einem Offizier, dem ich darzulegen versuchte, daß es besser sei, wenn ich schon sozusagen als Geschenk überreicht werden sollte, mich vorher neu einzukleiden. Mein Hemd war nur noch ein Fetzen, und meine Hose kaum mehr als ein zerlumpter Lendenschurz mit einem Bein. Aber er feixte nur über meine Zeichensprache, schlug mich schmerzhaft mit seinem Rohrstock und ließ mich bergauf durch die Straßen von Tana zu dem großen Palast marschieren, den ich jetzt zum ersten Mal richtig zu sehen bekam.

Ich hätte nie gedacht, daß mich in einem solchen Moment etwas ablenken könnte, doch dieser Palast tat es. Wie soll ich seine Wirkung beschreiben? Ich kann nur sagen, daß er das größte hölzerne Bauwerk der Welt ist. Vom Boden bis zu seinem hohen Dach mit Türmchen sind es sechsunddreißig Meter, und dazwischen liegt eine breite Vielfalt von Bogengängen, Balkonen und Galerien – am ehesten noch einem venetianischen Palazzo gleich, der aus höchst kompliziert geschnitztem und bemaltem Holzwerk besteht. Seine massiven Pfeiler sind aus einzelnen Baumstämmen gemacht, die über dreißig Meter hoch sind; ich habe mir sagen lassen, daß fünftausend Männer nötig waren, um den dicksten davon aufzurichten, und daß sie ihn aus achtzig Kilometer Entfernung heranschaffen mußten; alles in allem starben fünfzehntausend Leute bei der Errichtung dieses Gebäudes – aber ich nehme an, für einen madagassischen Bauunternehmer, der für das Königshaus arbeitet, ist das ein Klacks.

Doch noch viel erstaunlicher ist der kleinere Palast daneben. Er ist über und über mit winzigen Silberglöckchen behängt, so daß man ihn gar nicht anschauen kann, wenn die Sonne darauf scheint, weil sie so blendend funkeln. Wenn der Wind stärker oder schwächer wird, ändert sich mit ihm die Lautstärke dieses anhaltenden Geklingels von einer Million silberner Klöppel. Es ist unbeschreiblich schön anzusehen und zu hören, wie etwas aus einem Märchen – und doch wohnte darin die grausamste Meduse auf Erden, denn dort hatte Ranavalona ihre Privatgemächer.

Ich hatte jedoch nur wenig Zeit zum Staunen, bevor wir in die große Halle des Hauptpalastes mit ihrer hohen, gewölbten Decke wie in einem Kirchenschiff kamen. Dort wimmelte es von Höflingen in derart kunterbunter, phantasievoller Aufmachung, daß das Ganze wie ein Kostümball mit ausschließlich schwarzen Gästen wirkte. Da waren Krinolinen und Saris, Sarongs und prächtige Roben aller Modeepochen aus Musselin und Taft in allen Farben vertreten – ich erinnere mich an eine spindeldürre Person in weißer Seide mit einer gepuderten Perücke à la Marie Antoinette auf dem Haupt, die sich mit einer anderen unterhielt, die von Kopf bis Fuß mit bunten Glasperlen behangen zu sein schien. Das Stilgemisch und die Kontraste waren verblüffend: Mantillas und Lendentücher, nackte Füße und hochhackige Schuhe, lange Handschuhe und berberischer Kopfputz aus Federn – es hätte exotisch sein können, wäre nicht die bedauerliche Tatsache gewesen, daß madagassische Frauen zum größten Teil verd--- häßlich sind und dazu neigen, fette Trampeln zu werden, wie schwarze russische Bauernweiber, falls Sie sich das vorstellen können. Wohlgemerkt, hier und da seh ich ein gefälliges Hinterteil in einem Sari oder ein Paar dralle Prachtexemplare aus einer tief ausgeschnittenen Corsage hängen, und ich dachte so bei mir, da sind schon einige dabei, die der eingehenderen Betrachtung und Behandlung wert wären – und sie hätten sich vermutlich auch darüber gefreut, denn ein zwergenhafteres Volk von abgebrochenen Riesen als ihre Mannsbilder habe ich nie gesehen. Es ist merkwürdig, daß der männliche Adel aus weitaus kümmerlicheren Exemplaren besteht als die gewöhnlichen Sterblichen; ich nehme an, da ist irgendwo südländisches Blut mit dazwischen. Sie waren jedoch ebenso phantasievoll herausgeputzt wie die Frauen, in dem üblichen Mischmasch aus Uniformen mit knielangen Breeches, Schnallenschuhen und gelegentlich sogar einem Zylinderhut.

Irgendwo dudelte ein Nigger-Orchester erbärmlich drauflos, und die ganze Menge schnatterte wie die Elstern, wie Madagassen das immer tun, verbeugte sich und machte Kratzfüße, flirtete und beäugte sich wie die groteske Karikatur einer höflichen Gesellschaft – ich konnte mir nicht helfen, ich mußte an die Affen in Menschenkleidern denken, die ich in meiner Kindheit im Zirkus gesehen hatte. Ein weißer Mann in Lumpen machte nicht den geringsten Eindruck auf sie, und niemand schenkte mir mehr als einen kurzen Blick, als ich eine Seitentreppe hinauf, einen kurzen Gang entlang und in ein kleines Nebengemach geführt wurde. Hier ließ man mich zu meiner Verwunderung allein; man schloß hinter mir die Tür, und das war alles.

Ruhig, Flashy, dachte ich, was soll das? Der Raum sah völlig harmlos aus, überladen mit kunstvoll geschnitzten einheimischen Möbeln, großen Töpfen mit Schilfrohr, ein paar schönen Gerätschaften aus Elfenbein und Ebenholz, und an den Wänden mehrere Drucke, die Nigger in Uniform zeigten, und denen ich selber keinen Platz im Haus eingeräumt hätte. Ich lauschte, und durch ein großes, tüllbespanntes Innenfenster hoch in der Wand hörte ich das Gemurmel und die Musik aus der großen Halle; als ich mich auf einen Tisch stellte, konnte ich gerade über das Fensterbrett sehen und durch den Tüll die Gesellschaft unten beobachten. Mein Fenster war in einer Ecke, und unterhalb von ihm lief eine breite Galerie hoch über der Menge quer durch den oberen

Teil der Halle. Entlang des Balkongeländers standen ein Dutzend Hova-Wachen in Sarongs und Helmen.

Irgendwo tief im Palast läutete eine Glocke, und sofort verstummte das Geplauder und die Musik, und die ganze Versammlung dort unten drehte sich um und starrte zum Balkon hinauf. Ein Klagelaut aus einem trompetenähnlichen Eingeboreneninstrument ertönte, und fast unmittelbar zu meinen Füßen trat eine Gestalt auf die Empore – ein kräftiger Schwarzer in einem Lendenschurz aus Leopardenfell und mit einem Kopfschmuck aus golden glänzendem Metall trug auf zeremonielle Weise, die muskulösen Arme nach vorne ausgestreckt, einen schlanken, silbernen Speer vor sich her. (Dieser Speer war bekannt als der »Lügenhasser«.) Die versammelte Crème de la crème der madagassischen Gesellschaft klatschte Beifall, und als er zur Seite trat, erschienen vier junge Mädchen in geblümten Saris, die eine Art Zelt mit drei Wänden aus bunter Seide, aber ohne Dach hereintrugen.

Dann kamen, begleitet von dröhnenden Beckenschlägen und einem tiefen, sonoren Gesang, bei dem sich mir die Haare sträubten, zwei alte Männer in schwarzen Roben mit silbernen Borten und schwenkten kleine Pakete an den Enden von Schnüren, aber sie machten nicht viel her; sie stellten sich an die Seite, und unter plötzlichem, donnerndem »Manjaka! Manjaka!«-Geschrei der Menge kamen vier weitere Mädchen hervor, die einen purpurroten Baldachin auf schlanken Elfenbeinsäulen trugen. Darunter ging eine imposante Gestalt in einem scharlachroten Seidenumhang, aber ihr Gesicht konnte ich nicht sehen, denn es wurde von einem hohen, kegelförmigen Hut aus goldfarbenem Stroh verborgen, der unter dem Kinn mit einem Schal festgebunden war. Das ist also Ihre Hoheit, dachte ich, und trotz der Wärme lief mir plötzlich ein kalter Schauder den Rücken hinunter.

Sie schritt langsam zur Vorderseite der Empore, und der katzbuckelnde Mob unten drehte durch, klatschte und schrie und reckte ihr die Hände entgegen. Dann trat sie einen Schritt zurück, die Mädchen trugen den zeltartigen Wandschirm aus Seide um sie herum und entzogen sie so allen neugierigen Blicken außer dem einen, der unvermutet von oben auf sie herabstierte. Ich harrte atemlos der Dinge, die da kommen sollten, als zwei Mädchen neben sie traten und den Umhang von ihren Schultern zogen. Und da stand sie, splitterfasernackt bis auf den albernen Hut.

Nun, selbst von oben und durch eine Tüllschicht gesehen, bestand kein Zweifel daran, daß sie weiblichen Geschlechts war und kein Korsett brauchte, um das besonders hervorzuheben; sie stand wie eine Statue aus Ebenholz da, während die beiden jungen Dinger sie mit Wasser aus Schüsseln übergossen. Irgendein ordinärer Lümmel grunzte lüstern, und als ich merkte, wer das war, wich ich ein kleines Stück zurück, weil ich befürchtete, man könnte mich gehört haben. Sie spülten sie gründlich ab, während ich neidvoll zuschaute, und legten ihr dann die Robe wieder um die Schultern. Der Wandschirm wurde entfernt, sie nahm von einer ihrer Helferinnen etwas entgegen, das wie ein Trinkhorn aus Ebenholz aussah, und trat vor, um die Menge mit ihrem Badewasser zu besprenkeln. Die Leute jubelten geradezu vor Entzücken, und dann zog sie sich unter großem Beifallsgeschrei zurück, während ich von meinem Fenster herunterstieg und bei mir dachte, du liebe Güte, so etwas haben wir Vicky noch nie auf dem Balkon von Buckingham Palace machen sehen – aber sie ist ja auch nicht ganz so gut ausgestattet wie diese hier.

Was ich da gesehen hatte, falls Sie das interessiert, war der öffentliche Teil der alljährlichen Zeremonie des Bades der Königin. Der private Teil ist weniger formell – doch ich kann wohlgemerkt nur für das Jahr 1844 sprechen, oder, wie es zweifellos in madagassischen Hofkreisen heißt, das Flashy-Jahr.

Der Ablauf ist einfach. Ihre Majestät zieht sich in ihren Empfangsraum im Silberpalast zurück, ein höchst erstaunliches Gemach, das mit einem vergoldeten Prunksofa bestückt ist, dazu mit einer verschwenderischen Fülle von goldenem und silbernem Zierat, einem enorm großen und luxuriösen Bett, einem Piano mit ausgewählten Werken von Scarlatti auf dem Notenbrett und etwas zur Seite hin einer in den Boden eingelassenen und mit Perlmutt eingefaßten Badewanne; außerdem hängen rundum an den Wänden, zwischen Seidenvorhängen, Gemälde von Napoleons Siegen. Dort beendet sie die Zeremonie, indem sie die Huldigung verschiedener hoher Würdenträger entgegennimmt, die sich rückwärts aus dem Zimmer kriechend verabschieden, und wendet dann, während noch mehrere Dienerinnen um sie herumschwärmen, ihre Aufmerksamkeit dem letzten Tagesordnungspunkt zu, dem fremden Schiffbrüchigen, den man ihr zur Begutachtung hergebracht hat und der mit rumorenden Eingeweiden zwischen zwei Hova-Wachen dasteht. Eine ihrer Dienerinnen winkt den armen Schlucker heran, die Wachen entfernen sich – und ich versuchte, nicht zu zittern, und wünschte, ich wäre nie hergekommen.

Sie trug noch immer das zuckerhutförmige Strohgebilde auf dem Kopf, und der Schal rahmte Züge ein, die weder hübsch noch häßlich waren. Sie konnte irgendwo zwischen vierzig und fünfzig sein, hatte ein ziemlich rundes Gesicht mit kleiner Nase, dünnen Augenbrauen und einem schmalen, breitlippigen Mund; ihre Haut war pechschwarz und straff[37] – und dann traf man ihren Blick, und mit einem plötzlichen kalten Angstschauder wurde einem klar, daß alles stimmte, was man gehört hatte, und die Schrecken, die man gesehen hatte, bedurften keiner weiteren Erklärung. Ihre Augen waren klein, hell und böse wie die einer Schlange, ohne zu blinzeln, und in ihrer Tiefe lag eine Grausamkeit und Tücke, die erschreckend war; ich empfand körperlichen Abscheu, als ich sie anblickte, und dann besaß ich Gott sei Dank die Geistesgegenwart, einen Schritt vorzutreten, mit dem rechten Fuß voran, und ihr auf meiner feuchten Handfläche die beiden mexikanischen Dollars hinzuhalten.

Sie warf nicht mal einen Blick darauf, und nach einer Weile huschte eines ihrer Mädchen vor und nahm sie mir ab. Ich trat wieder zurück, mit dem rechten Fuß voran, und wartete. Die abstoßenden Augen starrten mich unentwegt an, und es half alles nichts, ich konnte diesen Blick nicht länger ertragen. Ich senkte die Augen und versuchte fieberhaft, mich zu erinnern, was Laborde mir gesagt hatte – ach du Schreck, wartete sie etwa darauf, daß ich ihr die verd--- Füße lecken würde? Ich spähte nach unten; sie waren unter ihrem scharlachroten Umhang verborgen; es war zwecklos, dort nach ihnen zu kramen. Ich stand da, mein Herz schlug laut in der Stille, und ich bemerkte, daß die Seide ihres Umhangs feucht war – natürlich, man hatte sie ja nicht abgetrocknet, und sie hatte darunter keinen Faden am Leib – du lieber Himmel, der Stoff klebte in höchst verlockender Weise an ihrem Körper. Meine Sicht von hoch oben war behindert gewesen, und mir war nicht aufgefallen, wie umwerfend diese königliche Person bestückt war. Ich folgte der geschmeidigen, scharlachroten Linie ihres Beins und der runden Hüften, bemerkte den sanften Schwung von Taille und Bauch, die sich deutlich unter der Seide abzeichnenden, voll aufgeblühten Brüste – du meine Güte, sie war doch naß – sie konnte sich ja den Tod holen . . .

Eine der Dienerinnen kicherte plötzlich los, hielt aber sofort wieder an sich – und zu meinem Entsetzen merkte ich, daß meine in unschicklicher Weise ramponierte und zerrissene Hose es nicht schaffte, meine instinktive Bewunderung für die matronenhaften Reize Ihrer Majestät zu verbergen – man hätte weiß Gott annehmen sollen, daß schlotternde Angst und meine prekäre Lage triebhafte Reaktionen dieser Art unterbinden würden, aber Sie sehen, die Liebe setzt sich über alles hinweg, und ich konnte nicht das geringste dagegen tun. Ich schloß die Augen und versuchte, an zerstoßenes Eis und Essig zu denken, doch das half kein bißchen; ich wagte auch nicht, Ihrer königlichen Hoheit den Rücken zuzudrehen – hatte sie es bemerkt? T---l auch, sie war ja nicht blind – das war Majestätsbeleidigung der schamlosesten Art – falls sie es nicht als Kompliment betrachtete, und das war es ja, Madame, ich versichere Ihnen, es ist nicht im entferntesten respektlos gemeint . . .

Mit puterrotem Kopf warf ich einen verstohlenen Blick auf sie. Diese entsetzlichen Augen ruhten noch immer auf meinem Gesicht; dann wanderte ihr Blick langsam und unerbittlich nach unten. Sie verzog nicht die kleinste Miene, aber sie geriet auf dem Sofa in Bewegung – was nicht gerade dazu beitrug, meine Gefühle zu beschwichtigen –, und ohne den Blick abzuwenden, murmelte sie einen gutturalen Auftrag an ihre Dienerinnen. Sie flatterten gehorsam davon, während ich bibbernd wartete. Plötzlich stand sie auf, warf ihren seidenen Umhang ab und stand nackt und glänzend da; ich schluckte schwer und ich fragte mich, ob es taktvoll wäre, einen kleinen Vorstoß zu wagen, zum Beispiel nach einer davon zu greifen . . . dazu würde man beide Hände brauchen . . . doch lieber nicht; man soll königlichen Hoheiten den Vortritt lassen.

Also stand ich eine Minute stocksteif da, während diese bösen, kalten Augen mich musterten; dann trat sie vor und kam mit ihrem Gesicht ganz nahe an meins, schnüffelte wie ein argwöhnisches Tier und rieb sanft ihre Nase an meinen Wangen und Lippen. Das ist der Startschuß, dachte ich; ein einziger Griff, und meine Hose lag in Fetzen auf dem Boden, ich krallte mich in ihr Hinterteil und küßte sie voll auf den Mund – und sie zuckte zurück, spuckte aus, wischte sich mit den Fingern über die Zunge und holte wutschnaubend mit der Hand aus. Ich war zu verblüfft, um dem Schlag auszuweichen; er klatschte auf mein Ohr, und ich sah schon die Löcher mit kochendem Wasser vor mir – da legte sich der Zorn in ihren Augen und machte einem erstaunten Blick

Platz. (Sehen Sie, ich hatte keine Ahnung, daß Küssen in Madagaskar unbekannt war; dort reibt man die Nasen aneinander, wie die Leute in der Südsee.) Sie näherte ihr Gesicht wieder meinem und berührte vorsichtig meine Lippen mit ihren; ihr Mund roch nach Anis. Sie streckte zögernd die Zunge vor und beleckte mich versuchsweise, also schnäbelte ich einen Moment mit ihr und küßte sie dann ernstlich, und diesmal ging sie wie ein braves Mädchen darauf ein.

Dann langte sie nach unten und führte mich durch den Raum zu dem Bassin, nahm Schal und Hut ab, warf sie achtlos zur Seite, und darunter kam langes, glattes Haar zum Vorschein, das fest um ihren Kopf gewickelt war, sowie schwere, silberne Ohrringe, die ihr bis auf die Schultern hingen. Sie glitt ins Wasser, das tief genug war, um darin zu schwimmen, und bedeutete mir, ihr zu folgen. Das tat ich auch, denn mittlerweile war ich kurz vor dem Überkochen. Aber sie schwamm und spielte in höchst aufreizender Weise im Wasser herum, unter Necken, Nasereiben und Küssen – doch ohne einmal zu lächeln, ein Wort zu sagen oder diesen Basiliskenblick im leisesten zu mildern. Und dann schlang sie plötzlich ihre langen Beine um mich, und es ging los; wir wälzten und balgten uns wie besessen, einmal über Wasser und im nächsten Moment einen Meter untergetaucht. Sie muß Lungen wie Blasebälge gehabt haben, denn sie konnte beängstigend lange unter Wasser bleiben und ging ran wie ein liebestoller Tümmler, tauchte nur kurz auf, um Luft zu holen, und war auch schon wieder unten, um sich weiter ekstatisch am Grund zu winden. Nun, das war ein neues und höchst stimulierendes Erlebnis; das einzige Mal, daß ich den Geschlechtsakt vollzogen habe, während ich mit der Nase voll Wasser Purzelbäume schlug, war in Ranavalonas Bad. Danach klammerte ich mit keuchend an den Beckenrand, während sie träge auf und ab schwamm und gelegentlich mit steinerner Miene diese häßlichen, glitzernden Augen auf mich richtete.

Doch das überraschendste Ereignis sollte erst kommen. Als sie aus dem Bad gestiegen und ich ihr gehorsam gefolgt war, ging sie zum Bett hinüber, legte sich darauf zurecht und betrachtete mich verdrossen, während ich dastand und mich fragte, was ich jetzt tun sollte. Ich meine, normalerweise gibt man ihnen hinterher einen Klaps auf den Po, als eine Art Gratulation, klingelt nach Erfrischungen und plaudert gemütlich, aber ich konnte mir vorstellen, daß das nicht ihr Stil war. Sie lag einfach splitternackt da, ganz schwarz und glänzend, und starrte mich an, während ich versuchte, ganz lässig zu zittern; dann grunzte sie etwas auf Madagassisch und deutete auf das Piano. Ich erklärte bescheiden, daß ich nicht spielen könne; sie starrte mich noch ein bißchen mehr an, und drei Sekunden später saß ich auf dem Klavierhocker und hackte mit einem Finger »Drink, Puppy, drink«, während mein nasser Hintern unangenehm auf dem Sitz klebte. Da meine Zuhörerschaft nicht mit Gegenständen zu werfen begann, wagte ich mich an die andere Hälfte meines Repertoires, »God save the Queen«, aber ein warnendes Knurren brachte mich schleunigst wieder zu »Drink, Puppy, drink« zurück. Ich spielte es ungefähr zehn Minuten lang, ständig im Bewußtsein dieses unerbittlich starren Blicks im Genick, und dann begann ich der Abwechslung halber, den Text dazu zu singen. Ich hörte das Bett knarren und ließ davon ab; ein erneutes Knurren, und ich schmetterte wieder munter drauflos, daß der Silberpalast davon widerhallte:

»Here's to the fox
With his den among the rocks,
And here's to the trail that we follo-o-ow!
And here's to the hound
With his nose upon the ground,
And merrily we'll whoop and holl-o-o-o!*«

Und dann den Refrain, mit Schmiß – es ist ein mitreißendes kleines Liedchen, wie Sie vermutlich wissen, und ich grölte es, bis ich heiser war. Gerade als ich dachte, meine Stimme würde sich überschlagen, glitt sie doch tatsächlich an meine Seite und stierte ausdruckslos von meinem Gesicht auf die Tasten; hol's der T---l, dachte ich, wer A sagt, muß auch B sagen, und während ich also mit einer Hand weiter auf das Piano einhämmerte, zog ich sie mit der anderen auf den Hocker, drückte sie genüßlich an mich und brüllte: »Er kommt selber auf den Hund, also reich die Flasche rund!« Und nachdem sie eine Weile teilnahmslos gestarrt hatte, begann sie mich in höchst verwirrender Weise zu begleiten. Für den ernsten Teil der Angelegenheit zogen wir uns jedoch diesmal

* Sinngemäß: Wir trinken auf den Fuchs mit seinem Bau zwischen den Felsen, und trinken auf die Spur, der wir folgen! Wir trinken auf den Hund mit seiner Nase auf dem Grund, und machen froh Rabatz und Hallo!

auf das Bett zurück – und ich bekam einen mächtigen Schreck, denn als ich gerade darauf wartete, daß sie die Rückenlage einnehmen würde, hob sie mich plötzlich hoch (ich bin einsachtzig und etwas über achtzig Kilo schwer), warf mich hin und machte sich daran, mich mit brutaler Hingabe zu besteigen. Sie grunzte und schnaufte und trommelte sogar mit ihren Fäusten auf mich ein – es war, als würde man von einem brünstigen Gorilla angefallen; doch ich nehme an, ihr machte es Spaß – nicht etwa, daß sie gelächelt oder mädchenhafte Seufzer von sich gegeben hätte, aber zum guten Schluß rieb sie ihre Nase an meiner und knurrte mir mehrmals ein madagassisches Wort ins Ohr. »Zanahary*... zanahary«, was, wie ich später herausfand, als Kompliment aufzufassen war.

Das war also meine erste Begegnung mit Königin Ranavalona von Madagaskar, der – ohne Ausnahme – schrecklichsten Frau, die ich jemals kennengelernt habe. Leider war es keineswegs unsere letzte Begegnung, denn obwohl sie nie aufhörte, mich mit diesem Medusenblick anzustarren, faßte sie eine nie versiegende Zuneigung zu mir. Möglicherweise lag das an meinem Klavierspiel[38], denn gewöhnlich vertilgte sie Liebhaber wie Ratten den Käse, und ich hatte in den folgenden Wochen ständig Angst, sie könnte meiner überdrüssig werden – so wie es mit Laborde und einigen hundert anderen geschehen war. Ihn hatte sie nur kaltgestellt, aber ebensooft wurden ihre ausrangierten Kavaliere dem entsetzlichen Martyrium der *Tangena*-Probe unterzogen und dann in Löcher geschickt, gevierteilt oder in eine Büffelhaut eingenäht, daß nur ihr Kopf draußen blieb, und aufgehängt, bis sie verfaulten.

Nein, Ihrer Hoheit gefällig zu sein, war kein Geschäft, das man auf Dauer betreiben konnte, und um die Sache noch zu erschweren, war sie eine brutal fordernde Geliebte. Ich meine damit nicht, daß sie Spaß daran hatte, Männern Schmerzen zuzufügen, wie die gute Lola mit ihrer Haarbürste oder die zwergwüchsige Mrs. Mandeville aus Mississippi, die Reitstiefel mit Sporen im Bett trug, oder Tante Sara, die verrückte Steppenlady mit der Birkenrute – wirklich, ich habe in meinem Leben einige reizende Turteltäubchen gekannt, finden Sie nicht? Nein – Ranavalona war einfach ein Tier, grob und unersättlich, und hinterher tat einem tagelang

* Übernatürlich, göttlich; (ugs.) wunderbar, prima.

alles weh. Ich zog mir in meinen sechs Monaten als Deckhengst vom Dienst eine angeknackste Rippe, einen gebrochenen Finger und Gott weiß wie viele Zerrungen und Prellungen zu, nur um Ihnen eine Vorstellung zu geben.

Aber genug der Romanze; belassen wir es dabei, daß meine Amtseinführung erfolgreich verlief und ich als ausländischer Sklave in ihre Mannschaft aufgenommen wurde, der nicht nur gute Dienste als Liebhaber leisten würde, sondern angesichts meiner Heereserfahrung auch als Stabsoffizier und Militärberater. Nach Meinung der Hofbeamten, die mich in meine Pflichten einwiesen, stand das außer Frage – kein Gedanke daran, daß ich Einwände erheben könnte, lieber nach Hause geschickt worden wäre oder mich etwas anderes als glücklich schätzen würde, so von ihnen geehrt zu werden. Ich war nach Madagaskar gekommen, und hier würde ich bleiben, bis ich starb, und damit basta. Das war ihre nationale Philosophie: Madagaskar war die Welt, und diese Welt war perfekt, und es konnte keinen größeren Verrat geben, als anders zu denken.

An diesem Nachmittag bekam ich einen kleinen Vorgeschmack davon, als ich ziemlich abgekämpft und mitgenommen aus den königlichen Gemächern entlassen und zu einer Unterredung mit dem Privatsekretär Ihrer Hoheit geführt wurde. Er entpuppte sich als ein jovialer kleiner Fettkloß im blauen Gehrock mit Messingknöpfen und karierten Hosen, der mich aus den Tiefen eines riesigen Kragens anstrahlte; doch als er den Mund aufmachte, warf es mich glatt um.

»Mr. Flashman, was Vergnügen, Sie zu sehen!« rief er. »Ich zu sein Mr. Fankanonikaka, sehr persönliches und besonderes Sekretär von Ihre Majestät, Königin Ranavalona, die große Wolke, wo Welt Schatten zu geben, habe ich nicht recht, wie? Ich zu glauben, das langt kaum, oder?« Er rieb sich seine kleinen schwarzen Pfoten, kicherte über meinen fassungslosen Blick und fuhr fort: »Daß ich zu sprechen Englisch viel perfekt, so Sie zu erstaunen, ich sein erzogen gewesen in London, Schule von Highgate, ergründet im Jahre des Christus 1565, als gute Königin Bess sieben Jahre zu regieren, jaja. Bitte Sie zu sitzen genau da und dann zu hören auf mir. Ich zu sein alter Knabe.« Und er deutete mit dem Kopf auf einen Stuhl.

Ich gewöhnte mich allmählich daran, daß man in diesem ungewöhnlichen Land auf alles gefaßt sein mußte – und warum auch nicht? Ich habe in meinem Leben einen Oxford-Lehrer ein Sklavenschiff befehligen gesehen, einen Griechisch-Professor, der auf der Kutschstrecke nach Sacramento Maultiere schindete, und einen Waliser mit Zylinderhut, der einen Zulu-Angriff leitete – dagegen ist sogar ein Nigger aus der Threadneedle Street, der als Sekretär der Königin von Madagaskar auftritt[39], nicht allzu erstaunlich. Aber Englisch zu hören – selbst seine sehr eigenwillige Auffassung von dieser Sprache – verblüffte mich dermaßen, daß ich fast die Indiskretion begangen hätte, ihn zu fragen, wie zum T---l ich aus diesem Irrenhaus entkommen könnte – und das hätte in einem Land, in dem ein einziges falsches Wort in der Regel Folter und Tod bedeutete, lebensgefährlich sein können. Zum Glück fiel mir rechtzeitig Labordes Warnung ein, und ich fragte vorsichtig, woher er meinen Namen kannte.

»Haha, wir zu kennen alle Manne, keine Schnickschnack oder Spielerei, bitte«, rief er, und sein fettes Gesicht glänzte wie Stiefelwichse. »Sie zu kommen an Land aus Schiff von Suleiman Usman, wir vielleicht zu sprechen mit ihm und viel zu erfahren.« Er legte seinen Kopf schräg und betrachtete mich mit seinen Knopfaugen. »Sie mir jetzt selber zu erzählen von persönliches Leben, woher zu kommen, welcher Gewerbe sozusagen, mein alter Spezi.«

Das tat ich – zumindest sagte ich ihm, daß ich Engländer sei, Armeeoffizier, und wie ich in Usmans Hände gefallen war. Ich dachte wieder an Laborde und erwähnte Elspeth nicht, obwohl ich mich vor Angst um sie verzehrte. Er nickte freundlich und sagte dann: »Sie zu kommen Madagaskar, Sie zu kennen jemand hier, stimmt's?«

Ich versicherte ihm, daß er sich irre, und er hob einen fetten Finger und sagte: »M'sieur Laborde.«

»Wer ist das?« fragte ich ganz unschuldig, und er grinste und rief: »M'sieur Laborde zu sprechen mit Ihnen auf Sklavenplatz, Sie zu hauen Schlag ins Gesicht, aber dann Ihnen zu kommen, psst-psst leise, mit Dollars zu geben für Königin und Messer zu rasieren, wie sonderlich, nicht wahr?« Er kicherte und wedelte mit der Hand. »Aber nicht zu spielen Rolle, weil Sie zu sein alter Knabe, Laborde alter Knabe und europäisches Kumpel, jaja, viel Händegeschüttel, hallo alter Freund. Ich zu verstehen, weil zu sein auch alter Knabe, highgatemäßig. Und nicht zu spielen Rolle, weil Königin, möge zu leben tausend Jahr, Sie so viel gerne zu haben.

Meine Güte, sehrmals viel! Ficki-ficki und hopsassa!« rief dieser freche Affe und machte obszöne Gesten. »Viel Vergnügung, hurra! Sie vielleicht Sklave fünf, sechs Jahr, zu vergnügen Königin« – seine Augen wurden vor Begeisterung rund und groß – »vielleicht zu geben ihr Knabenjunges mit Bumserei, wie? Auf jedem Fall Sie nicht verloren mehr, in fünf Jahr Sie zu sein frei, zu heiraten jedes feine Lady, zu sein großes Persönlichkeit wie ich oder sonst wer. Alles von gerne zu haben Königin.« Er strahlte zufrieden; wie es schien, hatte er meine Zukunft gut im Griff.

»Aber Sie jetzt Sklave – verloren!« fügte er mit strenger Stimme hinzu. »Müssen hart zu arbeiten, nicht nur Ficki-ficki. Soldatenarbeit viel nötig, um Armee beste in Welt zu bleiben, wie aus Ei gepult, ganz klar. Sie das gerne zu haben und Madagaskar bleiben, zu werden feines Oberst, vielleicht sogar Hauptfeldwebel, zu schreien Befehle, links-rechts-links, Füße hoch, zu machen Stunk wie Horse Guards, Eilmarsch, einfach prima. Ich gewesen Highgate, lange Zeit, zu sehen Kanonen in Hyde Park, wenn kleiner Junge in Schule.« Das Lächeln wich aus seinem Gesicht, und er wirkte niedergeschlagen. »Kleiner schwarzer Junge zu sehen Soldaten, große Kanonen und Pferde, tataratаa und Galopp.« Er schniefte und wischte sich die Augen. »In London. Bestimmt noch Regen, oder? Viel Bonbonladen, Fußballerei, lustige Zeit.« Er seufzte. »Ich zu reden mit Königin, Sie zu machen großes Soldat, weil Sie zu kennen neue Tricks, Armee zu halten auf Zack wie Hector und Lysander, immer proper und tipptopp, hä? Ja, ich zu reden mit Königin.«

So, könnte man sagen, trat ich in die madagassische Armee ein, und wenn Mr. Fankanonikaka auch ein verd--- merkwürdiger Rekrutierungsoffizier war, so war er doch auch ein ungewöhnlich tüchtiger. Noch vor Einbruch der Nacht stand ich auf der Verpflegungsliste, mit dem einmaligen Rang eines Generalfeldwebels, der meiner Vermutung nach Fankanonikakas höchsteigene Erfindung und – wie sich erwies – nicht unangemessen war. Man brachte mich mit einer Ordonnanz, die ein bißchen Französisch sprach (und mich Tag und Nacht bespitzelte), in zwei Kammern an der Rückseite des Hauptpalastes unter, und dort setzte ich mich hin und heulte, denn mir drehte sich alles im Kopf, wenn ich mir auszurechnen versuchte, was ich in meiner verzweifelten Lage jetzt machen sollte.

Was das anging, konnte ich denn überhaupt etwas machen, in

diesem Nest von Intrigen und Schrecken, wo mein Leben von der Laune einer diabolischen Despotin abhing, die zweifellos wahnsinnig, wankelmütig, gefährlich und unmenschlich grausam war? (In gewisser Weise ähnlich wie die erste Frau, die über mein Leben zu bestimmen hatte, meine Gouvernante, wenn auch ihre Auffassung davon, wie der kleine Harry zu baden sei, recht unterschiedlich war.) Ich konnte nur hilflos auf Laborde warten und beten, daß er etwas Neues über Elspeth wußte und mir Hoffnung machen würde, aus diesem furchtbaren Schlamassel zu entkommen – und ich war gerade dabei, mich mit dieser trüben Aussicht abzufinden, als wer wohl sonst als er selber hereinkam. Ich war verblüfft, hocherfreut und erschrocken, alles in der Zeit von zwei Herzschlägen; er lächelte, aber er wirkte blaß und atmete schwer, wie ein Mann, der gerade etwas Schlimmes erlebt und es überstanden hat – und das hatte er.

»Ich komme gerade von der Königin«, sagte er, und er redete dabei ziemlich laut Französisch. »Mein lieber Freund, ich beglückwünsche Sie. Sie haben ihr gefallen – wie ich es hoffte. Ich gestehe, als ich zu ihr gerufen wurde« – er lachte betont lässig –, »da dachte ich, es hätte ein Mißverständnis bezüglich meines Besuchs bei Ihnen letzte Nacht gegeben – daß er hinterbracht worden sei und man falsche Schlüsse daraus gezogen hätte –«

»Fankanidingsbums wußte davon«, sagte ich. »Er hat es mir erzählt. Um Himmels willen, gibt es etwas Neues über –«

Er unterbrach mich mit einer Grimasse und einem Wink mit dem Kopf zur Tür. »Ich glaube, es geschah auf Veranlassung des Sekretärs Ihrer Majestät, daß ich zur Audienz gebeten wurde«, sagte er klar und deutlich. »Er war von Ihren Qualifikationen sehr beeindruckt und wünschte, daß ich, als loyaler Diener der Königin, meine Empfehlung zu seiner eigenen hinzugab. Ich habe gesagt, was ich wußte – daß Sie sich als Offizier in britischen Diensten ausgezeichnet haben –, was sich natürlich nicht mit der ruhmvollen Armee Madagaskars vergleichen läßt – und daß Sie eifrig darauf bedacht sind, ihr in militärischen Belangen behilflich zu sein.« Er zwinkerte mir heftig zu, und ich spann das Garn weiter.

»Aber natürlich!« rief ich schallend. »Dem gilt mein höchstes Streben – schon seit Jahren. Ich weiß gar nicht, wie oft der Herzog von Wellington zu mir gesagt hat: ›Flash, alter Junge, Sie werden nie ein Soldat, wenn Sie nicht einige Zeit bei den Madagassen gedient haben. Gott stehe uns bei, wenn Boney bei Waterloo ein Bataillon von denen dabeigehabt hätte.‹ Und ich bin außer mir vor Freude bei dem Gedanken, einer Monarchin von solcher Huld, Barmherzigkeit und makelloser Anmut dienen zu dürfen.« Falls sich ein Lauscher für die entsetzliche schwarze Hexe Notizen machte, konnte ich ruhig dick auftragen. »Ich würde ihr gerne mein Leben zu Füßen legen.« Darauf bestand berechtigte Aussicht, falls wir noch oft derartig loslegten wie an diesem Nachmittag.

Laborde schien zufrieden und ließ sich begeistert über mein großes Glück aus, und wie heilfroh wir doch sein könnten, eine so gütige Herrscherin zu haben. Er konnte gar nicht genug von ihr schwärmen, und natürlich stimmte ich ein, obwohl ich dabei vor Ungeduld zappelte, etwas über Elspeth von ihm zu erfahren. Aber er wußte, was er tat, denn während er sprach, fummelte er an der großen Korbflasche herum, die auf dem Tisch stand, und als er seine Hand fortzog, lag ein Zettel unter dem Gefäß. Ich wartete fünf Minuten, nachdem er gegangen war, für den Fall, daß ich heimlich beobachtet wurde, nahm ihn dann in meine Hand und las ihn verstohlen, als ich mich auf dem Bett ausstreckte.

»Sie befindet sich in Sicherheit, im Haus Prinz Rakotos, des Sohnes der Königin«, stand da. »Er hat sie gekauft. Sie werden sie sehen können, sobald es ungefährlich ist. In der Zwischenzeit sagen Sie nichts, falls Ihnen ihr Leben und das eigene lieb ist. Vernichten Sie diese Botschaft sofort.«

Also aß ich das verfl--- Ding auf und sann fieberhaft über den Gedanken an Elspeth in den Händen eines Niggerprinzen nach, der vermutlich, seit er acht war, jede Frau in seiner Reichweite besprungen hatte. Tugendhaft, hä? Genau wie seine liebe Mama? Wenn er solch ein Ausbund von Sch--ßtugend war, wozu hatte er sie dann gekauft – um ihm die Wäsche zu bügeln? Laborde mußte nicht ganz richtig im Kopf sein – also, als ich sechzehn war . . . ich weiß, was ich getan hätte, wenn mir Elspeth mit einem Preisschild am Leib in einem Schaufenster unter die Augen gekommen wäre. Es war zu entsetzlich, um länger darüber nachzudenken, also ging ich statt dessen schlafen. Schließlich hatte ich, was immer auch mit Elspeth geschehen mochte, selber einen anstrengenden Tag hinter mir.

(Auszug aus dem Tagebuch der Mrs. H. Flashman – Oktober 1844)

Madagaskar ist ein höchst merkwürdiges und interessantes Eiland, und ich schätze mich überglücklich, hier so freundlich empfangen worden zu sein, was ich einzig und allein dem Scharfsinn und der Tatkraft meines geliebten H. zu verdanken habe, der es auf äußerst geschickte Weise irgendwie zuwege gebracht hat, von Don S.'s Schiff an Land zu schlüpfen und Maßnahmen zu unserer Freilassung zu treffen. Oh, glückselige, köstliche Freiheit! Ich weiß nicht, wie er das geschafft hat, denn ich habe meinen tapferen Helden nicht mehr gesehen, seit wir gelandet sind, aber meine Liebe und Bewunderung für ihn kennen keine Grenzen, und das werde ich ihm deutlich zeigen, wenn ich erst wieder das Entzücken erlebe, in seine Arme geschmiegt zu sein!

Zur Zeit residiere ich im Palast des Prinzen Rakoto in der Hauptstadt des Landes (deren ausgefallenen Namen ich nicht einmal versuchsweise wiedergeben kann, doch er klingt wie eine Glocke, die zum Abendessen ruft!), nachdem ich gestern nach einer Reise voller Schrecken und Abenteuer hierhergebracht wurde. Von Don S.'s Schiff brachten mich mehrere schwarze Gentlemen an Land – so muß ich sie bezeichnen, denn sie sind einflußreiche Leute, und hier ist tatsächlich jedermann schwarz. Don S. protestierte zwar heftig und vergaß sich völlig, so daß die schwarzen Soldaten ihn zurückhalten mußten, aber das berührte mich nicht sehr, denn seine Unverschämtheiten waren in letzter Zeit recht dreist geworden, und sein Benehmen geradezu wild, und ich hatte ihn von Herzen satt. Er hat sich schändlich betragen, denn trotz seiner ständig beteuerten Ergebenheit hat er mir in sehr selbstsüchtiger Weise die größten Ungelegenheiten bereitet – und dem lieben H. auch, der eine furchtbare Schramme am Leib davongetragen hat.

Ich möchte nichts weiter über Don S. sagen, außer, daß es mir leid tut, daß ein so kultivierter und liebenswürdiger Gentleman einen solchen Mangel an Taktgefühl beweisen mußte und er eine tiefe Enttäuschung für mich war. Doch obwohl ich froh war, ihn los zu sein, fühlte ich ein leichtes Unbehagen gegenüber unseren schwarzen Gastgebern, deren

Oberhaupt ich überhaupt nicht mochte; er war so grob und ungezwungen, starrte mich in einer entsetzlich familiären Weise an und vergaß sich sogar so weit, mein Haar anzufassen und seinen Freunden etwas in ihrer Sprache zuzuraunen (obwohl er ein erträgliches Französisch spricht, das habe ich gehört), darum wandte ich mich in dieser Sprache an ihn und sagte: »Ihr Benehmen einer Dame gegenüber ist ungehörig, Sir, besonders für jemanden, der den Kilt des 42sten Regiments trägt; aber ich bin sicher, Sie tragen ihn wohl zu Unrecht, denn mein Onkel Dougal war beim 92sten, und ich habe nie von ihm gehört, daß Leute Ihrer Hautfarbe in die Highland Brigade aufgenommen werden, jedenfalls nicht in Glasgow. Aber falls ich mich irre, möchte ich mich gewiß entschuldigen. Ich bin sehr hungrig, und wo ist mein Mann?«

Dies wurde mit unhöflichem Schweigen quittiert, und man setzte mich in eine Sänfte und brachte mich ins Landesinnere, obwohl ich entschieden widersprach und recht heftig wurde, doch es half nichts. Ich war in einer solchen seelischen Bedrängnis, kein Wort von meinem lieben H. gehört zu haben und nicht zu wissen, wohin ich gebracht wurde! Und die Leute, die uns begegneten, kamen mich anstarren, was mir sehr unangenehm war, obschon sie ehrfürchtig erstaunt schienen und ich zu dem Schluß kam, daß sie dies nur taten, weil sie noch nie eine Dame mit blondem Haar und heller Haut gesehen hatten, so primitiv sind sie! Doch ich ertrug diese Zudringlichkeit mit Würde und Zurückhaltung und schlug einem von ihnen aufs Ohr, woraufhin sie sich in respektvollerer Entfernung hielten. Um meine Angst überwinden zu helfen, gab ich mich einer ruhigen Betrachtung der Wunder hin, die ich en route sah, denn die Landschaft war unbeschreiblich schön, die Blumen von leuchtender Farbenpracht, und die Tierwelt von grenzenlosem Artenreichtum und Interesse – besonders ein süßes kleines Tierchen, das halb Affe und halb Maus ist und die drolligsten versonnenen Augen hat; ich vermute, das ist auch der Grund, warum sie es Eye-Eye nennen, und sie würden es nie töten. Seine Possen sind zu spaßig.

Ich werde jedoch später in Muße über die Reize dieser einmaligen Landschaft schreiben, wenn mich die Muse der Erzählkunst überkommt. Auch über die Hauptstadt von Madagaskar und meine Einführung bei Seiner Königlichen Hoheit,

Prinz Rakoto, durch einen französischen Ortsansässigen, einen Monsieur La Board, der mit dem Prinzen auf gutem Fuß steht. Von ihm erfuhr ich, daß H. mit wichtigen militärischen Angelegenheiten beschäftigt ist, und das für niemand geringeren als Ihre Majestät, die Königin von Madagaskar – und ich entnehme daraus, daß mein Schatz so ungeheuer schlau war, seine Dienste als Gegenleistung für unseren Empfang hier anzubieten. Sie sind natürlich sehr darauf erpicht, sich eines so ausgezeichneten Offiziers zu bedienen, und das erklärt zweifellos auch die Eile, mit der er von der Küste abreiste, selbst ohne sich von mir zu verabschieden – worüber ich etwas pikiert war –, doch ich bin sicher, daß er am besten weiß, was er zu tun hat. Ich verstehe es nicht ganz, aber M. La Board hat mir gegenüber die heikle Art seiner Aufgabe betont, und da er und der Prinz darauf bestehen, daß sie durch nichts gefährdet werden darf, begnüge ich mich damit, mit Fassung und guten Mutes abzuwarten, wie sich das für eine Ehefrau gehört, und hoffe nur, daß mein Held sich bald von seinen Pflichten freimachen kann, um mich zu besuchen.

Ich bin sehr komfortabel in dem herrlichen Palast des Prinzen untergebracht und werde mit allem Respekt und Zuvorkommen behandelt. Der Prinz ist noch ein junger Dachs, aber er spricht gut Französisch mit kleinen Fehlern und ist voller Entgegenkommen. Er ist sehr schwarz, gut gewachsen und hübsch, lächelt gerne, und ich schmeichle mir, daß er mehr als ein bißchen von mir eingenommen ist, doch er ist noch so jung und knabenhaft, daß ein Ausdruck der Bewunderung, der bei einer reiferen Person für leicht gewagt gehalten werden könnte, bei ihm als natürliche jugendliche Schwärmerei entschuldbar ist. Er ist ein bißchen scheu und hat einen wehmütigen Blick. Ich wünschte nur, ich verfügte über angemessene Garderobe, denn ich hege einige Hoffnung, daß der liebe H. mich bei seiner Rückkehr zu einem Besuch bei der Königin mitnimmt, die nach allem, was ich gehört habe, eine bemerkenswerte Person ist, die von allen hoch geachtet wird. Falls mir diese Ehre widerfahren sollte, werde ich mich jedoch mit dem behelfen müssen, was ich habe, und mich auf meine angeborene gute Kinderstube und meine äußere Erscheinung verlassen, um den Ruf meines Landes bei diesen Leuten aufrechtzuhalten, denn wie unser geliebter

Barde sagt, ist der Rang nur ein Kennzeichen, und ich bin sicher, daß eine englische Lady sich ungeniert in jeder Gesellschaft bewegen kann, besonders wenn sie das Aussehen und den Charme besitzt, die anderen hinzureißen.

(Ende des Auszugs – »Angeborene gute Kinderstube«, na so was! Und wo stand die wohl, Miss? In Paisley, wie die von uns anderen auch!! – G. de R.)

Nach meiner Erfahrung kann man sich in einer noch so ungewöhnlichen oder verzweifelten Notlage befinden – wenn nichts daran zu ändern ist, nimmt man einfach die gestellte Aufgabe in Angriff, als sei das die natürlichste Sache der Welt. Auf verschiedenen Umwegen des Schicksals bin ich als indischer Butler, Kronprinz, Sklaventreiber auf den Baumwollfeldern, Besitzer einer Spielhölle und weiß Gott was sonst noch gelandet – lauter Tätigkeiten, vor denen ich meilenweit fortgelaufen wäre, wenn ich gekonnt hätte. Aber ich konnte nicht, und so habe ich stets das Beste daraus gemacht, und ehe ich mich dessen versah, zerbrach ich mir den Kopf über Silberpolitur, die Rangordnung bei Hof, wie wir die Ernte bis November einbringen sollten oder ob der Geber beim Blackjack mithalten würde, und vergaß darüber fast, daß die wahre Welt, zu der ich rechtmäßig gehörte, noch irgendwo da draußen war. Selbsterhaltung, nehme ich an – aber das hält einen bei Verstand, wenn man eigentlich in Wahnsinn und Hoffnungslosigkeit absinken müßte.

Als man mir also die Armee von Madagaskar zum Drillen und Ausbilden gab, verschloß ich einfach meine Gedanken vor der Aussichtslosigkeit meiner Lage und machte mich ans Werk, als sei ich Friedrich der Große mit einer Wespe in der Hose. Ich glaube, das half mir über eine der schlimmsten Zeiten meines Lebens hinweg – eine so verworrene Zeit, daß ich rückblickend Schwierigkeiten habe, die Ereignisse dieser ersten Wochen in richtige Reihenfolge zu bringen oder gar einen tieferen Sinn darin zu sehen. Ich wußte damals so wenig über das Land, und dieses Wenige war so fremdartig und erschreckend, daß es den Verstand betäubte. Erst nach und nach gelang es mir, ein klares Bild dieser wilden, scheinzivilisierten Insel mit ihren merkwürdigen Bewohnern und Sitten zu bekommen und meine eigene sonderbare Stellung in diesem Land so weit zu verstehen, daß ich mit dem Versuch beginnen konnte, einen Ausweg zu planen. Zu Beginn war alles ein furchteinflößender Wirrwarr, in dem ich nur tun konnte, was ich zu tun hatte, aber ich werde es beschreiben, so gut ich kann, damit Sie in der gleichen Weise davon erfahren wie ich und die Hintergründe für die erstaunlichen Geschehnisse kennen, die darauf folgten.

Ich hatte also die Armee zu reformieren und zu instruieren, und falls Sie das für einen ungewöhnlich verantwortungsvollen Auftrag für einen eben erst angekommenen ausländischen Sklaven halten, so dürfen Sie nicht vergessen, daß die Armee nach europäischem Vorbild aufgebaut war, aber seit Jahren keinen weißen Ausbilder mehr gesehen hatte. Es gab noch einen anderen guten Grund für meine Ernennung, aber das fand ich erst viel später heraus. Jedenfalls, da war ich nun, und ich muß sagen, daß die Arbeit mir Freude machte, soweit überhaupt etwas in diesem Land dazu imstande war. Denn die Leute waren wirklich erstklassig, und sobald ich das gesehen hatte, als ich die Regimenter auf der großen Ebene vor der Stadt zur Parade antreten ließ, dachte ich bei mir, richtig, mein Junge, Perfektion ist das Wahre für uns. Die Leute sind gut, aber es gibt nichts Einfacheres, als zehn Stunden am Tag damit zu verbringen, ihre Befehlshaber zu hetzen, damit sie noch besser werden. Und das tat ich.

Fankanonikaka hatte mir gesagt, ich hätte freie Hand; er kam mit mir zu dieser ersten Truppeninspektion, als die fünf in Tana stationierten Regimenter und die Palastwache unter meinem kritischen Blick vorbeidefilierten.

»Wie Wachabzulösung, links-rechts, bumm-bumm, ganz prachtvöllig!« rief er. »Das zu sein beste Soldaten in Welt, mindestens, eh? Rechts gedreht, Waffen geschultert und alles andere, hoho!« Er strahlte die Operettengeneräle und Obersten an, die stolzgeschwellt neben uns standen und ihre Bataillone betrachteten. »Sie großartig gerne mögen, Generalfeldwebel?«

Ich grunzte nur, ließ sie Halt machen und stürzte mich geradewegs zwischen die Reihen, um den erstbesten Fehler zu suchen, den ich finden konnte. Da war ein schlechtrasiertes schwarzes Gesicht, also stampfte ich auf, fluchte und tobte, als hätten sie gerade eine Schlacht verloren, während der Generalstab dastand und bebte, und der kleine Fankanonikaka war kurz davor, in Tränen auszubrechen.

»Soldaten?!« brüllte ich. »Sehen Sie sich diesen schlampigen Kerl an, der fast über seinen verd--- Bart stolpert! Hat der sich heute rasiert? Stillgestanden, ihr räudigen Hunde, oder ich lasse jeden zweiten Mann auspeitschen! Krumm vor mir dastehen wollt ihr, mit Haaren am Kinn wie ein Affenarsch? Ich werde es euch zeigen, meine Hübschen! O ja, das werden wir uns merken! Mr. Fankanonikaka, ich dachte, Sie hätten von einer Armee gesprochen – ich nehme an, damit meinten Sie wohl nicht diesen verwahrlosten Haufen?!«

Natürlich brachte sie das auf die Palme. Die Generäle rissen den Mund auf, protestierten und fielen fast über ihre Säbel, während ich weiter herumstolzierte und links und rechts etwas zu bemäkeln fand – matte Knöpfe, schlecht poliertes Leder, was immer sich ergab. Aber ich ließ sie nicht den schuldigen Soldaten anrühren – o nein! Ich degradierte an Ort und Stelle seinen Abschnittskommandeur, ließ seinen Obersten in Arrest nehmen und schüchterte den Generalstab ein; das ist die richtige Art, sie auf Trab zu bringen. Und als ich zu Ende gebrüllt hatte, ließ ich den ganzen Verein, samt Offizieren und allem, drei geschlagene Stunden lang über den Platz marschieren, Schwenks und Kehrtwendungen üben, und dann, als sie kurz vor dem Umfallen waren, ließ ich sie vierzig Minuten in Habachtstellung strammstehen, während ich naserümpfend und knurrend zwischen den Reihen herumlief und Fankanonikaka mit dem Generalstab belämmert hinter mir hertrottete. Ich achtete darauf, hier und dort ein lobendes Wort zu brummen, und dann nahm ich mir den unrasierten Kerl alleine vor, ohrfeigte ihn, ermahnte ihn, es nie wieder zu tun, kniff ihm à la Napoleon ins Ohr und sagte, ich setzte große Erwartungen in ihn. (Ja, wenn es um Disziplin geht, kommen Sie zu dem alten Flashy, und ich bringe Ihnen Sachen bei, die man nicht in Sandhurst lernt.)

Danach hatte ich leichtes Spiel. Sie hatten begriffen, daß sie in die Hände eines wahnsinnigen Leuteschinders geraten waren, und rissen sich ein Bein aus, um ihren Drill und ihre gesamte Ausrüstung zu perfektionieren; ihre Offiziere bearbeiteten sie, bis sie umfielen, während Flashy mit zornigem Blick herumschlenderte oder in seinem Büro saß und für alles und jedes nach Listen und Belegen schrie. Mit meinem Sprachtalent schnappte ich ein bißchen Madagassisch auf, aber meist gab ich meine Befehle auf Französisch weiter, das die besser erzogenen Offiziere verstanden. Ich erwarb mir durch Nörgelei über Kleinigkeiten einen gefürchteten Ruf und besiegelte das Ganze, indem ich bei der ersten der alle zwei Wochen stattfindenden Paraden, an der die Königin mit Gefolge teilnahm, einen Obersten öffentlich auspeitschen ließ, weil einer seiner Leute verspätet zum Appell erschienen war. Das schockierte die Offiziere, belustigte die Mannschaften und entzückte Ihre Majestät, sofern man nach dem Glitzern in ihren Augen gehen konnte. Die meiste Zeit saß sie wie ein brütender schwarzer Götze mit ihrem roten Sari und der zeremoniellen goldenen Krone unter dem gestreiften Prunkschirm, aber sobald das Auspeitschen begann, sah ich ihre Hand bei jedem Schlag krampfhaft zucken, und als der arme T---l anfing zu schreien, grunzte sie zufrieden. Es ist eine große Gabe, den Weg zum Herzen einer Frau zu kennen.

Ich war jedoch mit meinen disziplinarischen Maßnahmen vorsichtig. Ich bekam bald mit, wer die wichtigsten und einflußreichsten Offiziere waren, und kroch ihnen auf meine rauhbeinignette, soldatische Art in den Hintern, daß einem schlecht werden konnte, während ich ihre Untergebenen in übelster Weise schikanierte und die Truppe in einem Zustand verängstigter Bewunderung hielt. Ich nehme an, nach einiger Zeit hätte ich die Moral dieser Armee ein für alle Mal ruiniert.

Da die meisten führenden Aristokraten einen hohen militärischen Rang innehatten und ihre Pflichten in rührend unbeholfener Weise ernst nahmen (wirklich genau wie unsere), wurde ich allmählich mit der herrschenden Schicht bekannt – um nicht zu sagen vertraut – und begann zu erkennen, wie die allgemeine Lage bei Hof, in der Garnison, in der Stadt und auf dem Land war. Das war recht einfach, denn die Gesellschaft wurde durch ein starres Kastensystem beherrscht, das sogar noch strenger als das indische war, obwohl dabei überhaupt kein religiöses Element mitspielte. Es gab elf Kasten, die ganz unten bei den schwarzen madagassischen Sklaven begannen; darüber, an zehnter Stelle, kamen die weißen Sklaven, von denen es außer mir nicht viele gab, und ich war etwas Besonderes, wie ich noch darlegen werde – aber ist es nicht hochinteressant, daß eine schwarze Gesellschaftsordnung weiße Sklaven für etwas Besseres hielt als schwarze? Das waren wir natürlich auch, doch es machte keinen großen Unterschied, da wir alle weit unter der neunten Kaste rangierten, die aus der breiten Allgemeinheit bestand und alle einschloß, die für ihren Lebensunterhalt arbeiten mußten, von Handwerkern und Kaufleuten bis hin zu Hilfsarbeitern und Bauern.

Dann kamen sechs Adelskasten, von der achten bis zur dritten, doch die Unterschiede fand ich nie heraus – nur, daß sie ungeheuer wichtig waren. Die madagassischen Adligen sind entsetzliche Snobs und plustern sich untereinander furchtbar auf – ein Graf oder Baron dritten Ranges (das sind die Titel, die sie sich selber geben) ist weitaus höflicher zu einem Sklaven als zu einem Adligen sechsten Ranges, und die Standesregeln, die ihr Leben beherrschen, sind sogar noch strenger als die der unteren Kasten. So darf zum Beispiel ein männlicher Adliger keine Frau aus einer höheren

Kaste ehelichen; er kann unter seinem Stand heiraten, aber keine Sklavin – wenn er das tut, wird er selber in die Sklaverei verkauft, und die Frau wird hingerichtet. Ganz einfach, werden Sie sagen, dann heiraten sie eben keine Sklavinnen – aber die blöden Hunde tun es trotzdem oft genug, weil sie halt ebenso verrückt sind wie ihr infernalisches Land.

Die zweite Kaste bestand aus den Familienangehörigen der Monarchin – die Ärmsten –, und an der Spitze stand die erste Kaste, ein exklusiver Kreis von nur einer Person – der Königin, die gottgleich war, wobei nicht ganz klar ist, was das besagt, da es in Madagaskar keine Götter gab. Fest steht jedoch, daß sie die absoluteste aller absoluten Herrscherinnen war, die einzig und allein nach ihrer Lust und Laune regierte und so, da sie auch absolut wahnsinnig und grausam war, ringsum für interessante Zeiten sorgte.

Soviel haben Sie vermutlich bereits meiner Beschreibung von ihr und den Schrecken, die ich gesehen hatte, entnommen, aber Sie müssen sich vorstellen, wie das ist, von der Gnade dieser Kreatur auf Gedeih und Verderb abhängig zu sein, Tag für Tag, ohne Hoffnung auf Befreiung. Sie verbreitete einen Dunstkreis von Angst um sich, und wenn ihr Hofstaat ein regelrechtes kleines Vipernnest voller Intrigen, Bespitzelung und Geheimniskrämerei war, so lag das nicht daran, daß ihre Adligen und Berater insgeheim nach der Macht strebten, sondern es ging nur darum, zu überleben. Sie hatten Angst vor diesen bösen Schlangenaugen und der leise knurrenden Stimme, die so selten zu hören war – und wenn, dann gewöhnlich, um Verhaftung, Marter und Tod zu befehlen. Diese Worte schreiben sich leicht, und Sie halten sie wahrscheinlich für übertrieben; das sind sie nicht. Das widerliche Gemetzel am Felsen von Ambohifotsy, dessen Zeuge ich geworden war, stellte nur einen Teil des Rituals regelmäßiger Säuberungs-, Verfolgungs- und Hinrichtungswellen dar, die zu meiner Zeit in Tana alltäglich waren; ihr Blutdurst war unersättlich und um so gefährlicher, weil er unberechenbar war.

Es wäre einem vielleicht nicht ganz so schlimm vorgekommen, wenn Madagaskar irgendein primitiver Niggerstaat gewesen wäre, in dem jeder nackt herumlief, Humba-Humba sang und in Hütten wohnte. Ich denke da an meinen alten Freund, König Gezo von Dahomey, der sabbernd wie ein Vieh vor seinem Totenhaus saß (aus Schädeln erbaut, man stelle sich das nur vor!) und sein Essen mampfte, während seine kämpferischen Amazonen keinen Meter von ihm entfernt Gefangene in blutige Stückchen hackten. Aber er war ein Tier und sah auch wie eines aus; Ranavalona war das nicht – nicht ganz.

Sie hatte zum Beispiel keinen schlechten Geschmack bei der Auswahl ihrer Kleidung und wußte genug, um Bilder an die Wände zu hängen und bei ihren Banketten den Tisch mit Messer und Gabel zu decken – und mit Platzkarten (Solomon hatte insofern recht, ich habe sie selber gesehen. »Hwgb. Generalfeltwebel Flatchman, Hochachtungsvoll« stand einmal in gestochen scharfer Schönschrift auf meiner). Ich meine, sie besaß Teppiche, seidene Laken und ein Piano, ihre Adligen trugen Hosen und Fräcke, und sie sprachen ihre Weiblichkeit mit »Mam'selle« an – bei Gott, ich habe doch wahrhaftig selber zwei von ihren Komtessen gesehen, die mit Silber, Kristall und Leinen vor sich beim Diner im Palast saßen, wie zivilisierte Frauen plauderten, das Besteck außer acht ließen und das Essen mit ihren Fingern in sich hineinstopften, und da dreht sich die eine zu der anderen um und zwitschert »Permettez-moi, chérie« und macht sich daran, ihrer Nachbarin die Läuse aus dem Haar zu pflücken. Das war Madagaskar – Barbarei und Zivilisation zu einer grausigen Operette vereint, eine auf den Kopf gestellte Welt.

Und am Kopfende dieses Tisches saß natürlich sie, in einem schönen gelben Satinkleid aus Paris, eine Federboa durch ihre Krone geflochten, Perlen an ihrem schwarzen Busen und den langen Ohrringen, kaute auf einem Hühnerbein, hielt ihren Becher zum Nachfüllen hoch und wurde immer betrunkener – denn wenn es darum ging, Schnaps zu verdrücken, konnte sie eine ganze Unteroffiziersmesse unter den Tisch saufen. Ihrem Gesicht sah man das nicht an; die feisten schwarzen Züge änderten nie ihren Ausdruck, nur die Augen glitzerten mit ihrem durchdringenden, unheimlich starren Blick. Sie lächelte auch nie; ihre Unterhaltung mit den verängstigten Speichelleckern, die neben ihr saßen, bestand aus einem gelegentlichen Knurren, und als sie sich endlich erhob und sich den verkniffenen Mund abwischte, sprang alles auf, verbeugte sich und machte Kratzfüße, während zwei ihrer Generäle sie schwitzend aus dem Zimmer und auf den großen Balkon hinaus eskortierten und ihr den Arm reichten, wenn sie stolperte – und über die Menge, die unten im Vorhof des Palastes wartete, senkte sich entsetztes Schweigen.

Ich habe sie gesehen, wie sie sich über diesen Balkon beugte, mit ihren Kreaturen um sich herum, und auf die Szenerie unten herabstarrte, auf den Kreis von Hova-Wachen, die Fackeln, die ringsum an den Wänden brannten, die aneinandergeschmiegten Gruppen von Unglücklichen beiden Geschlechts, von ganz jungen bis zu alten, gebrechlichen Leuten, die wartend dahockten. Sie mochten wiedereingefangene Sklaven sein, Flüchtlinge, die man aus den Wäldern und Bergen gejagt hatte, Kriminelle, Angehörige anderer Stämme als der Hova, als Christen Verdächtigte oder wer immer unter ihrer Tyrannei eine Bestrafung verdient hatte. Sie schaute lange auf sie herab, deutete mit dem Kopf auf eine Gruppe und grunzte »Verbrennen«, dann zu einer anderen »Kreuzigen« und bei einer dritten »Verbrühen«. Und so weiter, die ganze abscheuliche Liste durch – Verhungern, lebendig häuten, Vierteilen oder welcher Horror ihr gerade in ihren perversen Sinn kam. Dann ging sie wieder hinein – und am nächsten Tag wurden die Urteile vor einer johlenden Menge in Ambohifotsy vollstreckt. Manchmal nahm sie selber daran teil, sah ungerührt zu und ging dann nach Hause in ihren Palast, um Stunden im Gebet mit ihren persönlichen Götzen unter den Gemälden in ihrem Empfangszimmer zu verbringen.

Während die meisten Grausamkeiten an gewöhnlichen Leuten und Sklaven verübt wurden, war auch ihr Hofstaat bei weitem nicht gefeit. Ich erinnere mich an eines ihrer Levers, bei dem ich mit den Militärs meine bescheidene Aufwartung machte und sie plötzlich einen jungen Adligen beschuldigte, ein Christ zu sein. Ich habe keine Ahnung, ob das stimmte oder nicht, aber er wurde auf der Stelle einer Probe unterworfen – einer der vielen, einfallsreichen Arten von Gottesurteilen, die sie kennen, einschließlich in einem Fluß voller Krokodile zu schwimmen; aber in diesem Fall wurde genau vor ihrem Platz ein großer Kessel Wasser heiß gemacht, und sie saß da und starrte ihm fest ins Gesicht, während er versuchte, Münzen aus dem brodelnden Topf zu fischen, nach ihnen schnappte und schrie, und wir anderen sahen zu und versuchten unsere Übelkeit zu unterdrücken. Er schaffte es natürlich nicht – ich sehe noch die bemitleidenswerte Gestalt vor mir, die sich auf dem Boden wand und ihren verbrühten Arm hielt, bis man sie hinaustrug und in zwei Teile sägte.

Nicht ganz, was wir von Balmoral gewohnt sind, da werden Sie mir beipflichten, aber wenigstens schwärmte Ranavalona nicht für Teppiche mit Schottenmuster. Ihre Bedürfnisse waren einfach: Sie brauchte nur reichlichen Nachschub an Opfern, die sie verstümmeln und an denen sie sich weiden konnte, dann war sie glücklich. Das merkte man zwar nicht, wenn man sie anschaute, und ich habe in der Tat manche Leute sagen hören, sie sei einfach völlig wahnsinnig und wisse nicht mehr, was sie tue; aber das ist eine alte Ausrede, zu der Durchschnittsmenschen Zuflucht nehmen, weil sie nicht glauben möchten, daß es Leute gibt, denen es Spaß macht, anderen Schmerzen zuzufügen. »Der ist wahnsinnig«, sagen sie – aber das sagen sie nur, weil sie in dem Tyrannen auch ein bißchen von sich selbst erkennen und das gern schnell verdrängen möchten, wie sich das für wohlerzogene kleine Christen gehört. Wahnsinnig? Ja doch, Ranavalona war in vieler Hinsicht vollkommen wahnsinnig, aber nicht, was Grausamkeit anbelangt. Da wußte sie genau, was sie tat, war bemüht, die Sache noch besser zu machen, und empfand tiefe Befriedigung dabei – und das ist die Expertenmeinung des freundlichen alten Dr. Flashman, der selber ein altgedienter Leuteschinder ist.

Sie sehen also, welch fröhliches, unbeschwertes Leben ihr Hofstaat führte, zu dem ich in meiner Eigenschaft als derzeitiger Beschäler wohl auch gehörte. Das war eine privilegierte Stellung, wie ich bald merkte; Sie erinnern sich, daß ich es darauf anlegte, mich mit den führenden adligen Militärs gut zu stellen – nun, ich entdeckte rasch, daß diese Bemühungen erwidert wurden, obwohl ich offiziell ein Sklave war. Sie krochen ganz erbärmlich vor mir, diese schwitzenden schwarzen Gesichter und zitternden Pfoten in buntscheckigen Uniformen – denn sehen Sie, sie nahmen an, daß ich nur ein Wort in Ranavalonas Ohr flüstern brauchte, und sie würden in die Wasserlöcher oder ans Kreuz geschickt. Sie hätten sich nicht zu sorgen brauchen; ich konnte sie ohnehin kaum voneinander unterschieden, und außerdem war ich zu besorgt um meine eigene Sicherheit, um etwas anderes mit diesem verd---schwarzen Ohr zu tun, als quasi liebevoll daran zu knabbern.

Sie fragen sich vielleicht, wie ich das durchhielt oder wie ich es über mich brachte, mit diesem weiblichen Ungeheuer ins Bett zu steigen. Nun, ich werde es Ihnen sagen: Wenn man die Wahl zwischen einem Techtelmechtel und der Aussicht hat, gebraten oder gekocht zu werden, dann bringt man es über sich, glauben Sie mir. Schließlich sah sie vom Hals an abwärts nicht schlecht aus, und sie schien mich zu mögen, was immer bei der Sache hilft. Sie halten es vielleicht für kaum glaublich (ich selber auch), aber es gab sogar Momente an warmen, stillen Nachmittagen, wenn wir auf dem Bett oder neben ihrem Badebassin dösten, in denen ich einen verstohlenen Blick am Kissen vorbei auf ihr ruhiges, schwarzes Gesicht warf, das mit geschlossenen Augen ganz hübsch wirkte, und einen Anflug von Zuneigung zu ihr verspürte. Ich nehme an, die Frau, mit der man schläft, kann man nicht hassen. Wohlgemerkt, sobald sich das schwarze Augenlid hob und dieser Blick einen traf, war alles vorbei.

Eins möchte ich jedoch zu ihrer Verteidigung sagen, nachdem ich so viel Schlechtes gegen sie vorgebracht habe, und das zu Recht. Zumindest einige ihrer Exzesse, besonders bei der Christenverfolgung (ich war während meines Aufenthalts in Madagaskar kein Christ, wie ich ausdrücklich gegenüber jedem betonte, der es hören wollte), wurden von ihren Magiern angeregt. Ich sagte schon, daß es keine Religion in ihrem Land gab, was auch stimmt – der Aberglaube dieser Leute hatte keine organisierte Basis –, aber es gab diese Burschen, die Vorzeichen deuteten und sich um die Steine und Stöckchen und Lehmklumpen kümmerten, die als Hausgötter galten. Ranavalona hatte zwei persönliche Fetische, einen Bärenzahn und eine Flasche, mit der sie sich murmelnd zu unterhalten pflegte.

Nun, diese Magier hatten ihr als junger Frau auf den Thron geholfen, nachdem ihr Mann, der König, gestorben war, und ihr Neffe, der rechtmäßige Erbe, alle Anstalten machte, die Nachfolge zu übernehmen. Die Magier hatten in ihrer Rolle als Auguren gesagt, die Vorzeichen ständen für Ranavalona günstiger, und da diese zur gleichen Zeit damit beschäftigt war, einen Staatsstreich zu organisieren und ihren unglücklichen Neffen samt allen anderen direkten Verwandten abzuschlachten, kann man nicht behaupten, daß diese Ansicht falsch war; die Magier hatten auf die richtige Karte gesetzt. Sie gewannen solchen Einfluß auf die Königin, daß sie ihr sogar einreden konnten, die Liebhaber zu ermorden, die ihr bei dem Stastsstreich geholfen hatten, und von da an verließ sie sich völlig auf ihre Führung.

Ich selber war immer sehr höflich zu ihnen und hatte stets ein freundliches »Guten Morgen« und einen Taler oder zwei für sie bereit, obwohl sie schmutzige Wilde waren, die mit ihren Tuchfetzen und Stückchen von Schnur und Bändern – vermutlich Fetische von ungeheurer Kraft, wenn man Bescheid wußte – im Palast herumschlurften. Sie halfen Ranavalona, ihre Politik zu bestimmen, indem sie Bohnen auf eine Art Schachbrett warfen und das Muster deuteten,[40] was gewöhnlich für irgendwen ein Massaker zur Folge hatte, genau wie bei einer Kabinettsentscheidung. Sie ließ sie zu jeder Tageszeit vor – ich habe sie auf ihrem Thron sitzen sehen, und ihre Mädchen halfen ihr, französische Pantoffeln anzuprobieren, während die Burschen daneben herumkrochen und über ihren Bohnen murmelten; dann nickte sie unheilvoll zu dem, was sie verkündeten, sah zur Bestätigung kurz ihren Bärenzahn oder ihre Flasche an und fällte eine Entscheidung. Einmal kamen sie herein, als ich gerade mit ihr zusammen ein Bad nahm – es war verflixt peinlich, meine Aufgabe zu erfüllen, während sie mit ihren Würfeln klapperten, aber Ranavalona schien es nicht das geringste auszumachen.

Wenn es, abgesehen von den Hokuspokus-Männern und ihren eigenen verschrobenen Passionen, noch etwas gab, das Einfluß auf ihr Leben hatte, so war es ihr einziger Sohn, Prinz Rakoto – der Knabe, zu dem Laborde Elspeth hatte lotsen können. Er galt als Thronerbe, obwohl er nicht Sohn des alten Königs war, sondern Sprößling eines ihrer Liebhaber – den sie natürlich später hatte in Stücke reißen lassen. Doch nach madagassischem Recht werden alle Kinder einer Witwe, ob ehelich oder nicht, als Nachkommen des verstorbenen Mannes betrachtet, deshalb war Rakoto als nächster an der Reihe, und ich hatte den Eindruck, daß Madagaskar es kaum erwarten konnte, »Lang lebe der König!« zu rufen. Sehen Sie, trotz meiner Befürchtungen, als ich zum ersten Mal von ihm hörte, war er das absolute Gegenteil seiner abscheulichen Mutter – ein freundlicher, munterer, gutmütiger Knabe, der tat, was er konnte, um seiner blutdürstigen Mutter Einhalt zu gebieten. Wenn gerade jemand auf ihren Befehl hin abgeschlachtet wurde, und er kam zufällig vorbei und sagte den Leuten, sie sollten aufhören, dann hörten sie auf, das war bekannt – und Mama verlor kein Wort darüber. Er hätte seine ganze Zeit darauf verwenden müssen, im Land herumzusausen und immerzu »Aufhören!« zu rufen, um größeren Einfluß auf die Sterblichkeitsrate auszuüben, aber er tat sein Bestes, und wie es zu erwarten war, liebte und segnete ihn das breite Volk. Warum Ranavalona sich seiner nicht entledigte, ist mir schleierhaft; ich nehme an, es war eine fatale Charakterschwäche von ihr.

Doch die Erwähnung Rakotos bringt mich in meiner Geschichte weiter, denn etwa drei Wochen, nachdem ich meine Tätigkeit aufgenommen hatte, lernte ich ihn kennen und wurde, wenn auch nur kurz, mit der Frau meines Herzens wiedervereint. Ich hatte Laborde zuvor ein- oder zweimal gesehen, wenn es ihm unbedenklich erschienen war, sich mir zu nähern, und ihn bedrängt, mich zu Elspeth zu bringen, aber er hatte mir eindringlich zu verstehen gegeben, das sei höchst gefährlich und müsse warten, bis sich eine günstige Gelegenheit bot. Sehen Sie, die Sache war so: Laborde hatte Rakoto erzählt, daß Elspeth meine Frau war, und ihn inständig gebeten, sich ihrer anzunehmen und sie außer Sicht versteckt zu halten, denn wenn die Königin jemals herausfand, daß ihr neuer Stenz und Lieblingssklave eine Frau in Reichweite hatte – nun, dann gute Nacht, Mrs. Flashman, und vermutlich auch gute Nacht, Harry. Eifersüchtige alte Hexe. Da Rakoto ein freundlicher Knabe war, hatte er zugestimmt, und so war Elspeth gut untergebracht und versorgt und wurde überhaupt nicht als Sklavin, sondern eher wie ein Gast behandelt. Ich dagegen, man bedenke, mußte währenddessen diesem unersättlichen weiblichen Pavian gefällig sein, um mein nacktes Leben zu retten. Das hatten sie Elspeth Gott sei Dank nicht erzählt, sondern sie mit der Ausrede abgespeist, ich hätte eine wichtige militärische Aufgabe übernommen, was ja auch stimmte.

Ein merkwürdiger Zustand, das werden Sie zugeben – aber für Madagaskar nichts Ungewöhnliches und nicht unglaubhafter als enige andere Dinge, die ich in meinem Leben gehört oder selber erlebt habe. Ich war ohnehin durch die Ereignisse der vergangenen paar Monate so benebelt, daß ich die bizzarre Situation einfach akzeptierte; nur zwei Dinge verwirrten und beunruhigten mich: Wieso hatte die Königin, die sonst alles durch ihr Spitzelsystem herausfand, das von Mr. Fankanonikaka dirigiert wurde, nichts von der goldhaarigen Sklavin im Palast ihres Sohnes erfahren? Und warum – und das war der eigentlich springende Punkt –, warum gaben Laborde und Prinz Rakoto sich solche Mühe, Elspeth und mir zu helfen? Was bedeutete ich ihnen schließlich schon? Ich bin ein mißtrauischer Mensch, wissen Sie, und verlasse mich nicht sehr auf selbstlose Tugend; da war etwas im Gange. Und ich hatte recht.

Laborde stellte mich dem Prinzen an einem Nachmittag vor, als Ranavalona sicher aus dem Weg war und ihrem größten Hobby nachging: einen Stierkampf anzuschauen. Man sagte allgemein,

Kampfstiere seien die einzigen Lebewesen, denen sie irgendwelche Gefühle entgegenbringe; wie man wußte, waren die wenigen Male, die sie weinte, wenn einer von ihnen starb oder in der Arena durch Hörner schwer verletzt wurde. Daher hielt man es für ungefährlich, wenn ich mich eine Stunde von der Truppe entfernte, und ich wurde mit Fankanonikaka, Laborde und einem führenden General namens Rakohaza zum Sommerpalast des Prinzen am Stadtrand von Tana getragen.

Rakoto empfing uns in seinem Thronsaal, wo mir gnädig gestattet wurde, mich vor ihm und seiner Prinzessin auf den Boden zu werfen. Sie waren winzige Leutchen – er war nicht größer als einsfünfzig und angezogen wie ein spanischer Matador, mit goldener Jacke und Kniehosen, Schnallenschuhen und einem mexikanischen Sombrero. Er war etwa sechzehn, sehr lebhaft, und lächelte über sein ganzes, rundes, olivfarbenes Gesicht, das einen Ansatz von Schnurrbart zeigte.[41] Seine Frau wirkte sehr ähnlich, ein pummeliges Persönchen in gelber Seide. Sie sprachen gut Französisch, und als ich mich aufgerappelt hatte, sagte Rakoto, er habe ausgezeichnete Berichte über die Art und Weise vorliegen, wie ich die Truppen trainierte, besonders die königliche Leibwache.

»Generalfeldwebel Flashman hat wahre Wunder mit den Leuten und den besten Offizieren vollbracht«, stimmte Graf Rakohaza ihm bei. Er war ein großer, schlanker Hova-Aristokrat mit einer Narbe an der Wange und trug eine Jacke und Hose, die perfekt nach St. James hätten aussehen können, wenn sie nicht aus leuchtend grünem Samt gewesen wären. »Eure Hoheit werden entzückt sein zu erfahren, daß er bereits die treue Ergebenheit aller Leute unter seinem Kommando gewonnen und sich selbst als äußerst zuverlässiger und vertrauenswürdiger Offizier erwiesen hat.«

Das war zwar ein bißchen zu dick aufgetragen, aber der Prinz strahlte mich an.

»Sehr erfreulich«, sagte er. »Das Vertrauen seiner Truppen zu erlangen, ist das wichtigste Gebot für einen Führer. Als Oberbefehlshaber – natürlich unter der Oberhoheit Ihrer Majestät, der großen Kuh, die die ganze Welt mit ihrer Milch ernährt – beglückwünsche ich Sie, Generalfeldwebel, und versichere Ihnen, daß Ihr Eifer und Ihre Treue reich belohnt werden sollen.«

Das kam mir ein bißchen merkwürdig vor. Ich war kein Kommandant, sondern nur ein besserer Ausbilder, und das wußte jeder. Doch ich antwortete höflich, ich zweifelte nicht daran, daß die Truppen mir aus der Hölle nach Huddersfield und zurück folgen würden, was Seiner Hoheit zu gefallen schien, denn er bestellte Schokolade, und wir standen herum und tranken aus silbernen Schalen, die wir mit beiden Händen halten mußten. (Die Madagassen haben keinen Sinn für Maße; es muß eine Gallone von dem ekelhaften Gebräu in jeder Schale gewesen sein, und das königliche Geschlürfe und Geschmatze war hörenswert.)

Mir schien, daß der Prinz und die Prinzessin leicht nervös waren; er warf Rakohaza und Fankanonikaka andauernd verstohlene Blicke zu, und jedesmal wenn ich seine kleine, mollige Gemahlin anschaute, lächelte sie schüchtern und knickste wie eine Putzfrau, die eine Anstellung sucht. Der Prinz stellte mir so nebenbei noch ein paar Fragen – über die Qualität der unteren Dienstgrade, die Ausrüstung der Palastwachen, das Niveau der Scharfschützen und so weiter, die ich zufriedenstellend beantwortete, und mir fiel auf, daß er sich besonders für die Gardetruppen zu interessieren schien. Dann nahm er einen letzten großen Schluck von seiner Schokolade, rülpste, wischte sich den Schnurrbart an seinem Ärmel ab und meinte mit einem kleinen Lächeln und Wink der Hand zu mir: »Sie haben die Erlaubnis, sich zum anderen Ende des Raums zurückzuziehen«, und begann mit den anderen Madagassisch zu reden.

Erstaunt verbeugte ich mich und trat den Rückzug an, als sich am hinteren Ende des Saals eine Tür öffnete – und da stand Elspeth, nach denkbar schlechtestem Geschmack gekleidet, in einem Gartenparty-Kostüm aus purpurrotem Taft – purpurrot zu blond, Gott steh mir bei –, lächelte strahlend und trippelte mit ausgestreckten Armen auf mich zu. Im Nu war Madagaskar mit seinen Schrecken, seiner Königin und aufgedonnerten Schickeria vergessen; ich hielt sie in meinen Armen, küßte sie, und sie murmelte Koseworte in mein Ohr. Dann gewann die Schicklichkeit wieder Oberhand, und ich drehte mich zu den anderen um. Sie nahmen keine Notiz von uns – bis auf Fankanonikaka, der verstohlen herüberspähte –, also umarmte ich sie erneut und atmete ihren Duft ein, während sie ihr Entzücken kundtat, mich zu sehen.

». . . denn es hat sooo lange gedauert, und obwohl die Hoheiten die Freundlichkeit in Person waren, habe ich mich Tag und Nacht nach dir gesehnt, mein Liebster. Gefällt dir mein neues Kleid? – Ihre Hoheit hat es selber für mich ausgesucht, und wir finden beide, daß es mir sehr gut steht, und es ist himmlisch, wieder richtige

Kleider zu haben, nach diesen entsetzlichen Sarongs – aber davon wollen wir nicht reden, und auch nicht von unserer schrecklichen Trennung und dem schändlichen Benehmen dieses . . . dieses Don Solomon – aber jetzt sind wir ihn los und in Sicherheit, und es ist so nett hier – wenn nur deine Pflichten dich nicht von mir fernhielten. Oh, Harry, muß das denn sein? Aber ich will eine brave Ehefrau sein, wie ich es immer versprochen habe, und mich nicht vordrängen, was deine Pflicht angeht, und ich weiß, daß die Trennung im Grunde für dich ebenso grausam ist wie für mich – und ach, ich vermisse dich so . . .«

An dieser Stelle umarmte ich sie wieder und zog sie auf ein Kanapee – die anderen waren in ihre Unterhaltung vertieft, doch die dickliche kleine Prinzessin winkte uns scheu mit den Fingern zu, und Elspeth mußte aufstehen, um einen Knicks zu machen – offenbar waren sogar schwarze Hoheiten für sie das Höchste – bevor sie ihre konfuse Rede fortsetzte. Ich kam, wie gewöhnlich, nicht einmal zu Wort, doch ich bezweifle ohnehin, daß ich zusammenhängend hätte sprechen können, denn zu meiner Verblüffung schien Elspeth sich nicht die geringsten Sorgen zu machen. Nun, ich hatte immer gewußt, daß sie eine Schraube locker hatte und unfähig war, weiter als ihre hübsche Nase zu sehen – was mich daran erinnerte, diese zärtlich zu küssen –, aber das ging nun wirklich zu weit. Wir waren Gefangene in diesem heidnischen H---nloch, aber wenn man sie so hörte, hätte man glauben können, es handele sich um einen Urlaub in Brighton. Langsam dämmerte mir, daß sie tatsächlich keine Ahnung von unserer mißlichen Lage hatte oder auch nur wußte, wie es um Madagaskar bestellt war, und als sie weiterplapperte, begann ich zu verstehen, weshalb.

». . . natürlich würde ich gerne mehr von diesem Land sehen, denn die Leute schienen nicht unfreundlich zu sein, doch der Prinz hat mir erklärt, daß die Stellung von Ausländern hier heikel ist, und daß es nicht ratsam wäre, mich draußen blicken zu lassen. Bei dir ist das natürlich etwas anderes, weil du ja im Dienst Ihrer Majestät stehst – ach, Harry, sag mir, wie sie aussieht und wovon sie so spricht! Wie kleidet sie sich? Werde ich ihr vorgestellt? Ist sie jung und gutaussehend? Ich wäre ja sooo eifersüchtig – denn sie müßte sich unweigerlich vom schönsten Mann Englands angezogen fühlen! Ach, Harry, ich bewundere deine Uniform – genau der richtige Stil!«

Ich hatte mir die Landessitten zunutze gemacht, um ganz Rot zu tragen, mit einer schwarzen Schärpe. Ziemlich ordinär, das gebe ich zu, aber Elspeth strahlte mich an.

»Ich habe dir sooo viel zu erzählen, denn der Prinz und die Prinzessin waren sooo gut zu mir, und ich habe die hübschesten Zimmer, und der Garten ist sooo schön, und abends gibt es sehr exklusive Gesellschaften – natürlich sind alle Leute schwarz und ein wenig outré, aber äußerst freundlich und zuvorkommend. Ich bin überglücklich und finde es sehr interessant, nur – wann fahren wir nach England zurück, Harry? Ich hoffe, es dauert nicht mehr zu lange, denn manchmal habe ich Angst um den lieben Papa, und obwohl es hier sehr schön ist, ist es doch nicht ganz das gleiche. Aber ich weiß, daß du uns nicht länger hier ausharren läßt, als sein muß, denn du bist der netteste aller Ehemänner – und ich bin sicher, deine Arbeit hier wird von großem Nutzen für dich sein, denn sie stellt bestimmt eine wertvolle Erfahrung dar. Ich wünschte mir nur« – ihre Lippen zitterten plötzlich, obwohl sie sich bemühte zu lächeln –, »wir könnten wieder zusammensein . . . unter einem Dach . . . oh, Harry, Liebling, du fehlst mir sooo sehr!«

Und der kleine Wirrkopf begann sich die Augen zu wischen und lehnte sich an meine Schulter – als ob sie etwas hätte, das es wert war zu weinen! Das war eine verd--- Enttäuschung, denn ich hatte darauf gehofft, ihr meine Sorgen und Nöte anzuvertrauen, mein Los zu bejammern, die Schrecken meiner Misere zu schildern – zumindest den unverfänglichen Teil – und ihr überhaupt mit meinen Befürchtungen eine Gänsehaut einzujagen. Aber es schien zwecklos, sie zu beunruhigen – sie hätte nur irgend etwas Idiotisches getan, und da die anderen in Hörweite standen, war es besser, so wenig wie möglich zu sagen. Also klopfte ich ihr nur auf die Schulter, um sie aufzumuntern.

»Aber, aber, altes Mädchen«, sagte ich. »Sei nicht dumm. Was sollen Ihre Hoheiten von deinem Plärren und Flennen halten? Putz dir die Nase – du bist viel besser dran als so mancher andere, weißt du?«

»Ich weiß, ich bin sehr töricht«, sagte sie schniefend, und als sich jetzt der Prinz und die Prinzessin zurückzogen, lächelte sie wieder, knickste wie verrückt und küßte mich zärtlich zum Abschied. Als wir zum Palast zurückkehrten, sagte ich zu Laborde, daß meine Frau zum Glück nichts von meiner Lage zu wissen scheine, und er schaute mich mit festem Blick an.

»Das ist doch auch gut so, oder? Sie könnte eine große Gefahr für Sie werden – für Sie beide. Je weniger sie weiß, um so besser.«

»Aber du lieber Himmel, Mann! Sie wird es früher oder später erfahren müssen! Was dann? Was geschieht, wenn sie merkt, daß sie und ich Sklaven in diesem entsetzlichen Land sind – daß es keine Hoffnung gibt, kein Entkommen?« Ich packte ihn am Arm – wir hatten unsere Sänften am Eingang zu meiner Unterkunft verlassen, nachdem Fankanonikaka sich am Haupttor von uns verabschiedet hatte. »Um Himmels willen. Laborde, es muß einen Ausweg geben! Ich kann nicht für den Rest meines Lebens weiter Nigger drillen und diese schwarze Schlampe aufspießen!«

»Ihr Leben wird nicht mehr lange dauern, wenn Sie sich nicht beherrschen!« fauchte er und riß sich los. Er schaute sich ängstlich um und holte dann tief Luft. »Sehen Sie – ich werde tun, was ich kann. In der Zwischenzeit müssen Sie vorsichtig sein. Ich weiß nicht, was sich erreichen läßt. Aber der Prinz war heute mit Ihnen zufrieden. Das kann etwas zu bedeuten haben. Wir werden sehen. Ich muß jetzt gehen – und denken Sie daran, seien Sie vorsichtig. Erledigen Sie Ihre Arbeit und sagen Sie nichts. Wer weiß?« Er zögerte und tippte mir rasch auf den Arm. »Vielleicht trinken wir noch Café au lait auf den Champs-Élysées. A bientôt.«

Und fort war er, und ich blieb verwundert starrend zurück – doch in mir regte sich etwas, das ich seit Monaten nicht mehr gespürt hatte: Hoffnung.

Sie regte sich natürlich nicht lange; das tut sie nie. Man hört eine Neuigkeit, ein Gerücht oder eine rätselhafte Bemerkung wie die Labordes, die Phantasie geht vor Optimismus mit einem durch – und dann geschieht nichts, der Mut sinkt, lebt noch einmal kurz auf, dann geht es wieder abwärts, und immer weiter auf und ab, während die Zeit fast unbemerkt verstreicht. Ich bin froh, daß ich keiner von diesen kühl überlegenden Typen bin, denn jede logische Einschätzung meiner Lage in Madagaskar hätte mich zum Selbstmord getrieben. Doch so war dieses Wechselbad von Hoffnung und Trübsal vermutlich meine Rettung, als die Monate vergingen.

Denn es waren Monate – sechs insgesamt, obwohl es im Rückblick kaum zu glauben ist, daß es mehr als ein paar Wochen waren. Die Erinnerung klammert sich an entsetzliche Geschehnisse, aber langanhaltendes, ereignisloses Elend löscht sie gerne aus, besonders wenn man ihr mit viel Alkohol nachhilft. Es gibt einen guten und starken Anislikör auf Madagaskar, und ich schluckte ihn wie ein Landpfarrer, so daß ich zwischen Schlaf und Benommenheit wohl die meiste Zeit nicht bei Sinnen war.

Wie ich bereits bemerkte, macht man einfach seine Arbeit weiter, wenn man sich sonst nicht zu helfen weiß, also drillte und schikanierte ich meine Truppen, war der Königin zu Diensten, wenn ich gerufen wurde, dehnte behutsam meinen Bekanntenkreis unter den höheren Militärs aus und pflegte den Umgang mit Mr. Fankanonikaka, um alles herauszufinden, was zu gegebener Zeit von Nutzen sein könnte – wenn diese Zeit jemals kam... aber das mußte sie, sie mußte einfach! Denn obwohl meine Knechtschaft in Madagaskar mit jeder Woche, die verging, unausweichlicher und normaler zu erscheinen begann, gab es doch Momente plötzlichen wilden Aufbäumens, wenn ich zum Beispiel gerade Elspeth gesehen hatte, wenn ich über eine neue Schandtat der Königin entsetzt war oder der würzige Geruch von Holz und Staub einfach unerträglich wurde; dann gab es nur eins: alleine auf das Paradefeld vor der Stadt hinauszugehen, die Berge in der Ferne anzustarren und mir selbst nachdrücklich zu sagen, daß dort irgendwo noch immer der Cricketplatz von Lord's lag, wo Felix seine langsamen Steilwürfe machte, während die Menge klatschte und die Saatkrähen in den Bäumen krächzten; dort gab es grüne Felder, englischen Regen, predigende Pfaffen, ackernde Bauernburschen, spielende Kinder, fluchende Proleten, betende

Jungfern, zechende Junker, pöbelnde Huren und patrouillierende Polizisten – das war die Heimat, und es mußte einen Weg dorthin geben.

Also hielt ich die Augen offen und erfuhr ... daß Tamatave, obwohl der Sklavenmarsch Tage gedauert hatte, nur einhundertvierzig Meilen entfernt war; daß etwa zweimal im Monat ausländische Schiffe dort anlegten – denn Fankanonikaka, den ich oft im Büro besuchte, erhielt gewöhnlich Nachricht darüber ... die SAMSON aus Toulon, die CULEBRA aus Havanna, die ALEXANDER HAMILTON aus New York, die MARY PETERS aus Madras – ich sah die Namen, und mir blieb das Herz stehen. Sie ankerten vielleicht nur auf Reede, um Fracht auszutauschen – aber wenn ich meinen Ausbruch aus Tana zeitlich genau planen konnte, um Tamatave zu erreichen, wenn ein fremdes Schiff dort lag ... ich war an Land geschwommen, also konnte ich auch an Bord schwimmen – dann sollten sie nur versuchen, mich noch einmal in ihr vermaledeites Land zu holen! Aber wie nach Tamatave gelangen, bevor man mich verfolgte? Die Armee verfügte über ein paar Pferde, armselige Klepper, aber sie würden ausreichen – einer zum Reiten, drei zum Wechseln ... oh Gott, Elspeth! Ich mußte sie auch fortschaffen – oder nicht? ... Wenn ich alleine floh und zurückkam, um sie mit Gewalt zu befreien? Brooke würde mit Freuden die Gelegenheit ergreifen, gegen Ranavalona zu Felde zu ziehen – falls Brooke noch lebte ... Nein, noch einen Feldzug mit ihm hielt ich nicht aus – verfl--- Elspeth! So überstürzten sich meine Gedanken, doch dann kehrte ich wieder in die staubige Hitze Tanas zu meiner Schinderei und dem Elend meines Daseins zurück.

Aber es gab auch erfreuliche Dinge. Ich fand Interesse an meiner Arbeit mit der Armee, und es machte mir Spaß, die Truppen exerzieren zu lassen, ihnen komplizierte Wendemanöver, unterschiedliche Marschschritte und so weiter beizubringen. Ich freundete mich mit höheren Offizieren wie Rakohaza an, die mich mehr und mehr wie einen Gleichgestellten behandelten und mich sogar zu sich nach Hause einluden – die eingebildeten Affen. Fankanonikaka bemerkte das und war darüber erfreut.

»Zu gehen Ihnen mächtig gut, was? Vornehme Leute, viel zu essen, fröhlich zu saufen, tipptopp Gesellschaft, guten Tag, erfreut Sie zu sehen, wie? Ich Sie zu sehen mit Graf Rakohaza, Baron Andriama, Kanzler Vavalana und andere feine Pinkler. Aber Sie gut aufpassen, Vavalana hinterhältiges Hund, Augen zu werfen nach Königin und viel zu quatschen. Darum Sie genau aufzupassen, da zu geben Stunk – elendes Schuft Vavalana, er zu hassen altes Knabe Fankanonikaka, zu hassen auch Sie, viel Eifersüchtigung, weil sie belieben Königin, viel glücklich zu machen mit Bum-Bum, vielleicht zu bekommen Knabenjunges, ich weiß nicht; Vavalana das nicht zu gefallen, er Sie unheilig zu sinnen, wenn möglich. Sie auf ihn zu passen, das ich Ihnen zu sagen. Inzwischen Sie weiter zu erfreuen Königin mit viel Geliebe? Aber sie zu sein einfach bewunderlich, nicht wahr?«

Und der schmutzige kleine Gauner tippte sich an seine Stupsnase und lachte. Ich selber war mir da nicht so sicher, denn mit der Zeit nahm Ranavalonas Verlangen nach mir langsam ab, und obwohl das in gewisser Hinsicht eine Erleichterung war – denn anfangs, als ich fast jeden Tag Ihrer Majestät zu Diensten hatte sein müssen, erschöpfte mich das so, daß ich nicht mehr wagte, mit der Hand zu winken, weil ich Angst hatte, sie könnte davonfliegen –, so war es auch besorgniserregend. Wurde sie meiner überdrüssig? Das war ein entsetzlicher Gedanke, doch beruhigte mich die Tatsache, daß sie meine Gesellschaft noch zu mögen schien und sogar mit mir zu reden begann.

Nicht daß es erbaulich gewesen wäre, mit ihr zu plaudern – wie ging es den Truppen? War die Ration *Jaka** ausreichend? Warum trug ich nie eine Mütze? War meine Unterkunft bequem? Warum bestrafte ich nie Soldaten mit dem Tod? Hatte ich schon einmal die englische Königin gesehen? Sie müssen sich vorstellen, wie sie dabei entweder in einem europäischen Kleid auf ihrem Thron saß und eins ihrer Mädchen ihr Luft zufächelte, oder sich in ihrem Sari auf dem Bett zurücklehnte, ihre Fragen langsam hervorknurrte, ihren langen Ohrring befingerte und nie ihre schwarzen, reglosen Augen von meinen wendete. Das war eine nervtötende Aufgabe, denn ich war ständig in Sorge, ich könnte etwas Beleidigendes sagen; es half auch nicht gerade, daß ich nie herausfand, wie informiert oder gebildet sie war, denn sie äußerte keine eigene Meinung oder Erkenntnis, sondern nur Fragen, und meine Antworten schienen ihr weder zu gefallen noch zu mißfallen. Sie brütete einfach stumm vor sich hin und fragte dann im gleichen, betonungslos gemurmelten Französisch etwas anderes.

* Durch Trocknung konserviertes Rindfleisch, eine Art Pemmikan.

Es war unmöglich, ihre Gedanken zu erraten oder auch nur zu begreifen, wie ihr Verstand arbeitete. Um Ihnen ein Beispiel zu geben: Eines Tages war ich mit ihr alleine, stand gehorsam neben ihr, während sie auf dem Bett saß, ihren *Majakatsiroa* (die Korbflasche) anstarrte und vor sich hin murmelte; dann sah sie langsam zu mir auf und brummte: »Gefällt dir dieses Kleid?«

Es war ein weißseidener Sarong, der ihr wirklich gar nicht schlecht stand, aber natürlich brach ich in Entzücken darüber aus. Sie hörte teilnahmslos zu, fummelte einen Moment herum, stand dann auf, zog das Ding aus und sagte: »Es gehört dir.«

Nun, es entsprach ganz und gar nicht meinem Kleidungsstil, aber selbstverständlich dankte ich ihr unterwürfig und sagte, ich könne ihm nicht gerecht werden, aber ich würde es für immer und ewig hegen, es zu meinem persönlichen Fetisch machen, ja wirklich, eine glänzende Idee ... sie schenkte mir nicht die geringste Aufmerksamkeit, sondern schlenderte pudelnackt zu ihrem großen Spiegel hinüber und starrte sich an. Dann drehte sie sich zu mir um, klatschte sich zwei- oder dreimal nachdenklich auf den Bauch, stemmte die Hände in die Hüften und fragte mich mit düsterem Blick: »Magst du fette Weiber?«

Und da fragen Sie noch, ob sich mir die Nackenhaare sträubten? Denn falls Ihnen eine taktvolle Antwort auf diese Frage einfällt – nun, mir nicht. Ich stand stumm da, mir brach der Schweiß aus, als mir Visionen von kochenden Wasserlöchern und Kreuzigung in den Sinn kamen, und ich konnte einen verzagten Seufzer nicht zurückhalten – den ich geistesgegenwärtig sofort in ein lustvolles Stöhnen übergehen ließ, während ich auf sie zuging, sie liebevoll umfaßte und betete, daß Taten lauter für mich sprechen würden als Worte. Da sie nicht weiter auf diesem Thema bestand, nehme ich an, daß meine Antwort richtig war.

Eine weitere Befürchtung während dieser langen Wochen war natürlich, daß sie etwas von Elspeth erfahren oder daß meine liebe kleine Frau aufsässig werden und irgend etwas Verrücktes anstellen könnte. Aber das tat sie nicht, und bei den gelegentlichen Besuchen, die ich im Palast des Prinzen machen durfte, schien sie so fröhlich und guter Dinge wie immer. Das ist eine Sache, die ich bis heute nicht verstehe, obwohl ich zugebe, daß Elspeth ein ungewöhnlich heiteres und begriffsstutziges Naturell besitzt, das jeder Situation das Beste abgewinnen kann. Sie beklagte sich zwar über die Tatsache, daß wir voneinander ferngehalten wurden, und fragte mich unaufhörlich, wann wir nach Hause fahren würden, aber da wir nie zusammen alleingelassen wurden, ergab sich keine Gelegenheit, ihr die furchtbare Wahrheit zu sagen, und es wäre ohnehin sinnlos gewesen. Also ließ ich sie in ihrem guten Glauben, und sie schien leidlich zufrieden.

Bei dem letzten Besuch, den ich ihr abstattete, sah ich die ersten Anzeichen von Verzweiflung, und ich nahm an, es sei endlich in diesen hübschen Hohlkopf eingedrungen, daß Madagaskar nicht ganz der Urlaubsaufenthalt war, den sie sich vorstellte. Sie war blaß und sah aus, als hätte sie geweint, aber ausgerechnet da hatten wir keine Gelegenheit zu einem privaten Tête-à-tête, denn der Anlaß unserer Zusammenkunft war eine Teegesellschaft der Prinzessin, und ich wurde die ganze Zeit durch den Prinzen und Rakohaza mit einem belanglosen Gespräch über militärische Dinge aufgehalten. Erst als ich aufbrach, konnte ich kurz mit Elspeth sprechen, doch sie sagte nicht viel, sondern hielt nur fest meine Hand und wiederholte ihre ewige Frage nach unserer Heimreise. Es war mir schleierhaft, was sie beunruhigt hatte, doch ich konnte sehen, daß die Tränen nicht weit waren, darum riß ich sie auf die einzige Weise, die ich kenne, aus ihrer trüben Stimmung.

»Was soll das, altes Mädchen?« sagte ich und schaute erzürnt drein. »Du flirtest also doch mit dem jungen Prinzen?«

Sie sah mich verdutzt an, aber ihr Trübsinn war sofort verflogen. »Wieso, Harry? Was meinst du denn bloß? Was für eine Frage –«

»Stimmt es denn nicht?« sagte ich grimmig. »Ich weiß nicht – ich sehe doch, daß er mehr als nur ein Auge auf dich geworfen hat, dieser eingebildete junge Schnösel – ja, und du entmutigst ihn auch nicht gerade, oder? Das gefällt mir ganz und gar nicht, meine Dame – nur weil ich nicht die ganze Zeit bei dir sein kann, ist das noch lange kein Grund, daß du dir einen anderen Burschen angelst. O ja, ich habe gesehen, wie du ihn angehimmelt hast, als er mit dir sprach – und dazu noch ein verheirateter Mann. Jedenfalls«, flüsterte ich, »bist du viel zu hübsch für ihn.«

Sie war mittlerweile leicht rot geworden – nicht etwa aus schuldbewußter Verwirrung, aber nein, sondern aus Vergnügen, daß sie wieder einmal in einer männlichen Brust Leidenschaft erweckt hatte. Wenn es eins gab, was dieses kleine Luder ablenken konnte, so war es männliche Bewunderung; sie wäre vor einer heranrollenden Dampfwalze stehengeblieben und hätte sich in Positur geworfen, wenn ihr jemand bloß zuzwinkerte. Ich sah an ihrem errötenden Protest, wie entzückt sie war, und daß ihr Kummer – worüber auch immer – restlos vergessen war. Aber da wurde ich zum Prinzen gerufen, neben dem Rakohaza stand.

»Generalfeldwebel, wir sehen Sie doch sicher heute abend auf dem Ball Ihrer Majestät?« sagte Seine Hoheit, und mir schien, daß seine Stimme übertrieben schrill und sein Lächeln ein bißchen glasig wirkte. »Das wird ein sehr glanzvolles Ereignis.«

Ich wußte natürlich von den Gesellschaften und Bällen der Königin, obwohl ich nie daran teilgenommen hatte. Da ich offiziell ein Sklave war, soviel Autorität ich auch in der Armee haben mochte, nahm ich eine merkwürdige soziale Stellung ein. Aber Rakohaza beschwichtigte meine Zweifel.

»Generalfeldwebel Flashman wird anwesend sein, Hoheit.« Er wandte mir sein großes, narbiges Gesicht zu und starrte mich an. »Ich bringe ihn in meiner eigenen Begleitung mit.«

»Ausgezeichnet«, piepste der Prinz und schaute überall hin, nur nicht auf mich. »Das ist... eh... äußerst erfreulich.« Ich entfernte mich unter Verbeugungen und fragte mich, was das zu bedeuten hatte. Ich brauchte nicht lange zu warten, um es herauszufinden.

Die Festlichkeiten der Königin waren berühmt. Sie fanden alle zwei oder drei Monate statt, an den Jahrestagen ihrer Thronbesteigung, ihrer Hochzeit, ihrer Geburt – oder auch, das hätte mich nicht gewundert, zum Jubiläum ihres ersten Massakers – und wurden von den Spitzen der madagassischen Gesellschaft besucht, die sich in ihren prächtigsten Kostümen im großen Vorhof des Palastes drängten, wo sie tanzten, aßen, tranken und die ganze Nacht hindurch feierten. Richtiggehende Orgien, nach dem, was ich gehört hatte, also war ich pünktlich und in voller Uniform bereit, als Rakohaza mich am frühen Abend abholen kam.

Als wir durch die Palasttore traten, wartete davor eine große Menge Fußvolk, das einen Blick auf die besseren Leute ergattern wollte, die bereits zu irgendeiner Melodie das Tanzbein schwangen. Der gesamte Palasthof war ringsum mit chinesischen Lampionketten hell illuminiert, Topfpalmen und sogar ganze Blumenbeete und Bäume waren zur Dekoration herangeschafft worden, die Rundbögen an der Fassade des Palastes waren mit Laub und Lametta umrankt, und in der Mitte des Hofes hatte man extra einen Brunnen hergerichtet, dessen Wasser über gläserne Behälter lief, in denen Schwärme der berühmten madagassischen Glühwürmchen eingeschlossen waren, kleine, smaragdgrün funkelnde Juwele, die mit verblüffendem Effekt durch das aufsprühende Wasser schwirrten und blinkten.

Zwischen den Bäumen und Büschen entlang des Platzes waren lange Tische gedeckt, auf denen sich Delikatessen türmten, vor allem das einheimische Rindfleisch mit Reis, das zu Ehren der Königin verzehrt wird – fragen Sie mich nicht warum, denn es ist nichts weiter als ein einfacher Magenfüller. Die Militärkapelle war da und schmetterte »Auprès de ma blonde« mit vielen falschen Tönen; mir fiel auf, daß die Musiker alle halb betrunken waren, sie hatten ihre Uniformkragen geöffnet und grinsten mit schwitzenden Gesichtern, während ihr Kapellmeister, in kariertem Morgenmantel und steifem Hut, gackernd hin und her hüpfte, bis er seine silbergefaßte Brille verlor. Er kroch auf dem Boden herum, um nach ihr zu suchen, und schwenkte dabei wie verrückt seinen Taktstock, doch die Musiker spielten unbeirrt weiter, bis sie von den Stühlen fielen, und der Radau war ohrenbetäubend.

Wohlgemerkt, wenn sie betrunken waren, so konnte man sehen, woher sie die Idee hatten. Es waren bestimmt schon mehrere hundert Vertreter der oberen Gesellschaftsschichten anwesend, von denen jeder, seinem Gehabe nach zu urteilen, rund eine Gallone unverdünnten Alkohol im Bauch hatte; vier Leute lagen bereits im Brunnen, als wir eintrafen, und viele andere torkelten herum; die meisten standen schwankend in Gruppen von sechs bis sechzig Personen zusammen, trieben höfliche Konversation in voller Lautstärke, johlten schulterklopfend, schnappten sich volle Gläser von den Tabletts, die die Diener zwischen ihnen herumreichten, brüllten Trinksprüche, gossen sich gegenseitig Schnaps über die Kleidung, entschuldigten sich umständlich, kippten um und benahmen sich überhaupt im großen und ganzen völlig zivilisiert.

Sie boten die übliche phantastische Modenschau – Männer in arabischem, türkischem, spanischem und europäischem Aufzug, Frauen in Saris, Sarongs, aufwendigen Roben und Abendkleidern in allen erdenklichen Farben. Uniformen waren ebenfalls reichlich vorhanden, aus Samt, Brokat, feinem Tuch und Kammgarn, mit silbernen und goldenen Litzen und Borten garniert, doch mir fiel auf, daß die spanische Note stärker als sonst vertreten war – schwarze Schwalbenschwänze, trichterförmige Hosen mit Kummerbund oder Schärpe bei den Männern, Mantillas, hohe Absätze, Volantröcke, Spitzenfächer und Blumen bei den Frauen. Der

Grund dafür war, wie ich herausfand, daß Rakotos Volljährigkeit gefeiert wurde, und da er eine Vorliebe für südländische Mode hegte, hatten die Festgäste sich zu seinen Ehren so herausgeputzt. Die Hitze, die von dieser lärmenden, schwankenden, feiernden Menge ausging, kam in einer Welle auf einen zu, und die Kapelle krönte den Spektakel mit ihrem unaufhörlichen Gedudel.

»Das Essen hat noch nicht begonnen«, sagte Rakohaza zu mir. »Sollen wir den anderen zuvorkommen?« Er ging zu den Bäumen voraus, unter denen die größtenteils schon ziemlich angeheiterten Kellner standen, und wies mir und seinen Adjutanten Stühle zu. Auf den Tischen stand feines Porzellan und Glas, doch Rakohaza entkorkte einfach eine Flasche, schob sich den Ärmel hoch, schöpfte mit der Hand eine Riesenportion Rindfleisch mit Reis und machte sich daran, sie zu verdrücken, indem er gelegentlich einen Schluck zum Nachspülen aus der Flasche nahm. Um nicht für ungesittet gehalten zu werden, nahm ich ein ganzes Huhn mit den Fingern in Angriff, und auch die Adjutanten langten zu wie die Kannibalen.

Während wir noch bei unserem Imbiß waren, räumte der nüchternere Teil der Palastdienerschaft den großen Platz, und es gab ein entsetzliches Gedränge, Gestolper und Geschimpfe, begleitet von überschwenglich vorgebrachten Entschuldigungen, als die Gäste zu den umliegenden Buffets wankten, um dort Platz zu nehmen. Ganze Tische wurden umgekippt, Männer fielen ins Gebüsch, Frauen kreischten beschwipst und mußten gestützt werden, Geschirr und Gläser gingen zu Bruch, und das alles wurde untermalt von Ausrufen wie »Ach, Mam'selle, verzeihen Sie mein absurdes Ungeschick«, »Gestatten Sie mir, Monsieur, Ihnen auf die Beine zu helfen«, »Heda, Kellner, bringen Sie einen Stuhl für Madame – stellen Sie ihn doch unter ihren Hintern, Sie unbeholfener Tölpel!«, »Ein reizender Abend, nicht wahr, Mam'selle Bomfomtabellilaba? Eine so exklusive Gesellschaft, erlesener Geschmack, und dazu diese Dekoration!«, »Entschuldigen Sie mich einen Moment, Madame, ich gehe nur rasch kotzen«, und so weiter. Endlich hatte jeder unter allgemeinem Geschrei, Gepolter, Gewürge und höflichem Geflüster einen Platz im Sitzen oder Liegen gefunden, und die Vorführung begann.

Diese bestand aus hundert Tanzmädchen in weißen Saris, die sich grüne Glühwürmchen ins Haar geflochten hatten und perfekt im Takt zu einer merkwürdigen Nigger-Musik über den Platz wogten; zum größten Teil häßliche kleine Äffchen, aber gedrillt wie Gardesoldaten, und ich habe selten eine Truppe gesehen, deren Gebärdenspiel dem ihren gleichkam. Sie drehten und wanden sich in kompliziertesten Mustern umeinander, und die Menge erhob sich in den Pausen zwischen Fressen und Saufen, um sie hingerissen zu bewundern. Blumen, bunte Bänder und sogar Teller mit Essen wurden ihnen zugeworfen, junge Männer stiegen auf die Tische, um jubelnd zu applaudieren, die Damen warfen mit Kleingeld aus ihren Handtaschen um sich, und mittendrin kam plötzlich die Militärkapelle wieder zur Besinnung und legte erneut mit »Auprès de ma blonde« los. Der Dirigent fiel unter langanhaltendem Beifall in den Brunnen, einer der Adjutanten an unserem Tisch landete mit seinem Gesicht nach unten in einer Schüssel voll Curryreis, General Rakohaza zündete sich eine Zigarre an, etwa zwanzig Burschen liefen mitten unter die Tanzmädchen und begannen einen improvisierten Walzer, der Prinz und die Prinzessin hielten Einzug in Sänften, die mit goldenem Tuch ausgeschlagen waren und von Hova-Wachen schulterhoch getragen wurden, die ganze Versammlung raste vor Begeisterung und wich ergeben grüßend zurück, und am Nebentisch warf ein mandeläugiges Chinesenmädchen mit schlanken, nackten Schultern begehrliche Blicke in meine Richtung, senkte sittsam die Lider und streckte mir hinter dem Fächer die Zunge heraus.

Bevor ich noch mit einer höflichen Verbeugung reagieren konnte, übertönte plötzlich ein Trompetensignal den Tumult; es stieg zu einem durchdringenden Fanfarenstoß an, und als dieser verklang, erhob sich schwankend die ganze Gemeinde unter erneutem Gepolter von umkippenden Stühlen und zusammenbrechenden Tischen, leisen Flüchen und Entschuldigungen, stand mehr oder weniger schweigend da, stützte sich gegenseitig und atmete laut röchelnd.

Auf dem Balkon in der Mitte des ersten Stockwerks des Palastes leuchteten Laternen auf, Gardisten nahmen Aufstellung, und ein Majordomus brüllte mit eherner Stimme Kommandos. Dienerinnen erschienen mit dem gestreiften Sonnenschirm, Beckenschläge dröhnten, zwei Magier huschten mit ihren kleinen Päckchen herum, der silberne Speer wurde nach vorne getragen, und dann kam die Gastgeberin des Festes, die Chefin der Mannschaft, kaiserlich gewandet mit scharlachrotem Kleid und goldener Krone, und wurde mit einem Jubelschrei empfangen, der alles Vorhergehende übertraf. Eine Welle der Begeisterung brandete auf und brach sich mit dem Ruf »Manjaka, manjaka! Ranavalona, Ranavalona!« an den hohen Mauern, während sie langsam an die Brüstung vortrat und ihr würdevolles Schreiten nur durch die offensichtliche Tatsache beeinträchtigt wurde, daß sie ebenfalls sternhagelvoll besoffen war.

Sie schwankte gefährlich, als sie stehen blieb und nach unten schaute, doch zwei Gardisten hielten sie diskret zu beiden Seiten am Ellbogen fest, und dann schmetterte die Kapelle in einem Triumph des Instinkts über den Suff die Nationalhymne, »Die Königin soll hundert Jahre leben«. Die Gäste stimmten mit heroischem Schwung ein und begleiteten ihren Gesang, indem sie mit ihren Löffeln auf die Teller schlugen.

Die Hymne endete unter frenetischem Jubel, und Ihre Majestät zog sich – schätzungsweise fünf Sekunden bevor sie umnebelt zusammenbrach – wieder zurück. Wir begleiteten ihren Abgang mit großem Hallo, und jetzt, da sozusagen der offizielle Teil erledigt war, ging die Party richtig los. Es gab einen allgemeinen Ansturm auf den Tanzplatz, in dem ich nolens volens mitgerissen wurde. Die Kapelle übertraf sich selbst und spielte zu einer wilden Polka auf, bei der ich mich als Partner eines ungeheuer fetten weiblichen Nilpferds in Krinoline wiederfand, das mich als Rammbock benutzte, um sich einen Weg durch das Gewühl zu bahnen, und dabei wie eine Dampfsirene kreischte.

Ich muß sagen, daß ich, um mich der Stimmung des Abends anzupassen, selber ganz schön geladen hatte, und das machte mich leichtsinnig, denn ich reckte immer wieder über die Köpfe der Menge hinweg den Hals nach dem Chinesenmädchen, das mich eben beäugt hatte. Das war natürlich Wahnsinn, aber gegen mehrere Liter madagassischen Anisschnaps und Champagner kommt selbst der Gedanke an die eifersüchtige Ranavalona nicht an – und außerdem lechzte ich nach Monaten des Zureitens der königlichen Stute nach einer Abwechslung, die dieses reizvolle, schlanke Geschöpf mir hervorragend bieten würde. Dort vorne war sie, mit einem froschähnlichen schwarzen Partner, der sich haltsuchend an sie klammerte; sie bemerkte meinen Blick und schaute mich im Vorbeitanzen einladend an.

Es war Sache eines Augenblicks, meiner Partnerin die dicken Beine unter dem Leib wegzutreten und sie zeternd vor die Füße der herumhopsenden Menge zu stoßen; ich kämpfte mich zur Seitenlinie durch und schnappte en passant das Chinesenmädchen aus der betrunkenen Umarmung seines Partners, der blindlings weitertapste, während ich die Beute mit einem Arm um ihre geschmeidige Taille davontrug. Sie kreischte vor Lachen, als ich sie ins Gebüsch zog – doch da war ebenfalls die Hölle los, denn anscheinend war es in Tana allgemein üblich, während einer Tanzpause in die Büsche zu krabbeln und zu kopulieren. Die Hälfte der Gäste schien schon vor uns dort zu sein, überall glänzten schwarze Hinterteile, aber ich fand ein freies Plätzchen und war gerade dabei, es mir gemütlich zu machen und wollüstig in den Wogen von Düften zu versinken, die meine Partnerin verströmte, als irgendein Rüpel mir in die Rippen trat, und plötzlich stand Rakohaza über uns.

Ich setzte dazu an, ihn von Herzen zu verfl---, doch er gab mir nur ein Zeichen mit seinem Kopf und trat hinter einen Baum, und da meine kleine Chinesin ausgerechnet diesen Moment wählte, um sich zu übergeben, verlor ich keine Zeit, ihm nachzugehen – trotzdem verwünschte ich mein Pech. Ich war ganz schön wacklig auf den Beinen, doch mir fiel auf, daß er stocknüchtern war; sein hageres schwarzes Gesicht war grimmig und eisern, und an der Art, wie er sich nach allen Seiten umschaute – zum Tumult der Ballgäste und den schummrigen Gestalten, die im Dunkel um uns herum grunzten und stöhnten –, das mich meinen zornigen Protest vergessen ließ. Er zog einen Moment an seiner Zigarre, warf sie dann fort, nahm mich beim Arm und führte mich einen schmalen Pfad unter den Bäumen entlang zu einem schwach beleuchteten Durchgang in einen kleinen, offenen Garten, der unmittelbar neben dem eigentlichen Palast liegen mußte.

Der Mond schien, und der kleine Garten war voller Schatten; ich wollte ihn gerade fragen, was zum T---l das alles sollte, als ich merkte, daß mindestens zwei Männer halb verborgen im Düster standen, aber Rakohaza schenkte ihnen keine Beachtung. Er ging zu einem kleinen Sommerhaus hinüber, unter dessen Tür sich ein Streifen Licht abzeichnete, und klopfte an. Ich blieb plötzlich von Angst gepackt stehen und versuchte, einen klaren Kopf zu bekommen; in der Ferne konnte ich schwach die Musik und den lärmenden Rummel des Festes hören, und dann öffnete sich die Tür, ich wurde ins Haus geleitet, blinzelte im Licht der Laterne, als ich mich umschaute, und Panik stieg mir bis zum Hals auf.

Vier Männer saßen dort und starrten mich an. Zu meiner Linken, in dunklem Hemd, Reithosen und Stiefeln, das Gesicht wie ein Fuchs, saß Laborde; neben ihm, ausnahmsweise einmal feierlich, die fetten Kinnbacken von einem hohen Kragen eingerahmt, saß Fankanonikaka; rechts, schlank und elegant, in voller Hoftracht, saß Baron Andriama, ein junger madagassischer Adliger, den ich zwar vom Sehen kannte, mit dem ich jedoch bisher kaum ein Wort gewechselt hatte. Und in der Mitte, das hübsche, junge Gesicht ernst und gespannt, thronte Prinz Rakoto höchstpersönlich. Sein Blick ging an mir vorbei, als die Tür sich wieder schloß.

»Hat niemand Sie gesehen?« flüsterte er mit heiserer Stimme.

»Niemand«, sagte Rakohaza hinter mir. »Wir können unbesorgt anfangen.«

Ich bezweifelte das allen Ernstes. Betrunken oder nicht – ich kann eine Verschwörung riechen, wenn sie mir unter die Nase gerieben wird, und ungeachtet der Anwesenheit eines Angehörigen der Königsfamilie und mehrerer der angesehensten Bürger Madagaskars wußte ich sogleich, daß sich hier Unheil zusammenbraute. Doch Rakohazas Hand lag auf meiner Schulter, um mich mit festem Griff zu einem Stuhl zu führen, und jeder mögliche Zweifel wurde zerstreut, als der Prinz Laborde zunickte, der sich daraufhin an mich wandte.

»Wir haben wenig Zeit«, sagte er, »daher werde ich mich kurz fassen. Möchten Sie unbeschadet mit Ihrer Frau nach England zurückkehren?«

Die ehrliche Antwort darauf war Hochverrat, und dieses Wissen muß sich auf meinem Gesicht gezeigt haben, denn der kleine Fankanonikaka mischte sich hastig ein; es war bezeichnend dafür, wie aufgeregt er war, daß er nicht in fließendem Französisch sprach, sondern in seinem verhunzten Englisch.

»Keine Angst zu haben, keine Besorgung, alles zu sein in Butter, Flashman. Freunde hier, Sie zu mögen, Wahrheit zu sagen wie alte Knaben, nicht wahr?«

Wenn der eigene Sohn der Königin und ihr Sekretär und vertrautester Minister ihre Hände im Spiel hatten – wie immer dieses Spiel auch heißen mochte –, war es wohl zwecklos, zu lügen.

»Ja«, sagte ich, woraufhin der Prinz erleichtert seufzte und in einen madagassischen Wortschwall ausbrach, aber Laborde unterbrach ihn.

»Pardon, Hoheit, aber wir dürfen keine Zeit verlieren.« Er wandte sich wieder mir zu. »Die Zeit ist gekommen, die Königin abzusetzen. Alle, die Sie hier sehen, sind sich darüber einig. Doch wir sind nicht alleine; es gibt andere vertrauenswürdige Freunde, die mit uns gemeinsame Sache machen. Wir haben einen Plan – einfach, wirkungsvoll und ohne Blutvergießen –, durch den Ihre Majestät entmachtet und Seine Hoheit an ihrer Stelle gekrönt werden soll. Er gibt Ihnen sein königliches Wort, daß er als Gegenleistung für Ihre treuen Dienste in dieser Sache Ihnen und Ihrer Frau die Freiheit schenkt und Sie in Ihre Heimat zurückkehren läßt.« Er machte eine Pause; er hatte rasch und eindringlich geredet, aber jetzt fragte er langsam: »Sind Sie bereit, uns zu helfen?«

Konnte das eine Falle sein? Ein t---lischer Plan Ranavalonas, um meine Treue auf die Probe zu stellen? – Sie war dämonisch genug, so etwas fertigzubringen. Labordes Gesicht sagte mir nichts; Fankanonikaka nickte mir zu, als wolle er mich zum Zustimmen bewegen. Ich warf einen Blick auf den Prinzen, und der fast wehmütige Ausdruck in seinen schönen, dunklen Augen überzeugte mich – beinahe. Ich war inzwischen wieder ziemlich nüchtern und so verängstigt, wie es jeder aufrichtige Feigling mit Recht sein mußte; es mochte gefährlich sein einzuwilligen, doch Rakohazas bedrohliche Anwesenheit an meiner Seite sagte mir, daß es schlichtweg tödlich wäre, abzulehnen.

»Was soll ich denn tun?« fragte ich, denn ich konnte beim besten Willen nicht begreifen, wozu sie mich überhaupt brauchten, es sei denn, sie wollten, daß ich die schwarze Schlampe in ihrem Bad erwürgte – ich erschauderte innerlich bei dieser Vorstellung – nein, das konnte es nicht sein – ohne Blutvergießen, hatte Laborde gesagt –

»Wir brauchen jemanden«, fuhr Laborde fort, als hätte er meine Gedanken gelesen, »der das Vertrauen der Königin genießt, völlig über jeden Verdacht erhaben ist und doch die Macht besitzt, derart über die Truppen zu verfügen, daß sie nicht dazukommen, sie zu beschützen. Jemand, der dafür sorgt, daß ihr Hova-Garderegiment zum gegebenen Zeitpunkt nicht in der Lage ist einzugreifen. Die Palastwachen selber sind einfach zu überwältigen – vorausgesetzt, es kommt ihnen keine Verstärkung zur Hilfe. Das ist der Schlüssel zu unserem ganzen Plan. Und Sie haben diesen Schlüssel in Ihrer Hand.«

Mittlerweile wirbelten mir so viele Gedanken und Ängste im Kopf herum, daß ich ihnen einen Moment lang nicht zusammenhängend Ausdruck verleihen konnte. Die Aussicht auf Freiheit –

auf Entkommen vor dieser monströsen Poppäa und aus ihrem abscheulichen Land – ich zitterte vor Erregung bei diesem Gedanken ... aber Laborde mußte verrückt sein, denn was konnte ich mit den verd--- Soldaten schon groß anstellen? Auf dem Exerzierplatz mochte ich zwar allgewaltig sein und ihnen sagen können, wohin sie ihre ungelenken Füße zu setzen hatten, aber darüber hinaus hatte ich keine Befugnisse. Ihr Plan war ja vielleicht eins a, und ich war auch sehr dafür – vorausgesetzt, ich ging dabei jeder Gefahr aus dem Weg –, aber die Vorstellung, selber etwas zu unternehmen – !! Nur eine Spur von Mißtrauen in diesen entsetzlichen Augen –

»Wie kann ich das?« stotterte ich. »Ich meine ... ich habe nicht die Macht dazu. General Rakohaza hier, der könnte einen Befehl – «

»Nicht zu machen; Königin nicht zu mögen und zu denken alles Schlechte über General, ganz bestimmt ihn zu köpfen – « Fankanonikaka wedelte mit den Händen, und hinter mir erklang Rakohazas tiefe Stimme.

»Falls ich oder ein anderer Adliger versuchen sollte, die Hova-Garden weiter als eine Meile aus der Stadt zu entfernen, würde die Königin augenblicklich Verdacht schöpfen. Und ich brauche Ihnen nicht zu sagen, welche Folgen ihr Verdacht hat. Es ist schon einmal versucht worden, und General Betsimirabe hatte vier Tage lang ohne Arme, Beine und Augen mit dem Tod zu kämpfen, als er in einer Büffelhaut in Ambohifotsy hing. Er hatte Pläne geschmiedet wie wir, aber nicht so vorsichtig. Er vergaß, daß die Königin in allen Ecken Spione hat – Spione, von denen selbst Fankanonikaka nichts weiß. Und dabei hat er nur versucht, zwei Kompanien der Garde nach Tamatave zu beordern. Ihm war nichts nachzuweisen, aber er fiel beim *Tangena* durch – und starb.«

»Aber ... aber ich kann die Garde nicht fortschicken – «

»Das haben Sie bereits zweimal getan«, meldete sich Andriama zum ersten Mal zu Wort. »Haben Sie sie nicht auf Übungsmärsche geschickt, einmal für zwei, das andere Mal für drei Tage? Niemand hat etwas darüber gesagt; die Königin war unbesorgt. Was umgehend Verdacht erregen würde, wenn es ein Adliger täte, gegenüber dem die Königin mißtrauisch ist – und sie ist gegenüber uns allen wahnsinnig mißtrauisch –, kann der Generalfeldwebel mit Leichtigkeit tun, der ja nur ein Sklave ist und von der Königin heiß geliebt wird.«

Fankanonikaka nickte eifrig, doch ich war kurz davor, in Ohnmacht zu fallen, als mir aufging, in welche Gefahr ich mich völlig unbewußt bereits begeben hatte.

»Verstehen Sie denn nicht?« sagte Laborde. »Begreifen Sie doch – von dem Moment an, als ich Sie vor Monaten auf dem Sklavenmarkt sah, haben Fankanonikaka und ich darauf hingearbeitet, Sie in diese Position zu bringen, in der sie dazu in der Lage sind. Die Königin vertraut Ihnen – weil sie keinen Grund hat, Sie zu verdächtigen, einen schiffbrüchigen Ausländer. Sie sieht in Ihnen nur den Sklaven, der ihre Truppen drillt – und ihren Liebhaber. Sie wissen, wie vorsichtig wir zu Werke gegangen sind, so daß nicht die Spur eines Verdachts an Ihnen hängenbleiben konnte; Seine Hoheit hat Ihre Frau sicher versteckt, selbst vor den Augen und Ohren der Spione seiner Mutter. Wir haben gewartet und gewartet – schon lange bevor Sie nach Madagaskar kamen. Dies ist nicht das erste Mal, daß wir insgeheim Pläne schmieden – «

»Sie ist wahnsinnig!« platzte der Prinz heraus. »Sie wissen, daß sie wahnsinnig ist – und grauenvoll – eine blutbedeckte Frau! Sie ist meine Mutter – und ... und ...« Er zitterte und rang die Hände. »Ich strebe nicht aus Gier auf Reichtum oder Macht nach dem Thron! Ich tue es, um dieses Land zu retten – um uns alle zu retten, bevor sie uns vollkommen vernichtet oder die Rache der ganzen Welt auf uns zieht! Und das wird sie – ja, das wird sie! Die Großmächte werden nicht ewig stillhalten!« Er blickte von Laborde zu Rakohaza und zurück. »Das wissen Sie genau – wir alle wissen es!«

Ich verstand das nicht, bis Laborde es mir erklärte.

»Sie sind kein Einzelfall, Flashman. Erst letzten Monat wurde die Brigg MARIE LAURE bei Tamatave an den Strand getrieben. Ihr Kapitän, ein Amerikaner namens Jacob Heppick, wurde – wie Sie – gefangengenommen und in die Sklaverei verkauft. Ich habe ihn durch Freunde kaufen lassen – « Er schnaubte plötzlich wütend. »Es sind fünf europäische Sklaven, die ich dieses Jahr heimlich gekauft habe, um sie vor dem Schlimmsten zu bewahren; Schiffbrüchige, Unglückliche wie Ihre Frau und Sie. Sie sind bei meinen Freunden versteckt, aber es hat Nachforschungen von seiten ihrer Regierungen gegeben – Nachfragen, die die Königin mit Beleidigungen und Drohungen beantwortet hat. Sie war sogar verrückt genug, die wenigen ausländischen Kaufleute schlecht zu behandeln, die hier anlegen – Leute sind von ihren Schiffen entführt, zu Zwangsarbeit verurteilt oder regelrecht versklavt worden. Wie lange werden Frankreich, England und Amerika sich das gefallen lassen?«

»Gerade jetzt« – er beugte sich vor und schlug mir leicht aufs Knie – »liegt ein britisches Kriegschiff in Tamatave auf Reede, dessen Kommandant eine Protestnote an die Königin überbracht hat. Sie wird sie zurückweisen, wie sie es immer tut, und weitere hundert Christen bei lebendigem Leib verbrennen lassen, um ihre Verachtung für Ausländer zu beweisen. Wie lange wird es dauern, bis aus diesem einen britischen Kriegsschiff ein Geschwader wird, das eine Armee an Land setzt, die auf Tana marschiert und sie von ihrem Thron zerrt? Glaubt sie denn, London und Paris werden das ewig dulden?«

Und was zum T---l, fuhr es mir fast heraus, ist daran verkehrt? Ich hatte noch nie im Leben etwas Schöneres gehört – mein Gott, sich vorzustellen, daß britische Regimenter und Marineeinheiten ihre verd--- Hauptstadt stürmten, ihre lausigen Hova-Schurken zur Hölle jagten und – mit etwas Glück – Ranavalona aufknüpften! Und dann fiel mir ein, daß diese madagassischen Gentlemen dieser Aussicht vielleicht nicht ganz so begeistert entgegensahen. Sie würden nicht erfreut darüber sein, eine weitere britische oder französische Kolonie zu werden; nein, aber man lasse den guten König Rakoto den Thron besteigen und sich wie ein zivilisiertes Wesen benehmen, und die Großmächte wären so froh und glücklich, daß sie ihn und sein Land in Ruhe lassen würden. Das war es also, warum sie so erpicht darauf waren, Mama aus dem Weg zu räumen, bevor sie eine Invasion provozierte. Aber warum sollte Laborde sich darüber Gedanken machen – er war doch kein Madagasse? Nein, aber er war ein überzeugter Franzose, der ebensowenig den Union Jack über Tana wehen sehen wollte wie die anderen. Ich war nicht umsonst im politischen Dienst, wie Sie sehen.

»Sie wird uns vernichten!« rief Rakoto erneut. »Sie wird uns in einen Krieg ziehen – und in ihrem Wahnsinn gibt es keine Schrekkenstat, die sie nicht – «

»Nein, Hoheit«, sagte Rakohaza. »Das wird sie nicht – denn wir werden sie nicht lassen. Diesmal werden wir Erfolg haben.«

»Sie verstehen also«, sagte Laborde, »was zu tun ist? Sie müssen die Garde nach Ankay in Marsch setzen, knapp dreißig Meilen von hier. Das ist alles. Ein Trainingsmarsch, der drei Tage dauert und an dem – wie üblich – die unteren Befehlshaber teilnehmen.«

»Damit bleiben die Teklabe- und Antaware-Regimenter in Tana«, sagte Rakohaza. »Die werden nichts unternehmen; ihre Generäle werden auf unserer Seite sein, sobald sich abzeichnet, daß unser Staatsstreich erfolgreich verläuft.«

»Wir schlagen am Abend des zweiten Tages zu, nachdem die Garde fort ist«, sagte Andriama. »Ich werde der Königin meine Aufwartung machen und dreißig Mann bei mir im Palast haben. Auf ein Signal hin werden sie die Königin gefangennehmen und sich um ihre Palastwachen kümmern, falls das erforderlich ist. General Rakohaza wird die Befehlshaber der weniger wichtigen Regimenter zu sich beordern und zusammen mit Mr. Fankanonikaka den neuen König proklamieren. Das ist in einer Stunde erledigt – und wenn die Nachricht von dem Staatsstreich die Hova-Garden in Ankay erreicht, ist es zu spät. Die Begeisterung des Volkes wird unseren Erfolg sichern – «

»Es wird geschlossen hinter mir stehen«, sagte Rakoto ernst. »Es wird verstehen, warum ich das tue, daß ich ein Befreier bin, und – «

»Ja, Hoheit«, sagte Rakohaza. »Sie können sich darauf verlassen, daß wir uns um alles kümmern.«

Ich konnte nicht umhin zu bemerken, daß sie Rakoto für einen zukünftigen Monarchen ziemlich von oben herab behandelten, und fragte mich notgedrungen, wer eigentlich Madagaskar regieren würde. Aber das war Nebensache – mir schwirrte der Kopf von dem Donnerschlag, mit dem sie mich überfallen hatten. Diese Burschen fackelten nicht lange mit ihrer Verschwörung, und ich hatte kaum Zeit gehabt, Luft zu holen. Sie hatten alles fix und fertig – aber, du heiliges Kanonenrohr, das war ein furchtbares Risiko! Angenommen, es ging etwas schief – so wie es offenbar schon einmal geschehen war? Alleine der Gedanke an die Rache, die Ranavalona nehmen würde, brachte meine Eingeweide in Aufruhr – und ich säße auch noch mitten drin im Schlamassel. Ich hätte heulen können bei der Vorstellung, daß genau in diesem Augenblick keine vier Tageritte nach Osten entfernt ein britisches Kriegsschiff lag. Gab es keine Möglichkeit, wie ich – nein, das war nicht drin. Angenommen, Laborde schaffte es? Angenommen, die Königin bekam Wind von der Sache? Sie hatte ihre Spione überall – ich schaute sogar Fankanonikaka fragend an. Wer weiß – vielleicht hatte sie bereits jemanden in diese Verschwörung eingeschleust – vielleicht saß sie frohlockend da oben und wartete den richtigen Moment ab? Ich dachte an diese entsetzlichen Wasserlöcher, den armen Kerl, der schreiend mit halb gekochtem Arm vor ihrem Thron stand ...

»Dann machen Sie also mit?« fragte Laborde, und ich stellte fest, daß mich alle anstarrten – Fankanonikaka mit runden Augen, ungeduldig, aber verängstigt, der Prinz fast flehend, Andriama und Rakohaza grimmig, Laborde mit zurückgelehntem Kopf und abschätzendem Blick. In der Stille des kleinen Sommerhauses konnte ich noch immer schwach die Musik in der Ferne hören. Mir ging eine alberne, zwecklose Frage im Kopf herum – aber feige, wie ich war, mußte ich sie stellen, obwohl die Antwort meine Ängste kein bißchen beschwichtigen würde.

»Sind Sie sicher, daß die Königin nicht schon einen Verdacht hegt?« fragte ich. »Es war die Rede von dreißig Männern, die bei der Sache mitmachen – woher wissen Sie, daß kein Spion unter ihnen ist? Die beiden Posten draußen –«

»Einer davon«, sagte Andriama, »ist mein Bruder, der andere mein ältester Freund. Die dreißig Mann, die ich anführen werde, sind Leute aus den Wäldern – Ausgestoßene, Räuber, Leute, die bereits zum Tode verurteilt sind. Sie sind zuverlässig, denn wenn sie uns verrieten, würden sie mit uns in die Löcher wandern.«

»Weder die Königin noch Kanzler Vavalana hegen einen Verdacht«, sagte Rakoto hastig. »Dessen bin ich sicher.« Er zappelte nervös und schaute mich hoffnungsvoll lächelnd an.

»Wann werden meine Frau und ich abreisen können?« fragte ich und sah ihm dabei in die Augen, aber es war Laborde, der antwortete.

»In drei Tagen. Denn Sie müssen die Garde morgen nach Ankay schicken, und wir schlagen am Abend des darauffolgenden Tages zu. Von dem Moment an sind Sie frei.«

Falls ich dann noch lebe, dachte ich. Ich merkte, daß ich einen roten Kopf hatte, und das ist ein untrügliches Zeichen, daß ich vor Angst gelähmt bin – aber was konnte ich anderes tun als zustimmen? Hatten sie das nicht famos eingefädelt? Dem alten Flash nur ja nicht viel Zeit lassen, falsches Spiel mit ihnen zu treiben, falls ihm der Sinn danach stand – diese Schlauberger! Aber sie hatten wohl das Gefühl, es könnte dennoch nichts schaden, mir noch einen zusätzlichen zarten Wink ins Ohr zu flüstern, denn nachdem der Prinz ein paar wohlgesetzte Worte zum Abschluß unseres kleinen gemütlichen Beisammenseins gesagt und wir uns schweigend in die Dunkelheit verzogen hatten, machte ich mich angstschlotternd auf den Rückweg zum Palasthof, wo noch immer ein Rabatz gemacht wurde, der Tote hätte aufwecken können, und plötzlich tauchte Rakohaza neben mir auf.

»Einen Moment, Generalfeldwebel, wenn ich bitten darf.« Er hatte sich wieder eine Zigarre angesteckt, zog daran und sah sich verstohlen um, bevor er fortfuhr. »Ich habe Sie beobachtet; ich glaube, Sie sind nicht ruhig und gelassen genug.«

Der Himmel allein mochte wissen, wie er zu diesem Eindruck gekommen war. Um meine Kaltblütigkeit zu demonstrieren, stieß ich einen erstaunten Fragelaut voll falscher Empörung aus.

»Ruhe ist unbedingt vonnöten«, sagte der große Sch---kerl und legte eine Hand auf meinen Arm. »Ein nervöser Mann könnte in Ihrer Lage Angst bekommen. Er könnte auf den törichten Gedanken kommen, seinem Interesse sei am besten damit gedient, unsere Verschwörung an Ihre Majestät zu verraten.« Ich setzte an, etwas zu sagen, aber er fuhr dazwischen. »Das wäre fatal. Jede Dankbarkeit, die die Königin vielleicht empfände – falls überhaupt –, würde durch ihre eifersüchtige Wut mehr als wettgemacht, wenn sie entdecken müßte, daß ihr Liebhaber untreu gewesen ist. Mam'selle Bomfomtabellilaba ist eine attraktive Frau, wie Sie wohl bemerkt haben. Jedenfalls schienen Sie das zu finden, als ich Sie vorhin holen kam. Die Königin wäre äußerst verärgert über Sie, wenn sie das erführe.«

Er packte mich am Arm, als wir uns dem Palasthof näherten. »Ich erinnere mich an einen ihrer früheren ... Favoriten, der so unbesonnen war, eine der Dienerinnen Ihrer Majestät anzulächeln. Er hat nie wieder gelächelt – zumindest glaube ich das nicht, aber das ist schwer zu sagen, nachdem einem Mann zentimeterweise die Haut in einem Stück abgezogen worden ist. Sollen wir uns etwas zu essen holen gehen? – Ich bin völlig ausgehungert.«

Obwohl ich in der Regel aufs beste lügen und mich verstellen kann, bin ich kein besonders guter Verschwörer; man hängt zu sehr von anderen Schwindeleien als den eigenen ab. Wohlgemerkt, sie schienen ja ein recht vernünftiger Verein zu sein, doch es war ein Segen, daß nicht viel Zeit blieb, um etwas schiefgehen zu lassen; wenn ich Tage oder Wochen hätte warten müssen, wären zweifellos meine Nerven mit mir durchgegangen oder ich hätte mich selber verraten. Als ich am nächsten Morgen in aller Frühe zum Appell ging, ohne ein Auge zugetan zu haben, war ich zappelig wie ein Fisch auf dem Trockenen; ich zuckte sogar schuldbewußt zusammen, als meine Ordonnanz mein Rasierzeug brachte – was steckte dahinter, he? War es nicht verdächtig, daß sein Benehmen genau das gleiche wie seit Monaten war? Bis ich in mein Büro kam und meinem kleinen Stab von Ausbildern die Tagesbefehle ausgab, sah ich schon überall Spione lauern und führte mich auf wie ein nervöser Schauspieler in »Macbeth«.

Das erschreckende Problem war, sich einen hinlänglichen Vorwand einfallen zu lassen, um die Garde nach Ankay fortzuschikken. Ich starrte in die ausdruckslosen schwarzen Gesichter meines Stabes und versuchte, meine Hände stillzuhalten. Du heiliger Bimbam, wie war ich da nur hineingeraten? Ich konnte ihnen nicht einfach den Befehl zum Abmarsch geben – das würde sicherlich Kommentare hervorrufen. Sie brauchten die Übung nicht – sie hatten sich bei der letzten Parade gut gehalten. Ich sah keine Möglichkeit, doch für alle Fälle ließ ich sie erst einmal antreten und vertraute darauf, daß sich irgend etwas ergeben würde. Und das tat es. Die Mannschaften waren picobello, wie üblich, aber die jüngeren Offiziere hatten die ganze Nacht auf dem Fest der Königin zugebracht und kamen halb angesäuselt zum Appell. Da sah ich meine Chance – ich ließ sie mit ihren Kolonnen exerzieren, und nach fünf Minuten sah die Formation aus wie bei der Schlacht von Borodina, die Leute rannten sich gegenseitig über den Haufen, ganze Abteilungen liefen in die Irre, und dazwischen stolperten kleine, betrunkene Offiziere herum, die kreischten und jammerten. Ich hatte den glücklichen Einfall, die Kapelle aufmarschieren zu lassen, um das Exerzieren mit Musik zu begleiten, und da die meisten Musiker noch schielend herumliefen und in das falsche Ende ihrer Instrumente bliesen, wurde das Durcheinander nur noch größer.

Darüber geriet ich in fürchterliche Wut, stellte die stärker betrunkenen Offiziere unter Arrest, hielt vor versammelter Mannschaft eine lautstarke Ansprache und sagte ihnen, sie würden verd--- nochmal in voller Ausrüstung marschieren, bis sie wieder nüchtern und respektabel seien. Ankay sei der richtige Ort, sagte ich; da könnten sie ohne Zelte und Decken auf der Ebene kampieren, und falls einer von ihnen es wagen sollte, Fieber zu bekommen, würde ich ihn dumm und dusselig peitschen. Es muß überzeugend geklungen haben, denn sie zogen los, angeführt von der Kapelle, die drei verschiedene Märsche gleichzeitig spielte, ich sah sie im staubigen Dunst verschwinden und dachte, so, damit habe ich mein Teil getan – und wenn die ganze Verschwörung auffliegt, kann ich immer noch behaupten, daß mein Verhalten völlig normal war.

Aber das ist ein schwacher Trost für ein Gemüt wie meines. Ich wurde den ganzen Tag von zunehmender Furcht befallen und zerbrach mir den Kopf, was wohl Laborde und die anderen gerade machten – noch einen Tag und eine Nacht lang konnte etwas über die Verschwörung durchsickern, und ich schreckte bei jeder Stimme und jedem Schritt zusammen. Zum Glück schien das niemandem aufzufallen; bestimmt schrieben sie meine Zerfahrenheit – wie ihre eigene – den Exzessen der vergangenen Nacht zu. Kein Bescheid aus dem Palast, kein Anzeichen dafür, daß etwas zuwiderlief; der Abend kan, und ich traf Anstalten, mit einer Flasche Anisschnaps früh in die Federn zu kriechen, um meine finsteren Gedanken zu beschwichtigen.

Ich lag da, lauschte auf die entfernten Geräusche des Palastes, nuckelte an meiner Flasche und sagte mir selber zum tausendsten Mal, daß es keinen Grund gab, warum nicht alles gutgehen sollte – ja, mit etwas Glück würden Elspeth und ich in zwei Tagen mit Rakotos Segen ganz offiziell nach Tamatave reiten; dann das erste englische Schiff – und ab nach Hause und in Sicherheit, fern von dieser h---ischen Insel. Sie war bestimmt gar nicht so schlecht, wenn Ranavalona aus dem Weg geräumt war. Vielleicht war da finanziell etwas zu holen – reiches Land, neuer Markt – Handelsbeziehungen, fachmännische Beratung der Kaufleute in der City als Gegenleistung für zehn Prozent vom Profit – nicht zu verachten. Frage ist nur, was sie mit der guten alten Rana machen werden – vermutlich ins Exil in die Südprovinz schicken, mit einer Kompanie von Hova-Böcken, um sie warm zu halten . . . verdient hatte sie's . . .

Das Klopfen an meiner Tür klang wie Donnerhall, und ich richtete mich schwitzend senkrecht auf. Ich hörte die Stimme meines Burschen, während ich nach meinen Stiefeln suchte, und da war er auch schon, und hinter ihm die bedrohlichen Gestalten von Hova-Wachen mit Patronengurten und allem. Ein Unteroffizier, dessen nackte Brust schwarz im Lampenlicht glänzte, forderte mich auf, ihm in die königlichen Gemächer zu folgen; seine Worte drangen wie Säuretropfen in mein benommenes Hirn – oh Gott, ich war erledigt. Ich mußte mich an der Bettkante festhalten, als ich meine Hose anzog; was konnte sie um diese Zeit wollen, und warum solte sie Wachsoldaten schicken, wenn nicht etwas ganz Schlimmes passiert war? Die Sache war aufgeflogen, das mußte es sein – aber immer mit der Ruhe, es konnte ja auch nichts zu bedeuten haben – ich durfte keine Miene verziehen, was immer es auch war. Ich schlotterte vor Angst – sollte ich einen Fluchtversuch wagen? Nein, das wäre tödlich, und meine Beine würden versagen; sie schafften es mal gerade, Schritt zu halten, als der Unteroffizier zur Vorderseite des Palastes vorausging, an der breiten Treppe vorbei – war das Einbildung, oder standen dort mehr Wachen als gewöhnlich? – und quer über den Hof zum Silberpalast, der schwach im Licht des aufgehenden Mondes schimmerte, und dessen Millionen Glöckchen leise im Nachtwind bimmelten.

Die Treppe hinauf, den breiten Gang entlang, mit Beinen wie Gelee, und die Stiefel der Soldaten polterten unerbittlich hinter mir her – ich war nicht glücklich über diese Stiefel, erinnerte ich mich; ich hatte mit dem Gedanken gespielt, sie Sandalen ausprobieren zu lassen, aber ich war mir nicht sicher gewesen, wie die sich bei langen Märschen bewähren würden – herrjemine, war das ein Thema, wenn mein Leben auf dem Spiel stand – und jetzt öffneten sich die großen Türflügel, der Unteroffizier winkte mich in den strahlend hell beleuchteten Empfangsraum, ich trat mit großen Schritten ein, verbeugte mich automatisch, und das Bild prägte sich fest in mein Gedächtnis ein.

Da saß sie, schwarz und schweigend, auf ihrem Thron. Es war bestimmt schon Mitternacht, doch sie trug ein Nachmittagskleid aus blauem Taft mit vielen Volants und einen Hut mit Straußenfeder. Ich richtete mich aus meiner Verbeugung auf und spürte ihren kalten Blick, aber ich brachte es nicht über mich, sie anzusehen. Neben ihr standen zwei Dienerinnen, dann die hagere Gestalt Kanzler Vavalanas in vollem Ornat, der mich mit schiefgelegtem Kopf und verschlagenem Blick betrachtete, und – Fankanonikaka! Ich rang um Fassung, doch seine unverbindliche Miene sagte mir nichts. Und dann machte mein Herz vor Schreck einen Sprung, und ich hätte fast aufgeschrien.

Zur Seite hin, zwischen zwei Wachen, stand Baron Andriama. Sein Hemd war zerrissen, sein Gesicht verzerrt, und seine Hände waren gefesselt; er schien sich kaum aufrecht halten zu können. Neben ihm auf dem Boden lag ein schmutziges Häufchen, und mir schoß ein Wort durch den Sinn: *Tangena*. Sie wußte also Bescheid – alles war aus.

Aus dem Augenwinkel sah ich, daß sie mich beobachtete, die Hand an ihrem Ohrring. Dann nuschelte sie etwas, Vavalana trat schlurfend vor und klopfte mit seinem Stab auf den Boden. Sein grauhaariger Kopf und sein knochiges, schwarzes Gesicht wirkten merkwürdig vogelähnlich, er blinzelte mich an wie eine freche alte Drossel.

»Reden Sie vor der Königin«, sagte er mit leise krächzender Stimme. »Warum haben Sie die Garde nach Ankay geschickt?«

Ich bemühte mich, leicht verwirrt auszusehen und meine Stimme ruhig zu halten. »Die Königin möge hundert Jahre leben. Ich habe die Garde auf einen Strafmarsch geschickt – weil die Leute betrunken und schlampig waren. Die Kapelle auch.« Ich blickte ihn stirnrunzelnd an und sprach lauter. »Sie waren nicht mehr vorzeigbar – ich habe fünf ihrer Offiziere in Arrest genommen. Fünfzig Meilen mit voller Ausrüstung, das ist genau, was sie brauchen, um ihnen beizubringen, sich wie Soldaten zu benehmen – und falls sie zurückkommen und ihre Lektion nicht begriffen haben, schicke ich sie noch einmal los!«

Das klang gut, glaube ich – die richtige Nuance von verwunderter Empörung und martialischer Strenge, obwohl der Himmel allein weiß, wie mir das gelang. Vavalana musterte mich, und das schwarze Gesicht hinter ihm, mit den stechenden Knopfaugen unter der Straußenfeder, war so starr wie das eines steinernen Götzen. Ich durfte nicht unsicher werden oder Angst zeigen –

»Wurden sie nicht auf Befehl dieses Mannes fortgeschickt?« fragte Vavalana, und seine dürre Hand deutete auf Andriama, der zwischen seinen Bewachern zusammengesackt war.

»Baron Andriama?« fragte ich verblüfft. »Der hat doch keine Befehlsgewalt über die Truppen. Wieso – hat er etwas behauptet, er hätte mir den Befehl gegeben? Er hat nie Interesse an ihrer

Ausbildung gezeigt – er ist ja nicht einmal Soldat. Ich verstehe nicht –«

»Aber Sie wußten –« schrie Vavalana und stocherte mit seinem Finger nach mir. »Sie wußten, daß er sich gegen das Leben der Königin verschworen hat, des großen Sees, der uns Wasser spendet! Warum sonst würden Sie ihren Schutz, ihre getreuen Soldaten von ihr entfernen?«

Ich ließ überrascht den Unterkiefer fallen und lachte ihm dann glatt ins Gesicht – und zum ersten Mal sah ich Ranavalona erschrecken. Sie fuhr wie angestochen hoch, denn vermutlich hatte noch nie zuvor jemand in ihrer Gegenwart laut gelacht.

»Eine Verschwörung, sagen Sie? Ist das ein Witz? Falls ja, zeugt er von schlechtem Geschmack.« Ich hörte auf zu lachen und blickte ihn finster an, als ich den Zweifel in seinen Augen sah – jetzt oder nie, mein Junge, dachte ich, laß Mut und Empörung dich übermannen, so gut du kannst, und spiel den getreuen, alten Harry. »Wer würde es wagen, sich gegen Ihre Majestät zu verschwören oder zu behaupten, daß ich davon weiß?« Ich schrie fast die Worte, rot im Gesicht und Vavalana trat wahrhaftig einen Schritt zurück.

»Genug!« Ranavalona nahm die Hand von ihrem Ohrring. »Kommen Sie her.«

Ich trat vor und zwang mich, in diese hypnotischen Augen zu schauen, doch mein Mund war trocken vor Angst. Hatte mein Bluff gewirkt? Glaubte sie mir? Die glänzenden, starren Pupillen musterten mich eine volle Minute lang, dann streckte sie den Arm aus und ergriff meine Hand. Meine Stimmung hob sich schlagartig, als sie meine Hand hielt – und dann grunzte sie ein einziges Wort: *»Tangena!«*

Mir stockte das Herz, und ich wäre beinahe umgekippt. Denn das bedeutete, daß sie mir nicht glaubte oder sich zumindest nicht sicher war, und das war genauso schlimm. Sie hielt meine Hand und verhängte gleichzeitig dieses entsetzliche, dieses irrsinnige madagassische Verfahren des Gottesurteils über mich, das einem kaum eine Überlebenschance gab. Ich hörte meine eigenen Zähne klappern, und dann kroch ich vor ihr auf dem Boden, bettelte und beschwor meine Treue, beteuerte, sie sei die liebste und schönste Königin aller Zeiten – und nur die absolute Gewißheit, daß ein Geständnis sicheren und unsäglich qualvollen Tod bedeutete, hielt mich davon ab, die ganze Verschwörung winselnd zu verraten; denn das *Tangena* ließ mir wenigstens eine geringfügige Chance, und ich nehme an, das wußte ich. Das mürrische Gesicht regte sich nicht. Sie ließ meine Hand los und gab den Wachen ein Zeichen.

Ich konnte nur zusammengekauert dahocken, während sie ihre widerlichen Vorbereitungen trafen, und ich sah nichts anderes als die muskulösen, schwarzen Hände, die den kleinen *Tangena*-Kern hielten und mit einem Messer daran schabten, so daß graue, pulverige Flocken auf den großen Teller fielen, auf dem drei Stückchen getrocknete Hühnerhaut lagen. Da war es, das Gift, das mein Tod sein würde. Einer der Soldaten riß mich unsanft auf die Füße und hielt mir die Arme auf dem Rücken fest; der andere trat vor und hob den Teller an mein Gesicht. Er packte mein Kinn – und hielt inne, als die Königin etwas sagte. Aber es war keine Begnadigung: sie winkte einer ihrer Dienerinnen, und alles mußte warten – ich mit stierem Blick auf den giftigen Dreck, den ich würde schlucken müssen – während das Mädchen davonhuschte und mit einer Börse zurückkam, aus der die Königin feierlich Vavalana vierundzwanzig Taler auf die Hand zählte. Bei dieser letzten Gefühllosigkeit, dieser obszönen, buchstabengetreuen Erfüllung ihres heidnischen Rituals, rissen mir die Nerven.

»Nein!« kreischte ich. »Laßt mich los! Ich werde reden – ich schwöre, ich werde reden!« Gott sei Dank schrie ich das auf Englisch, das außer Fankanonikaka niemand verstand. »Gnade! Man hat mich dazu gezwungen! Ich werde alles sagen –«

Mein Mund wurde roh aufgerissen; bestialische Finger hielten mein Kinn, und ich würgte, als mir der ekelhafte Geruch des *Tangena* in die Nase stieg. Ich sträubte mich und versuchte zu spukken, aber die Hühnerstückchen wurden mir grob in den Rachen gestopft; dann hielten starke Hände meinen Mund geschlossen und kniffen mir die Nase zu; ich keuchte und zappelte, bemühte mich, nicht zu schlucken, meine Kehle brannte von dem abscheulichen Pulver, ich bekam einen fürchterlichen Erstickungsanfall, meine Lungen platzten, aber es war vergeblich. Ich schluckte qualvoll – und dann kam ich wankend frei, schluchzte und versuchte, mich zu übergeben, und blickte in panischer Angst umher, denn ich wußte, daß ich im Begriff war zu sterben – doch selbst da noch fiel mir die Neugier in den abschätzenden Blicken Vavalanas und der Wachen und die völlige Teilnahmslosigkeit der reglosen Kreatur auf dem Thron auf.

Ich schrie und schrie immer wieder, griff an meine brennende Kehle, während der Raum sich schwindelnd um micht drehte – und da packten mich die Wachen erneut, und der kleine Fankanonikaka schnatterte aufgeregt auf mich ein, während sie mir einen Napf an die Lippen preßten. »Buvez! Buvez! Trinken Sie – schnell!« Ein Schwall Reiswasser wurde in mich hineingegossen, füllte mir Mund und Nase und überflutete meinen ganzen Kopf; sogar meine Lungen schienen sich mit dem Zeug anzufüllen. Ich schluckte und schluckte, bis ich das Gefühl hatte, platzen zu müssen, denn ich spürte die Erleichterung, als dieser beißende Schmerz aus meinem Mund gespült wurde – doch dann ergriff ein peinigender Krampf meinen Magen, und dann noch einer und noch einer. Ich lag auf Händen und Knien und kroch blindlings herum – oh Gott, wenn das der Tod war, dann war er schlimmer als alles, was ich mir vorgestellt hatte. Ich öffnete meinen Mund zu einem Schrei, und in diesem Moment erbrach ich mich wie nie zuvor, immer und immer wieder, und sank zu einem zitternden Häufchen in mich zusammen, wimmerte schwach und von aller Welt verlassen, während die Zuschauer sich um mich versammelten, um das Ergebnis zu begutachten.

Sehen Sie, das ist der interessante Teil der *Tangena*-Probe: Wird das Opfer sich auch richtig übergeben? Es ist wahr – das ist der eigentliche Test. Sie zwingen dieses tödliche Gift in einen hinein, lassen einen voll Reiswasser laufen, um der Verdauung nachzuhelfen, und warten ab, was passiert – aber es genügt nicht, daß einem übel wird, wissen Sie, man muß auch die drei Stückchen Hühnerhaut wieder ausspucken, und wenn man das tut, gibt es ringsum Händeschütteln und einen Sechser aus der Armenkasse. Wenn nicht, hat man die Probe nicht bestanden, es steht klipp und klar fest, daß man schuldig ist – und Ihre Majestät hat das unendliche Vergnügen, einen endgültig zu beseitigen.[42]

Reizend, nicht wahr? Und ungefähr ebenso logisch wie das Vorgehen unserer Polizeigerichte, wenn auch etwas aufregender für den Angeklagten. Wenigstens braucht man nicht voller Spannung zu warten, während die Beweise eingehend geprüft werden, denn man ist zu gemartert und erschöpft, um etwas darum zu geben. Ich lag hustend und wimmernd da, den Blick von Schmerzenstränen verschleiert, bis jemand mich an den Haaren packte und hochriß, und da stand Vavalana, der feierlich die drei kleinen, aufgeweichten Bröckchen auf seiner Hand betrachtete, neben ihm strahlte Fankanonikaka erleichtert und nickte mir zu, doch ich war noch zu benebelt, um das voll wahrzunehmen, als die Wachen mich vorwärts auf die Knie stießen, und ich schniefend und schluchzend vor dem Thron landete.

Dann folgte das Erstaunlichste von allem. Ranavalona streckte ihre Hand aus, und Vavalana legte ihr vorsichtig acht Taler hinein. Sie reichte sie an ihre Dienerin weiter, und dann gab er ihr noch einmal acht, die sie mir hinhielt. Ich war zu erledigt, um mich daran zu erinnern, daß dies der Beweis dafür war, daß ich die Probe erfolgreich bestanden hatte, doch dann machte sie es mir überdeutlich klar. Als ich das Geld nahm, schloß sie ihre Hand um meine, beugte sich auf dem Thron vor, bis unsere Gesichter sich fast berührten, und zu meinem maßlosen Erstaunen sah ich Tränen in diesen fürchterlichen Schlangenaugen stehen. Ganz sanft rieb sie ihre Nase an meiner und berührte mein Gesicht mit ihren Lippen. Dann richtete sie sich wieder auf, wandte ihren starren Blick dem unglücklichen Andriama zu und zischte etwas auf Madagassisch – vielleicht erinnerte sie ihn daran, wollene Unterwäsche zu tragen, aber das bezweifle ich, denn er schrie vor Entsetzen auf, warf sich vor ihr auf den Boden und küßte ihr die Füße, bis die Wachen über ihn herfielen und ihn zur Tür zerrten. Mir standen die Haare zu Berge, als seine Schreie verklangen; etwas weniger ausgiebig gekotzt, und es wäre ich gewesen, der da so schrie.

Fankanonikaka trat neben mich, und auf einen Wink von ihm hin verbeugte ich mich schwankend und zog mich rückwärts aus dem Raum zurück. Als die Türen sich hinter uns schlossen, saß Ranavalona noch auf ihrem Thron, und die Straußenfeder wippte, während sie sich murmelnd mit ihrem Flaschenfetisch unterhielt; ihre Dienerinnen machten sich betrübt daran, den Boden aufzuwischen.

»Viel rührig, Königin Sie zu lieben mächtig. So erfreut, Sie schön zu kotzen, viel glücklich, *Tangena* nicht zu sterben!« Fankanonikaka schnüffelte tatsächlich gerührt, während er mit mir durch die Gänge eilte. »Sie nie zu lieben so tief, außer königliche Stiere, was keine Menschenwesen sind. Aber jetzt zu beeilen, noch viel Gefahr für Sie, für mich, für alle, wenn Andriama Verschwürung erzählt.« Er drängte mich weiter zu seinem kleinen Büro, wo er den Riegel vorlegte und japsend stehenblieb.

»Was ist mit Andriama los? Was ist passiert?«

Er rollte seine Augen. »Wer zu wissen? Jemand zu verraten, vielleicht schreckliches Knallkopf Vavalana an Schlüsselloch zu spionieren und etwas zu hören. Königin zu verdächtigen Andriama, zu geben *Tangena*, aber er nicht gut zu kotzen, nicht wie Sie. Ich nicht rechtzeitig da zu helfen wie für Sie, mit Salz, kleines bißchen Pulver in Reiswasser, zu machen mächtig Übligkeit, prima froh und alles in Butter.«

Kein Wunder, daß mir übel geworden war. Ich hätte den kleinen Knilch küssen können, aber er war ganz zappelig vor Aufregung.

»Andriama bald zu reden. Furchtbares Gefolter jetzt, noch schlimmer als Spanisches Inquizfragung, mit Verbrennungen und abschneiden Genitalchen –« Er schauderte und schlug die Hände vor dem Gesicht zusammen. »Er zu erzählen von Verschwürung, Ihnen, mir, Rakohaza, Laborde –«

»Um Gottes willen, reden Sie doch Französisch!«

»– alles sein zu wissen für Vavalana und Königin. Bißchen Zeit noch vielleicht, dann auch Kittchen und Gefolter für uns, und dann zappenduster, darauf Sie zu können Gift nehmen! Einziges Hoffnung, Verschwürung jetzt zu machen – heute Nacht! Garde nicht da, zu marschieren nach Ankay, eins-zwei! Muß zu Bescheid sagen Rakohaza und Laborde, daß Königin verdächtigen, Andriama bald alles zu verraten...«

Er plapperte weiter, während ich verzweifelt nachzudenken versuchte. Er hatte natürlich recht: Madagassen sind tapfer und hart wie Teakholz, aber Andriama würde nie die Qualen aushalten, die Ranavalonas Früchtchen ihm vermutlich bereiteten, während wir hier herumstanden und quatschten. Er würde zerbrechen, und das schon bald, und dann wären wir so gut wie tot – aber sie mochte mich doch, oder? Hatte sie sich nicht eben die Augen gewischt, als ich das *Tangena* überlebt hatte, das zartbesaitete kleine Herzchen? Aber ja, und sie würde bestimmt auch in ihr Kissen weinen, nachdem man mich wegen Hochverrats zu Tode gepeitscht hatte! Falls wir Laborde und Rakohaza erreichten, würden sie den Staatsstreich sofort durchführen können? Wo waren Andriamas dreißig Mann? Wußte Rakoto, was vorgefallen war? Rakoto – du lieber Himmel, Elspeth! Was würde aus ihr werden? Ich ballte in wütender Verzweiflung meine Faust, während Fankanonikaka in Madagassisch und englischem Kauderwelsch plapperte, und plötzlich erkannte ich, daß es nur einen einzigen Weg gab, eine schwache Hoffnung zwar, doch es gab nur sie oder qualvollsten Tod – die bewährte Flashman-Taktik, im Zweifelsfall davonzulaufen.

»Hören Sie, Fankanonikaka«, sagte ich. »Überlassen Sie das mir. Ich werde Laborde und Rakohaza ausfindig machen. Aber wenn ich mich beeilen soll, brauche ich ein Pferd. Können Sie mir einen Befehl an den königlichen Marstall ausstellen? Ohne Ermächtigung lassen die mich kein Tier mitnehmen. Kommen Sie, Mann! Ich kann doch nicht zu Fuß durch ganz Tana laufen, verd--- nochmal! Aber warten Sie – ich brauche vielleicht mehr als ein Pferd. Schreiben Sie mir eine Anweisung für ein Dutzend Pferde, damit ich sie Laborde oder Rakohaza geben kann. Die beiden werden ja irgendwie Andriamas Leute zusammentrommeln müssen.«

Er glotzte mich fassunglsos an. »Aber welches Begründung? Wenn Befehl zu sagen, alle Pferde zu nehmen, jemand zu verdächtigen und schreien Gezeter und Mordio –«

»Sagen Sie, die Pferde seien für die Gardeoffiziere, die ich nach Ankay geschickt habe! Sagen Sie, der Königin täten sie leid, und sie dürften zurückreiten! Jeder alberne Vorwand ist recht! Machen Sie schnell, Mann – vermutlich wirft Andriama genau in diesem Augenblick das Handtuch!«

Das gab den Ausschlag; er griff sich eine Feder und kritzelte los, während ich vor Ungeduld bebend an seiner Schulter lauerte. Die Minuten vergingen wie im Flug, und mit jeder wurden meine Chancen schwächer. Ich steckte den Befehl in die Tasche; da war noch etwas, das ich haben mußte.

»Haben Sie eine Pistole? Dann halt ein Schwert – ich brauche eine Waffe – für den Notfall.« Ich hoffte inständig, daß es keinen Notfall geben würde, aber ich konnte nicht unbewaffnet losziehen. Er kramte herum, und in einem nahegelegenen Salon fand er eine – zwar nur ein Zierdegen mit gebogenem Elfenbeingriff und ohne Widerhalt, aber das mußte genügen. Als ich ihn entgegennahm, kam ich auf einen erschreckenden Gedanken – warum nicht nach oben flitzen und die schwarze Hexe abstechen, wo sie gerade saß... oder Fankanonikaka dazu aufhetzen? Er quiekte geradezu vor Bestürzung und Empörung.

»Nein, nein, nein, keine Blutvergießung! Nur freundliches Absetzung – große Königin, arme Lady – ach, so bekloppt! Wenn sie nur friedlich und ruhig, wir nicht zu brauchen verd--- Verschwürungen, nicht im geringsten! Jetzt alles in Eimer, viel Krach zu schlagen, Verhaftungen und Abscheußlichkeiten!« Er rang die Hände. »Sie schnell zu Laborde beeilen, ich zu warten auf Posten – oh, liebes Strohsack, vielleicht jemand mich zu erwischen oder Königin verdächtigen – «

»Keine Spur«, sagte ich. »Aber ich will Ihnen was sagen – Sie sind doch so flink bei der Hand, jemandem etwas ins Glas zu kippen, oder? Warum versuchen Sie nicht, einen Weg zu finden, Andriama eine Erfrischung zukommen zu lassen – ihn von seinen Leiden zu befreien, bevor er etwas ausplaudert? Und regen Sie sich nicht auf, Fankanonikaka! Wir alles alte Knaben, fröhliche Zeit miteinander. Floreat Highgate, und zur H--- mit der Waisenschule, he?«

Dann war ich auf und davon, ließ ihn schwatzend stehen und zwang mich, langsam zu gehen, als ich die große Treppe hinunter an den gleichgültigen Palastwachen vorbei und quer durch den Hof zur dahinterliegenden Straße schritt. Es war schon sehr spät, aber noch herrschte reger Verkehr, denn die feinen Leute im königlichen Bezirk von Tana blieben lange wach, und es hatte bestimmt viele Einladungen zum Abendessen und Debatten über die Orgie von letzter Nacht im Palast gegeben. Diese Leute ergötzen sich ebenso an Skandalen wie ihre zivilisierten Brüder und Schwestern, müssen Sie wissen. Die Straßen waren hell beleuchtet, aber niemand schenkte mir Beachtung, als ich an den Spaziergängern und Sänften vorbeikam, die sich unter den Bäumen herumtrieben. Ich hatte von Fankanonikaka einen langen Umhang bekommen, den ich über meinen Stiefeln und Reithosen tragen konnte, um mein Schwert zu verbergen – denn so etwas durften Sklaven nicht besitzen – und abgesehen von meinem weißen Gesicht und meinem Backenbart war ich genau wie jeder andere Passant.

Die Ställe lagen nur fünf Minuten Fußmarsch entfernt, und ich lümmelte mich betont gelassen herum, während der Unteroffizier mühsam Fankanonikakas Zettel entzifferte und verdrießlich dreinschaute. Er konnte nicht viel Französisch, aber ich ergänzte den Befehl, so gut es ging, und da er mich als Generalfeldwebel kannte, tat er, was ihm gesagt wurde.

»Zwei Pferde für mich«, sagte ich. »Und das andere Dutzend für die Gardeoffiziere draußen in Ankay. Schicken Sie gleich einen Stallknecht mit ihnen los und sagen Sie ihm, er soll der Spur der Garde folgen. Aber nicht zu eilig – ich möchte nicht, daß die Tiere sich verausgaben, wissen Sie?«

»Kein Stallknecht da«, meinte er mürrisch.

»Dann holen Sie einen«, sagte ich. »Oder ich richte der Königin – sie möge tausend Jahre leben – einen schönen Gruß von Ihnen aus. Waren Sie in letzter Zeit mal in Ambohifotsy? Sie werden es sich oben vom Felsen aus ansehen können, falls Sie nicht aufpassen – und geben Sie jedem Pferd eine gefüllte Wasserflasche mit, und reichlich *Jaka* in den Satteltaschen!«

Ich ließ ihn stehen, so blaß, wie es nur ein verängstigter Nigger sein kann, und ritt gemächlich, ein zweites Pferd am Zügel, zu Prinz Rakotos Palast. Ich wagte nicht, mich zu beeilen, denn ein Mann zu Pferde war in Tana zu jeder Tageszeit selten genug, aber ein eiliger Reiter mitten in der Nacht hätte die Leute nach der Polente rufen lassen. Das ist immer das Schlimmste von allem, wenn man trödeln muß, obwohl jede Sekunde kostbar ist – ich denke dabei daran, wie ich in Laknau mit Campbells Botschaft angstschlotternd durch die Linien der Pandies schlich, oder an die nervenzermürbende Warterei auf dem Dampfbootsteg in Memphis, mit einem verkleideten Sklavenmädchen an meiner Seite und den Sklavenjägern dicht auf unseren Fersen; man muß sorglos dahinschlendern, obwohl einem die Eingeweide brennen – hatte Andriama schon geredet? Wußte die Königin inzwischen alles? Schrie Fankanonikaka vielleicht schon unter dem Messer? Waren die Stadttore noch offen? In der Regel wurden sie nie geschlossen; falls ich sie verschlossen fand, wäre das ein sicheres Zeichen, daß der Coup geplatzt war – und dann sei uns der Himmel gnädig.

Rakotos Palast in den Vororten stand weit von den anderen Häusern entfernt hinter einem Zaun, und der Zugang lag hinter einem Gürtel von kleinen Bäumen und Büschen. Dort ließ ich die Pferde außer Sichtweite zurück und betete stumm, daß madagassische Gäule schlau genug seien, nicht herumzustreunen oder zu wiehern. Dann ging ich dreist auf das Tor zu, wo ein Wächter unter einer Laterne döste, aber er ließ mich bereitwillig ein – diese Leute sind wirklich sehr unvorsichtig –, und nachdem ich den Türhüter auf der Vordertreppe mit Fußtritten geweckt hatte, meldete ich unverfroren, ich hätte eine Botschaft aus dem Silberpalast für Seine Königliche Hoheit.

Das rief sofort den Butler auf den Plan, der mein Gesicht kannte, aber als ich verlangte, unverzüglich vorgelassen zu werden, schüttelte er verächtlich sein kühles Haupt.

»Ihre Hoheiten sind noch nicht zurück ... äh ... Generalfeldwebel. Sie speisen bei Graf Potrafantona. Sie können auf sie warten – vor der Tür.«

Das war ein Schlag; ich durfte keine Zeit verlieren. Ich zögerte, doch dann sah ich ein, daß mir nichts anderes übrigblieb, als alles auf eine Karte zu setzen.

»Das spielt keine Rolle«, sagte ich rasch. »Meine Botschaft lautet, daß die Ausländerin, die sich hier aufhält, sofort zum Silberpalast geschickt werden soll. Die Königin wünscht sie zu sehen.«

Wenn meine Nerven nicht zum Zerreißen gespannt gewesen wären, hätte ich mich vermutlich über das Mienenspiel auf seinem runzligen, schwarzen Gesicht amüsiert, das von einem Ausdruck zum anderen wechselte. Ich war nur zehnte Kaste, ausländisches Pack, nichts als ein Sklave, dachte er; andererseits war ich Generalfeldwebel, mit beträchtlichen, wenn auch nicht genau umrissenen Befugnissen, und – was viel entscheidender war – der derzeitige Favorit und Reitlehrer Ihrer Majestät, wie alle Welt wußte. Und ich überbrachte einen Befehl, der anscheinend von der Königin selber kam. Das alles ging durch seinen Krauskopf. Ich konnte nicht ahnen, wie weit sein Herr ihn über die Notwendigkeit aufgeklärt hatte, Elspeths Anwesenheit geheimzuhalten, doch schließlich sah er ein, welche Richtung die klügere – und die nach Ambohifotsy – war.

»Ich werde ihr Bescheid sagen«, meinte er steif, »und für eine Eskorte sorgen.«

»Das ist nicht nötig«, antwortete ich barsch. »Ich habe eine Sänfte, die vor dem Tor wartet.«

Butler sind wirklich das Letzte; er machte Anstalten, mir zu widersprechen, darum fuhr ich ihn schließlich wütend an und drohte, wenn er sie nicht innerhalb von zwei Minuten hier unten antanzen ließ, würde ich schnurstracks zum Palast zurückmarschieren und der Königin mitteilen, der Butler ihres Sohnes hätte »Ätsch!« gesagt und mir die Tür vor der Nase zugeknallt. Daraufhin bekam er das Zittern – mehr vor Wut als Angst – und schob würdevoll los, um sie zu holen. Man sah ihm an, daß er sich fragte, wohin es mit der Welt heutzutage gekommen war.

Ich wartete, wanderte vor der Tür auf und ab, biß mir vor Nervosität in die Fingerknöchel und stöhnte bei der Erinnerung daran, wie lange dieses verfl--- Weib zum Anziehen brauchte. Zehn zu eins, daß sie sich im Spiegel begaffte, an ihren Löckchen zupfte und Grimassen zog, während Andriama vermutlich gerade alles ausplauderte und Alarm und Verhaftung mit Riesenschritten näherrückten. Ranavalonas Fangarme streckten sich vielleicht schon in diesem Moment durch die Stadt nach mir aus – ich stampfte auf und fluchte laut vor fiebriger Ungeduld und trat durch die offene Tür, als ich eine weibliche Stimme hörte. Ja sicher, da war sie, in Umhang und Häubchen kam sie schwatzend die Treppe herunter, und der Butler trug etwas, das wie – ausgerechnet – eine Hutschachtel aussah. Als sie mich sah, stieß sie einen kleinen Schrei aus, doch bevor ich sie durch einen warnenden Blick zum Schweigen bringen konnte, ließ ein anderes Geräusch mich herumwirbeln, meine Nackenhaare sträubten sich, und meine Hand fuhr zum Schwertgriff.

Durch die offene Tür konnte ich die lange Auffahrt bis zum Haupttor sehen. Es war düster dort hinten, unter der flackernden Laterne, aber da bewegte sich etwas. Metallisches Klirren, eine zum Befehl erhobene Stimme, feste Schritte, die sich näherten – und zu meinem Entsetzen kam eine Reihe von Hova-Wachsoldaten in Sicht, deren Stahl und Leder im Schein der Lampen an der Haustür schimmerte.

Ich bin vielleicht nicht zu vielem gut, aber wenn ich ein bescheidenes Talent besitze, so ist es das, die Hintertür zu finden, sobald Polizisten, Gläubiger oder wutschnaubende Ehemänner zum Vordereingang hereinkommen. Diesmal hatte ich den Vorteil, meine Hose hoch und Stiefel an den Füßen zu haben, und trotz des hinderlichen Umstands, Elspeth mitschleifen zu müssen, rannte ich los wie eine Ratte zum Abflußrohr, noch ehe der Butler den Mund aufmachen konnte. Elspeth gab einen überraschten Schrei von sich, als ich sie ohne viel Federlesens in einen Gang unter der Treppe drängte.

»Harry! Wohin gehst du – ich habe meine Hutschachtel stehengelassen –!«

»Sch--- auf deine Hutschachtel!« fauchte ich. »Sei still und renn!«

Ich wirbelte um eine Ecke; da war ein Korridor, der offenbar nach hinten führte, und ich stampfte ihn entlang, während meine protestierende Ehegefährtin ihr Häubchen festhielt und aufgeregt kreischte. Aus einer Seitentür tauchte ein bestürztes schwarzes Gesicht auf; ich schlug in Panik darauf ein, und Elspeth schrie laut auf. Der Korridor bog im rechten Winkel ab; ich fluchte und stürzte in ein leeres Zimmer – ein kurzer Blick auf einen langen Eßtisch und Stühle in der stillen Dunkelheit, und dahinter eine Fenstertür. Ich sauste darauf zu, riß sie auf und zog Elspeth hinter mir her. Wir waren im Garten, der dunkel im Schatten des Mondlichts lag; ich spitzte die Ohren und hörte – nichts.

»Harry!« kreischte Elspeth in mein Ohr. »Was hast du vor? Laß meinen Arm los – ich lasse mich nicht herumschubsen, hörst du?«

»Du läßt dich herumschubsen oder du bist tot!« zischte ich. »Ruhe! Wir sind in tödlicher Gefahr – verstehst du das? Diese Leute kommen, um uns zu verhaften – um uns zu töten! Wenn dir dein Leben lieb ist, dann tu, was ich sage – und halt deinen Mund!«

Dort war ein Pfad, der zwischen hohen Hecken verlief; wir rannten ihn entlang, und sie verlangte mit atemlosem Flüstern zu erfahren, was los sei. Endlich fand ich meine Orientierung wieder; wir standen an der Seite des Gebäudes im Gebüsch, die Einfahrt lag links um die Ecke, und von der Haustür her konnte ich eine rauh erhobene Stimme hören – leider sprach sie Madagassisch, aber ich schnappte genug Worte auf, um mir das Blut in den Adern gerinnen zu lassen. »Generalfeldwebel ... Verhaftung ...

suchen.« Ich stöhnte leise, und Elspeth begann wieder zu plappern.

»O je, mein Kleid ist zerrissen! Harry, das ist wirklich ärgerlich! Was hast du – warum sind wir – hmmpf!« Ich hatte eine Hand auf ihren Mund gelegt.

»Sei still, du blöde Gans!« flüsterte ich. »Wir sind auf der Flucht! Da vorne sind Soldaten, die Jagd auf uns machen! Die Königin will mich umbringen!«

Sie gab erstickte Geräusche von sich, und dann bekam sie ihren Mund frei. »Wie kannst du es wagen, mich so zu nennen? Laß mich sofort los! Du tust mir weh, Harry! Was soll dieser absurde Unsinn, daß die Königin –« Der schrille Sturzbach brach ab, als ich ihr wieder den Mund zuhielt.

»Um Gottes willen, Weib – sie werden uns hören!« Ich zog sie dicht an die Mauer. »Rede bitte leise, ja?« Unklugerweise nahm ich meine Hand fort.

»Aber warum?« Wenigstens war sie vernünftig genug, zu flüstern. »Warum sind wir – ach, ich glaube, du willst mich auf den Arm nehmen! Also, das ist ein sehr dürftiger Scherz, Harry Flashman, und ich –«

»Bitte, Elspeth!« flehte ich und schüttelte meine Faust vor ihrem Gesicht. »Es ist wahr, ich schwöre es! Wenn sie uns hören – sind wir tot!«

Mein wild verzerrtes Gesicht mag sie halb überzeugt haben; jedenfalls öffnete sich ihr hübscher Mund zu einem schwachen »Oh!« und schloß sich wieder. Und dann, als ich mich vorbeugte, um angestrengt auf ein Geräusch von dem Suchtrupp zu lauschen, kam ein hauchzartes Flüstern: »Aber Harry, meine Hutschachtel . . .«

Ich brachte sie mit einem wütenden Blick zum Schweigen und spähte vorsichtig um die Mauerecke. Auf den Stufen am Eingang stand ein Hova-Soldat auf seinen Speer gelehnt; aus dem Hausflur konnte ich leise Gesprächsfetzen hören – bestimmt dieser verd--- Butler, der alles verriet. Plötzlich ertönte hinter uns, an der Rückseite des Hauses, das Klappern eines Fensterladens und ein barscher Ruf. Elspeth quiekste, ich fuhr hoch, und der Hova am Eingang mußte den Ruf auch gehört haben, denn er rief etwas in den Flur – und da kam zu meinem Entsetzen ein Unteroffizier die Stufen heruntergesprungen, sein Schwert in der Hand, und lief an der Vorderseite des Hauses entlang auf unsere Ecke zu.

Da gab es nur eins. Ich packte Elspeth und warf sie mit dem Gesicht nach unten in den tiefen Schatten am Fuß der Hauswand, legte mich auf sie und zischte sie verzweifelt an, sie solle ruhig sein und still liegenbleiben. Es ging um Haaresbreite – er bog um die Ecke und blieb mit einem Ruck fast auf uns stehen; seine Stiefel gruben sich keinen Meter von Elspeths Kopf entfernt in den Kies. Einen Moment lang dachte ich, er hätte uns gesehen – die große, schwarze Gestalt ragte hoch über uns auf und zeichnete sich gegen den Nachthimmel ab, das Schwert blinkte in seiner Hand, aber er bewegte sich nicht, und ich begriff, daß er zur Rückseite des Hauses starrte und horchte. Ich spürte Elspeth unter mir erbeben, ihr seitwärts gedrehtes Gesicht schimmerte schemenhaft weiß direkt unter meinem – du lieber Himmel, betete ich, laß ihn nicht nach unten schauen! Plötzlich schrie er etwas auf Madagassisch, machte einen halben Schritt vorwärts – und mein Blut gefror, als sein Stiefel wenige Zentimeter vor Elspeths Gesicht, aber genau auf ihrer Hand aufsetzte!

Sie bäumte sich wild unter mir auf – und dann muß er wohl sein Gewicht verlagert haben, denn wie in einem Alptraum hörte ich ein leises Knacken, und ihr ganzer Körper zuckte. Wie gelähmt wartete ich auf ihren Schrei – jetzt sah er bestimmt nach unten – aber da rief jemand hinter dem Haus, er brüllte direkt über uns eine Antwort, stürzte los, sein Bein streifte mein Haar, und dann war er fort, schritt den Pfad hinter uns in die Dunkelheit davon, und Elspeth atmete mit einem kleinen, zitternden Seufzer aus. Ich war im Nu auf den Beinen, zerrte sie hoch, trug sie halb in das dichtere Gebüsch auf dem Rasen, und da ich wußte, daß wir keinen Augenblick zu verlieren hatten, schleppte ich sie kurzerhand weiter und hoffte zu Gott, daß sie nicht in Ohnmacht fallen würde. Wenn wir schnell und ungesehen durch das Gebüsch kommen konnten, indem wir uns parallel zur Einfahrt hielten und so zum Tor kamen – würden sie dort wohl einen Posten zurückgelassen haben?

Zum Glück schirmte das Gebüsch unseren ungestümen Vormarsch völlig ab; wir stürmten durch das Gestrüpp und kamen kaum zehn Meter vor dem Tor schnaufend unter einem hohen Farnstrauch zum Stehen. Weit links hinter uns stand noch immer der Hova unter der Lampe am Hauseingang; durch die Büsche vor uns konnte ich das schwache Glimmen der Laterne am Tor ausmachen, aber keine Geräusche, außer von weit hinter uns, wo in der Ferne Stimmen auf der Rückseite des Hauses zu hören waren – kamen sie näher? Ich lugte vorsichtig durch das Buschwerk zum Tor – oh, Gott! Da stand ein verd--- großer Hova, hielt seinen Speer quer vor den Leib und blickte zum Haus zurück. Das Licht glänzte matt auf seinen nackten, starken Armen und seiner Brust, seinem Gorillagesicht und der schimmernden Speerspitze, und meine Eingeweide rumorten bei diesem Anblick; ich konnte nicht hoffen, an ihm vorbeizukommen, nicht mit Elspeth im Schlepptau – und genau in diesem Moment beschloß meine Eheliebste, wieder Laut zu geben.

»Harry!« zischte sie in mein Ohr. »Dieser Mann da – dieser Mann hat auf meiner Hand gestanden! Ich bin sicher, mein Finger ist gebrochen!« Ich weiß noch, daß mir auffiel, das müsse mehr empört als klagend gemeint sein, denn sie fügte ein Wort hinzu, von dem ich offen gestanden nicht gedacht hatte, daß sie es kannte.

»Pssst!« Ich hielt meine Lippen an ihr Ohr. »Ich weiß! Wir werden . . . wir werden ihn sofort verarzten. Am Tor steht eine Wache – wir müssen an ihr vorbei!« Die Stimmen hinter dem Haus wurden lauter – jetzt oder nie. »Kannst du gehen?«

»Selbstverständlich kann ich gehen! Ich habe ja nur was an meinem armen Finger –«

»Psst, um Himmels willen! Sieh mal, altes Mädchen, wir müssen ihn ablenken, weißt du? Den Kerl am Tor, verd--- nochmal!« Ich hätte nie geglaubt, daß man gleichzeitig jammern und flüstern kann – aber ich hätte auch nie geglaubt, daß ich eines Tages in Madagaskar im Gebüsch hocken und Fluchtpläne mit einer hirnlosen Blondine aushecken würde, deren Gedanken – ich schwöre es – sich zu gleichen Teilen um ihren verwundeten Finger und um ihre verlorene Hutschachtel drehten. »Ja, da vorne steht er! Jetzt hör zu: Du mußt bis fünf zählen – fünf, weißt du? – und dann stehst du auf und gehst auf diese Einfahrt hinaus. Schaffst du das, Liebste? – Einfach losgehen wie ein braves Mädchen? Aber nick nur, verfl--- noch eins!«

Ich sah, daß ihre Lippen das Wort »Warum?« formten, doch dann nickte sie – und küßte mich plötzlich auf die Wange. Ich schlich mich nach rechts davon und fummelte unter dem Umhang nach dem Degen . . . drei . . . vier . . . fünf. Es raschelte, als sie aufstand; sie schien einen Moment zu schwanken, aber dann trat sie aus den Büschen und wandte sich dem Tor zu.

Der Hova machte einen meterhohen Satz, stand mit Glupschaugen da und stieß einen gellenden Schrei aus, als er auf sie losging. Zwei Schritte brachten ihn auf meine Höhe; in rasender Angst umklammerte ich den Degengriff (ich glaube, wenn es sich um eine Frau gehandelt hätte, wäre ich wohl spornstreichs zum Tor gerannt, aber die eigene Ehefrau, wissen Sie . . .), jagte durch die Farne auf seine Flanke zu und zog blank, als ich zum Sprung ansetzte. Mir blieb keine Zeit, die Spitze zu benutzen; ich holte in hohem Bogen aus, und als er sich umdrehte, um sich mir entgegenzustellen, traf ihn die Klinge mit widerlichem Knirschen mitten ins Gesicht. Ich sah nur kurz das Blut aus seinem bis zu den Ohren aufgeschlitzten Mund sprudeln, dann strauchelte er und fiel um.

»Lauf!« brüllte ich, und sie jagte mit gerafften Röcken und verrutschtem Häubchen an ihm vorbei. Ich machte auch kehrt und stürmte zum Tor, als aus dem Schatten des Wächterhäuschens ein zweites von diesen Schweinen genau auf unseren Weg sprang und seinen Speer in Abwehrstellung hochriß. Ich blieb wie angewurzelt stehen, aber Gott sei Dank tat Elspeth das nicht, und als er sich umdrehte, um auf sie zu zielen, stieß ich nach seiner nackten Brust. Er parierte, sprang zur Seite, und Elspeth rannte kreischend durch das Tor. Jetzt legte er den Speer auf mich an, aber in seiner Hast stolperte er, und die Spitze verfehlte meine Schulter. Ich stach auf ihn ein, doch er wehrte die Klinge blitzschnell ab, und jetzt standen wir uns von Angesicht zu Angesicht in der Toröffnung gegenüber; seine Augen rollten und funkelten, als er mit dem Speer ausholte und nach einer Lücke in meiner Deckung suchte.

»Halt auf die Bäume zu!« schrie ich und sah, daß Elspeth davonlief und ihr Häubchen festhielt. Vom Haus her ertönten Rufe und eilige Schritte – und der Hova stieß zu. Sein Speer schoß auf mein Gesicht zu, und ich lenkte rein instinktiv ab, indem ich automatisch meinen Arm mit einem Ruck gerade ausstreckte – Gott segne dich, guter alter Rittmeister von den 11ten Husaren – und er schrie wie am Spieß, als ihn meine Degenspitze in die Brust traf und ihm durch seinen eigenen Schwung in den Körper getrieben wurde. Sein Sturz wand mir den Griff aus der Hand, und dann wetzte ich hinter Elspeth her und bog mit ihr zwischen die Bäume ab, wo die Pferde noch geduldig standen und grasten.

Ich hievte sie kurzerhand auf einen Gaul, wobei ihre Röcke

irgendwie hochrutschten, schwang mich auf den anderen, hielt sie mit einer Hand fest und trieb die Tiere auf die Straße zu. Am Tor war aufgeregtes Stimmengewirr zu hören, aber ich wußte, daß wir heil davonkommen würden, wenn sie nicht vom Pferd fiel – sie war immer eine gute Reiterin gewesen und klammerte sich mit ihrer unversehrten Hand an der Mähne fest. Wir stoben Knie an Knie in einem leichten, schwankenden Galopp los, der uns zum Ende der Straße und eine zweite hinunterbrachte, bevor ich unser Tempo drosselte. Kein Geräusch hinter uns, und falls wir etwas hörten, konnten wir nötigenfalls wieder losgaloppieren. Ich drückte sie an mich, fluchte vor Erleichterung und fragte, wie es ihrer Hand ginge.

»Oh, sie tut sehr weh!« rief sie. »Aber Harry, was bedeutet das alles? Diese furchtbaren Leute – ich dachte, ich falle in Ohnmacht! Und mein Kleid ist zerrissen, mein Finger gebrochen, und alle Knochen im Leib durchgeschüttelt! Oh!« Sie schauderte heftig zusammen. »Diese grauenvollen schwarzen Soldaten! Hast du ... hast du sie getötet?«

»Das will ich hoffen«, sagte ich und sah mich ängstlich um. »Hier – nimm meinen Umhang und wickel ihn dir auch um den Kopf. Wenn sie sehen, wer du bist, ist es mit uns aus!«

»Aber wer denn? Warum laufen wir davon? Was ist passiert? Ich bestehe darauf, daß du es mir sofort sagst! Wohin reiten wir eigentlich – «

»An der Küste liegt ein englisches Schiff! Wir werden es erreichen, aber zuerst müssen wir aus dieser verfl--- Stadt raus – wenn die Tore geschlossen sind, weiß ich nicht – «

»Aber warum?« kreischte sie wie ein blöder Papagei, lutschte an ihrem Finger und versuchte, ihre Röcke zu ordnen, doch da sie im Herrensitz ritt, war das nicht leicht. »Ach, das ist ja so unbequem! Warum werden wir verfolgt? Warum sollten sie – oh!« Ihre Augen weiteten sich. »Was hast du getan, Harry? Warum machen sie Jagd auf dich? Hast du etwas Schlimmes angerichtet? Oh, Harry, hast du etwa Anstoß bei der Königin erregt?«

»Nicht halb so anstößig, wie sie mich erregt hat«, murmelte ich. »Sie ist ein ... ein ... Monster, und wenn sie uns in die Finger bekommt, sind wir erledigt! Komm weiter, verfl--- nochmal!«

»Das kann ich nicht glauben! Das ist doch wirklich absurd! Wo ich so nett behandelt worden bin – ich bin sicher, was auch vorgefallen sein mag, wenn der Prinz mit ihr redet – «

Ich raufte mir zwar nicht die Haare, aber viel fehlte nicht dazu. Statt dessen packte ich sie an den Schultern und sagte ihr so leise und eindringlich, wie ich das mit klappernden Zähnen konnte, daß wir schnellstens aus dieser Stadt herauskommen müßten, daß wir langsam und über Nebenstraßen zu den Toren vordringen müßten, aber dort könnten wir gezwungen sein, um unser Leben zu reiten, und ich würde ihr das später erklären –

»Sehr schön«, sagte sie. »Du brauchst nicht laut zu werden. Wenn du es sagst, Harry – aber das ist alles äußerst merkwürdig!«

Eins muß ich ihr lassen: Als sie erst einmal die Dringlichkeit der Lage begriffen hatte – und selbst dieses Spatzenhirn mußte inzwischen gemerkt haben, daß etwas Ungewöhnliches im Gange war – spielte sie brav mit. Sie ängstigte oder beklagte sich nicht und quälte mich auch nicht mit weiteren Fragen; ich habe intelligentere Frauen gekannt, und viele wie Lakschmibai, die härter reiten und mit schwierigen Situationen fertig werden konnten, aber keine war tapferer als Elspeth, als sie wußte, um welchen Einsatz es ging. Sie war eine richtige Soldatenfrau; schade, daß sie keinen richtigen Soldaten geheiratet hatte.

Aber wenn sie auch ziemlich gelassen blieb – ich war innerlich in Aufruhr, als wir uns auf Schleichwegen vorsichtig der Stadtmauer näherten und ihr zum großen Tor folgten. Inzwischen waren kaum noch Leute unterwegs, und obwohl der Anblick zweier Reiter neugierige Blicke hervorrief, behelligte uns niemand. Doch ich war sicher, daß die Wachen mittlerweile alarmiert waren – ich wußte ja nicht, daß sie dank der schwerfälligen madagassischen Organisation als letztes daran denken würden, die Tore zu schließen. Sie hatten es nie getan, also warum sich jetzt die Mühe machen? Ich hätte vor Erleichterung jubeln können, als wir in Sichtweite der Tortürme kamen und sahen, daß der Weg frei war, und nur die üblichen Wachposten mit einer Gruppe von Streunern um ein Feuer herumlungerten. Wir hielten einfach weiter geradeaus und ließen sie sehen, daß ich der Generalfeldwebel war; sie starrten die Pferde an, aber das war alles. Mit klopfendem Herzen trotteten wir unter den Türmen hindurch und trabten dann zwischen den vereinzelten Hütten auf der Ebene vor Tana voran.

Vor uns hellte sich der Sommerhimmel in der Dämmerung auf, und meine Stimmung ebenfalls – wir waren davongekommen, frei und unbeschadet, und hinter den purpurnen Hügeln in der Ferne lag ein britisches Kriegsschiff, dort gab es englischsprechende

Stimmen, christliches Essen und Sicherheit hinter britischen Kanonen. Vier Tage höchstens – falls die Pferde, die ich nach Ankay geschickt hatte, vor uns warteten. In diesem Land des Schneckentempos, wo jede Verfolgung sicherlich zu Fuß unternommen wurde, konnte niemand hoffen, uns einzuholen. Ich war kurz davor, in meinem Sattel in Freudengeheul auszubrechen, bis ich daran dachte, wie bedrohlich nahe diese furchtbare Stadt noch hinter uns lag, und ich rüttelte am Zügel von Elspeths Pferd, um uns im Galopp voranzutreiben.

Aber das Glück verließ uns nicht. Wir sichteten die Reservepferde kurz vor Morgengrauen; sie trabten mit dem Stallknecht auf dem Leittier dahin und wirbelten den Staub auf, und ich habe nie einen erfreulicheren Anblick gesehen. Sie waren zwar nicht der Stolz der Kavallerie, aber sie hatten Futter und *Jaka* in ihren Satteltaschen, und ich wußte, sie würden uns sicher nach Tamatave bringen, wenn wir die Strecke richtig einteilten. Dreißig Meilen konnte ein Tier mich weitestens tragen, aber das war auch das äußerste, was Elspeth in einem Stück schaffen würde.

Ich entließ den erstaunten Pferdeknecht, und wir legten mit flottem Trab los. Eine kleine Herde von Pferden ist gar nicht schwer zu handhaben, wenn man sein Handwerk in Afghanistan gelernt hat. Meine größte Sorge galt jetzt Elspeth. Bisher war sie tapfer – und lobenswert schweigsam – geritten, aber als wir in das öde Hochland vorstießen, konnte ich sehen, daß sich der Effekt bemerkbar machte; sie schwankte mit halb geschlossenen Augen im Sattel, das blonde Haar fiel ihr ins Gesicht, und obwohl ich darauf bedacht war, schnell voranzukommen, fühlte ich mich verpflichtet, in einen kleinen Wald abzubiegen, um zu rasten und zu essen. Neben einem Fluß hob ich sie aus dem Sattel, und der T---l soll mich holen, wenn sie nicht augenblicklich in meinen Armen einschlief. Drei Stunden lang rührte sie sich nicht, während ich die Ebene scharf im Auge behielt, aber ich sah kein Anzeichen einer Verfolgung.

Als sie aufwachte, fragte und schwatzte sie jedoch wieder drauflos, und während wir unseren *Jaka* kauten und ich ihren Finger badete – der nicht gebrochen, sondern böse verstaucht war –, versuchte ich ihr zu erklären, was geschehen war. Wissen Sie, ich finde noch heute diese Unterhaltung das Unglaublichste von all den erstaunlichen Ereignissen seit unserer Abreise aus England. Ich meine, Elspeth etwas begreiflich zu machen, ist immer ziemlich schwer, aber wenn ich so zurückblicke – es war etwas Unwirkliches daran, wie ich ihr in diesem Wald in Madagaskar gegenübersaß, während sie mich in ihrem zerrissenen und schmutzigen Abendkleid und mit geschientem Finger aus großen Augen anstarrte und meiner Erklärung lauschte, warum wir um unser Leben vor einer unsäglichen, schwarzen Despotin fliehen mußten, gegen die ich mich verschworen hatte. Nicht daß ich ihr einen Vorwurf mache, weil sie skeptisch war, oh nein; es war die Form, die ihr Skeptizismus annahm, warum ich mir an den Kopf griff.

Zunächst glaubte sie kein einziges Wort davon; es stand in krassem Gegensatz zu dem, sagte sie, was sie von Madagaskar gesehen hatte, und um diesen Standpunkt zu beweisen, zog sie aus den Tiefen ihrer Unterröcke ein kleines, zerfleddertes Notizbuch, aus dem sie mir ihre »Impressionen« von diesem Land vorzulesen begann – und so wahr ich hier sitze, es ging dabei nur um Schmetterlinge, wilde Blumen, madagassische Gardinenstoffe und was sie zum Abendessen bekommen hatte. Allmählich dämmerte mir, daß der Schluß, zu dem ich anläßlich meiner Besuche bei ihr in Rakotos Palast gekommen war, völlig richtig gewesen war – sie hatte sechs Monate hier verbracht, ohne eine Ahnung zu haben, wie das Land wirklich aussah. Nun, ich wußte, daß sie ein Schwachkopf war, aber das übertraf alles, und das sagte ich ihr auch.

»Das sehe ich nicht so«, sagte sie. »Der Prinz und die Prinzessin waren äußerst höflich und rücksichtsvoll, und du hast mir versichert, daß alles in Ordnung sei, warum sollte ich also etwas anderes denken?«

Ich erklärte noch weiter und ließ mir Reden halten, als wir uns wieder auf den Weg machten, und auch noch den größten Teil dieses Tages, der uns zum östlichen Rand des Hochlands, in die Nähe von Angavo brachte, wo wir in einem anderen Wald kampierten. Inzwischen hatte ich es endlich in ihren Schädel bekommen, was für ein teuflisches Land Madagaskar war, und vor welchem schrecklichen Schicksal wir flohen; man sollte annehmen, das hätte sie entsetzt verstummen lassen, aber da kennen Sie meine Elspeth schlecht.

Sie war schockiert – anscheinend kein bißchen verängstigt, sondern schlicht empört. Das alles war schändlich und sollte nicht gestattet sein, so wie sie die Sache sah; warum hatten wir (ich nehme an, damit meinte sie die britische Krone) keine Schritte unternommen, um eine solche Mißherrschaft zu verhindern, und was dachte sich die Kirche dabei? Das war ganz und gar widerwärtig – ich saß da und kaute mein *Jaka*, und als ich ihr so zuhörte, erinnerte sie mich unwillkürlich an Lady Sale, die alte Schreckschraube, die mit ihren behandschuhten Fingern trommelte, als ihr auf dem Rückzug aus Kabul die Kugeln um die Ohren pfiffen, und sich bissig erkundigte, warum nichts dagegen getan würde. Ach ja, es ist auf gewisse Art komisch – aber wenn man diese Mem-Sahibs gesehen hat, wie sie angesichts von Schrecken und Gefahren, die ihre Männer das Zittern lehrten, indigniert ihren Mund verzogen und eine Augenbraue hoben, dann beginnt man zu verstehen, warum es so viel Rosa auf der Landkarte gibt. Es sind Pfarrhausmentalität, Kinderzimmerdisziplin und ein tiefsitzender Sinn für Anstand und Sauberkeit, die das geschafft haben – und wenn die eines Tages dahingegangen sind, und die Mem-Sahibs mit ihnen, wird auch die Landkarte nicht mehr rosa sein.

Das einzige, was Elspeth nicht akzeptieren konnte, war jedoch, daß der empörende Zustand, in dem das Land sich befand, Ranavalonas Fehler sei. Nach ihrer Sicht der Dinge benahmen sich Königinnen einfach nicht so; die Mutter von Prinz Rakoto (»so ein wohlerzogener und zuvorkommender junger Mann«) hätte so etwas nie gebilligt. Nein, es konnte nur so sein, daß sie von ihren Ministern schlecht beraten und zweifellos in völliger Unkenntnis gehalten wurde. Zu mir war sie doch sicherlich recht nett gewesen, oder? – Das fragte sie in einer arglosen Weise, die ich schon lange kannte. Ich sagte, na ja, nach dem Wenigen, das ich von ihr gesehen hätte, sei sie ziemlich häßlich und boshaft, aber natürlich hätte ich ja kaum ein Wort mit ihr gewechselt (was stimmte, wie Sie bemerken werden; von Baden und Klavierspielen sagte ich nichts). Daraufhin seufzte Elspeth zufrieden und fragte nach einer Weile leise: »Hast du mich vermißt, Harry?«

Als ich sie anschaute, wie sie im Dämmerlicht dasaß, in ihrem staubigen Kleid, mit den grünen Blättern hinter ihr und einem Kranz von wirrem Goldhaar um ihr hübsches Gesicht, das in seiner Dummheit so friedlich wirkte, begriff ich plötzlich, daß es nur eine vernünftige Antwort darauf gab. Durch die Eile, den Schreck und die Angst unserer Flucht war ich bis zu diesem Moment einfach nicht darauf gekommen. Und hinterher, als wir im Gras lagen und sie meine Wange streichelte, schien das die natürlichste Sache der Welt – als sei dies überhaupt nicht Madagaskar, mit schrecklicher Gefahr hinter uns und unbekannten Strapazen vor uns. In diesem wonnevollen Augenblick träumte ich vom allerersten Mal, unter den Bäumen am Clyde, an einem ebenso goldenen Abend, und als ich darauf zu sprechen kam, begann sie endlich zu weinen und klammerte sich an mich.

»Du wirst uns dorthin zurückbringen – nach Hause«, sagte sie. »Du bist so mutig, stark und gut und beschützt mich. Weißt du« – sie wischte sich die Augen und sah mich feierlich an – »daß ich dich nie zuvor kämpfen gesehen habe? Oh, ich wußte es natürlich aus den Zeitungen, und alle Leute haben es gesagt – daß du ein Held bist, meine ich – aber ich wußte nicht, wie sowas ist. Frauen können sich das nicht vorstellen, weißt du? Jetzt habe ich dich mit dem Schwert in der Hand gesehen – du bist ziemlich furchterregend, Harry, weißt du das? – und so schnell!« Sie zitterte leicht. »Nicht viele Frauen haben das Glück zu sehen, wie tapfer ihr Ehemann ist – und ich habe den tapfersten und besten Ehemann auf der ganzen Welt.« Sie küßte mich auf die Stirn und legte ihre Wange an meine.

Ich dachte an ihren Finger unter dem knirschenden Stiefel, an die Art, wie sie in den Büschen aufgestanden und geradeaus davonmarschiert war, an den zermürbenden Ritt von Tana hierher, an alles, was sie seit Singapur durchgemacht hatte – und nein, ich schämte mich nicht, denn Sie wissen, das liegt mir nicht. Aber ich spürte meine Augen brennen, und ich hob ihr Kinn mit meiner Hand.

»Altes Mädchen«, sagte ich, »du bist Spitze.«

»Ach nein«, sagte sie und riß die Augen auf. »Ich bin sehr dumm und schwach und ... und überhaupt nicht Spitze! Hilflos, wie Papa immer sagt. Aber ich mag es, dein ›altes Mädchen‹ zu sein« – sie kuschelte ihren Kopf an meine Brust – »und zu denken, daß du mich auch ein bißchen liebhast ... mehr als diese entsetzliche Königin von Madagaskar oder Mrs. Leo Lade oder die Chinesinnen, die wir in Singapur gesehen haben, oder Kitty Stevens oder – was hast du denn, mein Liebster?«

»Wer zum Donnerwetter ist Kitty Stevens?« brüllte ich.

»Ach, erinnerst du dich nicht? Das schlanke, dunkelhaarige Mädchen mit dem schlechten Teint und den Froschaugen, die sie für so seelenvoll hält – obwohl ich mir nicht vorstellen kann, wie sie darauf kommt, daß allein dieses Glotzen sie attraktiv macht – du hast auf dem Ball der Kavallerie zweimal mit ihr getanzt und sie am Buffet mit Glühwein bedient ...«

Wir brachen noch vor Tagesanbruch wieder auf, überschritten den Angavo-Paß, der zur Hochebene von Ankay führt, und bewegten uns vorsichtig weiter, denn ich wußte, daß das Hova-Garderegiment, das ich dorthin losgeschickt hatte, nicht weit sein konnte. Ich hielt weiter nach Norden, und wir müssen es seitlich umgangen haben, denn wir sahen keine Menschenseele – bis zur Mangoro-Schlucht, wo die Dörfler in großer Zahl herbeiliefen, um uns anzustarren, als wir den Fluß mit unserer kleinen Herde überquerten. Dann ging es glatt weiter, bis der Urwald näherrückte und das Gebirge anfing, aber wir kamen langsamer voran, als ich gehofft hatte; es sah allmählich mehr nach einer Reise von fünf anstatt von vier Tagen aus, doch ich machte mir keine großen Gedanken. Es kam nur darauf an, weiterhin allen Verfolgern vorauszubleiben. Die Fregatte würde noch da sein, dessen war ich sicher, denn sie mußte auf eine Antwort auf die Protestnote warten, die laut Labordes Information der Königin erst vor zwei Tagen überreicht worden war. Ihre Antwort würde, selbst wenn sie sie sofort abschickte, weit über eine Woche brauchen, um Tamatave zu erreichen. Wenn wir also unser Tempo beibehielten, wären wir mehr als rechtzeitig da.

Das sagte ich mir immer wieder, als unsere Geschwindigkeit sich am dritten Tag auf Schrittempo verlangsamte, weil der lange, kurvenreiche Anstieg auf dem ausgetretenen, roten Pfad begann, der ins Gebirge führte. Zu beiden Seiten schloß uns der Urwald wie eine Wand ein, und nur dieser gewundene Pfad wies uns den Weg. Ich kannte ihn, denn ich war ihn in Sklavenketten hinaufgepeitscht worden, und an jeder Wegbiegung, der wir uns näherten, mußte ich meine Angst hinunterschlucken – angenommen, wir begegneten jemandem in diesem Gelände, wo wir nicht davonlaufen konnten, wo zehn Schritte vom Weg sicheren Tod bedeuteten, weil man sich verirrte und verhungerte? Angenommen, der Pfad verlief sich im Nichts oder war überwuchert? Angenommen, flinke Hova-Läufer holten uns ein?

Ich fieberte vor Angst, die durch das kindliche Vergnügen, das Elspeth an unserer Reise zu finden schien, keineswegs gelindert wurde. Sie klatschte andauernd in die Hände und ereiferte sich über die Affen mit tellergroßen Augen, die uns begafften, oder die Vögel mit bunt gestreiften Federn, die zwischen den Schlingpflanzen herumflatterten; selbst die scheußlichen Wasserschlangen, die mit hochgereckten Köpfen in den Flüssen herumschwammen, begeisterten sie – doch die Spinnen konnte sie nicht ausstehen, dicke, marmorierte Ungeheuer, so groß wie meine Hand, die auf Netzen von der Größe eines Bettlakens hin und her krabbelten. Und einmal floh sie entsetzt vor einem Anblick, der unsere Pferde auf dem schmalen Pfad zum Scheuen und Wiehern brachte – eine Horde großer Affen, die mit geschlossenen Füßen in unglaublich weiten Sprüngen über den Weg hüpften.[43] Wir sahen sie krachend ins Dickicht stürmen, und nicht zum ersten Mal verfluchte ich das Pech, daß ich nicht einmal ein Taschenmesser zu meiner Verteidigung bei mir hatte, denn der Himmel mochte wissen, was sonst noch in den dunklen Höhlen des Waldes lauerte. Elspeth wünschte sich nur, sie hätte ihren Skizzenblock dabei.

Dieser Urwald ist vierzig Meilen breit, aber dank der guten Königin Ranavalona brauchten wir ihn nicht ganz zu durchqueren, wie man es heute muß. Der Dschungelpfad läuft geradeaus auf Andevoranto zu, und von dort aus reist man die Küste hinauf nach Tamatave, aber 1845 gab es eine Abkürzung – die Büffelstraße der Königin, die quer durch die waldigen Hügel zur Küstenebene führte. Das war jene von Tausenden Sklaven angelegte Strecke, die ich auf meinem Weg bergauf gesehen hatte; wir erreichten sie am vierten Tag, eine breite Schneise durch das Grün, über der gespenstisch der Hochnebel hing. Sie wirkte unheimlich und beklemmend, aber sie war wenigstens eben, und da wir schon die Hälfte unserer Tiere erschöpft zurückgelassen hatten, war ich froh, leichter voranzukommen.

Es ist merkwürdig, daß diese erstaunliche Resie im nachhinein betrachtet längst nicht so strapaziös war, wie sie hätte sein können; Elspeth schwört noch heute, sie habe sie richtiggehend genossen. Ich würde sagen, wenn ich nicht so besorgt gewesen wäre – daß unsere Tiere zusammenbrechen oder wir uns verirren könnten, wenn der Nebel sich senkte, daß wir von Verfolgern eingeholt werden könnten (obwohl ich wußte, daß dazu kaum eine Chance bestand), oder wie wir das letzte Stück zur Fregatte schaffen sollten – dann hätte ich mich vielleicht darüber gewundert, wie leicht wir durchkamen. Denn das taten wir; unser Glück blieb uns treu, wir sahen auf dem ganzen Weg kaum einen Eingeborenen, und am Nachmittag des vierten Tages trabten wir durch die niedrigen, kegelförmigen Hügel, die die sandige Küstenebene säumen, und vor uns lagen nur noch einige vereinzelte Dörfer und eine glatte, einfache Strecke, bis wir nach Tamatave kommen würden.

Natürlich hätte ich auf der Hut ein müssen. Ich hätte wissen müssen, daß alles zu glatt gegangen war. Ich hätte an die Schrekken denken müssen, die gar nicht so weit hinter uns lagen, an den wahnsinnigen Haß und die Blutgier dieses boshaften Weibes. Ich hätte mich an die alte Soldatenregel erinnern müssen, daß man sich in die Lage des Feindes versetzen und fragen soll, was man an seiner Stelle tun würde. Wenn ich dieses entsetzliche Biest wäre, und mein undankbarer Liebhaber hätte versucht, mich zu ruinieren, hätte meine Soldaten aufgeschlitzt und sich zur Küste abgesetzt – was hätte ich getan, ausgestattet mit unbeschränkter Macht, um meinen rasenden Rachedurst zu stillen? Meine schnellsten Läufer ausgesandt, um die Alarmbotschaft über Ebene, Berg und Wald zu tragen, um die Garnisonen wachzurütteln und ihm den Fluchtweg abzuschneiden – das hätte ich getan. Wie weit konnten gute Läufer an einem Tag in unwegsamem Gelände kommen – vierzig Meilen? Das hieße vier, vielleicht fünf Tage von Tana bis zur Küste. Wir näherten uns Tamatave am Abend des vierten Tages.

Ja, ich hätte auf der Hut sein müssen – aber wenn man nur noch einen Katzensprung von der rettenden Sicherheit entfernt ist, wenn alles weitaus besser gelaufen ist, als man zu hoffen wagte, wenn man die Piste nach Tamatave gesehen hat und weiß, daß die Küste nur wenige Meilen hinter den flachen Hügeln vor einem liegt, wenn man Seite an Seite mit dem tapfersten, hübschesten Mädel der Welt reitet, auf dessen Gesicht dieses begierige, idiotische Lächeln liegt und dessen Titten so famos hüpfen, wenn man die finsteren Schrecken hinter sich gelassen hat – vor allem aber, wenn man vier Nächte kaum geschlafen hat und vor Müdigkeit fast aus dem Sattel fällt ... dann kann die Hoffnung einem ein bißchen den Verstand benebeln, man läßt den letzten Bissen Proviant aus der Hand fallen, die Dämmerung um einen herum beginnt zu verschwimmen, der Kopf sinkt auf das Gras, und man gleitet den langen Abhang in die Bewußtlosigkeit hinunter – bis jemand meilenweit entfernt einen rüttelt, einem aufgeregt ins Ohr kreischt, man benommen aufschreckt und verstört im Morgengrauen um sich blickt.

»Harry! Oh, Harry – schnell! Sieh doch!«

Sie packte mich am Handgelenk und zerrte mich auf die Füße. Wo war ich? – Ach ja, das war die kleine Senke, in der wir unser Lager aufgeschlagen hatten, da waren die Pferde, der erste Streifen Tageslicht zeigte sich gerade über den flachen Hügeln im Osten, aber Elspeth schleifte mich in die andere Richtung, an den Rand der Bodensenke, und deute auf etwas.

Ich rieb mir den Schlaf aus den Augen und starrte den Weg zurück, den wir gekommen waren – die Berge in der Ferne lagen hinter einer Nebelwand, und im Hügelland zwischen ihnen und uns hingen lange Nebelschwaden an den Hängen. Sonst nichts – nein, da bewegte sich etwas, auf dem Kamm eine Meile hinter uns kamen Gestalten in Sicht – ein Dutzend, vielleicht zwanzig Männer in ungeordneter Linie nebeneinander. Ich spürte etwas Kaltes nach meinem Herzen greifen, als ich sie anstarrte; ich konnte nicht glauben, was ich da sah, denn sie bewegten sich auf eine verdächtig disziplinierte Art und Weise in langsamem Trab; ich erkannte diese Gangart, noch ehe ich das erste Blinken von Stahl und die weißen Streifen der Patronengurte sah – ich hatte ihnen schließlich selber beigebracht, in Schützenlinie vorzugehen, oder nicht? Aber das war unmöglich . . .

»Das kann nicht sein!« hörte ich mich mit gebrochener Stimme sagen. »Das sind Hova-Gardisten!«

Als sei noch eine Bestätigung nötig gewesen, kam ein schwacher, klagender Schrei durch die Morgenluft herübergeweht, als sie den Hang hinunter in die Ebene getrabt kamen.

»Ich dachte, ich sollte dich lieber wecken, Harry«, sagte Elspeth, aber da hechtete ich schon zu den Pferden und schrie ihr zu, sie solle aufsitzen. Sie plapperte noch weitere Fragen, bis ich sie kurzerhand auf ein ungesatteltes Pferd hob und mich selber auf einen zweiten Gaul schwang. Ich hieb mit der Peitsche nach den anderen drei Tieren, die wir noch hatten, und als sie wiehernd aus der Bodensenke flohen, riskierte ich noch einen scheuen Blick zurück; eine Dreiviertelmeile hinter uns kam die Schützenlinie unverändert auf uns zu, und die Entfernung verringerte sich mit beängstigender Geschwindigkeit. Mein Gott, wie hatten sie das zu Fuß in dieser Zeit geschafft? Woher kamen sie überhaupt?

Interessante Fragen, auf die ich bis heute keine Antwort weiß, doch damals beschäftigten sie mich nur für den Bruchteil einer Sekunde. Im letzten Moment unterdrückte ich meinen Feiglingsinstikt, blindlings vor ihnen davonzugaloppieren, und begutachtete das Gelände vor uns. Zwei oder drei Meilen über leicht gewellten, sandigen Boden genau nach Osten lag der Hügelkamm, von dem wir mit ziemlicher Sicherheit den Strand sehen würden;

eine Meile oder so rechts von uns verlief die Piste nach Tamatave, auf der bereits ein paar Dörfler unterwegs waren. Ich bemühte mich, einen klaren Kopf zu bekommen – wenn wir geradeaus ritten, müßten wir knapp oberhalb des Forts von Tamatave herauskommen, nördlich der eigentlichen Stadt – die Fregatte würde auf Reede liegen – mein Gott, wie sollten wir sie erreichen, denn mit diesen T---n auf unseren Fersen würden wir keine Zeit haben, anzuhalten und Pläne zu wälzen. Ich sah mich noch einmal um; sie waren inzwischen schon weit auf die Ebene vorgedrungen und kamen rasch näher. Ich griff nach Elspeths Handgelenk.

»Bleib dicht hinter mir! Reite zügig, achte auf den Weg und rutsch um Himmels willen nicht ab! Wenn wir einen flotten Trab beibehalten, können sie uns nicht einholen, aber wenn wir hinfalle, sind wir erledigt!«

Sie war kreidebleich, aber sie nickte, und sie fragte mich ausnahmsweise einmal nicht, wer diese sonderbaren Gentlemen seien oder was sie wollten und ob ihre Haare zerzaust wären. Ich schwenkte um, legte den Hang hinunter los, Elspeth dicht hinter mir, und der Schrei, als sie uns die Richtung wechseln sahen, war jetzt ziemlich deutlich zu hören; ein wildes Jagdgeheul, das mich unwillkürlich mein Pferd mit den Hacken meiner Stiefel antreiben ließ. Wir polterten den Hügel hinunter, und ich zwang mich, nicht nach hinten zu schauen, bis wir das kleine Tal durchquert hatten und auf der nächsten Anhöhe angelangt waren – wir hatten unseren Vorsprung vergrößert, aber sie kamen noch immer hinter uns her, und ich schluckte schwer und forderte Elspeth mit heftigen Gesten auf, Schritt zu halten.

Ich müßte alle Schlachten aufzählen, an denen ich teilgenommen habe, um Ihnen sagen zu können, wie oft ich in Panik geflohen bin, und ich habe auch noch ein paar andere strategische Rückzüge angetreten, aber dieser war genauso schrecklich wie alle anderen. Da war das eine Mal, als Scud East und ich in einem Schlitten über die Landenge von Arabat rasten und die Kosaken hinter uns her waren, und die lustige, kleine Spritztour nach Isandhlwana, die ich mit Colonel Sebastian Moran im Munitionswagen machte, als die Udloko-Zulus uns auf den Fersen waren – und hatten die uns etwa einholen können? Aber in diesem Fall war der Haken, daß wir in kürzester Zeit das Meer erreichen würden, und wenn unsere Einschiffung nicht glatt über die Bühne ging – mein Gott, die Fregatte mußte einfach das sein! ... Ich blickte noch einmal verstohlen über meine Schulter – wir hatten jetzt zwar eine gute Meile Vorsprung, sicher, aber sie waren immer noch da, tauchten gerade auf einem Hügelkamm auf und strömten in taktisch vollendeter Manier darüber hinweg.

Ich warf einen Blick auf unsere Pferde; sie lagen nicht in den letzten Zügen, aber sie waren auch nicht mehr dazu geeignet, am St. Leger teilzunehmen. Würden sie durchhalten? Angenommen, eins von ihnen lahmte – warum zum T--- hatte ich nicht daran gedacht, die Reservepferde vor uns herzutreiben? Doch jetzt war es zu spät.

»Komm weiter«, sagte ich, und Elspeth bedachte mich mit einem unsicheren Blick, hieb ihrem Pferd die Absätze in die Seiten und klammerte sich an seiner Mähne fest. Der letzte Hang lag eine halbe Meile vor uns, als wir für den Anstieg mit dem Tempo heruntergingen, sah ich mich noch einmal um, aber eine gute Meile weit war nichts zu sehen.

»Wir schaffen es noch!« schrie ich, und wir legten die letzten paar Meter bis zum Gipfel durch rutschigen Sand zurück. Als wir den Kamm erreichten, schien die Sonne grell in unsere Augen, und der Wind blies uns plötzlich scharf ins Gesicht – und unter uns, am Fuß eines langen, sandigen Abhangs, dehnte sich ein Panorama von Strand und blauem Wasser aus, und keine Meile weit entfernt schäumte die Brandung. Zur Rechten lag in der Ferne die Stadt Tamatave, über deren Schilfdächern Rauch in dünnen Fäden aufstieg, und näher bei, aber immer noch rechts von uns, stand das Fort, ein massiver, runder Turm aus Stein mit einer flatternden Fahne und Außenschanzen aus hölzernen Palisaden. Weißberockte Truppen, etwa in Kompanistärke, marschierten gerade aus der Stadt darauf zu, und von unserem erhöhten Standort aus konnte ich auf dem Platz in der Mitte des Forts und um die Geschützstellungen auf seine Mauern große Betriebsamkeit sehen.

Die Sonne schien von einem wolkenlos blauen Himmel auf uns, und ihre Strahlen fielen auf eine dicke Nebelbank, die eine Meile vor der Küste die Meeresoberfläche einhüllte. Ein schöner Anblick, der Korallenstrand mit seinen Palmen, die kreisenden Möwen, das sanft wogende, hellblaue Meer – nur eins fehlte: Von dem goldenen Strand bis zu der perlmuttfarbenen Nebelbank, von der blaßklaren Ferne im Norden bis zu dem verschwommenen Dunst über dem Hafen der Stadt im Süden, war das Meer so leer wie der Tisch eines Geizkragens. Da lag keine britische Fregatte vor Tamatave auf Reede. Nicht einmal ein verd--- Proviantboot. Und hinter uns, eine knappe Meile entfernt, kamen gerade die Hova am Hang des Hügels in Sicht, als ich meinen bestürzten Blick in die Richtung wandte.

Ich weiß nicht mehr, ob ich laut geschrien habe oder nicht. Es könnte gut sein, aber falls ich es getan habe, war das nur ein schwacher Ausdruck für die grenzenlose Verzweiflung, die mich in diesem Moment übermannte. Ich weiß nur, was ich dachte, als ich in einem Anflug von Wut, Angst und Enttäuschung mit der Faust auf mein Knie hämmerte: »Aber sie muß da sein! Sie muß doch auf ihre Botschaft warten!« Und dann sah mich Elspeth mit ernsten, blauen Augen an und fragte: »Aber Harry, wo ist denn das Schiff? Du hast doch gesagt, es wäre hier –« Und als sie dann, wie ich annehme, zwei und zwei zusammenzählte, fügte sie hinzu: »Was sollen wir jetzt machen?«

Das war eine Frage, die ich mir auch schon gestellt hatte, während ich wie gelähmt von der leeren See vor und zu den Verfolgern hinter uns blickte – sie hatten auf dem letzten Hügel haltgemacht, was eine Ironie war, wenn Sie so wollen. Wenn es darauf ankam, konnten sie jetzt auf dem Bauch zu uns kriechen – wir saßen hilflos in der Falle und konnten nur warten, bis sie zu uns herankamen, wann immer es ihnen paßte, um uns zu schnappen und dem grausigen Schicksal zuzuführen, das uns in Tana erwartete. Ich konnte diese Schlangenaugen vor mir sehen, die dampfenden Wasserlöcher in Ambohifotsy, die Körper, die von der Spitze des Felsens durch die Luft segelten, die blutrünstig kreischende Menge – und ich merkte, daß ich einen Schwall von Flüchen hervorstammelte, während ich vergeblich nach einem Fluchtweg Ausschau hielt, von dem ich wußte, daß es ihn nicht gab.

Elspeth hielt mit bleichem Gesicht meine Hand fest – und dann, weil es der einzige Weg war, der uns offenstand, drängte ich sie den Hang zu unserer Linken hinunter auf einen langen Palmenhain zu, der etwa eine Viertelmeile vor dem Fort anfing und sich an der Küste entlang nach Norden in der Ferne verlief. Das ist das gute an einem gesunden, feigen Instinkt – er läßt einen sofort in Deckung gehen, so kümmerlich und zwecklos sie auch sein mag. Sie würden uns dort im Handumdrehen finden, aber wenn wir die Bäume erreichen konnten, ohne vom Fort aus gesehen zu werden, wäre es uns vielleicht möglich, nach Norden zu fliehen –

und dann? Dort blieb uns nichts weiter übrig, als blindlings zu flüchten, bis wir vor Erschöpfung umfielen oder unsere Pferde zusammenbrachen und diese schwarzen Hunde uns einholten, das wußte ich, aber es war besser, als hier stehenzubleiben, wo man uns wie Schafe in die Enge treiben würde.

»Oh, Harry!« jammerte Elspeth hinter mir, als wir den Hang hinunterpreschten, aber ich hielt nicht an; noch eine Minute, und wir wären im Schutz des Palmenhains, falls uns niemand im Fort vorher sah. Über den Hals meines Pferdes gebeugt, spähte ich zu den steinernen Zinnen am Fuß des Hügels hinunter, als hinter mir Elspeths Stimme plötzlich zu einem spitzen Schrei anschwoll. Ich drehte mich im Sitzen um und sah zu meiner Verblüffung, daß sie an der Mähne ihres Pferdes zerrte, um es zu bremsen. Ich schrie sie an, sie solle weiterreiten, beschimpfte sie als Idiotin, doch als sie heftig protestierte und aufs Meer hinausdeutete, brachte ich meinen Gaul schlitternd zum Stehen und starrte in die Richtung, in die sie zeigte – und wissen Sie, ich konnte es ihr nicht verübeln.

Draußen vor der Küste, in dieser wogenden Nebelbank, bewegte sich etwas. Erst war es nur ein Schatten, der sich im hell strahlenden Dunst auftürmte; dann ragte eine lange, schwarze Spiere hervor, und dahinter nahmen Masten und Takelage Gestalt an. Ungläubig hörte ich das unverwechselbare, leise Quietschen von Tauwinden, als ein großes, schlankes Schiff unter vollen Segeln in Sicht kam, das langsam aus dem Nebel glitt, vor meinen Augen wendete und seine breite, weißgestreifte Seite zeigte – seine Schießscharten waren geöffnet, die Geschütze ausgefahren, Männer liefen an Deck herum, und vom Besanmast wehte eine Fahne – blau-weiß-rot – mein Gott, das war ein französisches Kriegsschiff – und da, rechts von ihm, tauchte noch ein Schatten auf, ein zweites Schiff, das sich drehte, wie das erste es getan hatte: noch ein Franzmann, mit Kanonen, Flagge und allem!

Elsbeth war neben mir, und ich riß sie fast vom Pferd, als ich sie an mich drückte und wir gebannt die Schiffe beobachteten. Unsere Flucht, das Fort, die Verfolger – alles war vergessen. Sie kreischte in mein Ohr, als im Kielwasser der Schiffe ein dritter Schatten sichtbar wurde, und diesmal war es genau das richtige, Irrtum ausgeschlossen, denn dort am Flaggenmast der Fregatte, die auf das blaue Wasser hinausgeglitten kam, da wehte der liebe, alte Union Jack, und ich mußte meine Freudentränen zurückhalten.

Ich schrie Gott weiß was, Elspeth klatschte in die Hände, und dann dröhnte plötzlich vom Fort her, nur wenige hundert Meter entfernt, ein Kanonenschuß, und von den Zinnen stieg eine weiße Rauchfahne auf. Die drei Schiffe hielten auf das Fort zu, der vorderste Franzmann drehte mit knatternden Segeln bei, und aus seiner Flanke brachen donnernd Flammen und Rauch, ein ungeheures Krachen ertönte vom Fort, als die Breitseite einschlug – und jetzt kamen die beiden Gefährten heran, gaben nacheinander ihre Salven ab, und während Meer und Himmel von ihrer Kanonade widerhallten und eine mächtige Wolke von grauem Rauch um sie herum aufquoll, drehten sie ab und nahmen von neuem Anlauf.[44]

Eine schlecht gezielte Kugel, die über unsere Köpfe zischte, erinnerte mich daran, daß wir direkt in der Schußlinie standen. Ich winkte Elspeth zu, und wir hasteten zu den Bäumen, brachen ins Dickicht und glitten von unseren Pferden, um die ungewöhnliche Szene zu betrachten, die sich in der Bucht abspielte.

»Harry – warum schießen diese Leute? Glaubst du, sie sind gekommen, um uns zu retten?« Sie griff ganz aufgeregt nach meiner Hand. »Wissen sie denn, daß wir hier sind? Sollten wir nicht winken oder ein Feuer anzünden oder so etwas? Warum rufst du nicht nach ihnen, mein Liebster?«

Und das, wenn keine Viertelmeile entfernt vierzig Kanonen ballern, denn das Fort feuerte ebenfalls zurück. Der vorderste Franzmann war wieder auf Schußweite herangekommen; Wolken von Staub und Rauch stoben von der Mauer des Forts auf, das ganze Schiff schien im Wasser zu schwanken, und Elspeth schrie laut auf, als sein Fockmast in der Mitte umknickte und langsam mit einem Wust von Segeltuch und Tauwerk im Rauch versank. Das zweite Schiff rauschte heran, gab auf irgendwie plumpe, knoblauchfresserische Art seine Breitseite ab, das Fort feuerte als Antwort darauf feste zurück, und das war auch ganz recht so. Mein Gott, dachte ich, lassen sich die Frenchies etwa unterkriegen? Denn das zweite Schiff verlor seinen Besanmast und scherte mit einem Gewirr von Rahen und Holmen auf seinem Achterdeck ab. Und dann segelte die britische Fregatte heran, und obwohl ich in der Regel nicht viel für unsere Marineleute übrig habe, muß ich zugeben, daß sie sich vor den Ausländern gut sehen lassen konnte, denn sie kam langsam und lautlos näher und wartete den richtigen Zeitpunkt ab, während das Fort auf sie einhämmerte und die Splitter von ihrem Schanzkleid flogen.

Durch die klare Luft konnten wir jede Einzelheit erkennen, den Lotsen, der seine Senkleinen von der Ankerkette baumeln ließ, die Matrosen mit ihren weißen Hemden, die blauen Jacken der Offiziere auf dem Achterdeck – sogar einen kleinen Leutnant, der in der Takelage sein Fernrohr auf das Fort richtete. Lautlos glitt sie näher, bis ich sicher war, sie müßte auf Grund laufen, dann rief eine Stimme vom Achterdeck, Männer hasteten los, Segeltuch knatterte, sie drehte vor dem Wind, und alle Kanonen krachten mit ohrenbetäubendem Höllenlärm auf einen Schlag los. Die Druckwelle der Breitseite traf uns wie ein starker Windstoß, die Zinnen des Forts schienen sich in Rauch, Staub und herumfliegende Bruchstücke aufzulösen – aber als sich alles verzog, stand das Fort noch, und seine Kanonen erwiderten das Feuer in unregelmäßigen Abständen.

Die Fregatte drehte sauber ab, doch weder sie noch die lädierten Franzmänner sahen so aus, als würden sie noch einmal angreifen – mir fuhr der entsetzliche Gedanke durch den Kopf, sie könnten vielleicht ganz abhauen, und über ein derart feiges Benehmen konnte ich nicht an mich halten.

»Kommt zurück, ihr H---söhne!« brüllte ich und hüpfte auf und ab. »Himmel, A--- und Wolkenbruch, das ist doch nur ein Haufen Nigger! Schlagt sie zusammen, verfl--- nochmal! Dafür werdet ihr schließlich bezahlt!« – »Aber sieh doch, Harry!« piepste Elspeth mit ausgestrecktem Zeigefinger. »Sieh doch, mein Liebster, sie kommen! Schau da – die Boote!«

Und tatsächlich – hinter den Franzmännern kamen Langboote zum Vorschein, und ein weiteres hinter der britischen Fregatte. Während die großen Schiffe wieder Aufstellung nahmen und auf das Fort feuerten, ruderten die kleineren, bis zum Rand mit Männern beladenen Boote, auf den Strand zu – sie wollten im Schutz der Kanonen des Geschwaders das Fort stürmen! Ich merkte, daß ich vor Aufregung tanzte und fluchte – denn das war unsere Chance! Wir mußten zu ihnen rennen, wenn sie an Land kamen; ich stürmte durch die Bäume zurück, um zu sehen, was unsere Hova-Freunde machten – und da waren sie, sie stiegen von dem Hügel hinter uns herunter und hielten auf die Landseite des Forts zu. Sie liefen wirr durcheinander, aber ein Unteroffizier brüllte hinter ihnen her, und mir schien, als deute er auf unser Versteck. Ja, ein paar Hova blieben stehen – er schickte sie in unsere Richtung! Wußte dieser verd--- schwarze Schuft denn nicht, was seine

Pflicht war, wenn ausländische Schiffe seine elende Insel angriffen?

»Was sollen wir tun, Harry?« fragte Elspeth an meiner Seite. »Sollten wir nicht zum Strand laufen? Es könnte gefährlich werden, länger zu warten.«

Sie ist nicht ganz so dumm, wie sie aussieht, wissen Sie – aber ich zum Glück auch nicht. Die Boote waren in der Brandung, nur ein Steinwurf vom Strand; die Versuchung, zu ihnen hinzulaufen, war fast mehr, als ein aufrichtiger Angsthase ertragen konnte – aber wenn wir unsere Deckung zu früh verließen, mit dreihundert Metern nacktem Sand zwischen uns und der Stelle, wo das erste Boot der Franzmänner anlegen würde, wären wir in Reichweite der Musketen des Forts zu unserer Rechten. Wir mußten in diesem Palmenhain liegenbleiben, bis die Landungstruppen auf dem Strand waren und das Fort bestürmten – das würde die schwarzen Musketiere beschäftigt halten, und wir konnten ungefährdet zu den Booten laufen und eine weiße Fahne schwenken – ich zerrte an Elspeths Unterrock, erstickte ihr schrilles Protestgeschrei und spähte durch das Gestrüpp zu den näherkommenden Hova zurück. Drei von ihnen trabten auf den Palmenhain zu, und ihr Offizier hinter ihnen winkte sie weiter. Der erste war schon fast bei den Bäumen, schaute dumm drein und drehte sich um, als wollte er seine Kameraden um Instruktionen ersuchen; dann wandte sich sein flaches, brutales Gesicht in unsere Richtung, und er begann, sich mit angelegtem Speer zwischen den Palmen vorzuarbeiten, und schaute sich nach allen Seiten um.

Ich zischte Elspeth zu, zog sie an der seewärts gelegenen Seite des Hains unter einen Busch und horchte auf alles gleichzeitig – das ständige Dröhnen und Krachen des Geschützfeuers, die schwachen Rufe von den Mauern des Forts und den langsamen, knirschenden Schritt des Hova auf dem Waldboden. Er schien sich hinter uns nach Norden zu entfernen – doch da hielt Elspeth ihre Lippen an mein Ohr und flüsterte: »Oh, Harry, beweg dich bloß nicht, ich bitte dich! Da ist noch einer von diesen Eingeborenen, ganz nahe!«

Ich drehte meinen Kopf und hätte beinahe laut aufgeschrien. Auf der anderen Seite des Gebüschs, keine zehn Meter entfernt, war durch das Blattwerk eine schwarze Gestalt zu sehen – und in diesem Moment gab der erste Hova einen überraschten Schrei von sich, und lautes Wiehern ertönte. Oh, Gott – ich hatte unsere Pferde vergessen, und dieser Kerl mußte auf sie gestoßen sein! Die schwarze Gestalt hinter dem Gebüsch setzte sich in Trab – Gott sei Dank in entgegengesetzter Richtung; vom Strand her knatterten Musketen, ich erinnerte mich an den rechtzeitigen Vorschlag meiner lieben, kleinen Frau und kam zu dem Beschluß, wir sollten nicht länger warten.

»Lauf!« zischte ich, wir brachen aus den Bäumen hervor und liefen wie die Hasen zum Strand. Hinter uns erklang ein Schrei, über unseren Köpfen schwirrte etwas durch die Luft, und ein Speer schlitterte vor uns über den weichen Sand. Elspeth heulte schrill auf, aber wir rannten weiter. Die Boote wurden auf den Strand gezogen, und schon liefen bewaffnete Männer auf das Fort zu – französische Matrosen in gestreiften Hemden, mit einem kleinen Kerl vorneweg, der einen Säbel schwang und sich zweifellos über La Glorie ausließ, als die Kartätschen von den Mauern des Forts den Sand zwischen ihm und seinen Leuten hoch aufwirbelten.

»Hilfe!« brüllte ich, stolperte voran und schwenkte Elspeths Unterrock. »Wir sind Freunde! Hallo, mes amis! Nous sommes Anglais, pour l'amour de dieu! Nicht schießen! Vive la France!«

Sie schenkten uns nicht die geringste Beachtung, weil sie inzwischen damit beschäftigt waren, eine Bresche in die hölzerne Außenschanze des Forts zu schlagen. Wir wankten aus dem weichen Sand auf festeren Untergrund und liefen auf die Boote zu, die alle direkt oberhalb der Brandung auf dem Strand lagen; ich schaute zurück, aber die Hova waren nirgends zu sehen, weil sie schlau waren; ich schob Elspeth weiter, und wir machten einen Bogen, um aus der Schußlinie des Forts zu kommen; der Strand vor uns wimmelte inzwischen von rennenden Gestalten, Franzosen und Briten, die jubelnd vorwärtsstürmten. An der Außenschanze war ein heftiger Nahkampf entbrannt, weiße und gestreifte Hemden auf der einen Seite, schwarze Haut auf der anderen, Entermesser und Speere blitzten auf, und das Musketenfeuer aus dem Innern des Forts wurde von unseren Leuten weiter unten auf dem Strand erwidert. Dann ertönten britische Jubelrufe und Schreie von aufgeregten Franzmännern, und durch den Rauch konnte ich sehen, daß sie die innere Mauer erreicht hatten, einander auf die Schultern kletterten, mit ihren Pistolen drauflosballerten und offenbar ein Wettrennen austrugen, um zu sehen, wer als erster oben wäre, Franzosen oder Briten.

Viel Glück, Leute, dachte ich, aber ich bin heute zu müde. Im gleichen Augenblick rief Elspeth: »Oh, Harry, Harry, lieber Harry!« Sie klammerte sich an mich. »Glaubst du, daß wir uns jetzt hinsetzen könnten?« Und damit fiel sie in eine tiefe Ohnmacht, und wir sanken engumschlungen zwischen den Booten und den Landungstruppen in den feuchten Sand. Ich war zu erledigt und benommen, um etwas anderes zu tun als dazusitzen und sie zu halten, während oben am Strand der Kampf tobte, und ich dachte, mein Gott, wir haben es endlich geschafft, und ich werde bald schlafen können ...

»Sie da, Sir!« schrie eine Stimme. »Ja, Sie – was machen Sie da, Sir? Großer Gott – ist das eine Frau, was Sie da haben?«

Eine Gruppe von britischen Matrosen mit Tragen lief an uns vorbei zum Fort, und bei ihnen war dieser Kerl mit dem roten Gesicht und einem goldenen Streifen an seiner Jacke, der stehengeblieben war und uns mit großen Augen anstierte. Er trug ein Schwert und eine Pistole. Ich rief ihm über den Gefechtslärm zu, wir seien entflohene Gefangene der Madagassen, aber er lief nur noch roter im Gesicht an.

„Was sagen Sie da? Sie gehören nicht zu den Landungstruppen? Dann machen Sie den Strand frei – verschwinden Sie auf der Stelle! Sie haben hier nichts verloren! Das hier ist ein Marineeinsatz! Was ist los, Bootsmann? – Ich komme ja schon, verd - - - noch mal! Weiter, Leute!"

Er schwenkte seine Waffen und hastete davon, aber ich machte mir nichts daraus. Ich wußte, ich war zu geschafft, um Elspeth die hundert Meter zu den Booten zu tragen, doch wir waren außer Reichweite der Musketen des Forts, und so gab ich mich damit zufrieden, dazusitzen und zu warten, bis jemand Zeit haben würde, sich um uns zu kümmern. Im Moment waren in der Tat alle sehr beschäftigt. Der Boden vor der Schanze war mit Toten und Verwundeten übersät, und durch die Breschen, die sie geschlagen hatten, konnte ich sie die Geschütze vernageln sehen, während die Kletterer noch immer versuchten, die zehn Meter hohe Wand dahinter hinfaufzusteigen. Sie hatten Leitern, auf denen sich britische und französische Matrosen drängten, und ihre Waffen blinkten durch den Rauch am oberen Ende der Mauer, wo die Verteidiger auf sie einschlugen und schossen.

Über das Krachen der Musketen war plötzlich Jubel zu hören; die große, schwarz-weiße, madagassische Fahne auf der Mauer des Forts fiel mit ihrem zerbrochenen Mast herunter, aber ein Madagasse auf den Zinnen fing sie im Fallen auf; der Kampf brodelte um ihn herum, aber in diesem Moment lief ein zurückkehrender Trupp mit Tragen, auf denen Verwundete zu den Booten gebracht wurden, durch mein Blickfeld, und ich konnte nicht sehen, was mit ihm geschah.

Noch immer kümmerte sich niemand um Elspeth und mich; wir saßen etwas außerhalb des Hauptverkehrsstroms den Strand hinauf und hinunter, und als eine Gruppe französischer Matrosen stehenblieb, um uns neugierig zu begaffen, wurde sie bald von einem brüllenden Offizier verscheucht. Ich versuchte, Elspeth aufzurichten, doch sie hing noch bewußtlos an meiner Brust, und während ich mich noch mit ihr abmühte, sah ich, daß die Landungstruppen sich vom Fort zurückzogen. Die Verwundeten, die noch gehen konnten, kamen von ihren Kameraden gestützt als erste angehumpelt, und dann die Hauptgruppe, Franzosen und Briten kunterbunt durcheinander; die Offiziere fluchten und schrien Befehle, während die Männer versuchten, ihre richtigen Truppenteile zu finden. Sie kabbelten und drängten sich in großer Unordnung, die britischen Matrosen beschimpften die Franzmänner, und die Franzmänner gestikulierten und schnitten Grimassen zurück.

Ich rief um Hilfe, aber es war wie im Tollhaus – und dann begannen über all das Getrampel und Geschwätz hinweg die Kanonen der Schiffe wieder in der Ferne zu dröhnen, die Kugeln pfiffen über unsere Köpfe und schlugen im Fort ein, denn inzwischen war auch die Nachhut abgerückt, schwärmte leidlich geordnet aus und tauschte Musketenfeuer mit den Soldaten auf den Zinnen aus, die sie nicht hatten erstürmen können. Alles, was sie erbeutet hatten, schien die madagassische Fahne zu sein; inmitten des zurückflutenden Scharmützels, während die Feinde sie mit Schrot bepfefferten, rangelte doch tatsächlich ein wüster Haufen von französischen und englischen Matrosen mit Rufen wie »Au voleur!« und »Halt doch fest, du Trottel!« um den Besitz dieses verd--- Fetzens; die Franzmänner traten um sich, und die Briten schlugen mit den Fäusten zu, während zwei ihrer Offiziere sie zu trennen versuchten.

Schließlich gelang es dem englischen Offizier, einem großen, schlaksigen Kerl mit halb abgerissenem Hosenbein und einem blutigen Verband um das Knie, die Flagge an sich zu reißen, aber der französische Offizier, der etwa einszwanzig groß war, grapschte sich ein Ende davon, und sie kamen in unsere Richtung gestolpert, fauchten sich in ihrem jeweiligen Jargon an, und ihre Mannschaften mischten eifrig mit.

»Die dürfen Sie nicht haben!« schrie der Franzose. »Geben Sie sofort her, Monsieur!«

»Hau ab, du schmierige halbe Portion!« schnaubte John Bull. »Nimm deine Pfoten weg, oder du kriegst was drauf!«

»Elender englischer Dieb! Sie ist meinen Leuten zugefallen, sage ich Ihnen! Sie ist eine Beute Frankreichs!«

»Wirst du wohl loslassen, du froschfressender Affe! Schockschwerenot, wenn du mit deinen feigen Rotzlümmeln so hartnäkkig gekämpft hättest, wie du jetzt quakst, wäre das Fort längst eingemommen! Laß los, hörst du?«

»Ach, leisten Sie mir etwa Widerstand?« rief der Franzose, der dem Engländer bis zum Ellbogen reichte. »Jetzt langt es mir aber! Lassen Sie diese Fahne los, oder ich erschieße Sie!«

»Gib her, ver--- noch mal!« Inzwischen waren sie fast über uns, der robuste Angelsachse hielt die Fahne über seinen Kopf, und der französische Winzling hielt sich daran fest und trat ihm vor das Schienbein. »Ich schlage dir die Zähne ein, du aufgeblasener Jammerlappen, wenn du – großer Gott, das ist ja eine Frau!« Ihm fiel der Unterkiefer herunter, als er mich mit Elspeth in den Armen zu seinen Füßen sitzen sah. Er glotzte mich sprachlos an und hatte den Franzosen vergessen, der ihm jetzt mit seinen winzigen Fäusten gegen die Brust trommelte und dabei die Augen fest geschlossen hielt.

»Falls Sie einen Moment Zeit haben«, sagte ich, »wäre ich Ihnen dankbar, wenn Sie meiner Frau in Ihre Boote helfen würden. Wir sind Briten, und wir sind aus der Gefangenschaft im Landesinnern geflohen.«

Ich mußte das mit einer Auswahl von Flüchen wiederholen, bevor er es begriff, während der Franzmann, der aufgehört hatte zu trommeln, mißtrauisch glupschte.

»Was erzählt er da, hä?« rief er. »Der macht wohl gemeinsame Sache mit Ihnen, der Schuft? Aber ich werde die Flagge bekommen – Tod und T---, was ist das? Eine Frau, die uns zu Füßen liegt, na sowas!«

Ich erklärte es ihm auf Französisch, er verdrehte die Augen und nahm seine Mütze ab.

»Eine Dame? Eine englische Lady? Unglaublich! Und dazu eine so hübsche Dame, par exemple, und ohmächtig ist sie auch! Ach, die arme Kleine! Stabsarzt Narcejac! Stabsarzt Narcejac! Kommen Sie schnell, und Sie, Sir, bleiben Sie ganz ruhig!« Er tanzte geradezu vor Aufregung. »Helft mal, ihr anderen, und paßt auf Madame auf!«

Alles drängte sich erstaunt um uns, und während ein französischer Quacksalber neben Elspeth niederkniete, deren Lider flatterten, halfen mir zwei Matrosen auf die Beine, und der englische Offizier wollte wissen, wer ich sei. Ich sagte es ihm, und er meinte, ich sei doch nicht etwa der Flashman aus Afghanistan, und ich antwortete, doch, genau der sei ich, und er sagte, nun, da solle ihm doch einer einen Storch braten, und er sei Kennedy, Zweiter Offizier der Fregatte CONWAY und stolz, meine Bekanntschaft zu machen. Währenddessen hüpfte der kleine Franzose erregt um uns herum und informierte mich, er sei Leutnant Boudaincourt von der Zelée, Madame würde jede Hilfe und auch Riechsalz zuteil werden, die gesamte französische Marine stehe ihr zu Diensten, nom de nom, und er, Boudaincourt, wie er sagte, werde persönlich für ihren ungestörten und sofortigen Abtransport sorgen –

»Halt mal die Luft an, du Knirps!« röhrte Kennedy. »Was quatscht er da? Jenkins, Russell! Die Dame ist Engländerin, und sie wird mit einem englischen Boot fahren, und damit basta! Können Sie gehen, Madam?«

Elspeth, von dem französischen Arzt gestützt, war noch so geschwächt – entweder vor Erschöpfung oder durch all diese männliche Anteilnahme – daß sie nur schlaff winken konnte, und Boudaincourt bellte Kennedy empört an.

»Würden Sie wohl etwas leiser sprechen, bitte! Ach, sehen Sie, jetzt geht es Madame wieder schlechter!«

»Halt deine Klappe!« schrie Kennedy und schnauzte dann einen Seemann an, der an seinem Ärmel zupfte: »Was zum T--- ist denn jetzt wieder los?«

»Ich bitte um Entschuldigung, Sir. Einen schönen Gruß von Mr. Heseltine, und die Schwarzen machen einen Ausfall, wie es scheint.«

Er deutete den Strand hinauf, und in der Tat tauchten an der zerstörten Schanze schwarze Gestalten in weißen Lendentüchern auf, die dem Geschützfeuer von den Schiffen und den Musketen unserer Nachhut trotzten. Einige von ihnen schossen auf uns, und die Kugeln zischten beängstigend über uns hinweg.

»Verfl... und zugenäht!« schrie Kennedy. »Franzmänner, Weiber und Nigger! Das ist zuviel! Mister Cliff, ich wäre Ihnen sehr verbunden, wenn Sie diese Leute vom Strand fortschaffen könnten! Scharfschützen, gebt ihnen Deckung! Russell, lauf zum Boot und sag Mr. Partridge, er soll den Zweipfünder mit Schrot laden und es ihnen geben, wenn sie nahe genug herankommen! Zurück da! Verschwindet vom Strand!«

Boudaincourt schrie seinen eigenen Leuten ähnliche Befehle zu; zwischen ihnen halfen der Stabsarzt und ein Matrose Elspeth zum nächstgelegenen Boot hinunter.

»Nun gehen Sie schon mit ihr, Sie Trottel!« fauchte Kennedy mich an. »Sie wissen doch, wie diese verd--- Franzmänner sind, oder?« Er hinkte auf seinem verletzten Bein davon, die madagassische Fahne hing schlapp in seiner Hand, und Boudaincourt schimpfte hinter ihm her.

»Oh, einen Moment mal, Monsieur! Sie vergessen wohl, daß Sie noch immer etwas bei sich tragen, das rechtmäßiges Eigentum von Madame la République ist! Seien Sie so nett und geben Sie mir diese Flagge!«

»Den T--- werde ich tun!«

»Sie Schuft, wollen Sie sich noch immer widersetzen? Sie werden diesen Strand nicht lebend verlassen!«

»Schieb ab, du kleiner Affe!«

Ich konnte ihr Palaver über den Lärm hinweg hören, als ich die Bordwand des französischen Bootes erreichte, um das herum die Männer im knietiefen Wasser tapsten. Elspeth wurde durch eine Menge von plappernden, ströhnenden oder schreienden Franzosen auf den Achtersitz gehoben – einige standen am Bug und feuerten zum Strand, andere bereiteten sich zum Ablegen vor, Verwundete weinten oder lehnten stumm an den Ruderbänken, und ein Leutnant rief den Männern an den Rudern schrille Befehle zu. Es gab eine ohrenbetäubende Explosion, als der neben uns liegende britische Kutter sein Bordgeschütz abfeuerte; die Madagassen strömten jetzt in großer Zahl aus dem Fort, schwärmten auf dem Strand aus und schossen blindlings um sich – bald würden sie sich zum Angriff formieren – während Kennedy und Boudaincourt, die beiden Letzten am Strand, durch das seichte Wasser planschten, an der Fahne zerrten und sich gegenseitig Schimpfworte an den Kopf warfen.

»Laß los, Himmelherrgottnochmal!«
»Sie englischer Flegel, Sie kommen mir nicht davon!«
Ich denke manchmal an sie, wenn ich idiotische Politiker über die »Entente Cordiale« daherreden höre – Kennedy fäusteschüttelnd, Boudaincourt blau im Gesicht, und zwischen ihnen straff gespannt dieses schmutzige, wertlose Stück Stoff. Und ich bin stolz, wenn ich daran denke, daß in diesem kritischen Moment, inmitten von Chaos und drohendem Desaster, meine diplomatische Ader zum Durchbruch kam und die Situation rettete – denn ich glaube, sie ständen heute noch da, wenn ich mir nicht aus dem Gürtel des Matrosen neben mir ein Messer geschnappt und hysterisch fluchend auf die Fahne eingestochen hätte. Sie riß nur leicht ein, aber das genügte – das Ding ging mit einem Ratsch in zwei Stücke, Kennedy fluchte, Boudaincourt kreischte, und wir kletterten an Bord, als die Buggeschütze zum letzten Mal dröhnten, die Boote über den Kies scharrten und in die Brandung hinausschwankten.
»Meuchelmörder!« schrie Boudaincourt und schwenkte seine Hälfte.
»Zuhälter!« brüllte Kennedy aus dem Nebenboot.
So kamen wir aus Madagaskar fort. Sie kostete mehr als zwanzig Engländern und Franzosen das Leben, diese schlecht geleitete, irrsinnige Operation[45], aber da sie rein zufällig Elspeth und mir das Leben rettete, werden Sie mir verzeihen, wenn ich mich nicht beklage. Als ich mich neben Elspeth ins Heck des Bootes kauerte, mein Kopf vor Müdigkeit schwindelte und mein ganzer Körper vor Schmerzen pochte, da dachte ich nur eins: Gott sei dank, wir sind davongekommen. Wahnsinnige, schwarze Königinnen, Solomon, Brooke, Hova, Kopfjäger, chinesische Messerwerfer, Giftpfeile, kochende Wasserlöcher, Schiffe mit Totenschädeln, *Tangena*-Gift – alles war vorbei, wir fuhren über das blaue Wasser, mein Mädchen und ich, auf ein Schiff zu, das uns nach Hause bringen würde…
»Pardon, Monsieur.« Boudaincourt stand neben mir und blickte stirnrunzelnd auf das schmutzige Stück Fahnentuch in seiner Hand. »Können Sie mir sagen«, meinte er und deutete auf die schwarze Inschrift, »was diese Worte bedeuten?«
Ich konnte sie natürlich nicht lesen, aber ich hatte genug über madagassische Heraldik erfahren, um zu wissen, was sie bedeuteten.

»Das heißt ›Ranavalona‹«, sagte ich ihm. »Sie ist die Königin dieser verd--- Insel, und Sie können Ihrem Schöpfer danken, wenn Sie ihr nie näherkommen als jetzt. Ich könnte Ihnen Dinge erzählen –«, fuhr ich fort, aber ich spürte, daß Elspeth sich neben mir rührte, und dachte, nein, je weniger man darüber redet, um so eher ist es vergessen. Ich schaute sie an. Sie war zwar wach, aber sie hörte nicht zu. Sie schien ihre Augen verschämt niedergeschlagen zu halten, was ich nicht verstand, bis ich sah, daß ihr Kleid so zerrissen war, daß ihre nackten Beine zu sehen waren, und jedes lüsterne Franzmanngesicht in diesem Boot starrte in ihre Richtung. Aber wußte sie das nicht selber ganz genau? Du heiliger Strohsack, dachte ich, so hat doch diese ganze vermaledeite Geschichte angefangen, weil dieses einfältige Frauenzimmer sich von lüsternen Kerlen hat beäugen lassen.

»Gestatten Sie?« sagte ich zu Boudaincourt, nahm ihm die zerrissene Fahne aus der Hand, legte sie diskret über Elspeths Knie und blickte die enttäuschten Franzmänner finster an. Elspeth schaute zu mir auf, ganz erstaunte Unschuld, lächelte dann und kuschelte sich an meine Schulter.

»Ach ja, Harry«, seufzte sie. »Du paßt gut auf mich auf.«

(Letzter Auszug aus dem Tagebuch der Mrs. H. Flashman, Juli 1845)

> ...es ist sicherlich sehr unangenehm, so bald schon wieder von meinem lieben, lieben H. getrennt zu werden, zumal nach der grausamen Trennung, die wir erdulden mußten, und ausgerechnet zu einem Zeitpunkt, als wir annahmen, endlich in wonnigem Frieden und der Sicherheit des guten, alten England die Ruhe und den Trost unserer Gemeinsamkeit genießen zu können. Aber S. E., der Gouverneur von Mauritius, bestand energisch darauf, daß H. nach Indien gehen müsse, denn es scheint, daß es unter dem Volk der Sikh wachsenden Aufruhr gibt, und daß alle Regimenter, die sich auf dem Heimweg befanden, zurückgeschickt werden mußten, und daß jeder Offizier mit nachweislicher Erfahrung im Kriegsfall benötigt wird.[46] Also muß mein Schatz, da er im aktiven

Dienst ist, nach Bombay abreisen, nicht ohne heftigen Protest seinerseits, und er ging sogar so weit, damit zu drohen, er werde seinen Abschied einreichen und die Armee ganz verlassen, doch das wollten sie auf keinen Fall gestatten. So bleibe ich also wehklagend zurück, wie Lord Ullins Tochter – oder war das ihr Vater? Ich weiß es nicht mehr genau – während der Ehemann meines Herzens zu seinen Pflichten zurückkehrt, und ich hoffe wirklich, daß er sich vor den Sikhs in acht nimmt, die äußerst unfreundlich zu sein scheinen. Mein einziger Trost ist die Gewißheit, daß mein Liebster mich viel lieber selber nach Hause begleitet hätte, und es waren die Besorgnis um mich und die Zuneigung zu mir, die ihn dazu bewogen, sich so heftig zu sträuben, als man ihm sagte, er müsse nach Indien gehen (und er ist in der Tat bei diesem Thema recht ausfällig geworden und hat S. E., dem Gouverneur, viele unfreundliche Dinge an den Kopf geworfen, die ich hier nicht wiedergeben möchte, so schockierend waren sie). Aber ich könnte nie zulassen, daß er meinetwegen vom Weg der Ehre abweicht, an dem ihm so viel liegt, und es gab auch wirklich keine Veranlassung dazu, denn ich bin äußerst bequem untergebracht und bestens versorgt an Bord des guten Schiffes ZELEÉ, dessen Kapitän, ein Monsieur Feiseck, so freundlich war, mir eine Überfahrt nach Toulon anzubieten, anstatt auf einen Ostindiensegler warten zu müssen. Er ist sehr höflich und aufmerksam, verfügt über ausgezeichnete Manieren und ist voller Mitgefühl für mich, so wie alle seine Offiziere es sind, besonders die Leutnants Homard und St. Just und Delincourt und Ambrée und der liebe, kleine Boudaincourt und sogar die Maate…

(Ende des Auszugs – Humbug, Eitelkeit und Heuchelei bis zuletzt! Und eine besorgte Ehefrau, wie sie im Buche steht!!! G. de R.)

Mit dieser leicht unduldsamen Bemerkung seiner ursprünglichen Herausgeberin endet das Manuskript des sechsten Pakets der Flashman-Papiere.

ANHANG A: CRICKETREGELN

Spielfeld ist ein Rasenplatz von 60 x 80 m, in dessen Mitte zwei Tore im Abstand von 20 m stehen, die aus jeweils drei senkrechten, 7 cm tief in den Boden gerammten Stäben von 70 cm Höhe und 2 cm Breite bestehen. Beide Tore stehen auf 2 m langen Torlinien, die gleichzeitig als Wurflinien bei Würfen auf das andere, gegenüberliegende Tor dienen. Parallel dazu verläuft in einem Abstand von 1,22 m vor jedem Tor die sogenannte Schlagmallinie. Das Feld zwischen den Toren ist das Innenfeld, dahinter und zu beiden Seiten liegt das Außenfeld. Ziel des Spiels ist, mit einem kleinen, aber relativ schweren, roten Lederball über das Innenfeld hinweg die Torstäbe zu treffen und umzuwerfen.

Durch Losentscheid wird bestimmt, welche der beiden Mannschaften von je elf Spielern zuerst als Feldmannschaft, bzw. Schlagmannschaft auftritt. Die Feldmannschaft besteht aus einem Werfer, einem Fänger und neun Hinter-, Eck- und Seitenmännern, die sich über das Spielfeld verteilen, während von der Schlagmannschaft immer nur zwei Spieler gleichzeitig auf dem Feld sind, um als Schlagmänner die beiden Tore zu verteidigen. Wenn einer der beiden Schlagmänner wegen eines Fehlers »aus« ist, wechselt der nächste ein, bis alle Spieler der Schlagmannschaft an der Reihe waren und der Durchgang (Innings) beendet ist. Im zweiten Durchgang werden dann die Rollen getauscht.

Der Werfer nimmt aus dem Außenfeld heraus Anlauf bis zur Wurflinie und zielt direkt oder indirekt auf das gegenüberliegende Tor, neben dem der Schlagmann mit seinem Schlagholz (das je nach Größe des Spielers zwischen 70 cm und 95 cm lang und am unteren Ende etwa 11 cm breit ist) auf einer Markierung steht, um seine drei Stäbe zu verteidigen. Wenn er sieht, daß der Ball zu weit seitlich oder zu hoch ankommt, läßt er ihn vorbei. Ansonsten springt er vor sein Tor, um ihn mit seinem Schlagholz abzuwehren. Wenn ihm das gelingt, benutzt er die Zeit, die die Feldmannschaft für das Fangen des Balls und das Zuspiel zum Werfer braucht, um »Läufe« zu machen, d. h. mit seinem Partner, dem Schlagmann am gegenüberliegenden Tor, sooft wie möglich den Platz zu wechseln. Die Anzahl der erzielten Läufe (runs) entscheidet über das Ergebnis des ersten Durchgangs, denn die Feldmannschaft kann beliebig viele Versuche (overs) von jeweils vier (heute oft auch sechs) Würfen eines Spielers machen, bis alle Schlagmänner der Gegenpartei »aus« sind.

»Aus« ist ein Schlagmann, wenn sein Tor umgeworfen wird, wenn er sein Bein vor das Tor stellt, um den Ball aufzuhalten, oder wenn der Fänger der Feldmannschaft, der neben ihm am Tor steht, den Ball aus der Luft fängt. Es gibt noch zahlreiche andere Gründe, warum ein Schlagmann vom Platz muß, aber hier sollen die genügen, die in den von Flashman beschriebenen Spielsituationen auftauchen.

Im zweiten Durchgang versucht die Mannschaft, die jetzt die Schlagmänner stellt, die von den Gegnern vorgelegte Zahl von Läufen zu erreichen. Sobald sie diese Zahl geschafft hat, die heutzutage bei einem guten Spiel bei 300 liegen kann, hat sie gewonnen, und zwar um »Wickets«, d. h. um die Zahl der eigenen Spieler, die noch nicht als Schlagmann eingesetzt waren, plus einem (der ja noch unbesiegt am Tor steht). Gelingt ihr das nicht, verliert sie um die Differenz der von beiden Mannschaften geschafften Läufe.

Überwacht wird das Spiel von einem Schiedsrichter (Umpire), der immer unmittelbar hinter einem der Tore steht, und zwei Punktrichtern (Scorers), die genau darüber Protokoll führen, wer als wievielter mit wie vielen Würfen wen usw.

Eine festgesetzte Spieldauer gibt es logischerweise nicht, doch ein Match mit einem Durchgang für jede Mannschaft dauert etwa vier bis viereinhalb Stunden. Bei Landesmeisterschaften haben beide Mannschaften je zwei Durchgänge zu bestreiten, so daß sich das Spiel über drei Tage hinziehen kann.

Am Rande sei noch erwähnt, daß der Cricketplatz von Lord's in London auch heute noch einen Ruf genießt wie etwa Wimbledon im Tennis oder Ascot für Pferderennen, und daß Spielerpersönlichkeiten wie Alfred Mynn oder Fuller Pilch jedem cricketbegeisterten Engländer noch nach fast hundertfünfzig Jahren ein Begriff sind.

ANHANG B: CRICKET UM 1840

Flashman hatte zu Cricket, wie zu den meisten Dingen, eine sehr persönliche Einstellung, doch es kann kein Zweifel daran bestehen, daß echte Liebe zu diesem Spiel durch seinen üblichen Zynismus schimmert. Das überrascht nicht, zumal Cricket die wohl raffinierteste und ausgeklügeltste Feldsportart ist, die je ersonnen wurde, die Geschicklichkeit und spielerisches Können verlangt und einem Charakter wie seinem unendich viel freien Spielraum läßt. Er spielte es auch sehr gut, laut seiner eigenen Aussage und der von Thomas Hughes, der als zuverlässig angesehen werden kann, da er nicht dazu neigte, in irgendeiner Hinsicht zu Flashmans Gunsten zu übertreiben. Wäre er nicht so vollauf mit militärischen und anderen Dingen beschäftigt gewesen, hätte Flashman durchaus einen Platz in der Geschichte des Cricketsports als wahrhaft guter und schneller Werfer einnehmen können – sein Sieg über ein Trio wie Felix, Pilch und Mynn (ein frühviktorianisches Äquivalent für Hobbs, Bradman und Keith Miller) spricht für ein weit über das Übliche hinausgehendes Talent.

Wie verläßlich seine Aussagen über das Cricketspiel seiner Tage sind, läßt sich anhand der am Ende dieses Anhangs aufgeführten Werke beurteilen. Seine Erinnerungen an den Platz von Lord's in seiner ersten Glanzzeit sind zutreffend, ebenso die Kurzportraits der großen Spieler seiner Zeit – des überragenden und legendären Mynn, des eleganten Felix und des einmaligen Allroundmannes Pilch (obschon seine meisten Zeitgenossen Pilch als weitaus genialer darstellen, als Flashman ihn fand). Seine technischen Hinweise auf das Spiel sind korrekt, obwohl er eine Tendenz zeigt, den Jargon seiner Spielerzeit mit dem von sechzig Jahren später zu vermischen, als er schreibt. So spricht er nicht von »Schlägern«, wie es im Sprachgebrauch der Jahre um 1840 richtig hieß, sondern von Schlagmännern; gleichzeitig verwendet er unterschiedslos zwei verschiedene Bezeichnungen für »Durchgang«, die zwar das gleiche bedeuten, von denen jedoch eine längst veraltet ist. Und ihm unterläuft ein merkwürdiger Gedächtnisfehler, indem er auf die »Seile« um den Platz von Lord's hinweist; in Wirklichkeit wurden Spielfeldbegrenzungen erst später eingeführt, und zu Flashmans Zeit mußte noch jedem Ball nachgelaufen werden.

Das unzweifelhaft Interessanteste an seinen Erinnerungen an das Cricketspiel ist die Beschreibung des Spiels auf ein Tor, das er mit Solomon austrägt. Diese Form des Spiels war seinerzeit populär, erlebte aber später einen Niedergang, obwohl in letzter Zeit Versuche gemacht wurden, es wieder zu beleben. Die Regeln dazu finden sich bei James Box, »The English Game of Cricket« (1877), aber sie ließen sich nach Lust und Laune variieren; es konnte jede beliebige Zahl von Spielern, von einem bis zu sechs auf jeder Seite, daran teilnehmen, falls es aber weniger als fünf waren, galt der Brauch, Würfe hinter die Torlinie zu verbieten. Das Wetten war bei solchen Spielen weitverbreitet und trug dazu bei, sie in Mißkredit zu bringen. Man sollte jedoch nicht vergessen, daß Einsätze von der Art, wie Flashman, Solomon und Daedalus Tighe sie riskierten, zu ihrer Zeit allgemein üblich waren; sicher ging es um exzentrisch hohe Summen, und es wurde gelegentlich geschoben, doch das gehörte voll und ganz zu dieser rauhen und farbigen Ära des Sports, in der selbst ein Geistlicher ein hübsches Nebeneinkommen durch Cricketwetten ezielen konnte, als Spiele bei Kerzenlicht ausgetragen wurden, und Enthusiasten sich noch an Ereignisse wie das Spiel der Gefangenen von Greenwich erinnerten, bei dem sich die Zuschauer drängten, um eine Mannschaft von Einbeinigen gegen ein einarmiges Team spielen zu sehen. Die einbeinige Mannschaft gewann mit 103 Läufen; im Verlauf des Spiels gingen fünf Holzbeine zu Bruch. Da kann man nur mit dem sarkastischen Flashman sagen: Cricket ist auch nicht mehr das, was es einmal war. (Siehe: J. Box; W. W. Read, »Annals of Cricket«, 1896; Eric Parker, »The History of Cricket«, Lonsdale Library, mit Sir Spencer Ponsonby-Fanes Beschreibung des Spielfeldes von Lord's aus »Lord's und der M. C. C.«; W. Denison, »Sketches of the Players«, 1888; Nicholas (»Felix«) Wanostrocht, »Felix an the Bat«, 1845; und Rev. J. Pycroft, »Oxford Memories«, 1886.

ANHANG C: DER WEISSE RADSCHA

Heutzutage, da es Mode ist, den Imperialismus nur von seiner dunklen Seite zu betrachten, hört man nicht mehr viel von James Brooke. Er war einer jener Viktorianer, die einen guten Namen zum Aufbau des britischen Weltreichs beisteuerten, und sein schlimmster Fehler war vielleicht, daß er Abenteuer um ihrer selbst willen liebte, einen unerschütterlichen Glauben an seine eigene zivilisatorische Mission und die seiner Rasse besaß, und am Kampf gegen Piraten Spaß fand. Seine Philosophie, typisch für seine Klasse und seine Zeit, mag heute nicht mehr universell zu empfehlen sein, aber eine unvoreingenommene Prüfung dessen, was er tatsächlich getan hat, würde mehr Löbliches als Tadelnswertes zutage bringen.

Die kurze Zusammenfassung seines Lebenswerks, die Stuart Flashman gibt, ist im wesentlichen zutreffend – Brooke ging als Abenteurer nach Sarawak und endete als sein Herrscher und Erlöser. Er schaffte die Tyrannei ab, unter der es gehalten wurde, ließ den Handel wieder aufblühen, entwarf ein Gesetzbuch, und obwohl er buchstäblich ohne Mittel dastand und nur eine Handvoll Abenteurer und bekehrte Kopfjäger ihm halfen, focht er im Alleingang einen Krieg gegen die Piraten aus. Er brauchte sechs Jahre, um ihn zu gewinnen, und in Anbetracht der Wildheit und überwältigenden Zahl seiner Gegner, des gut organisierten und traditionsreichen Piratenwesens, und der kleinen Streitmacht, die ihm zur Verfügung stand, war das eine verblüffende Leistung.

Wir wissen, daß es ein brutaler und blutiger Kampf war, und so war es vielleicht unvermeidlich, daß Brooke sich anschließend von einer Zeitung als »Pirat, Mörder und Totschläger großen Stils« bezeichnen lassen mußte, und daß im Parlament von Hume, Cobden und Gladstone (der Brooke, aber nicht seine Methoden bewunderte) die Forderung erhoben wurde, sein Vorgehen öffentlich zu untersuchen. Das Ergebnis der Untersuchung entlastete Brooke voll und ganz, und das war wohl eine gerechte Entscheidung; seine Kritiker in heimatlicher Ferne mochten zwar finden, daß er Kopfjäger und Seeräuber mit übertiebener Begeisterung verfolgt hatte, doch die Bewohner der Küstendörfer, die seit Generationen unter Plünderungen und Sklaverei gelitten hatten, sahen das anders.

So auch die breite britische Öffentlichkeit. Es mangelte ihr unter der Herrschaft Königin Victorias nicht an Helden, die sie verehren konnte, doch unter den Gordons, Livingstones, Stanleys und den übrigen nahm James Brooke verdientermaßen eine Sonderstellung ein. Schließlich war er der typische Bilderbuch-Abenteurer alter englischer Tradition – unabhängig, furchtlos, aufrichtig, besserwisserisch und herzerfrischend unbescheiden, mit einem kleinen Hauch von Freibeutertum; es war kein Wunder, daß ihn die Autoren von Jugendromanen ein Jahrhundert lang zum Vorbild nahmen. Das war ein großes Kompliment, doch nicht größer als jenes, das ihm die Eingeborenen von Borneo machten; für sie war er, wie ein Reisender berichtete, einfach übermenschlich. Die Piraten hätten ihnen sicher zugestimmt.*

Anhang D: KÖNIGIN RANAVALONA I.

»Eine der stolzesten und grausamsten Frauen auf der Welt, und ihre ganze Geschichte ist ein Bericht über Blut und Schreckenstaten.« So Ida Pfeiffer, die sie persönlich gekannt hat. Andere Historiker haben sie »die moderne Messalina« genannt, »ein entsetzliches Weib ... besessen von Machtgier und Grausamkeit«, »weiblicher Caligula", und dergleichen mehr. Für Monsieur Ferry, den französischen Außenminister, war sie einfach »diese furchtbare Ranavalona«.** Insgesamt herrscht über sie eine Übereinstimmung, die zusammen mit den wohldokumentierten Abscheulichkeiten ihres Regimes das Schlimmste rechtfertigt, was Flashman über sie zu sagen hat.

Es besteht kein Grund zu bezweifeln, daß er über seine persönliche Bekanntschaft mit ihr die Wahrheit berichtet. Seine Schilderung Madagaskars und seiner fremdartigen Bräuche stimmt mit anderen Quellen überein, wie auch seine Beschreibung solcher Details wie der exzentrischen Garderobe der Königin, ihrer napoleonischen Gemälde und Möbel, der Platzkarten bei Diners, ihrer Trinkgewohnheiten und sogar musikalischen Vorlieben. Sein Bild von ihrem phantasievoll gekleideten Hofstaat, ihrer mitternächtlichen Party und der öffentlichen Zeremonie des königlichen Bades kann in allen Einzelheiten nachgewiesen werden. Was ihr Verhalten ihm gegenüber angeht, so ist bekannt, daß sie Liebhaber hatte – möglicherweise sogar schon vor dem Tod ihres Ehemanns, obwohl das zugegebenermaßen reine Spekulation ist, die auf einem Studium der Ereignisse beruht, die sie auf den Thron brachten, und die Flashman nur kurz berührt.

* Darunter auch Suleiman Usman. Brooke stöberte ihn im August 1845 in Maludu, im Norden Borneos auf, nur wenige Wochen nach der Rettung der Flashmans aus Madagaskar. Demnach scheint Usman, als er Elspeth verloren hatte, in seine Heimatgewässer zurückgekehrt zu sein. Er war mit Sicherheit in Maludu, als die britische Streitmacht unter Admiral Cochrane es angriff und zerstörte; ein Bericht meldet, daß Usman im Verlauf dieser Aktion verwundet wurde und für tot gehalten wird, und man scheint seitdem nichts mehr von ihm gehört zu haben.

** Rede vor der Depurtiertenkammer in Paris.

König Radama, ihr Ehemann, war 1828 plötzlich im Alter von 36 Jahren gestorben. Da sie keine erwachsenen Kinder hatten, war der Erbe der Neffe des Königs, Rakotobe; seine Anhänger, die einen Machtkampf voraussahen, hielten die Nachricht vom Tod des Königs ein paar Tage geheim, um Rakotobe Gelegenheit zu geben, seinen Thronanspruch zu festigen. Inzwischen hinterbrachte jedoch ein junger Offizier namens Andriamihaza, der sich offiziell als Anhänger Rakotobes ausgab, aus unbekannten Gründen Ranavalona die Todesnachricht. Sie brachte sofort die führenden Militärs auf ihre Seite, ließ verlauten, die Götter favorisierten ihren Anspruch auf den Thron, und ermordete skrupellos alle, die sich ihr widersetzten, einschließlich des unglücklichen Rakotobe. Andriamihazas Verrat belohnte sie, indem sie ihn zum Oberbefehlshaber ernannte und ihn zum Liebhaber nahm (oder ihn als solchen bestätigte). Dann wurde er des Hochverrats angeklagt, dem *Tangena* unterworfen und hingerichtet. (Siehe Oliver, Band 1).

Die nächsten 35 Jahre waren eine Herrschaft des Schreckens, der religiösen Verfolgung und des Massenmordes in einem Ausmaß, das (in Anbetracht der Größe und begrenzten Einwohnerzahl Madagaskars) bis in unsere Tage unerreicht blieb. Daß Ranavalona ihrer eigenen Ermordung oder Absetzung entging, ist Beweis für die Stärke, mit der sie ihre absolute Macht ausübte, und für ihre Fähigkeit, Attentate zu überleben. Wie viele es waren, ist unbekannt, aber keines gelang – einschließlich des Flashman-Putsches von 1845, und einer späteren Verschwörung, in die sich Ida Pfeiffer, die damals 60 war, zu ihrer großen Bestürzung selber verwickelt sah: Sie beschreibt in ihrem Reisebericht, wie Prinz Rakoto (offenbar entschlossen, die Königin zu beseitigen) ihr das Arsenal zeigt, das er bei seiner Revolte zu benutzen gedenkt, und wie sie dann zu Bett geht und Alpträume über die *Tangena*-Probe hat.

Da wir wissen, das Rakoto und Laborde das Attentat überlebten, das Flashman schildert, liegt es auf der Hand, daß das Ganze einfach eine totgeborene Angelegenheit blieb, oder daß die Königin aus irgendwelchen Gründen davon absah, Rache an den Verschwörern zu nehmen. Es wäre ein erfreulicher Gedanke, daß wenigstens Mr. Fankanonikaka verschont blieb, um weiterhin aufopferungsvoll seinem Land und seiner Königin zu dienen.

Anmerkungen

1. Da die meisten Flashman-Papiere zwischen 1900 und 1905 geschrieben wurden, liegt es nahe, daß Flashman sich hier auf die Serie von Freundschaftsspielen in den Jahren 1901-02 bezieht, die Australien mit vier Spielen gegen eins gewann. Möglicherweise auch auf die Spiele im Sommer 1902, als die Australier ihren Sieg mit 2:1 bestätigten. In diesem Jahr scheiterte auch der Versuch, die ständig umstrittene Regel über das Bein vor dem Tor abzuändern.
2. Flashmans Verhalten auf dem Spielfeld wird auf denkwürdige Weise in »Tom Brown's Schooldays« beschrieben, wo Thomas Huges sein verspätetes Eingreifen bei Rangeleien um den Ball »mit Geschrei und großem Getue« erwähnt.
3. Flashmans Gedächtnis spielt ihm hier einen Streich, jedoch nur einen kleinen. Die sogenannten Rebecca-Aufstände begannen erst einige Monate später, 1843, als eine merkwürdige Geheimgesellschaft, die sich »Rebecca und ihre Töchter« nannte, eine Terrorkampagne gegen hohe Zollgebühren in Süd-Wales startete. Sie trat bewaffnet, maskiert und als Frauen verkleidet auf, fiel bei Nacht über Zollhäuser und -schranken her und zerstörte sie. Anscheinend leitete sie ihren Namen von einem Bibelzitat ab (Genesis XXIV, 60: »Und sie segneten Rebecca . . . und sagten . . . deine Töchter sollen das Tor jener besitzen, die sie hassen.«) Siehe auch Halevy, »History of the English People«, Bd. IV, und »Punch«, Bd. V, Einleitung, 1843.
4. Dies ist die früheste Erwähnung in sportlichen oder literarischen Aufzeichnungen des »hat trick« als Umschreibung für die ungeheure Leistung eines Werfers, mit drei aufeinanderfolgenden Bällen drei Wikkets zu schaffen, die ihm traditionsgemäß Anrecht auf einen neuen Hut geben. Dieser Ausdruck findet natürlich heute eine ausgedehntere Anwendung außerhalb des Cricketspiels und bezeichnet einen dreifachen Erfolg jeder Art – zum Beispiel im Fußball oder bei Wahlsiegen. Es ist interessant, Überlegungen darüber anzustellen, daß dieser Ausdruck nicht nur seinen Ursprung in Mynns impulsiver Geste gegenüber Flashman hatte, sondern auch, daß er zunächst ironisch gemeint war.
5. Lord Haddington und Lord Stanley waren Erster Lord der Admiralität, bzw. Kolonialminister; Lord Aberdeen war Außenminister. Flashman ist gehässig, wenn er Deaf Burke und Lord Brougham in einem Atemzug als Halunken bezeichnet – der eine war ein berühmter Preisboxer und der andere ein prominenter liberaler Politiker der sogenannten Whigs.
6. Alice Lowe, die Geliebte Lord Frankforts, spielte eine Rolle in einem anrüchigen Gerichtsverfahren, in dem es um die Geschenke ging, die er ihr gemacht hatte, und von denen er behauptete, sie habe sie gestoh-

len. Die Nelson-Säule auf dem Trafalgar Square näherte sich damals ihrer Fertigstellung und bildete den Gegenstand zahlreicher Witze – »Punch« stellte hämisch fest, daß die Statue des großen Seehelden stark Napoleon ähnelte. Der Royal Hunt Cup wurde zum ersten Mal 1843 in Ascot ausgetragen, und »The Bohemian Girl« hatte im November des gleichen Jahres im Drury Lane Theatre Premiere.

7. Anfang der 1840er erschienen verschiedene Regierungsberichte über die Zustände in Bergwerken und Fabriken; sie waren erschreckend. Die Greuel, die in Morrisons Gespräch mit Solomon erwähnt werden, sind in diesen Berichten und in anderen aus dem vorhergehenden Jahrzehnt zu finden. Als Ergebnis setzte Lord Ashley (der spätere Earl of Shaftesbury) 1842 ein Gesetz im Unterhaus durch, das die Beschäftigung von Frauen und von Kindern unter dreizehn Jahren in Bergwerken untersagte, doch anschließend senkte das Oberhaus diese Altersgrenze auf zehn Jahre; 1843 führte die Veröffentlichung des Berichts der Kommission gegen Kinderarbeit (Horne's Report) zu weiteren gesetzlichen Regelungen, einschließlich einer Reduzierung der Arbeitszeit für Kinder und Heranwachsende in Fabriken. (Siehe: »Report of the Children's Employment Commission, Mines« 1842; den zweiten Bericht der C.E.C., 1843, und andere Unterlagen, die in »Human Documents of the Industrial Revolution« von E. Royston Pike zitiert werden.)
8. Lola Montez war im Herbst 1842 für kurze Zeit Flashmans Geliebte, bis sie sich stritten; er nahm Rache, indem er für einen feindseligen Empfang sorgte, als sie im Juni 1843 ihr Debüt als Tänzerin auf einer Londoner Bühne gab. Nach diesem Zwischenfall verließ sie England und begann ihre atemberaubende Karriere als Kurtisane, die dazu führte, daß sie zur eigentlichen Herrscherin Bayerns wurde – eine Episode, an der auch Flashman und Otto von Bismarck stark beteiligt waren. (Siehe: Biographien der Lola Montez und Flashmans eigene Memoiren zu diesem Thema, erschienen als »Flashman – Prinz von Dänemark« UTB 21003.)
9. Aufgrund von Flashmans Beschreibung des »grobschlächtig wirkenden Mannes im Kirchengewand« mit dem verkrüppelten Arm scheint sicher, daß es sich um Richard Harris Barham (1788-1845) handelt, den Autor der »Ingoldsby Legends«, in denen an einer berühmten Stelle berichtet wird, wie Lord Tomnoddy an einer Hinrichtung in Newgate teilnimmt und in der Nacht zuvor im Gasthof zur Elster zecht, der Ausblick auf die Straße bietet, wo der Galgen errichtet wird. Barham bezog seine Inspiration jedoch nicht von der Hinrichtung, die Flashman schildert; er schrieb sein bekanntes Stück voller Galgenhumor einige Jahre früher, aber er könnte durchaus interessehalber auch an späteren Hinrichtungen teilgenommen haben. Thackerays Anwesenheit ist interessant, denn sie läßt darauf schließen, daß er inzwischen den Ekel

überwunden hatte, den er drei Jahre zuvor bei der Hinrichtung Courvoisiers noch so stark empfand, daß er es nicht über sich brachte, den letzten Moment zu beobachten. (Siehe: Barham; The Times, 7. Juli 1840 und 27. Mai 1868, Bericht über die Hinrichtungen von Courvoisier und Barret; Thackeray, »Going to See a Man Hanged«, Fraser's Magazine, Juli 1840; Dickens, »Barnaby Rudge« und »A Visit to Newgate«, aus »Sketches by Boz«; und Arthur Griffith, „Chronicles of Newgate" (1884) und „Criminal Prisons of London" (1862).

10. Mr. Tighe wettete, daß Flashman den Durchgang übersteht, also sein Tor nicht verliert und am Ende des Innings nicht »aus« ist. Vielleicht eine merkwürdige Wette, aber nicht ungewöhnlich in einer Zeit, da Sportfreunde bereit waren, auf alles und jedes Wetten abzuschließen.
11. Die zur Zeit des Regency (1811-20) unter Adligen aufgekommene Sitte, als Schirmherr für Preisboxer aufzutreten und sie (gewöhnlich, wenn sie sich vom Kampf zurückgezogen hatten) als Leibwächter zu benutzen, war in Flashmans Jugendjahren noch nicht ganz ausgestorben, daher waren seine Befürchtungen hinsichtlich der Rache des Herzogs vermutlich begründet – besonders in Anbetracht der von Judy erwähnten Namen. Ben Caunt, weithin als »Big Ben« bekannt (die Glocke im Uhrentrum von Westminster soll nach ihm benannt worden sein), war in den 1840ern ein berüchtigt rüder Schwergewichts-Champion, und der andere erwähnte Kämpfer kann nur Tom Cannon gewesen sein, »die große Kanone von Windsor«, der diesen Titel in den 1820ern führte.
12. Der erste Verkauf australischer Pferde, die von Boyd & Co. nach Singapur importiert wurden, fand tatsächlich erst am 20. August 1844 statt. Das waren die ersten der berühmten Kavallerie-»Walers« (so benannt nach Neusüdwales) der indischen Armee.
13. Heutzutage vielleicht nicht mehr ganz so alt und verschrumpelt. Flashman, der zur Zeit der Pax Britannica unter König Edward schrieb, konnte nicht voraussehen, daß die Stämme im Norden Borneos die unter britischer Hoheit unterdrückte Ausübung der Kopfjagd wiederaufnehmen würden. Der Herausgeber hat in einem Kopfhaus am Rajang River Reihen von vergleichsweise »frischen« Köpfen gesehen. Die Einheimischen gaben zu, daß die meisten »orang japon« seien, von den japanischen Invasoren des Zweiten Weltkriegs, aber einige davon sahen neu genug aus, um von den indonesischen Stammesangehörigen stammen zu können, die damals (1966) beim kommunistischen Aufstand gegen die britisch-malaiischen Streitkräfte kämpften.
14. Frank Marryat, Sohn des Romanciers Captain Marryat, diente in den 1840ern als Marineoffizier in fernöstlichen Gewässern und bestätigt Flashmans Ansicht, daß die Gesellschaft Singapurs langweilig und prüde sei. »Wenig Gastfreundschaft, noch weniger Fröhlichkeit . . . jeder darauf erpicht, seinen gesellschaftlichen Rang zu wahren.« Seine

Beschreibung der Stadt, der Leute, Sitten und Institutionen stimmt weitgehend mit der Flashmans überein. (Siehe: »Borneo and the Indian Archipelago« 1848 von F. S. Marryat, und wegen des Detailreichtums C. B. Buckley, »An Anecdotal History of Old Times in Singapore«.

15. Der Armenier Catchick Moses und der Chinese Whampoa waren zwei bekannte Gestalten des alten Singapur. Catchick war nicht nur als Kaufmann berühmt, sondern auch als Billardspieler und für seine exzentrische Angewohnheit, sich mit der linken Hand und ohne Spiegel zu rasieren, während er auf seiner Veranda auf und ab ging. Er war 32, als Flashman ihn kennenlernte; als er im Alter von 73, sieben Jahre vor seinem Tod, sein Testament machte, wählte er das ungewöhnliche Verfahren, es seinen Kindern vorzulegen, so daß Streitigkeiten noch zu seinen Lebzeiten gütlich geregelt werden konnten.
    Whampoa war der reichste Mann der chinesischen Gemeinde, bekannt für seine verschwenderischen Partys und sein luxuriöses Landhaus mit goldgerahmten ovalen Türen. Sein Äußeres war so, wie Flashman es beschreibt, bis hin zu seiner schwarzen Seidenrobe, dem Zopf und dem Sherryglas. (Siehe: Buckey und Marryat, Anm. 14)
16. Wie Flashman später zugibt, sagte ihm der Name James Brooke nichts, als er ihn zum ersten Mal hörte. Das ist nicht verwunderlich, da der Ruhm dieses bemerkenswerten Abenteurers und weißen Radschas von Sarawak seinen Höhepunkt noch nicht erreicht hatte. Aber Flashman war offenbar wider seinen Willen von der Erscheinung und der Persönlichkeit seines Retters beeindruckt, und seine Beschreibung deckt sich genau mit Brookes berühmtem Portrait in der Nationalgalerie, das seine große Tatkraft und ruhelose Energie ebenso einfängt wie den Hauch von Romantik, der ihn zum Idealbild des frühviktorianischen helden machte. Das Gemälde könnte als Titelbild jedes Abenteuerromans für Jungen dienen, der im neunzehnten Jahrhundert erschien – und tat dies auch manchmal. Das einzige, was fehlt, ist die Gesichtsverletzung, die Flashman erwähnt; Brooke hatte sie sich am 12. Februar 1844 in Murdu bei einem Kampf gegen Piraten aus Sumatra zugezogen, also war sie noch nicht ganz verheilt, als sie sich kennenlernten.
17. Es mag unglaugwürdig erscheinen, daß selbst ein gefühlsbetonter Romantiker eine derart schwülstige Sprache benutzt, doch wir können sicher sein, daß Brooke zumindest in diesem Stil schrieb, fast Wort für Wort. Etwa um diese Zeit hält er in seinem Tagebuch die Gefühle fest, die er bei der Nachricht empfand, daß eine euroäpische Dame von Piraten in Borneo gefangengehalten wurde, die ein Lösegeld forderten: »Eine gefangene Maid! Beschwört das nicht Bilder von blauen Augen und kastanienbraunem Haar von hyazinthisch duftendem Glanz herauf?! Und in Wirklichkeit handelt es sich vielleicht um eine fette, alte holländische Frouw! Armes Geschöpf, denn wenn sie auch alt, fett, un-

freundlich und häßlich sein mag, so ist es doch entsetzlich, sich ein solches Schicksal wie das Leben unter Wilden vorzustellen!« Offensichtlich kann er dabei nicht an Mrs. Flashman gedacht haben.

18. Henry Keppel (1809-1904) war einer der Vorkämpfer zur See des viktorianischen Zeitalters. Als Experte auf dem speziellen Gebiet der Kriegführung auf Flüssen, war er den Dyak als »der rothaarige Teufel« bekannt und stand Brooke in zahlreichen Kämpfen gegen die Piraten im Südchinesischen Meer bei. (Siehe: Keppel, »Expedition to Borneo of H.M.S. Dido«, 1846, und »A Visit to the Indian Archipelago in H.M.S. Maeander«, 1853). Er wurde später Oberbefehlshaber der Marine.
19. Stuarts enthusiastische Schilderung Brookes und seiner Abenteuer ist soweit vollkommen korrekt. (Siehe: »The Raja of Sarawak«, von Spenser St. John, 1879, Brookes eigene Briefe und sein Tagebuch, sowie weitere Quellen über Borneo, die an anderer Stelle in diesen Fußnoten zitiert werden, und auch Anhang C). Der einzige Fehler in diesem Punkt ist ein kleiner Irrtum Flashmans, denn »Stuart« hieß in Wirklichkeit George Steward; offenbar begeht Flashman hier erneut den Fehler, den er sich in seinen Memoiren gelegentlich zuschulden kommen läßt, sich auf sein Gehör zu verlassen und sich nicht die Mühe zu machen, die Schreibweise von Eigennamen zu überprüfen.
20. Angela Georgina Burdett-Coutts (1817-1906), »die reichste Erbin in ganz England, genoß einen Ruf ... der nur dem Königin Victorias nachstand.« Sie opferte ihr Leben und ihr riesiges Vermögen, das sie von ihrem Großvater, dem Bankier Thomas Coutts geerbt hatte, zahllosen mildtätigen und guten Zwecken, unterstützte Schulen, Wohnungsbauprojekte und Krankenhäuser, und stellte Mittel für so unterschiedliche Zwecke wie die Irische Hungerhilfe, Universitätsstipendien, Trinkbrunnen und die Erforschung der Kolonien zur Verfügung; Livingstone, Stanley und Brooke gehörten zu den Pionieren, die sie unterstützte. Sie war die erste Frau, die wegen ihrer Verdienste in den Adelsstand erhoben wurde, und zu ihren Freunden zählten Leute wie Wellington, Faraday, Disraeli, Gladstone, Daniel Webster und Dikkens, der ihr »Martin Chuzzlewit« widmete.

    Die Kombination von gutem Aussehen, Charme und ungeheurem Reichtum zog zahllose Verehrer an, aber sie scheint keine Neigung verspürt zu haben, in den Ehestand zu treten, bis sie Brooke kennenlernte und sich »wahnsinnig in ihn verliebte«. Es wird überliefert, daß sie ihm einen Heiratsantrag gemacht habe und höflich abgewiesen worden sei (siehe auch die folgende Anmerkung), aber sie blieben enge Freunde, und sie soll wesentlich dazu beigetragen haben, daß Sarawak offiziell anerkannt wurde. Schließlich heiratete sie mit über sechzig den aus Amerika stammenden William Ashmead-Bartlett. Sie ist in Westminster Abbey begraben. (Siehe: »Raja Brooke and Baroness Burdett-Coutts, Letters«, herausgegeben von Owen Rutter, und »Dictionary of

National Biography«.) Flashmans Gedächtnis trügt ihn erneut in einem Punkt; er mag Miss Coutts kennengelernt haben, doch nicht »in Stratton Street«; dort ließ sie sich erst Ende der 1840er nieder.

21. Die Wahrheit über Brookes Verwundung in Burma ist alles andere als klar; alles, was sich darüber mit Sicherheit sagen läßt, ist, daß er sie sich während seines Dienstes in der Bengalischen Armee beim Feldzug von Assam zuzog (1823-25), als er eine kleine eingeborene Kavallerieeinheit befehligte und beim Angriff auf ein Fort angeschossen wurde. Seine beiden wichtigsten Biographen, Gertrude Jacob und Spenser St. John, behaupten, er sei in die Lunge getroffen worden; laut Miss Jacob wurde die Kugel erst ein Jahr später entfernt und dann von Brookes Mutter in einem Glaskästchen aufbewahrt. Andererseits zitiert Owen Rutter John Dill Ross, dessen Vater Brooke gut kannte, als Autorität für die Geschichte, die Wunde sei an seinen Genitalien gewesen. Wenn das stimmt, ist es eine logische Erklärung für Brookes angebliche Ablehnung der Miss Burdett-Coutts und die Tatsache, daß er nie heiratete.

Es ist natürlich möglich, daß Jacob und St. John die wahre Natur der Verwundung Brookes unbekannt war (obwohl dies im Fall von St. John unglaubhaft erscheint, der Brookes enger Vertrauter und Sekretär in Sarawak war), oder daß sie einfach taktvoll darüber hinweggingen. In ihren Biographien kommen Bemerkungen vor, die unterschiedliche Interpretationen zulassen. St. John sagt zum Beispiel, Brooke sei während seiner Genesungszeit »in melancholische Gedanken versunken und sehnte sich oft nach Ruhe«, aber das muß nicht unbedingt etwas zu bedeuten haben – jeder junge Mann mit einer Verwundung, die das Ende seiner militärischen Karriere sein konnte, wäre trübselig geworden. Jacob und St. John erwähnen wiederum beide, daß Brooke nach seiner Verwundung verliebt und kurz verlobt gewesen sei (mit der Tochter eines Geistlichen aus Bath), und St. John fügt hinzu, daß »er sich von dieser Zeit an vor weiblichen Verlockungen zu hüten schien«. Es wäre gefährlich, aus solch widersprüchlichen Hinweisen oder aus dem, was über Brookes Charakter und Verhalten bekannt ist, Schlüsse zu ziehen; Flashman war natürlich bereit, das Schlimmste zu glauben.

22. Was immer Flashman auch von Brooke hielt, er gibt die Redeweise und die Umgebung des weißen Radscha getreu wieder. Das Bild von The Grove – der Tagesablauf und die Einrichtung, die zeremoniellen Abendmahlzeiten, die Abfertigung der Bittsteller, selbst das Interesse an Gärtnerei, das Vergnügen an bequemen Sesseln und heimatlichen Zeitungen, und sogar die exzentrische Gewohnheit, Bockspringen zu spielen – wird anhand anderer Quellen bestätigt. Viel ausschlaggebender ist jedoch, daß buchstäblich alle Auffassungen, denen er während dieser ganzen Schilderungen in Flashmans Gegenwart Ausdruck verleiht, an anderer Stelle in Brookes eigenen Schriften zu finden sind. Seine Ansichten über Eingeborenenvölker, Piraten, Borneos Zukunft,

Missionare, Entwicklung der Kolonien, Religion und Ehtik, Ehren und Auszeichnungen, persönlichen Ehrgeiz und privaten Geschmack – im Grunde die gesamte Philosophie dieses bemerkenswerten Mannes – ist ausführlich in seinen Tagebüchern und Briefen enthalten, und das von Flashman aufgezeichnete Gespräch gibt sie genau, oft mit den gleichen Worten wieder. Selbst sein Redestil scheint, wie auch seine Schreibweise, lebhaft, aggressiv, eifernd und in höchstem Maß eigenwillig und schulmeisterhaft gewesen zu sein. (Siehe Brookes Schriften, wie bei St. John und Jacobs zitiert.)

23. Brooke hatte nur wenige Tage zuvor haargenau das gleiche in sein Tagebuch geschrieben.
24. Charles Johnson (1829–1917) war Brookes Neffe und wurde 1868, beim Tod seines Onkels, der zweite weiße Radscha. Er nahm den Namen Brooke als Beinamen an, regierte fast 50 Jahre, dehnte die Grenzen Sarawaks aus und erwarb sich hohes Ansehen als Kämpfer und gerechter Herrscher. Trotz seiner Herkunft war er ein ungewöhnlich weitsichtiger Kolonialist, der zu Beginn dieses Jahrhunderts das Ende des Empire und den Aufstieg neuer Mächte im Osten in der Form Chinas und Rußlands vorhersagte.
25. W. E. Gladstone war einer von mehreren liberalen Politikern, die auf eine Anklage Brookes drängten, weil sein Vorgehen gegen die Piraten von Borneo in ihren Augen grausam, illegal und übertrieben war. St. John kommentiert lakonisch: »James Brookes Sympathie galt den Opfern, die Gladstones den Piraten.« (Siehe Gladstones Artikel über »Piraterie in Borneo und die Maßnahmen von 1849«.)
26. Eine ausgezeichnete Beschreibung einer seetüchtigen Piraten-Prau. Diese Schiffe, über zwanzig Meter lang, mit schweren Kanonen bewaffnet und Hunderten Kämpfern bemannt, waren bis weit in das neunzehnte Jahrundert hinein die Geißel Ostindiens. Sie kreuzten manchmal in Flotten von über hundert Schiffen aus den großen Piratennestern auf den Philippinen und im Norden Borneos auf, überfielen auf der Suche nach Sklaven und Beutegut Handelsschiffe und Küstenstädte und trotzten den kleinen Seestreitkräften Englands und Hollands. Piraterie war in dieser Inselwelt allgemein verbreitet, doch die Hauptübeltäter waren die Balagnini, die von den Prinzen in Borneo als Gegenleistung für Slaven und Schätze Unterstützung erhielten; dann die nomadisierenden Maluku aus Halmahera auf den Molukken, die Dyak von den Ufern des Seribas und Skrang, die sich auf Kopfjagd spezialisiert hatten, und die von allen am meisten gefürchteten Lanun oder Illanun-Vagabunden, die »Lagunenpiraten« aus Mindanao, deren Praus drei Jahre ununterbrochen auf See bleiben konnten und die den großen Sklavenmarkt auf der Insel Sulu abhielten. Obwohl die Anführer der Piraten meist von den Inseln stammten, waren einige von ihnen, wie Flashmans Freund, Sahib Suleiman Usman, arabische

Mischlinge – Usman wurde für besonders abscheulich gehalten, weil er nicht davor zurückschreckte, arabische Landsleute in die Sklaverei zu verkaufen, doch er besaß ungeheure Macht, sowohl als Oberhaupt einer starken Vereinigung von Piraten aus Nord-Borneo wie auch durch seine Ehe mit der Tochter des Sultans von Sulu. (Siehe Brooke, Marryat, Keppel, Mundy und F. J. Morehead, »History of Malaya«, Band II.)

27. »Jersey« kann sich hier sicherlich nur auf »New Jersey« beziehen, wo zwischen 1836 und 1842 der fünfschüssige Revolver vom Kaliber .40 produziert wurde, der als Colt Patterson bekannt ist. Einige dieser Waffen hatten einen dreißig Zentimeter langen Lauf.

28. Hier irrt sich Flashman eindeutig. Falls überhaupt in Linga Piraten hingerichtet wurden – wofür es keinen Beweis gibt, obschon die Hinrichtungsmethoden, die Flashman hier schildert, bei den Dyak verbreitet waren –, konnte Makoto nicht unter ihnen sein, da er sich am folgenden Tag bei den Piraten in Patusan befand.

29. Der Sturm auf Patusan, bei dem fünf Piratenforts verbrannt wurden, fand am 7. August statt. Wenn Flashmans Bericht die dabei von Wade und Keppel gespielte Rolle oder die überragende Tapferkeit der getreuen Dyak und Malaien nicht besonders hervorhebt, so ist das verständlich. Kämpfe auf einem Fluß sind verwirrender als die meisten anderen, und er war offenbar mit seinem eigenen Anteil daran voll beschäftigt. In manchen Details ist er genau – zum Beispiel wurde der Seemann Ellis auf der Jolly Bachelor getötet, während er das Buggeschütz lud – und andere Berichte erwähnen ebenfalls die Plünderung von Sharif Sahibs Hauptquartier (wo seine »merkwürdige und umfangreiche Garderobe« entdeckt wurde) und die Tatsache, daß sein Harem unversehrt aus der Schlacht entkam. Offensichtlich haben die anderen Berichterstatter Flashman nicht über diesen letzten Punkt befragt, oder falls doch, war er klugerweise zurückhaltend.

30. Das Fort von Sharif Muller (oder Mullah) wurde am 14. August eingenommen, und dabei wurde eine große Flotte von Piratenschiffen zerstört. Der Tod Leutnant Wades und Mullers Flucht ereigneten sich in der von Flashman beschriebenen Weise.

31. Die Schlacht bei den Pyramiden, am 21. Juli 1798 ausgetragen, war einer der vollständigsten Siege Napoleons. Er schlug eine über 20000 Mann starke ägyptische Armee unter dem Tscherkessen Murad Bey. St. John erwähnt, daß auf türkischer Seite einer von Brookes Leuten an der Schlacht teilgenommen hatte, aber er weist auf ihn nur als »einen alten Malaien« hin; Flashman ist die einzige Quelle, die zu der Annahme berechtigt, daß dieser anonyme Veteran Paitingi Ali war; das ist möglich, wenn man davon ausgeht, daß Paitingi über 60 war, als Flashman ihn kennenlernte.

32. Ebenso wie Flashman hielten auch andere Teilnehmer an der Schlacht

auf dem Skrang River diese für die hektischste und blutigste Auseinandersetzung, die Brookes Streitmacht auf ihrem Weg den Batang Lupar hinauf auszufechten hatte. Sechshundert Piraten auf sechs Praus griffen Paitingis Späherboot an und überwältigten seine Besatzung von siebzehn Mann; Keppels Bericht, von Flashman zitiert, bezeugt, wie verbissen der Kampf auf dem Fluß war. Zusätzlich zu Paitingis Mannschaft hatte die Expedition in dieser Schlacht 29 Tote und 56 Verwundete zu beklagen.

Obschon Flashman nicht in der Lage war, das zu beurteilen, markierte diese Aktion das Ende der Operation auf dem Batang Lupar. Da die Gegenströmung zu stark wurde, kehrte Brookes Flotte nach Patusan zurück, nachdem sie in vierzehntägigem Feldzug die Piraten entlang des Flusses effektiv vernichtet oder verjagt hatte. Ein großer Teil der Anerkennung dafür gebührt zweifellos Keppel, dessen führende Rolle Flashman offenbar gerne unterschätzt; sonst ist sein Bericht über die Expedition im großen und ganzen korrekt und fair, wenn er auch, wie üblich, eine höchst persönliche Ansicht wiedergibt, und während er hinsichtlich der Angabe von Daten, Personen-, Orts- und Schiffsnamen sowie des großen Ablaufs des Geschehens zuverlässig ist, besteht keine Möglichkeit, seine mehr persönlichen Erinnerungen auf ihren Wahrheitsgehalt hin zu überprüfen. Er scheint die Aktion in Fort Linga (an der er seiner eigenen Aussage nach keinen Anteil hatte) übergroße Bedeutung beizumessen, doch es besteht kein Grund zu der Annahme, daß das schauerliche Bild, das er vom Kampf auf den Flüssen Borneos oder den Zuständen entlang der Piratenküste zeichnet, in irgendeiner Weise übertrieben ist. (Siehe Keppel, Jacob, St. John, Marryat und Sir George Mundys »Narrative of Events in Borneo and Celebes«, 1848).

33. Madagaskar war so fremdenfeindlich, daß über die erste Hälfte des letzten Jahrhunderts vergleichsweise wenige zuverlässige schriftliche Aussagen existieren, und die von Flashman genannten sind die wichtigsten in englischer Sprache; sie erhärten praktisch alle Details, die er über diese erstaunliche Insel und ihre grausame Herrscherin Ranavalona I. anführt. James Hastie (1786–1826) war Soldat, nicht Missionar. Er war zu einer Zeit, als Europäer dort noch geduldet wurden, Lehrer zweier madagassischer Prinzen und vertrat britische Interessen auf der Insel. Sein Tagebuch befindet sich im Public Record Office. W. Ellis' Werke »Three Visits to Madagascar«, 1858, »Madagascar Revisited«, 1867, und »The Martyr Church of Madagascar«, 1870, sind unschätzbare Quellen über Ranavalonas Herrschaft und Land und Leute; ebenso wie S. P. Oliver, »Madagascar«, 1886. Siehe auch H. W. Little, »Madagascar«, 1884, J. Sibree, »The Great African Island«, 1880, und L. McLeod, »Madagaskar and Its People«, 1865. Aber nichts ist zu vergleichen mit der unverwüstlichen und unterhaltsamen Ida Pfeiffer, die-

ser großartigen Reisenden, deren »Last Travels« einen Schatz an informativen, aus erster Hand aufgezeichneten Details enthält.

34. Merkwürdigerweise wurde diese barbarische Sitte von Königin Ranavalona abgeschafft. Es heißt, das sei ihre einzige humane Tat gewesen.

35. Flashman liefert hier möglicherweise den einzigen Augenzeugenbericht über die furchtbaren Greuel und diversen Hinrichtungsmethoden, die zu jener Zeit in Madagaskar praktiziert wurden, doch andere Quellen geben detaillierte Hinweise, die ihn bestätigen, und es steht außer Zweifel, daß die von ihm geschilderten gräßlichen Vorkommnisse tatsächlich stattgefunden haben und zur Politik der Königin gehörten. Ida Pfeiffer untermauert Flashmans Zahlenangaben von Zehntausenden, die jährlich durch Hinrichtung, Massenmord und Zwangsarbeit den Tod fanden, und faßt dann zusammen: »Falls die Herrschaft dieser Frau noch länger dauert, wird Madagaskar entvölkert sein – Blut, und immer wieder Blut, ist die Devise Königin Ranavalonas, und dieser bösartigen Frau scheint jeder Tag vertan, an dem sie nicht mindestens ein halbes Dutzend Todesurteile unterzeichnen kann.«

36. Flashman schätzte Laborde richtig ein, der Franzose war ein hartgesottener, einfallsreicher Glücksritter, der in seinem Leben schon Kavalleriesoldat, Dampfmaschinist in Bombay und (einigen Quellen zufolge) Sklavenhändler gewesen war. Er erlitt 1831 in Madagaskar Schiffbruch, wurde von der Königin gekauft und zu einem ihrer Favoriten gemacht. Anschließend wurde er freigelassen und heiratete eine Madagassin, doch er wurde weiterhin in Madagaskar festgehalten, wo er der Königin als Ingenieur und Kanonengießer diente. Er wurde zu einer einflußreichen Gestalt bei Hofe und förderte aktiv französische Interessen.

37. Die wenigen Europäer, die Königin Ranavalona von Angesicht zu Angesicht kennenlernten und danach noch lange genug lebten, um ihren Eindruck von ihr schriftlich festzuhalten, bestätigen, was Flashman über ihre äußere Erscheinung sagt, obwohl die meisten von ihnen sie viel später sahen als er. Ellis, der eine Beschreibung liefert, die der Flashman sehr nahekommt, fügt hinzu, daß »der ganze Kopf und ihr Gesicht klein sind, kompakt und gut proportioniert; ihre Miene ... freundlich, wenn sie auch gelegentlich große Beharrlichkeit verrät«. Ida Pfeiffer, die sie anscheinend nicht aus nächster Nähe gesehen hat, bemerkt, daß sie »von starkem und robustem Körperbau und ziemlich dunkelhäutig« war. Sie und Mr. Ellis scheinen beide die Königin für älter gehalten zu haben, als sie vermutlich war; es gibt keinen zuverlässigen Nachweis über ihr Geburtsdatum, doch obwohl die »Nouvelle Biographie Générale« »etwa 1800« angibt, wonach sie 44 gewesen wäre, als Flashman sie kennenlernte, erscheint es glaubhafter, daß sie Anfang der Fünfziger war.

38. Flashmans Virtuosität am Klavier war entweder höchst unorthodox oder weitaus weniger denkwürdig, als er sich einbildete, denn als Ida Pfeiffer Jahre später aufgefordert wurde, auf dem Piano im Palast zu spielen, hörte sie Ranavalona sagen, daß sie »noch nie jemanden mit seinen Händen darauf spielen gesehen« habe. Madame Pfeiffer fand das Piano schrecklich verstimmt.
39. Trotz ihres Mißtrauens gegenüber Europäern und ihren Gebräuchen beschäftigte die Königin tatsächlich einen in England ausgebildeten Sekretär.
40. Diese sonderbaren Wahrsage-Bretter waren als *Sikidy* bekannt. Laut Sibrees Aussage gab es drei verschiedene davon, eins mit vier mal sechzehn Quadraten, ein zweites mit vier mal acht und ein drittes mit vier mal vier.
41. Eine wenig schmeichelhafte Beschreibung Prinz Rakotos, doch seinem noch existierenden Porträt nicht unähnlich. Oliver schildert Rakoto als griechischen Gott mit dunklen Locken und heller, goldfarbener Haut, aber er stimmt mit Flashman in der Beurteilung seines Charakters überein und bestätigt, daß er einen mildernden Einfluß auf Ranavalona ausübte.
42. Flashman ist der einzige, der die *Tangena*-Probe lebend überstanden und von diesem Erlebnis schriftlich berichtet hat. Seine Darstellung unterscheidet sich von anderen Beschreibungen nur in unwesentlichen Punkten – es war üblich, wenn genügend Zeit zur Verfügung stand, den Patienten 24 Stunden hungern zu lassen, bevor ihm der geschabte Stein der *Tangena*-Frucht verabreicht wurde, und manche Historiker behaupten, um die Probe zu bestehen, sei es notwendig gewesen, die Hühnerhaut-Stücke in eine ganz bestimmte Richtung zu erbrechen. Die Kaution von 27 Talern (Flashman sagt 24) wurde normalerweise vom Ankläger der Person aufgebracht, die sich dem Test unterziehen mußte – wenn der Angeklagte die Probe nicht bestand, bekam der Ankläger sein Geld zurück, aber wenn er durchkam, erstattete man ihm nur ein Drittel der Kaution, die anderen beiden an den Angeklagten und die Königin.
43. Infolge dieser getrennten Entwicklung ist die Pflanzen- und Tierwelt Madagaskars einzigartig, und es wird geschätzt, daß neunzig Prozent seiner Lebewesen nirgendwo anders auf der Welt existieren. Unter den bekannteren seiner Fabelwesen war der Riesenvogel Roch, der Sindbad davontrug. Die »Affen«, die Flashman sah, waren vermutlich *Sifaka,* eine Lemurenart, die unglaubliche Sprünge vollführen kann.
44. Flashman hatte großes Glück, gerade an diesem Morgen (des 15. Juni 1845) in Tamatave einzutreffen, als drei europäische Kriegsschiffe, die französische BERCEAU und ZELÉE und die britische Fregatte CONWAY einen gemeinsamen Angriff gegen das Fort und die Stadt unternahmen. Diese Strafexpedition war als Vergeltung für Ranavalonas

schlechte Behandlung der Europäer gedacht – sie hatte kurz zuvor dekretiert, daß alle, die mit der Insel Handel trieben, madagassischem Gesetz unterliegen sollten (Skalverei, Zwangsarbeit, *Tangena*-Verfahren, etc.). Es hatte tödliche Zusammenstöße zwischen britischen Schiffen und madagassischen Truppen gegeben, und ein britischer Seeamtsoffizier amerikanischer Abstammung, Jacob Heppick, war versklavt worden, nachdem seine Bark, die MARIE LAURE, Schiffbruch erlitten hatte. Captain Kelly von der CONWAY wurde Anfang Juni nach Tamatave geschickt, um Wiedergutmachung zu fordern, und als diese nicht erbracht wurde, folgte einige Tage später die anglo-französische Beschießung der Stadt. (Siehe Oliver, »Memorial of Jacob Heppick, mariner, to the Governor of Mauritius«, und den »Annual Register«.)

45. Der erfolglose Angriff auf das Fort von Tamatave durch Landungstruppen der anglo-französischen Schwadron spielte sich ab, wie Flashman es beschreibt. Der äußere Palisadenzaun wurde unter einem Feuerhagel aus Musketen und Kartätschen eingenommen, die Geschützbatterien wurden überrannt, die Kanonen unbrauchbar gemacht, aber es gelang den Angreifern nicht, das Hauptfort einzunehmen, und sie zogen sich nach heftigem Kampf zurück. Die Briten hatten 4 Tote und 12 Verwundete, die Franzosen 17 Tote und 3 Verwundete zu beklagen. Die BERCEAU und die ZELÉE verloren beide im Kanonenduell mit dem Fort ihren Toppmast.

    Der Zwischenfall mit der Fahne ist wahr, wenn auch nicht alle Einzelheiten klar sind. Anscheinend wurde sie vom äußeren Wall heruntergeschossen und von einem madagassischen Soldaten aufgefangen, der sie an seinen Speer steckte. Sie fiel erneut zu Boden und wurde von einem britischen Leutnant und zwei Matrosen aufgegriffen; zwischen Briten und Franzosen entstand unter madagassischem Beschuß eine Rangelei um sie, und die Angelegenheit wurde erst geklärt, als jemand – der »Annual Register« spricht von Lt. Kennedy, aber Flashmann weiß das zweifellos am besten – sie in zwei Teile schnitt. Die Franzosen erhielten die Hälfte mit der Inschrift »Ranavalona«, und die Briten das Stück, auf dem »Manjaka« stand. Während dieses Angriffs wurde die Stadt Tamatave zum größten Teil verbrannt.

46. Nach einer langen Periode politischer Unruhe und Gewalt im Punjab besetzten schließlich im Dezember 1845 die Sikhs britisch kontrolliertes Gebiet, und der erste Krieg gegen die Sikhs begann.

Die Flashman-Romane von George MacDonald Fraser bei Ullstein

Flashman –
Im Dienste Ihrer Majestät
Ullstein Buch 21001

Flashman – Prinz von Dänemark
Ullstein Buch 21003

Flashman –
Held der Freiheit
Ullstein Buch 21005

Flashman –
Im Krimkrieg
Ullstein Buch 21007

Flashman, der Maul- und Frauenheld, schlägt sich feige, aber wacker auf den Schlachtfeldern und in den Schlafzimmern des Viktorianischen Zeitalters. Sitzt stets in der Tinte, ist immer auf der Flucht, türmt, wenn es brenzlig wird und schafft es auf wundersame Weise, von Königin und Volk als Held gefeiert zu werden.

Ullstein Abenteuer

Jack London bei Ullstein

Alaska-Kid

Roman

Neuauflage eines der klassischen Alaska-Romane vom Großmeister des Abenteuerromans

Ullstein Buch 21021

Goldschimmer

Erzählungen

Sieben spannende Alaska-Geschichten: Menschen und Schicksale in Grenzsituationen.

Ullstein Buch 21023

Der Wolf von Wallstreet

Roman

Abenteuer und Gefahren erwarten Francis Morgan, als er zu einer kleinen Insel in der Karibik aufbricht...

Ullstein Buch 21025

Ullstein Abenteuer